SHALIMAR

Rebecca Ryman

SHALIMAR

roman

Traduit de l'américain par Marie-Lise Marlière
et Guillaume Marlière

Éditions Ramsay

Pour Raksha et Satish
Ajay et Susanne
Pamela et Rajesh

Avec mon affection et ma reconnaissance

Emma Wyncliffe
Damien Granville
Ivana Ivanova
Suraj Singh

Les Anglais
Jeremy Butterfield, alias Rasool Ahmed, alias Hyperion
Maurice Crankshaw, alias Cranks, commissaire
Capitaine Nigel Worth
Colonel Algernon Durand
Geoffrey Charlton, journaliste
Capitaine Francis Younghusband
Colonel Wilfred Hethrington
Holbrook Conolly, alias Capricorne
Sir John Covendale, intendant général
Walter Stewart, le résident du Cachemire
Dr Theodore Anderson, informateur des Russes
Lieutenant David Wyncliffe, alias Colombine
Sir Marmaduke Jerrold, commandant en chef de l'armée des Indes

Les Russes
Colonel Mikhail Borokoff
Général Alexei Smirnoff
Capitaine Grombetchevsky
Baron Boris von Adelssohn, représentant de l'empereur,
gouverneur général
Général Annenkoff
Consul Pyotr Shishkin

Les Indiens
Safdar Ali Khan, le mir du Hunza
Maharaja Pratap Singh
Mirza Beg, ami de Conolly

Les Chinois
Le Taotaï, gouverneur de la province chinoise
Chin Wang, cuisinier du Taotaï, informateur des Anglais

PROLOGUE

Le défilé du Karakoram, Himalaya occidental, automne 1889

Il était inutile, disait-on, de posséder des cartes pour trouver le défilé du Karakoram. Il suffisait de suivre les amas d'ossements blanchis qui jonchaient les pistes pour arriver infailliblement à destination.

Hors un étrange papillon aux brillantes couleurs et quelques corbeaux carnivores, aucun être vivant ne pouvait survivre en ce lieu. À vingt mille pieds, le sol noir et caillouteux était stérile, l'air, si léger qu'il crépitait, provoquait des hallucinations et des malaises affreux. La neige fondue, coupante comme une lame, et les bourrasques redoutables transperçaient les peaux de mouton, elles arrachaient aux os leur chair et glaçaient le sang sur des pistes aussi glissantes que du savon. Rendus fous par la faim et le manque d'oxygène, les animaux de bât s'échappaient, éparpillaient leur fardeau, se blessaient sur les rochers et, renonçant à lutter, se couchaient pour mourir. Les bandes de brigands féroces, venus du Hunza, présentaient un danger supplémentaire. Sur le versant nord, un cairn avait été érigé à la mémoire d'Andrew Dalgleish, un Écossais assassiné deux ans plus tôt.

La route de la Soie se déployait de Leh au sud à Xian à l'est, à travers le Turkestan russe et le Turkestan chinois, soit plus de dix mille miles pour l'aller et retour jusqu'à la Méditerranée. Malgré les dangers qui menaçaient les voyageurs, depuis plus de quatre millénaires elle demeurait la voie commerciale la plus importante que le monde eût jamais connue.

Cette fois, la caravane avait franchi le col sans avoir subi aucune perte, ni vie humaine ni bête de somme, ni même marchandise. Épuisée par une longue journée de marche, elle avait fait halte sous d'imposants massifs couronnés de neige. Les commerçants, pour la plupart des Turkis venant de l'oasis de Yarkand qui géraient le commerce le long de cette route, avaient risqué de lourdes pertes dans le Karakoram. Aussi l'humeur était-elle au soulagement.

En cet automne anormalement chaud, et malgré une altitude de dix-huit mille pieds, soufflait une douce brise qui ne laissait pas le moindre goût de neige sur la langue. Des taches de soleil éclaboussaient les pentes les plus basses. Après ce col, il n'en restait plus que trois avant d'atteindre Leh et les plaines accueillantes de Depsang. Les voyageurs reprenaient courage à la perspective d'un repas chaud et d'une nuit de repos.

Tandis que la plupart s'étendaient pour se délasser, palefreniers et muletiers déchargeaient les bêtes. Les yaks et les chevaux, et surtout les chameaux, originaires de Bactriane, qui formaient le gros de la caravane : se nourrissant de peu, ils transportaient jusqu'à soixante livres chacun sur une vingtaine de miles par jour, et leurs sabots, fendus et spongieux, étaient remarquablement adaptés aux surfaces gelées.

Débarrassés de leur chapeau et de leur peau de mouton, les marchands s'installèrent autour de l'unique réchaud, les mains tendues vers sa modeste chaleur. De temps en temps, l'un d'eux se penchait pour humer les effluves du repas qui mijotait dans le chaudron géant. À cette altitude, il fallait du temps pour cuire le dîner et la viande n'était pas des plus tendres, mais rien ne donne du goût à la nourriture comme les affres de la faim. Aussi personne ne se plaignait et les bouffées que les hommes tiraient de l'unique narghilé apaisaient les palais qui salivaient d'avance.

L'un des marchands était assis à l'écart. Après avoir dit son namaz du soir, il se reposait en silence, les bras autour des genoux, ses yeux inexpressifs fixés au loin sur les pics enneigés que voilait la nuit tombante. Tandis que les autres échangeaient librement les nouvelles de leur négoce et de leur famille, l'homme semblait préférer l'isolement et la méditation. Inconnu des caravaniers, il s'était joint à eux à Shahidullah et ne les avait plus quittés. Cependant, muré dans son silence, il

12

évitait leur compagnie. Il n'avait rien livré de lui-même, et ses compagnons ne l'avaient pas interrogé. Sur la route de la Soie, chacun était libre de se comporter comme il l'entendait.

Enfin les hommes affamés purent se jeter sur la nourriture. Le voyageur solitaire ne les imita pas et, respectueux de son choix, ses compagnons ne l'y invitèrent pas. Il prit une boîte de biscuits à la farine d'avoine, des abricots et des figues dans le sac de voyage posé près de lui et, dans un mouvement machinal de ses mâchoires, il absorba son modeste repas en silence.

Le soir fit place à une nuit sans lune. Les hommes, repus, se laissèrent aller au plaisir des conversations décousues. Peu à peu, un calme étrange descendit sur le campement. Mais ce n'était pas l'agréable satisfaction que procure un estomac bien rempli. Des pressentiments sans objet et des craintes inavouées s'emparaient d'eux. Les voix se firent moins fortes, les oreilles se tendirent pour saisir les murmures transportés par le vent. Tous lançaient des regards pleins d'appréhension par-delà les épaules voûtées de leurs compagnons, interrogeant les rocs impassibles. Un peu plus tard, ils s'étendirent pour la nuit mais, pelotonnés sous leurs couvertures de peau ou d'astrakan, ils gardèrent les yeux ouverts, les muscles tendus, sur leurs gardes.

Finalement, des parois obscures et tourmentées de la montagne leur parvinrent les signes qu'ils redoutaient : des lueurs lointaines, un bruit, un simple écho, annonçant des êtres humains sur les routes tortueuses de l'Himalaya. L'écho s'amplifia, se rapprocha, s'ordonna bientôt en un staccato reconnaissable. C'étaient les sabots de plusieurs chevaux.

Les hommes effrayés restèrent recroquevillés sur le sol, priant pour qu'un miracle les rendît invisibles. Seules bougeaient leurs lèvres qui imploraient la protection d'Allah, tandis que le galop devenait tonitruant et que les traînées floues de lumière se dessinaient plus précisément dans le lointain obscur. Comme si la montagne renaissait soudain à la vie, comme si son sein géant battait au rythme de cent cœurs.

Ce fut alors que jaillirent des ténèbres les hôtes de la nuit, le fléau de la route de la Soie. Leur visage voilé paraissait aussi noir que les montagnes du Karakoram et, à travers les fentes de l'étoffe, leur regard malfaisant brillait comme de la braise.

Un vacarme assourdissant se répercuta de rocher en rocher, de gouffre en gouffre, et l'éclat des torches fit naître des ombres qui tournoyèrent et dansèrent, pareilles à des derviches soufis dans leurs longues jupes.

Pétrifiés, les marchands regardaient, impuissants, les pillards encercler le camp. Un homme, leur chef, descendit de cheval et, s'avançant vers le groupe de voyageurs serrés les uns contre les autres, il brandit son épée. La lame lança des éclairs à la lumière des flambeaux.

– Lequel d'entre vous se nomme Rasool Ahmed ? demanda-t-il.

La langue collée au palais, muets de terreur, les marchands le regardaient fixement. La main de l'homme assura sa garde sur son arme.

– Je cherche Rasool Ahmed, poursuivit-il d'une voix plus forte. L'homme qui a rejoint la caravane à Shahidullah !

Une fois encore, la question demeura sans réponse.

Alors le bandit au visage masqué fit un pas en avant et leva haut son épée. Soudain, à l'unisson, les hommes retrouvèrent leur voix. Ils se jetèrent aux pieds du brigand et le supplièrent de les épargner. Sanglotant, ils agitaient frénétiquement leurs mains en direction du voyageur solitaire, pressés de le désigner.

Mais, avant même que le bandit ne se dirigeât vers lui, celui-ci s'avança.

– Je suis Rasool Ahmed. J'ai rejoint la caravane à Shahidullah. Que me voulez-vous ?

À la question posée en turki, on lui répondit par une autre.

– Qu'est-ce que vous faites et d'où venez-vous ?

– Je fais du commerce. Je viens de Khotan et je transporte des tapis de soie et de l'encens jusqu'à Leh. Je retournerai à Yarkand avec des châles du Cachemire.

Puis il insista.

– Que me voulez-vous ?

Cette fois, la réponse fut prompte et radicale. Saisie à deux mains, dans un mouvement d'une incroyable rapidité, l'épée brandie horizontalement traça un arc étincelant. Avec un murmure aussi doux et léger qu'un soupir, la lame trancha net le cou de Ahmed Rasool. Séparée du corps, la tête resta un instant en place avant de se détacher d'un côté et de tomber avec un bruit sourd. Le torse décapité resta debout une fraction de seconde, puis, avec la grâce infinie du danseur qui fait une révérence, il s'effondra lentement dans l'herbe. De l'orifice déchiqueté jaillirent des flots de sang qui empourprèrent la pierre et emportèrent la tête. Privée de son corps, elle s'en éloigna en roulant. Les yeux pâles, figés dans une éternelle surprise, fixaient la nuit d'un air absent.

Sans protester ni résister, les marchands affolés s'enfuirent dans l'asile salvateur qu'offrait l'obscurité des rochers. Les brigands ne les poursuivirent pas. Au lieu de cela, ils dépouillèrent Rasool Ahmed de son manteau en peau de mouton, de sa ceinture, de ses lourds brodequins et de son revolver. Fouillant son sac de voyage, ils trouvèrent des papiers qu'ils éparpillèrent après les avoir déchirés. Puis ils coupèrent les sangles des sacs de jute portés par le cheval du mort, en confisquèrent les tapis de soie, l'encens et tout ce qui les intéressait, avant de s'occuper des autres marchandises.

Ils travaillaient méthodiquement, avec l'aisance d'hommes accoutumés depuis longtemps à ce genre de travail, arrimant avec des cordes le butin sur leurs propres montures. Lorsqu'ils eurent fini, ils remontèrent en selle et prirent la direction d'où ils étaient venus, se laissant absorber par la nuit.

Silencieusement, les caravaniers sortirent avec précaution de leurs abris. Ils s'immobilisèrent devant les marchandises saccagées et le corps décapité de leur compagnon. Se frappant la poitrine et le front de leurs paumes, ils calculaient mentalement les pertes. Après avoir dûment remercié Allah d'avoir épargné leur vie, ils se mirent avec fatalisme à sauver ce qui pouvait l'être. Une fois les marchandises empaquetées et les animaux chargés, ils s'occupèrent enfin du voyageur assassiné.

Déjà paraissait l'aube. Le corps gisait où il était tombé, raidi, le sang coagulé. Les hommes tournaient autour du cadavre sans tête en évitant de se regarder, honteux maintenant, à la lumière crue du jour, d'avoir si facilement abandonné leur compagnon aux brigands hunzas, quelle que fût la gravité de leur différend. Pressés de reprendre la route, ils entreprirent de creuser une sépulture. En hâte ils récitèrent les prières et s'acquittèrent des rites indispensables à une inhumation décente.

Une fois la cérémonie terminée, ils se concertèrent. Moins

dans l'intérêt de l'âme du défunt que pour apaiser leur conscience, ils prirent la décision de rechercher la famille du malheureux Rasool Ahmed afin de lui remettre le peu de biens que les pillards avaient laissés. Mais ils n'avaient jamais vu cet homme avant Shahidullah, ils ne savaient rien de lui. La tâche s'annonçait difficile.

Ils durent fouiller dans les affaires du mort. Ses vêtements, son nécessaire de toilette et un livre ou deux ne leur donnèrent aucune indication. Sa sacoche de selle ne contenait que de vieilles factures, des inventaires de marchandises et, pêle-mêle, quelques papiers couverts d'écritures. Mais ce n'était pas de l'arabe. Les signes étaient romains, de l'anglais sans doute, langue qu'ils ne comprenaient guère.

Présumant alors que Rasool Ahmed était un homme instruit, qu'il occupait peut-être une position importante dans le mor de des affaires firanghi, ils furent de nouveau en proie à l'effroi. Et si on les accusait d'avoir volé ses biens, d'être complices du meurtre ? Plutôt que de risquer d'être interrogés par le commissaire anglais de Leh, un homme dur, la tête près du bonnet, il valait mieux remettre les possessions du mort à une personne de confiance, le mollah de Leh, par exemple. L'homme de Dieu avait quelques notions d'anglais, il saurait quoi faire des biens de Rasool Ahmed et se montrer discret.

Certes, ces effets étaient peu nombreux et de peu de valeur. Pourtant, deux d'entre eux inquiétaient les marchands : un moulin à prières bouddhique et un rosaire traditionnel hindou en rudraksha séché. De plus en plus alarmés, ils se refusèrent à y toucher. Comment ces articles sacrilèges pouvaient-ils être d'une quelconque utilité à un musulman de grande piété ?

Le trouble des caravaniers était compréhensible. Ils ne pouvaient savoir que Rasool Ahmed n'était ni marchand ni musulman. Encore moins hindou. Il connaissait si bien la langue et les coutumes de la région, il était si habile à se déguiser, aucun de ses compagnons de voyage n'aurait pu se douter qu'en réalité il était anglais. Il s'appelait Jeremy Butterfield. Mais il était également connu sous d'autres identités.

1

Delhi, février 1890

Quelque chose ne va pas, remarqua Emma dès qu'elle eut tourné le coin de la rue qui donnait dans Civil Lines.

Bien qu'il fût dix heures passées, des restes récalcitrants de brume hivernale empennaient les arbres et l'air du matin cinglait encore les visages. Devant les portes de *Khyber Kothi*, un essaim de serviteurs échangeaient des propos peu amènes. L'événement était rare dans une enclave résidentielle aussi fière de son calme et de son intimité que Civil Lines. Les nouvelles du voisinage circulaient bien assez entre amis sans recourir aux bavardages vulgaires des domestiques.

En passant devant ce groupe animé, Emma mit Anarkali au trot et tourna dans l'allée. À mi-chemin, près de la roseraie, le balayeur et le jardinier, en pleine discussion, brandissaient leurs balais de paille comme des armes. Sous le gulmohar dénudé, la plus jeune femme du jardinier se chamaillait avec son ennemie jurée, la fille aînée du valet de chambre, tandis que sous le portique, Saadat Ali, le barbuchi, était assis sur les marches, effondré.

Emma allait s'approcher de lui, quand elle remarqua des agents de police, en partie cachés à sa vue par des bougainvilliers. Son irritation se mua en alarme. Maman... ?

Elle mit rapidement pied à terre et tendit les rênes d'Anarkali à Mundu, le fils du balayeur, puis elle se précipita dans le petit salon du bas, provisoirement transformé en chambre à coucher. Sa mère était assise dans son fauteuil préféré, à côté de la fenêtre. Elle buvait à petites gorgées la tasse de lait qu'elle prenait toujours au milieu de la matinée. Près du lit, Mahima, la vieille ayah, tapotait l'édredon et faisait bouffer les oreillers. Sous-alimenté, un misérable feu vacillait dans la cheminée. À ces signes familiers, Emma reconnut que tout était normal. Cependant, avant même qu'elle pût s'en enquérir, sa mère prit la parole, et force lui fut de constater que son soulagement était prématuré.

— Où étais-tu, ma chérie ? demanda Margaret Wyncliffe d'une voix faible et tremblante. D'habitude, tu es là depuis longtemps, j'étais folle d'inquiétude !

Emma s'avança d'un pas vif vers le lit et posa une main rassurante sur l'épaule de la malade.

— Désolée, mère chérie, mais j'ai été retenue sur le chemin du retour près de Qudsia Gardens par un spectacle des plus... Mais, dites-moi, qu'est-il arrivé ? Que font ces policiers dehors ? Les serviteurs se sont-ils disputés ? Bernice Bankshall a-t-elle enfin mis sa menace à exécution ? A-t-elle étranglé notre coq parce qu'il la réveille à l'aube ?

— Non, non, rien de tel, haleta Margaret Wyncliffe qui, de toute évidence, était au bord d'une de ses affreuses crises. C'est... c'est...

— Allons, allons, prenez votre temps, ma chère mère. Quoi que vous ayez à me dire, cela peut attendre.

Emma cherchait à soulager la malade en caressant son dos qui se soulevait avec effort. Elle fit un signe à l'ayah.

Dès que sa mère eut avalé les pilules et le verre d'eau que lui présentait la servante, Emma s'avança vers la cheminée et tisonna le feu moribond.

— Quelqu'un a pénétré dans la maison cette nuit ! finit par articuler Margaret Wyncliffe qui avait recouvré sa voix.

— Encore ? demanda Emma en fronçant le sourcil.

— Apparemment, ils sont entrés de la même façon que la dernière fois, par la fenêtre du salon qui donne sur la véranda. C'est le balayeur qui s'en est aperçu en arrivant ce matin. Tu étais déjà sortie, aussi a-t-il réveillé David.

— Voilà qui règle le problème, déclara Emma, ennuyée plus qu'inquiète. Il ne nous reste plus qu'à faire poser des grilles aux fenêtres du rez-de-chaussée, peu importe le prix. Les cambrioleurs ont-ils emporté beaucoup de choses ?

— Je l'ignore, ma chérie. Tu iras voir. David a refusé de me laisser entrer, bien qu'il ait porté plainte au commissariat. Ben Carter a eu la gentillesse de nous envoyer un certain inspecteur Stowe qui a interrogé les serviteurs. C'est pour cette raison qu'ils ont peur. L'inspecteur et David t'attendent dans le salon.

Emma soupira. L'homme allait sans doute rester des heures alors qu'elle souhaitait mettre de l'ordre dans ses papiers au cas où le Dr Anderson, revenant sur sa décision, l'enverrait chercher. Elle tisonna une dernière fois le feu, demanda qu'on apporte des bûches et s'approcha de sa mère pour lui poser un autre châle sur les épaules.

— Je vous en prie, évitez absolument de vous enrhumer, sinon le Dr Ogbourne sera très fâché. Et ne vous inquiétez pas, je vais m'occuper de Mr Stowe.

Mrs Wyncliffe posa sa tête sur l'oreiller et ferma les yeux.

— Je suis contente que tu sois de retour, ma chérie. Personne ne savait quoi faire en ton absence et je sentais venir une nouvelle crise.

Les domestiques, qui avaient oublié leurs querelles, s'étaient rassemblés dehors, tout au bout de la véranda de derrière, et chuchotaient entre eux, l'air inquiet. Dans le bureau, David s'entretenait avec un solide jeune homme au teint frais, vêtu du pantalon de coutil blanc des policiers. La conversation était animée. Après s'être arrêtée un instant pour rassurer les serviteurs, Emma entra dans la pièce.

— Ah, Miss Wyncliffe, nous vous attendions, s'exclama l'inspecteur quand David eut fait les présentations. Peut-être allez-vous pouvoir nous dire si quelque chose manque.

— Désolé de n'avoir pu mieux vous aider, s'excusa David, mais je n'en ai aucune idée. Ma sœur est beaucoup plus au fait de tout ce qui touche à la maison.

Emma contemplait d'un air découragé la fenêtre brisée. La faire réparer coûterait une fortune ! Elle jeta un regard circulaire. À part quelques coussins jetés sur le tapis, une assiette murale en porcelaine cassée et une lampe à pétrole renversée, rien ne semblait avoir été dérangé. Lorsqu'elle se tourna vers la cheminée, son cœur s'arrêta de battre. Elle jeta un coup d'œil vers son frère, qui évita son regard.

— Désolé de devoir vous quitter maintenant, inspecteur, lança David, mais j'ai rendez-vous à onze heures à la caserne

19

de Fort-Rouge et je n'ose pas faire attendre mon commandant. Je te verrai au dîner, Em, ajouta-t-il en se détournant.

Avant même qu'elle eût pu répondre, il avait quitté la pièce.

L'inspecteur, qui fouillait de son bâton les débris épars sur le sol, se tourna à nouveau vers Emma : remarquait-elle l'absence d'un ou plusieurs objets ?

— La bergère en porcelaine de Saxe, répondit Emma en montrant la table basse. Elle se trouvait là, entre la lampe à pétrole et le cendrier en cristal, et je ne la vois plus.

— C'est tout ?

— Oui, à première vue. Je ferai un examen approfondi plus tard, quand j'en aurai le temps.

Elle s'approcha d'un petit bureau à cylindre, arracha quelques feuilles du bloc de papier buvard et les posa sur la table où le pétrole s'était répandu.

L'inspecteur Stowe désigna la cheminée.

— Votre serviteur a mentionné qu'une pendulette en argent se trouvait d'habitude entre ces deux vases.

— Oui, en effet, mais je l'ai envoyée chez l'horloger hier pour qu'il la nettoie et huile ses rouages.

— Je vois. Ainsi donc, rien n'a été volé sauf cette figurine en porcelaine ?

— En effet. Ce n'était pas un objet particulièrement décoratif, inspecteur, ajouta-t-elle en souriant. Je doute que quelqu'un le regrette. Moi, sûrement pas.

L'inspecteur Stowe, un jeune homme sérieux, aux cheveux blonds et aux grands yeux graves, se mit à arpenter la pièce sans répondre. Muté depuis peu à Delhi, il n'avait pas encore eu l'occasion de rencontrer Emma Wyncliffe bien qu'il en eût entendu parler. Qui, à Delhi, ne la connaissait pas de réputation ? D'après Grace, la sœur de Howard Stowe, qui prétendait tout savoir sur tout le monde, Emma était une « progressiste » notoire, à la langue acérée et aux opinions contestataires. Rien d'étonnant, estimait Grace, à ce qu'Emma fût une célibataire destinée à le rester.

L'inspecteur s'éclaircit la gorge.

— Croyez-vous que les cambrioleurs aient pu mettre la main sur un objet dont l'absence ne vous saute pas immédiatement aux yeux, Miss Wyncliffe ? Un bijou ? Un coffre que vous auriez caché ?

— Nous ne possédons rien de valeur, Mr Stowe, répondit Emma avec, dans la voix, un soupçon d'impatience.

Puis, comme sous le coup d'une inspiration subite, elle fit une brève incursion dans la pièce voisine et revint aussitôt, visiblement soulagée.

— La machine à écrire américaine de mon père est encore là, Dieu merci. S'ils l'avaient emportée, c'eût été une véritable catastrophe.

— Votre frère m'a laissé entendre qu'on vous avait cambriolés une première fois, il y a peu de temps.

— Peut-on appeler cela un cambriolage ? Rien n'a été volé.

— Peu importe, Miss Wyncliffe. Le vrai problème, c'est de ne pas avoir des fenêtres grillagées au rez-de-chaussée. À Civil Lines, de nos jours, autant chercher les ennuis.

— Que les voleurs soient entrés d'une manière ou d'une autre, il n'y a rien d'intéressant à prendre dans cette maison, répondit Emma avec lassitude. « L'inspecteur sait-il seulement ce que coûtent des grilles de fer, même d'occasion ? » se demandait-elle.

— Ce qui paraît dénué de valeur à un Européen, Miss Wyncliffe, insista-t-il sur un ton légèrement désapprobateur, représente le salaire d'un mois pour un indigène. Un cendrier en cristal, une paire de ciseaux anglais, cette loupe sur le bureau et même la porcelaine que vous trouviez laide, sans parler des objets dont la présence vous semble aller de soi, vendus un anna ou deux à la sauvette, peuvent payer plusieurs repas substantiels.

— Effectivement, vous avez raison, concéda Emma sans enthousiasme en espérant que l'inspecteur allait bientôt partir. Mais puisque seules cette vilaine bergère, une assiette murale et une vitre ont disparu ou ont été brisées, j'estime que les dégâts sont minimes, comme vous pouvez le constater.

Howard Stowe hocha la tête distraitement et se tapota le menton. Un rapport étonnant était parvenu au commissariat au moment où il s'apprêtait à le quitter. Si Emma Wyncliffe était bien la femme impliquée dans l'incident de Qudsia Gardens tôt ce matin, comme il commençait à le croire, le jugement de sa sœur semblait se confirmer.

— La chambre de votre frère est contiguë au bureau, remarqua-t-il à seule fin de gagner du temps. Pourtant, Mr..., pardon, le lieutenant Wyncliffe affirme qu'il n'a rien entendu, pas même un bris de vitre.

— David est un vrai loir, rétorqua Emma. Un tremblement de terre ne le réveillerait pas.

— Oh ! je vois.

L'inspecteur toussota poliment.

— Eh bien, pour en revenir aux faits… Tous vos serviteurs sont dignes de confiance, n'est-ce pas ?

— Nous en avons peu, Mr Stowe, mais nous leur accordons toute notre confiance, malgré quelques rares dissensions. La plupart d'entre eux ont été engagés par mon père lorsqu'il a fait construire cette maison, et jamais rien n'a disparu. Vous pouvez constater par vous-même leur agitation à la seule pensée d'être soupçonnés, ajouta-t-elle sèchement.

L'inspecteur s'avança alors vers la porte de communication qu'il ouvrit, puis il jeta un coup d'œil dans la pièce.

— C'est le bureau de mon père. Désolée, il est en désordre. Depuis que mon père…

Elle essaya vainement d'évoquer sa mort.

— Au cours de ces derniers mois, j'ai voulu mettre de l'ordre dans ses livres et ses papiers. Malgré la renommée que lui avaient procurée ses travaux, il n'était pas des plus organisés, précisa-t-elle avec un sourire triste.

— Peu d'érudits le sont.

Stowe referma la porte et renonça à ce sujet visiblement trop pénible.

— Les domestiques m'ont appris que vous aviez renvoyé votre garde gujar le mois dernier.

— Je n'ai pas renvoyé Barak ! Notre chowkidar souhaitait rentrer dans son village en raison de la maladie de sa femme. Il reprendra son travail lorsqu'elle ira mieux. Je ne vois pas pourquoi on l'accuserait pour la seule raison que c'est un Gujar.

— Non, bien sûr que non, répondit vivement l'inspecteur. Mais les Gujars ont très mauvaise réputation à Civil Lines, Miss Wyncliffe, vous devez le savoir. De toute façon, je ne saurais trop vous conseiller d'engager un remplaçant pendant que votre gardien est en congé.

— Nous sommes parfaitement en sécurité avec notre personnel, Mr Stowe.

L'inspecteur rangea son carnet et son crayon dans sa poche de poitrine et se prépara à prendre congé.

– Peut-être avez-vous eu de la chance cette fois-ci, Miss Wyncliffe, mais je vous conjure de ne pas prendre d'autres risques. Soyez assurée que je serai toujours à votre disposition.

Oui, il l'admettait, Emma Wyncliffe était très intimidante. Pourtant, il se surprenait à éprouver de l'admiration pour elle. Ce n'était certainement pas une beauté, avec son physique ingrat, presque démodé dans ce shantung beige, et son petit chignon de maîtresse d'école. Cependant, elle avait quelque chose d'indéniablement irrésistible. Elle était intelligente, franche et d'un sang-froid à toute épreuve.

Emma, qui avait surpris l'air embarrassé de l'inspecteur, eut soudain honte de son peu d'amabilité. Après tout, ce n'était pas la faute de ce pauvre garçon. Il faisait son travail et elle ne lui avait même pas offert une tasse de thé !

– Merci de l'intérêt que vous nous portez, Mr Stowe, se ravisa-t-elle avec un grand sourire. Mr Carter a été très aimable d'accorder, malgré ses lourdes responsabilités, autant d'attention à une affaire somme toute banale. Ma mère, si elle s'était sentie mieux, vous aurait sûrement remercié elle-même.

Ce sourire inattendu, étonnamment radieux, adoucissait la sévérité du visage de la jeune femme. Howard Stowe rougit.

– Euh... faites poser des grilles le plus tôt possible, Miss Wyncliffe. Entre-temps, je donnerai l'ordre à mes agents de surveiller particulièrement votre maison dès la nuit tombée.

– Merci. Ma mère en sera soulagée. Comme tous les malades, elle a tendance à être inutilement nerveuse.

Le jeune homme réfléchit une fraction de seconde, puis, encouragé par le sourire qui éclairait encore le visage d'Emma, il se lança.

– À propos, Miss Wyncliffe, vous serez heureuse d'apprendre que nous nous intéressons à l'incident malheureux qui s'est produit ce matin, près de Qudsia Gardens. On envisage même de procéder à quelques arrestations. Je vous conseille de ne pas vous aventurer de ce côté pendant quelques jours. Les hommes sont encore d'humeur belliqueuse.

– Comment savez-vous...

– Je l'ai appris en venant ici ce matin. Aucune autre Anglaise

23

n'aurait osé... ou même, ne s'en serait souciée. Au revoir, Miss Wyncliffe.

Dès qu'elle eut raccompagné l'inspecteur, le sourire d'Emma disparut. Elle revint dans le salon, s'approcha de la cheminée et passa les doigts d'un geste tendre sur la place laissée vide par la pendule en argent qu'aimait tant son père. Une bouffée de colère l'envahit.

Si David renouait avec ses vieux démons, elle ne le lui pardonnerait pas aussi facilement.

Carrie Purcell tenait devant elle une chemise de mousseline blanche et l'examinait d'un œil critique.

— Il manque deux boutons et une couture s'est défaite. Autrement, ce sera parfait pour l'été. Je suis sûre qu'elle fera plaisir à un pauvre vieux de notre cantine. À moins que vous ne vouliez la donner à votre cuisinier.

— Qu'a-t-on attribué à Saadat Ali jusqu'à présent ? demanda Margaret Wyncliffe.

— Deux pyjamas, la chemise à carreaux, une des préférées de Graham, et une paire de pantoufles. Tandis que – elle consulta ses notes – le pauvre vieux Majid n'a eu qu'un manteau dépenaillé et un pyjama.

— Dans ce cas, donnons-lui la chemise à carreaux et la moitié des lungis.

Aidée par l'ayah, Carrie traîna une autre malle.

— Voyons un peu ce qu'il y a là-dedans.

Tout en fouillant dans le linge, elle continuait à bavarder joyeusement. De temps en temps, elle s'arrêtait pour consulter son amie ou ses notes. Au bout d'un moment, elle sortit de la malle un dernier lainage, un gilet bordeaux foncé.

— Celui-ci est bien trop bon pour qu'on le donne. David en voudrait peut-être ? Il est assorti à sa nouvelle veste.

— Il faudra que j'en parle à Emma. Elle l'avait tricoté pour Graham lors de sa dernière expédition. Elle est tellement susceptible en ce qui concerne les affaires de son père.

— Alors, mettons-le de côté pour le moment. Emma pourra jeter un coup d'œil sur ma liste quand elle en aura le temps.

— Le temps ?

Margaret Wyncliffe eut un petit rire triste.

— Avec les dépenses supplémentaires occasionnées par les grilles et la vitre brisée, sans parler du toit qui fuit, la pauvre enfant aura encore moins de temps libre qu'avant.

Mrs Purcell griffonna une note en secouant la tête d'un air distrait.

Déjà le jour tombait en ce début d'hiver, les ombres s'allongeaient sur la pelouse obscure. Majid traversa la véranda d'un pas traînant et posa le plateau à thé sur une table basse, puis il alluma les candélabres. Carrie Purcell se leva et s'étira. C'était une forte femme, toujours de bonne humeur, que son embonpoint avait définitivement brouillée avec sa balance.

— Mais où est donc Emma ? demanda-t-elle, passant en revue avec satisfaction l'assiette de petites crêpes chaudes et le beurrier bien garni. Au collège ?

— Non, chez les Sackville.

— Un lundi ? Ne serait-ce pas plutôt le jeudi ?

— En effet, mais Alexander entre bientôt en fonction à la banque et son ourdou n'est pas satisfaisant. Emma lui donne un cours de conversation trois fois par semaine. Elle ne devrait pas tarder.

Mrs Wyncliffe se redressa afin de servir le thé.

— Emma se fait accompagner par le fils du balayeur, n'est-ce pas ?

— À quoi bon ?

Margaret Wyncliffe tendit une tasse à son amie et s'en versa une.

— Elle porte sur elle le colt de son père. Dieu merci, jusqu'ici, elle n'a jamais eu à s'en servir.

— Elle le fera si nécessaire, croyez-moi. Graham ne lui laissait-il pas une grande liberté dans ses camps ? Je vous en supplie, Margaret, cessez de vous tourmenter pour elle.

Mrs Wyncliffe ferma ses yeux fatigués. Cesser de se tourmenter ? Grand Dieu, comment le pourrait-elle tant qu'elle aurait la responsabilité d'une fille célibataire aussi têtue ?

— De quoi parlez-vous ? Des camps de papa ? demanda Emma qui avait entendu la réflexion de Margaret. Elle prit un tabouret en rotin et s'assit. Son visage avait un hâle couleur de miel et ses cheveux étaient, comme à l'accoutumée, tirés en arrière.

Le visage de sa mère s'éclaira.

— Carrie me rappelait à l'instant à quel point ton père te laissait libre lorsque tu l'accompagnais dans ses expéditions. Je ne comprends toujours pas comment tu as pu supporter une vie aussi primitive.

— Oh, sans difficulté, répliqua Emma. David, lui, en était incapable, trop gâté qu'il était par vos soins.

— Je ne l'ai pas gâté plus que toi. Jamais !

— Bien sûr que si, maman ! insista Emma en souriant. Et vous continuez !

Elle se pencha et passa un doigt affectueux sur les lainages qui encombraient le lit.

— Je suis contente que ce soit enfin fini. Nous avons repoussé ce tri depuis des semaines alors que papa détestait qu'on remette les choses au lendemain.

Elle frissonna.

— Pourquoi Jenny ne vous a-t-elle pas accompagnée aujourd'hui, Carrie ?

— Parce que Jenny est là où elle passe sa vie depuis quelque temps, répondit Carrie Purcell, les lèvres pincées. Chez l'homme de sa vie.

— John Bryson ?

— Oh non, son couturier. Apparemment, il n'a pas cousu les paillettes qu'elle avait choisies sur la robe qu'elle portera au burra khana des Price. J'espère que vous serez des nôtres, ma chère Emma.

Emma fit non de la tête.

— Je donne un cours le samedi soir. De plus, compte tenu de ce qui s'est passé lors du dernier dîner, je ne serais peut-être pas la bienvenue.

— Balivernes ! s'écria Carrie. Georgina se souvient difficilement de son petit déjeuner, alors les incidents d'une réception datant de deux mois... D'ailleurs, vous aviez raison, ajouta-t-elle avec un gloussement rauque. Pourquoi ne pas apprendre la langue du pays ? J'étais entièrement d'accord avec tout ce que vous avez dit à cette femme insupportable.

— Pourtant, la plupart des invités ne l'étaient pas, intervint Mrs Wyncliffe avec humeur. Et cette pauvre femme – comment s'appelait-elle, Duckworth ? –, Emma l'a vraiment choquée. Quant à Georgina, elle m'a avoué avoir été très gênée.

— Et ma pauvre Em, alors ? Fallait-il qu'elle accepte les propos de cette vieille bique stupide ?

— Tout cela n'a aucune importance, s'empressa d'affirmer Emma, puisque j'ai décidé de ne pas y aller.

— Tu dois y aller ! insista sa mère. Alec s'est déjà présenté deux fois pour savoir s'il pouvait t'accompagner. Ne peux-tu déplacer ta leçon à mardi ?

— Je viens de commencer chez les Granger, maman, protesta Emma en replaçant une mèche de cheveux derrière son oreille. Et on m'a déjà lancé des regards désapprobateurs lorsque je suis arrivée en retard l'autre matin.

Puis, comme sa mère cherchait à s'engager dans l'une de leurs querelles coutumières, la jeune fille capitula.

— Eh bien, d'accord. Si cela peut vous faire plaisir, j'irai. Ce sera une corvée, mais je ferai tout mon possible pour supporter cette soirée, et Alec Waterford.

— Ce ne sera peut-être pas aussi insupportable que tu le crois, intervint Mrs Purcell. Georgina prétend que Geoffrey Charlton sera là.

— Geoffrey Charlton ? Je ne savais pas que les Price le connaissaient.

Les yeux d'Emma brillèrent.

— Si, Reggie le connaît. Ils se sont rencontrés à Londres, à l'Académie royale de géographie. Jenny a dit que John vous escortera toutes les deux à la conférence que donne Geoffrey ce week-end à l'hôtel de ville, où il projettera des vues à la lanterne magique.

— En effet.

Emma termina son thé.

— Et maintenant, je dois me remettre au travail si je veux que tout soit à peu près rangé avant la fin de la semaine.

Elle quitta la pièce avec un petit geste de la main. Les joues creuses de Margaret Wyncliffe frémirent, quand elle pressa un mouchoir contre son front et ouvrit la bouche.

— Ne commencez pas à débiter vos inepties habituelles, ma

chère Margaret, l'avertit Carrie Purcell. Ou alors, je vais être très, très en colère.

— Ce ne sont pas des inepties !

Mrs Wyncliffe renifla bruyamment dans son mouchoir.

— Si je me portais mieux, Emma aurait-elle besoin de s'abaisser à donner ces humiliantes leçons ? Mon cher David aurait-il besoin de quitter la maison ?

— Emma agit comme le ferait toute fille raisonnable et dotée de sens pratique. En gémissant sur elle – et sur vous-même –, vous ne faites que l'humilier davantage. Quant à David, son affectation loin de chez vous fera le plus grand bien à votre très cher fils. Il a beaucoup de chance – beaucoup plus qu'il n'en mérite, je dois dire – d'avoir été désigné pour ce poste grâce à l'intervention du colonel Adams.

— Oh, je sais, je voulais seulement dire...

— Je sais ce que vous vouliez dire, chère amie, mais ne nous apitoyons pas trop sur nous-mêmes. Au moins, vous n'êtes pas menacée d'expulsion comme ces pauvres Handley, à la merci d'un odieux propriétaire. Vous avez un toit et, même s'il fuit, il est à vous.

— Vous avez raison, ma chère Carrie, comme toujours, répondit Mrs Wyncliffe en se tamponnant les yeux. Je ne devrais pas gémir et pleurnicher, mais il m'arrive de me sentir si... frustrée, surtout en ce qui concerne Emma. Quant au toit, il va falloir le faire réparer avant le départ de David. Emma n'en aura pas le temps et je suis bien incapable de m'en occuper moi-même.

— Vous avez des nouvelles ?

— De son affectation ? Non. Je souhaite simplement qu'on ne l'envoie pas trop loin de Delhi.

— La discipline militaire lui sera bénéfique, Margaret. Elle l'empêchera de faire des bêtises et endurcira son caractère. Il en a besoin. Vous ai-je rapporté ce que le colonel Adams a dit à Archie l'autre soir ? Que votre David est très doué pour les langues et que c'est un alpiniste hors pair.

— Il tient cela de son père. Graham était aussi agile qu'un chamois et il parlait les dialectes comme un indigène.

Voyant de nouveau trembler les lèvres de son amie, Carrie Purcell jugea bon de changer de sujet.

— Dites-moi, ma chère, quel policier Ben Carter vous a-t-il

envoyé ce matin ? J'espère que ce n'était pas ce stupide petit bonhomme verbeux qui a les pieds en dedans ?

— Non, un certain Stowe, nommé depuis peu à Delhi.

— Howard Stowe ? Savez-vous que c'est un parti très acceptable ? remarqua Carrie Purcell, les yeux brillants.

— Vraiment ?

— Vingt-sept ans. Winchester et Oxford. Une réussite éclatante. Il a fait des ravages auprès des jeunes filles cet été. C'est, en tout cas, ce que sa sœur Grace a raconté à Jenny. Il est bien un peu ennuyeux et parfois un tantinet pompeux. Mais que voulez-vous, personne n'est parfait. Si l'on considère les autres candidats sur le marché, qui peut se montrer difficile ?

— Jenny s'intéressait-elle à ce garçon ?

— Il se trouve que non. Je pensais à lui à cause d'Emma.

— Emma ?

Mrs Wyncliffe se redressa vivement.

— Je ne savais pas qu'elle l'avait rencontré avant ce matin !

— En réalité, elle ne le connaissait pas, du moins pas que je sache. Je n'en parlais que comme d'une possibilité.

— Oh, une possibilité !

Margaret Wyncliffe s'adossa de nouveau à l'oreiller.

— Avec Emma, j'ai depuis longtemps cessé de considérer les possibilités.

— Ma chère Margaret, observa Carrie, mécontente du ton désapprobateur de son amie, Emma a reçu une meilleure éducation que la plupart des filles, elle a une tête bien faite et, qui plus est, elle sait s'en servir. Elle est sans doute la seule capable de lire, d'écrire et de parler deux langues avec une telle facilité.

Elle prit une crêpe, sur laquelle elle étala un bon morceau de beurre.

— L'éducation et l'intelligence comptent certainement, Carrie, répliqua Mrs Wyncliffe avec une vivacité soudaine, mais elles n'aident pas à trouver un mari !

— Une seule chose devrait vous inquiéter, Margaret : Emma trouvera-t-elle un homme assez captivant pour elle ?

— Que reprochez-vous à Alec Waterford ?

— Rien, si vous avez envie de vous accommoder d'un gendre triste comme un bonnet de nuit et toujours accroché aux jupes d'une mère insupportable. Je suis incapable d'imaginer Emma vivant sous le même toit que Daphne Waterford, pas plus que je ne l'imagine femme de vicaire. Notez bien que John ne vaut guère mieux. Je l'aime comme un fils, mais lui aussi manque totalement de... de caractère.

— Du caractère, c'est bien joli, reprit Mrs Wyncliffe, l'air abattu. Mais, de nos jours, les hommes ne courent pas après. Au contraire. Et vous savez ce que les gens disent...

Malgré sa loyauté indéfectible envers Emma, Carrie Purcell ne pouvait le nier : les bavardages au sujet de sa filleule allaient bon train et ils lui étaient rarement favorables.

— L'homme de Daryaganj refuse de baisser son prix pour les réparations. Étant donné le coût des matériaux, il prétend qu'il ne couvrirait pas ses frais, annonça Emma à sa mère en attendant que le dîner fût servi.

— Et l'homme du Sudder Bazaar que Norah Tiverton nous a recommandé ?

— David a dit qu'il irait le trouver en rentrant de la caserne.

La pendule murale sonna un coup. Margaret Wyncliffe leva les yeux.

— Nous avait-il prévenues qu'il serait en retard ce soir ? Il est généralement de retour à sept heures.

— Il n'est que la demie, maman. Peut-être le colonel Adams l'a-t-il retenu, à moins qu'il n'ait décidé de rester à la caserne avec des amis. Il a vingt-trois ans, vous savez ; il est assez grand pour vivre sa vie.

— Oh, je sais, je sais. Mais je ne peux pas m'empêcher de me demander si... enfin, s'il est là où vous savez.

— Il n'y est pas ! Il nous a donné sa parole, vous vous en souvenez ?

Taraudée par la pensée de la pendulette disparue, Emma s'était exprimée d'un ton sec, plus pour se persuader elle-même que pour convaincre sa mère.

David ne rentra qu'une heure et demie plus tard. Il fit irruption dans la salle à manger à grandes enjambées au moment où sa mère et sa sœur s'apprêtaient à prendre un repas tardif.

— Vous ne pouviez pas attendre le retour de l'enfant prodigue pour attaquer le veau gras, hein ? remarqua-t-il avec sévérité. Rien que pour ça, j'ai bien envie de confisquer ces humbles présents.

Il agita les deux élégants paquets qu'il tenait à la main, puis les fit disparaître derrière son dos.

— Désolé, mon cher enfant, mais il est huit heures trente passées, lui fit observer Mrs Wyncliffe.

— Ah, vous êtes rongée par le remords, n'est-ce pas ?

— Nous sommes rongées par la faim, rétorqua Emma d'un ton aigre. La Bible ne fait pas allusion au manque de ponctualité des fils prodigues.

— Hélas, ce n'est que trop vrai.

Le visage de David s'éclaira.

— Mais étant singulièrement enclin au pardon, je vais passer sur votre manque de courtoisie à condition qu'il ne se répète pas.

Avec un grand moulinet des deux bras, il plaça un paquet devant chacune et s'assit, les bras croisés. Il était d'excellente humeur.

— Mon Dieu ! s'exclama sa mère, l'air ravi. Des cadeaux quand ce n'est ni Noël ni un anniversaire ! S'agit-il aujourd'hui d'une occasion particulière ?

— C'en est une, en quelque sorte.

Il fit une pause, heureux de les tenir en haleine tandis qu'il se servait du ragoût de mouton que Majid lui présentait.

— Après tout, ajouta-t-il avec désinvolture, une première affectation se doit d'être célébrée d'une façon ou d'une autre, n'est-ce pas votre avis ?

— Tu as reçu ta feuille de route ! s'écria Emma.

— Oui.

— Pour où ?

— Leh.

— Oh, David, c'est exactement ce que tu souhaitais !

— Oui, tu peux le dire ! Je dois me présenter devant Maurice Crankshaw, le commissaire adjoint.

Il se carra dans son fauteuil, le visage rayonnant.

— Qu'en pensez-vous ?

— Leh ? N'est-ce pas en Chine ?

— Seulement selon les géographes chinois, répondit David en riant. Oh, maman, finirez-vous par vous entendre un jour avec la géographie ? C'est au Ladakh et non en Chine. En tout cas, je serai à la fois vaguemestre et interprète et – tenez-vous bien – je bénéficierai d'un demi-bungalow et d'un demi-serviteur. Les deux autres moitiés sont destinées au bureau.

– Pour une première affectation ? s'enquit Emma. N'est-ce pas inhabituel ?

– Pas plus que les talents de ton frère.

– Notamment la modestie !

– Mais, c'est tout de même très... très loin de Delhi ! gémit Mrs Wyncliffe. Quand te reverrons-nous ?

– Allons, allons, maman, pas de larmes. Vous me l'avez promis, rappelez-vous.

Il bondit de sa chaise pour l'étreindre et la rassurer.

– Si tout va bien, nous pourrons nous réunir à Leh l'été prochain. N'est-ce pas une perspective agréable ?

– Quand pars-tu ? demanda Emma.

– Je fais une courte période d'instruction à Dehra Doon. Ensuite, avec un peu de chance, on me donnera une semaine ou deux avant que je me rende à Leh.

Il jeta un coup d'œil sur les cadeaux.

– N'allez-vous pas les ouvrir pour voir ce que l'enfant prodigue vous a généreusement offert ?

Essuyant ses larmes, Margaret Wyncliffe défit le sien et porta une main à sa gorge. Dans une élégante boîte en cuir double de velours rouge, reposaient deux brosses à monture d'argent accompagnées d'un miroir et d'un peigne assortis.

– Oh, mon Dieu, c'est... c'est magnifique ! Tout cela a dû te coûter une véritable fortune !

– En effet, mais c'est une fortune bien placée.

Emma considérait son cadeau en silence : un kimono chinois en soie écarlate orné de motifs brodés de couleurs vives. Ravalant son étonnement – et son inquiétude –, elle s'efforça de continuer à sourire.

– C'est très joli, David. Merci. J'avais justement besoin d'un autre kimono.

Heureuse et fière, Mrs Wyncliffe posa la boîte après avoir examiné son contenu sous toutes les coutures.

– Pendant que j'y pense, chéri, as-tu songé à parler à l'homme du Sudder Bazaar au sujet des réparations ?

– Zut ! Je savais que j'avais quelque chose à faire et j'ai oublié. Demain, parole d'honneur.

– Nous ne pouvons différer plus longtemps les travaux, fit remarquer Mrs Wyncliffe.

– Sans oublier les grilles, ajouta Emma.

– Il faut absolument réparer le toit avant que nous ne subissions d'autres pluies diluviennes. La dernière fois, elles ont endommagé le piano et les tapis. Et si nous vendions le piano ? Il ne nous sert plus à grand-chose.

– Oh non, maman, c'est impossible ! protesta Emma. Papa l'avait acheté de ses propres deniers.

– Alors, as-tu pensé à l'offre du nabab ?

– Oui.

Emma fit une pause.

– J'ai décidé de la refuser. Une fois le livre rédigé à partir des documents que je possède, j'ai l'intention de le soumettre à l'Académie royale de géographie.

– Es-tu bien sûre, ma chérie, que c'est la bonne décision ?

– Oui, maman. Je sais que le nabab a des intentions louables, mais je doute fort que les spécialistes de la Société des gens de lettres de Delhi manifestent le moindre intérêt pour l'ésotérisme dans les monastères bouddhistes de l'Himalaya.

– Mais, ma chérie, insista sa mère, la Société jouit d'une grande réputation parmi les intellectuels, le nabab lui-même est considéré comme un érudit.

– De toute façon, les maigres notes rapportées par le Dr Bingham n'ont pas encore été analysées.

– Theo Anderson est-il d'accord pour t'aider ?

– Non. Il a été bouleversé par ce qui est arrivé à papa, mais il est reparti au Tibet où il a beaucoup de travail et peu de temps pour s'occuper d'autre chose.

– C'est peut-être aussi bien, intervint David, qui avait remarqué le désappointement de sa sœur. Ce vieux bonhomme distrait aurait sans doute laissé dormir ces papiers sur une étagère pendant des mois.

– C'est vrai, mais sans les conseils d'un professionnel, je serai incapable de rédiger les notes de papa pour en faire un livre digne de l'Académie royale.

— Dans ce cas, ma chérie, s'interposa Mrs Wyncliffe, ne vaudrait-il pas mieux...

— Non ! l'interrompit Emma. Le travail de papa ne peut être évalué comme une vulgaire marchandise, maman. Il y a consacré sa vie, a pris des risques terribles... Il est mort pour cela.

Elle s'interrompit pour s'éclaircir la voix.

— Je refuse de sacrifier l'œuvre de papa à un opportunisme financier.

— Je suis d'accord avec Em. L'Académie royale a financé les expéditions de papa, elle l'a décoré de la médaille d'or pour ses découvertes dans le Tian Shan. Pour toutes ces raisons, elle doit bénéficier d'un droit de préemption sur le manuscrit.

Margaret Wyncliffe hocha la tête avec résignation.

— Dans ce cas, il ne nous reste plus qu'à vendre notre service à thé ancien.

— Nous ne vendrons rien !

David s'adossa à son siège, les pouces dans les emmanchures de son gilet.

— Je dispose des fonds nécessaires.

— Je ne veux plus d'emprunts, David chéri, protesta sa mère une fois revenue de sa surprise. Il est suffisamment difficile de nous acquitter des dettes que nous avons déjà.

— Je n'ai rien emprunté, maman. D'ailleurs, j'ai remboursé ce que nous devions.

— D'où te vient tout cet argent alors ?

— Une aubaine, vraiment.

Il se tamponna les lèvres avec sa serviette et repoussa son assiette.

— Nous avons organisé une loterie à la caserne pour célébrer la fin de l'instruction et le début des affectations. J'ai tiré le billet gagnant.

— Oh !

Le visage de sa mère s'éclaira.

— Dans ce cas, tout va bien. Et même, cela ne pouvait tomber mieux, n'est-ce pas, Emma ? Quel soulagement de ne plus avoir affaire à ces horribles prêteurs sur gages !

Emma garda le silence.

Une fois le dîner terminé, David ouvrit l'atlas et montra la ville de Leh à sa mère.

– Ce n'est pas vraiment une ville, plutôt un village au pied de la colline. L'air y est pur et les étés aussi frais qu'à Simla. D'après Nigel Worth, Cranks est un vieux grincheux, une sorte de négrier, mais c'est un bon officier et un fin politique. De plus, il parle couramment les langues indigènes.

– Mais es-tu certain d'être un interprète assez compétent ? demanda Mrs Wyncliffe avec l'inquiétude d'une mère.

– Bien sûr que oui ! Croyez-vous qu'Adams m'aurait donné cette affectation et que le vieux Cranks l'aurait acceptée s'ils doutaient de moi ? Les problèmes de frontières étant ce qu'ils sont, l'armée a certainement besoin d'hommes de confiance.

Anéantie à l'idée du départ imminent de son fils, Mrs Wyncliffe n'avait pas remarqué le silence d'Emma. Celle-ci savait qu'elle ne pourrait parler à son frère en privé tant que sa mère ne se serait pas retirée. Le Dr Ogbourne lui ayant interdit de monter les escaliers en raison de ses problèmes cardiaques, elle occupait le petit salon du rez-de-chaussée et David s'était installé près d'elle dans la chambre d'amis.

Lorsque leur mère eut pris ses médicaments et qu'elle se fut couchée, à l'abri sous sa moustiquaire, Emma alla trouver son frère. Il était étendu sur son lit, un livre à la main, fixant le plafond d'un regard sans expression. Il sursauta.

– Em ? Je te croyais au lit.

– Je suis ravie que toi, tu ne dormes pas. J'ai à te parler.

– Encore ? grogna-t-il.

– Oui, encore.

Elle s'installa au bord du lit et lui prit le livre des mains.

– C'est bien toi qui as mis en scène ce cambriolage absurde, la nuit dernière ?

– Moi ?

Il se redressa sur un coude.

– Non, certainement pas ! Tu penses que j'ai pris la pendule ?

– Oui. Tu as de nouveau des ennuis, n'est-ce pas ?

– Je n'ai pas pris la pendule et je n'ai pas d'ennuis !

– Si seulement je pouvais te croire ! Où as-tu passé la nuit ?

Elle fixa le visage provocant de son frère.

– Ici. Je dormais.

– Non. Tu n'es pas rentré avant deux heures. J'ai entendu ton cheval broncher en passant devant le perron.

— C'est faux..., commença-t-il, puis il s'arrêta. D'accord, je suis rentré tard. Et alors ?

— Alors, où étais-tu ? Et ne me dis pas que cela ne me regarde pas, parce que cela me regarde ! Si tu n'as pas vendu la pendule, comment as-tu pu te permettre ces soudaines largesses ? Sûrement pas grâce à un billet de loterie gagnant !

— Quelle différence, du moment que j'ai cet argent ? Et je l'ai fichtre bien ! Je n'ai pas eu besoin de prendre cette pendule. Vu ?

Il se leva d'un bond, fouilla dans le tiroir du haut de sa table de nuit et en retira une bourse en toile qu'il vida sur le lit.

Emma, accablée, considéra l'avalanche de pièces, puis son regard se posa sur le visage empourpré de son frère. David mentait si souvent qu'elle était incapable de discerner le vrai du faux.

— Tu es allé au Ourdou Bazaar.

David ne nia pas.

— Oui, et comme tu peux le voir, ça en valait vraiment la peine.

Il s'assit près d'Emma et fit courir ses doigts parmi les pièces étalées, prenant un plaisir évident à les faire tinter, à sentir le contact du métal. Un air de triomphe animait son visage mince et pâle.

— La chance a enfin tourné, Em, ajouta-t-il d'un ton rêveur. Enfin !

— Parce que, pour une fois, tu as gagné ?

— Allons, allons, Em, ne sois pas aussi rabat-joie. J'ai parié une petite somme en passant, pour fêter une affectation conforme à mes vœux.

— Combien de fois es-tu allé au Ourdou Bazaar depuis que tu as promis à maman de ne plus le fréquenter ?

— Oh, pour l'amour du ciel, Em, n'en fais pas une montagne ! Quel mal y a-t-il puisque j'ai gagné ?

— Quel mal ? Tu devrais connaître la réponse mieux que moi, David. Une promesse est une promesse. Maman en aurait le cœur brisé si elle apprenait que tu t'es remis à jouer.

— Bon sang, Em ! Ne peux-tu comprendre que, moi aussi, je dois satisfaire à des obligations sociales ? Que je ne peux accepter des invitations sans jamais les rendre ? Mon Dieu, comme je souffre de toujours être sans le sou !

36

La colère d'Emma fondit. Elle sentit monter en elle la peine familière.

— Tu as tort, David, dit-elle d'une voix lasse, moi aussi je sais ce que c'est, mais l'argent facile n'est pas une solution.

— Alors, elle est où, la solution ? rétorqua-t-il avec amertume. Donner des cours particuliers à des gosses trop gâtés ? Enseigner l'anglais à des Indiens gras et riches, et le ourdou à des Européens riches et gras ? C'est cela, ta solution ? C'est comme cela que tu veux passer le reste de ta vie ?

Le découragement assombrit le visage d'Emma.

— Non, David. Sûrement pas. Mais les circonstances m'y obligent pour le moment. Le fait est que, dans l'immédiat, nous ne pouvons, ni les uns ni les autres, nous permettre le moindre écart.

— Regarde cette maison, Em, regarde-la !

David fit un large geste des bras.

— Elle est trop grande pour nous et elle nous coûte trop cher. On dit qu'un projet de taxe d'habitation doit être adopté. Dans ce cas, nous sommes fichus. Pourquoi ne pas vendre cette satanée demeure ? Pourquoi continuer à verser de l'argent dans un tonneau sans fond ?

— Impossible de vendre *Khyber Kothi*. Maman n'acceptera jamais de vivre ailleurs. Moi-même, je ne suis pas certaine de le vouloir. Papa a fait construire cette maison quand ils se sont mariés. C'est ici que sont leurs souvenirs les plus heureux, les nôtres aussi.

Elle s'approcha de David et le prit affectueusement par le cou.

— Je sais ce que tu ressens, mon frère, crois-moi. Il m'arrive également de me sentir frustrée. Il nous faut essayer de dominer nos sentiments et de tirer le meilleur parti possible de ce que nous avons.

— C'est aussi facile que cela ? demanda-t-il, sarcastique.

— Non, mais c'est nécessaire.

— Tu as déjà entendu parler d'un sous-lieutenant devenu millionnaire uniquement grâce à sa solde ?

— Tu n'as pas besoin d'être millionnaire pour...

— J'en ai assez de tes sermons ! éclata-t-il en repoussant le bras posé sur son épaule.

Il se jeta sur son lit et fit amoureusement couler les pièces entre ses doigts.

— Prenons la vie comme elle vient, Em. Aujourd'hui, soyons heureux que j'aie pu trouver l'argent nécessaire aux réparations. Peu importe quand et comment.

Il esquissa un vague sourire en tendant la main.

— Et maintenant, si tu n'y vois pas d'inconvénient, j'aimerais récupérer mon livre.

En silence, Emma étudiait le visage rebelle de son frère, il n'avait qu'un an de moins qu'elle et elle l'aimait tendrement. Elle reconnaissait pourtant que, tout musclé et bien bâti qu'il fût, il manquait de volonté et de maturité.

— Peux-tu jurer que tu n'as pas pris la pendule, David ?

— Bien sûr !

Il s'assit, soulagé sans doute de conclure la discussion, et sourit franchement.

— Jouissons de notre chance, même si elle est fugitive. Ne pensons plus à autre chose. D'accord ?

— D'accord, répéta-t-elle à contrecœur en lui rendant son livre, mais je t'en prie, David, évite la maison de jeu.

Il ne répondit pas. Son visage prit une expression qu'Emma connaissait bien. Il était inutile d'insister.

— L'ennui avec toi, Em, remarqua-t-il en lui tordant l'oreille avec un air espiègle, c'est que tu es trop sérieuse.

— Et l'ennui avec toi, David, c'est que tu ne l'es pas assez !

— Peut-être, avoua-t-il en riant. Mais, dis-moi, contre qui t'es-tu battue aujourd'hui, mis à part ton angélique petit frère ?

— Qui t'a dit que je m'étais battue ?

— Mundu. Apparemment, tu t'es querellée ce matin, du côté de Qudsia Gardens, avec des hommes dont l'un était un firanghi. Je le connais ?

— J'espère que non. D'ailleurs, je ne me suis pas battue. Il s'agissait d'une discussion idiote sur un sujet sans importance.

David se mit à rire. Sautant de son lit, il donna une petite tape amicale sur les fesses de sa sœur qu'il poussa vers la porte.

L'incident auquel David faisait allusion avait laissé à Emma un détestable souvenir. Au cours de la journée, elle n'avait pas eu le temps d'y penser, mais maintenant, les détails sordides de cette scène lui revenaient à l'esprit.

Ce matin-là, après avoir donné sa leçon particulière, elle réfléchissait au cas du nabab Murtaza Khan qui, sans se soucier du conservatisme de sa famille, avait décidé de donner à sa fille unique éducation et instruction. À sa grande joie, l'enfant réagissait remarquablement bien à l'enseignement de sa répétitrice.

Le nabab était un exemple typique de l'aristocratie musulmane décadente. Malgré des moyens financiers réduits depuis la dispersion de la cour du moghol, il n'en éprouvait pas moins d'intérêt pour la littérature et appartenait, en tant que membre fondateur, à la prestigieuse Société des gens de lettres de Delhi. Il faisait également autorité en matière d'exégèse coranique et était un poète ourdou renommé.

Emma, qui connaissait les faibles moyens de la famille, n'avait demandé que de modestes appointements. Le nabab, par fierté, avait cherché à la récompenser en lui offrant d'acheter et de publier les notes de son père sous l'égide de la Société. Emma, très touchée par cette offre, avait cependant décidé de la décliner, craignant que la somme nécessaire à ce projet n'obligeât le nabab à vendre un bien de famille. Mais comment le faire sans l'offenser ?

Tandis qu'elle chevauchait vers Qudsia Gardens, cherchant une solution à ce problème, un tapage soudain s'éleva au bord de la rivière. Elle éperonna son cheval en direction des cris. Non loin d'un village, elle fut alors témoin d'une scène abominable.

À la tête d'un cortège d'environ cinquante villageois marchaient deux hommes qui tapaient sur d'énormes tambours. Au centre de la procession avançait un âne monté par une jeune femme dont les haillons couvraient à peine la nudité. Ses longs cheveux cachaient sa poitrine et son visage avait été noirci avec de la suie ; des traînées pâles marquaient le passage de ses larmes silencieuses. Elle tremblait convulsivement dans le froid mordant de ce matin d'hiver. À côté de l'âne cheminait un homme tenant un bâton dont il faisait pleuvoir les coups sur le dos nu de la malheureuse.

Sans hésiter, Emma mit pied à terre, son sac à la main, et se fraya un chemin à travers la foule jusqu'au cortège. Surpris, les hommes firent une halte imprévue. Emma ôta son châle et en enveloppa les épaules de la jeune femme, puis elle se tourna vers le principal bourreau. Sans élever la voix ni montrer le moindre signe de colère, elle lui intima l'ordre de cesser de battre cette femme sans défense. Déconcerté par l'intrusion d'une mem-sahib parlant couramment ourdou, l'homme, d'abord interdit, se rebiffa.

— Ce qui se passe ici ne vous regarde pas, memsahib. Étant donné son crime, elle ne mérite pas votre sympathie.

— Quel que soit son crime, insista Emma, sans se départir de son calme, ce traitement barbare lui fait honte à elle, mais aussi à votre communauté tout entière.

Les mains sur les hanches, l'homme prit une attitude de défi.

— Sa punition est notre affaire, non celle d'une étrangère !

— Croyez-vous que la justice soit mieux servie quand, pour punir un crime, on en commet un autre ? demanda Emma dont la colère montait.

— Cette femme est ma femme ! J'ai le droit de la traiter comme bon me semble !

Des murmures d'approbation coururent dans la foule. Figée de peur, les bras étroitement serrés sur le châle qui couvrait ses seins nus, la jeune femme fixait la scène en silence, sans rien comprendre.

Emma fit un pas en avant.

— Si c'est votre femme, raison de plus pour défendre son honneur et sa dignité. Posez ce bâton et laissez-la partir.

— Elle doit être punie pour ce qu'elle a fait, aboya l'homme. Ce n'est peut-être pas votre façon d'agir, mais c'est la nôtre.

Une clameur de soutien s'éleva parmi les spectateurs. Rassuré, l'homme triomphant fit avancer l'âne et leva de nouveau son bâton. Avant même qu'il ait pu le laisser retomber, Emma ouvrit son sac et en sortit son colt qu'elle braqua sur lui.

— Si vous la touchez, je vous promets que je tire.

L'homme baissa le bras et laissa retomber le bâton. Il gratifia Emma d'un regard venimeux et, jurant entre ses dents, battit en retraite. Emma se tourna vers la victime silencieuse, lui fit un signe de tête. La jeune femme glissa à terre, se précipita vers les arbres et disparut.

Personne ne se lança à sa poursuite.

Emma remit l'arme dans son sac et s'éloigna. Les villageois silencieux s'écartèrent pour la laisser passer. Dans un bosquet voisin, Mundu, tremblant de peur, serrait contre sa poitrine les rênes d'Anarkali. Au moment de remonter en selle, Emma s'arrêta. À demi dissimulé derrière un tronc d'arbre, les rênes de sa monture à la main, se tenait un firanghi. Il portait un costume d'équitation, de hautes bottes noires et un foulard de soie bleu marine orné de motifs de cachemire. Il était nu-tête. Emma marqua une hésitation. L'homme se mit à applaudir.

— Qui êtes-vous ? demanda Emma, décontenancée.

— À partir de maintenant, un admirateur.

Se redressant de toute sa hauteur, il s'inclina galamment.

— Il est rare d'assister à un spectacle aussi impressionnant, à la manifestation d'un courage aussi louable. Ces hommes auraient pu vous agresser.

— Un admirateur qui est resté à une distance respectable, me semble-t-il ! rétorqua Emma d'un ton railleur. Si ma sécurité vous importait, pourquoi n'êtes-vous pas intervenu ?

— Jugeant suffisamment efficaces vos formidables ressources, j'ai considéré que c'était inutile. Je n'aurais pas fait mieux moi-même. D'ailleurs, ajouta-t-il avec un sourire en penchant légèrement la tête, il est fort possible que cette femme ait mérité son châtiment.

— Approuvez-vous l'attitude de ces hommes ? demanda Emma, outrée.

— Eh bien, si elle a été infidèle à son mari — ce qui est probablement le cas —, alors oui.

— Vous ne trouvez pas odieux les châtiments corporels, surtout appliqués à une femme sans défense ?

— Non, s'ils sont un moyen de dissuasion efficace. Je ne pense pas qu'elle se permettra d'autres écarts de conduite.

Emma l'observait avec répulsion.

— Puisque vous parlez avec une telle assurance, doit-on penser que vos étonnantes déductions sont dues à une expérience personnelle ?

Elle eut la satisfaction de le voir rougir.

— Je remarque que vous êtes à la hauteur de votre réputation, Miss Wyncliffe. Vous avez incontestablement la dent dure.

Prise au dépourvu, Emma fronça les sourcils.

– Comment connaissez-vous mon nom ?

– Comment ?

Il se mit à rire.

– S'il doit être tenu caché, avouez que le secret n'est pas bien gardé. Votre renommée, croyez-moi, est tout à fait remarquable.

Elle lui jeta un regard glacial.

– J'ignore qui vous êtes et je ne tiens pas particulièrement à le savoir. Je me dois pourtant de vous dire que je trouve votre attitude plus que déplaisante.

Sans attendre de réponse, elle se remit en selle et s'éloigna au galop.

Qui donc était cet homme ?

Elle allait bientôt le savoir.

2

Inconnu de tous, hormis du gouvernement indien et de certains cercles autorisés, le Hunza est un petit royaume perché au sommet d'un escarpement montagneux. Limité au nord par le Toit du Monde, à l'est par le massif du Karakoram et à l'ouest par l'Hindu Kush, le Hunza est séparé de son jumeau, le Nagar, par la rivière Hunza qui dévale la pente dans un grondement de tonnerre entre des falaises formidables. Au loin s'élève un pic géant, le Rakaposhi, haut de vingt-cinq mille cinq cent cinquante pieds, qu'on appelle aussi dans la région le Dumani ou Mère des Brouillards, enseveli sous une calotte étincelante de neiges éternelles. De fréquentes avalanches produisent dans le défilé des échos assourdissants. Seule une précaire passerelle suspendue permet d'accéder au royaume du Hunza.

Un anthropologue allemand, ne connaissant pas le nom du vaste territoire inexploré qui l'entoure, le nomma jadis Dardistan et ses habitants les Dardes. Ceux-ci, bien qu'ils se prétendent les descendants directs d'Alexandre le Grand, méprisent leurs cousins blancs et ne sont les vassaux – indociles – que du maharajah du Cachemire et de l'empereur de Chine. Comme tous les Dardes, les Hunzakuts tiennent avant tout à leur indépendance ; ces montagnards extraordinaires sont aussi hostiles et inhospitaliers que le pays glacial où ils vivent. À l'écart des pièges d'une prétendue civilisation, ils font partie des populations les plus robustes du monde, et des plus cruelles. Leur occupation favorite est le pillage, leurs cibles les riches caravanes qui parcourent la route de la Soie entre Leh, Yarkand et Kashgar.

C'est donc sur cet aspect moins agréable du caractère hun-zakut que méditait le colonel Mikhail Borokoff de l'armée impé-riale russe, assis par une froide matinée d'hiver à la table de Safdar Ali Khan, le mir du Hunza. L'interminable cérémonial du repas avait pris fin. En tant qu'invité d'honneur, le colonel avait eu le privilège de recevoir dans son assiette la tête du jeune yak qui constituait la pièce maîtresse du ragoût cuit à l'huile de noyau d'abricot. Ni lui ni aucun des dix cosaques qui formaient sa garde n'avaient mangé de viande aussi tendre depuis qu'ils avaient quitté Tachkent quelques semaines plus tôt.

La vaste salle dans laquelle ils avaient pris place était gla-ciale, les manifestations d'amitié douteuses, et Borokoff se sen-tait mal à l'aise. Il était cependant impensable de montrer le moindre signe de défiance à ce stade des négociations. Ainsi que le lui avait indiqué Alexei Smirnoff, le meilleur moyen, pour traiter avec ce despote barbare, était de se montrer coura-geux et intraitable.

Borokoff détestait la montagne, l'air raréfié et glacial, l'alti-tude terrifiante, les pistes glissantes, pareilles à des miroirs. Ses cosaques et lui avaient été escortés par les hommes de Safdar Ali qui leur avaient fait passer un col relativement bas, encore praticable. Mais s'ils s'attardaient, si le défilé était bloqué par la neige, ils seraient coincés dans cet horrible endroit au moins jusqu'au mois de mai. Si le froid ne le tuait pas, l'ennui le ferait sûrement.

Une fois le repas de midi terminé, il fit une nouvelle tenta-tive pour se remettre au travail.

— Connaissant l'extrême perspicacité de Votre Altesse, atta-qua-t-il avant que le mir pût aborder un sujet quelconque, je serais curieux de connaître l'impression qu'a faite sur Votre Altesse le colonel Algernon Durand.

Le sauvage illettré auquel il s'adressait n'avait aucun droit à ces titres ronflants mais Borokoff le savait flatté. Le Russe choi-sit soigneusement dans la pyramide de fruits posée devant lui une pomme dans laquelle il mordit. Elle avait la douceur d'un nectar.

— L'Anglais de Gilgit ?

Le visage de Safdar Ali s'obscurcit.

— Cet homme est un imbécile et, qui plus est, un insolent.

— Et les conditions qu'il vous a offertes, Votre Altesse les a-t-elle trouvées généreuses ?

— Ses conditions ?

Sur le visage du mir passa une lueur de ruse. Il se mit à jouer avec le fermoir orné de corail et de turquoise à la ceinture de sa lourde robe en soie de Chine, puis haussa les épaules.

— Certainement. Je n'ai pas lieu de me plaindre.

Il mentait effrontément, bien sûr ! D'après les informations que possédait Borokoff, le mir s'était mis dans une rage folle, avait menacé Durand de lui couper la tête et de la renvoyer au gouvernement indien sur un plateau.

— Dans ce cas, dit Borokoff en souriant, Votre Altesse aura encore moins de motifs de se plaindre en prenant connaissance des propositions que mon gouvernement m'a autorisé à lui faire. Comme je l'avais indiqué à l'émissaire de Votre Altesse à Tachkent…

— Ce que vous avez indiqué est inacceptable ! tonna Safdar Ali qui ne voyait aucune raison de laisser une latitude plus grande au Russe qu'à l'Anglais. Si votre rajah veut coopérer avec nous, il doit être prêt à nous accorder les compensations qui conviennent.

En disant ces mots, il posa brutalement son épée sur la table et envoya rouler les fruits.

Borokoff ne réagit pas à cet accès de colère. Il connaissait déjà la taille de la carotte que l'Angliski avait offerte au mir : un don de vingt-cinq mille roupies par an soumis à certaines conditions.

— Puis-je demander à Votre Altesse quelle somme lui semblerait adéquate ?

— Les Anglais ont offert trente mille roupies, répondit le mir en regardant le colonel droit dans les yeux.

— Nous sommes disposés à vous donner autant.

— Si j'accepte votre offre, les Anglais retireront la leur, remarqua Safdar Ali en faisant la moue.

— J'allais justement ajouter que si nos conditions devaient être acceptées, alors mon rajah pourrait envisager de faire une offre plus importante.

— Eh bien, avant de vous donner une réponse, je veux connaître vos conditions et consulter mon vizir.

Le Premier ministre, un vieil homme qui se tenait respectueusement derrière son maître, approuva d'un signe de tête.

— Naturellement.

Borokoff se leva et s'avança d'un pas nonchalant vers la terrasse. Nullement impressionné par le spectacle qu'offrait la vallée et l'imposante splendeur du Rakaposhi, il frissonna.

— Nous souhaiterions également accorder une aide à votre fils, proposa-t-il, sachant que les Anglais la lui avaient refusée.

— Combien ? demanda le mir abruptement.

Borokoff revint s'asseoir au bord de sa chaise pour indiquer qu'il souhaitait traiter rapidement l'affaire.

— Le prince n'a que quatre ans, mes supérieurs estiment que cinq mille roupies par an seraient une somme raisonnable.

Bien qu'agacé par la présence nécessaire de deux interprètes, Borokoff poursuivit :

— Outre cette somme, il peut y avoir encore d'autres présents, Votre Altesse. Mon rajah sait se montrer extrêmement généreux.

— Des canons sur roues ?

— Oui, cela peut se faire. Et aussi...

Borokoff hésita, comme s'il rechignait à poursuivre.

— ... des carabines modernes à répétition de petit calibre, et la poudre sans fumée que nous utilisons depuis peu. Actuellement, les troupes de Votre Altesse ne disposent que de fusils à mèche ou se chargeant par la culasse.

Safdar Ali cacha sa satisfaction sous un froncement de sourcils.

— L'autre homme que nous avait envoyé votre rajah...

— Le capitaine Grombetchevsky ?

— Oui. Il ne m'avait rien dit de tout cela.

— Avec l'arrivée de Durand à Gilgit, la situation a changé. Votre Altesse doit pouvoir parer à une attaque.

— Bah ! Durand ne possède pas d'armée capable de nous surprendre.

— Au contraire. Avec la création d'une armée au service de Sa Majesté, il a maintenant sous ses ordres toutes les troupes du Cachemire cantonnées au Dardistan.

— Nous sommes un peuple pacifique, fit observer le mir avec un soupir résigné. Nous abhorrons la violence. Pourquoi vouloir combattre les Anglais qui se présentent à nous comme des amis ?

46

Borokoff observait le visage pâle, aux traits délicats, de son interlocuteur, et cherchait à le concilier avec sa réputation de criminel impitoyable. Âgé tout juste de vingt-deux ans, Safdar Ali avait assassiné son père, Ghazan Khan, trois ans plus tôt et s'était débarrassé de ses frères afin de s'emparer du trône.

— Gilgit n'est qu'à quatre-vingt-trois kilomètres du Hunza, Votre Altesse, fit-il remarquer.

— Mais à trois cent cinquante kilomètres de Srinagar !

— À peine nommé à la tête de l'Agence gouvernementale de Gilgit, Durand construit déjà des routes pour ses troupes et son approvisionnement, et il prolonge les lignes télégraphiques à partir de Srinagar. Votre Altesse en sait assez pour saisir les mobiles cachés derrière ces aménagements aux portes mêmes de son pays.

— Peuh ! s'exclama le mir en balayant d'un geste les remarques de son hôte. Les Anglais ne dépasseront pas le Nagar.

— Ils n'en feront qu'une bouchée ! Je sais que vos soldats valent largement les Anglais, mais uniquement si vous leur donnez un armement moderne.

— Les Anglais se serviront de ce prétexte pour nous attaquer !

— De toute façon, avec ou sans prétexte, ils vous attaqueront.

— Nous avons signé un traité avec Durand, rétorqua Safdar Ali.

— Ce traité ne vaut rien puisque ni Votre Altesse ni Durand n'avez la moindre intention de l'honorer. Les Anglais ne vous font pas confiance – pas plus, ajouta-t-il vivement, que Votre Altesse ne fait confiance aux Anglais. Quant à Durand, permettez-moi de vous dire qu'il n'est pas venu en ami, mais pour reconnaître le terrain, pour juger des endroits où des routes pourraient être construites, les ponts renforcés, pour savoir quelles positions pourraient être efficacement défendues dans le défilé et pour estimer la vulnérabilité de vos forts. A-t-il pris des notes pendant sa visite ?

Safdar Ali garda le silence.

Borokoff se mit à rire.

— Le colonel est un homme têtu et ambitieux. Il ne demande qu'à se battre. De plus, c'est le frère du ministre des Affaires étrangères du gouvernement indien. Une dangereuse association.

— Je ne tiens pas à prendre l'offensive, fit remarquer le mir, décontenancé.

— Mais vous avez besoin de vous défendre, et il est évident que les Anglais attaqueront. Ils vous prendront au piège dans vos forts et envahiront votre pays. Ils vous convertiront de force à leur religion, confisqueront vos terres, vous priveront de votre dignité et vous traiteront comme ils le font des Indiens, avec mépris. Telles des sauterelles, ils dévoreront tout sur leur passage. Le nom de votre ancien royaume disparaîtra des cartes.

Était-il allé trop loin ? Borokoff lança un regard furtif en direction des gardes hunzas rangés à l'autre bout de la terrasse, hors de portée de voix, mais la vue de ses cosaques bien armés le rassura et il savait que Safdar Ali avait désespérément besoin de ses fusils.

— Ce qui donne des cauchemars aux Anglais, reprit Borokoff d'une voix douce, c'est la perspective d'une invasion russe. Ils n'auront de repos que lorsqu'ils auront inclus tous les cols dans leurs frontières...

— Ce ne sont pas leurs frontières !

Le mir frappa du poing dans sa paume.

— Ce sont nos frontières, nos montagnes, nos cols !

— Tout cela sera bientôt à eux si vous ne le défendez pas comme il faut. Quant aux subsides que Durand vous a promis, vous ne les recevrez pas tant que vous n'aurez pas cessé d'attaquer leurs caravanes. N'est-ce pas la condition qu'il a imposée ?

— Et comment survivrons-nous ? s'exclama le mir irrité, confirmant ainsi la supposition de Borokoff. Ni les Anglais ni les Russes n'ont le droit de nous priver de notre gagne-pain !

— Notre rajah n'a pas l'intention de s'immiscer dans vos affaires.

— Vraiment ?

Un bref instant, le mir eut l'air amusé.

— Et que demande votre rajah en échange de cette générosité ? Seulement de l'aider à empêcher les Anglais d'accéder à nos défilés ?

— Les armes devront arriver par une passe à la fois sûre et secrète.

— Celle de Shimsul est sûre.

— Mais elle n'est plus secrète.

48

– Il y a d'autres passes.

– Toutes seront bientôt connues du capitaine Francis Young-husband qui vous a rendu visite récemment. Il avait ordre d'explorer tous les moyens d'accès par le nord. Les cols de l'Hindu Kush sont plus bas que celles du Karakoram et plus faciles à traverser.

– Vous pensez que nous n'avons que le Shimsul ? demanda le mir d'un air matois. Il n'y a pas un seul Hunzakut vivant qui ne connaisse chaque vallée himalayenne, chaque précipice, chaque saillie, chaque crevasse. Tous peuvent franchir les montagnes les yeux fermés.

– Les Anglais apprennent vite.

– Pas suffisamment ! De toute façon, ils ne peuvent défendre ces cols sans notre aide.

– Les armes ne pourront être livrées qu'à la fin de l'été et, d'ici là, les Anglais ne resteront pas inactifs. Il est indispensable, poursuivit Borokoff en durcissant le ton, aussi bien pour vous que pour nous, qu'une route sûre, inconnue des Anglais, soit mise à la disposition des canons à roues.

– Vous n'en aurez pas besoin. Nous prendrons livraison des armes au fort de Shimsul et nous nous chargerons de les transporter.

Borokoff plissa les yeux.

– Notre rajah refusera. La livraison se fera par un passage secret. Ou elle ne se fera pas.

Un silence pesant s'établit, qu'aucun des deux hommes ne rompit. Safdar Ali, le regard perdu au loin, caressait sa barbe.

– Vous pensez à une passe en particulier, colonel Borokoff ? finit-il par dire.

– En effet.

Dans le silence se fit soudain entendre le grondement d'une avalanche. Borokoff attendit que les derniers échos se fussent éteints pour ajouter :

– La Yasmina.

– Ah !

Ce fut la seule réaction du mir ; cependant, l'air alentour parut se figer comme de la glace. Stupéfié, le vieux vizir s'affaissa sur un tabouret et les interprètes échangèrent des regards gênés. Borokoff, le regard vide, respirait difficilement. Lorsque le vizir voulut parler, d'un signe, le mir l'en empêcha, un sourire moqueur aux lèvres.

— Comment se fait-il, colonel Borokoff, qu'aucun des grands savants blancs de votre pays n'ait découvert la Yasmina ? Qu'une aussi petite passe ait pu échapper à leur inlassable surveillance ?

— Votre Altesse sait parfaitement pourquoi la Yasmina n'a pas été découverte, répondit Borokoff, impassible. Et aussi pourquoi elle pourrait bien ne jamais l'être. Le secret de son emplacement n'est connu que de votre peuple. Pour entretenir le mystère, des générations de Dardes ont été nourries de légendes. On dit que des esprits vindicatifs et malveillants hantent la Yasmina, que des gens y ont disparu à jamais.

— Et vous croyez que ce sont des légendes ?

— Ce que je crois importe peu. Mais quand bien même l'emplacement de ce défilé serait découvert, aucun guide, aucun porteur ne voudrait travailler pour nous. Les Anglais cherchent la Yasmina depuis des années et parmi eux Durand, si je ne m'abuse ?

Safdar Ali prit une noix dans le panier empli de fruits secs et la broya entre ses paumes avec une étonnante facilité. Mais il ne mordit pas à l'hameçon et la question resta sans réponse.

— Vous voulez vous servir de la Yasmina pour envahir mon pays ?

— Seulement si les Anglais le font et seulement pour vous aider à vous défendre.

— En quoi votre peuple est-il différent des Anglais ?

— Venez à Tachkent et vous jugerez vous-même. Les Russes traitent leurs alliés avec respect. Nous ne cherchons pas à leur faire adopter nos coutumes. Avec nos méthodes modernes, nous leur apprenons à mieux irriguer leurs champs et à produire davantage, à cultiver les terres stériles et à mieux vivre. Le représentant de mon empereur à Tachkent, Son Excellence le baron Boris von Adelssohn, gouverneur général, serait honoré de recevoir la visite d'un mir du Hunza afin de lui montrer ce que les Russes ont réalisé en Asie.

Nullement impressionné, Safdar Ali gratifia Borokoff d'un regard hautain.

— Les rois comme moi n'ont pas besoin de voyager hors des frontières de leur royaume.

Il se leva en repoussant d'un geste son manteau de zibeline.

– Je suis las de cet entretien. Nous le reprendrons plus tard.

Borokoff, tout en maudissant intérieurement son interlocuteur, se leva à son tour et descendit à sa suite l'échelle grossière qui conduisait à l'étage inférieur. Safdar Ali s'arrêta.

– La passe de la Yasmina est un héritage sacré de nos ancêtres, colonel. Elle nous appartient, et à nous seulement. C'est notre secret et il le restera.

Il fit quelques pas et s'arrêta de nouveau.

– Du moins jusqu'à ce que nous ayons reçu les armes.

Borokoff sentit monter en lui une jubilation immense. Safdar Ali continuerait à jouer au chat et à la souris, mais au moment d'atteindre le point de rupture, il accepterait tout.

Non, les négociations n'étaient certainement pas finies.

En cette matinée du samedi, Emma se préparait à se rendre au St Stephen's College. Elle y avait rendez-vous avec la bibliothécaire. Le ciel, du bleu étincelant caractéristique de l'hiver en Inde du Nord, promettait une belle journée. Tout en s'habillant, Emma fredonnait. Après sa visite au College, elle devait accompagner Jenny Purcell, sa meilleure amie, dans l'interminable tournée des magasins qui précède un mariage. À quatre heures de l'après-midi, le fiancé de Jenny, John Bryson, viendrait chercher les jeunes filles chez les Purcell où elles auraient déjeuné pour les emmener à l'hôtel de ville. Geoffrey Charlton allait y donner une conférence sur sa traversée de l'Asie centrale en chemin de fer. La jeune fille se passionnait pour les civilisations de cette contrée du monde. Elle se réjouissait de cette sortie depuis des jours.

Au moment où elle prenait un grand sac pour y ranger ses papiers, Emma entendit le grondement des roues d'une voiture dans l'allée. Supposant que son tikka gharry était arrivé, elle regarda par la fenêtre. Il ne s'agissait pas d'un tikka, mais d'un superbe coupé de ville tiré par des chevaux gris. Quand elle ouvrit la porte, un serviteur lui tendit une enveloppe. Surprise, elle constata qu'elle lui était adressée. À l'intérieur se trouvait une carte de visite dont le papier ivoire portait des caractères élégamment imprimés. Quelques lignes y étaient tracées :

Mr Damien Granville sollicite l'autorisation de rendre visite à Miss Emma Wyncliffe, la plus admirable des memsahibas de Delhi.

Sur la carte figurait à nouveau le nom de l'expéditeur, Damien Granville, et son adresse, *Shahi Baug, Nicholson Road, Delhi.*

Bien que ce nom lui fût inconnu, son instinct lui dit qu'il s'agissait de l'insupportable individu avec qui elle avait croisé le fer quelques jours plus tôt. Une fois encore, elle s'étonna de son audace. Elle déchira le billet, replaça les morceaux dans l'enveloppe, puis la tendit à Majid qui la porta au messager.

Comme elle n'imaginait pas en venir un jour à souhaiter revoir Damien Granville, elle le chassa de son esprit.

La salle où se donnait la conférence de Geoffrey Charlton était comble. John Bryson, arrivé de bonne heure, était parvenu à réserver des sièges au troisième rang d'où l'on voyait parfaitement l'estrade. Sur une table avait été posé un gros appareil noir. Une lanterne magique, expliqua John, du modèle le plus récent. Une grande toile avait été accrochée au mur, sur laquelle seraient projetées les vues sur plaques de verre.

Le premier à s'installer sur l'estrade fut le lieutenant gouverneur de Delhi, un homme corpulent qui, disait-on, aimait s'entendre parler. Suivirent le commissaire, d'autres fonctionnaires, ainsi que des personnalités de l'Académie parmi lesquelles le nabab Murtaza Khan. Geoffrey Charlton arriva le dernier, montrant ainsi une certaine modestie.

— Mon Dieu, mais il est terriblement jeune ! s'exclama Jenny, un peu trop fort au gré d'Emma. Je croyais que c'était l'un de ces vieux birbes que John me force à écouter.

— Il a trente-quatre ans, chuchota Emma.

— Vraiment ? Comment le sais-tu ?

— J'ai lu une notice biographique dans le *Sentinel*.

— Sur quoi écrit-il ?

– Principalement sur l'Asie centrale.

– Il vit à Londres ?

– Oui, je suppose.

– Marié ?

– Comment veux-tu que je le sache ?

– L'intérêt que tu lui portes aurait pu aller jusque-là.

– Geoffrey Charlton est un journaliste qui bénéficie d'une large audience, répliqua Emma sur un ton sévère. Toi aussi, tu t'intéresserais à lui si tu ne te contentais pas de la lecture des feuilletons à l'eau de rose que tu achètes en si grande quantité.

– De toute façon, qui s'intéresse à l'Asie centrale ?

– Pourquoi es-tu venue alors ?

– Pour faire comme tout le monde ! Tu sais, ajouta-t-elle d'un air décidé, il n'est sûrement pas marié.

– Mais comment peux-tu l'affirmer ?

– Mon flair, ma chérie. N'oublie pas que maman détecte un célibataire à cent pas, les yeux fermés.

Comme prévu, les « quelques mots » du lieutenant gouverneur durèrent un quart d'heure. Ils furent chaleureusement applaudis par un public soulagé. Geoffrey Charlton se leva enfin, et s'installa à la table.

– Quels que soient les implications politiques et les mobiles qui ont poussé à sa construction, le chemin de fer transcaspien est une réalisation remarquable par ses prouesses techniques et sa modernité, seuls les plus grincheux d'entre nous pourraient contester à la Russie ce mérite. En établissant un moyen de communication efficace entre le Caucase et la chaîne de l'Himalaya à travers une immense région inexplorée, elle s'est attiré l'admiration, la gratitude et l'envie du monde entier.

« Les premiers plans de cette ligne furent établis en 1873 par Monsieur Ferdinand de Lesseps, connu pour le percement du canal de Suez. Il avait envisagé de relier Calais à Calcutta. Considéré comme trop ambitieux, ce projet fut abandonné, de même que plusieurs autres. Il y a onze ans, le général Annenkoff, alors intendant des Transports de l'armée russe, fut chargé de la construction du Transcaspien, dans un but essentiellement militaire. Le 27 mai 1888, le train inaugural transportant un contingent de soldats russes entrait dans Samarkand, le terminus provisoire. Désormais, un train relie chaque jour la mer

Caspienne à Samarkand. Il parcourt neuf cents miles en soixante-douze heures, et s'arrête soixante et une fois.

« Mais soyez tranquilles, je ne vais pas vous accabler de statistiques. Si certains parmi vous ont des questions à me poser, j'y répondrai plus tard. J'ai maintenant l'intention de donner la parole à mes plaques et je vous invite à faire le voyage avec moi. Comme vous pourrez le constater, les photographies présentent des aspects tout à fait inattendus d'un territoire que, jusqu'à présent, on croyait désertique. J'ai eu la grande chance de vérifier que ces assertions étaient fausses. Tout y est si riche, si captivant, qu'on ne sait par où commencer.

Les lumières baissèrent, tandis qu'un puissant faisceau lumineux sortait de l'appareil. Lorsque Charlton eut introduit la première plaque, une rue de Saint-Pétersbourg apparut sur l'écran avec une parfaite netteté.

Peu à peu, les spectateurs subjugués furent transportés sur les pentes de hautes montagnes, le long de fleuves légendaires ; ils traversèrent des déserts sinistres, des vallées verdoyantes, des villes implantées dans de luxuriantes oasis. Sans se montrer grandiloquent, Charlton évoqua des civilisations oubliées, les coutumes étranges et la vie nomade des peuples d'Asie centrale.

Emma l'écoutait et regardait les projections avec une attention soutenue. Elle s'émerveillait de la prodigieuse mémoire du conférencier qui lui permettait de parler en ne regardant que rarement ses notes. Au bout d'une heure et demie, les lampes se rallumèrent et Charlton se déclara prêt à répondre aux questions.

Aussitôt, une douzaine de mains se levèrent. Un commerçant parsi demanda quel pourrait être l'effet du chemin de fer russe sur les exportations britanniques.

– Un effet considérable, expliqua Charlton. La Russie a désormais le monopole des importations sur les marchés d'Asie centrale.

Après avoir développé l'incidence du Transcaspien sur le commerce russe, il évoqua, en réponse à ses interlocuteurs, la lenteur et les retards des caravanes exportant les marchandises européennes, comparés à la rapidité et à la sécurité du chemin de fer, d'autant que les Russes encourageaient les coups de main perpétrés par les brigands hunzas.

N'éprouvant que peu d'intérêt pour ces problèmes, Emma attendait impatiemment qu'il revînt à l'Histoire. Elle fut sur le point de surmonter sa timidité pour l'interroger, mais un général de brigade, moustache martiale et monocle, se leva brusquement.

— Estimez-vous, monsieur, qu'une invasion de l'Inde par les troupes russes est possible ?

Un murmure parcourut la salle, tant la question était brûlante. Emma, déçue, s'adossa de nouveau à son siège et se résigna à écouter.

— Depuis plus d'un siècle, et même davantage, la Russie rêve d'envahir l'Inde. Maintenant, avec la mise en service du Transcaspien, la perspective d'une invasion semble plus vraisemblable. Il y a cinquante ans, la frontière russe se trouvait à mille miles de Kaboul. Aujourd'hui, elle ne se trouve qu'à trois cents miles de Peshawar après la conquête de villes comme Samarkand et Boukhara. Où sera-t-elle dans cinquante ans ? Personne ne peut le dire. D'autre part, toutes les troupes russes sont équipées d'armes modernes et sont bien mieux approvisionnées que les nôtres.

L'orateur s'arrêta pour avaler une gorgée d'eau, puis il reprit :

— La vérité, mesdames et messieurs, c'est que la présence russe en Asie centrale est presque uniquement militaire. Malgré leur attitude amicale et hospitalière, les officiers ne cachent pas leur impatience d'étendre leur territoire vers le sud, par-delà l'Himalaya. La cible la plus intéressante pour la Russie est l'Inde. Avec le Transcaspien à notre porte, peut-il y avoir des conditions plus favorables à une invasion ?

— Mais nos services de renseignements sont assez vigilants pour détecter des incursions clandestines dans l'Himalaya ? demanda un petit homme au fond de la salle.

— Sans aucun doute, et je suis heureux de l'occasion qui m'est offerte pour dire quelques mots sur les services de renseignements aussi bien militaires que civils, dont les agents, britanniques ou indiens, réunissent des informations au péril de leur vie. Constamment menacés, soumis aux rigueurs du climat, ils explorent le terrain, font des relevés et transmettent des indications précieuses sur l'Asie centrale.

Des applaudissements s'élevèrent.

– Cependant, ces vaillants efforts ne suffisent pas, poursuivit Charlton. Nous avons tous le devoir de rester vigilants. Les agents russes ont pour mission de propager des rumeurs, de perpétuer le mythe de la tyrannie britannique.

« J'aimerais terminer en évoquant la menace d'une agression russe contre notre empire. Comme vous tous ici, j'éprouve une inquiétude profonde devant l'inertie de notre gouvernement. La Russie avance pas à pas, elle réclame, attaque et annexe en toute impunité. Je suis intimement persuadé que, si nous ne réagissons pas maintenant, l'Empire britannique en Asie sera démantelé avant la fin de ce siècle.

À peine sa voix se fut-elle tue que le public se leva et lui fit une véritable ovation. Si Charlton avait voulu produire un effet dramatique, il avait réussi. Tandis qu'elles se frayaient un passage à travers la foule vers la sortie, Jenny donna un coup de coude dans les côtes d'Emma.

– Alors, n'es-tu pas maintenant décidée à nous accompagner au burra khana des Price, samedi prochain ?

– Peut-être. Nous verrons, répondit Emma en haussant les épaules.

Le colonel Mikhail Borokoff s'ennuyait. Une semaine s'était écoulée depuis sa conversation avec Safdar. Celui-ci ne se montrait pas disposé à reprendre les négociations concernant la Yasmina. Chaque fois que Borokoff cherchait à relancer le sujet, le mir remettait la discussion à plus tard, après « la fête ».

Quand il ne rédigeait pas quelque rapport à l'intention d'Alexei Smirnoff, qu'il ne se promenait pas prudemment au bord des glaciers redoutables ou qu'il ne scrutait pas le ciel plombé dans la crainte d'une dégradation du temps, le colonel s'interrogeait anxieusement sur cette mystérieuse « fête » à laquelle le mir attachait une si grande importance. La glace hivernale ne permettait pas aux joueurs de polo dardes de pratiquer leur sport favori, et les distractions au Hunza étaient rares.

Le grand jour arriva enfin.

Le spectacle allait avoir lieu dans la cour dallée, recouverte d'une neige poudreuse. Il y régnait un froid glacial. La foule, dans un état d'excitation indescriptible, s'était massée autour de deux poteaux métalliques plantés au centre de la cour, entre lesquels un personnage bâillonné était attaché. En s'asseyant aux côtés du mir, Borokoff pensa qu'il s'agissait d'une exécution ordinaire. Il poussa un soupir de soulagement en n'accordant qu'une pensée fugitive au malheureux.

La victime était un jeune garçon, à en juger par son visage imberbe. En voyant le mir s'approcher, il agita la tête de tous côtés et se mit à crier à travers le bâillon comme pour demander grâce. Safdar Ali le regarda à peine. Il fit un léger signe de la main ; aussitôt, le roulement d'un unique tambour se répercuta dans le défilé. Lorsque l'écho s'éteignit, la foule se mit à scander un chant sanguinaire.

Le mir leva l'index. Un homme sortit de la foule tandis que le chant allait crescendo. Il enleva brutalement le bâillon et plaqua la tête du garçon contre l'un des poteaux. En même temps, il leva l'autre main, l'introduisit dans la bouche hurlante et arracha la langue. Les yeux du supplicié se fermèrent, son hurlement s'acheva en gargouillis, son corps s'affaissa.

Un deuxième homme s'avança. Il portait une tige de fer. Il saisit l'adolescent par les cheveux et enfonça la tige dans l'un, puis l'autre des yeux clos. La tête du condamné roula sur le côté. Confié à ces mains expertes, le supplice n'avait pas duré plus de cinq minutes. Des hurlements de triomphe déchirèrent le ciel livide. Le spectacle était terminé.

Borokoff se sentit mal. Il avait assisté à nombre de scènes barbares dans les khanats, mais cette fois, son estomac se révoltait. S'il y avait des raisons à cette exécution cruelle, et il était sûr que c'était le cas, il avait l'horrible pressentiment que sa présence en était une.

Maîtrisant sa nausée, il s'adressa au mir d'une voix crispée.

— Qui est ce garçon ? Un étranger ?

— Non. C'est l'un des nôtres.

— Pourquoi l'a-t-on exécuté ?

— Il avait péché contre son peuple, répondit Safdar Ali dont le visage demeura impassible.

N'osant poursuivre, Borokoff attendit. Des plis de son ample robe, le mir sortit des jumelles qu'il lui lança.

— Pour se procurer ce jouet bon marché, il a trahi notre

confiance. Il a révélé à un infidèle le secret de la Yasmina et il a pris la fuite. Cette punition est à la hauteur de ce qu'il méritait.

Safdar Ali creusa ses joues et cracha par terre.

Les yeux posés sur les jumelles, Borokoff garda le silence. Safdar Ali désigna le fort d'un geste brusque et s'en fut à grandes enjambées dans cette direction. Le colonel le suivit. Le mir ne se remit à parler que lorsqu'ils furent assis dans la salle à l'étage. Seuls étaient présents l'interprète – un nouveau, remarqua Borokoff – et le cosaque qui parlait le poushtou.

– Vous livrerez ce que vous nous avez promis dans les trois mois, déclara le mir. Plus encore que les canons sur roues, nous avons hâte d'acquérir les nouvelles carabines à répétition et la poudre qui ne fait pas de fumée dont vous nous avez parlé.

– Je présente mes excuses à Votre Altesse, intervint Borokoff dont le cœur avait bondi en constatant que le mir avait mordu à l'hameçon, mais je crains que l'offre de mon gouvernement n'inclue pas les fusils en question. Ce sont des modèles récents qui n'ont pas été suffisamment contrôlés.

– Ce que nous offrons en échange à votre pays ne vaut-il pas des fusils et de la poudre ? demanda froidement le mir.

– Sans doute, Votre Altesse. Mais il serait malhonnête de ma part de promettre ce que mon gouvernement refusera.

Le visage de Safdar Ali s'assombrit.

– Alors, pourquoi les avoir mentionnés ?

– J'ai commis une indiscrétion. Une fois encore, je vous prie de me pardonner, répondit Borokoff qui s'efforçait d'avoir l'air confus.

Safdar Ali se leva. Les pieds écartés, les mains sur les hanches, il trancha :

– Sans les fusils, le marché ne tient pas, colonel Borokoff !

– Il est peut-être possible de trouver une solution…, avança le colonel, qui craignait un accès de colère.

Le mir se rassit, une main sur la hanche, non loin de la garde de son épée.

– Eh bien ?

– D'abord, une question. Cet infidèle auquel le garçon a confié le secret de la Yasmina, qui était-ce ?

– C'était un Angliski, comme vous diriez.

— C'était ?…

— Comme le garçon, il n'a plus aucune importance.

— Ah !

Borokoff se sentit soulagé.

— Si je peux persuader mon gouvernement de joindre à la livraison quelques nouveaux fusils, il me faudrait…

— Quoi ?

— Une preuve substantielle de vos bonnes intentions.

Osant à peine respirer, Borokoff attendait la réponse. Le mir semblait chercher quelque chose dans les plis de sa robe de soie. Soudain, il se leva d'un bond.

— Veille à ce qu'on escorte le colonel jusqu'à son camp, aboya-t-il à l'intention de son interprète.

Puis, alors qu'il allait passer devant Borokoff, il s'arrêta net et lui prit une main qu'il retint un instant dans les siennes.

— Je vais envoyer un émissaire à Tachkent. Pendant ce temps, faites les préparatifs nécessaires à la livraison. Si elle est conforme à notre marché, on vous escortera jusqu'à la Yasmina que vous pourrez occuper.

Il s'approcha de l'échelle qui menait à l'étage inférieur.

— Mais si nous sommes déçus...

Il n'eut pas besoin de compléter sa phrase, les traits de son visage étaient éloquents. Il ajouta :

— Je vous serais obligé, colonel Borokoff, de quitter mon pays demain, avant le lever du soleil.

Ce ne fut qu'à mi-chemin de son campement que Borokoff s'arrêta pour desserrer son poing droit et regarder ce que le mir y avait glissé. Un objet froid et doux, du métal qui brillait au milieu de sa paume ouverte.

Une pépite d'or.

Le colonel se mit à trembler si fort qu'il dut s'asseoir. Il lui fallut cinq bonnes minutes pour recouvrer ses esprits. Un immense éclat de rire le libéra des tensions qu'il avait subies. Après tout, le temps qu'il avait passé dans ce misérable coupe-gorge n'avait pas été perdu.

3

Mrs Wyncliffe considéra avec surprise sa fille qui entrait dans le petit salon.

— Cette robe te va à ravir, ma chérie, murmura-t-elle en cachant avec soin son étonnement. J'ai toujours dit que le bleu-vert était ta couleur. Il met en valeur tes beaux cheveux et assombrit le bleu de tes yeux.

— Mieux vaut la porter que la laisser pendre dans une armoire, rétorqua Emma d'un air détaché.

— Tu as raison, ma chérie. Mais, dis-moi si je me trompe, Carrie n'a-t-elle pas évoqué la présence de ce Charlton au burra khana ?

— Oui, en effet.

— Ce serait bien, ma chérie, tu as trouvé sa causerie si intéressante ! Sans doute y verras-tu aussi Howard Stowe. Peut-être aura-t-il des nouvelles de nos cambrioleurs, ajouta-t-elle vivement. David reviendra-t-il se changer à la maison ?

— Je l'ignore. De toute façon, il pourra se rendre là-bas par ses propres moyens.

Emma s'approcha de la fenêtre en songeant aux questions qu'elle souhaitait poser à Geoffrey Charlton. Il serait le point de mire de la réception et n'aurait que peu de temps à lui accorder. Mais sa seule présence l'aiderait à mieux supporter cette épreuve.

Cependant Emma apprit bientôt que Geoffrey Charlton n'était pas destiné à être son sauveur : il s'était excusé à la dernière minute, ayant été obligé de prendre le train du soir pour Umballa. Georgina Price était désespérée.

Cachant son désappointement sous un pâle sourire, Emma découvrit les autres invités sans enthousiasme. Avec son respect ennuyeux des bienséances, Alec Waterford serait son chevalier servant et les heures lui paraîtraient longues. Elle poussa un soupir discret et fit le vœu de se montrer aimable et de ne lancer aucune pique de toute la soirée.

Malgré le brouhaha des conversations, Emma entendit prononcer son nom. Elle aperçut un crâne dégarni, un visage souriant et une démarche traînante, ceux de Clive Bingham, un géologue qui avait accompagné son père lors de sa dernière et tragique expédition. Il avait souffert de graves gelures et marchait encore avec une canne. Malgré son affection pour le vieux compagnon de son père, la perspective d'une conversation dont le sujet lui était encore pénible l'effraya. Pourtant, comme elle ne pouvait trouver d'échappatoire, elle sourit et l'accueillit cordialement.

— Quelle bonne surprise, docteur Bingham ! Je vous croyais encore en Angleterre.

Il n'était de retour que depuis une semaine – ravi d'échapper aux frimas britanniques – et avait lu dans la rubrique nécrologique du *Times* tous les détails concernant la mort confirmée de Graham Wyncliffe.

— Sa disparition me touche à un point que je ne saurais dire. Après tout, on ne perd jamais espoir, n'est-ce pas ?

Emma éluda la réponse dans un murmure et se hâta de s'enquérir des progrès de sa guérison. Le vieux géologue était en bonne voie de rétablissement. Après un échange de civilités sur la santé de leurs familles respectives, le Dr Bingham se rembrunit.

— On a dit que le corps de Graham avait été retrouvé par des indigènes ?

— Oui.

— Sait-on où exactement ?

— Non.

Bingham frissonna.

— J'avais fait de mon mieux pour le dissuader de s'aventurer sur ce glacier par mauvais temps, mais il avait refusé de m'écouter, vous savez combien il était têtu, il était décidé à emprunter la vieille route historique, à trouver ce monastère, certain de pouvoir éviter la tempête. Maintenant, lorsque j'évoque cette tragédie, je me reproche de ne pas avoir insisté davantage. J'aurais dû l'obliger à s'arrêter puisque je ne pouvais le contraindre à abandonner.

Emma s'efforça de dominer son émotion.

— Vous avez fait tout ce que vous avez pu, docteur Bingham. Vous seul pouviez mener des recherches aussi poussées dans de pareilles conditions.

— Ma chère enfant, vous étiez l'orgueil de votre père.

Il saisit au vol sur un plateau deux verres de vin et en tendit un à Emma en souriant.

— Et vous le méritez bien. Theo Anderson m'a confié que vous aviez l'intention d'éditer un recueil des notes de Graham ?

— En effet, répondit Emma, ravie de le voir changer de sujet. Papa n'avait jamais trouvé le temps de publier ses travaux, notamment ses conférences sur la Mongolie. Cela m'a semblé une bonne idée de le faire à sa place.

— Je suis plein d'admiration pour votre initiative, ma chère enfant. Nombre de jeunes filles reculeraient devant une entreprise aussi ardue.

— Elle le serait beaucoup moins si le Dr Anderson acceptait de me diriger. Il est sur le point de regagner le Tibet. Sans son aide, je ne suis pas du tout sûre d'être à la hauteur de cette tâche.

— Vous vous montrez injuste envers vous-même. Les diplômes ne sont pas tout. Vous possédez, outre un amour véritable pour ce sujet, une compréhension instinctive de l'histoire et de la culture de ce pays. Et un esprit étonnamment méthodique.

— Quelles que soient mes modestes connaissances, intervint Emma en rougissant du compliment, je les dois essentiellement aux encouragements de mon père et à sa patience.

— Allons, allons, je me souviens de vous à neuf ans citant déjà de mémoire des shlokas sanskrites…

Ce ne fut que beaucoup plus tard, en apercevant Jenny et John, qu'Emma put s'excuser et échapper aux souvenirs encore douloureux qu'évoquait le Dr Bingham. Mais le temps de traverser la salle et ses amis avaient disparu. Elle dut chercher un autre subterfuge. Elle aperçut un groupe animé de demoiselles élégantes qui bavardaient et riaient en échangeant des regards audacieux avec de jeunes officiers. Près d'eux se tenait Alec Waterford, esseulé, qui attendait qu'elle s'approchât de lui. Avec un soupir, Emma choisit de rejoindre le groupe.

— Eh bien ! s'écria Prudence Sackville, vous êtes absolument ravissante ce soir, ma chère Emma. J'adore la coupe de cette robe et cette couleur vous va si bien.

Emma, qui donnait des cours de ourdou à Alexander, son jeune frère, s'assit à côté de Prudence, une fille agréable et sans prétention qu'elle affectionnait. Alec Waterford s'empressa de prendre place à sa gauche. Parmi les mères et les tantes qui formaient un autre groupe se trouvait Mrs Waterford. Celle-ci désapprouvait vivement l'engouement de son fils pour Emma Wyncliffe, cette jeune fille chez qui elle ne trouvait aucune des vertus indispensables à une femme de pasteur.

Écoutant d'une oreille distraite le bavardage des demoiselles avec qui elle avait si peu en commun, Emma jeta un regard découragé autour d'elle. Jenny et John étaient en grande conversation avec un couple de Calcutta, où John allait être nommé. Sous l'arc de la véranda, près du bar, de jeunes officiers du régiment de David buvaient et riaient. Quant à son frère, elle ne l'apercevait nulle part. La présence d'Alec commençait à l'agacer considérablement. Par chance, un couple de missionnaires canadiens en route pour l'Assam, où ils devaient fonder une école, se présenta au révérend Desmond Smithers, qui lança en direction de son vicaire énamouré des regards significatifs. Alec prit un air de martyr et, à contrecœur, s'élança à la poursuite des Canadiens.

Avec un soupir de soulagement, Emma se mit à circuler parmi les hommes d'affaires, les bureaucrates, les militaires dont elle connaissait déjà un certain nombre. On la présenta à un général qui devait se rendre à Gilgit, puis au capitaine Worth, un officier plutôt timide, en conversation avec Howard Stowe.

— Vous savez sans doute déjà que mon frère a été affecté à Leh où, si je ne me trompe, vous étiez encore il y a peu de temps ? demanda Emma, se souvenant que David avait fait allusion devant elle au capitaine Worth.

— En effet.

— Estimez-vous, d'après votre propre expérience, que Mr Crankshaw mérite sa réputation de grincheux ?

Worth sourit, répondit par l'affirmative, et raconta une ou deux anecdotes amusantes sur ce bourru de commissaire. Lorsque l'officier se fut éloigné, Howard Stowe s'adressa à Emma, en baissant la voix.

— Aucune arrestation n'a eu lieu, mais les hommes du village ont reçu de sérieux avertissements. Que l'incident se répète, et ils se retrouveront derrière les barreaux.

— Voilà une bonne nouvelle ! Et la femme ?

— Elle s'est enfuie avec son amant.

— Oh ! s'exclama Emma, contrariée. Alors, elle trompait vraiment son mari ?

— Cela semble évident. En revanche, pas de nouvelles de vos cambrioleurs. Une fois que vous aurez fait installer des grilles…

— Alors, on parle encore métier, Stowe ? interrompit un homme d'âge moyen qui, manifestement, connaissait l'inspecteur. Stowe le présenta à Emma comme un comptable du nom de Charles Chigwell.

— Miss Wyncliffe, avez-vous dit ? N'est-ce pas votre maison qui a été récemment cambriolée ? Encore ces maudits Gujars, je suppose ?

Chigwell s'était retourné vers le policier. Celui-ci jeta un coup d'œil inquiet vers Emma.

— En fait, on ne peut pas…

— Sornettes que tout cela ! Bien sûr que vous le pouvez ! Ce sont de vrais barbares qui terrorisent notre voisinage depuis des années.

— Depuis qu'on les a dépossédés de leurs terres, fit aimablement remarquer Emma, ils cherchent tout simplement à gagner leur vie. Il est injuste de les accuser de tous les maux.

— Injuste ? Les riverains de Civil Lines n'ont d'autre solution que d'engager des gardes gujars et, à mon avis, c'est du vol manifeste.

— Ils ont toutes les raisons de nous en vouloir, reprit Emma, toujours aussi courtoisement. Nos maisons ont été construites sur les terres qui leur appartenaient, pour lesquelles ils n'ont reçu qu'une compensation dérisoire.

— Je me permets de vous dire que, pour une Anglaise, vous avez une singulière conception de la justice, Miss Wyncliffe. Comment diable pourrons-nous un jour porter remède à l'ignorance de ce pays alors que nous persistons nous-mêmes à ignorer ses réalités ?

— Il existe de nombreuses sortes d'ignorances, Mr Chigwell, rétorqua Emma, sur un ton involontairement mordant. À certaines on peut remédier, à d'autres non. Je m'étonne que ce soit les plus aveugles à leur propre ignorance qui prétendent donner des leçons.

Elle tourna les talons, laissant l'homme rougissant et confus. Un petit groupe s'était formé autour d'eux. Charlotte Price, qui était présente, avait pâli.

— Vous n'auriez pas dû être aussi dur envers cette pauvre Emma, dit-elle à Chigwell en affectant le plus profond mépris. Elle est née ici et n'a pas bénéficié de l'éducation anglaise dispensée dans notre pays. Elle est à plaindre plutôt qu'à blâmer d'exprimer des opinions aussi peu banales.

Emma s'était échappée vers le buffet installé dans le coin le plus éloigné de la salle. Plus fâchée contre elle-même que contre Charles Chigwell, elle considérait les rafraîchissements d'un œil sombre. Elle tendait la main vers un verre de jus de fruits glacé lorsque son regard rencontra soudain le visage, ô combien reconnaissable, de Damien Granville. Il portait un habit de soirée, élégant à la limite de l'extravagance : veste rouge, chemise à jabot en soie et foulard spectaculaire. Emma se figea, la main en suspens. Il s'inclina, lui tendit un verre, puis recula d'un pas et croisa les bras.

— Je vois que je vous ai surprise. Veuillez m'en excuser.

Malgré son trouble, Emma avait gardé sa présence d'esprit.

— Vous... vous vous flattez, monsieur, si vous croyez pouvoir me surprendre.

Puis elle demanda, plutôt sottement :

— Que faites-vous ici ?

— J'espérais vous rencontrer.

Elle lui jeta un regard furieux, sans croire un mot de ce qu'il venait de dire.

— Vraiment !

— Oui, vraiment. À propos, j'approuve la façon dont vous avez cloué le bec à ce paon vaniteux, Chigwell.

De nouveau maîtresse d'elle-même, elle soutint calmement son regard.

– Je n'attache que peu d'importance à vos compliments, Mr Granville. Votre approbation me laisse indifférente.

– Au moins, vous vous souvenez de mon nom.

– Seulement parce que j'ai une bonne mémoire pour les futilités.

Granville ne souriait plus.

– Pourquoi avez-vous déchiré ma carte ?

– Parce que je ne souhaite pas que vous me rendiez visite.

– Et pourquoi cela ?

– Je ne vois pas de raison pour cultiver une relation que je trouve déplaisante.

– Parce que j'ai approuvé l'usage des punitions corporelles pour les femmes infidèles ? insista-t-il, le sourcil interrogateur.

– Non, parce que je ne vous aime pas, Mr Granville. Et, puisqu'il en est question, j'ai su par Mr Stowe que la femme en question s'était enfuie avec son amant. Ainsi les châtiments corporels ne sont pas aussi dissuasifs que vous semblez le croire.

– Personne n'est à l'abri d'une erreur, Miss Wyncliffe. Pas même les meilleurs d'entre nous, ajouta-t-il avec un haussement d'épaules.

Les meilleurs ! Emma trouva plaisante sa prétention.

– Comme vous, lorsque vous avez cru que j'accueillerais votre invitation avec joie ?

Il leva les mains en signe de capitulation.

– De toute évidence, ce ne sera pas le cas. Il me faudra donc attendre que vous m'invitiez vous-même.

– Moi ?

L'idée sembla si ridicule à Emma qu'elle se mit à rire.

– Je m'aperçois, Mr Granville, qu'en dépit de qualités moins appréciables, vous avez le sens de l'humour.

– Et aussi le sens de l'inévitable, ajouta-t-il en la considérant d'un air bizarre.

– Vraiment ? Et comment serai-je persuadée de reconnaître l'inévitable lorsqu'il se manifestera ?

– Le cerveau humain est un organe étonnamment subtil, Miss Wyncliffe. Je suis convaincu qu'il inventera les moyens de persuasion appropriés.

– Eh bien, Mr Granville, dans le cas peu probable où je

vous rendrais visite, je ne doute pas que ce soit le jour où le soleil se lèvera à l'ouest.

Emma allait s'éloigner quand Georgina Price se précipita vers eux et prit le bras de Granville.

— Oh, Mr Granville, je suis si heureuse que vous soyez parmi nous ! Ma fille Charlotte brûle de vous questionner sur… Mais, j'ai interrompu votre conversation, je crois. Veuillez m'en excuser.

— Je vous en prie, Mrs Price, répartit Emma. Mr Granville et moi n'avions plus rien à nous dire.

— Vous vous connaissiez déjà ?

L'agitation de son éventail se mit au diapason de son mécontentement.

— Je l'ignorais.

— Oui, en effet. J'ajouterais même que nous sommes… de vieux amis.

La réponse enthousiaste de Granville contraria encore plus Mrs Price qui voyait en Emma une rivale inattendue pour sa fille.

— En réalité, nous nous connaissons à peine, corrigea Emma, soucieuse de clarifier la situation. Puis, après s'être excusée, elle s'éloigna, au grand soulagement de Georgina Price.

De nouveau seule, Emma se lança à la recherche d'Alec Waterford, résolue à éviter tout nouvel éclat. Sa réaction à l'égard de Damien Granville avait été puérile et maladroite. De toute évidence, celui-ci, en hôte inattendu des Price, était l'homme de la soirée. On avait déjà oublié l'absence de Geoffrey Charlton. Emma, écœurée, observait la scène : les mères et les tantes poussaient en avant leurs protégées qui se bousculaient et rivalisaient de charme pour capturer l'attention de Granville en virevoltant à son bras. Lui semblait ravi d'être le point de mire.

— Il est très séduisant, tu ne trouves pas ? murmura Jenny à Emma.

— Vraiment ? Je n'avais pas remarqué.

— Il a beaucoup d'allure, une sorte de je-ne-sais-quoi… Tu n'es pas de mon avis ?

— Un air impertinent et présomptueux, tu veux dire ? Oui, tout à fait.

— Tu l'avais déjà rencontré, n'est-ce pas ? demanda Jenny.

— Non.

— J'ai observé ton visage quand tu lui parlais. Tu avais l'air furieux.

— Tu te trompes, rétorqua Emma, agacée. Et pourquoi en aurais-je eu l'air ? C'est à peine si je connais cet homme.

Au moment où le dîner était annoncé, Emma chercha de nouveau son frère. En vain. Où pouvait-il être ? Elle chassa son inquiétude, prit le bras de Jenny et, en compagnie d'Alec et du couple canadien, entra dans la salle à manger.

Le buffet proposait une mousse de poisson flasque, un curry d'agneau blême accompagné d'un riz gluant et des légumes méconnaissables, dissimulés sous une sauce au fromage. Lorsque Emma se fut servie, elle s'installa près d'une fenêtre ouverte sur la véranda pour attendre les autres. Des bribes de conversation lui firent dresser l'oreille.

— La Russie écume désespérément l'Asie centrale à la recherche de nouveaux marchés, dit une voix.

— Comme l'Angleterre en Inde, acquiesça une autre, péremptoire, qu'Emma n'eut aucun mal à identifier. La conquête sous couvert du commerce cherche tout bonnement à légitimer la colonisation par des moyens détournés.

Il y eut un silence.

— Suggérez-vous, Granville, que nous n'avons aucun droit légitime sur l'Inde ?

— Ni plus ni moins que la Russie sur l'Asie centrale.

— Si je comprends bien, vous nous comparez à eux ?

— Pourquoi pas ? Nous sommes aussi gourmands. À une différence près : nous avons l'art de nous persuader que notre volonté de puissance a, elle, reçu l'approbation divine.

La phrase se termina sur un sourire presque audible et un brusque « Excusez-moi », puis les pas s'éloignèrent.

— Sapristi, quel fichu toupet !

— Rien d'étonnant. Pourquoi aurait-il choisi de vivre au Cachemire sous la protection d'un maharajah aux ordres des Russes ?

— Il mérite vraiment qu'on lui botte le cul. Bon sang, je m'en chargerais volontiers !

— Assez parlé de Granville.

La voix baissa d'un ton.

— Je suppose que vous savez ce qui est arrivé au pauvre Butterfield ?

— Ce vieux Jeremy ?

— Oui. Il s'est fait avoir.

— Butterfield ? Mort ?

— Quelque part dans le massif du Karakoram.

— Seigneur ! Dire qu'on buvait encore de la bière ensemble pas plus tard que... en avril, au Gymkhana Club de Simla.

— Eh bien, la chance a tourné pour lui, il y a un mois. Il semble qu'il était sur le chemin du retour quand ils l'ont eu.

— Mon Dieu, c'est affreux ! Et Charlton en parle dans le *Sentinel* ?

— Apparemment. Une affaire d'espionnage, vous voyez, de cartes secrètes et autres. À Simla, naturellement, silence de mort. Bouches cousues, comme d'habitude.

La voix marqua une pause avant d'ajouter :

— Surtout, pas un mot à quiconque.

— Bien sûr. Mais, d'où le tenez-vous ?

— Ah, ne me posez pas de questions ou vous m'obligeriez à mentir. (Rires.) On dit aussi que...

Suivit un murmure inaudible.

Emma s'aperçut alors qu'elle écoutait avec indiscrétion une conversation qui d'ailleurs ne l'intéressait pas. Elle s'éloigna de la fenêtre. Elle ne revit pas Damien Granville de toute la soirée. À son retour à *Khyber Kothi*, elle apprit avec soulagement que David était rentré et dormait.

Le lendemain, dimanche, elle se promettait de lui demander pourquoi il n'avait pas fait acte de présence au burra khana. Mais c'était compter sans le départ matinal de son frère, qui disparut pendant trois jours. Le quatrième soir, au moment où Emma s'apprêtait à gagner sa chambre, elle entendit David l'appeler discrètement du bas de l'escalier.

— Em ? Viens, j'ai besoin de te parler.

— Maman va bien ? demanda-t-elle par habitude.

— Oui, oui. Elle doit dormir maintenant. Je... J'ai quelque chose à te dire.

Il avait une voix bizarre. Les mains d'Emma agrippèrent la rampe, et pourtant elle répondit calmement :

— J'arrive dans un instant, le temps d'installer une autre moustiquaire. La mienne est pleine de trous et je n'ai pas dormi de la nuit.

Dix minutes plus tard, elle entrait dans la chambre de son frère. Il était assis à son bureau, tournant le dos à la porte. Quand il lui fit face, elle vit qu'il tenait à la main un verre de cognac. Son visage était défait.

— Que se passe-t-il ? Tu es malade ?

Inquiète, elle s'approcha de lui et posa une main sur son front. Il la repoussa.

— Non, je ne suis pas malade. Je voudrais être mort, répondit-il en se cachant la tête dans les bras.

— Raconte-moi tout.

— J'ai fait quelque chose de terrible, Em, murmura-t-il.

— Tu es retourné à la maison de jeu, articula-t-elle d'une voix blanche.

Les épaules de David s'affaissèrent. C'était une réponse suffisante. Malgré sa colère et sa déception, Emma attendit les sempiternelles excuses. Après sa dernière escapade, elle avait dû vendre une bague en or héritée de sa grand-mère pour le tirer d'affaire. Repentant et honteux, il lui avait juré qu'il ne jouerait plus jamais. Manifestement, il n'avait pas tenu sa promesse.

— Combien as-tu perdu cette fois-ci ? finit-elle par demander sans plus le ménager.

— Tout, marmonna-t-il.

— Tout ? Que veux-tu dire ?

Alors, il se lança dans des aveux qu'elle ne comprit pas immédiatement.

— *Khyber Kothi* ? répéta-t-elle. Tu as perdu *Khyber Kothi* ?

— Oui, c'est ça, répondit-il d'une voix pâteuse.

— Combien de cognacs as-tu bus ?

La voix d'Emma s'enflait de colère.

— Pour l'amour du ciel, Emma, je ne suis pas ivre ! Je sais ce que je dis.

— Qu'est-ce donc que cette plaisanterie idiote ?

— Si seulement c'en était une !

Il respirait avec peine.

— Quand il ne m'est plus resté d'argent, j'ai joué la maison et je l'ai perdue.

Le front contre la table, il se mit à pleurer. Pendant quelques instants, on n'entendit dans la chambre que le halètement rauque de ses sanglots.

— Reprends-toi, pour l'amour de Dieu !

Incapable d'assimiler cette nouvelle extravagante, Emma attira une chaise et s'assit près de son frère.

— Et maintenant, raconte-moi ce qui s'est passé depuis le début.

— Je n'ai rien à raconter. J'ai joué la maison et je l'ai perdue.

— Ce soir ?

— Non, avant-hier. Je n'ai pas eu le courage de t'en parler.

— Étais-tu ivre ?

— Oui. Non... Je ne sais plus.

— Tu n'as rien dit à maman ?

— Non, évidemment.

Il leva la tête et s'essuya les yeux avec ses manchettes.

— Contre qui jouais-tu ?

— Un homme. Bizarre. Diabolique, Em.

Il frissonna à ce seul souvenir.

— Il parlait peu, mais ses yeux, Em, ses yeux...

— Inutile d'aggraver ton cas avec ces balivernes !

Elle mourait d'envie de l'attraper par les épaules et de le secouer violemment.

— Pas besoin d'être Lucifer pour rouler un pigeon !

— Non, Em, je te le jure, pas cette fois. Je ne voulais pas jouer. Mais c'était comme si je n'avais plus de volonté, comme si je jouais machinalement. C'était lui qui voulait que je joue. Je perdais, il gagnait, et pourtant j'étais incapable de m'arrêter. Il ne me restait plus que la maison. Oh, mon Dieu ! Mon Dieu ! Je ne mérite pas de vivre.

— Cesse de t'apitoyer sur toi-même, coupa-t-elle, furieuse. Dis-moi plutôt si ce magicien a un nom.

— Quelle importance ? gémit-il, il ne vit pas ici. Il s'appelle Granville.

— Granville ?

— Damien Granville.

Maîtrisant son trouble, Emma se redressa.

— Damien Granville ? Tu avais déjà joué contre lui ?

— Deux fois. Et j'avais gagné. Oui, je te le dis, Em, cet

71

homme est le diable incarné. Il m'a forcé à jouer. Il me forcera à honorer ma dette. Il m'a prévenu en faisant les enjeux.

— Tu as joué parce que tu l'as bien voulu. Ce... ce Granville, est-ce un habitué du Ourdou Bazaar ?

Elle s'était mise à faire les cent pas.

— Je l'ignore, mais je l'y ai vu souvent.

Ainsi, ces événements avaient eu lieu avant qu'il ne l'abordât chez les Price. Emma réfléchissait, épouvantée à l'idée qu'un homme aussi éloquent fût capable d'une telle duplicité. Dans son affolement, David lui étreignit le bras.

— Mon Dieu, comment annoncer la nouvelle à maman ?

— Ce sera inutile. Personne, pas même un joueur professionnel, ne peut exiger qu'une telle dette soit honorée.

— Qu'allons-nous faire, Em ? gémit son frère, toujours agrippé à elle, prêt à pleurer.

— Toi, je ne sais pas, mais moi, je vais me coucher.

Elle libéra son bras.

— Je te suggère d'en faire autant. Mais, dis-moi, Damien Granville, qu'avait-il mis en jeu, lui ?

— Son domaine du Cachemire.

— S'il avait perdu, crois-tu sérieusement qu'il aurait honoré sa dette ?

— Il ne pouvait pas perdre, constata David avec amertume. Cet homme ne perd que lorsqu'il le veut.

— Vraiment ? C'est ce que nous allons voir.

Que David se fût rendu dans le tripot était indéniable, qu'il fût une proie facile l'était aussi. Imprudent, irréfléchi, inexpérimenté, il considérait le jeu comme une preuve de virilité. Malheureusement, il ne savait pas garder son bien et, quand il avait eu vingt et un ans, il avait perdu la maison que son père avait mise à son nom. Pourtant, Emma ne pouvait croire qu'un coureur de jupons, même doté d'une vanité hypertrophiée et de scrupules notoirement minces, pût mettre au défi un jeune écervelé d'honorer une dette aussi déraisonnable. C'était ridicule ! Elle était si furieuse contre David qu'elle se refusait à prendre l'affaire au sérieux.

Au réveil, cependant, elle réfléchit et admit à contrecœur qu'il valait mieux ne pas prendre à la légère la triste mésaventure de son frère et les intentions de Granville. Elle résolut de fourbir ses armes.

— Tu veux des renseignements sur Damien Granville ! s'exclama Jenny Purcell au comble de l'étonnement.

— Oui.

— Tu t'intéresses à lui ?

— Pas le moins du monde. En fait, je veux des renseignements pour une raison qui n'est pas ce que tu crois.

— Laquelle ?

— Je préfère ne pas te le dire. Quand ce sera fini, je te raconterai tout.

Les Purcell connaissaient le goût de David pour le jeu et Emma adorait Jenny. Mais elle la savait incapable de garder un secret. Elle lui avait rendu cette visite matinale pour le simple motif que Jenny s'entendait à merveille avec Grace Stowe, laquelle était dépositaire d'une multitude de potins généreusement partagés. Pour être certaine de ne pas être dérangée, Emma avait demandé à être reçue dans le pavillon d'été, au fond du jardin des Purcell. Voyant qu'elle n'arracherait rien d'autre à son amie, Jenny soupira.

— Que veux-tu savoir exactement ? bougonna-t-elle.

— Tout. Je ne sais de lui qu'une chose, il vit au Cachemire. Quel métier exerce-t-il ?

— Avec sa fortune, il n'a pas besoin de travailler ! D'après Grace, il possède un domaine, *Shalimar*, aux environs de Srinagar. On peut dire de lui que c'est un gentleman-farmer.

« Bel euphémisme pour un hédoniste ! » songea Emma avant de s'étonner.

— Les étrangers ne sont pas autorisés à posséder des terres au Cachemire. Comment s'y est-il pris ?

— Je n'en ai pas la moindre idée, mais le résultat est là. Hier soir, j'ai entendu dire que son père jouissait de l'amitié et des bonnes grâces de l'ancien maharajah. Je suppose que la faveur royale s'est étendue au fils.

Emma se rappela soudain la conversation qu'elle avait surprise.

— Pourquoi le gouvernement indien le considère-t-il comme *persona non grata* ?

— À cause de ses opinions politiques. Il sympathise avec les Russes et ne se gêne pas pour le dire.

— Il n'est pas anglais ?

— Son père l'était, mais on dit que sa mère venait d'Europe centrale. D'Autriche probablement.

Bien qu'elles fussent seules, Jenny baissa machinalement la voix.

— D'après Grace, il y aurait eu un scandale. Elle se serait enfuie avec un autre homme et l'affaire aurait été étouffée.

Jenny bâilla en s'étirant.

— Elle est morte maintenant, je suppose que cette histoire n'a plus aucun intérêt.

— Il a de la famille ?

— Tu veux savoir s'il est marié ? demanda Jenny avec un petit sourire narquois. Non.

— Que faisait son père ? poursuivit Emma, imperturbable.

— Officier dans l'armée, d'après Grace.

— Celle du Cachemire ?

— Non, l'armée des Indes. Oh, pour l'amour du ciel, Emma, quelle importance puisque tu sais qu'il est toujours célibataire !

— Qui, le père ?

Jenny pouffa de rire.

— Mais non, sotte ! Le fils ! Le père est mort depuis long-temps.

— Je ne suis pas étonnée qu'il ne soit pas marié. Quelle femme saine d'esprit voudrait partager la vie d'un coureur de jupons aussi prétentieux ?

— Charlotte Price. Elle s'est juré de l'avoir.

— J'ai dit « saine d'esprit ». Et alors, il vit seul ?

— Tout dépend de ce que tu appelles « seul », rectifia Jenny en adressant un clin d'œil à son amie. D'après une relation de la mère de Charlotte, il est très populaire auprès d'un certain type de femmes.

— Je n'en doute pas. De toute façon, sa moralité – ou ce qui lui en tient lieu – ne m'intéresse pas.

— Oh, oh ! Quelle ardeur à l'affirmer !

— Tu te trompes, rétorqua Emma, exaspérée. Mais qu'a-t-il donc de si particulier pour que toutes les femmes de Delhi se mettent en quatre pour lui plaire ?

— Il est jeune, il est riche, et il ne demande pas mieux.

Jenny se mit à rire.

— Allons, allons, Emma, admets que cet homme est séduisant. Charlotte Price ne jure que par lui.

— Ce n'est pas un critère. Que fait-il à Delhi ?

— Qui sait ? D'après le jardinier de Grace dont le frère travaille pour lui, il accueille d'étranges visiteurs venus de pays bizarres, et il envoie et reçoit beaucoup de courrier. Il passe la majeure partie de son temps enfermé dans son bureau avec son secrétaire particulier.

— Un Anglais ?

— Non. Un certain Suraj Singh.

— Va-t-il rester longtemps à Delhi ?

Jenny étouffa un bâillement.

— Il a l'air de s'y plaire. C'est du moins ce qu'a cru comprendre Grace.

— Comment passe-t-il ses soirées ?

— Il sort peu. Personne ne sait pourquoi il a accepté l'invitation des Price, pas même Grace. Et toi, le sais-tu ?

— Sûrement pas ! s'écria Emma. Pourquoi le saurais-je ?

— Tu as été la première à qui il a parlé, et il souriait beaucoup.

— N'as-tu pas dit que j'avais l'air fâché ?

— Toi, oui, mais lui non.

Emma voulut revenir au sujet qui la préoccupait.

— Que raconte-t-on encore ?

Le regard que lui lança Jenny ne perça rien des pensées intimes de son amie.

— Eh bien, selon le frère du jardinier de Grace, il semblerait qu'il sorte peu à l'exception de quelques visites dans une maison de jeu de Ourdou Bazaar.

— Ainsi donc, c'est un joueur ! s'exclama Emma, le cœur battant.

— Je le suppose. Sinon, pourquoi se rendrait-il dans un tripot ? Quoi qu'il en soit, toutes les femmes s'accordent à trouver Damien Granville terriblement séduisant.

— Et les hommes ?

— D'après John, ils estiment que Granville est un goujat.

Emma était tout à fait de cet avis.

Simla, la capitale d'été du gouvernement indien, avait un charme particulier pour les Européens : elle était terriblement anglaise. Située sur les contreforts de l'Himalaya, à une altitude d'environ sept mille pieds, elle jouissait d'un climat idéal vivement apprécié par ceux dont la fortune leur permettait d'y passer l'été loin de l'atroce chaleur des plaines. Ville animée s'il en fut, Simla offrait des distractions variées. Chacun y trouvait l'occasion de se montrer et d'être vu dans les nombreux clubs, restaurants, salons de thé, aux présentations de la haute couture parisienne. On y dégustait les vins français et les chocolats suisses. On y respirait une atmosphère de joie et de frivolité.

Le colonel Wilfred Hethrington se trouvait à la tête du service de renseignements de l'armée et n'était pas de ces officiers qui prenaient du bon temps à Simla. Pénétré de l'importance de sa mission qui consistait à réunir des informations sur les frontières septentrionales, toujours sensibles, il la menait avec un grand sérieux. La situation stratégique de Simla, à proximité des royaumes himalayens, expliquait sa présence dans cette ville.

Arrivé aux aurores dans son bureau du Mall, le colonel s'assit et passa en revue les objets étalés devant lui : sextant, boussole, jumelles, canne pliante… tout un attirail d'agent secret qu'il venait de recevoir dans une malle à double fond. Puis il relut un papier et appuya violemment sur sa sonnette. La porte s'ouvrit en grinçant et son chaprassi personnel se présenta, portant du thé sur un plateau.

— Monsieur ?

— Est-ce que le capitaine Worth sahib est revenu de Delhi ?

L'homme en livrée répondit par l'affirmative.

— Fais-le entrer.

La poitrine large, les cheveux artistement disposés pour dissimuler les endroits dégarnis (seule concession faite à la vanité), le colonel Hethrington avait le genre de visage qu'il appréciait chez ses subordonnés, une sorte d'anonymat qui le faisait facilement oublier, ce qu'il considérait comme un atout dans ses activités. Mais derrière ces traits quelconques, existait un cerveau affûté, énergique, méticuleux, toujours en éveil.

Tout en sirotant son thé, il attendait impatiemment l'arrivée de son aide de camp, et son regard distrait tourné vers la fenêtre prêtait peu d'attention à la famille de macaques qui jouait inlassablement sur le rebord. Contrairement à certains de ses collègues, il haïssait la saison. Il considérait la migration annuelle du gouvernement comme une perte de temps et d'énergie, un gaspillage des deniers publics dont était responsable un vice-roi qui ne supportait pas la chaleur de l'été à Calcutta. Ce déménagement, pensait-il, avait un effet désastreux sur des hommes respectables et bien-pensants, en particulier ceux qui avaient laissé femme et enfants derrière eux et qui ne manquaient pas de se donner du bon temps. Quant aux femmes, elles étaient encore pires.

Songeant aux mois scandaleux qui s'annonçaient, et plus précisément au prochain bal costumé du vice-roi dont l'épouse s'était mis en tête de se déguiser en reine Elizabeth, le colonel Hethrington considérait sa tasse d'un air maussade. Il allait sonner vigoureusement pour la seconde fois quand la porte s'ouvrit et que le capitaine Nigel Worth entra. D'un geste élégant, il salua son colonel.

– Où diable étiez-vous ? demanda Hethrington. Je vous ai attendu pendant plus d'une heure.

– Je donnais des directives...

Un bâillement l'interrompit.

– Je vous demande pardon, mon colonel, nous avons répété jusqu'au petit matin et je n'ai que très peu dormi.

Les explications du capitaine ne convainquirent pas son supérieur. L'épouse du colonel Hethrington lui avait fait remarquer les yeux noisette de Nigel Worth, son regard expressif, son nez aquilin, et l'océan de vagues brunes qui attiraient irrésistiblement les doigts féminins. Le colonel considéra le regard trouble et le nez rougi du capitaine avec une réprobation glaciale. Il avait fait des pieds et des mains pour que Worth remplaçât Crankshaw à Simla. Par malchance, celui qu'il avait pris pour un officier de valeur se révélait être un théâtreux coureur de jupons. Si ce maître ès-subterfuges n'avait pas eu l'esprit aussi tortueux que le labyrinthe du Minotaure, le colonel l'aurait tenu enchaîné à son bureau jusqu'à la fin de la saison.

— Asseyez-vous, asseyez-vous, grogna-t-il en repoussant le plateau.

— Qu'en est-il du plan, mon colonel ?

— Plus tard, capitaine, plus tard. Comme vous pouvez le constater — le colonel désignait le message posé sur son bureau —, l'intendant général m'a relancé. Il souhaite que nous nous rencontrions de nouveau au sujet du meurtre épouvantable d'Hyperion.

Worth prit le message envoyé par leur supérieur hiérarchique, et le lut.

— Je m'y attendais. Sans doute reste-t-il quelques zones d'ombre.

— C'est le moins qu'on puisse dire !

Hethrington se leva, ouvrit la malle, rangea les objets épars sur sa table dans le double fond qu'il referma et se rassit. Puis il saisit une feuille de papier et, la tapotant de son index, il ajouta :

— Dommage qu'Hyperion n'ait pu nous envoyer un message plus explicite. Nous l'avons reçu, ainsi que la malle, par l'intermédiaire de son gurkha, n'est-ce pas ?

— En effet, monsieur. Mais nous avons interrogé en vain Lal Bahadur. Hyperion ne lui aurait pas confié des éléments stratégiques, même codés, puisqu'il devait nous remettre les papiers en personne.

Cette explication des plus logiques ne contribua guère à apaiser l'humeur du colonel.

— En attendant, que diable suis-je censé dire à la direction de l'intendance ? Que nous savons où sont les documents d'Hyperion, mais que Crankshaw les a laissés filer entre ses doigts ?

— Pour être juste, mon colonel, je dois préciser que Crankshaw s'est rendu au caravansérail de Leh dès qu'il a reçu notre message télégraphique. Ce n'est pas sa faute s'il était déjà trop tard quand il a persuadé les marchands de parler. Tout compte fait, ajouta-t-il avec une petite toux polie, l'affaire aurait pu être plus grave.

— Le pourrait-elle encore ?

— Oui, si les Yarkandis terrorisés et craignant d'y être impliqués n'avaient pas pris la peine de nous restituer ce qui appartenait à Hyperion. Nous n'avons eu connaissance du raid que grâce à la diligence de Mr Crankshaw.

— Nous voilà bien avancés.

— Eh bien, mon colonel, si le mollah ne s'était pas montré aussi pressé de filer à La Mecque....

— D'accord, d'accord, je suis au courant.

Hethrington vida sa tasse et se mit à arpenter la pièce, plongé dans ses pensées. Worth saisit l'occasion pour se verser du thé et avaler quelques gorgées revigorantes.

— Hyperion n'était absolument pas négligent, mon colonel.

— Croyez-vous nécessaire de me le rappeler ? Tout de même, nous avons eu une sacrée veine que les bandits, dans leur hâte de s'approprier le butin, ne détruisent que les papiers qu'ils ont vus.

— Ce sont des illettrés, lui rappela doucement le capitaine. Il reste, cependant, une possibilité que nous devons examiner en dernier ressort.

— Laquelle ?

— Sachant qu'il était suivi et que sa vie était en danger, Hyperion devait être dans un état de tension extrême. N'oublions pas, mon colonel, que même des agents aussi entraînés que lui sont des êtres humains, capables de défaillances.

Le colonel se rassit, la tête basse.

— C'est vrai, admit-il sans enthousiasme, encore que je trouve cette hypothèse difficile à accepter.

Il poussa un long soupir.

— C'était un brave homme. Il me manquera beaucoup. Pour couronner le tout, ajouta-t-il, nous allons nous trouver aux prises avec Charlton.

— Il ne fait que colporter des rumeurs.

— Jusqu'à ce qu'il tombe juste !

Une fois de plus, Hethrington était agacé par l'optimisme de son adjoint.

— Étant donné que la Yasmina a été localisée sans qu'on possède les relevés, les insinuations de Charlton risquent d'être gênantes. Je souhaite très vivement que vous ne preniez pas sa présence trop à la légère.

Il se mit à tambouriner sur son bureau puis se releva d'un bond.

— Je vous avertis, si jamais Charlton a vent de ce projet insensé, je vais me trouver mêlé au... comment l'appelez-vous ?

— Janus. Le plan Janus.

— C'est cela, Janus, et je vois pourquoi ! Dites-vous bien, poursuivit-il avec un sourire acide, que si Charlton mentionne ce foutu plan dans ses gros titres, nous pouvons compter, vous et moi, sur notre mutation aux cuisines du mess, à Meerut. Je me demande comment j'ai pu me laisser entraîner dans une folie pareille.

— Eh bien, mon colonel, puisque rien d'autre n'a eu d'effet...

— Parce que vous croyez que, cette fois-ci, nous obtiendrons un résultat ? Ha, ha !

— Si nous échouons, notre position ne sera pas pire qu'elle ne l'est aujourd'hui.

— Bien sûr que si !

Hethrington s'assit lourdement.

— Et vous pensez que nous le pouvons ? Échouer ?

— J'espère que non, mais...

Worth hésita.

Le colonel mit à profit son embarras.

— Toute cette histoire me reste en travers de la gorge. Beaucoup trop d'incertitudes. En outre, je n'ai pas confiance en votre homme. Depuis le début.

Il prit une longue inspiration, se forçant à la patience.

— Vous feriez aussi bien de me raconter ce que vous avez manigancé jusqu'à présent.

Le colonel Hethrington écouta le rapport de Worth les lèvres serrées, en hochant parfois la tête. Puis il se laissa aller en arrière sur son siège et se plongea dans un silence méditatif. Sagement, le capitaine attendit un moment avant de toussoter pour attirer l'attention de son supérieur.

— Quant à ce que nous mettons dans la balance, mon colonel...

— Ah oui, il y a cela aussi, grommela Hethrington, le visage encore plus rébarbatif. L'homme est en route pour Kashgar, n'est-ce pas ?

— Oui, mon colonel, avec les médicaments que Capricorne a demandés. Mr Crankshaw et moi avons vu la caravane quitter Leh avant que je ne me rende à Delhi. Avec un peu de chance, ils doivent avoir passé la frontière chinoise à l'heure qu'il est.

— Eh bien ?

— Je crois que nous devons quelques explications à Capricorne.

— Non, intervint le colonel en secouant la tête. Pas encore. Moins il en sait et moins nous prenons de risques. Des plantes médicinales, hein ?

Avec un reniflement de dégoût, il ajouta :

— Capricorne s'imagine que des potions vaudoues sont capables de contrarier l'influence du consul russe à Kashgar ?

— Capricorne est un homme de ressources, mon colonel.

— Je persiste à penser qu'il m'a fait courir pour rien. Mais il est sans doute trop tard pour s'en inquiéter.

— Oui, mon colonel. Nous n'avons d'autre solution que d'attendre.

Hethrington bondit de son siège et ouvrit la fenêtre où les macaques attendaient patiemment leur repas quotidien. Il préleva quelques bananes dans une jatte et les jeta dehors. Les singes s'élancèrent avec des cris stridents vers les fruits.

Le colonel, après avoir écouté pendant un instant les bruits familiers du matin, prit une profonde inspiration. La bouffée d'air lui rafraîchit les poumons, calma son esprit et ses nerfs.

— Ce sera tout pour l'instant, capitaine, dit-il d'un ton glacial. Puisque, de toute évidence, je vous ai forcé à rester éveillé, je vous suggère de reprendre votre *Kashmere Gazetteer* et de poursuivre votre somme.

Worth rougit jusqu'à la racine des cheveux, se leva vivement et gagna en toute hâte la porte qui gémit comme à l'accoutumée.

— Procurez-vous de l'huile, je vous prie. Ce grincement est infernal.

— Tout de suite, mon colonel.

— Capitaine ?

— Mon colonel ?

Worth s'arrêta net dans son élan.

— Comment s'appelle la pièce que vous prétendez avoir répétée toute la nuit ?

— Euh, *Elizabeth et Raleigh*, mon colonel.

– C'est bien ce que je pensais. Il se trouve que Mrs Heth-rington et moi-même avons besoin de costumes d'Elizabeth et de Raleigh pour le bal de Son Excellence. Il aura lieu samedi. Compte tenu de vos relations, je suis persuadé que vous saurez très exactement comment nous les obtenir.

Avec une délectation sadique, il regarda s'éloigner son adjoint manifestement accablé.

4

Les divers renseignements fournis par Jenny n'avaient qu'un intérêt secondaire pour Emma, cependant ils lui avaient confirmé que le récit de David était en partie exact. Damien Granville était effectivement un joueur qui fréquentait les tripots. Il lui restait maintenant à vérifier les autres informations le mieux possible, malgré sa répugnance à cette perspective.

Bert Highsmith, le propriétaire de la maison de jeu du Ourdou Bazaar, eut ainsi la surprise de voir arriver dans son bureau une Anglaise, une jeune femme distinguée de surcroît. Il venait de se lever et les mots qui l'accueillirent, prononcés avec un fort accent cockney, furent, pour le moins, peu cordiaux.

— Ouais ? Qu'est-ce que j'peux faire pour vous, ma p'tite dame ?

Sans perdre de temps en préliminaires, Emma se présenta.

— Je suis venue me renseigner sur une partie qui se serait jouée ici, il y a quelques jours, entre le lieutenant Wyncliffe et un certain Mr Granville.

— Et alors, quoi ? riposta-t-il.

Mais dès qu'il sut à qui il avait affaire, il se montra inquiet : « Oh, Seigneur, une foutue parente. »

— Z'êtes de sa famille ? grommela-t-il.

— Oui. À quoi ont-ils joué ?

— Au vingt-et-un.

— Et vous étiez présent d'un bout à l'autre de la partie ?

— Ouais. Comme toujours...

Il s'arrêta, le visage soupçonneux.

— Et tout ça, c'est à quel sujet, hein ? Y a quèque chose qui va pas ?

— Justement, Mr Highsmith. Je veux m'assurer que la partie entre le lieutenant Wyncliffe et Mr Granville s'est déroulée correctement.

Emma, qui comprenait l'absurdité de sa question, observait cependant l'homme. Le moins qu'on puisse dire, c'est qu'il se hérissa.

— Ici, on joue honnêtement. Demandez à Wyncliffe, c'est un vieux client. Y vous l'dira.

— Et monsieur Granville ? Est-il, lui aussi, un vieux client ?

— Non, dommage.

Il secoua la tête avec regret.

— C'est un vrai gentleman, y en a pas beaucoup comme ça par ici. Et puis il est malin, très malin. Il a le sens des cartes, il les connaît d'avance.

Emma se pencha sur son bureau.

— Quelqu'un d'autre peut-il m'assurer que cette partie n'était pas truquée ? Il y a sûrement d'autres témoins ?

— Non.

De nouveau, son regard se ferma.

— Quand on joue gros, ça se passe en privé. Vu ? Les joueurs sont dedans, pas dehors. Veulent pas que des étrangers leur soufflent dans le cou.

Le visage de l'homme s'assombrit.

— J'sais pas ce que vous cherchez, mam'zelle, mais comme j'ai dit, si quelqu'un raconte que ma maison est malhonnête, alors c'est un sacré menteur !

— Dans ce cas, je considère que Mr Ben Carter en est un.

Emma mentait effrontément, avertie de la réputation douteuse qu'avait Highsmith, un fieffé gredin dont les démêlés avec la justice étaient connus.

En entendant Emma prononcer le nom du chef de la police, Highsmith rougit et changea d'attitude. Ses employés, surpris par la présence d'une dame anglaise, s'étaient rassemblés dans l'embrasure de la porte. Ils reculèrent d'un pas.

— Ce jeu-là, murmura-t-il, l'air renfrogné, j'l'ai surveillé moi-même. Demandez à Wyncliffe et à Granville, ou à n'importe lequel de mes gars.

Emma, qui le regardait fixement, lui fit baisser ses yeux sournois.

— Combien de temps accorde-t-on aux perdants pour payer leurs dettes ?

— Quinze jours. C'est correct, non ?

— Je n'en ai aucune idée. Peut-on prolonger ce délai ?

— Ça, ça regarde pas la direction. C'est le gagnant qui décide.

— Est-il possible de s'acquitter de ses dettes en plusieurs versements ?

— Même chose, déclara-t-il, manifestement agacé. Pourquoi vous demandez pas à Mr Granville, hein ?

La gorge serrée, Emma se décida enfin à poser la question qu'elle redoutait tant.

— Quel était l'enjeu de cette partie ?

Ainsi donc, se dit-il, elle ne savait rien !

— La direction s'occupe pas de..., commença-t-il sèchement, mais il s'arrêta en se rappelant que cette femme agressive connaissait le chef de la police.

« Leurs maisons, avoua-t-il en lui lançant un regard mauvais. Ils ont joué leurs satanées maisons !

— Et vous les avez laissés faire ? Vous avez autorisé cet enjeu monstrueux ?

— Qu'est-ce que j'y pouvais, moi ? Le p'tit Wyncliffe était trop soûl pour m'écouter…

Emma, effondrée, rentra chez elle. Cette visite dans les bas-fonds de Delhi l'avait bouleversée. Sa démarche en valait-elle seulement la peine ? Elle l'ignorait, de même qu'elle n'avait pas la moindre idée de ce qu'elle devrait faire ensuite.

Le soir au dîner, David, les traits tirés, les yeux baissés, mangeant du bout des dents, se mura dans le silence. Ses doigts tremblaient. Heureusement Margaret Wyncliffe, absorbée par le récit des derniers démêlés de Carrie Purcell avec Jenny au sujet du coût exorbitant de son trousseau, ne remarqua rien.

— Mais que faut-il que je fasse, Em ? gémit David lorsque Emma le rejoignit dans sa chambre après le repas. J'ai déjà reçu deux messages du directeur de la maison de jeu. Il exige que je règle ma dette et, dans le second, il ajoute toutes sortes de menaces. Peut-être faudrait-il que j'aille trouver Granville ? Si je lui expliquais…

— Non !

Rageusement, Emma le fit taire.

— Tu t'es suffisamment abaissé. Comment peux-tu songer à t'aplatir devant lui ? N'as-tu plus aucune dignité ?

Elle ne dit pas un mot de sa rencontre avec Highsmith. Inutile d'ajouter au fardeau de culpabilité sous lequel il croulait.

— Alors, quoi faire ? Je ne peux pas rester ici à me croiser les bras !

— Tu n'en as fait que trop, rétorqua-t-elle amèrement. Laisse-moi agir. J'aurai bien une idée.

En réalité, elle en avait déjà une, qui ne faisait qu'aviver le ressentiment qu'elle nourrissait contre lui.

Le lendemain matin, cependant, un rayon de soleil inattendu égaya sa tristesse. Une lettre du Dr Theodore Anderson la priait de se rendre au College avec ses papiers. Il souhaitait la rencontrer.

Cet après-midi-là, Emma commença par s'asseoir à son bureau et, serrant les dents, elle écrivit à Damien Granville. En quelques mots, elle lui demandait de la recevoir ; le plus tôt serait le mieux. Craignant de changer d'avis, elle dépêcha son jardinier avec la missive. Elle demeurait convaincue que Granville jouait au chat et à la souris avec son frère. Malgré sa fortune présumée, l'homme était un escroc. Comme tous les gens de son acabit, il s'était fixé un prix. Restait à en connaître le montant.

Le cabinet de travail de son père était en désordre. Emma s'assit devant la machine à écrire dont elle avait appris à si bien se servir. En relisant les lettres et les hommages émanant d'universités étrangères, elle sombra dans une profonde mélancolie. Elle se revoyait à l'âge de dix ans, accompagnant son père dans des contrées lointaines, connues pour être le berceau de l'humanité. Elle revivait les vacances d'été de son enfance, leur merveilleuse liberté, la camaraderie du bivouac. Les pique-niques à midi, parmi les fleurs des champs, et les histoires qu'on se racontait le soir autour des feux de camp. Elle sentait sur sa langue le goût bizarre du thé servi dans les lamaseries de haute montagne, à la fois amer et rafraîchissant, revivait l'excitation de ses découvertes : d'antiques manuscrits, une fresque oubliée, les ruines d'un Stupa, des outils datant de plusieurs siècles avant le Christ. Elle était intrépide, nageait et montait à cheval, chassait et pêchait. Son père s'en montrait ravi, tandis que sa mère cherchait ses sels en toute hâte. Elle savait que ses compagnes de classe craignaient le soleil qui hâlait leur peau ; mais elle-même ne connaissait pas ces appréhensions. Son teint avait la riche couleur du miel, il rayonnait de santé. Heureusement pour elle, le budget familial restreint ne permettait pas d'envoyer les deux enfants en Angleterre. Seul David y avait été pensionnaire. Quant à Emma, elle avait fait ses études dans un couvent de Delhi, ravie de rester en Inde et d'avoir son père pour répétiteur. C'était alors qu'il lui avait inculqué son amour pour ce pays riche et complexe, et qu'elle avait fait sien son héritage. Tandis qu'elle répondait au courrier, classait les papiers épars et rangeait le cabinet de travail, Emma ressentit plus encore le vide que son père avait laissé. Elle n'acceptait pas cette mort solitaire dont on ne savait ni où ni quand elle avait eu lieu. Terrible ironie du sort, sa vie s'était achevée dans ces montagnes qu'il aimait tant et qui lui avaient donné ses plus grandes joies.

Ce ne fut qu'en allumant la lampe à pétrole posée sur le bureau qu'Emma se souvint de sa lettre à Damien Granville. Le gardien lui avait fait dire par l'entremise du jardinier que le maître y répondrait le lendemain. Or, le lendemain, elle ne reçut pas de réponse. Emma comprit que ce retard était voulu et cette lenteur perverse. Compte tenu des circonstances, il ne lui restait plus qu'à se montrer patiente. Deux jours passèrent avant que Damien Granville daignât répondre.

Monsieur Damien Granville serait heureux de recevoir en son domicile mademoiselle Emma Wyncliffe jeudi prochain à onze heures.

Le billet était signé d'un certain Suraj Singh, qu'elle savait par Jenny être le secrétaire particulier de Damien Granville. Les dés étaient jetés, Emma ne pouvait plus reculer. Plutôt que d'être obsédée par ce rendez-vous, elle préféra consacrer toute son énergie à la préparation de son entretien avec le Dr Anderson.

— J'ai appris ce qui vous est arrivé, ma chère enfant. Ce doit être terrible. J'espère qu'on ne vous a pris aucun objet de valeur.

— Par bonheur, non, répondit Emma.

Le Dr Anderson faisait allusion au cambriolage.

— J'en suis heureux.

Il lui fit signe de s'asseoir.

— Après mûre réflexion, je considère qu'un ouvrage consacré à un érudit reconnu, à l'ami très cher qui a tant fait pour la connaissance de la culture bouddhiste, mérite d'être encouragé. Ainsi donc, si vous jugez qu'une heure ou deux par semaine en ma compagnie peuvent vous être utiles, je serai ravi de vous conseiller. Malheureusement, je ne peux offrir davantage.

Emma accepta avec gratitude. Le Dr Anderson insista alors sur la complexité des problèmes auxquels elle aurait à faire face.

— Je n'en suis que trop consciente, reconnut Emma. Cependant, les travaux de papa déjà publiés n'ont besoin que de quelques notes en bas de page pour être remis à jour. En revanche, les documents inédits réclameront une attention beaucoup plus soutenue.

— Avant son départ, Graham m'avait tenu au courant de ses intentions. J'avais insisté sur le danger que représentait le glacier, mais ce monastère l'obsédait et je n'ai pu l'en détourner.

Il hocha tristement la tête.

— Mais revenons à votre livre. Savez-vous que, pour le mener à bien, il vous faudra avoir pleinement confiance en vous ?

Elle pouvait difficilement lui avouer, sans se rendre ridicule, qu'en travaillant sur les notes de son père, elle se sentait plus proche de lui et qu'ainsi il lui était plus facile d'accepter son deuil.

— Je crois connaître assez bien le sujet. Pourtant, si mes compétences sont limitées, mon enthousiasme et ma sincérité ne le sont pas.

— Je pense, reprit le Dr Anderson après avoir observé le visage anxieux d'Emma, je pense, ma chère enfant, que vous rendrez mieux justice à votre père si vous considérez le travail de Graham sans parti pris. La rigueur scientifique, surtout dans un domaine aussi spécialisé que l'histoire du bouddhisme, doit se placer au-dessus des sentiments.

— J'espère pouvoir vous prouver que je n'en manque pas, affirma Emma.

— Parfait ! s'exclama le Dr Anderson en se frottant les mains. Toutefois, avant de pouvoir me lancer dans des évaluations, j'ai besoin d'examiner ce que vous m'avez apporté. De toute évidence, c'est la dernière expédition de votre père qui présentera le plus d'intérêt pour nos chercheurs.

— Papa n'a pas eu le temps d'entreprendre une étude approfondie avant sa disparition, mais les documents que je vous ai remis sont une partie de ceux que le Dr Bingham a retrouvés. Je vous apporterai le reste lorsque nous nous reverrons. Quand avez-vous l'intention de partir au Tibet ?

— Nous n'avons pas encore réuni les fonds nécessaires et notre départ a dû être différé, répondit le Dr Anderson en fronçant les sourcils — manifestement, la question lui avait déplu. Mais si je pars sans avoir fini d'examiner votre dossier, je vous laisserai des suggestions sur la façon de procéder.

Emma s'empressa de donner son accord.

— Et maintenant, dès que j'aurai trouvé mes lunettes…

Elles étaient sur le fauteuil où il allait s'asseoir. Emma s'en empara juste à temps. Il sourit, tapota son bureau, désignant ainsi l'endroit où elle devait poser la liasse de papiers, graphiques, cartes, photographies qu'elle avait réunis avec tant d'ardeur. Ravie que Theodore Anderson, considéré comme un spécialiste de l'Asie centrale et tibétologue distingué, l'ait prise sous son aile, Emma retrouva confiance en elle. N'avait-il pas été parmi les premiers à tenter d'atteindre Lhassa et de pénétrer dans le Potala, le palais de la cité interdite ? Bien qu'il n'y fût pas encore parvenu, il avait traversé clandestinement le Tibet occidental et possédait une vaste connaissance du bouddhisme, jadis florissant en Asie centrale.

À la fin de cette séance de travail, Emma avait repris goût à la vie. Elle exultait. Son mentor l'avait complimentée sur sa façon d'aborder les documents laissés par son père. Il s'était dit impressionné par son intelligence, sa perspicacité et ses connaissances, inhabituelles chez une jeune fille de son âge.

— Je vous attends demain matin à la même heure, dit-il en se levant.

— Demain ? Je suis vraiment désolée, docteur Anderson, mais demain matin, j'ai... un autre rendez-vous. Peut-être pourriez-vous me recevoir vendredi ?

— Grands dieux, j'avais oublié ! s'exclama-t-il. Demain, nous sommes jeudi ! J'ai accepté de faire partie du jury qui décernera les prix à l'exposition florale de l'hôtel de ville. Soit. Nous nous reverrons donc vendredi.

Holbrook Conolly aimait Kashgar. Située sur l'axe nord-sud et est-ouest de la route de la Soie, Kashgar était la capitale du Turkestan chinois, rebaptisé Sin-kiang. À la différence de Yarkand, à une centaine de miles plus au sud, cette ville n'était pas belle. Les murs d'enceinte, hauts de quarante pieds, le palais du Taotaï et la plupart des maisons basses étaient en torchis, les routes défoncées, et, à l'exception d'un ou deux monuments, Kashgar ne présentait qu'un intérêt historique restreint. L'hiver, elle se couvrait de glace, sans qu'on pût apercevoir le moindre brin d'herbe, et le ciel plombé résonnait du cri lugubre des milouins, des colverts et des oies cendrées qui migraient vers les climats plus chauds de l'Inde. Au printemps et en été, cependant, la capitale de l'Asie centrale chinoise se parait de mille couleurs. Pour cette raison et d'autres encore, Kashgar convenait à Conolly.

Il pratiquait la médecine sans, pourtant, posséder les diplômes requis, et sans le moindre scrupule. Grâce à son père, missionnaire en Chine chargé de la santé des populations, il avait acquis les connaissances de base et parlait couramment le mandarin. D'ailleurs, dans ces régions immenses peuplées de rares tribus nomades et de marchands ambulants, peu importaient les qualifications professionnelles. La compétence de Conolly était largement reconnue. Qui plus est, son dispensaire constituait un paravent idéal pour des activités plus clandestines.

Cinq autres Européens résidaient à Kashgar : le consul russe, Pyotr Shishkin ; sa femme ; deux officiers de l'armée impériale ; et un consul hollandais qui, pour quelque raison obscure, pratiquait la coiffure pour hommes en amateur. Il n'y avait pas de consulat britannique simplement parce que le Taotaï s'y opposait. D'ailleurs, il n'avait pas encore accordé le statut de résident permanent à Conolly, dont l'obligation d'entrer et de sortir fréquemment de la ville arrangeait les affaires. Aidé par un visage innocent de chérubin, des manières charmantes et le dynamisme de sa jeunesse – il n'avait pas trente ans –, Holbrook Conolly jouait habilement sur les deux tableaux. Le seul fait de s'adresser à un médecin incitait les gens à baisser leur garde, ce qui constituait pour lui un atout considérable.

L'agent secret Holbrook Conolly (nom de code : Capricorne) glanait des informations utiles qu'il transmettait à ses supérieurs basés à Simla. Joueur d'échecs confirmé, il avait réussi à entrebâiller la porte du consulat russe. Mais, dans l'immédiat, il s'était fixé un objectif : gagner la confiance du Taotaï, le gouverneur de la province chinoise. Celui-ci qui, jusqu'alors, détestait les Blancs au point de confier sa santé à la médecine locale, avait brusquement, le mois dernier, mandé Conolly pour une consultation. Depuis, et à sa très grande joie, on l'avait de nouveau appelé au palais, mais, cette fois, pour y dîner. Les ordres donnés par Hethrington, et transmis par l'intermédiaire d'un marchand de Leh en même temps qu'il apportait des médicaments, l'avaient déconcerté. On ne lui avait fourni aucune explication pour la curieuse mission dont on le chargeait. Ce soir, après le dîner, il allait pouvoir, du moins l'espérait-il, s'entretenir tranquillement, seul à seul, avec le Taotaï.

En traversant la foule du bazar, Conolly dut échanger salutations et plaisanteries avec les nombreux passants qui le reconnaissaient. Mais il songeait surtout au plantureux repas qui l'attendait au palais. D'après Chin Wang, le cuisinier en chef du Taotaï, un homme bien informé, celui-ci lui avait commandé un menu comportant trente-sept plats, ce qui ne laissait pas d'inquiéter Conolly. Le gouverneur, souffrant de flatulences chroniques, était à la merci de la moindre goutte d'huile sur la paroi de son estomac. Le fait, embarrassant, qu'il fût parfois obligé de quitter la table pour se soulager en toute discrétion, s'il était connu, risquait de saper son autorité.

L'accueil du Taotaï fut cordial et son sourire, un bon présage. Ils passèrent à table dès qu'ils eurent bu le thé vert obligatoire.

Conolly constata avec soulagement qu'ils étaient seuls, sans doute en raison de la nature même des maux de son hôte. Malgré un printemps précoce, la pièce était désagréablement froide, mais le brasero allumé sous la grande table circulaire réchauffait jambes et pieds. Après des tranches minces de langue de bœuf à la confiture d'abricot, accompagnées d'un doigt de vin de riz fumant, qui n'était pas sans rappeler le grog anglais, après une succession de hors-d'œuvre plus délicats les uns que les autres, vinrent les œufs de caille farcis, la peau de daim frite et le canard laqué, une délicieuse soupe à l'aileron de requin, des pieds de porc, des racines de lotus et des pousses de bambou aux sauces fortes et piquantes. Et le Taotaï n'avait toujours pas quitté la table !

Au quatorzième plat, les nerfs de Conolly commencèrent à se détendre. Au vingt-cinquième, il se permit un petit sourire. L'épreuve décisive fut le trente-deuxième mets, de la couenne de cochon de lait frite dans l'huile de sésame. Le Taotaï se servit largement et avala le tout sans même faire un rot. Dix minutes plus tard, il ne semblait pas le moins du monde incommodé. Holbrook Conolly jubilait, sans toutefois commettre l'erreur de le faire voir. Pourtant, il osa demander, en évitant d'être trop direct, si « les intempéries internes de Son Excellence montraient des signes d'apaisement ».

Le visage du Taotaï demeura impénétrable.

— Par la grâce de mes ancêtres, oui. Les quatre vents semblent avoir disparu.

« Plutôt par la grâce des comprimés de charbon ! » se dit Conolly, toujours impassible. Il savait qu'il valait mieux changer de sujet s'il voulait que son hôte restât de bonne humeur. C'est au moment où ils se mirent à fumer leur pipe d'opium que Conolly jugea bon d'abandonner les euphémismes chinois pour revenir à la brusquerie européenne.

— Il y a un petit problème, Excellence, pour lequel je suis contraint de solliciter l'assistance du Céleste Empire.

Le sourire du Taotaï se fit circonspect.

— Vraiment ?

— C'est une affaire personnelle, ajouta Conolly.

— Oh, une affaire de cœur ? demanda le Taotaï, de nouveau souriant.

– Heu…

Conolly toussota, l'air embarrassé.

– C'est au sujet d'une femme. Seul, je n'arriverai pas à la retrouver.

– La retrouver ? Ah !

Le Taotaï gloussa d'un air entendu.

– Votre concubine s'est enfuie avec votre voisin. Vous voulez que je les arrête et que je les fasse décapiter ?

– Pas exactement, Excellence.

– Alors quoi ?

– La femme que je cherche est maintenue en esclavage, probablement dans le Sin-kiang.

– Il n'y a pas d'esclaves dans le Sin-kiang, déclara le gouverneur, contrarié.

– Il est incontestable que des milliers d'entre eux ont été libérés, concéda Conolly pour l'apaiser. Cependant, il en reste un certain nombre qui servent comme domestiques chez les riches marchands.

– Avez-vous conscience de l'étendue du Sin-kiang ? demanda le Taotaï avec humeur.

– J'en suis conscient, Excellence.

– Qui est cette femme dont vous voulez retrouver la trace ? Une Anglaise ? Je ne sache pas qu'aucun de vos compatriotes soit tenu en esclavage.

– Non, Excellence. En fait, elle est… arménienne.

– Un sujet russe !

– Seulement par la conquête, fit vivement remarquer Conolly.

L'humeur du Taotaï ne cessait de s'assombrir.

– Je vous conseille vivement de tenter une démarche auprès de Mr Shishkin. Je n'ai aucune envie de me mêler des affaires des sujets russes, conquis ou non.

– Je ne tiens pas à m'adresser à lui, Excellence, avança Conolly avec prudence, sachant combien les Chinois détestaient et craignaient le consul de Russie et son pays. Je pense que, contrairement à Votre Excellence, Monsieur Shishkin manque de sensibilité. Par ailleurs, il déteste les Anglais autant que les habitants du Céleste Empire. Si cette femme est effectivement détenue dans le Sin-kiang, il en profitera politiquement, au détriment de la grande nation chinoise.

Le Taotaï tapa doucement le fourneau de sa pipe contre le bord de la table.

— Votre analyse me semble exacte, dit-il avec un sourire complice. Cependant, elle me surprend. Je vous croyais l'ami de Monsieur Shishkin, avec qui vous dînez une fois par mois.

Conolly ne s'étonna pas de ce que ses déplacements fussent surveillés.

— Nous partageons le même intérêt pour les échecs, Excellence. J'ai eu, d'autre part, l'occasion de lui rendre quelques services d'ordre professionnel.

— Pour quelle affection ?

— Je regrette de ne pouvoir vous renseigner, Excellence. Pour la même raison qui m'empêcherait de divulguer la vôtre.

Le gouverneur se laissa aller contre ses coussins.

— La femme que vous cherchez, vous éprouvez un intérêt... sentimental pour elle ?

Conolly parvint à rougir et baissa les yeux.

— De toute évidence, une affaire de cœur ! s'exclama le Taotaï en agitant un doigt espiègle. Mais son sourire s'estompa et il fronça les sourcils.

« Je ne tiens pas à offenser Monsieur Shishkin. Ce ne serait pas politiquement... judicieux.

Il admettait ainsi la vulnérabilité de la Chine, raison pour laquelle il n'était pas question de froisser la susceptibilité du consul russe. Les troupes massées non loin de Tachkent étaient une menace pour le Céleste Empire.

— Il n'y a aucune raison de mettre Monsieur Shishkin au courant de ma requête, insista Conolly. Je supplie même Votre Excellence de la considérer comme confidentielle au même titre qu'une... heu... consultation médicale.

— Pouvez-vous me donner des détails sur cette femme ?

— Je n'en possède, hélas, que bien peu.

Conolly sortit une enveloppe de sa poche et la posa sur la table basse.

Le Taotaï fit semblant de ne pas l'avoir vue.

— Comment savez-vous qu'elle n'a pas été libérée ?

— C'est très improbable qu'elle l'ait été, Excellence. Il semble qu'elle se trouve encore en Asie centrale.

– Une enquête menée ouvertement sur un sujet russe mettrait mon gouvernement dans l'embarras.

– Votre Excellence dispose d'un réseau d'indicateurs renommé pour son efficacité et sa discrétion.

– Monsieur Shishkin aussi. Ces médicaments que vous m'avez prescrits…

– Oui ?

Conolly retint son souffle et attendit, sur le qui-vive.

– Avez-vous suffisamment de comprimés noirs et de poudre brune en réserve ?

– Jusqu'à présent, oui.

– Suffisamment pour continuer à m'en fournir si, heu... le vent se levait ?

– Cela dépendra, Excellence.

– De quoi ?

– De la façon dont on les autorisera à entrer dans Kashgar. Comme on préfère les produits russes aux produits anglais, l'importation de médicaments est irrégulière et lourdement taxée.

– Pas s'ils sont transportés en contrebande par les caravanes.

Conolly garda un silence prudent.

– Très bien, docteur Conolly, reprit soudain le Taotaï après avoir réfléchi. Je vais faire le nécessaire pour vos médicaments et examiner votre requête.

– Merci, Excellence. Je vous suis infiniment reconnaissant.

Que savait exactement le gouverneur de ses activités ? se demanda Conolly. À plusieurs reprises, son attitude l'avait inquiété. Les remèdes que lui expédiait de Leh le vieux Cranks lui servaient, pour l'instant, de couverture. Mais quel intérêt pouvait bien présenter cette esclave arménienne pour les services secrets ?

Avec l'afflux des marchands, des négociants et des représentants de toutes les professions venus des autres provinces, Delhi était la septième des villes les plus riches de l'Inde britannique. Nulle part cette prospérité n'était aussi évidente que dans Chandni Chowk, la principale artère commerciale. Emma y était passée des centaines de fois. Cette longue et large avenue traversée par un canal bordé de hauts arbres, ses boutiques élégantes, ses commerces de luxe, la ravissait. Mais aujourd'hui, assise à l'arrière de cette voiture de louage, anonyme et discrète, elle ne songeait qu'à son rendez-vous.

Elle savait que Damien Granville s'intéressait aux dames, aussi, ce matin-là, avait-elle accordé un soin tout particulier à sa toilette. Avec si peu de flèches dans son carquois, elle ne pouvait se permettre de négliger le moindre détail. Pourtant, lorsqu'elle se regarda dans le miroir avant de sortir, il lui sembla que, malgré de laborieux efforts, ses défauts physiques n'avaient pas disparu : un visage trop long, une bouche trop large, un front trop haut et des manières trop directes pour les hommes habitués à la soumission féminine. Ajoutez à cela qu'elle était trop grande et maigre pour transformer en courbes ses contours trop anguleux. Ses traits quelconques parurent à Emma encore moins séduisants que les autres matins, malgré ses grands yeux bleu-vert, ses cheveux brillants et son sourire que sa mère disait être ses meilleurs atouts. De toute façon, décida-t-elle, quel que fût le résultat de sa mission, sa dignité resterait intacte. Elle ferait des concessions s'il en était besoin, mais elle ne ramperait pas aux pieds d'un Damien Granville, déjà suffisamment imbu de lui-même. Surprise une fois de plus par le chic indéfinissable de sa fille, Margaret Wyncliffe accepta sans poser de question l'explication d'Emma : une visite chez Mr Lawrence, le notaire de la famille. Elle se demanda pourtant si le costume en shantung turquoise de bonne coupe, les boucles châtain aux reflets dorés et le maquillage léger n'étaient pas destinés au jeune Howard Stowe.

L'hôtel particulier que Damien Granville avait loué à prix d'or était d'une grande laideur. Toutefois les jardins étaient bien entretenus et les arbres qui bordaient la pelouse, en pleine floraison. Une fois la voiture arrêtée devant le portique, Emma sentit l'appréhension lui nouer la gorge. Elle s'accorda un instant de répit et, lorsqu'elle descendit de voiture, toute trace de nervosité avait disparu. Sur le perron, un homme vêtu de toile blanche empesée et d'un turban écarlate l'attendait.

— Suraj Singh, au service de Miss Wyncliffe.

Il salua Emma avec raideur et claqua des talons.

— Je suis le secrétaire particulier de Mr Granville. Le maître regrette de ne pas vous accueillir lui-même. Il est retenu par une affaire de la plus haute importance et présente ses excuses à l'honorable memsahib. Il la prie de bien vouloir l'attendre dans ses appartements privés. Il ne sera retardé que de quelques instants.

Avec un grand salut, il lui fit comprendre qu'elle devait l'accompagner.

De toute évidence, il savait qu'Emma parlait parfaitement le ourdou puisqu'il s'était exprimé dans cette langue. D'âge moyen, vif et robuste, les tempes grisonnantes de même que sa barbe et sa moustache soigneusement taillées, il avait l'air martial d'un guerrier rajput. Ses manières étaient d'une extrême courtoisie mais sans obséquiosité.

Emma donna l'ordre au cocher de l'attendre dans l'allée, puis elle suivit Suraj Singh qui, remarqua-t-elle, boitillait.

La demeure, aussi bizarre à l'intérieur qu'à l'extérieur, était encombrée d'un véritable bric-à-brac, statues italiennes dans des postures extravagantes et peintures à l'huile sinistres et médiocres. L'ensemble était lugubre et peu hospitalier. La pièce du premier étage où le secrétaire fit entrer Emma semblait plus agréable. Meublée comme un bureau anglais, elle était claire et sa fenêtre en saillie donnait sur la rivière.

— L'honorable *bégum sahiba* souhaite-t-elle prendre une tasse de thé ?

— Non, merci, répondit Emma en s'installant dans le fauteuil que lui désignait Suraj Singh, tandis qu'il retrouvait son langage fleuri pour excuser l'absence de son maître.

Après avoir vérifié l'état de sa coiffure dans un miroir mural, Emma, heureuse d'être un moment seule, s'approcha de la fenêtre et admira la vue qui s'offrait à elle : la rivière qui clapotait contre le mur d'enceinte, un groupe de pêcheurs réparant des filets et, plus loin, les contours flous de Fort-Rouge. Mentalement, Emma répétait la proposition qu'elle avait l'intention de faire à Damien Granville en désespoir de cause si rien d'autre ne réussissait. Cependant, elle se refusait encore à croire qu'on pût prendre au sérieux un enjeu aussi scandaleux.

La pendule de chrysocale sonna la demie. Manifestement, le manque de courtoisie de son hôte était délibéré et l'affrontement serait plus rude qu'elle ne l'avait imaginé. La porte s'ouvrit soudain et la voix grave de Granville le précéda dans la pièce.

— Pardonnez-moi de vous avoir fait attendre, Miss Wyncliffe.

Il s'avança à longues enjambées vers la fenêtre, prit la main d'Emma et s'inclina. Le contact physique avec Granville la fit frissonner.

— Il fait frais ce matin, n'est-ce pas ? remarqua-t-il avec un petit sourire. Voulez-vous une tasse de café pour vous réchauffer ?

— Non, merci, répondit-elle en retirant trop vite sa main.

— Du café turc, Maqsood, ordonna-t-il au khidmatgar qui attendait près de la porte. Il ne sera pas dit que nous avons laissé notre invitée prendre froid. Apporte-nous aussi du baklava. Je dois vous avouer, Miss Wyncliffe, que j'adore les sucreries et j'espère que vous voudrez bien partager mon vice.

Sans se laisser prendre au charme de son hôte, Emma tint à lui faire savoir qu'elle avait craint un oubli de sa part alors qu'elle-même était arrivée à l'heure.

— Je sais, et je vous ai déjà fait mes excuses, mais je les répéterai volontiers si vous y tenez.

L'arrivée d'un deuxième serviteur évita à Emma de répondre. Il apportait un hookah d'argent.

— Me permettez-vous de fumer durant notre petite conversation ? demanda Granville.

Notre petite conversation ! Cette désinvolture n'était-elle pas une nouvelle offense ?

— Vous êtes chez vous, Mr Granville, riposta Emma froidement.

— Merci. Rares sont les Anglaises qui auraient accepté, mais vous êtes d'une autre trempe, Miss Wyncliffe.

En riant, il lui désigna un fauteuil et ajouta :

— Je pense que vous serez mieux face à la fenêtre. Comme toute cette maison, les autres sièges sont inconfortables et d'un mauvais goût parfait.

Emma suivit ses conseils et Granville s'installa devant elle. Consciente de ce qu'il la détaillait du regard, elle préféra observer les gestes du serviteur préparant le hookah pour son maître.

— Non, je n'avais pas oublié notre rendez-vous. D'ailleurs, comment oublier le jour où le soleil s'est levé à l'ouest ?

Elle s'était attendue à ce sarcasme, mais ne le releva pas. Elle ne voulait pas lui donner ce plaisir.

— Jamais je n'aurais imaginé vous rendre visite, monsieur Granville, n'eussent été ces malheureuses circonstances.

— Puis-je savoir lesquelles ?

— Vous les connaissez aussi bien que moi. Je suis venue vous parler de *Khyber Kothi*, notre propriété. D'après mon frère, il semblerait que vous prétendiez l'avoir gagnée aux cartes ?

— Ce n'est pas tout à fait exact, Miss Wyncliffe. Je ne prétends pas l'avoir gagnée, je l'ai gagnée.

— Vous avez donc l'intention de prendre au sérieux cette mise déraisonnable ?

— Qu'est donc une mise, sinon une affaire sérieuse ? demanda-t-il, surpris. Elle ne devient déraisonnable que lorsqu'on la perd, n'importe quel joueur vous le dira.

Elle le considéra avec une aversion marquée.

— Celle-ci a été faite par un jeune homme immature, irréfléchi, qui, de plus, était ivre.

— Le prétendu manque de maturité de votre frère ne l'a pas empêché de fréquenter assidûment la maison de jeu, me semble-t-il. Quant à sa propension à l'alcool, c'est votre affaire et non la mienne.

— Vous l'avez forcé à boire, riposta Emma en s'efforçant de rester calme.

— Certainement pas ! Je n'ai pas ce pouvoir. Votre frère a bu de son plein gré, Miss Wyncliffe.

— Je connais mon frère et je ne lui pardonne pas sa conduite stupide. Mais vous avez exploité ses faiblesses, vous l'avez poussé à jouer et à miser de plus en plus gros.

— C'est ce qu'il vous a dit ? intervint Granville en souriant avec mépris. Immature ou non, votre frère a plus de vingt et un ans, il est responsable de ses actes aux yeux de la loi. Quant à lui forcer la main… Allons, allons, Miss Wyncliffe, pas une sœur, aussi aimante soit-elle, et surtout avec votre intelligence, ne serait assez naïve pour le croire.

Emma rougit.

— Personne ne pourrait considérer cette partie comme loyale.

— Et pourtant elle l'était, affirma Granville, avec pour la première fois un soupçon de brusquerie dans la voix. Highsmith, l'homme que vous avez vu l'autre jour, pourra en témoigner. Il attestera aussi que j'ai averti votre frère à plusieurs reprises de mon intention de revendiquer cette maison au cas où je gagnerais.

— Et si les cartes vous avaient été défavorables, est-ce que vous, vous auriez renoncé à la vôtre ?

— Certainement ! Il existe un axiome universel dont doivent s'inspirer tous les joueurs, Miss Wyncliffe : si vous n'avez pas le courage de perdre, ne jouez pas.

Le khidmatgar revint avec un plateau d'argent et deux minuscules tasses de café turc accompagnées de morceaux de baklava sur une assiette. Il posa le plateau sur une table près du fauteuil d'Emma et se retira. Emma refusa le gâteau que lui offrait Damien Granville, mais elle accepta le café. Il se rassit après avoir pris deux parts de gâteau et l'autre tasse.

— Buvez le café pendant qu'il est chaud. Froid, il perd son arôme.

Emma le but à petits coups. Il était merveilleux, doux et amer à la fois ; il possédait une saveur qui desserra sa gorge nouée. Lorsqu'elle eut fini, elle reposa la fine porcelaine sur le plateau. Cet intermède avait été le bienvenu.

— Ne croyez surtout pas, lança-t-elle d'une voix vive et ferme, que je suis venue vous présenter des excuses au nom de mon frère ou vous demander la charité.

— Vraiment ? Eh bien, pour quelle raison êtes-vous donc venue ?

— Je suis venue vous proposer une autre solution.

— Vous m'intriguez de plus en plus, Miss Wyncliffe, affirma Granville, les sourcils levés de surprise. J'ai hâte de la connaître.

Sans prêter attention au sarcasme, Emma exposa son idée.

— Comme je suppose que c'est la somme d'argent en jeu qui vous intéresse, je suggère qu'un expert évalue à vos frais notre propriété. Quel qu'en soit le prix, nous nous engagerons à le payer en douze mois à partir de maintenant.

— Puis-je vous demander où vous trouverez cet argent ?

— Cela ne vous regarde pas, Mr Granville. Soyez assuré que nous paierons cette dette.

Il se cala dans son fauteuil et épousseta un peu de cendre tombée sur son veston.

– Votre plan aurait pu être parfait, Miss Wyncliffe, mais il présente un grave défaut.

– On peut corriger les défauts par consentement mutuel, avança Emma, le cœur battant.

– Le seul défaut de votre plan, c'est que je le considère comme inacceptable.

– Pourquoi ? demanda-t-elle, les poings serrés dans les plis de sa jupe.

– Ce que je veux, c'est la maison.

– Mais vous ne vivez pas à Delhi ! s'écria Emma. On m'a dit que vous possédiez une propriété au Cachemire, que vous détestiez cette ville.

– Quand bien même je n'aimerais pas Delhi, j'ai besoin d'y acquérir un pied-à-terre. J'ai horreur de vivre en location. Votre maison tombe à point nommé.

Rien, jusqu'à présent, n'avait bouleversé Emma autant que ce qu'il venait de dire.

– Vous avez l'intention de vivre chez nous ?

– En effet, confirma-t-il tranquillement. Si je lui consacre les fonds nécessaires, *Khyber Kothi* deviendra une demeure enviable, socialement bien située. Bref, elle me convient parfaitement.

– *Khyber Kothi* est notre maison, notre seule maison !

– Je suppose que votre frère le savait quand il a placé sa mise ?

– Ma mère souffre d'une maladie de cœur, avoir à déménager lui serait fatal. Ne pouvons-nous transiger ?

– J'apprends avec tristesse votre situation, assura-t-il sans le montrer le moins du monde. Et je déplore de devoir vous priver de votre toit, mais – sa voix durcit – votre frère en est seul responsable. Je n'ai guère de sympathie pour un garçon qui ose se cacher derrière les jupes de sa sœur.

– David ignore que je suis ici, je... je suis venue de mon propre chef. Je pensais trouver un arrangement, mais je vois que je me suis trompée.

Emma rassembla ses gants, sa pochette et ce qui lui restait de dignité.

– Je pense que nous pouvons mettre fin à cet entretien, ajouta-t-elle.

– Je rends hommage à votre courageuse tentative, Miss Wyncliffe.

– Quant à vous, Mr Granville, vous avez été malhonnête et rien ne pourra me convaincre du contraire, riposta Emma d'un ton brusque, mortifiée par la condescendance de son adversaire. Peut-être mon frère est-il égocentrique et irresponsable, mais vous, monsieur, vous êtes un tricheur, un menteur, un parasite qui tire profit des gens honnêtes.

Emma sentit, derrière ses paupières, les picotements annonciateurs des larmes. Malgré son envie de pleurer et de s'enfuir, elle trouva le courage d'avancer lentement vers la porte. La main sur la poignée, elle s'arrêta pour ajouter :

– Jamais, Mr Granville, vous ne parviendrez à nous chasser de notre maison. De toutes mes forces et jusqu'à mon dernier souffle, je combattrai votre infâme dessein.

Elle allait claquer le vantail derrière elle quand il parla.

– Attendez.

La voix était douce et pourtant, c'était un ordre. Malgré elle, Emma s'arrêta. Granville se leva de son fauteuil, se dirigea vers elle et poursuivit :

– Revenez, je vous prie, et asseyez-vous.

– Pourquoi ? Nous nous sommes tout dit.

– Non.

Le cœur battant d'un fol espoir, elle revint lentement sur ses pas. Allait-il accepter son offre ?

– Je vous en prie, asseyez-vous.

– Je peux aussi bien vous écouter debout.

– Comme vous voulez.

Il referma la porte et retourna nonchalamment vers son bureau. Une fois assis, mettant ainsi toute la longueur de la pièce entre eux, il reprit la parole.

– Moi aussi, j'ai une offre à vous faire. Je n'annulerai la dette de votre frère qu'à une seule condition.

Le cœur d'Emma cessa un instant de battre.

– Laquelle ?

– Comme vous le savez sans doute, commença-t-il sans la quitter des yeux, je vis au Cachemire. Peut-être n'avez-vous jamais entendu parler de la Vallée. C'est un endroit magnifique et sauvage. J'y vis entouré de tout ce qu'un être humain peut souhaiter, la sécurité, un domaine prospère, une demeure conçue et meublée selon mon goût avec tout le confort dont j'ai besoin. Je vis comme je l'entends, personne n'est mon maître. Et pourtant, l'essentiel me manque... (Il hésita une fraction de seconde.) Une femme.

Il fallut un moment à Emma pour saisir le sens de ces mots. Elle se raidit, le sang afflua à ses joues, elle fixa désespérément le sol. Granville ne l'avait pas quittée des yeux. Le choc qu'avaient produit ses paroles finit par s'estomper.

— Si je vous ai bien compris, Mr Granville, parvint-elle à articuler d'une voix presque ferme, je considère que votre proposition ne mérite pas de réponse. Je la trouve aussi méprisable que vous.

— Vraiment ? Mais qu'avez-vous compris ?

— Qu'en échange de l'annulation de la dette de mon frère, j'accepte de devenir votre maîtresse, dit-elle carrément, se refusant à tout euphémisme.

— Chère Miss Wyncliffe !

Il leva les mains, comme horrifié.

— Vous m'étonnez de plus en plus. Je trouve incroyable qu'une rose anglaise aussi pure et intacte que vous puisse connaître ne fût-ce que l'existence d'une telle indignité.

En riant, il s'approcha d'Emma, les pouces passés dans les emmanchures de son gilet. Il s'arrêta si près d'elle que son haleine, qui sentait le tabac, lui effleura le visage.

— Non, Miss Wyncliffe, des maîtresses, j'en ai à profusion. Je suppose que vous serez soulagée d'apprendre que ce n'est pas pour maîtresse que je vous veux.

Ses manières étaient désinvoltes, mais son regard perçant avait une intensité étrange.

— Je vous veux pour épouse.

Pendant une éternité, sembla-t-il, les mots restèrent suspendus entre eux. Le silence s'épaissit, ponctué seulement par le tic-tac de la pendule. Emma le fixait, les yeux écarquillés, incrédule, sans avoir conscience qu'elle venait de s'effondrer dans un fauteuil.

— Eh bien, Miss Wyncliffe, il semblerait que je sois capable de vous surprendre, après tout.

Muette d'étonnement, elle continuait de le fixer. Ce coureur de jupons sans scrupules, ce joueur dissolu, l'avait demandée en mariage ?

Elle fut bientôt en proie à une hilarité incoercible. Tandis que la pièce résonnait de ses éclats de rire, Damien Granville changea d'attitude. Son visage, jusque-là sombre et impassible, se colora violemment. Il s'approcha d'Emma et, avant qu'elle pût deviner ses intentions, sa main se leva et lui donna une claque sonore. Le rire s'enfonça dans la gorge d'Emma et lui coupa le souffle. Elle porta la main à sa joue. Ils restèrent un moment à se regarder sans prononcer un mot, l'un en proie à une fureur dévastatrice, l'autre glacée de peur.

— Vous m'avez déjà ri au nez une fois, Miss Emma Wyncliffe. Soyez sûre que cela ne se reproduira pas. Veuillez vous le rappeler à l'avenir.

La voix de Damien Granville était d'une froideur terrifiante. Emma se leva tant bien que mal et, sans le regarder, se précipita vers la porte. Il ne fit pas un geste pour la retenir.

— C'est tout le contraire, Mr Granville, je ne garderai aucun souvenir de vous ! lui jeta-t-elle avant de sortir. Je vous méprise. Oui, je vous méprise à un point que vous ne soupçonnez pas.

Elle claqua la porte derrière elle et s'éloigna d'un pas vif sans se retourner.

5

Depuis plus d'une heure, les troupes défilaient devant la tribune où étaient installées les personnalités, parmi lesquelles, entre autres, le vice-roi, le commandant en chef et l'intendant général des armées ainsi que le gouverneur adjoint du Pendjab, de hauts fonctionnaires et leurs invités.

Une fois de plus, le colonel Hethrington jeta un coup d'œil à sa montre en pensant à son bureau surchargé. Il y avait des dépêches à lire, à faire suivre, à retourner, des réponses à méditer, à rédiger, à expédier. Des messages à télégraphier à Londres, Srinagar, Leh. Ici, en plein air, le soleil était accablant et le vacarme des pièces d'artillerie qui tiraient sur des cibles installées à flanc de colline aggravait son mal de tête. Où diable était passé cet idiot de Worth ? Hethrington lui avait donné l'ordre de le rejoindre sous n'importe quel prétexte avant onze heures. Il était presque midi et Worth ne s'était toujours pas manifesté. Soudain, il apparut comme un génie sortant d'une lampe.

— Désolé d'être en retard, mon colonel, mais je décodais un message chiffré envoyé par Mr Crankshaw. Je crois que vous devriez en prendre connaissance très rapidement.

Une demi-heure plus tard, le colonel apprenait que Geoffrey Charlton était arrivé à Leh et se disposait à gagner Yarkand. La nouvelle était alarmante. Hethrington ferma les yeux et pressa sur ses paupières du bout des doigts.

— Bon sang !

— Nous pourrions l'empêcher d'aller plus loin, mon colonel.

— Et risquer d'être mis au pilori pour entrave à la liberté de la presse ? Ne soyez pas stupide, mon garçon. Ce serait confirmer que nous avons quelque chose à cacher.

— Au moins, retardons-le.

— Oui, essayons. Étant donné les circonstances, nous pouvons difficilement faire mieux. Rédigez un message pour Crankshaw, je vous prie. Pas de nouvelles de Capricorne ?

— Non, mon colonel, mais nous devrions bientôt en avoir.

— Et en attendant, que faut-il faire ? Tout raconter au risque d'être cassés ?

— Peut-être pas au commandant en chef, mais à l'intendant général. Sir John discute rarement vos décisions en matière de renseignements. Une fois que nous l'aurons informé du plan et qu'il l'aura approuvé, nous n'aurons plus rien à craindre, même si l'affaire venait à mal tourner.

— Et s'il ne donnait pas son accord ?

— Avec Charlton sur la piste ? Il n'a pas le choix, fit remarquer le capitaine en souriant. Nous non plus, d'ailleurs. Le haut commandement, lui, ferait avorter le projet et confisquerait les documents.

Hethrington, qui n'était pas convaincu, se tapotait le menton.

— Cacher des informations à un supérieur est une faute grave, capitaine.

— Pas dans un service où le secret est de rigueur, mon colonel. De toute façon, la faute a déjà été commise. L'intendant général aurait dû être mis au courant avant le lancement de l'opération.

Hethrington se plongea dans un silence méditatif. Sachant, d'une part, que le commandant en chef de l'armée des Indes, Sir Marmaduke Jerrold, s'en tenait aux règles et que, d'autre part, l'intendant général, Sir John Covendale, avait un flair surprenant dans des situations peu orthodoxes, le colonel décida de retenir la suggestion de Worth.

— Et maintenant, dit-il en chassant ce problème de son esprit, passons à autre chose.

— L'affaire du Hunza ?

— Oui, capitaine, pour notre malheur.

Il chercha vainement à ouvrir la boîte rouge des dépêches, puis abandonna.

— Comme notre vie serait plus facile si nos frontières étaient aussi hermétiques que ce couvercle !

Worth se leva d'un bond, ouvrit la boîte et regagna sa place, un crayon à la main.

— Inutile de préciser que tout le monde, d'ici à Whitehall, se creuse la tête au sujet de la petite balade de Borokoff.

— C'était à prévoir, mon colonel.

— En effet.

Hethrington fouilla dans ses papiers et en sortit un dossier marqué « *Secret et confidentiel* ».

— À quand remonte la visite du Russe ?

— À la mi-janvier, monsieur. Les émissaires de Safdar Ali lui ont fait passer le Boroghil qui était encore ouvert. D'après notre informateur, ces émissaires avaient attendu à Tachkent pendant des semaines.

— Et Francis Younghusband, quand se trouvait-il au Hunza ? En novembre ?

— Oui, mon colonel, trois mois après le colonel Durand.

— Les communications étant ce qu'elles sont, on peut s'attendre à des retards, mais sûrement pas aussi importants. Qu'en pensez-vous, capitaine ?

— Rappelez-vous, mon colonel, que le message a été apporté à Srinagar par un porteur balti. Les éboulements sur le chemin muletier l'ont retardé. Vu le peu de confiance qu'on peut accorder à ces hommes, j'estime que nous avons eu de la chance.

— Borokoff est le deuxième Russe à séjourner au Hunza en dix-huit mois. Quant à Grombetchevsky, il rôderait encore dans les parages. Les représentants de trois autres pays, Russie, France et Angleterre, ont été vus récemment au Pamir. Comment expliquer cela à Whitehall ?

— Grombetchevsky détestait le Hunza. Il a refusé d'y retourner, ce qui explique le voyage de Borokoff. L'expédition scientifique russe était chargée de porter sur la carte la frontière sino-tibétaine. Le Français s'intéressait à la fabrication des tapis et les Anglais chassaient le mouflon.

— Et Borokoff, que chasse-t-il ? demanda Hethrington d'un ton tranchant. Les rince-doigts en papier mâché ?

— Nous savons ce qu'il chasse, soupira Worth, mais il n'y a sûrement pas péril en la demeure.

— Qui est-il, en réalité, ce Borokoff ?

— Un officier de la garde impériale russe, mon colonel.

— Ses antécédents ?

— Selon notre attaché militaire à Saint-Pétersbourg, répondit le capitaine en ouvrant un classeur, un homme de la cinquantaine, né à Kharkov de parents pauvres, morts prématurément. Ballotté de foyer d'accueil en foyer d'accueil jusqu'à ce que le général Nicholai Smirnoff le remarque.

— Le père d'Alexei Smirnoff ?

— En effet, mon colonel. Il a fait entrer Borokoff à l'université de Moscou où celui-ci a obtenu un diplôme d'ingénieur. Ensuite, et toujours sous la protection de Smirnoff, il a été envoyé en Asie centrale avec le grade de capitaine. Après diverses affectations, il a été rappelé à Saint-Pétersbourg par le ministère des Affaires étrangères. Actuellement il se trouve à la tête de l'état-major à Tachkent avec le grade de colonel. Le général Alexei Smirnoff serait à l'origine de sa visite au Hunza. On les dit très liés et politiquement très proches.

— Pas étonnant que Borokoff ait pu agiter toutes ces carottes sous le nez du mir ! Est-ce la première fois qu'il voyage dans ces régions ?

— Oui, mon colonel. Il est apparemment novice dans le domaine de l'espionnage, où il sert surtout les ambitions de Smirnoff.

Hethrington se laissa lentement glisser dans son fauteuil, les sourcils froncés.

— La situation n'est pas gaie, capitaine. Si Smirnoff est nommé gouverneur général, nous pouvons nous attendre à des feux d'artifice dans le Pamir.

— C'est ce que prévoit notre ambassade à Saint-Pétersbourg, mon colonel.

— Le manque de communications télégraphiques pose un problème que seules pourront résoudre les voies muletières et les lignes que Durand aura établies. Et, pour commencer, il n'hésitera pas à faire entrer ses troupes au Hunza.

— Il lui faudrait trouver une raison.

— Une raison ? reprit Hethrington avec un rire grinçant. Ce coquin de Safdar Ali ne tardera pas à lui en donner une, et Durand le sait.

— Younghusband considère que le défilé du Hunza est impraticable.

— Ni impraticable ni infranchissable, mon garçon ! Algy Durand possède un important réseau de relations. Tous parlent le même langage et partagent les mêmes vues démagogiques. Quand le moment sera venu, il exigera plus d'officiers, plus de gurkhas, plus d'armes. Et il les obtiendra. Que savons-nous d'autre sur l'entrevue de Borokoff avec Safdar Ali ?

— Très peu de chose, mon colonel. Notre agent sur place a obtenu des informations de seconde main par un de ses cousins, garde du corps du mir. Mais les deux hommes étaient assis trop loin pour que leur entretien soit audible et nous sommes réduits à des conjectures. Quant à la conversation qui a suivi l'exécution, elle est restée secrète.

— Secrète ? Allons donc ! Safdar Ali a demandé la lune et Borokoff la lui a promise. Ils peuvent fort bien transporter un armement lourd par chemin de fer sans que nous en soyons avertis. Il n'empêche qu'ils doivent emprunter un col en altitude dont ils espèrent naïvement que ce sera la Yasmina. De toute façon, Calcutta considérerait cette livraison comme un acte de guerre et Durand en profiterait aussitôt. Borokoff, et Smirnoff, ne sont sûrement pas dupes. Borokoff se trouve en ce moment à Saint-Pétersbourg ?

— En effet, mon colonel.

— Eh bien, capitaine, pour notre plus grand bien à tous les deux, je souhaite qu'il y reste longtemps.

D'un bond, il se leva de son siège et arpenta la pièce d'un pas vif et régulier. Les voiles épais du brouillard de Simla s'étaient abattus sur la ville avec leur soudaineté coutumière, et leur opacité laiteuse parut à Hethrington tristement symbolique.

— Les Hunzakuts croient que la Yasmina est un don des esprits de la montagne, reprit-il. Son secret n'est connu que d'eux, et d'eux seuls. Il ne doit pas être révélé aux étrangers. La légende locale fait de la passe un personnage féminin, une *purdahnasheen*, dont seuls les gens du pays peuvent apercevoir le visage. Il y a bien longtemps, un mystique soufi aurait prédit que, le jour où la Yasmina serait révélée au monde, la nation hunza cesserait d'exister. Fadaises que tout cela, mais ils y croient.

Il frappa à la fenêtre. Aussitôt apparut une petite tête aux grands yeux inquiets. Le colonel puisa une figue dans la coupe de fruits et la lança au macaque.

— Safdar Ali n'obtiendra pas une seule arme des Russes, de même que les Russes n'auront pas la Yasmina.

Il secoua la tête, leva une main pour renvoyer son adjoint, puis se ravisa.

— À propos, capitaine...

— Oui, mon colonel ?

— Vous savez, les costumes, ils ont fait admirablement l'affaire. Lady Landsowne en a fait l'éloge à mon épouse. Je vous dois des remerciements, ajouta-t-il avec un sourire aimable. Transmettez nos compliments et notre gratitude à leur propriétaire. Et veillez à lui faire parvenir un joli bouquet de notre part.

— Oui, mon colonel.

Le visage régulier du capitaine Worth demeura impassible.

— Je m'en occupe immédiatement.

La porte se referma derrière lui sans un bruit.

Le temps pour Emma d'arriver chez elle, et la sensation cuisante sur sa joue avait disparu. Seule subsistait une indignation extrême. Elle monta en courant dans sa chambre pour examiner son visage dans le miroir. La marque des doigts de Granville était encore visible. En la regardant, elle défaillit de colère, se crispa sous l'effet d'un sentiment intense de souillure. Damien Granville avait osé la frapper ! Elle se jeta sur son lit et fondit en larmes.

Par chance, sa mère avait invité des amis à déjeuner et le repas était terminé. Quant à David, il était à la caserne. Lorsque Mahima, portant un plateau, frappa à la porte, Emma prétexta une migraine et la renvoya. Pour l'instant, même l'avenir de *Khyber Kothi* passait après la monstrueuse humiliation qu'elle avait subie.

Ne pouvant montrer son visage, Emma usa de son mal de tête pour demeurer invisible toute la soirée. Étendue sur son lit, le regard fixé au plafond, elle ruminait sa colère. Elle chercha à imaginer une vengeance, mais n'en trouva aucune. Un mariage avec Damien Granville ? Qu'il aille d'abord au diable ! Mrs Wyncliffe, que l'absence d'Emma inquiétait, lui fit porter un bol de soupe de lentilles et deux chapatis chauds. Pour échapper à tout questionnement, Emma se força à manger ce dîner frugal sous sa véranda, dans l'obscurité.

– Mon frère est-il arrivé ? demanda-t-elle à Mahima pendant que l'ayah rabattait draps et couvertures, et disposait la moustiquaire autour du lit.

Apprenant qu'il ne rentrait pas pour dîner, Emma n'en fut pas inquiète. Elle savait qu'il éviterait la maison de jeu. Son sommeil, cette nuit-là, fut hanté par la présence étrange et incompréhensible de Damien Granville. Il était minuit passé lorsqu'elle fut réveillée en sursaut par le hennissement d'un cheval sous sa fenêtre, le hongre de David. Pour la première fois de sa vie, elle eut peur, vraiment peur, de voir son frère. Quelle solution pouvait-elle maintenant lui proposer ? À son grand soulagement, David ne se montra pas.

Avec l'aube, elle reprit ses esprits et retrouva une force nouvelle. Le ciel couleur de bleuet et les chants d'oiseaux de ce matin de mars la réconfortèrent. Elle s'était laissé obnubiler par l'outrage personnel qu'elle avait subi. Elle comprenait à présent : elle s'était surestimée et elle avait sous-estimé Damien Granville. Il ne lui restait plus qu'à mettre de côté son orgueil blessé et à reconsidérer la situation d'une manière pragmatique, en examinant la seule option qui lui restait et qui avait encore une chance de succès.

– Le terrain de Kutub Minar ? répéta James Lawrence, surpris, après avoir écouté la question d'Emma. Vous avez l'intention de le vendre ?

– Oui. Comme vous le savez, puisque vous en avez arrangé l'achat il y a bien longtemps, papa n'y voyait qu'un investissement. Je suppose qu'il a pris de la valeur.

– Oui, en théorie. En avez-vous parlé à Margaret ?

– À vrai dire, non. Nous évitons à maman les problèmes financiers. Le fait est que nous avons besoin d'argent.

Le notaire lui lança un regard inquisiteur.

— Avez-vous d'autres ennuis, Emma ?

— Non, les mêmes que d'habitude, répliqua-t-elle vivement. La maison est trop grande pour nous. L'entretien coûte de plus en plus cher et les réparations sont difficilement envisageables.

— Oui, j'en suis conscient. Vous êtes-vous fixé un objectif précis ?

— Eh bien, nous pensons, David et moi, qu'en vendant un bon prix ce terrain, nous pourrions acheter une maison plus petite.

— Mais pourquoi, ma chère, ne pas vendre tout simplement *Khyber Kothi* ?

— Oh, maman refuserait, Mr Lawrence, répondit tranquillement Emma. Vous connaissez son attachement à cette demeure. Nous avons donc envisagé de la louer.

— Vous avez un locataire en vue ?

L'idée de mentir à ce vieux notaire, ami fidèle et confident de la famille, lui déplaisait, mais elle ne pouvait s'offrir le luxe d'avoir bonne conscience. Le stratagème fonctionnerait si Granville acceptait de se comporter en locataire.

— Oui, répondit-elle.

— Je vois.

Lawrence ôta son pince-nez, en nettoya les verres et le remit en place.

— C'est un projet intéressant, poursuivit-il, de toute évidence mal à l'aise, malheureusement il n'est pas réalisable.

— Pourquoi ?

— Parce que, ma chère Emma, ce terrain a déjà été vendu.

— Vendu ? Quand ? Par qui ?

— Au début de l'année dernière, par votre père. Il craignait que la subvention de l'Académie royale de géographie ne couvre pas tous les frais de son expédition.

— Mais nous ne l'avons pas su !

— Cela vous surprend ? demanda James Lawrence avec un sourire. Vous savez que, pour votre père, seule comptait sa recherche. Quant à moi, je n'avais pas à révéler les transactions d'un client.

Consternée, Emma ne pouvait quitter son interlocuteur des yeux. Elle avait échafaudé un plan qui reposait sur la vente du terrain et voilà que tout s'effondrait.

– S'il ne s'agit que de réparations, ma chère enfant…

Le notaire ouvrit un tiroir et en sortit une enveloppe. Emma secoua vivement la tête.

– En renonçant à vos honoraires, maître Lawrence, vous nous rendez déjà un immense service. Il se trouve, tout simplement, que David va partir en garnison loin d'ici et que j'ai la possibilité d'avoir un riche locataire. Ç'aurait été l'occasion pour maman de vivre dans une demeure mieux adaptée.

Elle quitta l'étude du notaire dans un état proche du désespoir.

Le lendemain après-midi, en revenant d'un de ses cours particuliers, Emma reçut un message adressé à sa mère. Elle reconnut aussitôt le papier ivoire et, une fois dans sa chambre, elle ouvrit l'enveloppe d'un doigt tremblant. Damien Granville faisait part de son admiration pour le Dr Graham Wyncliffe et pour son œuvre. N'ayant appris que tout récemment sa mort tragique, il sollicitait une entrevue de son épouse afin de lui présenter ses condoléances. Pour la première fois, Emma fut gagnée par la panique. L'intention hypocrite n'était que trop évidente. Elle se mit aussitôt à rédiger une réponse au nom de sa mère dont la mauvaise santé l'obligeait à remettre cette visite. Mais le temps pressait. Le délai imposé par Highsmith était déjà dépassé et les rumeurs sur la dette de David ne tarderaient pas à atteindre Mrs Wyncliffe. Ne voyant pas d'autre alternative, Emma décida de la préparer à cette mauvaise nouvelle.

– Si nous devions quitter *Khyber Kothi* et louer une maison plus petite, comment réagirait maman ? demanda-t-elle au Dr Ogbourne après sa visite du soir.

– Quitter *Khyber Kothi* ? Pourquoi ?

– Tout simplement parce que nos finances ne nous permettent pas d'entretenir une aussi vaste demeure.

– Margaret ne m'a rien dit à ce sujet. Au contraire, elle envisage de faire réparer le toit.

Incapable de soutenir le regard du médecin, Emma l'évitait.

– Ce ne sont que des bricolages de fortune. Il en faudrait bien davantage. D'un autre côté, avec le départ de David, nous n'avons plus besoin de toute cette place. Reste à persuader maman d'habiter un lieu mieux adapté à son état.

— Le moment est vraiment mal choisi, rétorqua le médecin, irrité. Certes la santé de votre mère s'améliore, son cœur va mieux, mais un déménagement l'épuiserait physiquement, et la bouleverserait. Ne peut-on le repousser d'un mois ou deux ?

— Elle n'y serait peut-être pas aussi opposée si le conseil venait de vous ?

Cette fois, le Dr Ogbourne se mit ouvertement en colère.

— Mon travail consiste à sauver mes patients et non à les faire mourir. Ne comptez pas sur moi. Et si vous voulez que votre mère guérisse, oubliez tout cela.

Emma était arrivée au bout de ses ressources, et tout avait échoué. Cette fois, le fardeau était trop lourd à porter – et pourquoi continuer à le porter seule ? Elle décida de dire la vérité à son frère. Il devait accepter sa part de responsabilité.

Ce soir-là, comme à l'accoutumée, David rentra tard et s'en fut directement dans sa chambre. Mais Emma, qui l'avait attendu, descendit en toute hâte. Il n'avait pas fermé sa porte à clé. Elle le trouva assis dans la pénombre, le dos tourné à la porte. Devant lui, posés sur la table, une casserole d'eau et des morceaux d'ouate dont il se tamponnait le visage. À sa droite, une bouteille ouverte, pleine d'un liquide sombre qui sentait la teinture d'iode. Il sursauta en l'entendant entrer.

— Tu pourrais au moins frapper, grommela-t-il, l'air renfrogné.

— Que fais-tu ? demanda Emma en s'approchant de la table.

— Je me nettoie le visage.

La réponse lui parut si bizarre qu'elle alluma la lampe. Au-dessus de son sourcil droit, elle remarqua une vilaine plaie, encore à vif.

Elle lui saisit le menton et l'obligea à lever la tête.

— Où t'es-tu fait ça ?

— J'ai fait une chute.

— Sûrement pas. Tu t'es battu.

— Si tu veux savoir, on m'a attaqué sur le chemin du retour. Les sbires de Highsmith m'ont entraîné derrière le fort.

— Tu as porté plainte ? demanda-t-elle sans réfléchir.

— Pour que toute la ville sache que je ne peux pas payer mes dettes ? Non ! Ils m'ont donné jusqu'à samedi, Granville n'attendra pas plus longtemps. Et après, ils m'ont promis que ce serait pire.

Emma se sentit soudain envahie par le désespoir.

— Pourquoi ne pas envoyer Granville au diable ? Que peut-il faire ? Nous poursuivre en justice ? Nous expulser par la force au risque de passer pour un scélérat aux yeux de tous ?

— Ne sois pas stupide, Em ! s'écria David en riant. Il lui suffit d'aller trouver le colonel Adams et de me faire casser. Nous savons, toi et moi, ce que cela signifierait pour maman.

— Eh bien alors ? Que suggères-tu ?

Elle aurait tant voulu le tirer de son apathie, le forcer à agir.

— Rester assis sans rien faire ?

— Il n'y a rien à faire. Tout est fini, Em. Ma carrière militaire est finie. Je suis fini.

Il semblait prêt à se laisser mourir.

— Tu mérites bien ce qui t'arrive ! explosa-t-elle. Si la santé de maman n'était pas en jeu, je laisserais aller les choses. Peut-être alors deviendrais-tu enfin adulte.

Jamais elle n'avait parlé aussi durement à son frère. Pourtant, le visage de David ne changea pas d'expression et il garda le silence. La colère d'Emma flamba.

— Pourquoi devrais-je être seule à me démener pour chercher des solutions ? fulmina-t-elle. Ce serait à toi de le faire au lieu de raser les murs comme un chien battu ! Cela ne te dérange pas d'avoir un jour prochain la mort de ta mère sur la conscience ?

Hors d'elle, elle tourna les talons et sortit en claquant la porte. Il ne leva même pas les yeux.

Emma remonta dans sa chambre et se jeta sur son lit. Elle débordait de haine, pour son frère, pour Damien Granville et même, dans un éclair de folie, pour sa mère et la maladie dont il leur fallait porter la croix. Pourtant, une fois qu'elle eut pleuré toutes les larmes de son corps, ce fut elle-même qu'elle détesta le plus. Les difficultés familiales devaient être partagées et surmontées ensemble. Tel était l'un des principes inébranlables de son père.

— Pourquoi est-ce toujours à moi de lui rendre service ? avait-elle demandé un jour, après une dispute avec David dont l'issue ne lui avait pas semblé équitable.

— Parce que, plus tard, son fils en fera peut-être autant pour le tien, avait répliqué son père. Ainsi, la balance de la justice ne penchera pas d'un côté plus que de l'autre.

Jamais elle n'avait oublié cette leçon.

À trois heures du matin, dans le silence épais de la nuit, Emma perçut un bruit. Le récent cambriolage l'incita à allumer une lanterne, à passer son kimono et à se précipiter au rez-de-chaussée. La lampe de David était allumée, mais sa chambre était vide. Tout au bout du jardin désert, une lueur passait sous la porte de l'écurie. Emma éteignit sa lanterne et traversa la pelouse sur la pointe des pieds. Retenant son souffle, elle poussa l'un des battants qui s'ouvrit sans bruit. Avec soulagement, elle reconnut la silhouette de son frère.

— C'est moi... J'ai entendu du bruit dans le jardin.

Il se tenait près d'une voiture délabrée, jadis superbe, que sa famille n'avait plus les moyens d'entretenir. Les deux chevaux piétinaient dans leur stalle. Emma s'approcha d'eux pour les calmer.

— Je... je regrette ce que je t'ai dit, David. C'était terrible. Mais je ne le pensais pas. Comme toi, je suis épuisée, déprimée. C'est ma seule excuse.

— Mais tu as raison.

Il s'exprimait d'une voix blanche.

— Je ne suis pas un homme, Em. Je mérite ton mépris.

— Je t'en prie !

Elle était au bord des larmes.

— N'ajoute pas à ma peine.

— Depuis la mort de papa, tu portes tout sur tes épaules. Je suis resté le fardeau que j'ai toujours été.

Il se retourna brusquement et ajouta avec une soudaine vivacité :

— Ne te méprends pas, Em. Je ne m'apitoie pas sur moi-même.

— Je t'aime très tendrement, David. Mais j'en dis trop sous le coup de la colère. Je t'en prie, pardonne-moi.

Au moment où elle voulut le prendre dans ses bras, il laissa échapper un objet, qui tomba avec un bruit sourd. Elle se pencha pour le ramasser, mais David la devança et le fit disparaître.

— Va te coucher, Em. J'ai besoin d'être seul.

— Pas avant que tu ne m'aies montré ce que tu caches !

Il eut beau résister, elle le fit lâcher prise. En voyant son arme de service, Emma se figea. David se baissa, saisit le revolver et, d'un large mouvement du bras, le posa ostensiblement sur la table près d'une brosse et d'un chiffon à poussière.

— J'étais en train de le nettoyer.

— À cette heure de la nuit ? Ici ?

— Je n'arrivais pas à dormir et il avait besoin d'être décrassé. Pourquoi faire tant d'histoires ?

— Alors, pourquoi le cacher ?

— Parce que je savais exactement comment tu réagirais. Et je ne me suis pas trompé !

Il prit le revolver et la longue brosse, qu'il introduisit dans le canon.

Emma le regardait, l'air stupide.

— C'est vraiment tout ce que tu voulais faire ?

— Oui. N'aie pas peur, je n'allais pas me tuer – pourtant mon suicide serait une solution, ajouta-t-il avec un rire sans joie. Plus de David, plus de dette.

Malgré la légèreté du ton, Emma frissonna d'horreur.

— As-tu pensé à nous ? À maman et à moi ? À ce que cela nous ferait ?

— Oh, tu survivrais, Em, et, de toute façon, maman ne tardera pas à tout savoir. Comme tu l'as dit si justement, je suis déjà responsable de sa mort.

Submergée de pitié, de remords, d'amour et de peur, Emma aurait voulu lui offrir le refuge de ses bras, mais elle était comme paralysée.

— Pourquoi vouloir nous punir si cruellement alors que nous ne l'avons pas mérité ?

Il posa le revolver et se tourna vers sa sœur.

— Si je voulais vraiment me suicider, Emma, tu ne pourrais m'en empêcher. Mais je suis un lâche, Em. Je n'ai pas ta force et je ne l'aurai jamais.

Fixant, comme abasourdie, le sombre éclat de l'arme, Emma comprit soudain à quel point sa vie était liée à celle de son frère. Elle voyait dans ses yeux le regard de leur père, entendait à travers son désespoir un écho de sa voix. Elle noua ses doigts à ceux du jeune homme.

– C'est sans importance, David, j'en ai pour deux.

Cette nuit-là, Emma perdit pied, bouleversée par l'état dépressif de son frère et craignant pour sa vie. Comme l'homme qui se noie et saisit une perche sans s'occuper de qui la lui tend, au mépris de tout amour-propre et contre toute raison, elle décida de revoir Damien Granville.

Mais elle n'eut même pas le temps de lui écrire. Le lendemain matin, il apparut comme par enchantement devant elle, dans une ruelle étroite du quartier indigène.

– Comme il était peu probable que vous sollicitiez un nouvel entretien, j'ai préféré me trouver sur votre passage, dit-il en sautant de son alezan arabe.

Emma s'arrêta, rouge de confusion.

– Comment... comment avez-vous su que je passais par ici ?

– Je connais les lieux que vous fréquentez. Je vous ai suivie lorsque vous êtes sortie de chez les Granger, sachant que vous ne craignez pas de vous aventurer dans les rues mal fréquentées de Delhi.

Il l'avait suivie... Pourquoi ? se demanda Emma, soudain inquiète.

– Je voulais m'excuser de vous avoir frappée, poursuivit Granville, répondant ainsi à la question qu'elle n'avait pas posée. C'est un acte impardonnable dont j'ai infiniment honte. Puis-je espérer votre indulgence ?

Son attitude la stupéfia. Elle s'attendait si peu à des excuses qu'elle fut incapable de trouver la réplique appropriée. Mais il n'en avait pas terminé.

– Je tiens aussi à vous assurer que je ne suis pour rien dans l'agression dont votre frère a été victime.

Il s'exprimait gravement et sans sourire.

– Highsmith en est le seul responsable et il a été réprimandé en conséquence. Et maintenant, estimez-vous que je mérite votre pardon ?

Emma chercha sur son visage une trace de moquerie et n'en trouva aucune. Sans même en avoir conscience tant elle était troublée, elle acquiesça. Dans son désarroi, elle se remit à marcher.

— Miss Wyncliffe, attendez, je vous prie.

— Vous m'avez présenté vos excuses et je les ai acceptées, lui jeta-t-elle par-dessus son épaule sans ralentir son pas. En ce qui me concerne, l'affaire est close.

— Mais pour moi, non ! L'autre matin, je vous ai fait une proposition. Vous ne m'avez pas encore donné votre réponse.

Elle s'arrêta brusquement, le rouge aux joues.

— Il me semble, Mr Granville, qu'un lieu public est un curieux endroit pour une conversation aussi extravagante.

Il haussa les épaules.

— Les Européens ne fréquentent guère le quartier indien. Quant à nos projets matrimoniaux, les habitants de cette rue n'en ont strictement rien à faire.

— Nous n'avons pas....

— Pourquoi ne pas nous asseoir ? l'interrompit-il doucement. Nous pourrions ainsi poursuivre notre conversation d'une façon un peu plus civilisée.

Il la prit par le coude et la guida vers un banc, dans une petite cour pavée entre deux maisons. L'endroit était calme et retiré, apparemment une propriété privée dans laquelle ils étaient entrés sans autorisation – il n'en avait cure. Il avait retrouvé l'audace qui lui convenait mieux que l'humilité de ses excuses. Emma comprit qu'il serait fou de repousser un entretien qu'elle allait solliciter. Ainsi, elle s'épargnait l'humiliation d'une seconde lettre. Elle s'assit donc, sans pour autant adoucir l'expression de son visage. Granville s'installa sur un muret.

— Eh bien qu'alliez-vous me dire ?

— J'allais tout simplement m'étonner de ce que vous attendiez une réponse, Mr Granville. Je pensais m'être exprimée assez clairement quant à mes sentiments.

— Quant à votre mépris ?

Il le balaya comme s'il s'agissait d'une bagatelle.

— Vous ne vous attendiez tout de même pas à ce que je le prenne au sérieux ?

– Pourquoi pas ? Je parlais sérieusement.

– Ce n'est toujours pas une réponse. Ce que je veux, c'est un oui ou un non clair et net. Tout bien considéré, je m'attends plutôt au premier.

La prétention de Granville exaspéra Emma mais elle se retint.

– Dites-moi, Mr Granville, pour quelle raison tenez-vous tant à m'épouser ?

– Mon Dieu, quelle étrange question ! s'exclama-t-il, l'air amusé. Parce que vous êtes une adorable créature, Emma Wyncliffe. Pour quelle autre raison ?

– Non, je ne suis pas une adorable créature, rétorqua Emma. Vous auriez pu choisir une de ces poupées qui minaudent et n'attendent qu'un signe de vous pour devenir l'ornement de votre foyer. Alors, pourquoi moi ?

Il l'observait avec curiosité.

– Vous vous estimez bien peu pour poser pareille question !

– C'est, au contraire, parce que je vous estime peu que je la pose !

– Me croiriez-vous si je vous avouais que je vous aime passionnément ?

– Non, sûrement pas. Je sais que nous ne nous aimons ni l'un ni l'autre.

– Considérez-vous l'amour comme un ingrédient indispensable au mariage ? Les unions heureuses ne nécessitent pas forcément des débordements d'émotions.

– Le fait que je ne vous aime pas, ne fût-ce qu'un peu, ne vous dérange pas ?

– Il ne s'agit pas d'un concours de popularité, Miss Wyncliffe. L'amour et la haine sont des extrêmes qui n'ont rien à voir avec la réalité.

– Vous estimez sans importance l'affection que devraient avoir l'un pour l'autre deux êtres destinés à passer leur vie ensemble ?

D'un haussement d'épaules, il écarta la question d'Emma.

– L'amour vient avec l'âge.

– Comme la goutte ?

Elle eut envie de rire, mais n'osa pas.

– Pourquoi un débat aussi acharné ? demanda-t-il, agacé.

Comme vous l'avez suggéré vous-même, plus d'une femme à Delhi accepterait ma proposition.

— Alors, qu'attendez-vous ?

— Vous ne comprenez vraiment pas pourquoi je vous trouve plus séduisante qu'elles ?

Gênée par le regard dur qui la fixait, Emma secoua la tête et détourna les yeux. Granville continua de l'observer attentivement, puis se décida.

— Entendu ! Je vais vous mettre les points sur les *i*.

Il se leva brusquement et se mit à marcher de long en large.

— J'ai trente-deux ans et je suis le dernier survivant mâle de ma famille. Si je mourais maintenant, ma descendance ne serait pas assurée, mon domaine du Cachemire reviendrait à l'État ou tomberait dans des mains étrangères. Cette éventualité me paraît inacceptable. Il me faut un fils.

— C'est uniquement pour cela que vous voulez m'épouser ?

Elle en croyait à peine ses oreilles.

— Mettre un enfant au monde ne nécessite pas des talents particuliers, Mr Granville, et n'importe laquelle de ces jeunes femmes vous donnerait un héritier.

— Non. Voyez-vous, Miss Wyncliffe, je suis intimement persuadé que les vertus peuvent se transmettre et vous en possédez que j'aimerais retrouver chez mon fils. Vous êtes intelligente, vous avez du caractère et des principes que vous appliquez avec détermination. Vous appréciez le savoir à sa juste valeur. J'ajoute que vous êtes courageuse et que vous ne tenez pas compte des préjugés sociaux.

Debout, les mains derrière le dos, il semblait ne pouvoir détacher son regard des dalles sous ses bottes cirées.

— Je veux que mon fils aime cette terre et ses habitants. Je veux qu'il parle leur langue, mange leur nourriture, comprenne leurs coutumes et accepte leurs traditions. Qu'il ne les traite pas comme des êtres inférieurs, mais qu'il les respecte. Par-dessus tout, Miss Wyncliffe, ajouta-t-il avec un tremblement dans la voix, je veux que mon fils fasse honneur au Cachemire comme avant lui son père et son grand-père.

« *Shalimar* est ma maison, mon sanctuaire, poursuivit-il, les yeux brillants. C'est le paradis sur terre, mais pour qu'il le reste, il lui faut du sang, de la sueur et des larmes. Vous, Miss

Wyncliffe, vous avez appris, par la force des choses, ce qu'est le travail. Pour toutes ces raisons, vous êtes la personne qui convient le mieux, à moi en tant qu'épouse, à *Shalimar* en tant que maîtresse et à mon fils en tant que mère.

Un soudain changement d'humeur lui fit abandonner son ton solennel et il retrouva sa désinvolture coutumière.

— Enfin, sachez que vous êtes la seule femme au monde qui ne me fasse pas mourir d'ennui.

Cette extraordinaire confession, aussi étrange qu'inattendue, Emma, médusée, l'avait écoutée en silence. Il lui fallut faire un effort pour secouer sa stupeur.

— Sans doute devrais-je être flattée de vos éloges. Mais vous envisagez le mariage comme une expérience génétique, votre fils comme un pur-sang ou un chien de race. Je ne partage pas vos vues. Je crains que cette alliance ne soit qu'un simulacre.

— Peut-être, mais un simulacre fructueux. Quand puis-je espérer votre réponse ?

— Ne vous l'ai-je pas déjà donnée ?

— Il me faut un oui ou un non, Miss Wyncliffe.

— Je... j'ai besoin de réfléchir.

— Quand ?

— Dans un mois. Deux, peut-être...

— Trois jours, Miss Wyncliffe.

— Trois jours ? répéta-t-elle, abasourdie. Mais ce n'est pas suffisant !

— Il le faudra pourtant. Je veux votre réponse vendredi.

Il regarda sa montre.

— À midi. Au revoir.

Il tourna les talons et s'en fut.

Qu'allait-elle dire à David ?

Quand elle entra dans sa chambre, il était occupé à préparer ses bagages pour Dehra Doon. Ne sachant comment s'y prendre, elle s'assit au pied de son lit.

— Je suis allée voir Damien Granville ce matin.

David suspendit un instant son geste mais ne fit aucun commentaire.

– Il m'a reçue… plutôt bien.

Il continua de remplir sa valise en silence.

– Il m'a écoutée patiemment, je ne m'attendais pas à autant de compréhension. Il y a peut-être une chance pour que nous trouvions un arrangement.

Dans son état normal, David eût posé des questions. Pourtant, malgré une indifférence feinte, il restait attentif.

– Pourquoi accepterait-il un compromis ?

– Parce que je lui ai offert le terrain de Kutub Minar en échange de *Khyber Kothi*. Je saurai vendredi ce qu'il a décidé. Je t'en ferai aussitôt part. D'ici là, promets-moi de ne pas faire de… bêtise, David.

Il acquiesça d'un bref hochement de tête.

Le vendredi matin, Emma envoya à Damien Granville une lettre : en quelques mots, elle lui faisait savoir qu'elle acceptait sa proposition.

6

Damien Granville réagit sans perdre de temps au message d'Emma. Le lendemain, Suraj Singh apporta à Mrs Wyncliffe une lettre qu'il lui présenta cérémonieusement. Margaret Wyncliffe avait entendu parler du mystérieux étranger venu du Cachemire qui avait loué le manoir de la bégum, d'une part grâce à Carrie Purcell, véritable encyclopédie de potins, et d'autre part grâce à Jane Tiverton qui n'avait pas parlé d'autre chose l'autre jour, au déjeuner.

— Tu savais que Mr Granville voulait me voir ? demanda-t-elle, tout excitée, à Emma.

— Non.

— Peut-être connaissait-il ton père et veut-il me présenter ses condoléances ?

— Peut-être.

La brièveté des réponses de sa fille l'inquiéta.

— Tu seras à la maison cet après-midi, lorsqu'il me rendra visite, n'est-ce pas, ma chérie ?

— Oui.

Rassurée, elle passa à autre chose.

— Faut-il demander à Saadat Ali de préparer des tartelettes à la confiture ? Et peut-être une douzaine de samosas aux légumes ?

Elle réfléchit un instant.

— Carrie dit qu'il vit au Cachemire où la nourriture est épicée. Que dirais-tu de bhajias à l'oignon et à la pomme de terre ?

— Comme vous voulez, maman. Mais j'ai entendu dire que

Mr Granville n'appréciait pas les raffinements de la bonne société. Il ne fera probablement qu'entrer et sortir.

Emma s'était trompée. Damien Granville arriva à quatre heures, non pas à cheval, mais dans le splendide brougham tiré par des chevaux gris et conduit par le cocher en livrée qu'elle avait déjà aperçu. Il était correctement vêtu, costume bleu marine, chemise blanche en soie et foulard. Ses cheveux bruns, d'ordinaire indisciplinés, étaient impeccablement coiffés en arrière. On aurait pu se mirer dans ses bottes noires à la dernière mode. Il descendit de voiture la tête haute, comme toujours, mais son attitude n'avait rien d'arrogant.

Le visage impassible, Emma accueillit Damien Granville sur le perron. Puisque le marché était conclu, elle portait délibérément – au grand désespoir de sa mère – sa robe la plus vieille, la moins seyante, en mousseline imprimée. Leurs regards se croisèrent un instant, celui de Granville calme et triomphant, celui d'Emma plein de défi. Il s'inclina, lui prit la main et la retint un instant dans la sienne. « Dire que je devrai passer le reste de ma vie avec ce prétentieux, pensa Emma… Mon Dieu, comment le pourrai-je ? »

– Jamais je n'aurais cru que nous nous reverrions aussi vite et dans des circonstances aussi agréables, remarqua-t-il avec un sourire suave.

Elle retira sa main.

– Vraiment ? Vous m'avez contrainte par chantage à accepter votre proposition, mais dites-vous bien que ce n'est sûrement pas le moyen de vous faire aimer.

Elle se détourna aussitôt et conduisit Granville dans le salon où l'attendait sa mère. À en juger par le rythme martial de ses pas, cet accueil glacial n'avait pas entamé sa bonne humeur. Emma ne chercha pas à savoir ce qui s'était passé entre eux après qu'elle eut fait les présentations d'usage. Une demi-heure plus tard, Mahima vint la chercher. Arborant un semblant de sourire à l'intention de sa mère, Emma descendit à contrecœur.

Devant la fenêtre ouverte, Damien contemplait le jardin envahi par les herbes. Sur le canapé était assise Margaret Wyncliffe, le visage rouge, les doigts crispés sur sa robe. Les restes du thé qui avait été servi prouvaient que Granville n'avait rien perdu de son bel appétit. En entendant Emma entrer, il se retourna, nonchalamment, et s'appuya au rebord de la fenêtre. Mrs Wyncliffe fit signe à Emma de s'asseoir près d'elle.

— Je… je ne sais que dire, ma chérie. Oui, je reste sans voix. Mr Granville a demandé… ta main ! parvint-elle à articuler, sans se rendre compte que ses yeux écarquillés d'étonnement n'étaient guère flatteurs pour sa fille.

Emma sourit un peu plus, feignant d'exprimer sa joie.

— Qu'en dis-tu, toi, ma chérie ? poursuivit Margaret Wyncliffe. Es-tu disposée à considérer favorablement la demande de Mr Granville ?

— Oui, répondit-elle sans relâcher son sourire, les yeux obstinément baissés. Son infime hésitation passa inaperçue.

Margaret Wyncliffe tamponna son front moite avec un mouchoir.

— Mais, ma chérie, je ne savais même pas que… vous aviez fait connaissance.

Emma leva les yeux, regarda droit devant elle et commença d'une voix hésitante :

— Je… Nous…

Mais les mots refusaient de franchir sa gorge.

— Nous nous sommes rencontrés la première fois par hasard, intervint calmement Damien, et la seconde fois, chez les Price. Nous nous sommes aussitôt aperçus que nous partagions les mêmes idées, n'est-ce pas, Emma chérie ?

Embarrassée par ce mensonge qui trompait la confiance de sa pauvre mère, Emma souhaita de tout cœur que le rouge de ses joues pût passer pour une manifestation de pudeur virginale. Elle se contenta d'acquiescer.

— Dans ce cas, je crois que… je crois que vous avez mon consentement.

Mrs Wyncliffe s'exprimait d'une voix à peine audible. Elle luttait contre l'une de ses terribles crises et s'éventait vigoureusement.

— Je suppose… ou du moins, j'espère, que ma fille est mieux informée que je ne le suis, Mr Granville, car tout ce que je sais sur vous ne l'est que par ouï-dire.

— Qu'aimeriez-vous que je vous raconte, Mrs Wyncliffe ? demanda Damien en s'asseyant devant elle. Je comprends que vous ayez des questions à poser et je suis tout prêt à y répondre.

Emma se leva brusquement et saisit la théière vide.

— Je vais demander à Saadat Ali de nous en préparer une autre, marmonna-t-elle.

Une fois dehors, elle s'appuya contre le mur. Cet après-midi avait quelque chose d'irréel, d'onirique. Elle réussit presque à croire qu'elle était endormie, qu'elle allait bientôt se réveiller et que tout serait comme avant. Découragée, elle entendait les éclats de rire qui fusaient du salon. Jamais sa mère n'avait ri d'aussi bon cœur depuis la mort de son père. Elle pouvait comprendre que Damien voulût mettre à profit son charme, mais que sa mère y souscrivît avec autant d'enthousiasme lui semblait une trahison.

— Emma, ma chérie ?

Après avoir remis précipitamment la théière au serviteur qui attendait, Emma revint au salon. Margaret Wyncliffe n'avait plus l'air médusé ; elle s'était animée et semblait parfaitement à l'aise avec Damien Granville.

— Tu vois, ma chérie, nous avons eu notre petit tête-à-tête. Et, dois-je le dire, je suis impressionnée, vraiment très impressionnée. Peut-être pourrais-tu emmener maintenant Mr Granville dans ta…

— Je vous en prie, appelez-moi Damien.

— Oui, bien sûr... euh, Damien... dans ta roseraie.

Puis elle ajouta en se tournant vers lui :

— C'est la chasse gardée d'Emma.

— Ce n'est qu'un petit bout de terrain insignifiant, protesta Emma d'un ton peu amène. Mais si vous en avez vraiment envie, je n'y vois pas d'inconvénient.

— Voilà qui me ferait infiniment plaisir ! s'exclama Damien en se levant d'un bond. Rien de ce qui vous occupe ne saurait être insignifiant.

Sans tenir compte du regard furieux qu'Emma lui lançait, il s'inclina sur la main de Mrs Wyncliffe et l'effleura de ses lèvres.

— Nous allons nous revoir, demain si cela vous convient. Une fois encore, merci de m'avoir accordé la main de votre fille. J'en suis très honoré.

Mrs Wyncliffe, qui s'était remise du choc causé par l'extraordinaire conquête de sa fille, minaudait. Emma n'allait-elle pas exciter l'envie de toutes les jeunes filles de Delhi ? Et elle-même, celle de toutes les mères intriguant pour marier leur fille ? Elle avait hâte d'annoncer la nouvelle à Carrie… et aux autres !

Dans l'intimité de la roseraie, lourde des parfums du printemps, Emma toisa Damien avec un mépris à peine voilé.

— Vous n'avez pas perdu de temps pour exiger votre dû, persifla-t-elle.

— Je n'avais aucune raison d'attendre. D'ailleurs, je ne le fais jamais.

— Vous venez d'obtenir votre livre de chair [1] et vous l'exigez sur-le-champ.

— Non, pas sur-le-champ. Je ne voudrais surtout pas offenser vos jardiniers.

— Inutile d'être grossier, rétorqua Emma avec froideur.

Damien se mit à rire et, spontanément, voulut lui caresser la joue.

— Ne pouvez-vous oublier le passé, Emma, et me pardonner ce que j'ai fait ?

Elle recula à son contact.

— Ne soyez pas hypocrite.

Puis, changeant de sujet :

— J'ai rempli mon contrat, quand remplirez-vous le vôtre ?

Il plongea la main dans sa poche, en sortit une enveloppe et la lui tendit. À l'intérieur se trouvait la reconnaissance de dette de David et une attestation selon laquelle le lieutenant David Wyncliffe ne devait plus rien à Mr Damien Granville. Bert Highsmith, le propriétaire de la maison de jeu, confirmait par écrit cette déclaration.

— Satisfaite ?

— Il n'est pas question de satisfaction, Mr Granville. Oui, notre marché me paraît légalement valable. Notre union aura ceci de particulier qu'elle n'aura pas été conclue au septième ciel, mais dans l'enfer d'un tripot, ajouta-t-elle avec amertume.

---

1. Allusion à la célèbre scène du *Marchand de Venise*, de Shakespeare, dans laquelle Shylock réclame sa « livre de chair ».

— Quelle importance, répliqua-t-il gaiement, puisque deux âmes sœurs vont être unies par les liens sacrés du mariage ?

— Nous ne sommes pas deux âmes sœurs, riposta-t-elle, furieuse.

— La coutume veut, me semble-t-il, que le fiancé offre une bague à sa promise.

Avant même qu'elle pût réagir, il lui prit la main et glissa à son annulaire une bague qu'elle regarda un instant, ébahie : un anneau de platine serti de petits diamants étincelant de chaque côté d'une pierre grosse comme un pois. Elle avait dû lui coûter terriblement cher, elle était magnifique. Jamais l'idée d'une bague de fiançailles ne lui était venue à l'esprit et sa simple vue, là, à son doigt, lui fit horreur.

— Une façon de prouver votre droit de propriété ? demanda-t-elle en lui retirant sa main.

— De prouver que mes intentions sont honorables.

— Peut-on appeler honorable un mariage contracté sous la menace, Mr Granville ?

Elle ôta la bague de son doigt et la glissa négligemment dans la poche de sa robe.

— Dites-moi, Emma, demanda Damien qui avait remarqué son geste, la perspective de notre mariage vous est-elle aussi odieuse que vous le prétendez ?

— Disons que si ma mère savait à quel point cette idée me répugne, elle ne consentirait pas à pareille bouffonnerie et nous n'aurions plus de toit.

Depuis longtemps, elle cherchait à le blesser et, cette fois, elle y était parvenue. Elle vit la colère lui colorer les joues.

— Oh, cette bouffonnerie sera bel et bien un mariage ! lança-t-il d'une voix coupante. Et soyez sûre que je pense ce que je dis. J'ai bien l'intention d'exercer tous mes droits conjugaux.

— Ainsi, prendre une femme de force, même la vôtre, n'est pas pour vous diminuer à vos propres yeux ?

— Je n'ai jamais pris une femme de force et je ne commencerai pas avec vous.

Pendant un moment, elle crut s'évanouir. Lorsqu'il la vit vaciller, il tendit instinctivement la main, mais elle se retint de tomber et l'évita d'un bond. Malgré cela, leurs visages se trouvèrent soudain tout près l'un de l'autre. Il la regardait avec une telle intensité qu'elle ne put détourner les yeux. Impuissante, elle vit ses lèvres s'approcher, puis elle les sentit se poser doucement sur les siennes tandis que son bras lui enlaçait la taille. Un instant, un seul instant, elle se tint immobile. Quand elle le repoussa, il la libéra aussitôt, si bien qu'elle perdit l'équilibre et manqua heurter un acacia.

— Comment osez-vous ? souffla-t-elle en s'essuyant la bouche du revers de la main. Oh, comment osez-vous !

Le coude appuyé sur la clôture en bois, il jouissait du spectacle.

— J'ose parce que vous avez accepté ma bague, que vous choisissiez ou non de la porter.

— Contrainte et forcée, Mr Granville, murmura-t-elle, au bord des larmes.

— Alors, peut-être pourriez-vous m'accorder une autre faveur, toujours sous la contrainte ?

Emma le regardait intensément, muette d'inquiétude.

— Vous serait-il possible de vous obliger à m'appeler Damien ?

Elle ne sourit pas. Pendant un long moment, il étudia son profil en silence et, quand il reprit la parole, ce fut d'une voix tendre.

— Vous êtes une jeune fille d'un caractère exceptionnel, Emma, mais vous n'êtes encore qu'une jeune fille. Je me réjouis de bientôt faire de vous une femme.

Margaret Wyncliffe n'était pas surprise que sa fille eût choisi pour époux le très séduisant Damien Granville. Mais pourquoi, lui, l'avait-il choisie ? Cependant, elle renonça bien vite à ses craintes. Qui était-elle pour mettre en doute les desseins cachés du Seigneur ? Malgré son immense joie, elle parvint à maîtriser son excitation afin de respecter les convenances. Le lendemain, au cours de la seconde visite de Damien, elle décréta que les fiançailles seraient officiellement annoncées le jour suivant dans le *Mofussilite*. Par la suite, le couple devrait se montrer à l'église et aux burra khanas, à condition, bien entendu, d'être dûment chaperonné. Emma, consultée, se contenta de hausser les épaules.

Impatient de regagner la Vallée, ainsi qu'on appelait parfois cette région du Cachemire, Damien accepta ces dispositions sans enthousiasme. Il insista, cependant, pour que le mariage soit célébré le plus tôt possible, et en toute intimité. À ce dernier point, Emma donna volontiers son accord.

— Le mariage pourrait avoir lieu samedi prochain, si cela vous convient, Mrs Wyncliffe.

— Oh, mon Dieu, non ! s'écria Margaret, l'air horrifié. Nous n'aurions absolument pas le temps de faire nos préparatifs !

— Quels préparatifs ? demanda-t-il avec humeur.

— Mille choses, mon cher Damien. Une couche de lait de chaux sur la maison, une shamiana dans le jardin en cas de pluie, le choix d'un traiteur pour la réception, les cartons d'invitation… et même si nous réduisons le nombre des invités, ils méritent malgré tout notre attention. Et le trousseau ? Emma a besoin d'un peu de temps pour le préparer.

— Ne peut-elle trouver la tenue qui convient dans sa… comment dites-vous… dans son… coffre à lingerie ?

Manifestement, Damien ne s'intéressait pas aux problèmes purement féminins. Mrs Wyncliffe ne répondit pas. Elle pouvait difficilement lui révéler qu'Emma n'avait pas de trousseau et qu'elle-même, résignée au célibat de sa fille, y avait renoncé. Elle soupira en lançant un regard au visage fermé d'Emma dont elle ne reçut aucun secours.

Magaret Wyncliffe se mit à l'œuvre sans tarder, bien décidée à tirer le meilleur parti du peu de temps dont elle disposait, notamment auprès de la colonie anglaise de Delhi enfiévrée par la nouvelle et dont les mères se précipitaient sur leurs sels et les filles à marier sur leur mouchoir.

Mrs Purcell arriva à *Khyber Kothi* aussitôt après le petit déjeuner. Elle étouffa Emma sous ses baisers. Jenny, l'air pincé, lui donna une petite bise sur la joue.

— Ne vous l'avais-je pas dit, Margaret ? s'exclama Carrie Purcell, enthousiaste. Tant de souci pour rien ! Déjà au burra khana, ils n'avaient d'yeux que l'un pour l'autre. Et un si bel homme, pardessus le marché ! ajouta-t-elle avec un clin d'œil.

Emma sourit et garda un silence modeste. Elle ne s'attendait pas à la visite des Purcell. Il lui était plus facile de tromper sa mère avec des réponses toutes faites, que d'abuser une amie intime.

— Alors, ça ! s'écria celle-ci dès qu'elles furent seules. Si je comprends bien, ce monsieur Granville, tellement calomnié, n'est pas aussi odieux qu'il en a l'air ! Je ne te croyais pas capable d'être à ce point versatile, à moins que ce ne soit pure hypocrisie !

— C'est arrivé si vite, ma chérie, que j'en ai la tête qui tourne. Je voulais tout te raconter…

— Mais tu n'en as rien fait ! s'écria Jenny, les yeux pleins de larmes. J'en ai été réduite à le lire dans le journal comme n'importe qui. Dis-moi, comment peux-tu envisager d'épouser un homme que tu prétends détester à ce point ?

— Je me suis trompée sur son compte. Il m'a suffi de mieux le connaître pour découvrir qui il est en réalité. Damien est… merveilleux.

— Vraiment ? Et il t'a fallu moins de quinze jours pour t'en apercevoir ? s'esclaffa Jenny. Ne me mens pas, Emma. Et surtout, ne proclame pas que tu es follement amoureuse de lui alors que tu ne l'es pas.

— Tu as raison et, si tu insistes, je n'ai d'autre alternative que de t'avouer la vérité.

Emma laissa échapper un soupir convaincant tandis que brillait le regard perspicace de Jenny.

— Alors ? interrogea-t-elle.

— La vérité est que Damien Granville est riche, cultivé et qu'il présente bien. Bref, c'est ce qu'on appelle un « beau parti ». Quand il m'a témoigné de l'intérêt au burra khana, j'ai feint de me mettre en colère, mais — et j'ai honte de l'admettre — j'en ai été flattée et trop gênée pour le reconnaître.

— Ah !

— En réalité, je voulais te poser une question que je n'oserais poser à personne d'autre, ma chère Jenny.

Oubliant aussitôt l'affront, Jenny se pencha avidement vers son amie.

— Oui ?

— Est-ce que tu me trouverais horriblement intéressée si je t'avouais n'épouser Damien que pour son argent ?

— Non, pas du tout.

La réponse fut aussi rapide que l'espérait Emma.

— Il n'y a rien de mal à se marier pour améliorer sa situation financière.

— Oh, je suis si contente que tu le penses ! Tu n'imagines pas à quel point ce problème de conscience m'a tourmenté.

— À dire vrai, Em, reprit Jenny, songeuse, si mon John avait été mieux nanti, je ne l'en aurais aimé que davantage, et sans le moindre remords.

Elles se regardèrent en échangeant un sourire entendu.

Le temps des fiançailles se déroula d'une étrange façon. Bien qu'elle fût encore entraînée dans le tourbillon des récents événements, Margaret Wyncliffe, troublée par la docilité silencieuse de sa fille, en vint à penser que tout n'allait peut-être pas aussi bien qu'elle se l'était imaginé.

— Es-tu absolument certaine, ma chérie, que tu ne regrettes pas ta décision ? demanda-t-elle, anxieuse, à Emma.

— Absolument.

Les scrupules tardifs de sa mère la contrariaient autant que son acceptation sans réserve de Damien.

— Vous ne le considérez plus comme un gendre acceptable ?

— Oh si. Mais tu parais si… soumise, si peu concernée, que cela m'inquiète. Et puis, je suis déconcertée par ta hâte à prendre une décision aussi essentielle. C'est tellement peu dans tes habitudes, ma chérie.

— Puisque je partage la plupart des vues de Damien, je ne vois pas l'intérêt de donner chaque fois mon approbation. Quant à ma hâte, chère mère… Un mariage peut être mûrement réfléchi et rapidement regretté.

— Mais… ne pourriez-vous attendre de vous connaître un peu mieux ?

— Préféreriez-vous attendre jusqu'à ce qu'il propose le mariage à une autre ?

— Sûrement pas !

À cette seule idée, Mrs Wyncliffe reconsidéra la question.

— Après tout, chérie, tu as peut-être raison.

Et la cause fut entendue. David, à qui Emma n'avait pas écrit, arriva à la fin de la semaine. Il serait plus difficile à convaincre, Emma le savait. Il parvint aussitôt à prendre sa sœur à part dans la roseraie.

— Maman m'a dit que tu allais épouser Damien Granville ?

Il semblait atterré.

— Oui.

— Mais pourquoi donc ?

— Quelle drôle de question ! s'exclama-t-elle sans cesser de tailler un arbuste. Mais parce que j'en ai envie !

— C'est à peine si vous vous connaissez. Pourquoi veut-il t'épouser ?

— Demande-le-lui ! Nous avons projeté de nous marier parce que nous éprouvons... des sentiments l'un pour l'autre.

— Lesquels ?

— Du respect, de l'admiration et, je dois ajouter, une attirance mutuelle. J'ai d'abord refusé la demande de Damien, mais d'autres considérations m'ont fait réfléchir.

David prit sa sœur par les épaules et la força à se relever.

— Ces autres considérations ont-elles un rapport avec mes dettes de jeu ?

— Non, bien sûr.

— Je ne suis pas complètement idiot, Emma. Dis-moi la vérité sur ce qui s'est passé lors de votre entrevue.

— Je te l'ai déjà dit. Je lui ai proposé Kutub Minar et il a accepté d'y réfléchir.

— Est-ce ce jour-là qu'il t'a demandée en mariage ?

— Non, plus tard.

— Le mariage ou l'annulation de la dette ? Ou les deux ensemble ?

— Mon mariage n'a rien à voir avec ta dette. En fait, Damien n'avait pas l'intention de t'en réclamer le paiement, il voulait seulement te donner une leçon.

— Ah oui ? C'est cela qu'il t'a dit ?

Sans mot dire, elle lui tendit l'enveloppe qu'elle gardait sur elle en prévision de son retour. Il s'en saisit, lut rapidement son contenu et enfonça les papiers dans sa poche.

— Maintenant, tu me crois ?

Il passa une main dans ses cheveux.

– Je suis certain que tu ne m'as jamais menti, Em, mais cette fois, je ne sais vraiment que penser. Damien Granville a une solide réputation de mufle et de débauché. Comment peux-tu croire que ses intentions sont honorables ?

Emma nettoya son sécateur et le replaça dans la poche de son tablier de jardinier.

– Eh bien, il y a une autre raison, avoua-t-elle.

– Laquelle ?

Emma s'approcha du banc de pierre, s'assit et fit signe à son frère de la rejoindre.

– Rappelle-toi la question que tu m'as posée le soir où tu m'as montré l'argent que tu avais gagné.

Manifestement, il ne s'en souvenait pas.

– Tu m'as demandé si c'était ainsi que je comptais passer le reste de ma vie. Je t'ai répondu que non. À ma façon, David, je me sens aussi frustrée que toi, mais je le cache mieux.

Elle se tourna vers lui.

– J'ai vingt-quatre ans, David, et je ne suis pas du genre à traîner derrière moi des garçons depuis l'âge de quinze ans. Pas un homme ne se suicidera si je lui refuse mes faveurs. Jusqu'ici, je n'ai eu qu'une demande en mariage, celle d'Alec Waterford qui me trouve irrésistible, je ne sais pourquoi. Avant de rencontrer Damien, je m'étais résignée à rester vieille fille. Maintenant, David, je suis fatiguée de mener une vie minable qui n'a ni sens ni dignité, fatiguée de ne pas avoir d'avenir. Comme toi, j'ai l'impression de stagner. Je me sens condamnée à vivre une existence solitaire et j'ai peur…

Surprise de ce qu'elle venait de s'entendre dire, elle le fut encore davantage lorsqu'elle sentit le picotement des larmes dans ses yeux.

– Bref, reprit-elle d'une voix émue, j'ai accepté la demande de Damien parce que je ne peux pas me permettre de la rejeter. Voilà ! Et maintenant que je t'ai parlé à cœur ouvert, crois-tu toujours que je mens ?

Jamais David n'avait entendu sa sœur livrer ainsi ses pensées intimes ni révéler cet aspect d'elle-même qu'il ne soupçonnait pas. Il l'avait toujours considérée comme une fille indépendante et sûre d'elle. Ce qu'il découvrait le troublait profondément.

– Tu me jures, Em, que ce que tu viens de me dire est la vérité ?

– Oui.

– Tu jures que ton mariage n'a rien à voir avec ma dette de jeu ?

– Oui, je le jure.

Il hocha la tête et s'éloigna.

Tremblante, Emma s'effondra sur le banc, bouleversée par la facilité avec laquelle elle s'était exprimée. Comme si les mots étaient prêts depuis longtemps à traduire des pensées dont elle ignorait l'existence même. Comme si la situation de son frère lui avait servi d'excuse. Non, c'était ridicule. Son orgueil se rebiffait, elle se refusait à admettre une telle hypothèse.

Deux jours avant le mariage, Emma fut de nouveau saisie de panique.

– Dites-moi franchement, Damien, pourquoi voulez-vous m'épouser ? Vous ne savez rien de moi !

– J'en sais suffisamment pour être certain d'avoir le fils dont je rêve.

– D'après quoi ? Les rumeurs, le qu'en-dira-t-on ? Est-ce suffisant ?

– Mis à part le fait que nous ne nous entendons pas sur les châtiments à infliger aux femmes infidèles, je crois que nous sommes remarquablement assortis.

– Je persiste à trouver absurdes vos théories génétiques.

– Elles s'appliquent aux chevaux, pourquoi pas à nous ?

– Mais je ne sais rien de votre famille, de vos habitudes, de vos goûts !

– Vous y êtes-vous intéressée ?

Emma rougit. Si elle en savait si peu, la faute en revenait à son caractère intransigeant, qui lui interdisait de poser des questions. Quant à Damien, il ne l'avait pas renseignée spontanément.

– C'est sans importance, répondit-elle. Je finirai bien par l'apprendre.

– Comme je l'ai déjà expliqué à votre mère, reprit Damien, ignorant sa mauvaise humeur, mes parents sont morts. Je mène une vie agréable et aisée, et cette vie sera la vôtre. Je m'occupe de mon domaine. Vous le connaîtrez en temps voulu. Ma foi catholique influence mes goûts littéraires, et j'aime lire. Quant à ce que je mange…

Il réfléchit.

— J'aime tout, sauf les aubergines. J'adore le gushtav, les boulettes de viande cachemiries, les meilleures du monde. Autre chose ?

— Non, oh non. Cette autobiographie remarquablement explicite m'apprend tout ce qu'une femme désire savoir sur son futur mari.

Damien leva les bras au ciel.

— Ne trouvez-vous pas extraordinaire que deux personnes destinées à partager la plus intime des relations ne puissent s'entretenir aimablement sur un sujet apparemment anodin ?

— Aucun sujet ne me semble assez neutre pour alimenter une conversation courtoise.

— Parlez-moi de votre père.

La question de Damien prenait Emma de court.

— Mon père ?

— Je sais que vous lui étiez très attachée.

— Qu'y a-t-il à dire ? Il a vécu, il a travaillé, il est mort.

— Je vois. Vous m'offrez une biographie encore plus remarquablement explicite du père de ma future épouse.

Emma, qui n'avait pas envie de se lancer dans une nouvelle discussion, changea de sujet.

— Que vous l'approuviez ou non, j'ai l'intention de me remettre à étudier les documents de mon père dès que nous aurons regagné le Cachemire. Je veux être certaine que j'en aurai le temps.

— Assurément… À condition que vos aspirations intellectuelles passent après vos obligations essentielles.

— Lesquelles ?

— Pourvoir aux besoins de votre foyer, de votre maison et de votre mari.

Elle tourna les talons avec humeur et s'en fut.

Margaret Wyncliffe, décidée à assumer son heure de gloire, s'occupa des travaux. Le toit fut goudronné, les murs chaulés, les grilles réparées. La veille de son mariage, Emma examinait des factures en compagnie de sa mère lorsque celle-ci s'inquiéta de la pendule en argent.

— Je l'ai emballée pour l'emporter à Srinagar, si vous n'y voyez pas d'objection.

— Bien sûr que non, ma chérie, s'empressa de répondre Mrs Wyncliffe.

Le mariage eut lieu un samedi, au début du mois d'avril. L'aube parut, lumineuse, baignant la ville d'un soleil d'or pâle. La fraîcheur matinale embaumait les feuilles nouvelles et les fleurs printanières.

Khyber Kothi était déjà le théâtre d'une activité frénétique. Comme toujours en Inde, il régnait une confusion indescriptible. Trônant dans un fauteuil à haut dossier et aidée de son fidèle lieutenant, Carrie Purcell, debout à ses côtés, Mrs Wyncliffe dirigeait les opérations. Elle avait miraculeusement recouvré la santé et sa voix sonnait haut et clair.

« À quelque chose, malheur est bon », se dit Emma en considérant la scène de son balcon avec une curieuse sensation de détachement.

Tiré de bonne heure du lit, David reçut ses instructions en bâillant. Il ne s'était plus entretenu avec sa sœur depuis leur conversation dans le jardin. Damien et lui s'évitaient mutuellement.

La cérémonie privée eut lieu dans le salon de *Khyber Kothi*. Le révérend Desmond Smithers officia, assisté par un Alec Waterford résigné. Quelques intimes étaient présents parmi lesquels, du côté du marié, Suraj Singh, son secrétaire particulier, qu'il avait choisi comme témoin, au grand dam de la communauté. Damien avait écarté la protestation prudente de Margaret Wyncliffe d'un geste impatient.

— Suraj Singh n'est pas seulement un employé, c'est aussi un ami. Je me moque de ce qu'on en pensera.

La réception, moins austère que la cérémonie, se tint sur la pelouse, derrière la maison. David avait fait venir la musique de son régiment, à un prix raisonnable. Emma supporta avec grâce la gaieté forcée et les vœux de bonheur, et subit stoïquement regards meurtriers, critiques à mi-voix et manifestations d'incrédulité, sans se départir de son sourire tenace et de sa calme assurance. Si l'on remarqua ses lèvres pincées, son regard vide et sa pâleur de cire lorsqu'elle dansa la première valse dans les bras de son fringant mari, on les attribua aussitôt au chagrin compréhensible de quitter sa mère et à l'appréhension de la nuit de noces. Elle ne faisait peut-être pas une mariée éblouissante, mais la dignité de son maintien n'était pas en défaut.

Les bavardages allaient bon train et les bijoux de la mariée donnaient lieu à plus de commentaires que la mariée elle-même. Très beaux et très coûteux, ils étaient le cadeau d'un fiancé follement amoureux, comme Margaret Wyncliffe s'empressa d'en informer toutes celles qui voulaient l'entendre.

– Quel gâchis ! Autant faire porter des diamants à un chameau rajput ! railla méchamment Charlotte Price.

Chacune de ces dames attendait les commentaires de Grace Stowe, la reine des cancanières.

– Je me suis laissé dire, chuchota-t-elle d'un air mystérieux, qu'à Srinagar, il y a une femme qui…

Elle laissa sa phrase en suspens, sûre de son effet.

Le petit groupe se referma autour d'elle.

– Oh, dites-nous… Qui est cette femme ?

– … Elle restera anonyme pour l'instant.

– Nous ne devrions pas prêter l'oreille aux rumeurs malveillantes, intervint Alec Waterford qui acceptait sa défaite avec tristesse et résignation. « Que celui qui n'a pas péché lui jette… »

– Tais-toi, mon chéri, tu ferais mieux de célébrer une action de grâce plutôt qu'une veillée mortuaire.

Avant la fin des festivités, les jeunes mariés prirent congé sous une pluie de riz et de confettis, accompagnés par les vœux de quelques amis sincères, parmi lesquels Jenny. Quant à Margaret Wyncliffe, elle sanglotait, inconsolable.

– Que vais-je devenir sans mes deux enfants ?

La nuit était fraîche. Dans la voiture, Emma et Damien, assis côte à côte, se taisaient. Le soulagement qu'ils éprouvaient tous deux était, sans doute, le seul sentiment qu'ils eussent en commun. Chacun regardait à travers sa vitre.

Damien glissa un doigt dans son col pour le desserrer.

— Dieu merci, la corvée est finie, grommela-t-il. Nous aurions évité ce cauchemar si je vous avais enlevée.

— Je ne me serais pas laissé faire, riposta Emma.

— Cette femme, Charlotte Price, et d'autres, se sont montrées très grossières. Savez-vous pourquoi ?

— Probablement parce qu'elles espéraient que vous les épousiez, leurs filles. Les rues de Delhi sont jonchées des cœurs brisés de ces adorables créatures.

— Il semble que j'aie choisi celle qui, de toutes, a le plus mauvais caractère.

Emma détourna les yeux. Ils n'échangèrent plus un mot durant le reste du trajet.

Dans la demeure de Nicholson Road, un appartement jouxtant celui du maître avait été préparé à l'intention de son épouse. Deux domestiques avaient été mises à sa disposition : Sharifa, une femme d'un certain âge aux formes généreuses, et sa nièce Rehmat, une très jeune fille au regard timide, l'une et l'autre amenées de Srinagar. Emma eût préféré garder Mahima auprès d'elle, du moins pendant quelques jours, mais elle n'avait pas voulu en priver sa mère. Épuisée par la tension nerveuse, elle se laissa tomber sur un canapé recouvert de brocart.

L'appartement, composé d'une chambre, d'un salon et d'une salle de bains, était meublé avec le même luxe étouffant que toutes les pièces de la maison. Damien traversa la chambre à grandes enjambées pour ouvrir les fenêtres, puis il fit signe aux domestiques de se retirer.

— J'espère que cet appartement vous convient ? demanda-t-il en jetant un coup d'œil circulaire pour s'assurer que rien ne laissait à désirer.

— C'est parfait, répondit Emma machinalement. Elle n'aspirait qu'à un seul luxe : être seule, mais doutait qu'il lui fût désormais accordé.

— Ce n'est que provisoire, comme vous le savez. Nous partirons pour le Cachemire dans moins de quinze jours. J'espère que vous trouverez *Shalimar* plus conforme à vos goûts.

— Quinze jours ?

Elle se redressa brusquement.

— Je croyais que nous resterions ici pendant au moins un mois. Je… j'aurais voulu passer un peu plus de temps avec ma mère et David qui part bientôt pour Leh. Et puis, je dois être dame d'honneur au mariage de Jenny, le mois prochain. Comment puis-je lui faire faux bond à la dernière minute ?

— Je regrette de vous y obliger. Plus tard peut-être, lorsque vous vous serez installée, vous pourrez recevoir votre famille et vos amis au Cachemire. Je prendrai volontiers les dispositions nécessaires.

— Et les dispositions concernant ma mère ? demanda Emma, prête à pleurer.

— Ne vous faites pas de souci. Tout est arrangé.

Damien ôta sa veste, roula jusqu'au coude les manches de sa chemise qu'il déboutonna, puis il s'installa confortablement sur le canapé, les pieds posés sur un tabouret devant la cheminée.

— Venez vous asseoir près de moi.

Il lui avait donné un ordre, mais sur un ton qui n'était pas autoritaire.

La gorge sèche, le cœur battant, Emma s'approcha, mais s'assit délibérément dans un fauteuil en face de lui. Il l'observait en silence, elle semblait frêle dans sa robe de soie et de dentelle au décolleté profond. Aussitôt, elle s'entoura plus étroitement de son châle. Il se pencha et, doucement, couvrit de sa main le poing qu'elle tenait serré sur ses genoux.

— Dites-moi pourquoi je vous rends nerveuse. Sachez que je ne mords pas… à moins qu'on ne me le demande.

Elle se raidit et voulut lui retirer sa main.

— Ce n'est pas vous qui me rendez nerveuse. Je suis tout simplement… indifférente.

— Vraiment ? J'ai été accusé de nombreux crimes, mais jamais de susciter l'indifférence !

— Eh bien, n'avez-vous pas dit que je me distinguais des autres femmes ?

Contrarié, il abandonna sa main et se leva.

— Un messager vient d'arriver, porteur de nouvelles que j'attendais. Il se peut que je tarde à remonter ici.

Le cœur d'Emma bondit dans sa poitrine. Elle accueillait avec reconnaissance ce moment de répit, si bref fût-il.

— Mais je reviendrai, soyez-en sûre. Ne vous y trompez pas, ajouta-t-il.

Lorsqu'il eut quitté la pièce, Emma fit venir Sharifa et se mit à défaire ses bagages. La servante et sa nièce rabattirent les draps et la couverture de l'énorme lit à baldaquin, débarrassèrent la chambre des malles vides et installèrent les objets de toilette dans la salle de bains. Mrs Wyncliffe avait préparé, par-dessus les vêtements rangés dans la malle, la chemise de nuit nuptiale et le peignoir assorti, des nuages vaporeux et diaphanes d'un rose tirant sur l'abricot. Si les circonstances avaient été moins déplaisantes, Emma les eût trouvés ravissants. Mais ils la firent frisonner.

— Bégum sahiba froid ? s'enquit Sharifa.

Bégum sahiba ? Était-ce ainsi qu'on l'appellerait ? Emma secoua la tête et lui répondit avec un petit sourire triste.

— Non, c'est un simple frisson.

— S'il vous plaît ?

Comprenant qu'elle parlait mal l'anglais, Emma s'adressa à elle en ourdou.

— Je n'ai pas froid, merci, je suis simplement fatiguée. Je n'aurai pas besoin de vous. Vous pouvez vous retirer, vous et votre nièce. Bonsoir.

Les yeux de Sharifa brillèrent de surprise et de plaisir.

— La bégum sahiba parle bien la langue de notre pays, dit-elle avec, dans la voix, une nuance de respect. Au Cachemire, peu de gens parlent l'anglais.

— Que parlent-ils ? Le kashur et le dogri ?

— Oui, bégum sahiba.

— Ce sont des langues difficiles ?

— Pas pour une dame aussi intelligente que la bégum sahiba.

Elle salua Emma, prit Rehmat par la main et se retira. Emma défit ses cheveux, s'abandonnant à leur douceur sur ses épaules. Avec un soupir de soulagement, elle laissa tomber ses chaussures, quitta sa lourde robe de mariée, puis ses bijoux qu'elle se jura de ne plus jamais porter.

Cette journée avait été un cauchemar, mais aussi le point de départ d'un autre. L'anneau qu'elle portait à la main gauche lui rappelait qu'elle était désormais l'épouse d'un étranger. Les vœux qu'elle avait prononcés l'unissaient à lui jusqu'à la fin de ses jours, ils donnaient à son mari le droit d'agir avec elle à sa guise. En retenant ses larmes, elle se rendit dans la salle de bains. L'eau merveilleusement fraîche effaça sa fatigue. Lorsqu'elle se fut séchée, elle revint dans la chambre et, sans joie, elle passa la luxueuse chemise de nuit abricot.

Debout devant le miroir, elle se trouva plus piteuse mine que jamais. La tension des semaines passées avait marqué son visage. Malgré le hâle, son teint paraissait terne et brouillé, ses yeux mornes étaient cernés de bistre. Son corps, naturellement mince et élancé, semblait maigre. Plus la date fatidique approchait et plus elle s'était refusée à s'appesantir sur l'intimité inhérente au mariage. Mais maintenant, elle ne pouvait plus y échapper. Une jeune épousée le soir des noces, ou l'agneau qu'on va abattre ? Damien ne l'avait jamais aimée, cela, elle le savait. Pourtant, elle en éprouvait depuis peu une douleur secrète. Plus elle cherchait à se cuirasser et plus sa présence la troublait. Le moindre contact, fût-il bref – un frôlement d'épaule, l'effleurement de sa main, un bras passé autour de sa taille lorsqu'ils dansaient –, donnait naissance à des sensations nouvelles qu'elle ne comprenait pas, refusait d'accepter et répugnait à encourager. Une fois qu'il avait simplement pris son coude dans le creux de sa main, elle avait frissonné si violemment qu'il l'avait remarqué.

– Pourquoi ce mouvement de recul quand je vous touche ? avait demandé Damien, se méprenant sur le sens de sa réaction. Êtes-vous à ce point incapable de maîtriser votre aversion ?

– Oui, avait-elle répliqué pour masquer son embarras. Mais avec le temps, je trouverai le moyen d'y remédier.

Il avait rougi, procurant à Emma une brève sensation de triomphe. Bien décidée à ne plus rien révéler d'elle-même, elle s'était efforcée de s'opposer à la désinvolture de Damien et d'assortir son indifférence à la sienne.

Emma resta un long moment devant la fenêtre à se brosser les cheveux. De la cour montaient des chants, le roulement des tambours et le tintement des cloches qui célébraient la fin du célibat du huzoor. Mais elle n'écoutait que d'une oreille, toute à son appréhension grandissante. Son mari allait revenir. Son mari ! Comme ce mot lui semblait étrange et effrayant ! S'y habituerait-elle jamais ? Soudain, elle remarqua une vitrine dans laquelle étaient rangées plusieurs carafes. Elle les renifla chacune à leur tour, et but une gorgée à l'une d'elles. Le goût lui parut fort, comme celui du bordeaux qu'on servait dans certains burra khanas. Elle s'en versa un verre plein. Avec la chaleur du liquide parfumé, ses membres se détendirent peu à peu et son affolement prit des proportions plus raisonnables. Lorsque Damien revint à deux heures et demie du matin, la carafe était à moitié vide.

Emma entendit s'ouvrir la porte de l'appartement contigu. Debout à la fenêtre, les yeux fixés sur le reflet dans l'eau d'une lumière solitaire, elle retint son souffle. Des pas légers s'arrêtèrent près de sa porte, puis s'éloignèrent. Une prière fervente monta à ses lèvres : « Mon Dieu, faites qu'il ait changé d'avis ! » Ce ne fut pas le cas. Quelques minutes plus tard, elle entendit le bruit d'un loquet qu'on soulève et Damien entra. Sans lui laisser le temps de réagir, il s'approcha d'elle, si près qu'elle sentit son souffle sur son visage. Il perçut aussitôt dans l'haleine de son épouse l'odeur révélatrice et se mit à rire.

— Mais oui ! Vous avez peur de moi !

Sa voix avait des accents de triomphe. Il lui effleura le front de ses lèvres. Surprise, elle voulut reculer, mais le bras de Damien lui entourait la taille. Du bout léger de ses doigts, il lui caressa la nuque tandis que, les dents serrées, elle retenait le cri qui lui montait à la gorge et fermait les yeux. Les lèvres de Damien cherchaient le creux de son cou. La main posée à plat contre le dos de sa jeune femme, il l'attirait insensiblement vers lui. De nouveau, elle s'affola. Elle tenta de se dégager, mais Damien, tout contre elle, se contenta de rire. Emma savait inutile de lutter, aussi chercha-t-elle à rendre son corps insensible, son visage de marbre. Damien le couvrait de doux baisers, s'attardant aux coins de sa bouche, sur ses paupières résolument closes et le pourtour de ses lobes d'oreilles.

Il finit par s'écarter d'elle.

— Savez-vous que les femmes qui résistent sont encore plus désirables ? Le saviez-vous ?

— Désirables ? ricana-t-elle. Bien sûr. N'est-ce pas tout ce qui vous importe puisque vous ne reconnaissez pas la nécessité de l'amour ?

– Le genre d'amour dont vous parlez m'est en effet inconnu. Pour celui que je pratique, en revanche, les candidates n'ont jamais manqué.

– Parlez plutôt de désir.

– Si vous voulez. Peu importe le nom. L'essentiel, c'est d'éveiller les sens sans troubler le cœur.

– C'est tout ce que vous demandez au mariage ? D'éveiller les sens sans troubler le cœur ?

– Eh bien, puisque vous prétendez me mépriser, vous devriez en être heureuse.

Elle s'aperçut avec consternation que cette remarque l'avait profondément blessée.

– Sans doute avez-vous acquis mon corps, Damien, mais sachez que vous n'obtiendrez rien d'autre de moi. J'en fais le serment.

Il s'approcha d'elle d'un pas vif et la saisit par le poignet.

– Et jamais je ne vous laisserai oublier que je suis bel et bien le propriétaire de votre corps. Cela, j'en fais aussi le serment.

Elle dégagea brutalement sa main.

– Un viol couvert par la loi !

– Un viol ?

Il secoua la tête.

– Je vous l'ai déjà dit. Jamais je n'ai pris une femme de force. Je ne commencerai pas avec vous.

Sans avoir le temps de s'y préparer, elle se retrouva dans ses bras. Déjà, la bouche de Damien était plus exigeante et sa langue plus indiscrète. Emma frémit, mais elle le laissa faire. Toujours impassible, elle subit le mordillement des lèvres qui exploraient le creux derrière ses oreilles, l'épaisse chevelure, l'arête des omoplates. Elle ressentait une grande douceur sans rien de commun avec ce qu'elle avait imaginé. Ce n'était pas son corps que Damien violentait, mais, d'une façon plus subtile et plus persuasive, ses sens. Prise au dépourvu, elle n'en était que plus inquiète. Peu à peu, presque imperceptiblement, animée par des forces invisibles mais d'une effrayante réalité, Emma sentit monter en elle la réponse aux sensations que Damien cherchait à éveiller. En vain, elle s'efforça de résister à ce trouble

145

qui lui échappait. Elle livrait une bataille perdue d'avance. Graduellement, la maîtrise d'elle-même qu'elle avait cru conserver se liquéfiait. Ses muscles se détendirent, le rythme de sa respiration se précipita. Un moment encore, elle voulut lutter, mais il était trop tard. Comme un bouton de rose au soleil trompeur de l'été, ses lèvres s'ouvrirent sous celles de Damien. Tandis que celui-ci resserrait son étreinte, les genoux vacillants d'Emma se dérobèrent et elle dut se presser contre la poitrine dont elle percevait les battements de cœur. Clouée sur place par une force irrésistible, elle était incapable de bouger et, chose étrange, elle n'en avait pas envie. Sa conscience s'obscurcit en même temps que s'amenuisaient sa force et le peu de volonté qui lui restait. Instinctivement, ses bras se levèrent et elle les noua autour du cou de Damien.

Doucement, sans abandonner les lèvres d'Emma, il la déshabilla. Dans un tourbillon couleur abricot, la chemise de nuit flotta un instant avant de se poser à ses pieds. Le contact des mains de Damien sur ses seins déchaîna un ouragan de sensations si violentes, si déchirantes que, malgré elle, elle gémit. Il la souleva comme une plume et la porta sur le lit. Son visage – à la fois éclat des yeux, chaleur et souffle – était penché sur elle dans la semi-obscurité.

— Damien, non, je vous en prie, attendez, par pitié, pas maintenant…

— Pourquoi ?

— Je ne peux pas.

— Tu le peux et tu le veux. Maintenant. Fais-moi confiance.

— Non, pas maintenant !

De grandes mains brunes, incroyablement tendres et fortes, parcoururent son corps, bouleversant tout sur leur passage. Des sons inconnus montèrent de sa gorge, cris de surprise, halètements de douleur et de délices inouïes, dans une prodigieuse expression de force élémentaire. À son tour, ses mains à elle voulurent le caresser, de plus en plus exigeantes, de plus en plus audacieuses. Elle eût souhaité qu'il ne s'arrêtât pas, étonnée d'apprendre si vite à savourer ce qu'elle n'avait jamais goûté. Elle s'entendit crier, elle n'était plus maîtresse de son esprit et encore moins de son corps. Elle lui rendait ses baisers et ses caresses, envahie par une impudeur qu'elle ne cherchait pas à réfréner, guidée par une main experte dans le dédale de paradis inconnus. Vint enfin le jaillissement exquis et douloureux de la délivrance. Comme si la vie l'avait quittée, elle glissa, apaisée, dans des profondeurs oniriques. Ni temps ni réalité, seulement des sensations. Elle s'endormit.

Lorsqu'elle se réveilla, sa tête était posée sur l'épaule de Damien. Désorientée, elle se souleva et regarda le visage inconnu près du sien. Ce mouvement provoqua une douleur qui la fit tressaillir. Damien se tourna vers elle, la prit dans ses bras et l'embrassa une dernière fois. Reposant de nouveau sur l'oreiller, elle le contempla à travers les vapeurs du sommeil, fronçant les sourcils devant ses traits si peu familiers.

– Damien ?
– Chut ! Dors à présent.

Inconsciemment, elle sourit et se rendormit d'un sommeil profond et sans rêves. Lorsqu'elle se réveilla, il n'était plus à ses côtés. Elle se retrouva seule dans l'obscurité.

Incapable de penser, elle resta un moment allongée avant de se glisser hors du lit et de gagner tant bien que mal la salle de bains. Elle prit plaisir à sentir sur sa peau l'eau froide et purifiante, et s'abandonna avec délices au miracle du retour à la vie. Elle resta un long moment assise près de la fenêtre, le regard fixé sur la nuit. Si peu qu'elle eût conscience de la réalité, elle sut que, pour elle, rien ne serait plus comme avant.

7

L'idée d'une entrevue avec Sir Marmaduke Jerrold, commandant en chef de l'armée des Indes dépendant directement des Affaires étrangères, n'était pas faite pour réjouir Wilfred Hethrington. En raison de la nature sensible de l'ordre du jour, on les avait priés de se réunir chez Sir Marmaduke à Snowdon, sa résidence officielle de Simla.

— Vous pouvez toujours essayer, mon colonel, attaqua Sir Marmaduke en tapotant le dossier que lui avait remis Hethrington, mais rien ne pourra atténuer l'odeur pestilentielle qui sort de ce panier de crabes, pas même une prose édulcorée. En tout cas, pas assez pour me satisfaire. Whitehall est assoiffé de sang et, nom de Dieu, je ne lui laisserai pas prendre le mien !

Pris à partie par la presse britannique, en proie aux réflexions acerbes du ministre des Affaires étrangères, le général en chef s'était fait taper sur les doigts par le vice-roi. Pourtant, il ne s'avouait pas vaincu.

— Si l'on considère le mobile du meurtre d'Hyperion, la tempête qu'il a soulevée est loin d'être injustifiée. Avez-vous lu ce que suggère la presse à propos de la perte des documents ?

Évidemment, l'un et l'autre connaissaient les insinuations stupides des journalistes, selon lesquelles les Russes auraient chargé Safdar Ali d'assassiner Hyperion. Quant aux documents concernant la Yasmina, ils se trouveraient en Afghanistan, en Chine, en Allemagne et en Turquie. Plus absurde encore, on insinuait qu'Hyperion lui-même les avait secrètement vendus à la Russie.

– Les auteurs de ces lignes sont des agitateurs irresponsables qui s'adressent à des lecteurs encore moins responsables qu'eux, répliqua Hethrington d'une voix aimable. Je ne juge pas nécessaire d'apporter une réponse officielle à ces conjectures.

– Je partage votre avis, colonel. Je n'irai pas, cependant, jusqu'à traiter Geoffrey Charlton d'« agitateur irresponsable ». Sachez que beaucoup adhèrent à cette version des faits. Dites-moi, colonel, poursuivit-il en se penchant en avant, puisque nous abordons ce sujet, comment Charlton fait-il pour être si bien informé, alors que vous tenez jalousement gardés vos petits secrets ?

Hethrington rougit. Pourtant, il résista à l'envie de répondre vertement.

– Comme tout le monde, mon général. À Simla, les murs ont des oreilles, des yeux et des langues. Charlton, de son côté, a une mémoire d'éléphant et un flair de limier. Il lui a suffi de fureter un peu partout, de fréquenter le club et de publier ensuite ses suppositions comme étant de source sûre.

– Les questions qu'il soulève sont parfaitement justifiées. Par exemple, comment Hyperion a-t-il pu, alors que la région grouille des sbires de Safdar Ali…

Il s'interrompit.

– Je sais, colonel, que vous êtes très pointilleux quant à l'identité de vos agents. Mais, comme le pauvre homme est mort, nous pouvons, je crois, nous dispenser d'utiliser son nom de code. Comment diable Butterfield a-t-il pu se montrer aussi imprudent ?

– Pour être juste envers lui, Sir, répondit Hethrington, irrité, je me dois de préciser que Jeremy Butterfield était un officier particulièrement circonspect. S'il…

– Ah, c'est donc pourquoi il transportait des documents secrets dans un sac de voyage avec autant de désinvolture que s'il s'était agi de ses sous-vêtements, hein ?

Hethrington choisit de ne pas répondre. Le terrain était trop glissant. Assis près de la fenêtre à côté du secrétaire du commandant en chef, le capitaine Worth, la tête baissée, restait plongé dans ses papiers.

L'arrivée du chaprassi de Sir Marmaduke apportant sur un

plateau du café, des biscuits et une boîte de punaises, détendit l'atmosphère. Nigel Worth se précipita pour fixer l'un des coins de la carte murale qui s'était détaché. Mais il y mit assez de lenteur pour permettre à son chef de préparer sa réponse.

Sir Marmaduke était un homme solide, fortement charpenté. Sa chevelure, malgré son âge, ne grisonnait pas. Militaire dans l'âme, il arborait fièrement ses nombreuses médailles. Connu pour ses opinions russophobes, il ne cachait pas que, si l'Angleterre voulait une guerre, il la lui offrirait volontiers.

Non, décidément, cette entrevue n'était pas faite pour réjouir Hethrington.

— Comme je l'ai déjà mentionné dans mon rapport, monsieur le commandant en chef, reprit-il après que Nigel Worth se fut rassis et que café et biscuits eurent été distribués, pour des raisons évidentes, le dernier message de Butterfield transmis par son gurkha était bref et rédigé en termes très prudents bien que codés. Il soupçonnait que la découverte concernait bien la Yasmina sans, toutefois, en apporter la preuve.

Il résista à l'envie de serrer les poings et se contenta de joindre les mains.

— Je me dois de répéter, monsieur, que Butterfield était un agent digne de confiance. Quelles que fussent ses décisions, elles étaient toujours mûrement réfléchies.

Le commandant en chef resta de marbre.

— Je n'ai nul besoin de vous rappeler, colonel, que cette nouvelle m'a horrifié. Certes, je ne mets pas en doute la loyauté de Butterfield envers sa Reine et son pays. Cependant…

Le regard qui passait par-dessus les verres demi-lune se durcit.

— Nous devons reconsidérer certains problèmes et les résoudre afin de garantir la crédibilité de l'armée et ce, par égard pour les contribuables britanniques.

Il repoussa sa chaise, se leva et s'approcha de la carte murale.

— Butterfield avait pour mission de découvrir s'il était possible d'établir une base de ravitaillement dans cette région.

Il désigna un point d'un geste sec.

— En effet nous sommes convaincus que l'établissement d'une base accessible à Ashkole est essentiel. En raison de sa proximité avec les gorges de la Hunza, on a toujours pensé que la Yasmina se trouvait quelque part dans cette région.

— Si Butterfield avait pressenti qu'il était tombé sur la Yasmina, pourquoi ne s'est-il pas empressé de regagner Simla, ou Doon, ou même Leh ? Pourquoi ce détour par le nord-est vers Shahidullah ?

— Eh bien, comme nous l'avons présumé, Butterfield a changé de route et d'identité parce qu'il craignait d'être suivi. Il est revenu sur ses pas pour se joindre à une caravane. Il pensait ainsi courir moins de risques. Il a commis une erreur dont nous n'avons eu connaissance qu'après coup.

— Dans une situation aussi délicate, colonel, aucun agent censément responsable ne peut s'offrir le luxe d'une erreur de calcul ! Les questions que pose Charlton sont, hélas, pertinentes et le danger que pressent Whitehall existe réellement.

— Il fallait s'attendre, monsieur le commandant en chef, à une réaction excessive de Charlton aussi bien que de Whitehall, riposta Hethrington avec, pour la première fois, une certaine brusquerie. C'est tout simplement la manifestation des fantasmes irrationnels qui affectent la nation.

— Des fantasmes irrationnels, dites-vous ? Est-ce ainsi que vous considérez notre souci de nous défendre contre une invasion russe qui se ferait par un passage inconnu ?

— Avec tout le respect qui vous est dû, quelles que soient nos inquiétudes, vous ne devez pas perdre de vue la réalité. Jusqu'à présent, nous n'avons aucune raison de nous affoler. Il n'y a aucune preuve concernant la découverte de Butterfield et le fait que ses cartes se trouvent entre les mains des Russes.

— Vous tentez de nous réconforter, mon colonel, alors que vous ignorez le contenu des documents qui ont disparu comme par magie.

Hethrington, qui jusqu'alors buvait tranquillement son café, se cala contre le dossier de son siège. Il était manifestement moins à l'aise.

— Nous avons été contraints de supposer que les documents étaient…

— Colonel, l'interrompit sèchement Sir Marmaduke, les présomptions ne suffisent plus. Whitehall se moque pas mal de l'endroit où *étaient* les documents, il veut savoir où ils *sont* !

Sir John Covendale choisit ce moment délicat pour descendre dans l'arène avec une fermeté inattendue.

— Les papiers de Jeremy Butterfield sont là où le rapport du colonel nous dit qu'ils sont. Envolés aux quatre vents dans les passes du Karakoram.

Cette opération de sauvetage venant d'un auditeur jusqu'alors passif surprit Hethrington. Le regard inquisiteur de Sir Marmaduke se posa aussitôt sur lui.

— Êtes-vous sincèrement convaincu, John, que la totalité des papiers de Jeremy Butterfield a été détruite au cours du coup de main ?

Sans se détourner du panorama qui s'offrait à lui par la porte-fenêtre, Hethrington attendit la réponse de l'intendant général en retenant son souffle.

— Nous n'avons aucune raison de ne pas le croire, monsieur le commandant en chef.

Hethrington poussa un soupir de soulagement.

— Crankshaw a dressé un inventaire sommaire de tout ce que Butterfield transportait. Ne possédons-nous rien d'autre ?

— Si, répondit Sir John, le visage impassible. Selon le rapport, les marchands, par crainte d'être mêlés à ce meurtre, ont tout simplement empaqueté les affaires de Butterfield dans son sac de voyage qu'ils ont déposé au madrassa de Leh. Le temps pour Crankshaw de se rendre à la mosquée, le mollah avait fait acte de charité en donnant le sac et son contenu avant son départ pour La Mecque. Finalement, Crankshaw a demandé aux marchands de l'aider à dresser un inventaire de mémoire.

Sir Marmaduke fronça les sourcils. Manifestement, il était dubitatif. Mais avant même de pouvoir poser d'autres questions, Sir John referma son dossier d'un geste définitif.

— Je tiens à ajouter, Sir, que je me fie entièrement au jugement du colonel Hethrington dans cette affaire. Nous ne saurons jamais sous quelle contrainte Jeremy Butterfield a agi avant sa mort, mais douter du bien-fondé de ses décisions serait une insulte à sa mémoire.

Son adversaire réduit au silence, Hethrington, soulagé, jubilait. Quand Sir John avait eu connaissance du projet Janus, il avait poussé de hauts cris et refusé de l'approuver. Personne ne savait vraiment ce qu'il pourrait révéler. D'ailleurs, il s'était contenté de demi-vérités qu'il avait débitées avec une aisance étonnante.

— Très bien, reprit Sir Marmaduke, manifestement radouci. Passons à l'affaire suivante.

Sur un signe, le colonel Hartley lui apporta une mince feuille de papier.

— Le télégramme de Whitehall au sujet de l'affaire Borokoff. Dans quels termes allons-nous répondre ?

Dans un froissement de papier, chacun se reporta à sa copie du télégramme.

— Avons-nous une explication plausible du fait que, peu après la disparition des documents de Butterfield, on retrouve ce fameux Borokoff à Saint-Pétersbourg et que la presse russe s'acharne à prédire une invasion par la Yasmina ?

Sir John laissa au colonel Hethrington le soin de répondre à cette question.

— La presse britannique n'a pas le monopole des rumeurs, Sir, fit remarquer Hethrington, content de son effet. Les journaux russes sont connus pour lui damer le pion. Deux de leurs principaux quotidiens ont annoncé récemment que Sa Majesté boit et qu'elle se couche tous les soirs dans un état d'ébriété avancé. Et les Russes le croient. De la même manière qu'ils croient la presse britannique soumise au contrôle et à la censure du gouvernement. Seul Lord Castlewood reçoit tous les journaux anglais. Bien entendu, la visite de Borokoff l'inquiète, mais il n'a signalé aucune activité laissant présager une invasion imminente.

Russophile convaincu, très populaire à la cour, l'ambassadeur de Grande-Bretagne à Saint-Pétersbourg ne partageait pas les opinions de Sir Marmaduke.

— À quoi donc s'attend Sa Seigneurie ? À une annonce dans le bulletin quotidien de la cour ? Tous ces contingents russes sur l'Himalaya comme des champignons vénéneux... Comment Sa Seigneurie les explique-t-elle ?

— Cette recrudescence des explorations himalayennes est due, en partie, aux exploits largement évoqués dans la presse de Younghusband, de Ney et autres alpinistes britanniques. En outre, ajouta Hethrington, certaines régions de l'Himalaya sont encore *terra incognita* et je ne vois pas comment nous pourrions interdire aux uns ou aux autres de les explorer.

— Cependant, colonel, les Russes rôdent dans le Pamir comme s'ils étaient chez eux, Safdar Ali envoie des émissaires à Tachkent…

Il s'interrompit lorsque son secrétaire s'approcha.

— Oui, colonel ?

Le colonel Hartley se pencha et lui murmura quelques mots à l'oreille. Aussitôt, Sir Marmaduke regarda la pendule et rangea la feuille de papier pelure dans son dossier.

— Je pars dans une heure pour Peshawar où nous allons mettre au point un plan de défense. Nous reprendrons notre conversation et nous considérerons le cas Borokoff à mon retour. Mais ne vous méprenez pas, messieurs, la perte des documents, la situation à Saint-Pétersbourg après la visite de Borokoff, le fait que l'on évoque Alexei Smirnoff comme prochain gouverneur général en Asie centrale… tout cela nécessite la plus grande vigilance. Je ne peux en aucun cas rassurer le vice-roi et le ministre des Affaires étrangères, n'étant pas convaincu moi-même de notre sécurité. Bonsoir, messieurs.

Ils se levèrent, refermèrent leurs dossiers, se saluèrent et sortirent sur le Mall.

Comme toujours pendant la saison, une foule de badauds avait envahi l'avenue. Bien qu'il y régnât une atmosphère légère, on ne pouvait oublier qu'ici battait le cœur d'un empire. Des fantassins en uniforme transportaient les boîtes rouges qui contenaient les documents officiels sur lesquels reposait l'avenir de la nation. Parmi les trois cent cinquante millions d'indigènes qu'elle comptait, rares étaient ceux qui arpentaient le Mall aux côtés de leurs maîtres blancs, et aucun ne portaient le costume traditionnel.

— Eh bien, Wilfred, voilà qui n'arrange pas nos affaires ! commenta Sir John, une fois dans l'intimité de son bureau.

— J'ai grandement apprécié votre soutien, mon général, murmura Hethrington.

— D'autant que vous ne vous y attendiez sûrement pas, hein ?

Hethrington rougit.

— Cela dit, poursuivit Sir John, je tiens tout de même à vous rappeler que je considère que votre projet est extravagant et que vous n'aviez pas à en prendre l'initiative.

— L'auriez-vous approuvé, mon général ?

— Non. Je n'ai pas l'intention de courir ce risque. Cacher provisoirement des informations à son supérieur est une chose, Wilfred, mais mentir sciemment au commandant en chef de l'armée des Indes...

— Vous le savez aussi bien que moi, mon général. Avouer la vérité à Sir Marmaduke eût été le moyen le plus sûr de ne pas retrouver les documents avec le minimum de discrétion nécessaire. Notre situation nous permet-elle de les tenir pour définitivement perdus ?

— Non. Et nous ne pouvons plus faire marche arrière.

Sir John, plongé dans ses pensées, appuya les doigts contre ses tempes et ferma les yeux. Ce petit homme aux yeux clairs, aux manières douces, était pressenti pour succéder à Sir Marmaduke.

— Je me suis finalement décidé à approuver votre projet pour trois raisons, Wilfred, poursuivit-il. D'abord, ayant connu et apprécié Jeremy Butterfield, je ne peux douter de lui. Je suis persuadé que ce qu'il a découvert est bien la Yasmina. Dans le cas contraire, il n'aurait pas été assassiné ; c'est aussi simple que cela. Cependant, tant que nous ne posséderons pas ces documents, nous sommes dans l'obligation absolue de persister dans nos dénégations.

« Deuxièmement, je vous ai délégué des responsabilités parce que j'ai foi en votre jugement. Quant au capitaine Worth, j'observe avec quelle étonnante dextérité il tisse la toile de ses intrigues.

Adossé au mur comme s'il était face à un peloton d'exécution, Worth se détendit, il avait choisi de prendre pour un compliment ce qu'il venait d'entendre.

— Et troisièmement, poursuivit Sir John dans un soupir, je suis persuadé qu'on ne fonde pas un empire et qu'on ne le conserve pas en se cantonnant au règlement. Dans notre métier, nous ne disposons pas de manuel auquel se référer en cas de crise. L'imagination et l'innovation y suppléent. Certes, les dangers que vous relatez risquent de me donner un ulcère à l'estomac. En même temps, je me rends compte qu'il y a un fond de vérité.

Hethrington avait l'air ravi et Worth rayonnait.

— D'un autre côté, reprit Sir John, votre projet peut échouer. Inutile de vous en rappeler les éventuelles conséquences. Je suppose que vous avez donné les instructions nécessaires à Crankshaw ?

— Oui, mon général.

— Et qu'en pense-t-il ?

— Il a émis quelques réserves.

— Ah ! Ah ! Je m'en doutais ! s'exclama Sir John. Nous devons être très prudents, Wilfred. Si notre plan tombe à l'eau, le ministère coule et nous avec.

— Impossible, mon général, affirma catégoriquement Hethrington. Nous rentrerons tous au port sains et saufs.

Le soleil au zénith éclairait la chambre de sa lumière éblouissante. Emma fit la grimace, ferma les yeux et tira l'édredon sur sa tête. Elle avait l'impression que son corps ne lui appartenait plus. Ses membres assoupis étaient lourds, envahis par une langueur qui, bien qu'inhabituelle, ne lui parut pas déplaisante. Encore somnolente, elle avait perdu la notion du lieu où elle se trouvait.

Elle recouvra la mémoire et les souvenirs affluèrent. Elle revit son aventure nocturne. Dans l'impitoyable clarté du jour, elle se sentit nue. Damien l'avait possédée alors qu'il savait qu'elle ne l'aimait pas. Ses mains expertes l'avaient explorée comme celles d'un musicien un instrument inanimé. Elle eut honte d'avoir tant aimé ses caresses et se sentit humiliée par la facilité avec laquelle elle avait succombé aux instincts les plus bas de la chair. Ce matin-là, elle prit conscience d'avoir découvert les stupéfiantes ressources d'un corps qu'elle ne connaissait pas, le sien.

Épuisée par ce conflit intérieur, Emma se rendormit. Quand elle rouvrit les yeux, la tempête était passée. Seule lui restait une douleur sourde : la jeune fille s'était métamorphosée en femme. Damien lui en avait fait la promesse, mais il n'était pas le seul à y avoir pris du plaisir.

Elle se leva péniblement. À la vue de la chemise de nuit abricot tombée à terre, elle éprouva une sensation de dégoût et la mit aussitôt dans un sac à linge sale. Puis elle aspergea d'eau froide ses paupières lourdes et se rinça la bouche. Elle prit ensuite un bain. L'eau fraîche et le savon parfumé au bois de santal lui donnèrent l'impression de se purifier, d'effacer l'empreinte des mains de Damien sur sa peau. Après s'être séchée et avoir lissé ses cheveux mouillés, elle se glissa dans une robe de coton imprimé et fit disparaître le désordre du lit. Quand elle eut rendu à son visage un masque de dignité, elle sonna Sharifa.

Damien ne donnait pas signe de vie, et elle lui en fut reconnaissante. Comment oserait-elle désormais le regarder en face ?

La servante et sa nièce frappèrent à la porte. Elles entrèrent en baissant la tête, le bout des doigts sur leur front, selon la coutume orientale, et attendirent les ordres.

— Voulez-vous m'apporter du thé, Sharifa ? demanda Emma en feignant d'arranger les plis de sa robe.

Sharifa s'inclina.

— Je vais le chercher tout de suite. Rehmat restera ici, à la disposition de la memsahiba. Un petit déjeuner aussi ?

— Non, seulement du thé, merci. Je n'ai pas très faim.

Lorsque Sharifa revint avec un plateau chargé de nourriture, Emma s'aperçut avec étonnement qu'elle était affamée. Tandis que les deux femmes mettaient de l'ordre dans la chambre, elle but d'un trait le thé parfumé à la menthe, puis savoura les fruits, les noix, les œufs brouillés et la confiture.

— La bégum sahiba préfère peut-être se reposer aujourd'hui ? demanda la servante. Elle doit être fatiguée.

— Pas du tout, répondit-elle avec une certaine brusquerie. Au contraire.

Elle aurait voulu savoir où se trouvait Damien. Cependant, elle renonça à interroger Sharifa. Elle se sentait perdue, abandonnée, désemparée. Elle aurait aimé retourner à *Khyber Kothi*, revoir sa mère, mais elle n'osait pas, craignant la réaction de son mari.

Sharifa reprit la parole. Le maître avait reçu des messages importants, il était très préoccupé.

— Rentrera-t-il déjeuner ?

— Je ne sais pas, mais je vais me renseigner.

— C'est inutile, répondit vivement Emma.

Elle passa le reste de la matinée à contempler de son balcon la Jamuna et les différents spectacles qui s'offraient à sa vue. Des femmes accroupies sur les marches d'un escalier lavaient et rinçaient du linge dans la rivière. Un bateau ventru au pont chargé de passagers traversait en direction de l'autre rive, tandis que chantonnait un pêcheur solitaire. Emma se mit à bavarder avec Sharifa. Celle-ci, heureuse de lui parler de sa maison et de sa famille, lui raconta que depuis son mariage elle avait vécu à *Shalimar*. À présent, elle était veuve et son fils, Hakumat, était le serviteur personnel du maître à Srinagar.

— Ils jouaient ensemble quand ils étaient petits, ajouta-t-elle fièrement.

— Vous travailliez déjà du temps de l'ancienne bégum sahiba ?

— Non. La dernière bégum sahiba était déjà partie.

— Morte ?

— Euh… La bégum sahiba pourra demander au huzoor qu'il lui parle de sa défunte mère.

Emma se souvint que Jenny avait évoqué devant elle un scandale. Soudain, une autre histoire l'intrigua. Pas celle du Cachemire, pleine de turbulences et de mystères, mais celle de la famille dont elle portait désormais le nom, de ces étrangers dont elle ignorait tout.

Damien ne rentra pas déjeuner. D'après Sharifa, on ne le reverrait pas avant le soir. Quel merveilleux répit ! Emma choisit dans la bibliothèque de sa chambre une traduction du *Rajtarangini*, l'histoire de la Vallée écrite par Kalhana, un sage du XII⁰ siècle. Elle lut en mangeant un curry d'agneau, du riz, un yoghourt et des légumes verts.

L'après-midi, elle se mit à l'aise sur son lit pour poursuivre sa lecture mais, bientôt, l'ouvrage lui tomba des mains et elle s'endormit.

Après sa sieste réparatrice, Emma buvait du thé avec délice, quand elle entendit frapper à sa porte. Damien entra couvert de poussière. Il avait chaud et paraissait soucieux. La main d'Emma, qui portait la tasse à ses lèvres, s'immobilisa.

Damien se jeta sur le canapé, tira un mouchoir de sa poche et s'essuya le front.

— Il fait diablement chaud, beaucoup trop pour un mois d'avril.

Emma se sentit rougir et se plongea dans son livre. Damien remarquait-il son embarras ? Se rappelait-il leur première nuit ? En tout cas, il n'en laissa rien paraître. Il regardait sans la voir la cheminée éteinte. Il était manifestement préoccupé et à peine conscient de la présence de son épouse.

Tandis qu'Emma hésitait à lui parler des messages de Srinagar, un coup frappé à la porte annonça l'arrivée du serviteur qu'elle avait déjà eu l'occasion de rencontrer. Il apportait un plateau qu'il posa sans hésiter devant elle. C'était à son tour maintenant d'avoir l'honneur de verser le thé. Toujours perdu dans ses pensées, Damien ne semblait pas avoir remarqué la présence de son khidmatgar.

— Voulez-vous du thé ? demanda Emma.

Il acquiesça d'un signe de tête sans même la regarder. Elle emplit une tasse et s'arrêta, hésitante. Prenait-il du lait, du sucre ou une rondelle de citron ?

— Pas de lait. Un zeste de citron et une demi-cuillerée de sucre.

De toute évidence, il l'avait observée. Elle se leva, s'approcha de Damien et posa la tasse devant lui. Elle allait regagner son siège lorsqu'il l'arrêta d'un geste.

— Pourquoi vous asseyez-vous toujours loin de moi ?

— Mon... mon livre est sur la table.

Elle était incapable de le regarder en face.

— Qu'il aille au diable ! Vous aurez assez de temps pour lire quand je ne serai pas là !

Le cœur d'Emma bondit dans sa poitrine.

— Comment cela ?

— Je dois partir ce soir, répondit-il d'un ton sec en remuant son thé. Une urgence.

Il ne s'expliqua pas davantage.

— Et... je vous attendrai à Delhi ?

— Navré de vous décevoir, non. Vous partirez pour la Vallée, comme prévu, dans une quinzaine de jours. Suraj Singh vous escortera et s'occupera de tout.

Emma se détourna pour cacher son désespoir.

— Une quinzaine ne suffit pas, Damien ! Avec le départ de David demain matin, je dois rester auprès de ma mère pour veiller à ce que rien ne lui manque.

— Je vous ai déjà dit que des dispositions avaient été prises concernant l'avenir de votre mère.

— Quelles dispositions ?

— Vous le lui demanderez quand vous la verrez. Je vous rappelle qu'elle n'est ni une enfant ni une demeurée. Alors cessez de la traiter comme telle. Ce qui a été décidé l'a été par elle, elle pourra vous le confirmer.

Deux semaines seulement avant de quitter sa chère Delhi !

— La perspective de me voir partir ne vous emplit-elle pas de joie ?

Son ironie rappela à Emma ce qu'elle avait ressenti le matin. La tendresse, les caresses si douces, les mots d'amour murmurés, il les avait offerts à d'autres avant elle. Si cette expérience physique ne lui avait apporté, à elle, que de viles sensations, pour lui, elle avait encore moins de sens.

— Oh, mais si ! répliqua-t-elle. Je suis désappointée parce qu'il ne me reste guère de temps.

— Vraiment ? Les yeux de Damien étincelaient. Dois-je en conclure que votre comportement de la nuit passée n'était dû qu'à vos talents de comédienne ?

— Vous avez déjà eu la preuve de mon talent, rétorqua-t-elle sans baisser les yeux. Le tout-Delhi ne croit-il pas que je suis follement amoureuse de vous ?

— N'est-ce pas le cas ?

— Si vous le croyez, Damien, c'est parce que votre vanité vous donne des œillères.

— Même après la nuit dernière ?

Elle haussa les épaules.

— La nuit dernière n'a engagé que nos sens sans troubler notre cœur. Selon votre conception du mariage heureux.

Cette fois, le trait fit mouche. Pris à son propre piège, il ne sut que répondre. Il s'approcha d'Emma, plaça un doigt sous son menton et le releva brutalement.

— Un jour, votre cœur aussi sera troublé, Emma. Je vous le parie sur ma vie.

Il lâcha son menton, lui étreignit les bras et la fit se lever. Elle n'eut pas le temps de détourner la tête. Elle sentit sur ses lèvres la bouche dure, le baiser furieux de son mari. Elle ferma les yeux, se refusant à faiblir. Elle serra les poings, enfonçant les ongles dans sa paume, mais n'offrit pas à Damien le plaisir de répondre à ses baisers.

— Bien joué, constata Damien. J'ai hâte de vous avoir près de moi à *Shalimar*, de renouveler l'expérience de cette nuit.

— Vraiment ? Et comment meublerez-vous vos heures de solitude ? Avec des remplaçantes de bonne volonté ?

— En seriez-vous peinée ?

— Pas le moins du monde. Je me réjouirais de ne pas être la seule à me soumettre à vos exigences.

Avant qu'il pût riposter, on frappa à la porte.

— Il y a quelqu'un, dit Emma en cherchant à se libérer.

— Il peut attendre.

— Laissez-moi, Damien !

— Pourquoi ? Avez-vous honte d'être vue dans les bras de votre époux ?

— Oui… Non… Je vous en prie !

Emma rassembla ses forces et parvint à se libérer. Elle s'écarta de Damien qui éclata de rire, mais ne chercha pas à se rapprocher d'elle. Sur un ordre donné d'une voix retentissante, Suraj Singh entra.

— Il faut nous dépêcher, maître, dit-il après s'être incliné devant la jeune femme. Le train part dans moins d'une heure.

— Pourquoi ne pas me l'avoir dit plus tôt ? Je serai en bas dans un instant.

Il se tourna alors vers Emma.

— Suraj Singh s'occupera de vos bagages et de ce que vous désirez emporter. Le voyage est long et ce qui n'est pas correctement emballé risque de se détériorer. Mes hommes disposent de malles doublées d'acier. Il vaut mieux que vous consacriez du temps à votre famille.

Surprise par une telle prévenance, Emma acquiesça d'un signe de tête tout en cherchant des prétextes pour retarder son départ. Damien s'en aperçut.

— Vous partirez comme prévu, dans quinze jours très précisément.

Enfin !

Après l'angoisse de ces dernières semaines, Emma reprenait sa destinée en main. Dès que Damien fut parti, elle envoya un mot à sa mère et prit un repas substantiel. Puis elle se retira tôt dans sa chambre afin de poursuivre la lecture du *Rajtarangini*. Profitant du grand lit qu'elle avait pour elle seule, elle passa une très bonne nuit. Le bruit des rideaux que l'on tire et le cliquetis joyeux de la vaisselle du petit déjeuner la réveillèrent.

— Est-ce que mon… huzoor est arrivé à temps pour prendre le train ?

— Oui, bégum sahiba, répondit Sharifa. Mais tout juste. Le train était déjà en marche.

— Alors, comment ont-ils fait ?

— Le maître a demandé au chef de gare d'arrêter le train.

— Et il l'a fait ?

— Oh, oui ! Personne n'oserait désobéir à notre huzoor.

La matinée était belle, ensoleillée. Emma avait prévu de passer la journée à *Khyber Kothi* où Jenny la rejoindrait. Après s'être prélassée dans son bain, elle enfila une jupe sobre et un corsage de mousseline, et demanda qu'on lui servît le petit déjeuner sur le balcon. Elle remarqua alors un paquet à demi caché sous sa serviette.

— Le maître a demandé qu'on l'apporte à la sahiba ce matin.

Étonnée, Emma l'ouvrit et en sortit un châle blanc crème, merveilleusement brodé. Jamais elle n'avait touché d'étoffe aussi douce. Jamais elle n'avait vu à Delhi de châles du Cachemire aussi beaux.

— C'est un châle shatoosh, lui expliqua Sharifa, fait avec la laine du chiru, une antilope du Tibet.

Trop surprise pour parler, Emma se contentait de passer la main sur les plis de l'étoffe.

— Au Cachemire, nous l'appelons le châle de l'anneau. Je vais vous montrer pourquoi, bégum sahiba.

Elle plia le côté le plus étroit du châle et le fit passer dans l'anneau qu'elle venait d'ôter de son doigt. Puis elle ajouta fièrement :

— Ce châle a été tissé par les tisserands de notre domaine.

— Il y a des tisserands à *Shalimar*?

— Oh, oui! C'est burra huzoor qui a créé ce village. À cette époque, Qadir Mian et lui allaient chercher eux-mêmes le pashmina et la laine shatoosh dans la montagne.

— Qui est Qadir Mian?

— Un Afghan, le chef tisserand du maître. C'est lui qui a tissé et signé votre châle; tous ceux qui portent sa signature valent très cher.

Debout devant le miroir, Emma le drapa autour de ses épaules. Elle en apprécia la douceur et la chaleur. Jamais elle n'avait possédé de châle aussi beau.

Pourquoi fallait-il que ce fût un cadeau de Damien!

Son retour à *Khyber Kothi* fut à la fois une joie et un crève-cœur. Rien n'avait changé et pourtant rien ne serait jamais plus pareil. Suraj Singh et les hommes chargés d'emballer ses affaires étaient déjà sur place et attendaient ses instructions.

Juste avant l'arrivée de Jenny, Margaret Wyncliffe lui fit part de son extraordinaire décision.

— Mais quand vous êtes-vous résolue à vendre *Khyber Kothi*? Emma était abasourdie.

— Ce n'est pas exactement ce qui s'est passé, ma chérie. Je ne l'aurais pas fait… Du moins, pas sans vous en parler. J'y ai beaucoup pensé, ces derniers temps. J'aime cette maison, tu le sais, mais on ne peut pas vivre éternellement dans le passé. Le temps est venu de songer à l'avenir, si vous n'y voyez pas d'inconvénient, ton frère et toi.

— La maison est au nom de David, c'est vrai, mais papa l'avait fait construire pour vous. Bien entendu, nous n'y trouvons rien à redire.

Mrs Wyncliffe parut soulagée.

— C'est vous qui me l'avez si souvent fait remarquer. La maison est trop grande pour nous, bien plus encore pour moi toute seule. D'autre part, poursuivit-elle d'une voix tremblante, vous avez maintenant, ton frère et toi, votre vie. Il est grand temps que je songe à la mienne.

— Mais si vous vendez la maison, où habiterez-vous ?

— Ne te l'ai-je pas dit ? Non, naturellement. Chez les Purcell, l'appartement de Jenny va bientôt se libérer. Carrie m'a suggéré d'y emménager provisoirement.

— Et ensuite ?

— Tu vois le pavillon d'été dans leur jardin ? Carrie m'a conseillé de l'agrandir avec l'argent de la vente. Une fois la maison prête, je leur rachèterai le terrain et serai indépendante. Avec ce qui restera, je rembourserai les sommes empruntées pour le mariage et j'aurai encore de quoi vivre. Qu'en penses-tu, ma chérie ? N'est-ce pas une façon de résoudre nos problèmes ?

— Vous avez trouvé cette solution toute seule ?

— Bien sûr que non ! En réalité, c'est Damien qui y a pensé.

— Damien ?

— Oui.

Elle se pencha et serra la main d'Emma comme pour s'excuser.

— Il a un si grand sens pratique ! Le Dr Ogbourne pense qu'une maison plus petite, sans escaliers, conviendrait mieux à mon état. En outre, avec Carrie et Archie à deux pas, et les serviteurs pour veiller sur moi, je serai en sécurité.

— Et la vente ? Comment la mènerez-vous à bien ?

— James Lawrence va s'en occuper.

— Avant tout, maman, il va falloir trouver un acheteur !

Margaret Wyncliffe baissa les yeux.

— Nous n'avons pas à nous en inquiéter, ma chérie. Damien m'a proposé d'acheter *Khyber Kothi*, si vous êtes d'accord, bien entendu. N'est-ce pas extrêmement généreux de sa part ?

D'abord éberluée, Emma éclata d'un rire inextinguible. Mrs Wyncliffe attendit, perplexe, qu'elle s'arrêtât.

— Damien m'avait fait promettre de ne pas t'en parler. Il voulait te faire une surprise.

— Oh, c'en est une ! affirma Emma en s'essuyant les yeux.

Après le déjeuner, elle apprit son départ à Jenny.

— Mais tu ne seras pas là pour mon mariage ! s'écria celle-ci, anéantie par la nouvelle.

— Non, malheureusement. Comme tu le vois, je ne suis plus maîtresse de mon destin.

Jenny perçut l'amertume de son amie et en oublia sa déception.

— N'y aurait-il pas, chez notre jeune mariée, un soupçon de désenchantement ?

— Non, bien sûr que non, répondit Emma qui s'empressa de sourire. Je veux simplement dire que je trouve bizarre de devoir façonner ma vie en fonction des désirs d'un autre. Tu en feras toi aussi l'expérience. À propos, Damien vous a invités, John et toi, à nous rendre visite à *Shalimar*. Tu viendras, Jenny.

Emma avait un ton suppliant.

— J'y tiens, nous y tenons tellement.

Bien qu'elle s'efforçât d'être courageuse, elle ressentait déjà le vide laissé par l'absence de son amie. Plus de confidences échangées, de rires au sujet de petits riens, de mains tendues, d'instants partagés au jour le jour. Mais, quand elle vit l'expression alarmée de Jenny, Emma choisit de rire et de plaisanter.

Le moment du départ était arrivé pour David qui continuait à éviter sa sœur. Dès que Jenny fut partie, Emma alla le retrouver dans sa chambre avant de l'accompagner à la gare.

— Tu connais les projets de maman au sujet de la maison ?

— Oui, elle m'en a parlé.

Tout à ses préparatifs de dernière minute, il s'exprimait avec désinvolture.

— Je regrette qu'elle n'en ait pas discuté avec moi, insista Emma.

Elle était persuadée que son frère connaissait aussi le rôle de Damien dans cette affaire.

— Pourquoi ? Cet arrangement est parfait pour tout le monde, en particulier pour maman.

— Tu n'aimes pas beaucoup Damien, n'est-ce pas ? demanda Emma sans réfléchir.

— Non. Mais je ferai un effort rien que pour toi.

Malgré son ressentiment envers son frère, elle ne pouvait lui pardonner sa froideur.

Au moment de se séparer sur le quai de la gare, David, incapable de feindre l'indifférence, prit Emma dans ses bras.

– Sois heureuse, ma sœur chérie. Prends soin de toi.

– Je te le promets. Et toi, que Dieu te garde. Écris-moi.

– Méfie-toi de Damien, reprit-il d'une voix hésitante. Cet homme est dangereux.

Emma ouvrit de grands yeux.

– Dangereux ?

– Il n'est pas celui que tu crois.

– Ne sommes-nous pas tous ainsi ? Damien a ses petits secrets, comme chacun d'entre nous.

Emma s'efforça de sourire.

– Tu ne veux pas comprendre. On dit qu'il…

Sa voix était pleine d'une colère mal contenue.

– On dit quoi, David ?

Mais le sifflet du chef de train couvrit la fin de sa phrase.

– Vous voilà enfin revenue à vos dispositions enthousiastes et sincères !

Le ton était lapidaire, les manières glaciales. Selon toute évidence, le Dr Theodore Anderson était furieux.

Emma savait qu'elle méritait amplement cette réprimande, que sa cause était indéfendable. Elle avait oublié leur rendez-vous fixé au vendredi précédent et n'avait pas revu le Dr Anderson. Lorsqu'elle s'en était souvenue, elle lui avait adressé une lettre d'excuses à laquelle il n'avait pas daigné répondre. En outre, elle avait omis de l'inviter à son mariage. Elle espérait que, retiré dans sa tour d'ivoire, il n'en avait pas entendu parler. Elle se trompait.

– Quelle manie ont donc les femmes de tenir tant au mariage ? s'exclama-t-il avec colère. Voilà pourquoi je me suis toujours refusé à m'occuper d'étudiantes. Aucun sens des responsabilités, aucun suivi dans les études universitaires, aucun…

Lorsqu'il eut fini d'exprimer son courroux, Emma se lança dans un compte rendu légèrement modifié des événements qui s'étaient déroulés au cours de ce dernier mois. Honteuse des excuses qu'elle inventait, elle était au supplice.

– Je ne sais comment vous demander de me pardonner,

docteur Anderson, conclut-elle humblement. Je ne peux invoquer pour ma défense que les circonstances imprévues qui ont trahi mes intentions.

Après l'avoir écoutée dans un silence glacial, il parut se radoucir.

— Ainsi donc, vous quittez Delhi pour vivre dans le Nord ?

— Oui. Mon… époux m'y a précédée. Je partirai le rejoindre samedi.

— Il vit au Cachemire ?

— En effet.

— Alors, vous renoncez à ce que vous aviez entrepris au nom de votre père ?

— Pas du tout, docteur Anderson. Même sans votre aide précieuse, j'ai la ferme intention de poursuivre ce que j'ai commencé. Mais je sais que la tâche sera beaucoup plus ardue.

— Peut-être pourrions-nous échanger des informations par messagers interposés ?

— Malgré vos projets au Tibet ?

— Nous attendions des fonds qui ne sont pas arrivés. L'expédition a été remise à une date indéterminée.

Emma comprit, à son ton sec, qu'elle n'était pas l'unique cause de sa colère. Elle lui exprima sa sympathie et voulut lui faire comprendre que son offre généreuse était peu réaliste.

— Je dois avouer, docteur Anderson, que je n'ai guère confiance dans ces messagers. Le mieux serait sans doute que je profite de mon prochain séjour à Delhi pour vous rencontrer.

— Comme vous voulez.

Avec un haussement d'épaules, il se leva et s'avança vers son classeur d'où il sortit les dossiers qu'Emma lui avait confiés.

— J'ai fait quelques remarques dans la marge, mais je persiste à croire que l'Académie s'intéresserait davantage à des documents inédits sur des explorations récentes. Et maintenant, si vous voulez bien m'excuser…

Il la raccompagna en marmonnant de vagues souhaits de bonheur.

Emma sortie, le Dr Anderson se rassit à son bureau, et se perdit dans ses pensées. Un peu plus tard, il se leva et fit entrer l'homme vigoureux, un Pathan, qui l'avait attendu devant la porte.

— Ismaïl, tu porteras un message urgent dès ce soir.

— Oui, sahib.

— Tu prendras la route habituelle et tu le remettras à notre contact habituel.

— Compris, sahib.

— Ismaïl ? Veille à ce qu'on ne me dérange pas pendant une heure ou deux.

— Très bien, sahib.

Après le départ de son serviteur, le professeur verrouilla sa porte, s'installa à son bureau et prit une feuille blanche. Il la considéra un moment avant de se mettre à écrire :

Mon cher colonel Borokoff…

8

Les deux semaines passèrent sans qu'Emma s'en aperçût. En dépit de sa tristesse, elle s'occupa dans les moindres détails du déménagement de sa mère et fit ses adieux à ses vieux amis. Avant même de pouvoir reprendre son souffle, elle se trouva de nouveau sur le quai de la gare de Delhi, mais cette fois, entourée par une montagne de bagages et une foule de proches, les yeux humides.

— Pour l'amour du ciel, Em, la morigéna Jenny, dissimulant son chagrin, tu vas dans la plus belle des vallées où tu vivras dans le luxe auprès du plus séduisant des hommes… Tu ne montes pas à la guillotine !

— Je ne sais quand nous nous reverrons. Le Cachemire est à l'autre bout du monde.

Emma était sur le point de pleurer.

— Quelle blague ! Il n'y a pas une seule fille à Delhi qui n'en crève d'envie. Charlotte Price parle même d'entrer au couvent ! Voilà des nouvelles qui devraient te réchauffer le cœur.

La séparation d'avec sa mère fut particulièrement déchirante. Rassurée de la savoir en bien meilleure santé et certaine que Carrie Purcell prendrait soin d'elle, Emma retint ses larmes en la serrant très fort dans ses bras.

Le chef de gare siffla et agita son drapeau vert. La locomotive tressauta, cracha de la poussière de charbon, et le train s'ébranla. Le wagon s'emplit d'une fumée âcre. Emma porta une main à sa bouche et agita l'autre par la fenêtre. Les silhouettes sur le quai s'éloignèrent, petites taches grisâtres qui bientôt disparurent.

Derrière elle, Delhi et ceux qu'elle aimait. Devant elle, le Cachemire, qui lui était aussi étranger qu'un paysage lunaire, où elle allait passer le reste de sa vie asservie à un homme qu'elle n'aimait ni ne comprenait.

Soudain, elle eut peur.

Son Excellence le baron Boris von Adelssohn, gouverneur général de l'Empire russe d'Asie centrale, était fort ennuyé. Il s'était pris de passion pour la faune et se montrait immensément fier du parc zoologique qu'il avait créé dans sa propriété de Tachkent. Ce matin-là il remarqua, en allant visiter la volière, que l'un des loriots jaunes semblait souffrant. Connaissant la fragilité de ces beaux oiseaux, le baron, très inquiet, manda aussitôt le vétérinaire de l'armée. Celui-ci diagnostiqua une inflammation de l'estomac, mais fut incapable de prescrire un remède.

Aussi, lorsqu'on lui annonça que deux hommes sans papiers d'origine douteuse avaient été interpellés en territoire russe, le baron fut pris d'une colère compréhensible.

— Demandez au colonel Borokoff de régler cette affaire. Ne voyez-vous pas que je suis occupé ?

— Le colonel Borokoff n'est pas rentré de Saint-Pétersbourg, lui rappela son aide de camp. Ces hommes insistent pour que vous les receviez, Excellence, à cause de l'animal.

— Un animal ? demanda le baron en dressant l'oreille. Quel animal ?

— Je ne sais pas, Excellence. Je n'en ai jamais vu de semblable.

— Dites-moi tout de même à quoi il ressemble. À un renard ?

On lui avait promis un couple de renards argentés dont la livraison était imminente.

— Non, Excellence. Celui-ci ressemble à une chèvre, une grande chèvre. Si Son Excellence le désire, je peux demander...

— Non, je le ferai moi-même. Qu'on conduise ces hommes devant la véranda.

Un peu plus tard, trônant sur le haut siège qui lui servait à recevoir la foule des quémandeurs, le baron observait les coupables avec dégoût. Sales, pauvrement vêtus, ils dégageaient une puanteur insupportable.

– Ils traînaient dans la résidence des officiers lorsqu'on les a arrêtés, précisa le capitaine des cosaques. Quand on leur a demandé…

– Quelle langue parlent-ils ? l'interrompit impatiemment le baron.

– Le turki, Excellence.

– Que faites-vous sur le sol russe sans autorisation ? demanda le baron d'un ton sévère.

Le plus âgé répondit en turki, une langue très répandue en Asie et sans la moindre ressemblance avec le turc.

Lorsque le baron réclama un interprète, l'un des cosaques fit un pas en avant.

– Ils disent qu'ils n'ont pas de mauvaises intentions. Ils sont venus apporter un cadeau à Son Excellence, mais ils se sont perdus en chemin.

L'histoire était peu vraisemblable. Le baron les soumit à une nouvelle inspection : pantalon bouffant, chemise ample, manteau matelassé fermé par une ficelle et, sur la tête, la petite calotte brodée des musulmans sur laquelle s'enroulait un turban qui avait dû être blanc jadis. Leurs hautes bottes étaient couvertes de boue séchée et leur visage, à demi caché par une barbe hirsute, n'avait pas été lavé depuis longtemps.

– Si je découvre que vous êtes des espions, je vous fais décapiter sur-le-champ !

– Nous ne sommes pas des espions, plaida le plus âgé des deux. Connaissant le grand amour que Son Excellence porte aux animaux, nous lui en amenons un que Son Excellence n'a sûrement jamais vu.

– Eh bien, où est-il ?

Le capitaine des gardes fit signe à un cosaque qui revint escorté d'une étrange créature attachée au bout d'une corde. Haut d'environ un mètre, la toison grisâtre, c'était un jeune mâle aux cornes en spirale. L'animal, qui semblait apprivoisé, se mit aussitôt à brouter l'herbe bordant la véranda sans s'occuper du jardinier qui travaillait là.

Un markhor du Cachemire !

Le baron s'efforça de dissimuler sa joie, lui qui avait abandonné tout espoir de s'en procurer un avant de quitter Tachkent.

— Où avez-vous trouvé cet animal ?

— Dans le Kaj Bag, Excellence. Sa mère l'a abandonné quand elle le nourrissait encore. Depuis nous nous en sommes occupés.

Les markhors sont en rut en décembre et les femelles mettent bas en juin. Celui-ci n'avait donc pas plus de dix mois. Le baron s'en approcha et lui caressa timidement les oreilles. L'animal rejeta la tête en arrière, mais ne prit pas peur.

— Combien ? demanda le baron en prenant soin de contenir son euphorie.

— Nous ne voulons pas d'argent, répondit le plus jeune des deux hommes.

— Alors quoi ?

— Une faveur.

— Oh, une faveur ! reprit le baron dont les coins de la bouche s'abaissèrent.

Il savait ce que cela signifiait. Du travail pour mon frère, un lopin de terre pour mon père, l'autorisation de commercer pour un ami. Un passeport…

— Non, pas de faveur, c'est hors de question.

— Que Son Excellence nous écoute jusqu'au bout, insista l'homme. Ce ne sera pas long.

Le baron hésita un moment, poussa un soupir et finit par accepter.

— De quelle faveur s'agit-il ? Soyez brefs. Je n'ai que peu de temps à vous consacrer.

— Ce que nous avons à dire à Son Excellence est confidentiel, dit l'homme en regardant les cosaques.

Le baron allait se fâcher, une fois de plus, quand le markhor leva son museau et le passa gentiment sur le revers de sa main. Aussitôt, il éloigna les cosaques et se rassit.

— Écoutez-moi bien, messieurs les fripouilles, au moindre signe de tromperie, je…

— Nous ne sommes pas des fourbes, Excellence. Comme vos gardes ont pu s'en rendre compte, nous ne sommes pas armés, plaida le plus âgé des deux.

— D'où venez-vous ?

— Nous sommes des Dardes, Excellence.

— Eh bien ?

Le plus jeune s'exprimait en russe, mais le parlait mal.

— Nous demandons à Son Excellence son aide pour retrouver une personne qui a disparu.

— Qui ?

— Une esclave, Excellence.

— Il n'y a plus d'esclaves dans le Turkestan russe.

— Ce n'est pas exactement ce que je voulais dire, Excellence. Elle travaille peut-être comme servante chez…

— C'est donc bien une femme ?

— Oui, Excellence, une Arménienne originaire de Khiva. De Saint-Pétersbourg, sa piste nous ramène à Tachkent.

— Vous êtes allés jusqu'à Saint-Pétersbourg à la recherche de cette femme ? demanda le baron, de plus en plus surpris.

— Pas nous, Excellence, de bons amis, ceux que sa disparition inquiète. On leur a dit qu'elle sert actuellement chez un officier de l'armée russe.

Le baron ne crut pas un mot de ce méli-mélo. La visite de ces deux hommes lui paraissait de plus en plus étrange. La femme qu'ils recherchaient pouvait être une complice, prête à trahir, à voler, à assassiner, peut-être tout à la fois. Il ne tenait pas à être impliqué dans une affaire louche. Après bientôt cinq ans passés dans ce poste, il aspirait à la retraite, à retrouver sa maison de Moscou, sa datcha sur la mer Noire, ses petits-enfants et à passer de longues heures en compagnie de ses animaux.

— Mis à part le fait que je ne vous fais pas confiance, dit-il d'un ton brusque en s'efforçant de détourner les yeux du markhor, je n'ai pas l'intention de gaspiller les fonds du gouvernement pour une cause hautement suspecte. Vous pouvez reprendre votre animal et partir. Je vous donne quarante-huit heures pour quitter le sol russe.

Il s'était levé. Au moment où il allait appeler ses gardes, le plus jeune des deux hommes l'arrêta.

— Nous avons la possibilité de vous faire un cadeau qui compensera la peine que vous vous donnerez.

L'homme fouilla dans son volumineux manteau et tira d'une poche un morceau de papier qu'il tendit au baron. Le tenant avec précaution par un coin, celui-ci reconnut d'un seul coup d'œil l'écriture cyrillique. Encore ! pensa-t-il.

— C'est une plaisanterie ? demanda-t-il d'un ton irrité, en froissant le papier et le jetant par-dessus son épaule.

— Non, Excellence.

— Savez-vous combien de fois par an on m'offre des cartes du col de la Yasmina ?

— Ce sont des escrocs, Excellence. Les cartes que nous possédons sont authentiques.

— Vraiment ! Et on peut vous demander comment vous vous les êtes procurées ?

— Par hasard, Excellence, répondit le plus jeune. Il y a quelques mois, un agent anglais a été assassiné sur la route de la Soie par des brigands du Hunza. Je m'occupais des chameaux dans cette caravane et l'Anglais était en possession de ces cartes.

— Et maintenant c'est vous qui les avez. Comment ?

— Je les ai volées, Excellence.

Borokoff lui avait parlé du pillage et du meurtre de l'Angliski. Mais comment diable être sûr que ces hommes disaient la vérité ? Il se tapota le menton, regarda avec convoitise le markhor qui paissait tranquillement.

— Heu… vous avez apporté les cartes ?

— Non, Excellence. Vous pourrez les examiner au moment de l'échange, quand la femme aura été retrouvée.

— Cette femme est donc à ce point importante pour mériter une telle transaction ? demanda le baron, de plus en plus perplexe.

— Elle n'est importante, Excellence, que pour nos amis.

Que ces hommes fussent des fripouilles, le baron n'en doutait pas. Cependant, il était troublé. Sachant Borokoff littéralement obsédé par la Yasmina et très proche d'Alexei Smirnoff, il décida de ne pas prendre de risque. Dès que Borokoff serait de retour, il traiterait cette affaire comme il l'entendrait.

— Avez-vous des détails sur cette femme ?

— Oui, Excellence.

L'homme fouilla dans son manteau et en tira un second papier qu'il tendit au baron.

Pendant qu'il lisait ce qui était écrit et remarquait le diagramme dessiné sur le papier, le baron fronça les sourcils. Il examina attentivement l'un et l'autre, puis se gratta l'oreille.

Veillant à ne pas montrer son trouble, il prit un air détaché.

— Eh bien, je vais devoir ouvrir une enquête. Ce sera long. Entre-temps, vous resterez tous les deux à Tachkent jusqu'à ce que mon chef d'état-major revienne de Saint-Pétersbourg pour mener l'affaire à sa guise. Je m'occuperai personnellement du markhor.

Une fois encore, le plus jeune l'interrompit au moment où il allait appeler ses gardes.

— Je regrette, Votre Excellence, mais nous ne pouvons rester. Nous reviendrons plus tard pour qu'on nous interroge.

— Vous me prenez pour un idiot ! s'exclama le baron, hors de lui. Bien sûr que vous allez rester !

— Une fois la femme retrouvée, Excellence, nous serons obligés de revenir la chercher. Si on nous retient maintenant, et si les œufs sont pondus et couvés en notre absence, les oisillons seront ou dérobés ou assez vieux pour s'envoler.

— Quels oisillons ?

— Ceux de l'aigle royal.

— Un nid d'aigle royal ? Au nom du ciel, où l'avez-vous trouvé ? interrogea le baron qui s'était à moitié levé de son siège.

— À Hazara, Excellence, dans les forêts qui longent les précipices. Si l'affaire de la femme n'avait pas été aussi importante pour nos amis, nous serions restés pour surveiller le nid. Cette mission nous a été confiée par un général sahib anglais qui, comme Son Excellence, est un collectionneur d'animaux. Nous sommes de pauvres gens et si l'on nous met en prison maintenant, nous risquons de perdre non seulement les oisillons, mais aussi la très belle récompense promise.

Un aigle royal ! La plus rare des créatures ailées de l'Himalaya ! C'est à peine si le baron pouvait respirer tant il était enthousiaste. Tous les ornithologues russes rêvaient d'élever l'un de ces oiseaux. Mais comment maîtriser une situation aussi délicate ?

Ce fut en fait le plus âgé des deux hommes qui trouva la solution.

— Puis-je faire une suggestion, Excellence ?

— Je vous en prie.

– On n'a pas besoin d'être deux pour garder un nid. Si vous autorisez mon neveu à retourner à Hazara, il pourra continuer à faire le guet, et moi je resterai ici comme otage. De cette façon, Son Excellence sera sûre qu'il reviendra avec l'oisillon et, pendant ce temps-là, elle pourra mener l'enquête sur la femme.

Le baron réfléchit, la solution lui parut raisonnable. Les références douteuses des hommes cessèrent de l'inquiéter.

– Quand comptez-vous revenir ? demanda-t-il au neveu.

– Avant que Son Excellence ne quitte le Turkestan.

– D'accord, acquiesça le baron. Mais au premier signe de filouterie, je ferai fouetter votre oncle jusqu'à ce que mort s'ensuive.

Le jardinier kazakh, assis non loin d'eux, désherbait tranquillement tout en prêtant une oreille attentive et discrète aux détails de l'accord.

Le voyage en train jusqu'à Amritsar, le terminus de la ligne, fut long, poussiéreux et inconfortable. Sharifa et Rehmat veillèrent sur Emma dans le compartiment de première classe que Suraj Singh avait pensé à approvisionner en bouteilles de lait, eau de Seltz, pain et beurre, sans oublier les boîtes de conserve, la corbeille de fruits et la lecture. Le serviteur modèle venait à chaque arrêt prendre de leurs nouvelles.

Pour l'avoir parcouru avec son père, Emma connaissait le Pendjab, le pays des cinq rivières. La plaine qui s'étendait entre Delhi et Amritsar ne présentait aucun intérêt. Le lendemain, lorsque le train entra en gare, Emma se sentit sale et épuisée. De plus, elle souffrait d'une migraine. Il leur restait à parcourir des plaines arides avant d'apercevoir le Pir Panjal dont ils devraient escalader les pentes pour en atteindre le col. La journée de repos à Amritsar était la bienvenue.

Une fois installée dans le bungalow, Emma partagea son temps entre les ablutions nécessaires et le sommeil dont elle avait manqué. Dans la soirée, lorsque la poussière fut retombée et que l'air parut relativement frais, Suraj Singh lui proposa une promenade en voiture dans la ville et une visite du Temple d'or, le lieu sacré des sikhs.

Le lendemain matin, avant le lever du soleil, l'agitation qui régnait dans l'enclos annonça l'arrivée des bêtes de somme et des coolies qui devaient constituer la caravane. Debout dès l'aube, Emma considéra sans enthousiasme la litière que Suraj Singh avait fait préparer pour elle.

– Je préférerais un cheval.

Elle n'avait pas l'intention d'être ballottée sur les épaules des porteurs comme un sac de charbon.

– Huzoor ne sera pas content, l'avertit Suraj Singh.

– Huzoor n'en saura rien, lui répondit Emma, bien décidée à profiter encore de sa liberté.

– Bégum sahiba ne pourra pas supporter la chaleur...

– Si les autres le peuvent, je le peux aussi.

– ... et la poussière sera intolérable.

– Elle l'est déjà.

– Eh bien, si la bégum sahiba insiste...

Habituée comme son père à voyager avec peu de bagages, Emma fut stupéfaite de la longueur de la caravane : des chevaux, des chameaux, deux éléphants, des mules, des porteurs, des coolies, sans parler des hommes chargés de s'occuper des bêtes, en particulier des chèvres destinées à fournir le lait et la viande, des barbuchis pour la cuisine et des khidmatgars pour le service, enfin des gardes armés ayant pour mission de la défendre en cas d'attaque.

La bête que Suraj Singh avait choisie était une jument rouanne au tempérament égal. Comme Emma n'avait jamais aimé monter en amazone, elle préféra passer une jupe appropriée et imiter les hommes. Suraj Singh la rejoignit au galop et lui tendit un casque colonial.

– Ce n'est peut-être pas élégant, reconnut-il, mais il vous gardera la tête au frais.

Touchée par sa sollicitude, elle déclina néanmoins son offre.

– J'ai l'habitude du soleil plus que des casques, mais je vous remercie de votre attention.

– Bégum sahiba est très... audacieuse, constata-t-il tristement.

Pendant quelque temps, ils suivirent le lit d'une petite rivière sans voir la moindre colline, dans le désert de poussière qu'était la plaine du Pendjab. La brise de printemps qui soufflait agréablement atténuait la chaleur et rendait le voyage supportable.

Ils s'arrêtèrent à midi pour déjeuner et faire une sieste bien méritée, puis ils repartirent vers leur lointaine destination. Les contreforts de l'Himalaya allaient bientôt se découper sur un ciel changeant. Perdue dans ses pensées, Emma chevauchait à une allure raisonnable. Sans qu'elle s'en aperçût, le soleil s'était glissé derrière les collines encore éloignées. Suraj Singh décida de faire halte pour la nuit dans un des nombreux caravansérails édifiés par les Moghols. Ils mettaient à la disposition des voyageurs, cours, écuries et appartements dont la plupart étaient maintenant en mauvais état.

Pour l'escorte et les bêtes de somme, on établit un camp à l'extérieur, au bord de la rivière. Peu après, on fit bouillir de l'eau sur un réchaud à pétrole, une chèvre fut traite et le thé servi. Après un repas de légumes, de riz et de lentilles avalé dans le brouhaha du campement, Emma se sentit rassérénée. Elle alla s'asseoir sur un rocher qui dominait le cours d'eau. Suraj Singh la rejoignit.

— La bégum sahiba a-t-elle besoin d'autre chose ce soir ?

— Non, merci.

Elle sourit et l'invita à s'asseoir. Il prit place précautionneusement sur une pierre, à côté d'elle.

— Dois-je comprendre que la sahiba a déjà voyagé de cette façon ?

— Oui, deux fois. La première, il y a bien longtemps, quand mon père a exploré le site de Taxila. Il m'avait emmenée dans la haute montagne. Je n'avais encore jamais vu de neige.

— La ville ne manquait pas à la bégum sahiba ?

— Parfois, mais c'est tellement merveilleux de se lever et de se coucher avec le soleil, de dormir à la belle étoile et d'apprendre les joies de la solitude.

Suraj Singh approuva d'un signe de tête.

— Huzoor aussi préfère la solitude des montagnes à la monotonie de la ville.

Ils avaient au moins cela en commun.

Soudain, oubliant ses craintes et les circonstances de son voyage, la perspective d'approfondir ses souvenirs d'enfance et de pénétrer plus avant dans la vallée du Cachemire lui parut excitante. Pour la première fois depuis la mort de son père, elle ressentait l'émotion de l'explorateur au seuil de l'inconnu.

Elle demanda une autre tasse de thé. La poudre de cardamome lui piqua la bouche.

— Vous devez parfaitement connaître ce territoire, Suraj Singh.

— En effet, bégum sahiba.

— Et mon… époux ?

— Le maître aussi. Il est né au Cachemire, comme le sait la bégum sahiba, et il a beaucoup voyagé en Inde. Cette région est sa patrie, comme elle est la mienne.

Emma feignit de connaître ces détails. Une pensée lui traversa l'esprit ; elle se mit à étudier les traits de Suraj Singh.

Âgé d'environ cinquante-cinq ans, il avait un visage intelligent, des yeux vigilants au regard intense. Sa peau tannée par le soleil témoignait d'une vie au grand air. Toujours cérémonieux en sa présence, il semblait l'être moins ce soir-là. Les mots qu'avait prononcés David à la gare lui restaient en mémoire. Pourquoi Emma ne profiterait-elle pas de cette occasion pour en savoir plus ?

— Vous servez dans la famille Granville depuis de nombreuses années, n'est-ce pas, Suraj Singh ?

— Oui, bégum sahiba.

— Vous y étiez au temps où le père de mon mari était encore en vie ?

— Non, bégum sahiba. Après la mort du major Granville.

— La mère de mon époux était déjà morte ?

— Oui, bégum sahiba. Elle est morte avant mon arrivée à *Shalimar*.

Avait-il légèrement bougé ou bien était-ce un effet de son imagination ? se demanda Emma.

— Et maintenant, voyons un peu, dit-elle en donnant à sa phrase un ton interrogatif, les sourcils froncés comme si elle fouillait dans sa mémoire. Quand mon mari avait…

— Huzoor venait d'avoir douze ans, précisa volontiers Suraj Singh. La même année, on l'envoya à l'école en Angleterre.

Damien avait poursuivi ses études en Angleterre ? Elle l'ignorait.

— A-t-il jamais envisagé de faire carrière dans l'armée, comme son père ?

— Le maître ne raffole pas de l'armée des Indes et, de toute façon, *Shalimar* a toujours été sa principale préoccupation.

179

— Le major Granville était en poste à… Rawalpindi, je crois ?

— Non, à Peshawar, bégum sahiba. Avec un régiment gurkha.

— Ah oui, bien sûr ! C'est là qu'il a rencontré sa défunte épouse et qu'ils se sont mariés. Le major Granville a pris très vite sa retraite pour s'établir dans le Cachemire, n'est-ce pas ?

— En effet.

Elle avait remarqué une légère hésitation et elle tenta sa chance.

— À cause de… cette affaire ?

— Malheureusement, oui.

Elle sentit un certain malaise chez son interlocuteur. Mais le « malheureusement » était un indice inutilisable puisque Suraj Singh la croyait au courant.

Elle fit une nouvelle tentative.

— Mon époux m'a dit que cela avait été plutôt désagréable, mais qu'à la longue ça en avait valu la peine.

— Oh, oui ! Son Altesse a approuvé le plan et je crois que burra huzoor n'a jamais regretté sa démission. Par bonheur, le village des tisserands s'est rapidement implanté dans la vallée. En fin de compte, c'est une réussite.

C'était donc ainsi que le major Granville s'était rendu propriétaire de *Shalimar* !

— Les étrangers ne sont pas autorisés à posséder des terres au Cachemire, aussi la concession par le maharaja d'un si vaste domaine à un Anglais n'a pas dû être appréciée dans la vallée.

— Non, mais à cette époque, le climat politique au Cachemire était différent. Les Anglais étaient bien moins implantés et le maharaja Ranbir Singh suffisamment puissant. Tant que la propriété apportera au Cachemire prestige et prospérité, le titre de mulkis, ou citoyen d'État, continuera d'être accordé aux membres de la famille.

— Sinon ?

— Si le maître jette le discrédit sur le Cachemire ou s'il meurt sans héritier, alors le domaine reviendra à l'État.

— Et a-t-il accru le prestige du Cachemire ?

Emma était heureuse de pouvoir cacher son trouble à la faveur de l'obscurité.

— Sans aucun doute. La qualité des châles est toujours excellente et les acheteurs ne manquent pas. Pourtant, rien ne peut compenser ce qui a été perdu.

Ce qui a été perdu ? Malgré la bonne volonté de Suraj Singh, Emma n'osa l'interroger davantage, du moins pas pour le moment. Elle se contenta d'approuver d'un signe de tête.

— Huzoor ne s'est jamais remis du choc, comme la bégum sahiba doit le savoir.

Quel choc ? La mort de sa mère ? Le mystérieux scandale ?

— Mon mari, inventa-t-elle, m'a dit que, sans son travail et son amour du domaine, son père n'aurait pas pu tenir après... ce qui est arrivé.

— Possible.

— Leur mariage était-il heureux ? demanda-t-elle avec audace.

Elle vit que Suraj Singh se raidissait.

— Ce n'est pas à moi d'en juger, répondit-il en marquant une hésitation.

Ainsi, cette union n'était pas heureuse.

— Pourtant, ces montagnes auraient dû lui rappeler les Alpes autrichiennes de son beau pays.

— Je... je... vous demande pardon ?

Il paraissait surpris. Emma avait fait fausse route.

— Je pense que c'est au maître de raconter la suite à la bégum sahiba.

Il était inutile de poursuivre. Suraj Singh s'était déjà levé, le visage impénétrable. Emma sourit, regarda autour d'elle, parla de la sérénité de la nuit et demanda quand ils atteindraient les contreforts de l'Himalaya. Suraj Singh en fut soulagé. Il répondit qu'ils parviendraient au Pir Panjal dans quelques jours et lui demanda si elle avait l'intention d'utiliser le palanquin.

Amusée par son insistance, elle déclina son offre.

— J'ai l'habitude des longs parcours à cheval et je ne me fatigue pas facilement.

— Si je peux me permettre, la bégum sahiba est une femme très courageuse et Huzoor un heureux mari.

Sur ces mots, Suraj Singh s'éclipsa.

Après la défaite des sikhs par les forces de la Compagnie anglaise des Indes orientales, la vallée du Cachemire, le Ladakh et le Baltistan furent vendus à un allié fidèle, le maharaja Gulab Singh, pour le remercier et protéger les Anglais.

Ceux-ci étaient intéressés par l'importance stratégique du Cachemire beaucoup plus que par la beauté de ses paysages. Afin d'assurer la sécurité des frontières du nord et invoquant comme excuse la menace d'une invasion russe par l'Himalaya, ils nommèrent en 1870 un officier chargé des relations politiques. Puis ils désignèrent un résident doté de pouvoirs supérieurs à ceux du maharaja et soumis aux directives de Calcutta.

Ils traversèrent des chênaies profondes, et admirèrent le rouge des rhododendrons et le jaune des campanules. La vue qui s'offrit à Emma lui coupa le souffle. Des flocons voletaient dans le défilé, l'air était vif et la brise soulevait de petits nuages de neige. Elle dénoua son foulard, ôta ses gants et laissa les flocons jouer dans ses cheveux.

— Aucune vallée au monde n'a la longueur et la largeur de celle du Cachemire, aucune n'est entourée d'aussi hautes montagnes, affirma Suraj Singh.

La vallée était enfermée comme un bijou précieux dans son écrin. Emma cita un poète du XVIe siècle, suscitant aussitôt l'enthousiasme de Suraj Singh.

— La bégum sahiba a très bien étudié le Cachemire. Elle mérite l'admiration que lui porte le maître.

Sur la pente, le vaste tapis d'herbe était tissé de mille nuances de vert, de lavande et d'or. La caravane traversa d'immenses prairies, des clairières ombragées et des forêts vert émeraude où coulaient des ruisseaux écumeux aux rives couvertes de fleurs resplendissantes. Et de part et d'autre, dressés très haut dans le ciel d'un bleu intense, dominant la vallée de l'éternel printemps, les pics enneigés de l'Himalaya.

Depuis toujours, Emma pensait que les descriptions de la vallée du Cachemire étaient exagérées. Elle constatait à présent qu'il n'en était rien. La réalité dépassait ses espérances. Tant de beauté en un seul endroit… C'était injuste pour le reste du monde.

— La bégum sahiba est impressionnée ?

Emma fit oui de la tête, n'osant avouer à Suraj Singh que, pour une fois, la bégum sahiba restait sans voix.

Tandis qu'ils prenaient leur dernier repas en plein air à côté d'un ruisseau, dans une prairie couverte de violettes et de narcisses, Suraj Singh montra à Emma les montagnes sacrées des hindous : le Harmukh à l'est et le Mahadeo au sud. On distinguait au loin les sommets gigantesques du Karakoram.

Ce fut en arrivant aux abords de Srinagar qu'Emma fut reprise par une certaine appréhension.

— À quelle distance sommes-nous de *Shalimar* ?

— À une quinzaine de miles, bégum sahiba. Le domaine est situé à l'ouest de Srinagar, sur la route de Baramulla.

— Mon mari doit en être très fier.

Suraj Singh réfléchit un instant.

— Ce n'est pas une question de fierté. Pour le maître, *Shalimar*, c'est sa vie.

Le jour tombait quand ils arrivèrent dans les faubourgs de Srinagar. Suraj Singh ordonna un arrêt dans une vaste prairie afin de réorganiser la caravane. Lui, Sharifa, sa nièce et un khidmatgar passeraient la nuit auprès d'Emma et l'escorteraient jusqu'à *Shalimar* le lendemain matin. Les autres les précéderaient avec les bagages.

— Mon mari possède une maison à Srinagar ?

— Pas une maison, bégum sahiba. Un bateau aménagé, le *Nishat*, qui est ancré sur le Dal.

Emma était enchantée à l'idée de passer une soirée en ville et, surtout, dans une demeure flottante. Une fois arrivés à Srinagar, ils mirent pied à terre et déambulèrent dans les rues étroites et bondées. Les passants en calotte, turban et robe flottante la dévisageaient, ils n'avaient pas l'habitude de voir des femmes blanches parmi eux. Emma, que leurs regards n'intimidaient pas, les observait à son tour.

— Que portent-ils sous leurs phirrens ? demanda-t-elle en désignant les ventres étonnamment rebondis. Des kangris ?

— Oui, bégum sahiba.

Emma savait que les Cachemiris se séparent rarement des

petits pots de terre emplis de braises qu'ils suspendent à leur taille dans des paniers d'osier pour avoir constamment chaud.

— Ce n'est pas dangereux ?

— Il y a des accidents, reconnut Sharifa, mais les enfants apprennent très tôt à être prudents.

L'air avait fraîchi. Emma s'enveloppa dans sa veste doublée de mouton. Après avoir parcouru une jetée faite de madriers, ils arrivèrent à un escalier qui menait au *Nishat*. Le lac était couvert de feuilles de lotus et reflétait les lumières de la ville. Les sommets enneigés des montagnes évoquaient des cônes luminescents. Le *Nishat*, haut sur l'eau, se composait de plusieurs bateaux amarrés bord à bord. Les cuisines, les réserves et les logements des serviteurs se trouvaient dans les embarcations annexes. Sur celle du maître avaient été aménagés un grand salon, deux chambres, une salle à manger et un pont couvert à l'avant et à l'arrière. Un mobilier confortable, des tapis d'Ispahan, des tentures, des tableaux aux murs et des bibliothèques donnaient l'impression d'être chez soi.

— Mon mari séjourne-t-il souvent ici ?

— Chaque fois que le huzoor passe par Srinagar. Il y a de nombreux intérêts commerciaux.

Les bagages d'Emma avaient été soigneusement rangés dans le dressing attenant à la chambre de Damien, aux meubles de bois clair et aux tentures de chintz fleuri. Sur le bureau, un râtelier à pipes. La grande almirah était occupée par les vêtements de Damien et on entrevoyait ses pantoufles sous le lit. Une odeur persistante de tabac régnait dans la pièce, semblable à celle qu'elle avait remarquée à Delhi. La présence des effets personnels de son mari provoqua une impression étrange chez Emma. Jusque-là, elle n'avait pas partagé sa chambre et cela lui rappelait que, le lendemain, elle serait de nouveau à *Shalimar*, sous la coupe d'un étranger. D'une part, elle éprouvait une impatience timide ; de l'autre, elle redoutait les tensions inévitables et les discussions stériles. Sans compter l'intimité obligatoire des nuits ! Mais demain lui appartiendrait encore, et elle reprit courage.

Après un bain et un repas composé de pain indien, de côtes d'agneau et de fruits, Emma monta sur le toit plat de la maison flottante et s'assit pour contempler les étoiles, respirer les fraîches senteurs du printemps et s'imprégner d'une culture nouvelle. Mais à peine se fut-elle installée dans un fauteuil qu'elle sentit ses paupières s'alourdir. Elle renonça à lutter et regagna la chambre. Elle apprécia le confort du lit et s'endormit instantanément.

Elle se réveilla tôt, dans l'éclatante lumière du matin. Par la fenêtre, elle admira le miroitement du lac pareil à un drap d'or. De grosses fleurs de lotus roses et blanches disparaissaient et remontaient au rythme des vaguelettes. Toutes sortes d'embarcations naviguaient sur les eaux. D'autres maisons flottantes, ancrées le long des rives, se préparaient à recevoir les touristes. Emma, qui avait retrouvé toute son énergie, accueillit cette journée avec enthousiasme.

– J'aimerais visiter la ville. Repoussons d'un jour notre départ.

Suraj Singh s'alarma aussitôt.

– Le maître a donné l'ordre de…

– Le maître comprendra mon désir d'explorer Srinagar. Une journée passée ici ou là n'a pas grande importance.

Sachant qu'il était inutile de discuter avec une bégum aussi intraitable, Suraj Singh capitula de bonne grâce et proposa de commander un palanquin.

– Je préfère marcher, déclara fermement Emma. Pourquoi ne pas utiliser ses jambes dans une ville spécialement faite pour le promeneur ?

Elle ne lui laissa pas le temps de protester, dévala l'escalier et bondit sur le quai.

Dans les ruelles étroites et tortueuses, elle découvrit un enchevêtrement de maisons en bois, aux toits pointus, aux fenêtres à claire-voie protégées par des volets compliqués qui donnaient à la ville un charme vieillot. Elle apprit que le Cachemire comptait sept cents jardins moghols, parmi lesquels le plus célèbre, Shalimar Baug, qui avait donné son nom au domaine de Damien et qu'elle choisit de visiter.

– Je reviendrai une autre fois et prendrai tout le temps nécessaire pour voir le reste. Mais aujourd'hui, Suraj Singh, je peux bien passer une heure ou deux à Shalimar Baug ?

– Pas si nous devons faire des achats. Les boutiques se trouvent dans la direction opposée. Je comprends que la bégum sahiba veuille faire un cadeau au huzoor.

Emma s'étonna de ce que Suraj Singh pût « comprendre ». Elle-même n'y avait pas pensé. Il ne lui restait plus qu'à acquiescer.

— Très bien, soupira-t-elle, nous remettrons cette visite à plus tard.

En entendant Suraj Singh évoquer le cadeau destiné à Damien, Emma se remémora le ravissant châle dont elle avait eu la surprise à Delhi. La réciproque ne lui était pas venue à l'esprit. Cependant elle décida de rendre la politesse à son mari de bonne grâce. Suraj Singh la guida dans un vaste bazar où l'on trouvait des marchandises d'excellente qualité. Des objets artisanaux y étaient exposés, châles, tapis, bibelots en papier mâché, bois sculptés, colifichets en argent, vêtements confectionnés dans des soies chatoyantes. Le propriétaire, un Cachemiri courtaud, avait le crâne dégarni, la moustache en crocs et des mains grassouillettes. Il conseillait le maharaja pour ses achats d'objets d'art. Il reçut les deux arrivants avec force courbettes, sourires et mots de bienvenue alambiqués. Il s'appelait Jabbar Ali et sa famille, originaire de Boukhara, s'était installée dans la Vallée des années auparavant. Une fois qu'il eut donné toutes ces explications, il s'intéressa à ses clients.

— Un cadeau pour le huzoor ? demanda-t-il, l'air ravi. Il se trouve que j'ai justement ce que cherche la bégum sahiba.

Emma, amusée, attendit de voir ce qu'allait lui proposer le rusé Cachemiri. Il disparut et revint avec un grand coffre en cuir. Mais, avant de déballer ses marchandises, il installa cette honorable cliente sur un matelas épais et lui offrit une tasse de qahwa, le thé traditionnel cachemiri, fortement épicé et brûlant. Puis il sortit de la boîte une quantité de vestes délicatement brodées, tissées dans une laine aussi douce que la soie.

— Elles sont en pashmina ? demanda Emma en palpant l'étoffe.

— Mais bien sûr ! s'exclama Jabbar Ali, choqué à l'idée qu'elle eût pu penser le contraire. Je ne propose que le plus beau pour un gentleman aussi fin connaisseur.

Emma ignorait tout des goûts vestimentaires de son mari. Elle interrogea du regard Suraj Singh en soumettant deux modèles à son appréciation.

— Le bleu pâle avec des broderies blanches et safran. Comme

la bégum sahiba l'a sans doute remarqué, le maître déteste la couleur beige. Il prétend que le beige convient aux gens beiges.

Suraj Singh s'autorisa le luxe rare d'un sourire.

— Récemment, il a brûlé sa veste favorite en mettant dans sa poche une pipe encore chaude. Il en a été très chagriné.

Emma se sentit soulagée lorsque l'affaire fut conclue. Une fois le cadeau empaqueté, elle prit le thé avec Jabbar Ali qui lui proposa d'autres objets, de la dague aux accessoires pour coiffeuse. Connaissant les mœurs des marchands, elle lui répondit par une question.

— Oh oui, bégum sahiba ! affirma-t-il, fier qu'on le sollicite. Certains motifs, tel le jigha en forme d'amande et surmonté d'une aigrette, porté pour la première fois par l'empereur moghol Babar sur son turban, ont toujours été les préférés de nos tisserands. L'art du tissage existe depuis quatre mille ans au Cachemire. L'empereur Napoléon a offert plusieurs châles à l'impératrice Joséphine, c'est ainsi qu'il a lancé la mode en Europe.

Lorsque le bavardage qui suit toute transaction s'acheva, ils se relevèrent. Jabbar Ali reprit alors la parole d'une voix assourdie par le respect.

— Au nom de mon frère absent, Hyder Ali, et en mon propre nom, j'offre nos humbles félicitations à la bégum sahiba ainsi qu'au huzoor à l'occasion de leur mariage. Mahshallah ! Cette union est l'œuvre des anges du paradis.

Plutôt celle des démons de l'enfer ! songea Emma en sortant du bazar.

9

Shalimar!

Un haut portail noir en fer forgé, entre deux minuscules pavillons tapissés de plantes grimpantes couvertes de fleurs blanches. Les vantaux, bien huilés, manœuvrés par deux gardiens en livrée qui saluaient à l'orientale, s'ouvrirent pour laisser passer le cortège. Emma, au grand soulagement de Suraj Singh, avait accepté de s'enfermer dans le palanquin. Elle ne voyait pas grand-chose. Elle avait en effet jugé préférable que les serviteurs ne voient pas l'épouse du maître arriver à cheval. Mieux valait commencer cette nouvelle vie dans de bonnes conditions. Par l'entrebâillement du rideau, elle apercevait des espaces incroyablement verts délimités par une allée sinueuse bordée de chinars. Des sortes de hauts plumeaux ondulaient au-dessus de parterres bien entretenus où s'entrouvraient à peine les premières fleurs printanières, jaunes, roses et ivoire. Au milieu du concert des oiseaux, des cerfs paissaient, des écureuils grimpaient aux troncs tortueux des arbres. Une armée de jardiniers observait avec un intérêt non dissimulé l'arrivée de la bégum sahiba. Quant à la maison, Emma ne pouvait la voir. Le palanquin s'arrêta enfin. Elle noua un foulard sur sa tête et mit pied à terre sous un portique. L'escalier qui menait à deux portes vitrées était bordé d'une haie d'hommes, de femmes et d'enfants sur trois rangs. Ils attendaient en silence, les yeux baissés. À peine Emma eut-elle commencé à monter que tous s'inclinèrent à l'unisson.

— Qui sont tous ces gens ?

Emma, impressionnée, répondait aux saluts par une inclination de tête, souriante, les mains jointes.

– Le personnel du maître et leur famille. Ils vivent et travaillent dans le domaine. Ils sont venus présenter leurs respects à la femme du huzoor.

Quant au huzoor, il ne donnait pas signe de vie. Étant donné sa situation privilégiée de domestique attachée au service de la maîtresse de maison, Sharifa donna avec autorité des ordres que chacun s'empressa d'exécuter. Pendant qu'on déchargeait les bagages, Suraj Singh fit entrer Emma, accompagnée par un brouhaha de commentaires dont elle saisit quelques bribes.

– Elle a la peau brune, murmura une femme en ourdou.

– Si elle n'était pas si grande, elle pourrait être des nôtres.

– Peut-être que ce n'est pas une firanghini. En tout cas, elle est moins jolie que les autres.

Les autres !

Les lèvres pincées, Emma se hâta d'entrer dans le vestibule haut de plafond et bien proportionné. Le sol parqueté était recouvert, par endroits, de tapis de Boukhara aux dessins géométriques. Elle remarqua des couloirs rayonnant à partir de l'entrée, une multitude de fleurs disposées dans des vases en bronze, des tapisseries et des tableaux sur les murs clairs, des meubles délicatement sculptés dans des bois marron foncé ou en noyer blond. Au milieu de cette fraîcheur tranquille, elle discerna aussitôt le bon goût et l'élégance propres aux fortunes discrètes. L'escalier en bois disparaissait sous un tapis. Sur le palier du premier étage, un mandarin de porcelaine posé sur une table basse arborait un sourire rusé, comme s'il détenait des secrets salaces.

L'appartement privé d'Emma lui parut occuper la moitié de l'étage. Le salon rectangulaire orienté vers le sud-est était inondé de soleil. Contrastant avec l'opulence écrasante de Delhi, l'ameublement était discret et la décoration dans des tons pastel. Les bibelots, choisis avec discernement, témoignaient d'un goût exquis. De toute évidence, elle était désormais la maîtresse d'une maison habitée, se dit-elle avec un pincement au cœur. Une vaste chambre, un dressing-room et une salle de bains moderne jouxtaient le salon. Une baie vitrée s'ouvrait sur un balcon.

Lorsqu'elle pénétra dans la petite pièce attenante à sa chambre, Emma resta clouée sur place.

– Le maître voulait que la bégum sahiba ait son bureau, expliqua Suraj Singh. S'il y manque quelque chose, j'ai reçu l'ordre de réparer l'omission.

Un bureau, deux placards vitrés, une bibliothèque et un fauteuil pivotants. Aux murs, des étagères, des tableaux, des tentures de velours. Sur le sol, un tapis épais. Le lieu de travail dont elle avait toujours rêvé.

Les vastes fenêtres de l'appartement donnaient sur des pentes verdoyantes qui menaient à une vallée aux champs multicolores. On apercevait des toits d'ardoise derrière de grands arbres vert bouteille et des buissons de rhododendrons. Un cours d'eau miroitait dans une débauche de fleurs sauvages, tandis que, très loin, gardiens du Cachemire, les sommets enneigés de l'Himalaya se dressaient, majestueux sur un ciel bleu saphir.

Une toux discrète ramena Emma à la réalité. Suraj Singh, devinant sa question, la devança.

– Le personnel m'a appris que le maître est absent.

Elle s'en était doutée, mais la confirmation lui causa une sensation désagréable.

– Vous ne le saviez pas ? demanda-t-elle en scrutant le visage embarrassé de Suraj Singh.

– J'avais espéré qu'il serait de retour.

– Où est-il ?

– À Leh où il reçoit un arrivage de laine dont les tisserands ont un besoin urgent.

– Il y est allé en quittant Delhi ?

– Oui. (Il lui tendit une enveloppe.) Un messager a apporté ce pli. Il contient peut-être de plus amples informations.

Avec sa discrétion coutumière, il la laissa lire et attendit à l'extérieur de la pièce. L'adresse ne mentionnait pas le nom d'Emma, mais simplement *Bégum Sahiba*. Quant à la lettre, elle était brève.

Je suis malencontreusement retardé par mes affaires et reviendrai dès que je le pourrai. Suraj Singh sait que tous vos désirs sont des ordres. Les domestiques sont à votre entière disposition. Pardonnez-moi mon absence.

La lettre était signée *D. G.* Le désappointement d'Emma fut aussitôt remplacé par le soulagement que lui procuraient ces quelques jours d'indépendance supplémentaires.

– C'était bien la peine que le maître nous ordonne de nous hâter, remarqua-t-elle d'un ton acerbe lorsque Suraj Singh revint vers elle. Nous aurions pu rester à Srinagar et visiter les jardins.

– Les ordres que j'ai reçus à Delhi étaient clairs. Nous ne pouvions désobéir. La bégum sahiba est-elle satisfaite de son appartement ?

Il cherchait tant à lui être agréable qu'Emma se retint de riposter vertement.

– Comment ne le serais-je pas ? se contenta-t-elle de répondre en souriant. J'en ai rarement vu d'aussi charmant.

Suraj Singh se dirigea vers une porte située à l'extrémité du salon. Il l'ouvrit.

– L'appartement du maître. Naturellement, la bégum sahiba est libre de l'utiliser comme elle l'entend.

Emma acquiesça, mais elle n'eut pas envie de le visiter. Quand fut retombée l'excitation de son arrivée, une extrême fatigue s'empara d'elle. Elle renvoya Suraj Singh et ses servantes dont elle supposa qu'ils étaient, eux aussi, épuisés. Une fois la porte refermée, elle se laissa tomber sur un canapé et appuya sa tête contre le dossier. D'abord, elle savoura tout ce qui l'entourait, tandis que le soleil lui caressait le visage. Puis, elle se débarrassa de ses sandales et se promena pieds nus dans la pièce. Elle apprécia le moelleux des tapis, et se délecta à la vue des tiroirs et des étagères des almirahs. Une fois encore, le spectacle des montagnes la combla de joie. Enfin, n'y tenant plus, elle ouvrit la porte communicante et pénétra dans l'appartement de Damien. De mêmes dimensions que le sien, il était manifestement le domaine d'un homme : fauteuils en cuir fauve dans le petit salon, meubles sobres et bibliothèques bien pleines. L'ensemble était fonctionnel sans être austère. Les effluves d'un tabac désormais familier et un hookah d'argent près de la cheminée contribuaient à renforcer cette impression de masculinité. En l'absence de Damien, un feu brûlait dans la cheminée au cas, peut-être, où il reviendrait sans prévenir.

Son bureau, comme celui d'Emma, était contigu à la chambre et la porte n'était pas fermée à clé. Des photographies de famille dans des cadres de papier mâché étaient réunies sur une étagère. Elles attirèrent aussitôt le regard d'Emma. Un militaire de noble prestance se tenait au garde-à-vous devant une tente, en pleine forêt. Si ce bel homme au regard perçant était Edward Granville, il ne ressemblait guère à son fils. Sur un autre portrait, Damien posait en blazer, pantalon et cravate devant un bâtiment de style gothique qui pouvait être son école en Angleterre. Il était avec son père et un autre garçon à peu près du même âge, vêtu également du même uniforme. Emma s'attarda un moment sur l'écolier maigre et gauche, au regard mélancolique et au petit sourire hésitant, si différent de l'homme plein d'assurance qu'elle avait épousé. Elle remarqua l'absence de photographie représentant la défunte Mrs Granville.

Sur une table à dessin inclinée se trouvait un ensemble d'objets destinés, notamment, à la calligraphie. Les étagères étaient chargées de livres traitant du tissage et des châles, de la flore, de la faune et de l'histoire locales. Un gros album aux pages très fines contenait des diagrammes et des dessins compliqués, peints à la main. La correspondance était classée par ordre alphabétique dans des casiers, et de gros dossiers étaient empilés sur d'autres rayonnages. Parmi les souvenirs personnels d'un homme qu'elle tenait encore pour une énigme, Emma ne se sentit pas à sa place et regagna aussitôt ses appartements. Désœuvrée, elle contempla les montagnes lointaines teintées de vermillon. Bientôt, le soleil céda la place à une nuit bleu indigo.

L'obscurité provoqua chez Emma un intense besoin de s'apitoyer sur elle-même. Elle avait choisi d'accueillir avec soulagement cette solitude, mais maintenant, l'absence de Damien lui paraissait humiliante. Il aurait dû être là pour l'accueillir dans cette nouvelle demeure qui lui inspirait, à elle qui avait vécu modestement, une sorte de respect mêlé de crainte. Elle allait devoir diriger une maison dont elle ne connaissait ni les usages ni les occupants. La présence de Damien lui aurait au moins servi à la tirer d'embarras, à lui éviter les maladresses des premiers jours.

Désespérément seule, Emma sentit les larmes lui monter aux yeux, mais elle les refoula aussitôt. Elle s'imagina travaillant avec acharnement dans son nouveau bureau. Celui qu'elle avait hérité de son père, à *Khyber Kothi*, était mal adapté à sa tâche ; elle y manquait d'espace. Ici, c'était tout le contraire. Déjà, elle se voyait installant sa chère machine sur la petite table.

Cet exercice d'imagination lui fut salutaire. Elle replaça ainsi l'instant présent dans la réalité, retrouvant ainsi un centre d'intérêt en même temps qu'un sens à sa vie. Elle tira sur le cordon de la sonnette, près de son bureau. Aussitôt Sharifa se montra, Emma réclama du thé au citron, de l'eau chaude pour un bain bien mérité, un dîner léger et lui ordonna d'allumer les bougeoirs et les lampes à pétrole. Dès le lendemain, elle réorganiserait sa vie. Mais, dans l'immédiat, elle se promit de ne plus penser à Damien.

Reposée et pleine d'entrain, elle se réveilla bel et bien avec les oiseaux. Un couple bleu et jaune voletait contre la fenêtre en poussant des cris aigus. Sans doute réclamait-il sa pitance. Les montagnes lointaines que l'aube teintait d'orange s'enflammèrent soudain aux premiers rayons du soleil. Emma sauta du lit, ouvrit la croisée et jeta une poignée de biscuits en l'air. Après s'être baignée, elle s'attabla devant un petit déjeuner anglais : porridge, œufs et fromage blanc. Ensuite elle entreprit de défaire ses malles. Tandis qu'elle empilait livres et dossiers sur les étagères et le bureau, Sharifa triait le linge sali au cours du voyage et l'emportait, aidée par son fils. Hakumat était un garçon intelligent, bien élevé et serviable, Emma le vit aussitôt. Après avoir mis un semblant d'ordre dans son appartement, elle envoya chercher Suraj Singh et se tint prête à recevoir le personnel qui attendait de lui être présenté. Outre ceux qui s'occupaient de la maison, une foule de serviteurs travaillaient dans le domaine : Bretford Lincoln, un Eurasien, qui l'administrait, et ses commis ; les ouvriers agricoles et les jardiniers ; les employés de la laiterie, sans compter ceux, aux fonctions multiples, qu'accompagnait leur famille. Les tisserands, eux, formaient une communauté distincte, et recevraient plus tard la visite d'Emma. Celle-ci s'entretint avec ses visiteurs et s'efforça de jouer avec grâce à la châtelaine. Tout ce personnel pour servir un seul homme ! À cette pensée, elle éprouva une tristesse inattendue.

Lorsqu'elle eut accompli ce premier devoir, Suraj Singh lui suggéra qu'il était temps de faire le tour du propriétaire. Les deux ailes de la maison, moins grande qu'elle ne l'avait d'abord cru, étaient séparées par un salon de réception lambrissé au premier étage et une salle à manger de même dimension au rez-de-chaussée. L'aile nord était fermée à clé. Derrière, à quelque distance, se trouvaient les communs où étaient logés les serviteurs. Ils abritaient également la laiterie, les cuisines, les réserves et la buanderie. À l'ouest, entre les vergers et la demeure principale, les greniers, les écuries, les remises et autres dépendances. Le chef qui régnait sur la cuisine du maître était un brahmane cachemiri. Les garde-manger regorgeaient de riz, de lentilles et de diverses céréales. Quant aux bureaux de l'exploitation, ils étaient situés un peu plus loin, derrière un bosquet de platanes. Emma comprit que l'agréable quiétude qu'elle avait ressentie la veille masquait en réalité un état de décrépitude avancé. Malgré les soins qu'on leur apportait, les pièces n'en demeuraient pas moins froides. Le grand salon sonnait creux, comme les coquillages qui font entendre le bruit d'une mer oubliée. Mais une étrange sensation d'attente flottait un peu partout. Le magnifique Steinway, depuis longtemps désaccordé, suppliait qu'on l'utilisât. Les queues de billard et la table sous son linceul semblaient prêts pour une nouvelle partie. Dans la salle à manger, chandelles et lustres ne demandaient qu'à reprendre vie, et il ne manquait qu'un ou deux accords pour que le bal commençât. Une fois encore, Emma eut la vision d'un homme seul, entouré par une foule de serviteurs, vivant au milieu d'un silence que rien n'interrompait. Malgré elle, son cœur battit plus fort.

Après avoir visité le sous-sol construit à flanc de rocher, si frais qu'on y entreposait les vins et les denrées périssables, Emma se retrouva au rez-de-chaussée et s'apprêtait à tourner à gauche lorsqu'elle fut arrêtée par une grille cadenassée.

— Les appartements qui donnent sur ce couloir étaient occupés par le burra huzoor et sa femme, expliqua Suraj Singh. Malheureusement, le parquet est vermoulu, ce qui le rend dangereux. Je suis sûr qu'un jour le maître trouvera le temps de le faire réparer.

La partie fermée de la maison, se dit Emma, se trouvait exactement sous son appartement.

— Ne m'avez-vous pas dit que mon mari était à Leh où il attend une livraison de laine ?

194

— En effet, bégum sahiba.

— Le pashmina destiné au tissage vient de Leh ?

— Plus exactement des montagnes. Le maître tient à s'assurer lui-même de sa qualité.

— Il me semble que, à une époque, le seul moyen de se procurer cette laine était d'aller la chercher sur les plateaux du Tibet.

— Oui, bégum sahiba. Mais maintenant il est préférable de louer les services des tribus qui connaissent bien la montagne.

— Les chèvres sont tondues dans la nature ?

— Celles-ci n'ont pas besoin d'être tondues. Elles se frottent contre les rochers et les buissons épineux. C'est la toison dont elles se sont débarrassées que les hommes des tribus ramassent et livrent à Leh.

— Et les chèvres qu'on élève ici ?

— Leur toison est d'une qualité inférieure, il ne fait pas assez froid. En revanche, le croisement de nos chèvres domestiques avec des chèvres sauvages a obtenu un succès relatif. Leur toison n'a pas la finesse du pashmina, mais on nous demande aussi des châles beaucoup moins chers, de qualité moyenne.

— Quand irons-nous visiter le village des tisserands ?

— Cet après-midi, si la bégum sahiba le désire.

Emma se hâta de déjeuner, puis elle revêtit sa tenue d'amazone. Elle avait compris qu'ébranler l'autorité de Damien signifiait aussi amoindrir la sienne ; elle avait accepté cette coutume, ainsi que le port d'un foulard sur la tête. Elle était à mi-chemin des écuries en compagnie de Suraj Singh lorsque Hakumat les rejoignit en courant pour annoncer l'arrivée d'un visiteur. Surprise, Emma lut la carte que le garçon lui tendait.

— Qui est cette Mrs Chloe Hathaway ?

— Une veuve qui vit à Srinagar. Son mari, disparu il y a trois ans, était un ami du maître.

— Puisqu'elle est venue de si loin, je vais la recevoir. Mais, Suraj Singh, est-ce l'habitude dans cette vallée de rendre visite sans se faire annoncer ?

— Non, bégum sahiba, répondit Suraj Singh, déconcerté. Mais Mrs Hathaway ne se soucie pas particulièrement des convenances.

— Vraiment ? s'exclama-t-elle, les yeux brillants. Il faut absolument que je rencontre cette pauvre vieille dame ! D'abord, c'est ma première visiteuse et, ensuite, quelqu'un qui ne se soucie pas des usages ne peut que me plaire.

Un peu plus tard, après avoir passé une robe, Emma se figea de surprise sur le seuil du grand salon. Pour une raison inconnue, elle s'était imaginé Mrs Hathaway comme une personne d'un âge avancé. Or, elle se trouvait en face d'une jeune femme à cent lieues d'être une « pauvre vieille dame ». Grande, bien faite, elle était coiffée et vêtue à la dernière mode. Des lèvres pleines au sourire charmeur, l'arc parfait des sourcils dessinés d'une main experte. L'apparence impeccable de Mrs Hathaway n'eût pu être prise en défaut dans les salons chics de Londres et de Paris. L'instant d'après, Emma se ressaisissait et s'avançait en souriant, la main tendue.

— Mrs Hathaway ? Je suis Emma Wyn... euh... Granville. Comme c'est aimable à vous de me rendre visite !

Chloe Hathaway prit entre ses paumes fraîches la main offerte et regarda longuement Emma, puis elle lui adressa un grand sourire.

— Merci. Damien s'est de nouveau absenté ? demanda-t-elle d'une voix mélodieuse.

— Oui, mais je l'attends d'un jour à l'autre.

— Vraiment, c'est un homme impossible ! s'écria Mrs Hathaway.

Elle s'installa gracieusement dans une bergère et laissa glisser de ses épaules son châle de dentelle avant de poursuivre.

— Il m'avait promis de me rendre visite à son retour de Delhi. J'aurai deux mots à lui dire quand je le verrai. Et vous aussi, ma chère ! Il ne faut pas lui pardonner d'avoir ainsi abandonné sa jeune épouse dans une maison vide.

— Pas si vide que cela, Mrs Hathaway ! fit remarquer Emma avec un petit sourire destiné à masquer son embarras. En réalité, Damien s'est rendu à Leh pour une affaire urgente.

Mais pourquoi cherchait-elle des excuses à quelqu'un qui le méritait si peu ? se demanda Emma. Quant à Mrs Hathaway, elle rejeta cet alibi avec désinvolture.

— Pfft ! Les affaires de Damien sont toujours urgentes. Si j'étais à votre place, ma chère, je ne croirais pas trop à ses excuses. Il en possède une gamme riche et variée. De toute façon, ajouta-t-elle en découvrant des dents superbes, je suis heureuse de vous avoir enfin rencontrée, Mrs Granville. Après avoir tant entendu parler de vous, j'avoue que j'étais folle d'impatience.

— Entendu parler de moi ? Par qui, si je puis me permettre ?

Le rire mélodieux de Chloe Hathaway était aussi séduisant que sa personne.

— Ah ! Ce serait vous avouer que... Voilà, poursuivit-elle après un instant d'hésitation. Nous avons des amis communs à Delhi. Les Price, Reggie et Georgina, entre autres. Vous les connaissez, n'est-ce pas ?

Emma acquiesça d'un signe de tête. Elle imaginait aisément ce que les Price avaient bien pu raconter sur elle. Au moment où elle cherchait le cordon de la sonnette, Hakumat, aux aguets, fit son apparition. Elle lui ordonna d'apporter du thé et des rafraîchissements.

— Quelles sont vos premières impressions du Cachemire ? lui demandait alors Chloe Hathaway. En êtes-vous tombée amoureuse ou bien trouvez-vous qu'il lui manque la vie tourbillonnante de Delhi ?

— Je ne suis arrivée qu'hier, et il serait présomptueux de ma part d'exprimer une opinion catégorique. Mais j'imagine qu'il doit être très facile de succomber à son charme. Quant à la société de Delhi, je ne pense pas qu'elle me manque un jour.

— Et *Shalimar* ? Que pensez-vous du domaine de Damien ?

— Je ne l'ai pas encore exploré. En fait, j'allais le faire lorsqu'on vous a annoncée.

Chloe Hathaway ne releva pas cette remarque.

— Pour ma part, je l'ai toujours adoré. Ordre et solitude, un isolement divin... si éloignés de la saleté et du bruit de Srinagar.

— Vous connaissez bien *Shalimar* ?

Emma cherchait à jauger son interlocutrice sans en avoir l'air. De plus près, elle paraissait moins jeune. Un réseau de petites rides se formait au coin de ses yeux chaque fois qu'elle riait.

— Oh, oui ! s'écria Mrs Hathaway, manifestement surprise. J'en connais chaque recoin. Claude trouvait cet endroit charmant.

Supposant que Claude était son défunt et probablement peu regretté mari, Emma murmura quelques mots de sympathie et poursuivit :

— Vous-même, avez-vous choisi de demeurer à Srinagar par amour pour ce pays ?

— Après le décès de mon mari, je n'ai pu me résoudre à quitter un endroit où j'avais tant d'amis attentionnés.

— Je vous comprends. Mon mari m'a souvent dit qu'il ne pensait pas pouvoir vivre ailleurs.

Emma se demanda si Damien était de ces amis attentionnés.

— En effet, Damien est fou de *Shalimar*. Et comment pourrait-on l'en blâmer, chère amie ?

Au même moment le regard de Mrs Hathaway se tourna vers la porte. Emma aperçut un personnage de haute taille que Suraj Singh introduisait.

— Puis-je vous présenter un ami très cher, Mrs Granville ? demanda Chloe Hathaway qui, manifestement, s'attendait à sa venue. Je n'étais pas certaine qu'il veuille entrer. Aussi ne vous en ai-je pas parlé plus tôt. Mais peut-être connaissez-vous déjà Geoffrey de réputation ?

Geoffrey Charlton !

— Oui, évidemment. Je suis vraiment très… heureuse de rencontrer enfin Mr Charlton.

— Enfin ? l'interrogea-t-il en lui serrant la main.

— J'ai lu vos articles dans le *Sentinel*, notamment les plus récents, ceux qui traitaient de l'Asie centrale. Je les ai trouvés particulièrement instructifs. J'ai aussi très vivement apprécié la conférence avec projections que vous avez donnée à Delhi.

Il lui adressa le sourire timide et juvénile dont elle se souvenait si bien.

— Merci, Mrs Granville, pour vos éloges que je ne pense pas mériter, cependant je ne peux nier qu'ils me font plaisir. J'espère que vous ne considérez pas ma visite impromptue comme une intrusion grossière, Mrs Granville ? Si tel est le cas, je vous en demande pardon.

— Oh non ! s'écria Emma. Je suis ravie que Mrs Hathaway vous ait persuadé de l'accompagner, Mr Charlton. Peut-être vais-je pouvoir vous interroger, ce que je n'ai pu faire à Delhi.

— Oh, Geoffrey ne sera que trop heureux de vous répondre ! Il mourait d'envie de faire votre connaissance, n'est-ce pas, chéri ?

Sans attendre sa réponse, elle se tourna de nouveau vers Emma.

— Ma chère, je vous avertis, Geoffrey est connu pour séduire la gent féminine avec une facilité déconcertante.

Geoffrey Charlton mourait d'envie de la rencontrer ? Flattée au plus haut point, Emma rougit.

— Comme toujours, Chloe exagère.

Charlton saisit sans sourciller l'occasion qui lui était offerte. De toute évidence, ces deux-là se connaissaient intimement.

— Pourtant, je dois plaider coupable. J'ai eu le privilège de rencontrer le Dr Wyncliffe dans la vallée du Zanskar et, depuis, j'ai souhaité faire votre connaissance, Mrs Granville. J'ai, comme tout le monde, déploré sa mort prématurée.

— Connaissez-vous aussi mon mari, Mr Charlton ? s'enquit Emma pour ne pas déroger aux règles de la politesse.

— Nous avons déjà eu l'occasion de nous rencontrer. Il est impossible de séjourner dans la Vallée sans connaître Damien Granville. Mais, ne m'avez-vous pas parlé de ma conférence et des questions que vous aviez à me poser ?

Emma ne réalisait pas qu'elle recevait, dans sa propre maison, un homme de cette importance.

— J'en ai des centaines ! Après la conférence, vous avez été assailli par une nuée d'admirateurs. Quant au burra khana de Mrs Price, vous n'avez pu y assister.

— En effet, mais maintenant, je me tiens à votre entière disposition.

— Mon Dieu ! s'écria Mrs Hathaway en remettant en place une mèche de cheveux qui avait osé s'égarer. Vous n'allez tout de même pas, mon cher Geoffrey, recommencer à parler de votre travail ? Je vous préviens, Mrs Granville, une fois que Geoffrey se trouve à bord de son fameux train russe, une horde de chevaux sauvages ne pourrait l'en arracher s'il n'a pas exploré chaque arrêt, sondé chaque tas de cailloux et disséqué la toute dernière nuance politique.

Cette perspective, Emma la jugeait passionnante, mais elle se garda de le dire. Chloe Hathaway la bombarda de questions sur leurs connaissances communes. Malheureusement, Emma n'avait pas les compétences nécessaires pour lui répondre, aussi se contenta-t-elle de lui fournir quelques détails croustillants destinés à satisfaire sa curiosité. La porte s'ouvrit devant Hakumat et des serviteurs poussant des tables roulantes chargées de rafraîchissements et de nourriture. Emma comprit qu'elle n'avait aucun souci à se faire, tout était parfait. Pendant qu'elle servait le thé, elle fit signe à Hakumat de passer les gâteaux et les sandwichs, puis se tourna vers Geoffrey Charlton.

— Lors de votre conférence, je me suis rendu compte que vous deviez condenser votre texte pour ne pas dépasser le temps imparti. Mais j'ai regretté que vous parliez si peu des anciennes civilisations d'Asie centrale.

— Cette omission était voulue. J'ai estimé que le public préférerait m'entendre traiter de sujets d'actualité plutôt que d'histoire.

— Mon père s'est souvent demandé si le gouvernement russe autoriserait une équipe britannique à fouiller les trois antiques cités de Merv.

— J'en doute. La Russie surveille jalousement les territoires annexés et elle se méfie des Britanniques encore plus que des autres. En outre, les autorités russes ne s'intéressent guère à la conservation des monuments qui, par conséquent, sont en piteux état.

— Comme c'est triste ! Mais dites-moi, Mr Charlton, êtes-vous ici pour le compte de votre journal ?

— Eh bien, répondit-il en se grattant l'oreille, c'est une façon de voir les choses.

Emma sourit.

— J'ai entendu dire que les journalistes détestent parler de leur travail, mais je présume que votre mission a un rapport avec le Cachemire et que vous avez l'intention d'y séjourner.

— Oh, oui ! Et même, un bon moment.

Ravie de cette réponse, elle voulut savoir s'il connaissait bien Srinagar.

— J'y suis passé à l'automne dernier. Je me rendais à Gilgit où je devais rencontrer Algernon Durand. Comme vous devez le savoir, on a remis sur pied la défunte Agence.

Elle n'en savait rien, ignorait tout de l'homme et de l'Agence de Gilgit, aussi se contenta-t-elle de hocher la tête.

– C'était nécessaire. L'influence russe dans le nord se développe à une vitesse alarmante. Quant à Durand, les infiltrations à travers le Pamir doivent le mettre mal à l'aise.

Il but une gorgée de thé avant de poursuivre, les sourcils froncés.

– De même que les informations mensongères répandues en Inde par des sympathisants russes.

– Vraiment ? l'interrogea Emma, montrant qu'elle s'intéressait à la question.

Charlton se pencha vers elle.

– Bien entendu, le problème concerne la vulnérabilité du Cachemire....

– Ne l'encouragez pas, Mrs Granville, l'interrompit Chloe Hathaway, feignant d'être horrifiée. Sinon, nous serons encore ici à Noël ! Geoffrey voit des agents russes partout.

Charlton daigna mêler son rire aux leurs.

– Mrs Hathaway a raison. Il m'arrive parfois de me laisser entraîner...

– Vous n'êtes pas le seul. À Delhi, les hommes ne parlent que de politique – ou de leurs affaires, ce qui est aussi ennuyeux ! Avez-vous eu l'occasion de visiter Srinagar en venant ici ?

Emma, renonçant à poursuivre sa conversation avec Geoffrey Charlton, soupira intérieurement avant de répondre à Chloe.

– Non, et je le regrette. Mais je pense le faire plus tard avec Damien. Ce qui m'a frappée, c'est son pittoresque.

Mrs Hathaway fronça le nez, qu'elle avait parfait.

– Mais la saleté et le manque d'hygiène sont terrifiants. Les gens ne se lavent jamais et je trouve leurs traits plutôt... grossiers.

– Grossiers ? Au contraire, durant notre bref séjour, j'ai été frappée par la beauté de nombreux Cachemiris.

– Certains, peut-être. Notamment ceux qui ont la peau claire, les cheveux blonds et des traces de sang européen. Nazneen, par exemple, qui passerait pour une Européenne si elle portait d'autres vêtements.

Charlton ne s'intéressait pas à leur conversation. Il s'excusa et s'éloigna pour examiner les tapisseries.

– Qui est Nazneen ?

— Oh, Nazneen est... une amie commune, à Damien et à moi, répondit Chloe sans préciser davantage.

— Dans ce cas, je suis impatiente de faire sa connaissance, et celle des amis de mon mari dans la Vallée.

Derrière son sourire figé, Emma ne pouvait s'empêcher de se demander à quel point Chloe et Damien étaient liés.

Charlton parcourait nonchalamment la pièce. Il semblait vivement impressionné par les tentures de Kazan, les meubles français, la collection de pendules et de porcelaines de Chine, les miroirs et la verrerie de Belgique. Il alla jusqu'à s'agenouiller sur les tapis pour en compter le nombre de nœuds au pouce carré. Il s'attarda devant les photographies dans leur cadre en argent filigrané disposées sur les tables basses. Pensif, il s'arrêta un moment devant un portrait d'Edward Granville, avant de regagner son fauteuil.

— J'espère, Mrs Granville, que vous voudrez bien me pardonner ma curiosité, mais j'ai si souvent entendu parler de *Shalimar* que j'éprouve de l'intérêt pour tout ce que j'y vois.

— Je vous en prie, Mr Charlton, vous êtes libre de satisfaire votre curiosité. Si mon mari était présent, il apprécierait votre intérêt.

— Le portrait d'Edward Granville est d'une remarquable facture. Celui dont j'ai remarqué la trace sur le mur représentait-il la défunte Mrs Granville ?

— Oui. Une partie du tableau a été endommagée par l'humidité. Il se trouve à Lahore chez un restaurateur.

Telle avait été l'explication donnée par Suraj Singh. Emma surprit alors un regard échangé entre Charlton et Chloe.

— Eh bien, murmura celle-ci, je dirais volontiers qu'il est parti depuis longtemps.

Emma rougit, mais s'abstint de tout commentaire. Mrs Hathaway sourit et changea de sujet. Peu après, elle se leva afin de prendre congé.

— Venez, Geoffrey, dit-elle d'un ton impérieux en époussetant le devant de sa robe. Il nous faut partir pour laisser à Mrs Granville le temps de faire le tour du domaine avant la nuit.

— Votre visite m'a été très agréable. Quant au tour de la propriété, il peut attendre jusqu'à demain.

Puis, se tournant vers Charlton, elle ajouta en souriant :

— Lors de notre prochaine rencontre, Mr Charlton, vous n'échapperez pas aussi facilement à mes questions.

— Ce sera un privilège et un plaisir, assura-t-il en s'inclinant, le sourire charmeur. Mais je vous avertis, Mrs Granville, quand il s'agit de parler de l'Asie centrale, c'est le son de ma voix que je préfère.

— J'en prends bonne note, Mr Charlton, répliqua gaiement Emma. Vous trouverez en moi une auditrice des plus attentives.

— Si vous avez besoin de mes services pour tout autre raison, envoyez-moi un mot à Srinagar.

— Merci, je m'en souviendrai.

Tandis qu'Emma les raccompagnait devant la maison où les attendaient chevaux et serviteurs, Chloe réfléchit à haute voix :

— Je me demande si Damien a l'intention de rendre visite à Walter et Adela Stewart. Walter est le résident de cette région. Malheureusement, Damien et lui partagent rarement le même point de vue. Je me demande bien pourquoi. De toute façon, vous viendrez dîner chez moi très bientôt. Damien est convaincu que mon cuisinier fait le meilleur gushtav du Cachemire.

Une fois dans son appartement, Emma s'installa confortablement pour réfléchir à cette visite. Dans l'ensemble, elle s'était bien comportée. Comme elle serait déçue, cette astucieuse personne, de savoir qu'elle ne s'intéressait en aucune façon aux maîtresses de Damien, passées, présentes et futures ! Le soleil était prêt à se coucher. Un feu de pommes de pin brûlait dans l'âtre et les lampes en verre de Venise venaient d'être allumées. Emma s'assit près de la cheminée et en attendant qu'on lui montât l'eau de son bain, se mit à bavarder avec Rehmat qu'elle trouvait anormalement timide.

— Es-tu allée à l'école, Rehmat ?

La fillette rougit, baissa les yeux et fit non de la tête.

— Aimerais-tu apprendre à lire et à écrire ?

— Si Abba le permet, murmura-t-elle après avoir fait signe que oui.

— Pourquoi ton père s'y opposerait-il ?

— Je ne suis pas un garçon.

— Il le permettra si c'est moi qui te donne des leçons.

— La bégum sahiba veut bien m'apprendre ?

La petite avait les yeux brillants.

— Pourquoi pas ? (Emma se leva.) Si tu m'aides, je suis sûre que nous allons trouver un cahier et des crayons dans le bureau. Nous pourrons commencer tout de suite.

À peine Emma eut-elle écrit Aleph — la première lettre de l'alphabet ourdou — que la fillette perdit sa timidité et se mit à bavarder comme une pie. Ses parents vivaient à Srinagar et son père possédait une échoppe de tailleur dans le bazar. Elle avait cinq frères et c'était Sharifa khala, la sœur de sa mère, qui l'avait amenée à *Shalimar* trois mois plus tôt pour servir l'épouse du maître et apprendre le métier de femme de chambre.

— Où se trouve ta maison à Srinagar ?

— Près de Naseem Baug.

— Naseem Baug ? Mais, où sont ces jardins ?

— Sur le même lac que le Shalimar Baug.

Dans un effort pour se faire comprendre, la fillette ajouta :

— Notre chemin se trouve tout à côté de celui où Nazneen Bibi a son kotha.

Emma tressaillit. Nazneen était donc une danseuse établie dans le bazar et sa profession ainsi que ses liens avec Damien étaient connus des domestiques !

Troublée par cette information communiquée en toute innocence, Emma mit un moment à se ressaisir. Comment les épouses normales réagissent-elles à ces peccadilles ? Elles s'évanouissent, cessent de se nourrir et meurent, le cœur brisé ? Emma n'en avait aucune envie. Elle accepta la nouvelle sans émotion et revint à la leçon qu'elle donnait à Rehmat.

Ce soir-là, après qu'elle eut renvoyé ses servantes, elle s'aventura dans les appartements de Damien. Elle recherchait le livre de Godfrey Thomas Vigne, *Voyages au Cachemire*, *Ladakh*, *Iskardou*, etc. Elle allait remettre en place des volumes sur l'étagère lorsqu'elle effleura par hasard un petit ouvrage et le fit tomber. Il était imprimé en caractères étranges, comme les quelques mots écrits à la main sur la page de garde. On aurait dit du russe. Damien connaissait-il cette langue ? Elle en fut surprise, mais, après tout, elle en savait si peu sur lui. Incapable de se concentrer sur le livre de Vigne, bien qu'il fût passionnant, elle devint la proie d'une nervosité dont elle ignorait la cause. En réalité, elle ne parvenait pas à chasser Chloe Hathaway de ses pensées. Et le visage inconnu de cette Nazneen l'obsédait. Furieuse après Damien, se reprochant sa propre réaction, elle s'installa à son bureau et entreprit d'écrire à Geoffrey Charlton. Après lui avoir dit combien elle était heureuse de l'avoir rencontré, elle osa l'inviter à prendre le thé à *Shalimar* le mercredi suivant, en espérant que Damien serait rentré à temps pour apprécier le piquant de la situation.

10

Wilfred Hethrington se rendit sans enthousiasme à Snowdon pour y rencontrer Sir Marmaduke. Celui-ci avait reçu un résumé des différents plans envisagés à Peshawar en cas d'invasion russe. Il avait rencontré Francis Younghusband et écouté le récit de ses explorations des cols himalayens. Sir Marmaduke semblait, ce matin-là, d'une bonne humeur exceptionnelle.

— Messieurs, le moment n'est plus aux tergiversations. Sir Mortimer exige que nous rédigions un compte rendu détaillé, clair et précis de la situation au Hunza. Mais avant de coucher quoi que ce soit sur le papier, nous devons reconsidérer la situation sous tous les angles. Quant à Borokoff, j'aimerais savoir ce qu'il est allé faire à Saint-Pétersbourg, ajouta-t-il en transperçant Hethrington du regard.

Celui-ci parcourut ses documents avant de prendre la parole.

— Selon notre attaché militaire, monsieur le commandant en chef, le colonel Borokoff et le général Smirnoff ont visité plusieurs bases. Ils se sont notamment rendus au camp d'entraînement de Krasnoe Selo pour assister aux essais des nouveaux fusils et de la poudre sans fumée.

— Je pense qu'ils ont déjà commencé à en équiper l'armée. Quand auront-ils fini ?

— Pas avant cinq ans, selon leur propre estimation. La production actuelle ne suffit pas à répondre à la demande. C'est du moins ce que suppose notre attaché militaire.

— Pouvons-nous imaginer qu'ils équipent leur infanterie et leur cavalerie uniquement pour le plaisir ?

— Toutes les armées du monde reçoivent des armes nouvelles lorsque celles-ci sont meilleures que les précédentes, fit remarquer Hethrington.

— Je ne suis pas aussi optimiste que vous, mon colonel. Nous y reviendrons dans un instant. Quoi d'autre ?

— Smirnoff et Borokoff se sont rendus dans un dépôt de munitions, près de Moscou. Ils ont aussi joué au baccara et ont été invités ensemble à des dîners privés.

— Toujours amis à ce que je vois, remarqua Sir Marmaduke, les coudes posés sur la table, le menton dans les mains. Le programme de Borokoff confirme qu'il a été convoqué par Smirnoff pour choisir les armes destinées au Hunza.

— C'est, en tout cas, l'impression que veulent transmettre les Russes.

— Seulement une impression, mon colonel ?

— Jusqu'à présent. En tout cas, cette livraison ne concernerait pas les nouveaux fusils que les Russes ne possèdent pas en nombre suffisant. Les hommes de Safdar Ali utilisent encore des armes qui se chargent par la culasse et des munitions qu'ils fabriquent eux-mêmes. Or, les dépôts russes regorgent d'un matériel dépassé. Sans doute est-ce ce sur quoi Smirnoff a enquêté, à grand bruit afin que Londres en soit avisée.

— Vous savez, je suppose, que la nomination de Smirnoff au poste de gouverneur général à Tachkent a été officialisée à la cour de Russie ?

Bien sûr qu'il le savait !

Hethrington garda le silence.

Sir Marmaduke ouvrit brusquement sa superbe boîte à cigares, considéra un instant les cigarillos qu'elle contenait, puis changea d'idée et la referma avec un bruit sec.

— Il est de notoriété publique que l'Asie centrale est le terrain de chasse favori des officiers russes, mon colonel. Les antécédents de Smirnoff prouvent qu'il est ambitieux et téméraire. D'autre part, les papiers de Butterfield n'ont pas encore été retrouvés. Toute livraison d'armes doit donc être prise au sérieux.

Sir John ouvrit la bouche, et la referma. Il envoya la balle dans le camp de Hethrington, qui la récupéra sans enthousiasme.

— Les Russes prennent plaisir à agiter bruyamment leurs

sabres pour observer nos réactions. Je suggère que, cette fois, nous les privions de ce plaisir.

— Ah, oui ! approuva aimablement le commandant en chef. Mais n'est-ce pas revenir à des fantasmes irrationnels ?

Cette fois, il prit un cigare dans la boîte qu'il poussa en direction de Sir John.

— Croyez-vous que les réactions de notre gouvernement soient dues à de simples cliquetis de sabres ? ajouta-t-il.

Hethrington se déroba.

— Je ne mets pas en doute une expédition d'armes vers le Hunza, mais seulement la possibilité qu'elle arrive à destination. Quand le père de Safdar Ali a demandé des armes aux Chinois, ils lui ont envoyé deux canons qui sont restés dans les neiges de l'Hindu Kush.

— Mais, bon sang, c'est de l'histoire ancienne ! De nos jours, le réseau de voies ferrées donne aux Russes la possibilité d'étendre plus vite et plus loin leur sphère d'influence. Quant aux équations politiques en Asie, elles ont radicalement changé, colonel.

— Mais ni le temps ni la topographie. L'Himalaya reste une barrière naturelle infranchissable, un système de défense beaucoup plus efficace que tout ce que nous pourrions envisager.

— Plus tout à fait aussi efficace s'ils découvrent l'entrée de la Yasmina !

Le commandant en chef se leva et s'approcha de la carte murale.

— Younghusband confirme que les cols de l'Hindu Kush, à cet endroit, sont facilement accessibles, intervint Sir John, inquiet de ce que le franc-parler d'Hethrington pouvait le pousser à dire.

— En cas d'invasion, possédons-nous suffisamment d'informations pour préparer une contre-attaque ?

— Non, s'ils suivent un itinéraire qui ne nous est pas familier. (Le commandant en chef pointa du doigt divers endroits sur la carte.) Souvenez-vous que certains de ces cols ne sont qu'à une journée de cheval de Gilgit et que d'autres sont accessibles toute l'année.

— Aucun ne pourrait subir le passage d'une armée importante et d'une artillerie lourde, monsieur le commandant en chef. Fait qui nous a été confirmé par le général Lockhart et Ney Elias. De la quarantaine de cols qu'Elias a explorés, seulement un ou deux sont praticables par un petit contingent entre juillet et décembre.

— De toute façon, les Russes ne commettraient pas l'erreur de concentrer toutes leurs forces dans un seul défilé. Ils commenceraient par de petites incursions sur plusieurs fronts, ce qui donne toute son importance à la Yasmina. Inconnue de nous, elle leur permettrait un effet de surprise.

— Quant à moi, affirma Sir John, je persiste à croire qu'une attaque russe par les cols himalayens est pour le moins… douteuse.

— Balivernes, John ! Notre armée ne dispose que de soixante-dix mille hommes. Les cipayes, qui, pour la plupart, n'ont pas le droit de se servir d'armes modernes, ne nous sont guère utiles. Or, le pays compte cent quatre-vingts millions d'habitants. Les Russes, eux, ont quarante-cinq mille hommes en Asie centrale pour seulement deux millions et demi d'habitants. Tout les favorise : leurs troupes mieux formées aux conditions géographiques, le chemin de fer transcaspien, la situation politique en Asie centrale.

— Très juste, concéda Sir John en se grattant le menton. Mais ces facteurs ne joueraient qu'au cas où se produirait un conflit d'envergure, ce que….

— Je ne suis pas assez stupide pour croire, John, que la Russie pense à une conquête, coupa Sir Marmaduke, agacé. En revanche, elle songe depuis plus d'un siècle à une invasion et la moindre incursion dans le défilé du Hunza serait pour nous une gifle intolérable à laquelle nous devrions répondre.

— L'attitude de la Russie pourrait servir de paravent à…

— Le rapprochement de la Russie avec le Hunza a un sens, de même que la nomination de Smirnoff à Tachkent. Non, John, je ne veux absolument pas être pris au dépourvu comme nous l'avons déjà été, insista Sir Marmaduke en frappant sur le bureau. À propos de Smirnoff, il est indispensable que nous sachions ce qu'il fait dès son arrivée au Turkestan.

— Oui, monsieur le commandant en chef.

— De qui disposons-nous en ce moment ?

— Colonel ?

L'intendant général passa la parole à Hethrington.

— Actuellement, nous sommes obligés de nous fier aux informations fournies par un Ouzbek employé dans l'un des services les moins importants du baron et aux rumeurs du bazar.

— S'agit-il de l'Ouzbek qui avait servi d'interprète à notre attaché militaire à Saint-Pétersbourg lors de sa visite à Tachkent ?

— Est-il fiable ?

— Probablement.

— Eh bien, je veux qu'il surveille Borokoff et Smirnoff et qu'il fasse un rapport sur tout ce qui lui semble anormal.

— Il a reçu des instructions à cet effet.

— Quand l'émissaire de Safdar Ali est-il arrivé à Tachkent ? Avant ou après la visite de Durand au Hunza ?

Hethrington désapprouvait les méthodes de Durand à l'Agence de Gilgit.

— Peu après, répondit-il. Safdar Ali n'a pas apprécié l'arrogance de Durand et la façon dont il l'a catégoriquement accusé de duplicité.

— Vraiment ? interrogea Sir Marmaduke, les sourcils levés.

— Il ne faut pas oublier, monsieur le commandant en chef, que le double jeu est l'unique ressource laissée aux petits royaumes en butte à l'hostilité des géants.

Cette observation déplut au général.

— Alors, que suggérez-vous, colonel ? Dorloter le petit polisson pendant qu'il conte fleurette à l'ennemi ? Fermer les yeux sur une livraison d'armes russes ?

— Non, mon général, répondit prudemment Hethrington, mais tant que ce n'est qu'un flirt…

— N'oubliez pas, colonel, que tous ceux qui ont participé à notre dernière réunion se sont montrés consternés par les récents événements et que certains ont même envisagé une mobilisation. Le meurtre de Butterfield, la mystérieuse disparition de ses papiers, la visite de Borokoff au Hunza, son amitié pour ce Smirnoff à la réputation douteuse qui vient d'être nommé à Tachkent… Que faut-il de plus pour secouer notre apathie ?

Hethrington se sentit rougir, mais il accepta le reproche en silence. Sir Marmaduke prit un second cigarillo, l'alluma et en tira vigoureusement des bouffées.

— Et maintenant, revenons-en à l'affaire Butterfield. Personnellement, John, croyez-vous que ce qu'il avait trouvé était bien la Yasmina ?

— Nous ne pouvons ni le confirmer ni l'infirmer. Pour ma part, je suis persuadé que la perte de ces documents ne représente pas un danger immédiat pour notre sécurité.

— Faut-il faire part de votre intime conviction à Whitehall ?

— Non, pour la raison que nous ne pouvons rien affirmer.

Sir Marmaduke acquiesça, malgré un scepticisme évident.

— Très bien, John. Rédigez un message codé à l'attention des Affaires étrangères et faites en sorte qu'il me parvienne dès cet après-midi. N'oubliez pas d'insister sur vos doutes, John, ne serait-ce que pour assurer nos arrières.

— Très bien, monsieur le commandant en chef.

Les dossiers claquèrent, les chaises écartées grincèrent. Hethrington, satisfait de ce répit, poussa un soupir de soulagement.

Le lendemain matin, Suraj Singh choisit pour Emma une jument alezane docile et d'humeur égale. Dans la stalle voisine, un superbe cheval noir secouait sa crinière et s'ébrouait bruyamment.

— Voici Toofan, le cheval favori de Huzoor. Il n'obéit qu'à son maître. Il a la fougue et la vigueur de l'orage, et porte bien son nom. C'est une bête idéale pour les grandes randonnées. Mais ici, Huzoor monte Sikandar, un arabe moins énergique, mais mieux élevé.

Ils commencèrent la promenade au petit trot. Suraj Singh répondait volontiers aux questions d'Emma sur le domaine et s'en montrait particulièrement fier.

— Appartenez-vous à une famille d'agriculteurs, Suraj Singh ?

— Non, bégum sahiba. Mon père était soldat.

Connaissant son aversion pour les sujets personnels, Emma se garda de lui demander si sa boiterie était due à une blessure de guerre.

Elle lui annonça qu'elle avait invité Geoffrey Charlton à prendre le thé la semaine suivante. Il était peu probable qu'il ne le sût pas, la lettre ayant été envoyée le matin même à Srinagar, mais il s'abstint de tout commentaire et se contenta d'incliner la tête. Emma eut pourtant la sensation qu'il la désapprouvait.

— Attend-on aussi Mrs Hathaway?

— Non. (Emma crut surprendre dans ses yeux une lueur de soulagement.) M. Charlton est un journaliste de grand talent et un spécialiste de l'Asie centrale. Il m'a dit être une relation de mon mari.

— Oui, ils se sont rencontrés.

Suraj Singh hésita un instant avant de poursuivre.

— Sans vouloir me montrer insolent, je suis obligé de préciser que le maître n'est pas… très bien disposé à son égard.

La perspective de recevoir Charlton n'en sembla que plus séduisante à Emma. Elle prit un air candide et demanda :

— Et Mrs Hathaway? Comment le maître est-il disposé à son égard?

— Je l'ignore, répondit-il avec une certaine froideur. Huzoor ne me raconte pas ce qu'il pense de ses relations.

Chloe, une relation? Emma trouva à la fois loyale et amusante la façon dont Suraj Singh désignait cette femme.

— Nous prendrons le thé dans le verger, près du pavillon d'été. Il serait dommage de ne pas profiter du coucher du soleil sur les montagnes.

Elle avait mûrement réfléchi avant de faire ce choix. Si Damien était de retour, cela n'avait aucune importance. Mais, dans le cas contraire, il était préférable de recevoir un homme jeune et de belle prestance en plein air, devant les domestiques.

Les petites maisons du village des tisserands avaient des toits d'ardoise, de bardeaux ou de chaume fourni par les roseaux du lac. Dans une cour, les ouvriers assis sous des pommiers ou des abricotiers actionnaient des métiers à tisser qui semblaient mus par un métronome invisible. Un groupe de femmes, rassemblées autour d'une montagne de toison blanche, séparaient les jarres en deux tas. D'autres, assises en tailleur devant les rouets, filaient la laine. Derrière le village, coulait un ruisseau.

À l'arrivée d'Emma, les tisserands se levèrent, la tête baissée en guise de salut, et attendirent d'être présentés. Le premier fut Qadir Mian, le vieil Afghan. Emma le félicita en ourdou sur le beau châle qu'il avait tissé pour elle. Impassible, il accepta le compliment d'une inclination de tête. Pourtant, Emma sut qu'il en était heureux.

Elle apprit que les châles, une fois tissés, étaient lavés dans la rivière, piétinés, et frappés très fort contre une dalle de pierre pour les débarrasser de l'amidon de riz dont on avait humecté les brins de laine pour les empêcher de s'effilocher. Cette dernière opération répétée plusieurs fois était suivie du séchage à l'ombre. Emma s'étonna qu'un traitement d'une telle brutalité fût appliqué à une étoffe aussi délicate.

— C'est justement ce qui donne à nos châles leur douceur inimitable, bégum sahiba. Il y a de la magie dans nos rivières, répondit Qadir Mian.

Emma voulut ensuite savoir combien de tisserands professionnels travaillaient dans la Vallée.

— Il y a vingt ans, on en comptait quarante mille, mais seulement quatre mille ont survécu à la famine. C'est pourquoi les maîtres tisserands comme Qadir Mian sont très rares.

— Les caprices de la mode n'ont-ils pas nui à l'exportation des châles en Europe ?

— Hélas, si. Les modes sont changeantes. Mais le maître pense qu'il y aura toujours une demande pour des châles aussi finement tissés et décorés.

— Comment le major Granville, un militaire, a-t-il pu se prendre d'une telle passion pour le tissage de la laine ?

— La mère du défunt maître était française, et l'un de ses frères possédait des tissages en France. Quand il s'est rendu à Paris pour la grande exposition, il a emmené son jeune neveu. Tout est parti de là.

— Et mon mari perpétue la tradition avec la même passion ?

— Que la bégum sahiba juge par elle-même. Le dessin exécuté sur ce métier a été conçu par le maître, c'est un remarquable artiste, ajouta Suraj Singh.

— Comme son père ?

— Non, comme sa mère, bégum sahiba.

Au moment où Emma aurait pu en savoir davantage sur la défunte Mrs Granville, Qadir Mian s'approcha d'elle pour lui proposer d'assister à la teinture des châles. Cette matinée fut riche de surprises pour Emma. Elle apprit ainsi que le domaine pouvait subvenir à ses propres besoins en nourriture et que de multiples activités y trouvaient leur place, comme la culture du mûrier pour les vers à soie et celle de plantes médicinales.

— Qui d'autre, excepté mon mari et vous-même, gère le domaine ? demanda Emma.

— Lincoln. Il l'administre d'une façon assez peu orthodoxe, car tous ceux qui travaillent ici touchent une part sur les bénéfices.

Au retour, ils traversèrent des champs de blé, des rizières et des vignobles florissants. Emma apprit que Damien projetait de se lancer dans la viticulture. Elle interrogea Suraj Singh sur l'origine des pieds de vigne.

— Ils viennent d'Amérique et sont censés être plus résistants aux maladies.

— La demande est forte au Cachemire ?

— Seulement à Srinagar.

— Alors, pourquoi mon mari envisage-t-il de produire du vin si le succès commercial n'est pas assuré ?

— Justement pour cette raison, bégum sahiba, soupira Suraj Singh. Le maître est aussi incapable de refuser un défi que d'envisager une défaite.

— Pour l'amour du ciel, mon cher Hethrington, est-il vraiment nécessaire de le prendre à rebrousse-poil chaque fois que vous le voyez ? Soyez donc diplomate de temps en temps ! s'exclama Sir John tandis qu'ils se préparaient à rédiger le télégramme.

— Je déteste l'hypocrisie.

— Allons donc ! Il vous manque la pratique, Wilfred, répliqua Sir John en riant. En toute justice, ce que Sir Marmaduke a dit n'est pas dénué de fondement. Il faut absolument que nous prenions nos précautions.

— À mon avis, une politique extérieure fondée sur des rumeurs n'a aucun sens. Quant à mon opinion, c'est, j'en suis sûr, celle de millions de modérés en Grande-Bretagne.

— Les modérés ! Ils n'ont pas voix au chapitre et nous savons bien, vous et moi, ce que Sir Marmaduke pense d'eux.

Que le gouvernement pût envisager le pire sur la foi de on-dit stupéfiait Hethrington. L'affaire de la cordite et celle des cartouches présumées « fixes » en étaient l'illustration.

Un moment plus tard, Sir John posa sa plume et se carra dans son fauteuil.

— Dites-moi, Wilfred, en toute honnêteté, êtes-vous vraiment aussi peu inquiet que vous le paraissez au sujet de l'arrivée de Smirnoff ?

— Non, je suis extrêmement inquiet. Je sais que quelque chose se trame à Tachkent et que, avec Smirnoff, la situation ne fera qu'empirer. Soyons sur nos gardes sans vouloir la guerre à tout prix. Avez-vous pris connaissance du message chiffré de Lord Castlewood ?

— Oui, mais Sir Marmaduke n'en tient pas compte. Il pense qu'une fois les nouvelles armes livrées, la Russie entrera en guerre contre l'Angleterre et ce, très vraisemblablement, en Inde. Les boutefeux russes entretiennent l'agitation en Asie centrale dans le but d'obtenir des médailles.

— Le colonel Durand ne serait qu'un boutefeu avide de médailles, mon général ?

L'intendant général haussa les épaules, mais garda le silence.

— Sans doute Smirnoff vient-il semer le trouble, mais ce sera sans l'accord du tsar.

— Ce n'est pas la première fois qu'il désobéit aux ordres. Curieusement, après l'escarmouche irresponsable qu'il a menée contre les Afghans, il a été promu.

— À l'époque, son père était ministre de la Guerre. Cependant, en Russie, le seul à détenir le pouvoir, c'est Alexandre III et, officiellement, il a ordonné à son armée d'Asie centrale de ne pas poser le pied en territoire contesté.

— Et, officieusement ?

— Si un officier russe outrepasse ses droits, c'est un acte d'indiscipline et non un prélude à la guerre.

Sir John leva les bras.

— Peu importe ce que nous pensons, vous et moi, Wilfred. Et rappelez-vous que le service des renseignements est nouveau et qu'il doit faire ses preuves. Quant à notre budget, il a le don d'en irriter plus d'un et…

On frappa discrètement à la porte et le capitaine Worth entra, brandissant un papier.

— Désolé de vous interrompre, mon général, mais ceci nous arrive à l'instant de Leh. Mr Crankshaw nous informe que Geoffrey Charlton a quitté Yarkand et se trouve actuellement à Srinagar.

Un grand silence se fit. Sir John porta alors la main à son front.

— C'est un comble, n'est-ce pas, Wilfred ? dit-il.

— À propos de Merv, vous seriez déçue par la ville telle qu'elle est aujourd'hui, affirma Geoffrey Charlton.

— Vraiment ? Mais ne reste-t-il rien des trois civilisations successives ?

Emma se pencha en avant pour mieux écouter.

— Seulement des ruines, à une dizaine de miles du nouveau centre urbain.

Hakumat s'approcha de Charlton, qui accepta une assiette de pêches à la crème.

— La ville a connu un regain d'importance au moment de la construction du chemin de fer mais, depuis, les marchands l'ont quittée, poursuivit-il.

— Qu'est devenue la magnifique forteresse de Koushid Khan Kala ?

— La voie ferrée la traverse désormais, et l'on y trouve, entre autres, les bureaux de l'armée russe et la résidence du gouverneur de la province.

— Que sont devenues les villes antiques fondées, dit-on, par Alexandre, Zoroastre et les Macédoniens ?

— Il n'en reste que des vestiges, j'ai le regret de le dire.

— Pourquoi les habitants du pays ne protestent-ils pas, Mr Charlton ?

— Je m'aperçois, Mrs Granville, que vous êtes une romantique. Mais il faut tenir compte des priorités. En tant que journaliste, je dois être avant tout réaliste. Je m'intéresse plus à l'évolution du présent qu'au passé immuable, et à l'avenir de cette région tel que la Russie le façonne.

— De pareilles destructions seraient donc source de prospérité ?

— Bien sûr, Mrs Granville, répondit Charlton en riant. De nos jours, les oasis n'ont jamais été aussi fertiles, ce dont personne ne se plaint. Et les légendes modernes ne reconnaissent qu'un seul héros, le général Konstantin Kaufmann, le premier gouverneur général russe. Il arrive qu'on fasse encore allusion à Tamerlan et à Alexandre le Grand, mais l'heure n'est plus à l'Antiquité. Quoi qu'on puisse dire, Mrs Granville, les Russes sont, eux aussi, de bons colonisateurs.

Charlton se leva, s'étira et admira la chaîne de montagnes illuminée au loin par le soleil.

— Vous les comparez aux Anglais ?

— Aux autres colonisateurs, quels qu'ils soient. Voyez-vous, Mrs Granville, de nos jours la ville de Merv revit et prospère. Son commerce est en pleine expansion. Pour quelle raison se soucierait-on du passé ?

Le cynisme de Geoffrey Charlton déçut Emma ; elle le trouva déplacé.

— Alors la prospérité matérielle justifie le désintérêt pour l'Antiquité.

— Je ne cherche pas une justification, Mrs Granville, j'essaie seulement de vous expliquer les réalités actuelles. Les Russes ne tiennent pas à préserver l'histoire, mais à la faire. Les fouilles entreprises l'ont été maladroitement et sans enthousiasme.

— Pourquoi ne pas autoriser des étrangers à les suppléer ? Ils sauteraient sur l'occasion.

— Parce que les Russes interdisent toute activité qui pourrait détourner le peuple de son travail quotidien.

— N'est-ce pas une façon de l'exploiter ?

— Le peuple est sûr du développement économique de Merv parce qu'il le sait lié à l'enrichissement du tsar.

Perplexe, Emma fronça les sourcils.

— Dois-je comprendre que vous approuvez la colonisation russe ?

— Au contraire. De nombreux indigènes de l'Empire sont attirés par la prospérité russe, notamment ceux des États frontaliers. Les Indiens oublient deux choses : on ne vit pas que de pain, et celui qui met de la nourriture sur leur table achète leur âme.

Son regard suivit un papillon géant aux ailes jaune et pourpre qui cherchait à se poser.

— Tous les colonisateurs ne sont-ils pas, d'une façon ou d'une autre, des Méphistophélès ?

— Les Russes plus encore que les autres. Par exemple... (Il s'interrompit brusquement.) Comment diantre en sommes-nous arrivés à cette interminable discussion ?

Emma éclata de rire.

— Je commençais à me le demander.

— Excusez-moi. Il est impardonnable de débattre de questions politiques insolubles par une belle après-midi, dans un endroit idyllique.

Ils évoquèrent ensuite Boukhara, Samarkand, et l'Amou-Daria, l'Oxus des Anciens, né dans les monts du Pamir. Emma s'émerveilla de la modestie de Charlton malgré l'étendue de ses connaissances.

— Lorsqu'on demanda à Akbar, l'empereur moghol, sur son lit de mort, quel était son dernier souhait, il murmura : « Le Cachemire, et rien d'autre. »

— Je suppose que la vie dans la Vallée vous plaît, à vous aussi ?

— Oui. La Vallée sert de base à mes expéditions en Asie centrale. Dans sa douceur et sa tranquillité, on peut écrire sans être dérangé et Walter Stewart, le résident, m'autorise à utiliser son télégraphe pour envoyer mes reportages à Londres.

Il prit une profonde aspiration, le visage levé vers les montagnes. Décidément, Emma était tombée sous le charme de cet homme franc et direct. D'un geste, elle ordonna à Hakumat de rapporter du thé.

— Comme je vous l'ai dit lors de ma dernière visite, j'ai eu le privilège de rencontrer une fois votre père. Il m'a laissé une très forte impression, en tant qu'homme et en tant qu'érudit. J'aurais aimé le connaître davantage. À cette époque, il était à la recherche des vieux monastères établis sur l'ancienne route des pèlerins bouddhistes.

— En effet, soupira Emma. Depuis toujours, mon père se passionnait pour ces monastères. Il en avait découvert un dans le Tien-Chan que les Chinois appellent les monts Célestes. Un autre lui avait révélé la plus importante collection connue de peintures murales et de textes sacrés bouddhistes.

Ils parlaient depuis un moment de la vie et de l'œuvre de Graham Wyncliffe lorsque Emma se surprit à évoquer sa mort, devant un étranger. Bien qu'elle connût à peine cet homme, elle le trouvait tout à fait sympathique et lui savait gré de l'écouter avec une attention flatteuse.

— Mon père était terriblement jaloux de son indépendance. C'était un solitaire. Parfois il s'éloignait du camp pendant plusieurs jours sans que son équipe s'en inquiétât. Cette fois, hélas, il ne revint pas. Nous n'avons même pas eu le réconfort de pouvoir porter des fleurs sur sa tombe.

Ses yeux brillaient, mais elle ne pleurait pas. Elle se sentait soulagée. Son aveu avait un effet cathartique ; elle l'avait si longtemps gardé sur le cœur. Elle appuya sa tête au dossier de sa chaise et leva son regard vers le ciel couleur de feuille morte.

— Nous avons vécu si longtemps dans l'espoir de revoir papa, nous avons tant prié pour qu'un miracle s'accomplisse… Beaucoup plus tard, nous avons su que des montagnards avaient retrouvé son corps et qu'ils l'avaient enterré, mais où ?

Charlton s'éloigna pour la laisser à son chagrin. Quand il reprit place dans son fauteuil, il changea de conversation.

— J'ai appris que Mr Granville se trouvait à Leh.

— Oui, mais je l'attends sous peu.

— Votre mari est un homme très intelligent, Mrs Granville.

Était-ce un compliment ? Emma en douta.

— Je me suis laissé dire qu'il connaît le nom de toutes les plantes et de tous les animaux du Cachemire, que toutes les pistes de la montagne lui sont familières et qu'il parle couramment plusieurs langues.

— Il a grandi au Cachemire. Il parle parfaitement le ourdou, le cachour et le dogri.

— Et le russe, bien entendu.

Par chance, elle s'était penchée pour relever une serviette tombée, ce qui lui évita de répondre trop vite. Alertée, elle se souvint du livre qu'elle avait remarqué dans la bibliothèque de Damien. Pourtant, lorsqu'elle se redressa, son visage ne portait pas la moindre trace de surprise. Elle sourit.

— Oui, le russe aussi.

— La première fois que j'ai rencontré votre mari, Mrs Granville, c'était au Yacht Club de Saint-Pétersbourg.

— Vraiment ? Il était probablement en voyage d'affaires. Les châles du Cachemire sont appréciés jusqu'en Russie.

— Oui, probablement.

Absorbé dans la contemplation d'une coccinelle qui grimpait lentement sur sa manche, Charlton finit par la faire s'envoler. En voyant le jour baisser, il tira sa montre de la poche de son gilet et se leva d'un bond.

— Mon Dieu ! Je n'avais aucune idée de l'heure. J'espère ne pas avoir abusé de votre hospitalité.

Emma l'assura qu'il n'en était rien. Elle avait passé une après-midi fort agréable et se trouvait d'autant plus à l'aise en présence de cet homme cultivé qu'aucune allusion n'avait été faite à Chloe Hathaway.

Sentant que le regard de Charlton était posé sur son visage, elle rougit.

— Je suis si heureuse que vous ayez pris la peine de faire tout ce chemin pour satisfaire ma curiosité, Mr Charlton. J'espère ne pas vous avoir trop ennuyé avec mes innombrables questions ?

— Au contraire, Mrs Granville. Je dois vous confesser que mon plus grand plaisir est de pontifier devant un public émerveillé.

Emma sourit. Elle trouvait cette façon de se dénigrer assez émouvante.

— Venez dîner un soir avec nous quand mon mari sera de retour, suggéra-t-elle avec hardiesse.

Il ne répondit pas tout de suite, à la fois sérieux et troublé, et se contenta d'étudier son visage.

— Ce sera avec grand plaisir, Mrs Granville, à condition que vous m'accordiez une immense faveur, finit-il par dire.

— Mon Dieu ! s'exclama Emma. Comme vous avez l'air grave ! Soyez assuré que je vous l'accorde bien volontiers.

— En ce cas, je vous prie de me considérer comme votre ami. Il se peut que vous en ayez bientôt besoin.

11

Borokoff passait devant le champ de manœuvre et les casernes, lorsque des soldats alignés en une formation impeccable le saluèrent. Il toucha sa casquette d'un doigt et soupira. Malgré son attachement à une discipline militaire stricte, Mikhail Borokoff trouvait en fait Tachkent d'une morosité proverbiale. Le foyer militaire, ses bals et buffets incessants l'ennuyaient profondément et les officiers qui le fréquentaient encore davantage. Il regrettait amèrement qu'il n'y eût pas, à Tachkent, une communauté indigène éduquée, prospère et raffinée, telle qu'il en existait dans les villes de l'Empire britannique des Indes.

Borokoff se languissait secrètement de son retour à Saint-Pétersbourg. La gaieté et les paillettes, les soirées et les dîners de gala lui manquaient, le très « select » Yacht Club aussi. Dans l'élite russe, on découvrait la véritable élégance, le vrai style. Il ne pouvait nier non plus qu'il avait la nostalgie des déjeuners confidentiels organisés de temps à autre par Alexei Smirnoff dans les divers palais du tsar. Quelle que fût son opinion personnelle sur l'homme, nul ne mettait en doute que le général était un authentique aristocrate. Borokoff enviait son assurance en société, cette assurance que seuls confèrent les privilèges.

Cependant, sa nostalgie ne lui faisait pas oublier qu'il devrait attendre avant d'avoir cette vie tant désirée. Il avait encore des affaires à régler en Asie centrale, un plan à exécuter, une mission à achever. Il poussa un nouveau soupir silencieux, chassa ses visions de Saint-Pétersbourg et consulta sa montre de gousset.

Toujours en avance sur l'heure du rendez-vous fixé par le

baron von Adelssohn, il pénétra nonchalamment dans l'un de ces petits parcs si nombreux à Tachkent, à l'écart de la route, et s'assit sur un banc. Borokoff reconnaissait à Ivana la qualité de ne jamais le laisser manquer un rendez-vous ; parfois, cependant, son efficacité l'irritait. Au lieu d'être assis dans un jardin à se tourner les pouces, il aurait pu profiter d'une demi-heure pour terminer le rapport destiné à Saint-Pétersbourg.

Il songea à ses conversations secrètes avec Alexei Smirnoff. Alexei considérait comme dangereux de procurer à Safdar Ali ne fût-ce que quelques fusils à répétition sans l'aval des autorités. Pourtant Borokoff avait peine à imaginer comment on le convaincrait d'accepter des armes obsolètes. En outre, comment allait-on s'organiser ? Safdar Ali ne les guiderait pas jusqu'à la Yasmina avant que les fusils ne fussent remontés et essayés. Eux, pour leur part, refuseraient d'achever l'assemblage sans avoir pu, au préalable, accéder à la passe. Et si ce barbare les exécutait tous, aussitôt la passe occupée ? Borokoff se vida de ses frustrations en un juron silencieux.

Si la bâtisse censée abriter le gouverneur général du Turkestan russe choquait la vue, les splendides jardins situés à l'arrière compensaient tant bien que mal sa laideur. Des acres d'une nature amoureusement entretenue rayonnaient autour de la rivière artificielle. Des cascades tombaient de montagnes d'arbustes en fleurs. C'était une vision digne d'un tableau de maître. Une fosse aux ours bordait une des clôtures de la ménagerie du baron. Un jour, ils avaient dévoré des jardiniers : on les avait abattus et remplacés par un couple de renards argentés moins voraces.

Le baron, qui passait le plus clair de son temps dans ces jardins, y reçut le colonel Borokoff.

— Ponctuel, je vois.

Le baron inclina la tête en signe d'approbation.

Il s'extirpa d'une meute de chiens de races et de couleurs variées et fit passer le faucon perché sur sa main gantée de la droite à la gauche.

— J'apprécie qu'on respecte les horaires, colonel. Il nous reste une heure avant le dîner, néanmoins soyez assez aimable pour ne pas trop faire traîner cet entretien.

Déjà, son visiteur ne l'intéressait plus. Son attention se porta sur une cage qui abritait de précieuses perdrix des collines de Chimgan. Le baron, petit homme replet portant monocle, à la mâchoire pendante et à la bouche triste, ressemblait à ses épagneuls. De nouveau, il remarqua la présence de Borokoff.

— Eh bien, soldat, allez-y, parlez. Qu'est-ce qui me vaut l'honneur ?

— Vous m'avez demandé, monsieur, de vous faire un compte rendu dès mon retour de Saint-Pétersbourg.

— Ah oui, en effet. Eh bien, tout va pour le mieux ?

— Dans le meilleur des mondes, Excellence.

Il n'était certes pas nécessaire de rapporter les détails de sa discussion avec Alexei ; le vieux fou ne se souviendrait pas d'un mot sur dix.

— Les armes ont été choisies, on en a établi la liste, et maintenant elles sont sur le point d'être démontées.

— Des armes ?

— Pour le Hunza, monsieur, soupira Borokoff.

Le baron leva l'index en signe de compréhension.

— Ah ! Bien sûr. Mais pourquoi les démonter ?

— Nous ne pourrions pas les transporter à travers les montagnes sans susciter une réaction violente de la part des Angliskis, monsieur. Une fois les armes démontées, il sera plus aisé d'en camoufler les éléments.

— Je vois. Mais pas les nouveaux fusils, j'espère ?

— Non, monsieur. Le général Smirnoff doute qu'en haut lieu on approuve cette décision.

— J'espère bien ! Alors, quand la livraison commencera-t-elle ?

— À la fin de l'été, monsieur, au moment où, malheureusement, Votre Excellence aura déjà quitté Tachkent.

Le baron cessa de froncer les sourcils ; un large sourire éclaira son visage.

— Quel dommage, murmura-t-il en s'efforçant de paraître sincèrement désolé. Quel dommage ! J'aurais aimé voir nos engagements honorés avant de partir. Rappelez-moi le nom de cet homme.

— Safdar Ali, monsieur.

Borokoff essayait de se débarrasser d'un chien énorme, un bâtard quelconque, qui montait sa jambe droite dans l'espoir qu'elle fût une femelle bien disposée.

— N'attend-il pas en outre de l'argent de notre part ?

— Certes, monsieur. Saint-Pétersbourg lui en enverra une fois le marché conclu.

— Le marché ?

Le baron avait l'air ébahi. Il grimaça et replaça en hâte le faucon sur sa perche. Il s'agenouilla et frotta avec vigueur son gant pour le débarrasser des déjections du rapace.

— Euh, voulez-vous bien me rafraîchir la mémoire, s'il vous plaît ?

— En échange de l'armement et de la... subvention, nous avons exigé, monsieur, l'accès au col de la Yasmina.

La Yasmina !

Le baron sursauta.

— Bien sûr, je m'en souviens maintenant.

Ses yeux voletèrent vers l'enclos où broutait le markhor du Cachemire. Tandis que les souvenirs affluaient, ses lèvres s'affaissèrent. Il restait persuadé que ce satané Darde ne tarderait pas à pointer le bout de son nez avec des oisillons d'aigle royal. Quant à l'autre homme, il s'était manifestement volatilisé dans les bas-fonds de Tachkent. Néanmoins, la sérénité du baron n'était pas entamée. L'un des deux reviendrait sûrement. À cause de la femme.

— Pendant votre absence, Borokoff, cette affaire a connu un développement — comment dirais-je ? — plutôt curieux, commença-t-il, nerveux. Retirons-nous donc dans le fumoir où nous pourrons bavarder librement.

L'épouse du baron elle-même ne pénétrait dans le refuge de son époux, petit salon privé et douillet, qu'avec sa permission. Le fumoir donnait sur la grande salle de réception où de gigantesques portraits des derniers tsar et tsarine et du couple impérial actuel ornaient un mur qui surplombait une estrade. Malgré la douceur de la soirée, on avait allumé un feu dans l'âtre.

— Un curieux développement, monsieur ?

Ce n'est qu'une fois assis devant leur verre de slivovitz et les bols remplis d'amandes grillées que Borokoff posa cette question.

— Oui, en effet.

— Curieux... en notre faveur, monsieur ?

Le baron était de plus en plus mal à l'aise et jouait avec un cigare éteint.

— Curieux, parce que je l'ignore. Comme j'ignore sous quel angle vous prendrez cette histoire. J'ai reçu la visite de deux hommes prétendant être des Dardes qui m'ont fait une proposition des plus stupéfiantes.

Le cœur de Borokoff se serra. Dans quel effroyable pétrin cet idiot s'était-il mis ? Il faisait trop chaud dans la pièce. Il se leva, ouvrit en grand la fenêtre et desserra légèrement le col de son uniforme avant de regagner son siège. Désormais, il était prêt à entendre le pire.

Dehors, dans le jardin, juste sous le rebord de la fenêtre ouverte, le jardinier kazakh se tapit dans les rosiers taillés. Borokoff ne le remarqua pas.

Le baron plissa les yeux et son regard s'abîma dans le foyer.

— Dites-moi, Borokoff, si quelqu'un vous offrait sur un plateau un jeune mâle markhor, des oisillons d'aigle royal et... et un don du ciel, quelle serait votre première réaction ?

— Je serais instantanément soupçonneux, monsieur.

— Certes, approuva le baron, piteux. (Il gratta une allumette et alluma son cigare.) Et, si cette personne vous les offrait en échange de quelque chose qu'elle désire, comment réagiriez-vous alors ?

N'ayant pas la moindre idée de ce qu'insinuait le baron, Borokoff s'impatienta.

— Eh bien, j'en conclurais, je suppose, que, quel que soit l'objet de son désir, il possède à ses yeux une énorme valeur. Quoi d'autre ?

— Précisément ! (Le baron sembla soulagé.) Voilà précisément mon interprétation, que je sois maudit si j'en comprends un traître mot.

— Je peux peut-être vous aider, monsieur. On dit que deux têtes valent mieux qu'une.

Le baron tirait comme un forcené sur son cigare.

— Je l'espère, Borokoff. Je l'espère. On m'a offert des cartes détaillées et authentifiées de la passe de la Yasmina.

Aussitôt Borokoff se détendit.

— Je vois. Le nouvel animal dans le jardin, ce sont ces hommes qui vous l'ont apporté, n'est-ce pas ?

Le baron s'empourpra.

— Un markhor du Cachemire, Borokoff, et ses cornes vont bientôt…

Borokoff l'interrompit brusquement.

— Et, par la même occasion, ils vous ont offert les cartes de la Yasmina ?

— Eh bien, cela ne s'est pas passé exactement de cette façon.

— Combien ont-ils exigé en échange ?

— Ils ne voulaient pas d'argent, ils ont demandé…

— Ils se faisaient passer pour des Dardes ? le coupa de nouveau Borokoff.

— Oui, mais sous leur barbe et la crasse, ils se ressemblent tous. L'un des hommes – le neveu, si mes souvenirs sont exacts – prétendait venir de Chitral.

— Comment sont-ils entrés en possession de ces prétendues cartes ?

— En les dérobant.

— Où ?

— Le neveu affirme avoir été chamelier dans la caravane où voyageait l'Angliski, celui qui a été tué. Quel était son nom, déjà ?

— Butterfield ?

— Oui, c'est cela.

Borokoff se redressa lentement.

— A-t-il mentionné le nom de Butterfield ?

— Oui… non. Je ne m'en souviens plus, mais il jure ses grands dieux avoir volé les papiers dans son sac pendant la razzia.

— Je me demande, commenta Borokoff, l'air songeur, s'il y a un rapport…

— Un rapport, quel rapport ? Veuillez vous expliquer, soldat !

Borokoff s'apprêtait à le faire, mais se ravisa et enchaîna.

— Vous avez laissé ces hommes partir ?

— Seulement l'un des deux. Pour surveiller le nid et subtiliser les oisillons une fois les œufs éclos. Et, bien entendu, pour aller chercher les cartes. L'autre est toujours à Tachkent.

— Où ?

— Quelque part, répondit le baron en donnant une vague indication de la main. Ce n'est pas un problème tant qu'il reste dans notre juridiction, n'est-ce pas ?

— Vous ne l'avez pas arrêté ?

Borokoff était stupéfait par l'incroyable stupidité du baron.

— Nul besoin. Je vous ai bien dit qu'ils attendaient quelque chose en retour, non ?

— Quoi que ce soit, ils ne réapparaîtront jamais. Avec ou sans les oisillons et les cartes.

— Ils le devront pourtant, s'ils veulent récupérer la femme.

— La femme ? Quelle femme ?

— Il semblerait qu'ils aient retrouvé la trace d'une femme qui travaillerait sur notre territoire. Une fois que nous la leur aurons livrée, ils me donneront les oisillons et les cartes.

Borokoff était perplexe.

— Qui est cette femme qu'ils veulent échanger contre des biens si précieux ? Et comment la localiser ?

— C'est fait.

— Où est-elle ?

— Ici, à Tachkent. Ils nous ont donné cette information.

Le baron tendit un morceau de papier.

Borokoff ne fit pas un geste pour s'en saisir.

— Et que suis-je censé faire, Votre Excellence ? s'enquit-il, furieux. Je ploie déjà sous les responsabilités.

Le baron replia le papier et le plaça précautionneusement sur la table.

— Je suggère que vous en preniez connaissance, colonel. Ils prétendent qu'elle est arménienne. Elle porterait un pendentif identique à celui qui est dessiné sur ce papier. Voyez-vous, colonel, martela-t-il en fixant Borokoff, je suis convaincu que la femme qu'ils cherchent est Ivana Ivanova.

Derrière la fenêtre, le jardinier kazakh ramassa ses outils et s'éclipsa aussi silencieusement qu'il était arrivé.

Emma estimait que, depuis son mariage, elle et son mari n'avaient pas passé plus de quarante-huit heures ensemble. Si la cour de Damien n'avait été qu'une succession de mots creux, de sourires fallacieux, bref une comédie absurde, le mariage semblait en être la parfaite suite logique.

Cependant, il y avait plus troublant que son absence : Emma comprenait qu'il avait éveillé en elle des émotions qu'elle aurait voulu à jamais dissimuler. Elle s'était bercée de l'espoir que sa liberté était une véritable bénédiction. En réalité, et malgré son combat de tous les instants pour y rester insensible, l'inhumanité de Damien la blessait.

La visite de Charlton, qui avait amplifié ce sentiment d'insécurité, l'avait laissée perplexe. Elle se trouvait humiliée par la curieuse requête qu'il lui avait soumise lorsqu'ils s'étaient quittés. Elle se rendait compte que son immense solitude était flagrante, même pour une vague connaissance.

Bientôt, un mariage serait célébré sur le domaine. Intriguée par les coutumes et les rites d'une cérémonie brahmanique qu'elle ne connaissait guère, Emma inscrivit quelques notes dans son journal qui lui serviraient ultérieurement de référence. Pour communiquer plus aisément, elle recruta une érudite jeune et timide, chargée de lui apprendre le cachour, le dialecte vernaculaire de la Vallée, un dérivé du sanskrit mâtiné de multiples autres langues.

Lorsque le temps se faisait moins clément, elle étudiait les annotations du Dr Anderson et travaillait à son livre. Les reliques bouddhiques de son père étaient déjà fièrement disposées dans une vitrine et ses livres soigneusement rangés sur les étagères. Pour remplir ses longues soirées solitaires, elle commandait des plats cachemiris et habituait son palais à ces nouvelles saveurs. Elle parcourait aussi la bibliothèque de Damien à la recherche de lectures. Elle se lança dans une étude exhaustive du Cachemire afin de transformer un impératif en un avantage dont elle pourrait profiter. La nuit, avant de se coucher, elle écrivait de longues lettres enthousiastes à sa mère, aux Purcell, à Jenny, John et David ; elle chantait les louanges de son nouveau foyer et de son époux, inventant de toutes pièces des anecdotes plausibles qu'ils seraient ravis de lire.

Emma était fascinée par le talent des tisserands du village, chez qui elle passait le plus clair de ses journées, lorsque le temps le permettait.

– Vous posez les questions qu'elle aurait posées, déclara Qadir Mian un matin, penché sur une tasse de qahwa acidulé.

Le vieil homme s'était adressé à elle sur un ton familier et Emma comprit que les gens du village commençaient à accepter sa présence quotidienne.

– Qui ?

– Notre dernière bégum sahiba.

Il prit une pincée de tabac à priser qu'il enfonça dans sa narine et inspira avec une grande satisfaction.

– Elle aussi voulait tout voir, tout savoir. Du moins, au début.

– Pas à la fin ?

Il secoua sa toison grisonnante.

– Vers la fin, le chagrin la submergeait. Elle était une femme de goût comme vous. Voyez… Une artiste douée.

Il désigna le livre qui reposait sur les genoux d'Emma.

– C'est elle qui a créé ces modèles ?

– Ceux-là et d'autres. Ses dessins sont comme des ailes de papillon, légers et délicats, éclatants de couleurs, tout comme ceux de chota huzoor. Vers la fin, elle peignait pour apaiser sa tristesse, parfois plusieurs heures par jour, la tête penchée sur sa table, les joues ruisselant de larmes. De temps à autre, elle envoyait me chercher tandis qu'elle dessinait assise devant la fenêtre dans sa chambre. Elle me parlait de son pays, de son peuple, de sa maison. Elle me racontait son enfance.

– Elle parlait votre langue ?

– Pas très bien. Mais la langue du chagrin est universelle.

– Et quelle était la cause de ses souffrances ?

– Elle aussi est universelle. C'était une étrangère au Cachemire, elle se languissait des siens.

– Étiez-vous présent lorsqu'elle est partie ?

– Oh oui.

Qadir Mian lui répondit de bonne grâce, montrant ainsi qu'il acceptait qu'elle l'interrogeât librement.

– Et chota huzoor et son père ?

– S'ils avaient été au domaine cette nuit-là, ils ne l'auraient pas permis, mais ils étaient à Bombay et ne revinrent que longtemps après son départ.

– Elle est partie seule ?

– Seule ? Oh, non. Avec l'homme qui était venu la chercher, voilà la vérité.

– Qui était-il ? Un firanghi ?

D'un signe de tête, il approuva.

– Jeune ?

— Qui peut le dire d'un firanghi ? Seule Zaiboon l'a vu, et elle était déjà à moitié aveugle.

— Sait-on où elle est allée ?

Il leva les yeux vers le ciel d'un bleu immaculé et ouvrit ses paumes.

— Elle est morte maintenant, elle ne reviendra pas.

À travers les verres épais des lunettes du vieil homme, Emma crut voir que ses yeux étaient embués.

— Jamais je n'oublierai cette nuit. Elle nous a pris la vie de burra huzoor et a changé la nôtre irrémédiablement. Comme pour notre chota huzoor — il secoua la tête — ce n'était qu'un petit garçon à l'époque, trop jeune pour comprendre, trop âgé pour pleurer.

Il caressa avec amour son châle tilikar et, perdant le fil de la conversation, déplora la rareté de cette laine.

— L'or doux, comme l'appellent les Tibétains. Il provient des chèvres de Ush Tarfan.

Emma comprit qu'il était inutile de le questionner plus avant.

La nuit était douce, claire et paisible. Emma traversa les jardins éclairés par la lune et les étoiles scintillantes. Seuls, les cris des animaux nocturnes et l'écho lointain de la musique et des mélopées perçaient le silence plombé.

C'était la nuit du mariage et le personnel, en particulier Suraj Singh, était réquisitionné pour les préparatifs. En qualité de châtelaine et donc d'invitée d'honneur, Emma avait présenté ses vœux aux familles, béni le couple et, selon les indications de Suraj Singh, offert vingt et une roupies d'argent, un turban en soie, une paire de bracelets en or et des plateaux de friandises. Les futurs époux tracèrent sept cercles autour du feu et on dégusta les douceurs. Le mariage fut alors prononcé. Emma put s'excuser. Les festivités moins solennelles allaient commencer.

Onze heures avaient sonné depuis longtemps. Emma sortit de son appartement armée d'une lanterne, d'une boîte d'allumettes et d'un tournevis. Sharifa et Rehmat participaient à la fête et ne rentreraient pas de sitôt. Suraj Singh vivait dans une des dépendances ; Damien parti, il ne pénétrerait pas dans la maison, la nuit tombée, sans y être invité. Les escaliers et le hall d'entrée ne résonnaient d'aucun bruit. Personne ! Elle franchit une porte dérobée et se glissa dans les jardins.

S'introduire dans les appartements du rez-de-chaussée posa moins de problèmes que prévu. Lors de l'une de ses premières explorations, elle avait remarqué deux portes fermées à l'arrière de la maison. Grâce au tournevis dissimulé dans sa poche, elle s'attaqua au moraillon de la première, qui s'ouvrit sans difficulté, bien qu'elle n'eût pas servi depuis longtemps. Elle se glissa dans l'entrebâillement, referma la porte derrière elle et régla la flamme de sa lampe. Comme elle s'y était attendue, il s'agissait d'une salle de bains, identique à celle de Damien au premier étage. Le plan de l'appartement était facile à deviner. Elle enleva ses chaussures, franchit un dressing et pénétra dans ce qui avait été autrefois le petit salon d'Edward Granville.

Elle souleva la lanterne et observa alentour. À sa grande surprise, elle remarqua avec soulagement que les lampes à pétrole sur les tables étaient remplies de combustible. Elle tira les lourdes tentures sur les fenêtres, gratta une allumette et la tint contre une mèche récemment mouchée qui s'alluma proprement et brilla d'une flamme claire. Les pièces ne sentaient pas le renfermé : elles avaient été récemment aérées. Elle se rappela les avertissements de Suraj Singh et avança avec prudence en testant chaque lame de parquet. Aucun craquement de protestation ne lui parvint ; le sol paraissait en parfait état.

Emma se demanda pourquoi Suraj Singh lui avait menti.

Le mobilier de l'appartement n'avait rien d'exceptionnel. Spartiate, il ne faisait guère de concessions à l'élégance. Elle ne vit ni moutons ni couches de poussière. Dans le silence effrayant, elle entendit le battement régulier d'une horloge remontée. Bien loin des dangers et pièges évoqués par Suraj Singh, les appartements d'Edward Granville étaient non seulement parfaitement entretenus mais, en outre, fréquemment visités.

Parmi le mobilier courant, Emma remarqua un bureau, rectangulaire, d'un acajou brillant au grain superbe. De part et d'autre, deux colonnes de tiroirs supportaient le plateau. Tandis qu'elle posait la lampe sur la surface miroitante, les poignées en cuivre astiquées scintillèrent. Les colonnes étaient bloquées par une charnière verticale. Les serrures qui pendaient aux loquets avaient été huilées. Pas la moindre trace de rouille.

Emma, songeuse, contemplait les serrures.

Faisant rapidement fi de ses scrupules, elle s'empara du tournevis. Mais avant qu'elle n'ait pu forcer les loquets, un bruit lui parvint de l'entrée. Elle s'immobilisa, tendit l'oreille. Elle perçut encore une fois un craquement, suivi par une succession de sons reconnaissables. Une clé dans une serrure, une chaîne, des portes en fer forgé cliquetant contre un mur, le pas lourd de brodequins. Quelqu'un marchait dans le couloir menant aux appartements, quelqu'un qui ne faisait aucun effort pour dissimuler sa présence.

Damien !

Emma ravala un hoquet de surprise, éteignit la lampe, l'enleva prestement du bureau, s'empara de la lanterne et se précipita dans le cabinet de toilette. On s'interrogerait sur la disparition de la lampe, évidemment, mais mieux valait cela que d'être trahie par l'odeur et la chaleur dégagées. Elle referma doucement la porte de la salle de bains derrière elle et s'y adossa pour retrouver son souffle. Elle entendit la porte de l'appartement s'ouvrir et les lourds brodequins marteler le parquet, puis le tapis étouffa le bruit. Le silence se fit. Le rythme des pas n'était pas régulier, et Emma comprit que son compagnon indésirable n'était pas son époux, mais Suraj Singh.

Elle prit son mal en patience, craignant à chaque instant qu'il ne se précipitât dans le cabinet de toilette et la surprît pétrifiée. Ultime humiliation ! Comment expliquerait-elle son effraction ? Les minutes passaient pourtant, et rien ne se produisit. Elle entrebâilla la porte, priant pour qu'elle ne couinât pas, et jeta un coup d'œil dans l'obscurité. Elle distingua au loin la lueur d'une lampe. Suraj Singh était encore là.

Moins nerveuse maintenant et toujours rongée par la curiosité, Emma ouvrit la porte assez grand pour pouvoir passer. Elle avança à pas mesurés dans le dressing, afin d'éviter de heurter quelque meuble invisible, et regarda furtivement derrière le rideau.

Suraj Singh lui tournait le dos, il se tenait penché sur le bureau et examinait des documents à la lueur d'une lanterne.

Le tiroir du bas était ouvert. L'âme damnée de Damien semblait profondément plongée dans sa lecture.

L'un des bracelets d'Emma heurta le mur et tinta doucement. Elle retint son souffle mais il ne se retourna pas. Il n'attendait aucun visiteur, aussi ne se doutait-il pas qu'on l'épiait. Ses gestes précis et l'assurance qui émanait de lui lorsqu'il déplaça les documents avant de les ranger étaient la preuve de sa connaissance intime du bureau et de son contenu. Il s'assit et se mit à écrire. Un instant plus tard, il tira une enveloppe du tiroir, y inséra une lettre et inscrivit l'adresse avant de la sceller à la cire rouge ramollie par la chaleur de la lampe.

Suraj Singh appréciait la confiance et le respect que lui témoignait Damien, Emma n'était pas sans le savoir, mais qu'il semblât au courant des moindres recoins de sa vie privée lui devint soudainement insupportable. Elle en conçut un grand ressentiment. Quelle ironie ! Elle, l'épouse de Damien, s'introduisait comme une voleuse dans ses appartements, tandis que lui, simple employé, y pénétrait comme il l'entendait.

Sa tâche accomplie, Suraj Singh se redressa et glissa l'enveloppe dans sa poche. Il ferma le tiroir et le loquet. Emma, déçue, vit qu'il accrochait les clés à un anneau attaché à une boutonnière de sa veste. Il prit la petite lanterne, moucha la lampe et sortit en fermant la porte derrière lui. Il avait l'air très satisfait.

Toujours guidée par son insatiable curiosité, Emma était bien décidée à enquêter dans la pièce attenante, tout en sachant qu'il était risqué de poursuivre la visite. Si Suraj Singh revenait et la découvrait, elle serait dans de beaux draps. Ravalant sa déception, elle remit son exploration à un moment plus opportun. Elle attendit encore un bon quart d'heure pour être sûre que Suraj Singh avait quitté l'appartement, et reprit le chemin qu'elle avait emprunté, en passant par le cabinet de toilette. Elle replaça les vis sur le moraillon de la porte, se glissa dans l'arrière-cuisine et se précipita au premier étage. Les festivités n'étaient pas terminées.

Le lendemain matin, Emma, enchantée, reçut deux lettres. C'étaient les premiers courriers qui lui parvenaient depuis son arrivée. Un court instant, elle oublia ses malheurs. L'une venait de sa mère, l'autre avait été postée par son frère, à Leh.

La lettre compassée et guindée de David montrait clairement que son ressentiment n'avait pas disparu. Elle se limitait aux strictes informations sur sa nouvelle vie. Son bungalow, correct. Son boy du Ladakh, un voleur. Maurice Crankshaw, un officier exigeant. La paperasse occupait le plus clair de son temps, mais le monastère perché sur la colline possédait une bibliothèque riche de vieux ouvrages. Il avait fait une reconnaissance et établi de bons contacts pendant ses voyages, il partirait bientôt pour sa première mission. Il ne mentionnait pas de destination. Il espérait que sa sœur se portait bien, que le Cachemire lui plaisait.

Rien à propos de Damien.

La longue et chaleureuse lettre de sa mère, en revanche, contenait une mine de nouvelles réjouissantes. Elle avait emménagé chez Carrie et Archie, où elle se sentait parfaitement à son aise. Le mariage de Jenny à Saint-James avait été d'une solennité parfaite, la réception une fête splendide, et ils avaient dansé au-delà de l'heure du petit déjeuner. Suivait alors une longue litanie de rumeurs et de ragots qu'Emma s'empressa de dévorer. Les pattes de mouche maternelles, les tournures de phrase familières et les nombreuses expressions de son affection lui firent cruellement ressentir le mal du pays. Submergée par la nostalgie, elle se mit à pleurer. Lorsque Sharifa arriva pour allumer les lampes, Emma l'en empêcha : elle avait les yeux encore rougis et gonflés. Bien que ses pleurs l'eussent un peu rassérénée, elle resta assise dans l'obscurité, les paupières closes, envahie par les souvenirs du foyer familial.

Lorsqu'elle les rouvrit, la silhouette de Damien se découpait dans l'embrasure de la porte. En toute hâte, elle se redonna une contenance et passa une main sur ses yeux. Depuis combien de temps attendait-il là ?

Il marcha vers elle et scruta son visage.

— Pourquoi êtes-vous assise dans le noir ?

L'effort pour que sa voix parût normale la fit trembler.

— Rien… rien de spécial. Je regardais le soleil se coucher. J'ai dû m'assoupir.

Le regard de Damien se fit plus inquisiteur.

— Vous avez pleuré ?

— Bien sûr que non !

Elle tenta de sourire et se précipita dans sa chambre pour se laver le visage et grappiller les quelques secondes nécessaires pour recouvrer ses esprits. À son retour, elle sonna Hakumat, lui demanda d'allumer les lampes et de monter des rafraîchissements.

— Préférez-vous que je commande le dîner ? demanda-t-elle à Damien. Vous devez être affamé.

Damien était assis, les bras croisés derrière la tête, les yeux fermés.

— Pas encore. Pour l'instant, un thé et un bain suffiront.

Elle sentit le silence pesant et chercha désespérément un sujet de conversation.

— Votre voyage… un succès ?

— Oui.

Étalé sur le canapé, les jambes étendues, il semblait soucieux. Ses joues s'ombraient d'une barbe de trois jours. Sa chemise était tachée d'auréoles de sueur et ses bottes étaient maculées de boue. Derrière lui, dans la pièce, Hakumat se déplaçait sans bruit, allumait et disposait les lampes.

— Avez-vous la laine ?

— La laine ?

— La laine que vous avez reçue à Leh ?

— Ah, la laine. Oui, oui.

Il retira une botte en s'aidant du bout ferré de l'autre. Elle tomba par terre avec un bruit mat.

— Avez-vous vu David ?

Elle était hésitante.

— Non.

Les mains toujours croisées derrière la tête, il avait fermé les yeux.

— Et Mr Crankshaw ?

— Qui ?

— Son supérieur au bureau de Leh.

— Non. (Il grimaça.) Je n'ai jamais rencontré cet homme, et n'en éprouve aucunement l'envie. Vous savez ce que je pense de ces agents britanniques.

– J'aurais aimé avoir des détails sur sa nouvelle affectation. Il n'est guère bavard dans sa lettre.

Damien ne répondit pas. Encore troublée par son apparition soudaine, Emma se leva, fit signe à Hakumat de ranger les bottes et d'augmenter la flamme des lampes. La pièce fut baignée de lumière. Damien garda le silence tandis qu'elle plaçait une bûche dans l'âtre pour ranimer le feu moribond.

– Et votre voyage, vous n'avez manqué de rien ? lui demanda-t-il une fois qu'elle se fut rassise. J'avais ordonné à Suraj Singh de veiller à votre confort.

Il tapota le canapé à côté de lui.

– Oui, merci pour tout. Suraj Singh n'aurait pas pu être plus prévenant.

Elle feignit de ne pas remarquer l'invite muette et n'y répondit pas.

– Eh bien, que pensez-vous du Cachemire ? (De la main, il désigna la fenêtre.) Ce pays dont on dit que les cieux y rejoignent la terre, vous plaît-il ?

– Oui. Mais permettez-moi de remarquer que vous faites les questions et les réponses.

Il se pencha vers elle et scruta son visage.

– Et la maison ? Le personnel, votre appartement, et notamment le bureau ? Sont-ils à votre goût ?

Elle était désarmée par son regard fixe, mais conserva son assurance.

– Comment peuvent-ils ne pas l'être ? Votre *Shalimar* offre tout le confort que l'on est en droit d'attendre et votre personnel est d'une diligence admirable.

Ils devisaient agréablement comme deux vagues relations prenant mutuellement de leurs nouvelles. Aux nombreuses questions qui suivirent, elle donna des réponses précises mais prudentes. Elle remarqua, narquoise, qu'il s'agissait là de leur première conversation que l'on pouvait qualifier de civilisée. Néanmoins la banalité des paroles échangées les faisait résonner curieusement.

– Je suis réellement navré de n'avoir pu vous accueillir lors de votre arrivée.

– Ce n'est rien. Votre personnel s'est bien occupé de moi.

Emma n'avait pas prévu les excuses de Damien. Elle les accepta néanmoins sans montrer de réaction.

— Voulez-vous dire que je ne vous ai pas manqué du tout ?

— Pas le moins du monde, confirma-t-elle sur le même ton badin. Je suis habituée à la solitude et me familiariser avec votre *Shalimar* ne m'a guère laissé le temps de ruminer.

— *Mon Shalimar, mon* personnel ? questionna-t-il, un sourcil levé.

Elle rougit.

— Un choix d'adjectifs mal avisé. Je mettrai sans doute un peu de temps à m'habituer à ces lieux.

Avant qu'elle pût anticiper son mouvement, il s'était penché vers elle et avait pris sa main dans la sienne.

Il la sermonna, discrètement agacé.

— Tout ce qui est ici vous appartient. Je souhaiterais vous voir heureuse à *Shalimar*.

— Vraiment ? C'est ce qui explique sans doute pourquoi, comme vous me l'aviez promis à Delhi, vous avez fait montre d'une telle impatience lors de mon arrivée...

— Je ne suis pas responsable de cette absence. (Il relâcha sa main.) Je ne pouvais pas faire autrement et je vous ai déjà présenté mes excuses. C'est un nouveau lieu de vie pour vous, Emma, il me semble normal que vous soyez un peu perturbée. Vous vous y ferez rapidement. Après tout, c'est votre maison.

— Ah ? Eh bien, dans ce cas, pourriez-vous demander à vos maîtresses de ne pas prendre pour habitude de me rendre visite sans y avoir été conviées ?

Emma se mordit presque la langue. Elle n'avait certes pas eu l'intention de se rabaisser en évoquant le sujet, pourtant, une fois lancée, il était trop tard pour se rétracter ; elle affecta un air de défi.

— Vous voulez parler de Chloe ? Oui, j'ai entendu dire qu'elle était venue avec Charlton. Ne vous laissez pas assommer par Chloe. Elle est inoffensive et, parfois, elle a son utilité.

Il ne feignit même pas de nier. Il paraissait plutôt amusé.

— Pour ce qui est de l'« utilité », comme vous le dites si galamment, je suis certaine que nous en avons toutes une. Mais elle, peut-être plus que d'autres.

— Vous vous comparez à Chloe Hathaway ? Vous êtes ma femme, pas une quelconque maîtresse.

— Vous admettez qu'elle est votre maîtresse ?

— Oui. Sauf pour l'emploi du présent. Chloe *fut* ma maîtresse. Et cette relation n'eut guère d'importance.

— Vous voulez sans doute dire, rétorqua Emma sur un ton sec, qu'elle satisfaisait vos sens sans toucher votre cœur.

La remarque semblait l'avoir agacé.

— Puisque vous m'en parlez, la réponse est oui. Mais je ne l'ai pas vue depuis mon départ pour Delhi. (Il leva brusquement les mains.) Préféreriez-vous que je vous mente, Emma ? Vous savez que je n'avais rien d'un saint. Vous êtes assez âgée pour savoir qu'il existe des appétits qui exigent d'être satisfaits ? Que les hommes doivent dépenser quelques forces afin de préserver les autres ?

De nouveau, il le prenait de haut !

Le thé et des samosas furent servis. La cuisine était mieux préparée pour le maître que pour elle, songea Emma avec amertume.

— En tant qu'époux, accepteriez-vous, lui demanda-t-elle une fois Hakumat parti, la même explication concernant le corps féminin et ses appétits venant de votre propre épouse ?

Il mordit avec délectation dans un samosa.

— Pour les satisfaire, une femme est censée se tourner vers son mari.

— Et si elle préfère les satisfaire ailleurs ?

Elle était aussi révoltée par sa vanité de mâle que par l'aveu de sa liaison.

Il termina le samosa, posa son assiette et, esquissant un sourire, prit la pipe glissée dans sa ceinture.

— Avec qui, par exemple ?

— Avec…

Sa colère enfla et elle prononça le premier nom qui lui vint à l'esprit.

— Geoffrey Charlton ?

L'espace d'une seconde, la main de Damien se figea en l'air, puis il fixa de nouveau son attention sur sa pipe. Il resta silencieux le temps de la bourrer, de tirer une brindille enflammée de l'âtre et de l'allumer. Le sourire s'épanouissait sur son visage.

238

— Si elle le clamait haut et fort, son époux souhaiterait que ce fût un mensonge.

— Et sinon ?

Les yeux d'Emma brillaient.

— Eh bien alors, je suppose que, comme tout cocu qui se respecte, le pauvre homme devrait en arriver à des extrémités terriblement ennuyeuses. Fouetter l'indélicat, par exemple.

— Bien qu'il faille être deux pour faire un cocu ? demanda-t-elle cinglante, horripilée qu'il se jouât d'elle.

Nullement perturbé, la tête reposant sur le dossier du canapé, il continuait de tirer avec satisfaction sur sa pipe.

— Si vous êtes l'épouse dont nous parlons, Emma, rétorqua-t-il en se rejetant en arrière afin d'étudier son visage, je vous suggère de vous retirer de ce genre de jeu. Au moins, jusqu'à ce que vous ayez appris à y jouer. Au-delà du fait que vous connaissez déjà mon point de vue sur les femmes volages et la façon de les traiter, les femmes aussi naïves que vous risquent bien de se tourner en ridicule.

Elle aurait voulu effacer cette suffisance de son visage, le blesser, afin qu'il la prît au sérieux.

— Qu'en est-il des femmes à la tête sur les épaules, comme Nazneen ?

Quelques secondes passèrent avant qu'il répliquât.

— Qui vous a parlé de Nazneen ?

De nouveau, aucune réfutation, pas la moindre excuse !

— Comme chez les voleurs, l'honneur ne semble pas être une valeur partagée par les maîtresses. Mrs Hathaway a été assez aimable pour m'informer au sujet de Nazneen. En vérité, il semble même que c'était l'objet principal de sa visite.

Elle se leva brusquement et se dirigea vers la porte.

— Je demanderai à Hakumat de vous apporter de l'eau chaude pour votre bain et ordonnerai de vous faire servir le dîner d'ici une heure.

Malgré sa fatigue, Damien était peu disposé à se retirer docilement. Il se déplia, posa sa pipe sur le manteau de la cheminée et bondit hors de son siège, si promptement qu'elle n'eut pas le temps de réagir. Avant qu'elle pût s'en rendre compte, il lui avait barré le chemin et pris le visage au creux de ses mains.

— Je vous ai déjà parlé de ces femmes, lui rappela-t-il doucement. Pourquoi le passé devrait-il vous troubler tout à coup?

— Votre goût pour vos maîtresses m'est indifférent.

Prenant garde de ne pas faire un mouvement, elle croisa son regard froidement.

— Aussi longtemps qu'elles ne souilleront pas le seuil de ma demeure. Veuillez noter l'usage de l'adjectif. Vous voyez? J'apprends vite.

Les yeux malicieux de Damien lui apprirent qu'il se jouait toujours d'elle.

— Ah, mais si. Vous vous en inquiétez! Se pourrait-il qu'Emma Wyncliffe, l'indifférente, l'indépendante, soit en vérité jalouse?

— Non, Damien, ricana-t-elle. Vous vous égarez. Votre vanité, comme d'habitude, vous empêche de voir la réalité.

— Tiens donc!

De ses mains, il l'agrippa par la taille et l'embrassa brusquement sur la bouche. Immobile, elle guetta en elle une réaction, mais ne ressentit rien. Il ne réitéra pas l'expérience, fit un pas en arrière et s'accouda sur la cheminée. Il souriait.

— Je constate que mon absence vous a donné le temps d'affûter merveilleusement votre talent de tragédienne.

— Dites plutôt que vous n'êtes pas aussi irrésistible que vous voudriez bien le croire!

— C'est ce que nous verrons ce soir, n'est-ce pas?

Il sonna Hakumat qui parut aussitôt.

— Dis à Lincoln de tenir prêts les dossiers concernant le litige financier. Je descends.

Il se tourna vers Emma.

— Ne m'attendez pas pour dîner. Hakumat m'apportera un en-cas dans mon bureau.

Il se retira chez lui par la porte communicante.

Emma s'effondra dans le fauteuil et fixa la cheminée d'un regard absent. La conversation lui avait échappé. Elle eût souhaité agir plus dignement, sans montrer de rancune. Pourtant, elle était sérieuse. Elle n'était pas disposée à tolérer chez elle les partenaires de débauche de Damien et souhaitait encore moins devenir la risée de tout le Cachemire.

Elle n'avait plus faim, elle renvoya Sharifa, éteignit les lampes et le feu et ferma à clé les deux portes de son appartement.

Elle se lava, se changea et se coucha en frissonnant dans les draps froids. Inutile de chercher le sommeil, il ne viendrait pas.

Au moment où les douze coups de minuit résonnaient dans le silence glacial, Emma entendit une poignée de porte tourner prudemment. La mâchoire crispée, elle remonta l'édredon jusqu'au menton et ne bougea plus. La poignée tourna de nouveau et le silence retomba. Elle tendit l'oreille un moment, osant à peine respirer, mais le bruit ne se répéta pas. Ses muscles tendus se relâchèrent et, dans un soupir de soulagement, elle se pelotonna sous les couvertures.

Son répit fut de courte durée. À peine une minute plus tard, elle entendit le tonnerre d'un coup de feu. Dans un fracas épouvantable, la porte s'ouvrit d'un coup de pied. Étranglant un cri, Emma bondit hors de son lit dans l'espoir de s'enfuir vers son bureau. À mi-chemin, Damien avait déjà pénétré dans la chambre et bloqué le passage, un revolver fumant à la main.

Il se tenait à côté du lit, les jambes écartées, les mains sur les hanches, attendant qu'Emma retrouvât son calme. Elle chercha son lit à tâtons, s'y effondra et tira l'édredon à elle.

— Jamais, déclara-t-il. Jamais plus, vous n'oserez me faire cet affront.

Sa voix était d'autant plus menaçante qu'elle restait impassible.

Emma tentait désespérément de cacher son effroi. Elle enfouit son visage sous l'édredon.

— Laissez-moi, Damien. Oh, laissez-moi seule ! Ne voyez-vous pas que je ne veux pas de vous à mes côtés ?

Il rengaina brutalement son revolver.

— Si vous continuez à croire que je vous prends contre votre gré, Emma, c'est que vous êtes aveugle. Mais souvenez-vous — il recula vers la porte —, je ne reviendrai vers vous que lorsque vous me supplierez.

— Jamais. Jamais je ne vous supplierai !

Il se retourna, et dans l'obscurité le blanc de ses yeux étincelait.

— Vous êtes peut-être une femme, Emma, mais Dieu sait que vous avez un long chemin à parcourir avant de devenir une épouse !

— Pourquoi m'en inquiéterais-je puisque vous avez des remplaçantes toutes disposées, comme Nazneen, à satisfaire ce que vous nommez vos appétits charnels ?

— Une femme réfléchie sait quand montrer de l'esprit et quand être tendre. Nazneen pourrait certainement vous l'apprendre.

— Eh bien, allez retrouver cette Nazneen, ce modèle de perfection, cria-t-elle, et laissez-moi me débrouiller toute seule !

— Oui. C'est peut-être ce que je vais faire.

Il tourna les talons et regagna sa chambre.

Le lendemain matin, elle apprit qu'il s'était levé tôt pour se rendre à Gulmarg.

12

C'est donc ainsi que serait son mariage, songea Emma avec amertume : un mari absent, une maison vide et des scènes pénibles chaque fois qu'ils se verraient. Ils mèneraient leur vie sur des voies parallèles destinées à ne jamais se croiser. Sans tenir compte des commérages, Damien ne changerait rien à son existence indépendante, et ses nombreuses maîtresses seraient ravies d'apprendre que sa femme et lui ne partageaient pas le même lit !

Le lendemain matin, Suraj Singh, le visage impassible, attendait Emma pour commencer le tour du domaine qu'ils faisaient ensemble quotidiennement. Elle se demandait comment Damien avait pu expliquer le coup de feu et la porte fracassée. Un accident ? Une clé perdue ?

Emma s'aperçut soudain que Suraj Singh tenait les rênes d'un cheval inconnu, une jument alezane à la crinière, au bas des jambes et à la queue beige clair. Elle avait un regard expressif et sa selle, en cuir repoussé, était magnifique.

— Huzoor pense que la bégum sahiba a besoin d'avoir une monture à elle. Cette jument, qui provient d'un excellent élevage, devrait la satisfaire. Elle est obéissante mais, en même temps, elle a du caractère. Le maître estime qu'elle lui conviendra. Il l'a appelée Zooni, comme la plus célèbre poétesse du Cachemire.

Suraj Singh s'était exprimé avec le plus grand sérieux. Quant à Emma, elle avait été prise au dépourvu. Ce cadeau, aussi généreux qu'inattendu, lui rappela le châle de shatoosh. Elle ne l'en avait jamais remercié et ne lui avait pas offert la veste achetée à Srinagar. En caressant le front de la jument, elle se sentit vaguement coupable.

— Gulmarg est loin d'ici ?

— À environ vingt miles.

— Mon époux sera bientôt de retour ?

— Difficile à dire. La maison a besoin de réparations à l'intérieur comme à l'extérieur. Il y aura beaucoup de travaux à faire avant…

— Avant quoi ?

— Les pluies. Je dois moi-même aller à Gulmarg ce matin.

— Cette maison, est-elle confortable ?

— Oh, oui ! Aussi confortable que celle-ci, mais plus petite. Huzoor apprécie l'intimité de ce cottage lorsqu'il y séjourne.

Emma ne put s'empêcher de penser qu'il y allait avec Chloe ou Nazneen. Au cours de la nuit, une idée avait germé dans sa tête, si audacieuse qu'elle en était inconcevable.

— J'ai lu quelque part que la première voiture importée au Cachemire l'avait été par Henry Lawrence, il y a très longtemps.

— En effet, bégum sahiba, confirma Suraj Singh. Mais comme il n'y avait pas de routes à cette époque au Cachemire, elle fut exposée à Srinagar. Elle créa une telle sensation que notre burra huzoor en commanda une à Lahore.

— Justement, j'ai vu une voiture dans la grange, derrière la maison. Les pièces ont été assemblées ici ?

— Oui. Comme la bégum sahiba doit l'avoir remarqué, elle est très petite.

— Mais est-elle assez sûre pour qu'on puisse s'en servir ?

— Oui, sur la nouvelle route. Le maître l'a utilisée une ou deux fois pour se rendre à Srinagar.

— Est-ce loin ?

— À une dizaine de miles du carrefour de Narabal.

Emma fit remarquer que le voyage devait être des plus pénibles. Suraj Singh acquiesça et la conversation en resta là. Aux piques que lui avait envoyées Damien la veille et qu'elle n'était pas près d'oublier s'ajoutait maintenant la curiosité. Damien admirait donc Nazneen au point de lui jeter son nom au visage. Emma était rongée par le désir pervers d'en savoir plus sur ce prétendu modèle de féminité.

Le lendemain matin, elle se leva à l'aube. Elle s'assura que Suraj Singh était bien allé à Gulmarg et informa Sharifa de son intention : elle se rendrait à Srinagar en voiture pour y visiter le Shalimar Baug.

À la fois surprise, ravie et inquiète, Sharifa fut rassurée en apprenant que le maître y avait consenti.

— Puisque Hakumat est parti avec Huzoor à Gulmarg, nous nous ferons escorter par deux autres serviteurs. Le maître ne serait pas content si nous n'étions pas accompagnées.

Emma trouva l'idée excellente.

— Nous emmènerons Rehmat avec nous. Pendant que je visiterai les jardins, vous pourrez vous rendre dans votre famille. Ensuite, je verrai votre beau-frère et le persuaderai de me laisser donner des leçons à sa fille.

Sharifa accepta volontiers.

— Une chose encore, ajouta Emma comme si elle venait de s'en souvenir. À notre retour, il faudra désinfecter mon almirah. Hier soir, j'ai aperçu un cafard dans l'un des tiroirs, ce qui m'ennuie beaucoup.

— Un cafard ! s'exclama Sharifa, horrifiée. Toba, toba ! Huzoor est très exigeant en ce qui concerne les cafards et les souris. Il faut que je nettoie tout de suite cette armoire, bégum sahiba. Je ne peux pas aller à Srinagar. C'est impossible ! Partez avec Rehmat, elle saura vous tenir compagnie.

Le problème était réglé. Emma, qui n'avait plus qu'à se préparer, se posa la question de savoir, non sans un certain humour, ce qu'elle devait porter pour rencontrer la maîtresse de son mari. Elle hésitait entre une tenue chic ou négligée, sage ou extravagante. Elle finit par choisir une robe à la mode en velours de coton vert et le petit chapeau coquin assorti. Elle veilla à être bien coiffée et se farda. Une fois prête, elle se regarda attentivement dans le miroir. Elle avait pris de bonnes joues et son teint couleur de miel témoignait des longues heures passées au soleil. Sa silhouette anguleuse s'était adoucie, de même que la ligne osseuse des clavicules. Elle tenait sa tête droite, avec assurance, et dans ses yeux brillait un éclat qu'elle ne leur connaissait pas. Cette vision la rassura. De toute façon, elle savait qu'elle n'aurait de repos que lorsque sa curiosité serait satisfaite.

Petite, mais confortable, la voiture était en parfait état, aussi fringante que le cheval qui la tirait. Quant au cocher en livrée, inexpérimenté et nerveux, il manqua les faire verser dans le fossé. Emma eût préféré tenir elle-même les guides. L'homme finit par se reprendre et adopta une allure raisonnable et sans risque. Les deux chowkidars chevauchaient devant la voiture, prêts à parer à toute éventualité. Morte de peur, Rehmat étreignait la main d'Emma et récitait des prières.

Ils atteignirent avant midi les faubourgs de Srinagar et s'arrêtèrent dans un champ au bord de la rive sud du lac Dal. Emma chargea un des chowkidars de louer un shikara pour traverser le lac jusqu'au Naseem Baug. Rehmat habitait à côté. Elle tendit à l'autre un échantillon de tissu et l'envoya acheter un métrage de soie chez les frères Ali. Quant au cocher, il reçut l'ordre d'abreuver le cheval et d'attendre près de la voiture.

— C'est ici que j'habite ! s'écria Rehmat en mettant pied à terre. Là, dans ce chemin !

Emma glissa une pièce dans la main de l'enfant.

— Je t'attendrai à l'entrée de Shalimar Baug à deux heures. Ne sois pas en retard. Nous devons être de retour avant la nuit.

Quand elle fut seule, Emma se dirigea vers le minaret d'une mosquée. Elle se renseigna auprès d'un marchand. Il la prit pour une cliente et commença à lui présenter des objets en argent.

— La maison de Nazneen Sultana ? répéta-t-il sans plus sourire. Près de la mosquée, celle aux volets verts.

La bâtisse était haute, étroite et peinte de couleur crème. Emma ne prit pas le temps de penser, elle poussa la porte verte et pénétra dans une cour. Le cœur battant, elle s'étonna une fois encore de la folie qui l'avait poussée à se rendre dans cette maison. Et si Nazneen refusait de la recevoir ? La femme âgée, grosse et somnolente qui triait du riz se leva.

— Oui ?

— Je viens voir bégum Nazneen Sultana.

La bouche flasque de la femme, tachée de bétel, s'amollit encore plus de surprise. Sans dire un mot, elle s'avança en se dandinant vers un escalier étroit et fit signe à Emma de la suivre. Celle-ci, se sentant observée, prit de nouveau peur. Elle pensa à la réaction de Damien s'il découvrait cette incroyable expédition. Une porte cintrée, garnie d'un rideau en perles de verre coloré, menait à un salon meublé d'un tapis persan fleuri, de matelas épais recouverts d'un velours rouge brodé de fils d'or, et de coussins bien rembourrés. Dans un coin, des instruments de musique traditionnels. Par une porte identique, on accédait à une autre pièce. Emma hésita. Elle ne savait que dire à cette femme et comment lui expliquer une envie si forte qu'elle-même ne comprenait pas. Sans la présence de la vieille, elle aurait pris la fuite. Mais il était trop tard.

– Je vous en prie, entrez, Mrs Granville. Je suis Nazneen Sultana.

Le rideau tintinnabulant s'écarta et Emma fut introduite dans une pièce plus intime meublée à l'occidentale. La vieille femme s'arrêta devant un divan bas. Nazneen portait le phirren cachemiri et un pantalon bouffant. Sur sa tête, elle avait drapé un voile de gaze rose. De taille moyenne, elle était mince, l'ossature fine, et la grâce que révélait le moindre de ses mouvements confirmait sa profession.

– Prenez la peine de vous asseoir, Mrs Granville. C'est un très grand honneur de vous recevoir pour une personne aussi humble que moi.

Ses yeux, aux paupières fardées de khôl, restaient baissés.

– Si j'avais appris plus tôt votre venue, je me serais préparée à vous accueillir selon votre condition.

Elle regarda la vieille femme et lui donna l'ordre d'apporter un samovar et des friandises. Elle parlait un anglais agréable et distingué, mais il y avait dans sa voix un soupçon de déférence qui rendait la situation encore plus inconfortable. Emma cherchait en vain un moyen de converser avec la maîtresse de son mari. Elle restait muette. La femme – la fille ! – assise en face d'elle semblait étonnamment jeune. Elle avait de grands yeux gris, une épaisse chevelure brune teinte au henné, tressée en une longue natte, la peau douce et lisse de la prime jeunesse, et des lèvres corail. De toute évidence, elle était eurasienne et, il fallait s'y attendre, d'une grande beauté. Malgré cette visite inattendue et probablement intimidante, elle ne montrait aucun embarras.

– J'ai beaucoup entendu parler de vous, Mrs Granville, confia-t-elle enfin, interrompant avec un sourire le lourd silence. Pourtant, je ne pensais pas avoir l'occasion de vous rencontrer.

— Et qui vous a parlé de moi ? parvint à dire Emma.

— Mais… Huzoor.

Elle s'exprimait sans aucune gêne, comme si c'était la chose la plus naturelle au monde que d'évoquer l'homme qu'elles partageaient. Emma rougit. Le charme que cette fille irradiait, comparé à sa propre gaucherie, la contrariait. Elle avait une voix calme.

— Comment trouvez-vous mon pays ? Les rares Européens qui ont visité le Cachemire en ont été ravis.

— Et ils ont eu raison. Votre vallée est une merveille.

— Et *Shalimar* ? N'est-ce pas aussi un lieu unique au monde ? Emma tressaillit.

— Vous êtes allée à *Shalimar* ?

— Oh, non ! Ce ne serait pas convenable. C'est le domaine réservé de son épouse. Huzoor m'en a tant parlé que je me le représente aisément.

Elle s'exprimait simplement, sans arrière-pensées et sans rancœur.

La curiosité d'Emma n'en fut que plus vive. Il lui semblait incroyable que, en dépit de sa profession, il se dégageât de cette fille tant de modestie et d'innocence. La vieille femme revint, portant le samovar et des sucreries. Soigneusement, comme si elle accomplissait un rite, Nazneen versa le qahwa dans de ravissantes petites tasses en cuivre et se leva pour offrir les friandises. Emma les refusa d'un signe de tête, mais accepta le thé.

— En quoi puis-je vous être utile, Mrs Granville ? demanda Nazneen dès que la vieille eut quitté la pièce.

La proposition lui parut si impertinente qu'Emma en rougit. Soudain, elle constata avec une acuité encore plus grande l'absurdité de la situation. Elle était venue sans même savoir pourquoi, elle s'était ridiculisée. Elle se leva, affreusement gênée.

— Je n'aurais pas dû venir. Je suis incapable d'expliquer ma présence ici. Pardonnez-moi cette intrusion dans votre vie privée.

Nazneen, aussi, s'était levée.

— Huzoor a dit que vous étiez une femme d'un courage hors du commun. Il avait raison. Me rendre visite n'a pas dû être chose facile.

— Ni facile ni sage, murmura Emma.

Elle était aussi embarrassée pour mettre fin à cette entrevue que pour la commencer.

— Nous sommes, vous et moi, dans une curieuse situation, Mrs Granville, reprit Nazneen en invitant Emma à se rasseoir. Difficile à comprendre et à accepter pour une Anglaise, même née et élevée ici, ajouta-t-elle en souriant. En Orient, on nous enseigne que la vie d'un homme est constituée de nombreux compartiments, séparés, possédant leur propre fonction. Je vous en prie, ne soyez pas gênée d'être venue. Vous vous posez des questions, vous avez droit à une réponse. Demandez-moi tout ce que vous voulez. Je ne me froisserai pas.

Des questions ? Oh, oui, elle en avait ! Mais elle ne voulait pas s'abaisser davantage en les exprimant. Pourtant, Emma revint sur ses pas et se rassit.

— Mon mari vous a rendu visite hier soir ?

Emma comprit l'absurdité de sa question au moment où elle la formulait. À minuit, Damien était à *Shalimar* et le lendemain matin, il partait pour Gulmarg.

Nazneen, cependant, accepta spontanément de répondre.

— Votre mari n'est pas venu me voir depuis son départ pour Delhi. N'est-ce pas ce que vous espériez entendre, Mrs Granville ?

— Non, je... je voulais vous connaître, voilà tout.

— Huzoor vous a parlé de moi ?

— Non, j'ai appris votre existence par... quelqu'un d'autre.

— Ah !

Nazneen ne cherchant pas à en savoir plus, Emma s'enhardit.

— Depuis combien de temps connaissez-vous mon mari ?

— Deux ans. Je lui ai été présentée par l'un de ses amis, Hyder Ali Mian.

Deux ans... Emma en ressentit un pincement au cœur.

— Pour moi comme pour les femmes dans ma situation, c'est la seule profession possible. Je suis née d'un père anglais et d'une mère cachemirie. Ils n'étaient pas mariés. Mon père était officier, ma mère, une lavandière sans instruction. Un enfant né dans ces conditions n'a aucun avenir en Inde. Encore moins une fille. Elle n'a d'autre choix que de...

Elle s'interrompit, le teint plus coloré, une trace de colère presque imperceptible dans la voix.

— Ne vous méprenez pas, Mrs Granville. Je ne présente pas d'excuses, je ne demande pas de sympathie. Notre profession est honnête. Il n'y a pas de honte à donner du plaisir, même si c'est pour de l'argent.

Emma leva une main comme pour arrêter des confidences qu'elle ne souhaitait pas entendre, mais la jeune femme secoua impatiemment la tête.

— Vous avez le droit de savoir. Vous êtes sa femme.

Elle s'arrêta pour remplir les tasses, puis elle s'appuya contre le coussin et croisa sur ses genoux les doigts qu'elle avait longs et fins.

— J'ai eu une grande chance, Mrs Granville, celle d'avoir les faveurs d'un seul homme qui a été très bon pour moi.

— Bon ?

Nazneen sourit à la réaction d'Emma.

— Votre mari est têtu et capable des comportements les plus extrêmes. Sa carapace est dure, car elle dissimule de nombreuses blessures. Mais l'intérieur a la douceur du miel. Comme il ne se révèle pas facilement, il faut d'abord l'accepter avant de s'opposer à lui.

— Il s'est pourtant révélé à vous assez facilement, me semble-t-il, remarqua Emma d'un ton un peu trop brusque à son gré.

— Il y a une raison à cela.

Une fois de plus, Nazneen baissa les yeux et son regard se noya dans les dessins complexes du tapis.

— Vous savez, Mrs Granville, comme nous ne comptons guère pour les hommes qui viennent nous trouver, ils ont tendance à baisser leur garde. Ils se livrent sans même s'en rendre compte et nous, nous respectons leurs confidences.

Elle leva les yeux pour croiser le regard d'Emma.

— Au cours des deux dernières années, j'ai deviné certains aspects du caractère de votre mari. Il se peut même que vous ne les connaissiez pas encore.

Nazneen avait beau s'exprimer en toute innocence, Emma ne se sentait pas moins trahie. Outre son corps, Damien avait permis à cette fille de partager ses pensées intimes et ses émotions cachées. Submergée par un sentiment complètement étranger à sa nature, Emma ne comprit pas qu'il s'agissait de jalousie. Nazneen, qui la regardait attentivement, remarqua sa rougeur, l'éclat de colère dans ses yeux et comprit qu'elle souffrait.

— Dans notre profession, Mrs Granville, nous ne dépassons jamais certaines limites. Huzoor m'a acceptée telle que je suis et il n'a exigé de moi que ce qu'il m'était permis de lui donner.

— Considérez-vous cette relation comme satisfaisante ?

Emma avait les sourcils froncés par l'effort qu'elle faisait pour comprendre.

— Une relation ? Le mot laissa Nazneen perplexe. De tels rapports ne sont possibles qu'entre égaux, Mrs Granville. Huzoor est mon mentor et mon bienfaiteur, mais il serait parfaitement déplacé que je me considère comme son ou votre égale.

Emma réalisa alors qu'elle ne connaissait pas les règles de ce jeu étrange auquel elle avait voulu jouer. Nazneen avait deviné la raison de sa visite alors qu'elle-même n'en était pas consciente. Elle se sentit humiliée.

— Dans quelques jours, je pars pour Lahore où je vais rejoindre ma mère et ma sœur. Je continuerai à danser dans l'espoir de retrouver un jour, par la grâce d'Allah, un mentor qui soit bon pour ma famille et pour moi.

Les yeux gris de Nazneen exprimaient la fierté et peut-être aussi une pointe d'amusement teinté de mépris.

— J'ai donné du plaisir au maître, comme c'était mon devoir, mais dans son cœur, vous verrez que je n'ai laissé aucune trace.

Il n'y avait rien à ajouter. Nazneen avait répondu à toutes les questions d'Emma, exprimées ou non. Elle souhaitait cependant éclaircir un dernier point.

— N'avez-vous pas dit que mon mari vous avait parlé de moi ? Quand était-ce ?

— Avant qu'il ne parte à Delhi.

En souriant, Nazneen déplia ses jambes et se leva.

— Je prie Allah de bénir votre union, Mrs Granville. Je prie pour que vous donniez au maître de nombreux fils.

Emma se retira dans un état de profonde stupéfaction. Damien avait parlé d'elle à Nazneen alors même qu'ils ne s'étaient jamais vus !

Dès qu'il fut introduit auprès du gouverneur, Conolly sentit que la situation était anormale. Effectivement, le Taotaï était furieux. Pourtant, comme l'étiquette chinoise l'exige, ils commencèrent par boire du thé en parlant de la pluie et du beau temps. Ils étaient seuls, mais deux des hommes de confiance du Taotaï attendaient à la porte, prêts à intervenir.

— J'ai appris, dit-il enfin, quelque chose qui m'a grandement contrarié, docteur Conolly.

C'était une entrée en matière inquiétante. Mais Conolly, toujours souriant, attendit la suite.

— Vous savez sans doute, docteur Conolly, poursuivit le gouverneur, que les Anglais ont très envie d'installer un consulat à Kashgar.

— Vraiment ? répondit Conolly, feignant la surprise. Ce ne serait pas une mauvaise idée.

— Très mauvaise, au contraire ! Je ne veux pas d'étrangers sur mon territoire, et surtout pas d'Anglais. Les Anglo-Saxons causent encore plus de dégâts que les Slaves.

Conolly assuma en silence les péchés de sa race.

— Il y a quatre ans, reprit le gouverneur, nous n'avions pas autorisé M. Dalgleish à séjourner ici parce que nous avions déjà appris à ne pas vous faire confiance. Nous avons reçu une autre demande concernant le capitaine Francis Younghusband et Mr George MacCartney. Vous ne pouvez pas ne pas être au courant.

— Un consul contribuerait à développer nos échanges commerciaux, suggéra Conolly en évitant de se montrer trop enthousiaste.

Le Taotaï leva un sourcil dessiné au crayon.

— De la même façon que la Compagnie des Indes orientales a profité à l'Hindoustan, docteur Conolly ?

N'ayant nullement l'intention de compromettre son avenir, Conolly se contenta de rire.

— Il y a du vrai dans ce que vous dites, Excellence. Mais, comme le sait Son Excellence, je ne m'intéresse pas à la politique. Je la trouve terriblement ennuyeuse.

– Vraiment, docteur Conolly ? Faites-moi l'honneur de ne pas me mentir et de ne pas sous-estimer mon intelligence. Je sais que vous êtes un agent anglais envoyé par votre gouvernement pour nous espionner.

Conolly ouvrit la bouche pour protester, puis la referma aussitôt.

– Je vous ai fait venir aujourd'hui, poursuivit le gouverneur, pour vous informer que l'autorisation d'entrer à Kashgar a été refusée à Mr MacCartney et au capitaine Younghusband. (Il fit une pause, les yeux fixés sur le bout de ses doigts.) À moins que certaines conditions ne soient remplies...

– Des conditions, Excellence ?

Le Taotaï fit l'effort de se lever et, de toute sa hauteur, domina son visiteur assis.

– D'abord, je veux en savoir plus sur cette Arménienne que tout le monde recherche.

Le cœur de Conolly fit une embardée.

– Tout le monde ? mais... qui d'autre, Excellence ?

– Bien que cela ne vous regarde pas, monsieur Conolly, je vais vous faire la faveur d'une réponse. Une requête identique à la vôtre a été adressée au gouverneur général russe à Tachkent.

– Et... en provenance de qui ? demanda Conolly, atterré.

– J'aimerais que vous puissiez me le dire, répondit sèchement le Taotaï. Eh bien, docteur Conolly, qui est exactement cette femme ?

– C'est... une esclave sans importance, Excellence, une parmi des milliers retenues prisonnières dans le Sin-kiang.

– Peuh ! Mensonges que tout cela ! s'écria le gouverneur en repoussant la suggestion d'un geste de colère. Je vous ai fait venir ici pour me renseigner sur cette femme mystérieuse.

– À part les détails que je vous ai déjà fournis, Excellence, je ne sais rien, parvint à dire Conolly en maudissant le colonel Hethrington. À vrai dire, j'ai fait cette demande pour le compte de... d'un bon ami.

Le Taotaï eut un regard menaçant.

– Vous l'avez faite pour le compte de votre supérieur à Simla, siffla-t-il.

– Je n'ai pas de supérieur à Simla.

– Je veux... non, j'exige, de savoir qui elle est !

Conolly faillit rire. Si seulement le Taotaï se doutait que lui-même donnerait beaucoup pour le savoir !

— Il m'est impossible de trahir…

— Assez !

Conolly, qui s'attendait à une colère tonitruante, vit avec surprise son céleste interlocuteur changer soudain d'attitude. Il se rassit et croisa ses doigts boudinés sur les rondeurs de son ventre.

— Comme vous voulez, docteur Conolly, dit-il en haussant les épaules. Nous ne tarderons pas, vous et moi, à avoir la réponse. Nous savons déjà où se trouve cette femme.

— Pas possible ! souffla Conolly. Où donc ?

— Cette information ne sera pas communiquée pour l'instant.

— Mais, Excellence, je ne peux pas en dire plus que je ne sais ! Je rends service à un ami, un point, c'est tout. J'ai le droit de savoir qui d'autre, à Tachkent, recherche cette femme.

Manifestement en proie à une lutte intérieure, le Taotaï finit par s'adoucir.

— Deux Dardes, des mercenaires sans doute, ont offert au bouffon russe des informations d'une extrême importance en échange.

— Lesquelles ?

— Des cartes authentiques de la Yasmina.

Conolly, abasourdi et furieux de ne pas en avoir été informé, s'enfonça dans son fauteuil. Mais on lui avait appris à cacher ses sentiments, aussi parvint-il à grimacer un sourire.

— Je sais de source sûre que les Anglais ont réussi à localiser ce col.

Conolly eut envie de rire. La rumeur courait depuis longtemps dans la presse anglaise.

— Mon Dieu ! Est-ce possible ? articula-t-il d'une voix grave.

— Vous faites l'innocent, docteur Conolly, et c'est tout à votre honneur. Mais cessez de feindre. Si vous souhaitez prendre la situation en main, il vous faudra obtenir du gouvernement avec lequel vous prétendez ne pas avoir de rapports, le mandat que vous affirmez ne pas avoir.

— En échange de quoi m'occuperai-je de cette femme ? demanda-t-il d'un ton neutre.

— Des cartes de la Yasmina. Elles devront être remises à un

représentant du Céleste Empire, en l'occurrence, moi. La femme vous sera livrée dès que nous saurons si les cartes sont authentiques.

Conolly s'épongea le front.

— J'aimerais pouvoir vous aider, Excellence, mais comment me procurer ce que je n'ai aucun moyen d'acquérir ?

— Je vais vous en donner le moyen. Informez votre entourage de la situation. Je vous donne deux mois pour obtenir ces cartes, sinon vous serez exécuté. De même que la femme recherchée par votre gouvernement, ajouta-t-il d'une voix sinistre. Elle le sera de toute façon si vous choisissez de prendre la fuite.

Malgré l'horreur de cet ultimatum, Conolly frissonna d'excitation et se demanda si la femme se trouvait déjà sous la garde des Chinois.

— Docteur Conolly, conclut le Taotaï, j'ai été très tolérant à votre égard, surtout en raison de vos connaissances médicales. Mais maintenant, c'est fini.

Il se pencha en avant.

— Faites également savoir à votre gouvernement que je refuse de laisser entrer Messieurs MacCartney et Younghusband à Kashgar tant que ces cartes ne seront pas entre mes mains.

Conolly réfléchit rapidement. Le secret avait été éventé, son séjour à Kashgar allait prendre fin.

— Je vais voir ce que je peux faire, Excellence, dit-il d'un ton à la fois vif et sérieux. Mais je ne promets rien. De mon côté, j'ai besoin de quelques renseignements.

— Lesquels ?

— Les Russes veulent s'introduire secrètement au Cachemire par la Yasmina, les Anglais veulent la connaître pour les arrêter. Mais quel est l'intérêt du Céleste Empire ?

— Le Céleste Empire s'étend déjà au-delà de l'Himalaya, rectifia sèchement le gouverneur. Le Hunza nous appartient, par conséquent la Yasmina aussi. Nous ne demandons que ce que nous possédons déjà légalement.

Conolly osa un petit sourire, il savait que la véritable raison était autre : avoir accès à la Yasmina permettrait d'équilibrer les forces en présence et de couper les ailes au redoutable Pyotr Shishkin.

— Le Hunza n'est qu'un grain de poussière, Excellence, exactement comme le Cachemire.

Le Taotaï le considéra avec répugnance.

— Pour un homme que la politique ennuie, vous semblez remarquablement informé, docteur Conolly. De toute façon, à moins que mes exigences ne soient prises en considération, votre séjour se terminera en même temps que votre vie.

Il se leva et quitta la pièce.

En traversant le bazar, Conolly dut admettre qu'il était inquiet. Il découvrait que Simla se servait de lui comme d'un pion dans une affaire inquiétante. Il ignorait tout de l'Arménienne, de cette fichue Yasmina et des Dardes. Quant aux cartes, ne sachant où elles étaient, il ne pouvait se les procurer. Tandis que Conolly méditait sans enthousiasme sur sa situation précaire, le Taotaï donnait des instructions à deux de ses collaborateurs les plus fiables.

— Ramenez à Kashgar le plus rapidement possible une femme qui se trouve à Tachkent. Droguez-la si c'est nécessaire, mais ne lui faites aucun mal. Elle s'appelle Ivana Ivanova et demeure chez un certain colonel Mikhail Borokoff où elle est employée comme domestique. Padshah Khan est toujours ici ?

— Oui, Excellence. Il attend l'autorisation de regagner son poste dans les jardins du baron.

— Dites-lui de se rendre immédiatement à Tachkent et veillez à ce qu'il soit généreusement récompensé. Il l'a bien mérité.

Emma ne vit ni Rehmat ni le chowkidar à l'entrée des jardins. Elle en fut soulagée. Elle avait besoin de solitude pour retrouver son équilibre.

Que Damien l'eût connue bien avant l'incident de Qudsia Gardens la stupéfiait. Leur rencontre n'avait peut-être pas été aussi fortuite qu'elle l'avait cru jusqu'alors. Était-il possible qu'elle se fût mésestimée et que Damien l'ait poursuivie parce qu'il la trouvait véritablement attirante ? Aussi incroyable qu'elle fût, cette perspective était si flatteuse qu'Emma en frissonna de plaisir. Son entrevue avec Nazneen avait été instructive à bien des égards. Décidée à éprouver autant d'antipathie pour elle que pour Chloe Hathaway, elle n'avait rien ressenti de tel. Non seulement elle était sortie de chez Nazneen rassurée, mais elle était remplie d'un sentiment d'humilité auquel elle ne s'était pas attendue. Elle avait beaucoup appris auprès de Nazneen.

— Mrs Granville !

Elle se retourna. Geoffrey Charlton s'avançait à grands pas vers elle.

— Quelle bonne surprise, Mr Charlton ! Justement, je pensais à vous.

— Vraiment ? Et qu'ai-je fait pour mériter cet insigne honneur ?

— Je pensais à la conversation que nous avions eue l'autre jour et me demandais quand nous pourrions la reprendre.

— À votre convenance. Mais, poursuivit-il en regardant autour de lui, vous n'êtes sûrement pas seule à Srinagar ?

— Non, je suis venue sous bonne escorte pour... faire quelques achats et visiter les jardins.

— Vous me rassurez. Il est dangereux pour une dame de se promener seule. Puis-je vous tenir compagnie jusqu'à l'arrivée de vos domestiques ?

— Avec plaisir.

Ils se mirent à marcher côte à côte dans ce site admirable à la symétrie parfaite. Terrasses à flanc de montagne, fontaines, canaux artificiels bordés de chinars, cascades miniatures et, en bas, le Dal couleur de jade.

— Je connais deux traductions du mot *Shalimar*. L'une signifie « manoir d'amour » et l'autre « belle montagne ». Qu'en pensez-vous, Mr Charlton ?

— La signification a-t-elle de l'importance lorsqu'il s'agit de beauté ?

— Peut-être que non, concéda-t-elle avec un sourire.

Puis, soudain, elle s'arrêta.`

— Je me souviens d'une remarque étrange que vous avez faite l'autre jour. Pourriez-vous me l'expliquer ?

— À propos de votre besoin urgent d'avoir un ami ? Je me suis exprimé spontanément. Je n'aurais pas dû. (Quelque peu embarrassé, il ralentit le pas.) Ma remarque n'avait pas un sens particulier, Mrs Granville. Je voulais seulement dire que, étant donné votre situation de nouvelle venue dans la Vallée, vous pourriez souhaiter l'amitié d'une personne partageant vos idées et vos sentiments. Et je m'étais proposé de vous offrir la mienne.

— Si vous souhaitez devenir mon ami, Mr Charlton, mieux vaudrait prendre en compte ma propre sensibilité, déclara Emma avec une certaine sévérité. L'autre jour, vous avez suggéré que ce besoin allait se faire sentir. Il me semble que vous vous y êtes pris un peu tôt.

— Oui, finit-il par admettre. Peut-être me faut-il vous expliquer mon audace.

— Dans ce cas, pourquoi ne pas nous asseoir ?

Au même moment, elle avisa un banc et s'y installa sans donner à Charlton la possibilité de refuser.

— Comme vous voulez, Mrs Granville.

Il s'assit loin d'elle.

— Je regrette cependant de ne pouvoir m'expliquer sans me montrer de nouveau impertinent. Me permettez-vous de vous poser une question délicate ?

Emma accepta d'un signe de tête.

— Connaissiez-vous bien Damien Granville avant de vous marier ?

— Suffisamment pour l'épouser, Mr Charlton.

Si elle répondit d'un ton léger, Charlton choisit de rester solennel.

— Connaissez-vous l'histoire de la famille Granville ?

— Je sais que les parents de Damien se sont connus et mariés à Peshawar où le major était en poste. Peu après, il a démissionné et s'est installé au Cachemire.

— Mais savez-vous pourquoi il a démissionné ?

— Parce que l'existence qui l'attendait dans la Vallée lui a paru plus agréable que la vie militaire ? répondit-elle avec hésitation.

— Edward Granville a démissionné parce qu'on l'y a forcé. Vous l'ignoriez ?

— Oui, le sujet n'a pas été abordé. J'ai cependant entendu parler d'un scandale dans la famille.

— Oui, on peut appeler cela ainsi.

Emma trouva Charlton réticent, mais il avait éveillé sa curiosité.

— Ces choses se sont passées il y a trop longtemps, Mr Charlton, pour que vous puissiez craindre de trahir la confiance de quiconque. Je les aurais apprises si j'avais interrogé Damien.

— Je n'en considère pas moins que ce n'est pas à moi de vous révéler ces détails, Mrs Granville, répondit-il, apparemment gêné. Je suggère que vous demandiez à votre mari de vous éclairer lorsqu'il reviendra de Gulmarg.

Comment savait-il que Damien s'y trouvait, se demanda Emma surprise.

— Le scandale était-il de nature licencieuse ? S'agissait-il d'un autre homme ? Vous savez, les rumeurs…

— Ce n'était pas le cas. (Il s'arrêta, fixant le sol.) Je suis terriblement embarrassé d'être celui qui va vous apprendre ce qui s'est passé, Mrs Granville, mais, après mûre réflexion, je crois qu'il est de votre intérêt que vous en sachiez davantage. Votre défunte belle-mère, la comtesse Greta von Fritz, est arrivée en Inde à l'âge de dix-neuf ans. Elle faisait partie, prétend-on, de l'aristocratie autrichienne, elle était très riche, très belle et déjà veuve.

— Prétend-on ?

Il évita son regard.

— Oui. En réalité, Greta von Fritz était russe et s'appelait Natacha Vanonkova.

Emma parvint à cacher sa surprise.

— Le scandale venait-il du seul fait qu'elle fût russe ?

— Eh bien…

Emma se mit à rire.

— Mr Charlton, vous savez fort bien que tous les Russes sont automatiquement considérés comme suspects en Inde. La regrettée Mrs Granville n'a sans doute pas échappé à la règle.

— Son cas était plus compliqué. Il y a trente ans, Natacha Vanonkova est entrée illégalement en Inde. Elle appartenait aux services secrets russes. Un certain Igor Petrovsky, officier aux dragons de Kiev, s'était fait passer pour son oncle, un noble autrichien. Ils s'installèrent à Peshawar, une importante ville de garnison.

Il parlait d'une voix égale, monotone.

— Pendant que Petrovsky reconnaissait en secret les routes de montagne, Natacha Vanonkova s'introduisait dans le cercle des officiers pour obtenir des informations sur les mouvements des troupes britanniques le long de la frontière afghane. Elle était jeune, séduisante, jouait du piano et dessinait. Elle était capable de faire un portrait en quelques minutes. Les agents russes utilisaient ce don, ce qui amusait dans les réceptions pour identifier les personnages haut placés de l'armée des Indes.

Charlton s'arrêta pour lancer à Emma un regard oblique qu'elle ne lui retourna pas.

— L'argent dont elle avait besoin pour mener une vie aisée, reprit-il, était prélevé sur les fonds du gouvernement russe. Quant au major Edward Granville, il eut la malchance d'en tomber follement amoureux.

Il s'interrompit, gêné par le bavardage des femmes qui passaient devant eux, et poursuivit.

— Des bruits finirent par courir sur la mystérieuse comtesse autrichienne. Edward Granville refusa de les croire. Devant leur insistance et la situation difficile où se trouvait la jeune Greta, il lui proposa de l'épouser. On ne pouvait rien prouver contre elle, et l'armée ne tenait pas à provoquer un scandale. On demanda simplement à Granville de démissionner et de quitter l'Inde anglaise. Après un mariage hâtif, le couple gagna le Cachemire où le maharaja, apprenant l'intérêt que Granville portait au tissage, lui offrit sa protection.

Un martin-pêcheur fondit sur l'herbe tout près du banc où ils étaient assis et prit son essor en poussant un cri strident. Emma le suivit des yeux pour cacher son trouble. Elle comprenait pourquoi Charlton avait hésité à parler.

— Je ne puis vous dire à quel point je suis désolé d'avoir eu à vous révéler cela, Mrs Granville, affirma Charlton avec douceur.

Emma sourit bravement, cherchant à dissimuler sa gêne.

— Tout ceci est de l'histoire ancienne, Mr Charlton, répliqua-t-elle d'un ton léger. Il n'en reste pas moins que je plains cette pauvre Natacha. Que de pressions elle a dû subir en agissant ainsi.

Emma se trouva prise entre le désir d'en savoir davantage et la crainte d'être déloyale envers Damien.

Mais Charlton devina ce dilemme et sut l'en faire sortir.

— Je vous suggère, Mrs Granville, de faire appel à votre mari pour connaître la suite et vous remercie de m'avoir accordé votre compagnie. Si je ne m'abuse, votre escorte vient d'entrer dans les jardins par la grande porte. Sachez que l'offre de mon amitié tient toujours. Au revoir, Mrs Granville.

Il s'éloigna d'un pas vif sans attendre sa réponse.

Natacha Vanonkova. Le nom de cette femme roulait sur sa langue. Le choc qu'elle avait reçu commençait à s'atténuer, laissant place à l'émotion. Elle soupçonnait une tragédie familiale qui l'intriguait au plus haut point. Cependant son orgueil lui interdisait de questionner Damien, compte tenu des tensions qui existaient entre eux.

C'est ainsi que, une seconde fois, Emma, munie d'un tournevis, d'une lanterne et d'allumettes, rendit une visite nocturne aux appartements interdits. Suraj Singh s'était absenté ; Sharifa et Rehmat dormaient profondément.

Emma était persuadée que Charlton avait dit la vérité. Il n'avait aucune raison de mentir. Sachant que le jeu de la politique transformait vos amis en ennemis du jour au lendemain, le fait que la mère de Damien eût espionné pour le compte de son pays n'avait guère d'importance aux yeux d'Emma.

Ce que Charlton n'avait pas dit l'inquiétait davantage. Il avait sous-entendu que les événements d'hier étaient liés à ceux d'aujourd'hui et que Damien pouvait en être responsable.

Emma s'introduisit sans difficulté dans la salle de bains de Natacha Granville. De la moisissure recouvrait le carrelage où régnait une forte odeur de renfermé. Mais les serviettes brodées et l'ensemble de la décoration étaient d'un raffinement très féminin.

La lueur vacillante de la lanterne éclairait péniblement un salon semblable au sien. En écartant un rideau, Emma souleva un nuage de poussière qui l'aveugla et la fit tousser. Elle ouvrit un volet. Le clair de lune lui permit un examen rapide de la pièce. Sur les tables, les lampes étaient vides et leur mèche se cassait au toucher. En remontant la flamme de sa lanterne, elle rendit au salon la densité qui lui manquait. Les meubles, nombreux et recouverts de housses, contrastaient avec ceux d'Edward Granville. Emma crut se trouver dans la caverne d'Ali Baba. Statuettes d'onyx et de marbre, verreries délicates, pendules dorées, tabatières ornées de pierreries, dragons de jade... Seuls des coussins en forme de cœur sur une causeuse à la tapisserie fanée avaient gardé l'éclat d'un temps révolu. Aux murs, des aquarelles passées représentaient des lacs gelés et des squelettes d'arbres dénudés par un hiver arctique. Les dorures d'un triptyque russe représentant une Vierge à l'Enfant se distinguaient à peine, tandis qu'un calendrier en caractères cyrilliques donnait des informations vieilles de vingt ans. Tentures et tapis laissaient entrevoir, sous la couche de poussière, leurs riches couleurs. Le parquet lui-même ne présentait aucun signe de délabrement.

Reprenant confiance, Emma s'avança vers le bureau. Sur une table à dessin, elle vit une feuille de papier jauni où une main avait esquissé des pins. Elle remarqua un déshabillé de dentelle soigneusement plié sur l'édredon et une paire de chaussons doublés de mouton glissés sous le lit à baldaquin. Un livre ouvert était posé à l'envers sur une commode. Elle passa un doigt sur sa couverture poussiéreuse, et constata qu'il portait un titre russe. Elle devina la forme d'une balalaïka enveloppée dans un morceau de soie rouge. Dans la penderie était rangée une incroyable quantité de vêtements. Des robes du soir ou d'après-midi et des tailleurs élégants recouverts d'une mousseline protectrice. Des chaussures, des sacs, des bourses de satin et une multitude de chapeaux étaient alignés sur les étagères.

Les fards et les parfums côtoyaient les peignes et les brosses à monture d'argent sur la coiffeuse devant le miroir triple. Chose incroyable, un léger parfum flottait encore dans l'air comme si, têtu, il refusait de disparaître. Dans un tiroir, les compartiments réservés aux bijoux, doublés de velours rouge, étaient vides. Emma, tremblante, regagna le salon en toute hâte.

Natacha Granville avait vécu dans le luxe et la beauté. Son goût et son amour de la vie étaient évidents. Pourtant, elle n'avait pas trouvé le bonheur. Un sentiment de tristesse, une mélancolie profonde subsistaient malgré le temps passé. Un cadre à demi caché derrière un rideau attira le regard d'Emma. Elle le retourna et le visage de Natacha lui apparut. C'était un portrait à l'huile qui faisait le pendant à celui d'Edward Granville.

Suraj Singh avait donc menti : le portrait de Mrs Granville n'était pas chez le restaurateur.

Fascinée par la beauté de ce visage, la visiteuse contempla un long moment les cheveux d'un blond pâle, le front lisse, les lèvres effleurées par un sourire, les pommettes hautes, les yeux rieurs. La jeune femme portait à son long cou d'albâtre un rang de perles et un pendentif en filigrane. Damien ressemblait à sa mère. Il avait hérité d'elle la finesse de ses traits.

Quelqu'un avait décroché le tableau de la place qu'on lui avait assignée. Damien ou son père ? De chagrin ou de fureur ?

Natacha Granville s'était enfuie précipitamment et son appartement, sorte de sépulture sans cercueil, était resté dans l'état où elle l'avait laissé cette nuit-là. Emma, pour couper court à ses idées fantasques, prit une profonde inspiration et revint vers le bureau. Elle trouva dans un tiroir des lettres en russe. Désappointée, elle en ouvrit un autre. Cette fois, elle eut de la chance. Elle découvrit, à côté d'autres papiers griffonnés dans une écriture cyrillique enfantine, une dissertation ou une lettre rédigée en anglais. Elle était datée du 4 mai 1870.

Il y a une nouvelle feuille au chinar. La neige fond et gonfle les cours d'eau. Les crapauds coassent. Il pleuvra demain. La brise printanière souffle en même temps que s'ouvrent les fleurs du cerisier. Mais je ne l'aime pas. Elle est aigre et elle pique. Sacha aboie toute la nuit. Quand les chouettes hululent, j'ai peur et je reste éveillée pour les écouter. Je crois entendre sa voix dans l'escalier. Est-ce qu'elle monte, cette voix ? Non, c'est l'appel d'un oiseau, ou la nuit qui me joue un tour. Elle ne verra pas les feuilles nouvelles et les cerisiers en fleur, elle ne sera pas ici quand je reviendrai.

Ces quelques lignes n'étaient pas signées. Dans un vieux cahier d'écolier, Emma parcourut des annotations rédigées en un curieux mélange d'anglais et de russe. Consciente de franchir le seuil d'une douleur intime, elle releva cependant cette phrase :

Aujourd'hui, la première rose jaune a fleuri sur l'arbuste qu'elle avait planté. Je l'ai déraciné et brûlé derrière les écuries. J'ai piétiné ses cendres. Je le hais, il me répugne.

Emma se souvint que la rose jaune symbolisait, dans l'Égypte ancienne, la perfidie et la trahison. Elle en voulut à cette femme d'avoir gâché deux vies en abandonnant son foyer. Mais bientôt, l'injustice d'un jugement aussi péremptoire s'imposa à elle. Personne ne pouvait s'attribuer le droit de blâmer la mère de Damien après tant d'années.

Deux heures sonnèrent. Elle bâilla, regarda autour d'elle et veilla à ce que chaque objet fût remis à sa place. Elle referma la porte et regagna son appartement. Le désir pressant de connaître la saga familiale et l'assurance de ne plus rien trouver dans l'appartement de Natacha décidèrent Emma à poursuivre ses recherches avant le retour de Suraj Singh et de Damien. Mais au matin, quand elle se leva, elle aperçut près de la cheminée du salon une paire de bottes de cuir noir couvertes de boue séchée. Damien était rentré dans la nuit.

13

– Bien dormi ?

Damien, qui sortait de son bain, se séchait vigoureusement les cheveux. Il semblait en pleine forme. Emma s'arrêta dans l'embrasure de la porte ; soudain muette, elle acquiesça d'un signe de tête.

– Vous n'en avez pourtant pas l'air. Auriez-vous passé la nuit à lutter contre les démons de l'enfer ?

Elle se retira rapidement pour se changer, se coiffer et reprendre ses esprits. Elle revint, vêtue d'une robe de chambre matelassée jaune citron.

– À quelle heure êtes-vous rentré ?

– Très tôt, peu après trois heures.

Emma se détendit : elle était sûre de ne pas avoir été surprise lors de son expédition nocturne. Elle restait méfiante, eu égard à cette arrivée soudaine, mais en même temps, ses récentes découvertes y mêlaient un certain plaisir.

Damien lui lança une enveloppe.

– Une lettre pour vous ! Si elle est de votre mère, j'espère qu'elle ne s'inquiète pas trop au sujet de sa fille enlevée par le grand méchant loup.

La bonne humeur de son mari était aussi surprenante que son retour. Jamais Emma ne lui avait connu un tel entrain. Voyant qu'il s'agissait d'une lettre de Jenny, elle la mit de côté, préférant la lire plus tard.

Il était très tôt. Le petit déjeuner, que Damien avait déjà commandé, fut servi par Hakumat. Pour la première fois, Emma partageait un repas à la maison avec son mari.

– Vous ne lisez pas votre courrier ? N'avez-vous pas hâte de savoir ce que dit votre mère ?

Emma reprit l'enveloppe.

– Bien sûr que si !

Jenny lui donnait des détails sur son mariage, des nouvelles de leurs amies et lui contait les rumeurs les plus excitantes qui couraient à Delhi.

Emma sourit à plusieurs reprises, et pouffa de rire une ou deux fois. Elle avait parcouru la moitié de la lettre quand elle s'arrêta pour boire son thé. Elle surprit le regard de Damien posé sur elle.

– C'est Jenny Purcell qui m'écrit. Vous souvenez-vous d'elle ?

– Oui, je m'en souviens.

– Son mari, John Bryson, a trouvé du travail chez un exportateur de jute à Calcutta. Ils doivent y être installés maintenant. Jenny écrit des lettres très amusantes.

– Oui, je vous ai vue sourire. Vous le faites trop rarement. Pourquoi nous jouer si souvent la mort du cygne ?

– Vraiment ?

La gaieté de Damien était contagieuse. Emma ne voulut pas être en reste.

– Je croyais que vous alliez me reprocher d'être une oie en colère. N'est-ce pas ce naturel querelleur que vous me reprochez le plus ?

– Les deux ! s'exclama-t-il en riant.

Il paraissait vraiment d'excellente humeur.

Emma feignit de lire sa lettre et l'observa tandis qu'il prenait connaissance de son courrier personnel. Malgré sa gaieté, des plis profonds marquaient son front et les taches sombres sous ses yeux témoignaient d'une grande fatigue. Le voyage ? Les soucis ? Emma sentit soudain un pincement au cœur. Jamais elle ne se serait attendue à ce que Damien Granville lui inspire de la pitié !

Par bonheur, il semblait avoir oublié l'horrible scène qui les avait séparés. Soulagée, Emma prit un copieux petit déjeuner après avoir terminé sa lecture. Les manières de Damien lui paraissaient si chaleureuses qu'elle alla jusqu'à se demander si elles ne cachaient pas quelque chose.

— Je dois bientôt aller à Srinagar pour rencontrer Jabbar Ali à qui je dois livrer des châles. Aimeriez-vous m'accompagner ?

Le cœur d'Emma s'arrêta une fraction de seconde. Damien n'avait donc pas encore eu vent de sa visite à Nazneen.

— Avec grand plaisir, répondit-elle. Merci.

— Nous pourrions passer la nuit à bord du bateau si cela vous convient.

Elle lui donna son accord. En entendant parler de Jabbar Ali, elle se rappela la veste qu'elle voulait lui offrir. Elle alla aussitôt la chercher et la lui tendit avec une timidité soudaine.

— Je... je l'ai achetée lors de mon passage à Srinagar en venant. J'espère qu'elle vous plaira et qu'elle vous ira.

— Pour moi ? (Rien n'aurait pu le surprendre davantage.) Dieu du ciel ! Il y a des années que personne ne m'a rien offert.

Il défit vivement le paquet et tint le vêtement à bout de bras pour l'examiner.

— Exactement ce qu'il me fallait ! s'écria-t-il. Comment avez-vous su que j'en avais besoin ?

— Suraj Singh m'a dit que vous aviez brûlé la poche de celle que vous portez habituellement.

Damien l'essaya et déclara qu'elle lui allait parfaitement.

— Je m'aperçois qu'il y a des avantages à avoir pris femme... D'abord, celui d'être dispensé de l'horrible corvée des courses.

— Je n'ai pas eu l'occasion de vous remercier pour le sha-toosh, et aussi pour la jument alezane. Ne croyez surtout pas que je compte sur des cadeaux aussi dispendieux.

Son embarras la rendait gauche et distante.

— Savez-vous ce qu'on dit ? À cheval donné, on ne regarde pas dans la bouche. D'ailleurs, vous en aurez besoin pour vous déplacer dans le domaine.

— Seulement dans le domaine ? Nulle part ailleurs ?

— Partout si quelqu'un vous accompagne. Au Cachemire, une femme qui se promène seule est mal vue.

— Je croyais que vous ne vous préoccupiez pas de l'opinion des autres.

— En effet, mais je ne tiens pas non plus à heurter les sensibilités. Nous sommes des étrangers au Cachemire, nous devons nous adapter à ses coutumes.

En le voyant ouvrir une nouvelle enveloppe, lire son courrier et annoter dans la marge, Emma sut que la conversation était terminée.

Lorsqu'ils partirent pour Srinagar, Damien préféra tenir les rênes lui-même plutôt que de s'en remettre aux bons soins du cocher. Emma s'assit à ses côtés et Sharifa s'installa à l'arrière avec les bagages. Hakumat, le cocher et deux autres serviteurs suivaient à cheval, l'un d'eux tenait par la bride Toofan, le fougueux étalon de Damien.

— Pourquoi emmenez-vous Toofan à Srinagar ? Vous ne pourrez le monter sans mettre les passants en danger.

— J'aurai besoin de me rendre à Gupkar. Avec Toofan, je ferai l'aller-retour beaucoup plus vite qu'avec un autre cheval.

Damien conduisait prudemment et manœuvrait avec adresse sur la route défoncée. Il était tôt. Le léger brouillard qui voilait le paysage donnait aux vallées une teinte laiteuse. Au lever du jour, les couleurs subiraient un changement radical. L'indigo passerait au bleu lavande et au vert pâle, puis il virerait à l'ocre et au jaune éclatants quand disparaîtraient les dernières ombres. Emma, distraite la veille, ne manquait rien des explications données par son mari.

— Connaissez-vous les liens entre le Cachemire et les trois prophètes ?

— Trois ? Deux seulement, me semble-t-il, fit observer Emma. La mosquée d'Hazratbal abrite ce qu'on croit être un cheveu du prophète Mahomet et la légende veut que le Christ soit venu une fois dans la Vallée. Qui est le troisième ?

— Moïse, répondit Damien, satisfait de voir qu'Emma était étonnée. La ville de Bandipur, à environ trente miles d'ici, était jadis appelée Beth-Poer. De nombreux Juifs pensent que c'est le lieu où est mort le prophète. Une tombe dans la jungle, marquée par un rocher noir, est considérée comme sa dernière demeure.

— Je me suis laissé dire que la vallée de Gulmarg est un site enchanteur à cette époque de l'année. Pourrons-nous y aller un jour ?

— Certainement.

Damien tira brutalement sur les rênes.

— Pourquoi nous arrêtons-nous ?

— Ne voulez-vous pas vous rafraîchir ?

— Où ? demanda Emma en jetant un coup d'œil autour d'elle.

Damien désigna d'un geste le verger à flanc de colline dont les arbres étaient chargés de fruits printaniers.

— À qui appartiennent ces terres ?

— Peu importe. Au Cachemire, le voyageur est autorisé à se servir dans les vergers, à condition qu'il n'en abuse pas. Venez.

Emma était surprise par l'érudition de Damien. Elle écoutait avidement ses explications enthousiastes. Bizarrement, son enfance meurtrie la touchait au plus haut point. Elle aurait voulu lui parler de Mrs Granville, mais elle ne tenait pas à gâcher leur complicité naissante par des questions indiscrètes.

Bientôt, ils se remirent en route. Ils descendirent de voiture dans les faubourgs de Srinagar, à l'endroit où Emma s'était arrêtée la veille. Ils marchèrent jusqu'au lac où les attendait un shikara.

— Hakumat et Sharifa vous accompagneront sur le *Nishat*. Outre Jabbar, j'ai une ou deux personnes à voir. Je vais vous abandonner jusqu'au dîner.

Emma se demanda qui étaient ces personnes. Elle repoussa aussitôt l'aiguillon de la jalousie et monta dans le shikara. Sur le pont du *Nishat*, les serviteurs et l'inévitable samovar l'attendaient. Partout avaient été disposés des bouquets de fleurs odorantes. Rideaux et draps avaient été amidonnés de frais et le couvert dressé pour deux. Le lac scintillait, blanc et bleu saphir comme le ciel qu'il reflétait. Il y régnait une intense activité. Les bateaux étaient nombreux, tantôt glissant à sa surface, tantôt à l'ancre, dansant sous la poussée des vagues comme les lotus et les nénuphars. À bord de leur shikara chargé des produits de saison, les marchands allaient de bateau en bateau, proposant leurs marchandises.

Emma, étendue sur une chaise longue, grignotait des châtaignes d'eau grillées. Rassasiée par le paysage et le tour qu'avaient pris ses pensées, elle ne songea pas à déjeuner. Au cours de l'après-midi, elle eut une idée. Elle appela Hakumat et lui demanda de faire savoir au cuisinier qu'elle souhaitait l'aider à préparer un dîner traditionnel cachemiri. Elle alla changer de tenue et remarqua que sa valise et celle de Damien avaient été placées côte à côte dans la chambre du maître. Emma n'avait pas prévu qu'ils feraient chambre commune au cours de leur voyage.

Ivana Ivanova ?

Plus Mikhail Borokoff pensait à cette curieuse affaire, plus il s'en étonnait. Tandis qu'il buvait sa vodka à petites gorgées sous la véranda de sa modeste demeure en mangeant les triangles de pain sur lesquels Ivana avait tartiné du caviar béluga, il cherchait encore une réponse et ne la trouvait pas. Quelqu'un voulait Ivana en échange des cartes de la Yasmina ? C'était incroyable. Durant ces deux années passées à Tachkent, il avait souvent rencontré des individus qui prétendaient avoir découvert la passe. Au début, il menait les interrogatoires en personne mais, très vite, les mensonges et les sommes considérables qu'on lui réclamait l'avaient dégoûté et il s'était déchargé de cette mission sur son adjoint, le capitaine Vassily.

Cependant, il n'avait pu chasser de son esprit les deux Dardes et Ivana, et trouvait parfaitement risible que cette femme fût l'objet d'un si extraordinaire marchandage.

— Dois-je enlever le plateau, monsieur, ou le laisser ?

Borokoff sursauta. Il ne l'avait pas entendue entrer. Naguère, lorsqu'elle n'était encore qu'une enfant, ses allées et venues silencieuses le rendaient nerveux. Plus tard, il avait apprécié sa démarche feutrée et ses autres qualités : le respect de sa vie privée, la façon intuitive dont elle comprenait ses besoins, ses dons admirables de maîtresse de maison et, par-dessus tout, sa discrétion. Depuis quinze ans qu'elle était à son service, elle n'avait jamais abordé que des sujets banals ; pour sa part, il avait appris à lui confier son sort. Ce qui le choquait le plus dans cette affaire ridicule, c'était qu'on pût l'échanger comme une esclave.

Un moment, il songea à l'informer de ces étranges tractations, puis il y renonça. Il était inutile de l'alarmer. À cet instant,

Ivana, vêtue de son habituelle baboushka grise, vidait le cendrier, tapotait les coussins et retirait les miettes de la table. Borokoff l'observait attentivement, comme s'il la voyait pour la première fois. À de rares exceptions près, les femmes n'avaient pas trouvé leur place dans une vie aussi soigneusement planifiée que la sienne. Il les considérait collectivement, ne leur attribuant ni nom ni visage, et il leur réservait les tâches destinées à le maintenir en bonne santé. À ses yeux, Ivana n'avait jamais eu de sexe. Elle n'était que deux mains habiles et deux pieds solides qui contribuaient à son confort domestique. Si on le lui avait demandé, il eût été incapable de décrire son visage. Lorsqu'il l'avait trouvée, par hasard, à Khiva, seize ans plus tôt, elle n'avait pas plus de quatre ou cinq ans. Elle faisait partie de ces milliers de jeunes orphelins réduits en esclavage. Un matin, le couple de domestiques qu'il employait à la garnison de Petro-Alexandrovsk avait amené l'enfant et supplié Borokoff de la garder. Elle était arménienne et avait travaillé dans le zenana du khan. Après la chute de Khiva aux mains des Russes et la fuite de son maître, on l'avait oubliée. Elle n'avait ni parents, ni nom. Elle s'appelait tout simplement Khatoun, « la fille ».

— Le dîner est servi, monsieur, annonça Ivana qui, comprenant que Borokoff n'avait pas entendu, ajouta :

— Mais si vous n'êtes pas prêt à manger...

— Je suis prêt.

Il vida son verre et se leva, comme toujours impressionné par la déférence de la jeune femme et le timbre agréable de sa voix.

Il dîna sans pouvoir la chasser de son esprit. Indifférent à la situation de la petite fille, il l'avait cependant autorisée à vivre chez lui à condition qu'elle restât dans la cuisine, et qu'il ne l'entendît ni ne la vît. Pendant neuf ans, il oublia jusqu'à son existence. Lorsqu'il quitta Khiva, ses domestiques refusèrent de l'accompagner à Saint-Pétersbourg, mais le supplièrent d'emmener Khatoun. Elle était honnête, travailleuse et bonne cuisinière. Essentiellement préoccupé de son confort, il avait accepté et n'avait pas regretté sa décision. En quelques mois, elle s'était adaptée à la cuisine russe, aux manières, à la façon de se vêtir, à la langue du pays. Elle prit bientôt la direction de la maisonnée. Aidé par Smirnoff dans ses démarches auprès des services de l'immigration, Borokoff l'avait déclarée sous le nom d'Ivana Ivanova, de nationalité russe. Quand il fut affecté à Tachkent, il emmena avec lui la jeune femme, devenue un membre de sa domesticité tellement indispensable qu'il lui arrivait de l'accompagner dans ses voyages. Depuis peu, il avait remarqué, à sa grande surprise, qu'Ivana était agréable à regarder. Grande et mince, elle avait un visage ovale qui ne se départait jamais de son calme.

Elle souriait rarement et parlait comme elle marchait, tranquillement, sans hâte. Quoi qu'elle fît, elle était toujours aussi économe de ses mouvements. Brusquement, Borokoff se rendit compte que cette femme devait avoir des pensées, des émotions, des aspirations, des besoins, des goûts et des dégoûts qu'il n'avait jamais pris en considération, ce dont il se sentit coupable.

— As-tu été heureuse chez moi, Ivana Ivanova ? lui demanda-t-il, pris d'une impulsion soudaine.

— Comment, monsieur ?

Une proposition indécente ne l'eût pas surprise davantage.

— Je voulais seulement savoir si tu avais été heureuse à mon service, précisa Borokoff d'un ton bourru.

Il rougit, les yeux rivés sur le pendentif en argent qu'elle portait à son cou.

— Certainement, monsieur.

En quelques instants, elle avait retrouvé sa sérénité habituelle.

— J'ai tout ce qu'il me faut.

— Tu as peut-être envie d'autre chose ? Des vêtements, des parfums… ce que toutes les femmes désirent.

— J'ai assez de vêtements, monsieur, et je ne me parfume pas.

Le colonel s'aperçut qu'elle était gênée et le changement opéré l'irrita. Elle s'était métamorphosée en une femme de chair et de sang, et il s'en voulut de penser à elle en ces termes. Un élément étranger s'était glissé dans l'étoffe soigneusement tissée de son existence. Agacé, il ne comprenait pas ce qui lui arrivait.

— Veux-tu prendre un mois de vacances ?

Borokoff pensait qu'il valait mieux qu'elle fût absente de Tachkent pendant qu'il démêlerait cette fâcheuse affaire.

— Des vacances, monsieur ? Mais, nous revenons à peine de Saint-Pétersbourg !

— Ce n'étaient pas des vacances, Ivana. Je parle d'un mois de vrai repos.

— Je ne saurais pas où aller, monsieur.

— Il se trouve que je connais une petite pension de famille tenue par une veuve, sur les rives de la mer Caspienne. Elle veillera sur toi et l'air marin te fera du bien.

Surprise, mais soumise comme toujours, elle accepta sans enthousiasme, les yeux baissés.

— Je m'en occuperai dès que le général Smirnoff sera revenu.

Le colonel Borokoff oublia Ivana et les Dardes pour se concentrer sur d'autres affaires, plus importantes, des affaires personnelles. Il songea d'abord à Alexei Smirnoff, puis, avec une sensation intense de plaisir, à la Yasmina. Mu par une énergie soudaine, il se rendit dans son bureau pour y écrire une brève missive.

Cher Dr Theodore Anderson,

Je n'ai pas eu de vos nouvelles depuis votre réponse à ma première lettre. Je vous remercie de votre information, mais cela ne suffit pas ! Sachez que si je n'obtiens pas rapidement de plus amples renseignements, je me verrai dans l'obligation de ne plus verser les fonds nécessaires à vos expéditions.

Emma apprenait une recette de cuisine cachemirie lorsqu'elle entendit sur le rivage une voix anglaise qui demandait si le huzoor et la bégum sahiba étaient à bord. C'était un de ces rares jours où elle se trouvait en harmonie avec Damien, elle n'avait pas envie de recevoir de visites, et surtout pas celle de Chloe Hathaway. Elle était sur le point de prétexter une migraine quand, dans un nuage d'un parfum reconnaissable entre tous, la dame en question apparut à la porte de la cuisine.

— Ah, vous voilà, ma chère ! s'exclama-t-elle avec un sourire éclatant. J'ai entendu dire que vous passiez la journée ici et j'aurais été désolée de vous manquer.

Elle entra dans la cuisine et souleva sans façons le couvercle d'une casserole.

— Quelle odeur délicieuse ! ajouta-t-elle après avoir reniflé. La spécialité de Mukhtiar. Naturellement, vous n'avez pas mis d'aubergines ? Parfait. Damien ne les supporte pas. En revanche, il adore les sucreries.

— Comme c'est aimable à vous de nous rendre visite ! répondit Emma, grimaçant un sourire. Mais Damien n'est pas là et je ne sais quand il rentrera.

Comparée à la toilette irréprochable de Chloe Hathaway, la tenue d'Emma était celle d'une souillon. De plus, elle sentait l'ail ! S'accommodant tant bien que mal de la situation, elle se lava les mains et conduisit la visiteuse sur le pont. Elle était fermement décidée à ne pas l'inviter à dîner.

— Je vous demande un instant pour aller me changer ; je suis dans un état épouvantable.

Après de rapides ablutions, elle revêtit une robe de toile impeccable, et retrouva Chloe Hathaway installée confortablement dans la chaise longue. D'un geste gracieux, elle s'éventait à l'aide d'un éventail japonais mauve et crème assorti à sa superbe robe d'été. Elle ferma les yeux, leva son petit nez parfait vers le soleil et prit une profonde inspiration, tandis qu'Emma s'asseyait près d'elle.

— Divin, tout simplement divin, souffla-t-elle. Il y a ici une merveilleuse fraîcheur qui fait des miracles sur les nerfs fatigués. Et, bien entendu, sur l'insomnie.

Emma, jugeant inutile de répondre malgré l'insinuation blessante, approuva d'un signe de tête. Mais elle reprit la parole, toujours souriante, en demandant à Chloe si elle avait essayé les oreillers rembourrés de safran.

— De safran ?

— Oui, c'est un remède connu contre l'insomnie. Les empereurs romains s'en servaient, dit-on, après un bon repas. Essayez-le, Mrs Hathaway, la prochaine fois que vous ne pourrez dormir.

— Vraiment ? Comme c'est curieux !

Ne sachant si Emma était sérieuse ou si elle se moquait, Chloe perdit de sa superbe. Elle se détourna, se laissa aller dans la chaise longue et ferma de nouveau les yeux. Emma remarqua sans enthousiasme la longueur de ses cils, la finesse de sa peau, la beauté de son corps, la grâce de ses gestes. Elle lui proposa de prendre le thé. Chloe eut la bonne idée de refuser.

— Adela Stewart m'attend dans une heure à la résidence. Elle reçoit un couple ennuyeux, les Bricknell, et je lui serai d'un grand secours. Mais vous, Emma, vous n'auriez pas été invitée, par hasard ? Vous permettez que je vous appelle Emma ?

— Oui, bien sûr. Non, on ne m'a pas invitée.

— C'est bien ce que je pensais. Mais je dois partir, sinon je serai en retard et Adela ne me le pardonnerait pas. À propos, quand Damien doit-il revenir ?

— Je n'en ai aucune idée.

Et elle ajouta sans réfléchir :

— Je sais simplement qu'il ne rentrera peut-être pas pour dîner.

— Allons donc ! Vous auriez fait tous ces louables efforts pour rien ? rétorqua Chloe en riant.

— Il a dit *peut-être*, rectifia Emma, regrettant de ne pas avoir imaginé une excuse plus valable. Il doit se rendre à plusieurs rendez-vous.

— Ah !

C'était une syllabe lourde de sous-entendus.

— Je me demande comment ferait ce cher Damien sans ses rendez-vous d'affaires.

L'arrivée d'un bateau à bord duquel avait lieu un mariage détourna heureusement la conversation. Mais les prières d'Emma pour que Damien ne revînt pas avant le départ de Mrs Hathaway ne furent pas exaucées : une demi-heure plus tard, elle entendait sa voix claironnante sur le rivage et, peu après, il sautait sur le pont. La vue de Chloe le déconcerta.

— Mais le voici, cet homme insaisissable ! s'écria la visiteuse, nullement gênée. Tout sourire, elle se leva, s'avança vers lui et lui tendit sa joue.

Damien rougit si fort qu'Emma en éprouva une satisfaction perverse à cette démonstration d'intimité devant sa femme. Comment allait-il réagir ?

— Eh bien, quelle surprise ! grommela-t-il en se détournant pour tendre à Hakumat son manteau et un paquet.

— Agréable, j'espère ? lança Chloe en riant.

Elle lui tapota la joue avec son éventail, transformant la rebuffade en victoire personnelle.

— L'avenir nous le dira.

— Vous aviez promis de venir me voir, méchant garçon ! badina-t-elle avec grâce. J'exigerai une compensation, je vous en avertis.

Damien s'approcha d'Emma et s'appuya à la rambarde.

— J'ai passé très peu de temps à Srinagar au cours de ces dernières semaines, vous le savez sûrement.

— Plus de deux mois, ma chère Emma ! Ne trouvez-vous pas que c'est impardonnable de la part d'un jeune marié ?

Emma, ne sachant que répondre, approuva d'un signe de tête. D'une part, elle tirait un plaisir sadique de l'embarras dans lequel Damien se trouvait, de l'autre, elle éprouvait un malaise indéfinissable. Où pouvait les mener ce badinage ? Elle l'apprit bientôt.

— Comment ? Vous avez abandonné votre femme et l'avez laissée se rendre seule, hier, à Srinagar. Sans Geoffrey, toujours prêt à rendre service, cette pauvre petite aurait découvert seule le romantisme de *Shalimar*. Vous devriez avoir honte, mon cher Damien !

Mon Dieu, pensa Emma, incapable de parler, les yeux fixés droit devant elle, elle va évoquer ma visite à Nazneen.

Mais Damien ne réagit pas. Il regardait le lac comme si le spectacle de deux bateaux qui avaient manqué se heurter l'intéressait.

Pendant quelques secondes, Chloe observa le visage pâle d'Emma et le dos impassible de Damien.

— Mon Dieu, en aurais-je trop dit ? J'ai l'art de faire des gaffes, n'est-ce pas, mon cher Damien ? Je ne pouvais savoir que vous ignoriez tout de cette entrevue.

— Oh, mais j'étais au courant ! rétorqua Damien en se retournant nonchalamment et en regardant Chloe bien en face. Emma m'en avait parlé. De fait, que Charlton trouve le temps de lui faire visiter les jardins m'a soulagé.

Chloe chercha ses mots.

— J'en suis ravie, finit-elle par dire. J'aurais détesté semer la zizanie.

Dans son regard souriant, on devinait une lueur de colère.

– J'en suis certain, c'est si peu dans votre nature, remarqua Damien. Et que diriez-vous, Emma, d'offrir un verre de sherry à notre invitée ? Elle le mérite bien si l'on considère l'énergie qu'elle a déployée à m'éclairer sur un sujet aussi important.

Chloe lui lança un regard venimeux et se leva.

– J'aurais tant aimé m'attarder un peu, mon cher Damien, mais je ne tiens pas à contrarier Adela. Une autre fois peut-être ? Combien de temps comptez-vous rester ici ?

– Un ou deux jours, répondit Damien.

– Bien. Dans ce cas, venez dîner chez moi demain soir. J'inviterai Geoffrey pour que vous puissiez le remercier de son amabilité envers votre femme.

Damien regarda de nouveau Emma, l'air interrogateur.

– Eh bien, je… j'avais pensé que nous pourrions…

– Visiter le Takht-e-Suleiman ? C'est bien là votre idée ? l'interrompit-il avec douceur.

– Exactement, répondit-elle, reconnaissante. Maintenant que Damien est ici…

– Excellente idée, intervint Chloe d'un ton acerbe. Je vous conseille de tirer le meilleur parti possible de votre feu follet de mari pendant qu'il est là.

Emma se sentit humiliée malgré le sauvetage impromptu que son mari venait d'opérer. Elle craignait que l'affaire n'en restât pas là. Pourtant, Damien parut ne plus s'intéresser à son expédition clandestine à Srinagar. Pendant le repas, qu'il apprécia et mangea de bon appétit, il demeura d'excellente humeur. Quant à Emma, toujours crispée, elle ne fit que picorer et participa peu à la conversation. Après le café, Damien lui souhaita une bonne nuit, choisit un livre et la laissa à ses méditations solitaires. Lorsqu'elle descendit dans la chambre, elle constata que le lit avait été préparé ainsi que sa chemise de nuit et ses mules, mais il était vide. Damien avait préféré dormir dans la chambre voisine. La porte de communication fermée était sans ambiguïté. *Il ne reviendrait à elle que lorsqu'elle le lui demanderait.* Et elle était bien décidée à ne pas le faire ! Quand Emma se réveilla après avoir passé une mauvaise nuit, elle se rendit sur le pont avant où se tenait Damien, appuyé à la rambarde. Il lisait une lettre, les sourcils froncés.

– J'espère que ce ne sont pas de mauvaises nouvelles ?

277

— Non.

Il lui tendit la lettre.

— Le maharaja m'écrit qu'il a quitté Jammu et son palais d'hiver, qu'il a eu un rhume mais qu'il va mieux. Il nous invite à prendre le thé dimanche après-midi. Son Altesse semble impatiente de vous connaître.

Emma parcourut la feuille et la lui rendit.

— Avez-vous bien dormi ? demanda Damien poliment.

— Très bien, merci.

Hakumat apporta le thé. L'air matinal était lourd des senteurs humides du lac. Emma but en silence, le regard fixé sur les bateaux. Pourtant, du coin de l'œil, elle observait le visage de Damien. Son expression ne révélait ni colère ni bouderie. Bien au contraire. Un léger sourire flottait sur ses lèvres. Il paraissait détendu. Emma tenta de renouer la conversation. Désignant un gros bateau qui passait lentement devant eux, elle demanda à quoi il servait.

— À transporter des céréales et du bois.

— Ne risque-t-il pas de couler ? Il me semble chargé.

— Non. Ce sont des bateaux…

Les explications désinvoltes de Damien ne firent qu'accroître l'appréhension d'Emma. Elle n'y tint plus.

— À propos d'avant-hier, Damien… Chloe a dit la vérité.

— Je sais. Le cocher m'a tout raconté.

Elle aurait dû s'en douter. Elle se lança dans des explications que Damien ne lui avait pas demandées.

— J'étais lasse d'être seule. Vous étiez parti depuis des semaines et j'ignorais la date de votre retour. Je mourais d'envie de visiter Srinagar et je voulais persuader le père de Rehmat de la laisser étudier avec moi. J'ai rencontré Geoffrey Charlton par hasard.

— Pourquoi ne pas m'en avoir parlé ?

— Je voulais vous faire plaisir, feindre de découvrir Srinagar avec vous.

Pensant lire un certain scepticisme sur le visage de Damien, elle s'enflamma.

— Oh, ne me croyez pas si vous n'en avez pas envie ! Cela ne vous gêne pas que vos maîtresses, passées ou présentes, flirtent avec vous devant moi. Mais que je rencontre, par hasard, un homme que vous n'aimez pas dans un endroit public, et vous êtes prêt à imaginer le pire. Grand bien vous fasse !

– De toute façon, je m'en moque !

Au moment où elle allait passer devant lui, il la retint par le bras.

– Justement, je vous crois.

Sans la lâcher, il poursuivit.

– Je veux bien admettre que votre rencontre avec Charlton a été fortuite. En revanche, lorsque vous l'avez invité à prendre le thé, ce n'était pas un effet du hasard. Je ne veux pas de cet homme chez moi, Emma.

– Chez vous ? Vraiment ! Ce n'est plus *chez nous* ?

Damien rougit et lui répondit posément.

– Je sais que vous ne m'aimez guère, Emma, et je suis obligé de le supporter. Mais ce que je ne tolérerai pas, c'est d'être tourné en ridicule. Soyez gentille de vous en souvenir la prochaine fois que vous rencontrerez Geoffrey Charlton.

– Si on vous a ridiculisé, Damien, quelqu'un d'autre que moi en est responsable.

Emma se retira dans sa chambre, Damien sortit et ne rentra pas dîner. Le lendemain matin, ils regagnèrent *Shalimar*. Il affichait une bonne humeur blessante, elle était murée dans un silence morne. Cette escapade dans laquelle elle avait placé tant d'espoirs se soldait par un désastre. Elle en aurait pleuré.

Ce jour-là avait lieu le second gymkhana de l'année. Les résidents de Simla et une foule populaire avaient envahi Annandale, un vaste terrain encombré de manèges, de balançoires, de boutiques et de stands de jeux. Un premier steeple-chase avait déjà eu lieu. Les spectateurs semblaient heureux et insouciants, tous sauf Wilfred Hethrington.

Il échangeait avec les uns et les autres des sourires, des saluts, des signes de tête, quelques mots. Même en temps normal, il détestait ce genre de festivités. Il avait hâte que la saison se terminât et, cette après-midi plus encore, il souhaitait retrouver le calme de novembre, les maisons vides, les rues enneigées et désertées par les civils.

Lorsqu'il rencontra Sir John, celui-ci fixait des yeux une personne qui conversait avec Belle Jethroe. Hethrington reconnut le consul général russe.

— L'homme que nous avons posté au consulat signale une grande activité sous forme de nombreux messages, fit-il aussitôt remarquer. Le consul général semble particulièrement inquiet.

— Rien d'étonnant, avec Alexei Smirnoff dans le secteur ! Quand doit-il arriver à Tachkent ?

— Smirnoff ? Incessamment.

Sir John leva une main, puis la laissa retomber en un geste éloquent.

— Sa présence n'est guère rassurante, Wilfred. En fait...

— Éloignons-nous, mon général. Nous pourrons parler plus aisément.

Ils prirent un sentier jonché de pignons qui menait à un agréable bosquet.

— Notre Ouzbek nous signale qu'il se trame quelque chose de bizarre à Tachkent.

— Bizarre ? s'étonna Sir John.

— Très.

Un ballon de football atterrit à leurs pieds, venu de nulle part, suivi par un jeune homme échevelé couvert de sueur. Sir John accepta ses excuses d'un signe de tête et lui renvoya le ballon.

— Cherchons un endroit un peu plus isolé.

Ils s'enfoncèrent dans un bois de platanes après la pinède.

— Eh bien ? interrogea Sir John une fois qu'ils eurent la certitude d'être seuls.

— D'après une conversation surprise parmi les cosaques, l'homme affirme que deux individus, probablement des espions, ont rencontré le baron et lui ont présenté une requête. Ils seraient chargés de retrouver une Arménienne.

— Oh ?

— Ils affirment être des Dardes.

— Des Dardes ? Qu'ont-ils à faire de cette femme ?

— Sans doute ont-ils menti, mon général. Dans cette sorte de jeu, la vérité est rarement de rigueur.

— Qui diable sont-ils alors ?

Hethrington regarda ailleurs.

– Ils peuvent venir de n'importe où…

– Et ce n'importe où, où est-il ? Vous n'allez pas me dire que le monde entier s'est brusquement lancé à la recherche de cette misérable esclave arménienne !

Quelque chose bougea dans les buissons, un gros lièvre qui déguerpit aussitôt pour disparaître sous les branches d'un banian.

– Le plus grave, mon général, c'est ce qu'ils ont offert pour la retrouver.

– Laissez-moi deviner.

Sir John appuya une main sur son front.

– Les cartes de la Yasmina ?

Hethrington fit oui de la tête.

– L'un des hommes a prétendu avoir soigné les chameaux de la caravane. Il aurait volé les papiers de Butterfield au cours du raid.

– Dieu tout-puissant ! L'intendant général s'arrêta net.

– Parfaitement, mon général.

– Et que comptez-vous faire ?

– Rien, mon général. Ces hommes ont vraisemblablement menti.

Les yeux rusés de Sir John se posèrent sur le visage inquiet d'Hethrington.

– Ainsi votre navire a commencé à faire eau ? Vous espériez pourtant le mener à bon port avec tout son équipage.

– Ce n'était pas certain, mon général.

– Vraiment ?

Au même moment, un jeune commis qui cherchait Sir John lui transmit un message urgent. On allait donner le départ de la course à quinze heures et il était grand temps de faire les paris. Sir John jeta un coup d'œil à sa montre.

– Nous reprendrons cette conversation lundi matin à neuf heures précises.

Hethrington regarda Sir John s'éloigner avec un soulagement évident.

14

Depuis leur retour de Srinagar, Damien gardait son humeur enjouée et Emma lui en était reconnaissante. La dispute stupide sur le bateau semblait désormais oubliée ; ni Charlton ni Chloe Hathaway n'avaient été mentionnés. Accaparé par la gestion du domaine, Damien passait de longues heures dans son bureau à trier les papiers qui s'étaient accumulés ou dans les champs à surveiller moissons et récoltes de fruits. Emma avait accepté de l'accompagner. Le principe sur lequel il s'appuyait pour diriger le domaine l'impressionnait : on récolte ce qu'on a semé. Dans ce pays aux mains de propriétaires terriens despotiques, les zamindars, Damien était pratiquement le seul à l'appliquer.

Lors de leurs soirées, les manières de Damien restaient étonnamment affables, leurs conversations plaisamment civiles et l'ambiance se réchauffait progressivement.

Ils n'évoquaient pas, non plus, le sujet délicat des chambres séparées.

Le palais du maharaja se trouvant à Srinagar, ils avaient décidé de passer la veille et le lendemain de la visite sur le *Nishat*. Pendant qu'Emma se préparait à bord du bateau, la question des bijoux qu'elle avait reçus en cadeau de mariage ressurgit. Elle s'était juré de ne plus jamais les porter, mais Delhi semblait loin à présent, et cette résolution bien puérile. Elle choisit un collier de perles et de saphirs et les boucles d'oreilles assorties. Elle enveloppa ses épaules dans son châle de shatoosh. Elle reculait d'un pas pour se regarder dans la psyché quand elle entendit frapper à la porte. Damien entra.

Avec son costume bleu nuit, sa cravate assortie et ses chaussures de ville éblouissantes, il incarnait l'élégance faite homme.

— De quoi... de quoi ai-je l'air ? demanda-t-elle, inquiète.

Il l'examina des cheveux à ses sandales cousues d'or et hocha la tête.

— C'est bien. Son Altesse approuvera.

Et vous ? Elle ne formula pas la question. Tout en grimpant sur la passerelle de bois qui menait sur la rive, Damien lui donna la main. Elle frissonna.

— Vous avez froid ?

Elle fit signe que oui et s'enveloppa un peu plus dans son châle. Elle s'installa en hâte sur les coussins du palanquin et dut admettre une nouvelle fois que ce moyen de transport traditionnel convenait à la solennité de l'événement.

Les dignitaires de la cour royale, le durbar, qui les reçurent dans l'entrée principale du palais semblaient bien connaître Damien. Escortés promptement à travers un dédale de couloirs, d'antichambres et d'escaliers, ils s'acheminaient vers l'endroit retiré où les attendait le premier secrétaire particulier du maharaja. Celui-ci, un pandit cachemiri vêtu d'un pantalon blanc et d'une veste à col officier assortie, les fit pénétrer dans le sanctuaire intérieur, où ils se retrouvèrent en présence de Son Altesse.

— Ah, Damien, votre visite me réjouit !

D'un geste, le maharaja Pratap Singh renvoya les courtisans et prit la main de Damien entre les siennes.

— Je me faisais une telle joie de vous revoir, sans parler de votre épouse.

— Je suis heureux de constater que Votre Altesse est rétablie après sa récente indisposition, répondit Damien en s'inclinant.

Il lui présenta Emma qui fit une révérence en joignant les mains. Le maharaja la jaugea de ses yeux charbonneux et rêveurs, empreints d'une immense lassitude.

— Je suis ravi de rencontrer l'estimée Lady qui a fini par convaincre Damien de mener une vie rangée. Son attachement indécrottable au célibat commençait à m'inquiéter. Asseyez-vous, s'il vous plaît, et causons un peu.

Il sourit en voyant Emma rougir et regagna le divan où il s'assit en tailleur, familiarité destinée à la mettre à l'aise.

— Depuis que le vice-roi a décrété que nous devions parler

ourdou dans cet État, il serait avisé de ma part de profiter de l'aisance de votre épouse dans cette langue, Damien, pour m'initier à son usage.

Emma fut surprise qu'il sût cela et qu'il lui en fît part.

— Je dois vous confier, Mrs Granville, que la nouvelle de votre mariage a brisé nombre de cœurs au Cachemire. Ainsi, en mon propre palais, une visite de Damien suffisait à envoyer tout le zenana aux fenêtres dans l'espoir de l'entrevoir.

Damien rougit légèrement et émit une protestation embarrassée, mais Emma, qui savourait sa déconfiture, partit d'un rire cristallin.

— Je ne suis pas sans savoir que vous êtes la fille de Graham Wyncliffe, ajouta-t-il. On m'a rappelé ce matin que j'avais eu le privilège de le rencontrer à Jammu, il y a maintenant quelques années. Je regrette que ma mémoire ne soit plus aussi fidèle que dans ma jeunesse. J'ai été sincèrement peiné d'apprendre son décès, surtout dans de si tristes circonstances.

D'un signe de tête, Emma accepta ses condoléances.

— Il est venu en 87 pour la dernière fois, l'année où les Britanniques ont mis fin aux faux-semblants et imposé un résident à mon État, alors que je portais toujours le deuil de mon père. C'est une année que je n'oublierai jamais. (Il y avait plus qu'une trace d'amertume dans sa voix.) D'ailleurs, c'est le premier résident, Sir Olivier St. John, qui m'a présenté le Dr Wyncliffe.

Le sujet de la domination britannique sur l'État du maharaja étant toujours aussi sensible et ses notions de politique tristement insuffisantes, Emma resta silencieuse. Le maharaja brisa ce silence pesant.

— Et vous, Mrs Granville, vous intéressez-vous aussi activement à l'archéologie et à l'histoire du bouddhisme ?

Emma lui confirma sa passion.

— En ce cas, nombre de sites devraient vous intéresser au Cachemire, qui fut un temps une forteresse du bouddhisme, comme vous le savez sans doute. J'espère que votre époux vous a fait visiter les lieux les plus réputés ?

— En fait…

Damien choisit de présenter sa propre défense.

— Pas encore, Votre Altesse. Je dois vous avouer que je n'ai

284

pas été souvent présent et que j'ai honteusement négligé mon épouse.

— Eh bien, puisque vous êtes revenu, vous n'avez plus aucune excuse !

Il rit et se tourna vers Emma.

— Outre nos curiosités historiques, nous possédons de nombreux lieux de culte, révérés à la fois par les hindous et les musulmans, susceptibles de vous intriguer.

Pendant un moment encore, ils évoquèrent ces monuments et, plus généralement, les vestiges du passé. Soudain les portes du salon s'ouvrirent. Une cohorte de laquais en uniforme apparut. Ils portaient des rafraîchissements.

— Je regrette que la maharani soit sur le chemin du pèlerinage d'Amarnath, reprit le maharaja. Elle aurait été ravie de vous rencontrer et de pouvoir parler avec vous sans l'intermédiaire d'un interprète.

Emma fit un signe de tête compréhensif. En son for intérieur, elle était soulagée de pouvoir écouter la conversation des hommes.

Le maharaja remarqua son shatoosh et s'extasia.

— Nous avons cru comprendre que, cette année, les cadeaux offerts à l'impératrice Victoria viendraient, une nouvelle fois, de vos excellents ateliers, Damien. Sa Majesté approuvera. (Les lèvres fines du maharaja se plissèrent en un sourire ténu.) Un véritable exemple de l'estime dans laquelle nous tenons, vous et moi, la Grande-Bretagne, n'est-ce pas, Damien ?

Il était difficile de ne pas percevoir le sarcasme.

— En effet, sourit Damien.

— Comment vont les affaires ?

— Aussi bien que possible, compte tenu des caprices de la mode en Europe. Quelle ironie ! La demande décline, mais le dernier recensement nous promet une augmentation de la population des tisserands dans la Vallée.

— Ce fut un jour heureux pour nos concitoyens, celui où votre père décida de s'installer au Cachemire.

Le maharaja poussa un soupir discret.

— Votre père s'est donné beaucoup de mal pour rehausser le prestige de notre État en Europe. Comme vous continuez à le faire, Damien. Le fait que vous fournissiez des emplois rémunérés à tant de nos artisans est un véritable coup de fouet pour une industrie si réputée, mais tellement languissante.

— Le Cachemire a offert l'asile à mon père lorsqu'il en avait le plus besoin, répondit Damien. En réalité, ce pays nous a bien plus donné que nous ne pourrons jamais lui rendre.

Pratap Singh prit une amande, la plaça délicatement dans sa bouche et la grignota du bout des dents.

— À cette époque, le Cachemire était vraiment différent, Damien ; votre père a souvent dû vous le répéter. Autrefois, un dirigeant dirigeait, aujourd'hui c'est tout juste s'il est autorisé à danser au son d'une musique étrangère jouée par le Conseil et le résident. Il n'a que très peu de pouvoir sur sa propre administration.

L'amertume couvait sous ses paroles.

— Ils ont donné une nouvelle Constitution au Cachemire, continua-t-il, abattu. Ils ont semé le trouble dans ma famille. Je crains qu'il n'y ait qu'un pas, un terrible pas, à franchir pour que je sois destitué. L'avenir de mon pays m'inquiète profondément, Damien.

Il jeta un coup d'œil sur le quotidien qui reposait à moitié ouvert sur le canapé.

— Comme ces troubles dans les royaumes montagnards.

— Il est difficile de distinguer la vérité de la fiction dans les journaux britanniques, Votre Altesse, répondit Damien en fronçant les sourcils. En outre, les royaumes montagnards ne sont pas réputés pour leur stabilité.

— C'est exact, mais lorsqu'il est venu me voir hier, Walter Stewart était très alarmé par la visite des Russes au Hunza. Stewart est d'avis qu'ils jettent délibérément de l'huile sur le feu à nos frontières. J'espère qu'il a tort, Damien. J'en voudrais énormément aux Anglais s'ils s'en servaient comme d'un prétexte pour déverser d'autres troupes dans notre bon royaume.

— S'ils ne trouvent pas d'excuse, Durand leur en inventera une, constata Damien, qui ne se faisait pas d'illusion. Le Cachemire et les royaumes frontaliers sont cruciaux pour l'Angleterre et si — il secoua la tête — non, quand Durand aura la voie libre, ils disparaîtront un à un.

— J'ai bien peur que vous n'ayez raison. Le firanghi est si fier de ses droits territoriaux — quel que soit le moyen, hautement illégal, qui lui a permis de les acquérir – qu'il est remarquablement sourd aux exigences légitimes des autres. Chitral, d'après ce que je sais, court, depuis la mort de son roi, vers une guerre de succession et on ne peut guère avoir confiance en Safdar Ali. Malgré ses manières douces et ses paroles mielleuses, le vice-roi a esquivé toutes les questions directes lors de sa visite l'année dernière et le résident continue à se voir attribuer des pouvoirs exorbitants.

De l'index, il pointa un des gros titres du quotidien.

– Pensez-vous que les Russes se préparent sérieusement à une confrontation à propos du Hunza ?

– Non.

– Quand bien même, Damien, notre Cachemire devient de plus en plus vulnérable avec la découverte de ces nouvelles passes. Un jour, je le crains, il ne restera plus aucun secret, pas même la Yasmina. Ces remparts naturels seront à découvert ; on les exploitera.

Il se pencha en avant et posa une main sur le bras de Damien.

– Ce qu'ils font dans leurs pays respectifs n'est pas de notre ressort, mais pour rien au monde je ne souhaiterais être impliqué dans une guerre sur la terre du Cachemire.

– En dépit du fait que, si un fusil fait feu à Saint-Pétersbourg, les Anglais entendent l'explosion dans l'Himalaya, confirma Damien avec mépris, les Russes brassent beaucoup d'air, Votre Altesse, pour les provoquer. Il n'y aura pas de guerre.

– Qu'en est-il de ce nouveau chemin de fer ? N'apporte-t-il pas un véritable changement dans l'équilibre des forces en Asie centrale ? On raconte que les Russes ont étendu la ligne jusqu'à Tachkent, qu'un nouveau gouverneur général arrive et qu'ils expédient de plus en plus de troupes, dans l'éventualité d'un conflit. Vous qui avez voyagé dans ce train pour rentrer de Saint-Pétersbourg, Damien, pensez-vous qu'il puisse servir de machine de guerre ?

Ainsi, Damien était effectivement allé à Saint-Pétersbourg. Charlton n'avait pas menti. Emma continua de les écouter, avec un intérêt croissant.

– D'un point de vue commercial, il est exact que ce train est un outil formidable. Mais de là à en faire une machine de guerre...

Damien haussa les épaules.

— Walter Stewart semble persuadé du contraire.

— Et il s'acharne à convaincre Votre Altesse ! Sinon, comment pourrait-il renforcer la présence anglaise au Cachemire ? La Russie n'a ni la capacité ni la volonté de provoquer une guerre, quoi qu'en pense l'Angleterre.

Un éclair de colère passa dans les yeux de Damien.

— Je peux comprendre votre dilemme personnel, le rassura le maharaja. Il est très inconfortable d'être ainsi écartelé entre deux loyautés.

— Je ne connais aucun dilemme personnel, Votre Altesse, clarifia immédiatement Damien. Ma loyauté va uniquement au Cachemire.

— Néanmoins, je suis inquiet, Damien. Je ne veux pas voir notre sol transformé en paillasson foulé par des bottes étrangères.

C'était la première fois qu'Emma entendait son époux exprimer ses opinions politiques avec une telle sincérité. Perdue dans ses propres pensées, elle se rendit compte, avec un peu de retard, que le maharaja lui avait posé une question.

— Je vous demande pardon, bégaya-t-elle en rougissant. Je suis navrée mais, l'espace d'un instant, j'ai eu la tête ailleurs.

— Je ne vous en blâme pas, très chère, la rassura le maharaja, souriant. La politique est une affaire sordide pratiquée par des individus sans cœur. Je ne suis pas étonné que votre esprit tourné vers la recherche n'y soit guère enclin.

— Ce n'est pas l'intérêt qui manque, protesta Emma, plutôt la connaissance. Je crains d'être trop mal informée des événements actuels pour pouvoir m'aventurer à formuler une opinion ayant quelque valeur.

Le maharaja se tourna vers Damien.

— Je dois vous avouer, Damien, que j'ai non seulement peur pour le Cachemire mais aussi pour vous. Stewart ne vous aime pas.

— C'est son problème, rétorqua Damien en haussant les épaules.

— Vous et moi avons de nombreux ennemis, Damien, continua Pratap Singh. Ils n'attendent que l'occasion pour frapper. Nous ne devons pas leur laisser ce loisir. Ils fabriquent des lettres pour prouver que j'aurais secrètement pactisé avec les Russes. Ayant déjà été accusé de trahison, je ne souhaite pas être humilié une nouvelle fois.

Il marqua une pause.

— Ni moi ni vous. Soyez prudent, mon ami, le mit en garde le maharaja. Vous avez beaucoup à perdre. Les loups sont dans la jungle et ils ne nous épargneront pas.

— Des loups ? répéta Damien en se mettant à rire. Pas des loups, Votre Altesse, tout juste des hawabeen.

— Mais les hawabeen sont des prédateurs, Damien, qui dictent notre politique et sèment le trouble en toute impunité. Ils ne nous laisseront pas en paix tant que ce qui nous appartient légitimement ne leur reviendra pas.

— On ne peut pas empêcher les gens de parler, Votre Altesse. Pas plus qu'on ne peut rogner leurs griffes.

— Du défaitisme, Damien ? Vous m'étonnez.

— Du pragmatisme, Votre Altesse.

Il se cala dans son fauteuil.

Sans autre commentaire, le maharaja frappa dans ses mains et les portes s'ouvrirent. Deux domestiques entrèrent, ils portaient un lourd coffre en noisetier délicatement ouvragé.

— Un petit gage d'amitié pour vous et Damien.

Le maharaja s'adressait à Emma en souriant.

— Avec mes félicitations les plus sincères pour votre mariage. Puissiez-vous avoir de nombreux fils.

Les yeux rêveurs et las s'éclairèrent.

— Et des filles aussi, à l'image de leur mère.

Emma murmura des remerciements en admirant le superbe présent. Vint alors l'heure de se retirer.

— En cas de besoin, vous savez que je ferai tout ce qui est en mon pouvoir pour vous aider, conclut le maharaja.

— Merci. Je n'en ai jamais douté.

Cette rencontre avait laissé Emma perplexe. Elle comprit, avec le recul, qu'elle n'avait pas pleinement saisi le sens de certaines paroles échangées sur le ton d'une conversation plaisante. De nombreuses nuances lui avaient échappé. En vérité, et elle fut prompte à l'admettre, son éducation politique souffrait de profondes lacunes. Elle n'avait pas lu de quotidien depuis une éternité, n'avait qu'une connaissance parcellaire de ces tensions frontalières et de ces intrigues diplomatiques, ignorait tout des changements radicaux survenus dans le paysage politique. Il était temps, songea-t-elle, d'élargir son horizon et de s'éduquer.

Ils étaient assis sur la terrasse.

— J'ai rendez-vous demain matin avec l'Italien qui s'occupe des vignes de Gupkar, l'informa Damien après le dîner. Je serai probablement à l'extérieur toute la journée et je ne sais pas avec certitude à quelle heure je rentrerai. Vous pourriez regagner *Shalimar* un peu plus tôt ou visiter la ville. Que préférez-vous ?

Elle se décida immédiatement pour la deuxième solution et émit l'intention d'aller au Takht-e-Suleiman. L'air absent, Damien hocha la tête. Il était préoccupé, peu enclin à converser. Malgré tout, elle s'arma de courage et se risqua à une question.

— Qui sont ou que sont ces… « hawabeen » que vous avez évoqués au palais ?

— Les hawabeen ? Ceux qui se nourrissent de la rumeur.

— Ah oui, je vois. Littéralement, « ceux qui observent le vent ». Et les prédateurs ?

— Ceux qui chassent sur un territoire qui ne leur appartient pas.

— Les Anglais ?

— Oui.

— Pourquoi seraient-ils vos ennemis ?

— Lorsqu'on n'appartient pas au sérail et qu'on possède une propriété telle que *Shalimar*, on se fait facilement des ennemis.

— Qui en particulier ?

— Eh bien, Stewart, par exemple. Le résident.

— Est-ce possible, demanda-t-elle prudemment, que votre parti pris parfois inconsidéré pour les Russes y soit pour quelque chose ?

— Les réactions de Stewart à mes propos ne m'intéressent guère.

— Vous vous êtes rendu à Saint-Pétersbourg l'année dernière ?

— Oui.

— Y étiez-vous déjà allé ?

Il hocha de nouveau la tête.

— Pour les affaires ?

Il était sur le point de se livrer, mais il se ravisa.

— Oui, pour les affaires.

— Votre affection pour la Russie, continua-t-elle sous l'effet d'une impulsion soudaine, proviennent-elles de réelles croyances politiques, ou de considérations, disons plus… personnelles ?

— Parce que ma mère était russe et travaillait pour son pays, c'est ce que vous voulez dire ?

Ses épaules se soulevèrent imperceptiblement.

— Un peu des deux sans doute.

— Vous étiez au courant de la vie qu'elle avait menée auparavant ?

— Non, je ne l'ai appris qu'à la mort de mon père. Il m'a laissé une lettre m'expliquant ce qu'il savait.

— Pourquoi est-elle partie ?

— Pourquoi ?

Il éclata d'un rire sardonique.

— Pour la plus vieille raison du monde ! Elle considérait qu'un autre homme avait plus à lui offrir que mon père.

— Un autre homme qu'elle avait rencontré ici, dans la Vallée ?

— Non. Un violoncelliste qu'elle avait connu à Peshawar, un Roumain qui, un jour, a surgi dans sa vie. Elle est partie avec lui.

Surprise que ses questions trouvent des réponses, elle s'empressa d'en poser d'autres.

— Comment est-elle morte ? Où ?

— Son périple à travers les montagnes lui fut fatal, il avait sapé ses dernières forces. Elle avait toujours été fragile. Un petit oiseau. (Il grimaça.) C'est en tout cas ce que disait mon père.

— Et vous ?

Une douzaine d'autres questions vinrent se bousculer dans l'esprit d'Emma.

— Est-ce ainsi que vous la décririez ? Comme un petit oiseau fragile ?

— Non. (Les visions du passé s'évanouirent et les lèvres de Damien se pincèrent.) Je préfère ne pas penser à elle.

Il ne lui avait pas pardonné ! Emma savait maintenant sur quelle enclume les attitudes extrêmes de Damien avaient été forgées. Elle fut submergée par une bouffée de compassion. Cependant, avant qu'elle pût poursuivre, Damien balaya le sujet.

— N'en parlons plus, Emma.

— Les souvenirs d'enfance font partie de notre vie, Damien.

Désespérant de sa confiance, désespérant d'arriver un jour à le connaître mieux, elle refusa de le laisser s'échapper.

– Ils nous forment, comme nos pensées et les caprices de notre personnalité ; ils nous guident vers l'avenir.

– C'est une longue histoire, Emma. Compliquée, esquiva-t-il, las. C'était une femme complexe et malheureuse. Sa vie est trop dense pour être racontée.

– Nous avons tout notre temps, Damien !

Elle retint son souffle tandis que, incertain, il pesait le pour et le contre. Au moment où il semblait prêt à capituler, une légère toux parvint des escaliers. Le baburchi s'avança sur la terrasse et s'enquit des ordres du lendemain. Le moment s'était envolé.

Damien se leva.

– Nous en reparlerons un de ces jours. À présent, je dois me préparer pour mon rendez-vous. Il me faudra partir tôt. Je ne vous verrai sans doute pas de la matinée.

Elle sentit la déception la submerger.

Emma, allongée sur son lit, contemplait la porte close. Sa fatigue évanouie, elle était parfaitement réveillée. Elle renonça à essayer de se rendormir et se leva. Elle s'assit à son bureau, prit une plume et griffonna quelques mots à l'attention de Geoffrey Charlton.

Maracada pour les Macédoniens, Samokien pour les bouddhistes, le dernier séjour de Tamerlan et la capitale splendide de Babar, le premier empereur moghol, Samarkand avait été la fierté du continent asiatique. Découverte par les Chinois en 138 avant Jésus-Christ, la ville appartenait à un royaume florissant tourné vers l'Occident, qui fit prospérer la route commerciale connue plus tard sous le nom de route de la Soie.

Devenue le terminus du Transcaspien, Samarkand avait la stature d'une capitale dynamique et prospère. Impatient, Borokoff faisait les cent pas sur le quai en attendant le train et songeait avec fierté à toutes ces réalisations.

En tenue de cérémonie – insignes et médailles de rigueur –, le baron, mal à l'aise, semblait s'ennuyer. Il se tenait sur le quai, derrière le gouverneur local et d'autres dignitaires. Régulièrement, il consultait sa montre, sa langue claquait en signe d'agacement et il jetait des regards éperdus vers le hangar qui abritait sa ménagerie. La baronne était déjà partie pour Saint-Pétersbourg. Aussitôt qu'il aurait passé la main à son successeur, le personnel restant, ses précieux spécimens zoologiques et lui-même la suivraient. Et, comme on pouvait le lire sur son visage, ce n'était pas trop tôt ! Il songea, transi d'un amour impossible, aux oisillons d'aigle royal qui ne lui appartiendraient jamais. Borokoff ne s'était pas trompé, admit-il amèrement ; le jeune Darde n'était pas revenu, pas même pour récupérer la femme, et ils n'avaient pas pu retrouver la trace à Tachkent du plus âgé des deux vauriens. Conscient qu'il n'avait pas su contrôler la situation comme il l'aurait dû, le baron avait demandé à Borokoff de ne pas en parler à son successeur.

Un coup de sifflet strident annonça l'arrivée du train et la gare sembla reprendre vie. Après avoir jeté un dernier regard à leurs armes, les soldats rectifièrent la position, le baron fourra sa montre dans sa poche et corrigea l'inclinaison de son chapeau. Les employés de la gare coururent rejoindre les postes qui leur avaient été assignés le long du quai. La locomotive parut. Au signal de Borokoff, l'orchestre entonna l'hymne national et l'artillerie salua l'arrivée du nouveau gouverneur général dans un fracas assourdissant.

En dépit des travaux dans la gare encore en construction et des préparatifs coûteux, la réception se déroula remarquablement bien. Tout en souriant et saluant la foule des curieux massée aux abords, Alexei Smirnoff complimenta le baron pour l'organisation. Celui-ci en attribua généreusement le mérite au colonel Borokoff.

— Vous vous portez à merveille, n'est-ce pas, colonel ? remarqua Smirnoff, affable. Le climat et la nourriture asiatique semblent vous convenir à merveille.

La remarque frappait juste au-dessus de la ceinture, là où la taille de Borokoff avait pris quelques centimètres ; celui-ci, plutôt susceptible à ce sujet, ne lui retourna pas son sourire. Au moins rendait-il grâce à Alexei de parler dans sa langue et non en français, qu'il ne maîtrisait guère. Les élites russes affectaient, en effet, les manières, la langue et le style français par une admiration aveugle pour tout ce qui venait de France.

Sur le chemin de la maison du gouverneur, Smirnoff s'extasia, admiratif, devant les nouvelles voies qui avaient été tracées.

— Tout a changé depuis mon dernier séjour en Asie, commença-t-il. À cette époque, il n'y avait pas de routes bitumées.

— C'est la seule à l'est de la Caspienne, lui apprit fièrement le baron.

— Eh bien, je suis ravi que notre chemin de fer ait introduit un tel changement dans nos voies de communication. De mon temps, un télégramme de Samarkand vers Boukhara devait transiter par Tachkent, Orenbourg, Samara, Moscou et Bakou. Comme le service postal. Mieux vaut ne pas en parler.

De nombreuses tâches attendaient encore Borokoff : l'organisation du banquet et les préparatifs pour la nuit que le général Smirnoff et son personnel passeraient à Samarkand. Tandis qu'il s'apprêtait à gagner le club des officiers, afin de se changer pour la soirée, Smirnoff l'arrêta en levant un doigt.

— Je vous serais reconnaissant, mon colonel, de bien vouloir vous occuper personnellement de mes bagages. Ma femme a envoyé de la vaisselle et des meubles chinois extrêmement précieux pour mon séjour à Tachkent. Elle ne me pardonnerait pas qu'une seule de ces pièces arrivât endommagée.

Le cœur de Borokoff bondit dans sa poitrine. Smirnoff avait apporté les armes dans ses bagages personnels !

— Je m'en occupe, Votre Excellence.

Il sourit discrètement.

— Je transporterai et déchargerai les caisses moi-même.

— Si vous étiez assez aimable pour attendre un instant, je vous expliquerai l'inventaire compliqué de mon épouse.

Smirnoff signifiait ainsi aux autres qu'ils pouvaient disposer.

— Je pense que vous avez compris ce que contiennent ces caisses, Mikhail ? demanda Smirnoff brusquement, dès qu'ils furent seuls.

— Oui.

— J'ai fait marquer *Fragile* sur les caisses.

— Les armes obsolètes que nous avons sélectionnées ?

— En partie.

— Et le reste ?

— Des fusils à répétition de petit calibre.

Ses yeux brillèrent en attendant la réaction de Borokoff. Smirnoff ne fut pas déçu, le colonel était abasourdi.

— Vous n'avez pas eu de problèmes pour les obtenir ?

— Bien sûr que si ! C'est seulement parce que j'ai réussi à les persuader que les fusils et la poudre devaient être essayés en Asie centrale – là où ils sont censés être utilisés – qu'ils ont consenti à m'en livrer quelques-uns.

— Et le canon ? Safdar Ali y était particulièrement attaché.

— Foutaises ! Lorsqu'il verra les nouveaux fusils, il oubliera le canon. Je connais les hommes du genre de Safdar Ali, Mikhail, sauvages, rustres et vulgaires. Je me chargerai de lui.

Je me chargerai de lui. Borokoff nota l'usage du pronom personnel au singulier.

— Quand prévoyons-nous la livraison ? demanda-t-il en modifiant subtilement le pronom.

— Bientôt, bientôt.

Un homme que l'on remarquait, ce Smirnoff. Grand, musclé et en excellente condition physique ; ses cheveux courts et fournis, sa barbe parfaitement taillée et ses lèvres charnues couronnées d'une moustache à la française faisaient dire de lui que le sexe opposé le trouvait irrésistible. De Moscou à Saint-Pétersbourg, de nombreuses femmes auraient pu en témoigner. De deux ans plus âgé que Borokoff, il en paraissait cinq de moins.

— J'ai besoin de savoir de combien de temps je dispose pour démonter les armes, demanda Borokoff, irrité par tant d'imprécision.

— Nous en reparlerons plus tard, à Tachkent. Où pensez-vous entreposer les caisses ?

— Je possède un appentis à Tachkent, parfaitement sûr.

— Et votre bonne, comment s'appelle-t-elle déjà ?

— Ivana Ivanova.

— Peut-on lui faire confiance ?

— Entièrement.

— Les caisses seront transportées à Tachkent en toute sécurité, j'espère ?

— Bien sûr. Vous pouvez me confier les préparatifs.

— Quand rentrez-vous ?

— À l'aube. Je commencerai à charger immédiatement après le dîner.

— Parfait. Vous serez prudent, n'est-ce pas, Mikhail ? Nous souhaiterions éviter tout incident maintenant, étant donné les pattes que nous avons dû graisser et les faveurs que nous avons accordées pour faire sortir ces satanés fusils.

— Il n'y aura aucun problème.

Smirnoff le prenait de haut, ce qui avait le don d'exaspérer Borokoff.

— Pour l'amour du ciel, Alexei, je ne suis pas complètement stupide !

— Je l'espère, Mikhail. Sincèrement. À propos – l'expression de Smirnoff se durcit –, quelles que soient nos relations au pays, je suggère qu'en Asie centrale vous vous adressiez à moi dans les formes.

Borokoff fut profondément offensé par la rebuffade, mais il se garda de le montrer.

— Naturellement, Votre Excellence. L'erreur ne se reproduira pas.

— Bien. Vous pouvez disposer.

Borokoff retourna au club des officiers au galop. Ainsi, Alexei voulait abuser de son rang ? fulminait-il. Dépassant l'église orthodoxe et son dôme bleu, les jardins publics et le lac artificiel, il arrêta son cheval devant la mosquée Bibi-Khanum et mit pied à terre. Il avait besoin de temps pour méditer, pour mettre de l'ordre dans ses idées. Toujours en ébullition, Borokoff s'assit dans un silence pesant.

Maintenant qu'ils étaient de nouveau face à face, il se remémora à quel point il détestait Alexei Smirnoff. Contrairement à ses parents, aimables et généreux, auxquels il devait tant, Alexei était égoïste, vaniteux, tyrannique et bouffi d'ambition. Même lorsqu'il était plus jeune, Borokoff avait haï les manières onctueuses et dédaigneuses d'Alexei, son exubérance, son ego surdimensionné et son besoin obsessionnel de reconnaissance. Alexei, en qualité de contrôleur militaire de la maison impériale, était un gros poisson. Mais l'étang était vaste et d'autres poissons encore plus gros y vivaient. C'était la raison principale de la bataille longue et acharnée qu'il avait menée pour retourner à Tachkent. Il y serait un roi, il y serait la loi.

Borokoff savait qu'Alexei le trouvait *nekulturny*, « inculte », et il en souffrait car Smirnoff n'avait pas tort. Secrètement, il enviait Alexei d'être tout ce qu'il n'était pas. Influent, raffiné, à l'aise en société. Et riche ! Protégé dans son monde de privilèges, Alexei parlait facilement, était plein d'entrain, levait le coude avec les gaillards des dragons de Kiev et les hussards rouges. C'était lui, toujours, qui l'avait parrainé pour devenir membre du très fermé Yacht Club ; lui, qui s'était démené pour qu'il pût dîner au palais d'Hiver, un privilège rare. Borokoff se rappellerait à jamais le frisson d'excitation qui l'avait parcouru, le jour où il s'était trouvé à portée de voix du monarque qui régnait sur la vie de millions de sujets, dont la sienne.

Malheureusement, il avait encore besoin d'Alexei pour régler cette affaire. Cette perspective lui était insupportable. Il était à l'origine du dialogue clandestin entamé avec le Hunza, mais sans le poids d'Alexei au palais, sans son influence sur les militaires, son plan n'aurait pu se réaliser. Jamais il n'aurait obtenu les nouveaux fusils. Dans les circonstances actuelles, bien que le fait de ramper devant lui offensât son amour-propre, la protection de Smirnoff était aussi vitale que son humilité était nécessaire.

Il avait été pauvre. Il ne le redeviendrait jamais.

Borokoff fut tiré de ses méditations par l'arrivée d'un domestique soucieux de savoir si le colonel tarderait.

– Non, répondit Borokoff en glissant une pièce dans la main de l'homme. Il se leva et se dirigea vers l'endroit où son cheval avait été attaché.

Seuls les infortunés ayant dû parcourir la route entre Samarkand et Tachkent à bord du plus sadique des véhicules conçus par l'homme, le tarantass, connaissent la torture qu'il inflige. Tiré par trois chevaux, l'engin ne possède aucun amortisseur susceptible d'absorber les cahots de la route. Tard cette nuit-là, Borokoff tapissa généreusement de matelas quelques véhicules afin d'assurer la stabilité des caisses si précieuses. Sur les boîtes étaient inscrits le nom du propriétaire, le gouverneur général, et la mention *Fragile*. Cet excès de précautions éloignait les questions.

Les civils, qui avaient besoin d'autorisations officielles pour changer de chevaux aux relais, mettaient trente à trente-six heures pour rallier Tachkent, en incluant les haltes. Les officiers de l'armée russe étaient exemptés de permis et leurs chevaux étaient changés immédiatement ; ils pouvaient ainsi couvrir les trois cents kilomètres en vingt-quatre heures. Borokoff et son escorte de cosaques étaient partis au petit matin et ils n'en mirent que vingt-deux.

Laissant les caisses dans son appentis sous la garde vigilante de ses hommes, Borokoff prit un bain et se changea. Il n'aurait pas cru que l'excitation lui permît de dormir ne fût-ce que d'un œil et pourtant, à peine eut-il posé sa tête sur l'oreiller qu'il s'endormit instantanément pour se réveiller plusieurs heures plus tard.

Ragaillardi par sa sieste, tous ses sens étaient en alerte. Il appela son serviteur et l'interrogea à propos d'Ivana. Les préparatifs pour ses vacances au bord de la Caspienne étaient achevés ; elle pourrait partir dès le lendemain matin.

— Ivana Ivanova, monsieur ?

Le jeune domestique sembla surpris.

— Elle n'est plus là depuis que mon colonel l'a mandée hier.

— Mandée ?

Borokoff le fixait, incrédule.

— Hier, j'étais à Samarkand, crétin. Comment aurais-je pu la faire venir ?

Hébété, le garçon répéta à peu près la même explication.

— L'homme lui a dit qu'elle devait préparer son sac et le suivre sur-le-champ. Il a prétendu qu'il obéissait aux ordres du colonel.

— L'homme ?

Ce fut comme une douche froide.

— Quel homme ? demanda Borokoff.

— Le jardinier de Votre Excellence, m'sieur, euh… colonel, le Kazakh qui nous a apporté les rosiers la semaine dernière.

Borokoff bondit sur ses pieds, écarta le garçon d'un revers de main et courut vers les chambres de bonnes. Des vêtements étaient suspendus dans la penderie, des articles de toilette rangés soigneusement sur la coiffeuse, mais Ivana Ivanova avait disparu.

Les mains de Borokoff se glacèrent et la sueur perla sur son front. Il aurait dû s'occuper en personne de ces maudits Dardes !

– J'ai été intrigué par la formulation de votre mot, Mrs Granville, s'étonna Geoffrey Charlton tandis qu'ils gravissaient la colline. Puis-je vous demander ce qui vous pousse si soudainement à vouloir être « éduquée » ?

– Nous avons été invités au palais hier, répondit Emma en riant, et elle ôta son burqua. La conversation m'est passée tellement au-dessus de la tête que j'en ai conçu une réelle honte. D'où mon appel au secours.

Heureuse de voir sa demande d'un prêt de quotidiens anglais récents comblée avec tant de promptitude, elle fut enchantée de recevoir un petit colis en réponse à sa courte missive.

J'ai prévu de passer environ une heure au Takht-e-Suleiman ce matin, lui avait-il écrit. *Si vous êtes libre, je serais ravi que vous m'y rejoigniez.*

Elle avait un peu hésité au début. Qu'arriverait-il si l'omniprésente Chloe Hathaway l'apprenait et si, par ses bons offices, Damien lui-même était mis au courant ?

Cependant, s'était raisonnée Emma, elle avait prévu d'y passer un moment ce matin-là et Damien n'avait pas soulevé d'objection. Après tout, le Takht-e-Suleiman était un lieu public et ses intentions innocentes. Finalement, elle avait cédé à la tentation et trouvé son petit subterfuge légitime. En l'absence d'Hakumat, elle avait demandé à un autre serviteur de l'escorter.

La colline du Takht-e-Suleiman était couronnée par les ruines d'un temple antique qui avait abrité plus de trois cents icônes d'or et d'argent. Le temple avait été érigé au IIIe siècle avant Jésus-Christ par Jaluka, le fils de l'empereur bouddhiste Ashoka, fondateur de Srinagar. Il ne restait plus de cet édifice que la dalle et un mur d'enceinte.

– Souhaitez-vous des éclaircissements sur des événements en particulier, Mrs Granville ?

– La politique actuelle.

– Vraiment ? Je croyais que la politique vous ennuyait.

– C'est exact. (Elle lui lança un regard hésitant.) Mais ce n'est évidemment pas le cas de tout le monde. Je suis gênée de passer pour une ignorante.

— L'exemplaire le plus récent du *Sentinel*, dit-il en tirant un quotidien plié de sa poche. Il est arrivé après le départ de votre messager. Certains articles vous intéresseront.

— Les vôtres ?

Il hocha modestement la tête. Tandis qu'Emma lui prenait le journal des mains et commençait à parcourir les gros titres, il lui demanda à brûle-pourpoint :

— Dites-moi, Mrs Granville, avez-vous déjà entendu le nom de Butterfield ?

— Butterfield ?

Elle commença par secouer la tête puis s'interrompit.

— Je l'ai entendu quelque part, mais je ne me souviens plus à quelle occasion. Pourquoi ?

— Pour rien. Jeremy Butterfield était un agent de renseignements britannique qui opérait sous le nom de code d'Hyperion. On a parlé de lui récemment.

— C'était un espion ?

— Oui, le pauvre diable a été assassiné dans le Karakoram par des pillards hunzas.

— Mon Dieu, c'est terrible. Quand est-ce arrivé ?

— L'automne dernier. Pour diverses raisons, le gouvernement a tenté d'enterrer l'affaire. Les numéros que j'ai choisis retracent en partie l'histoire de Butterfield.

— Que vous tentez d'exhumer ?

— En effet, mais il reste tant à écrire.

— Pourquoi a-t-il été assassiné ?

— Pour les documents qu'il transportait.

— Des documents confidentiels ?

— C'est peu dire ! On prétend que, dans son dernier message à Simla, il déclarait avoir découvert et cartographié la Yasmina.

— La passe secrète des Hunzas ?

— Oui. Toutes les puissances qui aiment perdre leur temps et leur argent ont essayé de la trouver, notamment les Russes.

— Vraiment ? Les anciens moines bouddhistes la connaissaient. Il existe sûrement une centaine d'autres défilés inconnus dans l'Himalaya.

— C'est vrai, mais pas un seul est aussi insaisissable et donc militairement stratégique que la Yasmina. Les superstitions qui l'entourent – ogres, sorcières et démons – effraient les voyageurs. Absurde, bien sûr, mais les Hunzas encouragent ces légendes pour repousser les intrus et jusqu'à présent ils y ont réussi. Enfin, je m'étonne quand même que Younghusband ou nos pandits ne soient pas encore parvenus à la dénicher.

Emma mit sa main en visière pour protéger ses yeux du soleil.

– Nos pandits ? Pas les érudits, j'imagine ?

– Non, non, je ne parle pas des érudits, mais des agents indiens entraînés à Dehra Doon. On les nomme pandits car nombre d'entre eux sont des enseignants. Capables de se mêler aux populations locales, les pandits représentent une formidable source de renseignements. Nain Singh fut ainsi l'un des premiers à pénétrer au Tibet.

– En effet. Si mes souvenirs sont exacts, il a exploré les mines d'où les Tibétains extraient l'or qui recouvre leurs idoles et leurs tankhas.

– Oui. À Thok Jalang. Déguisé en marchand, il a voyagé avec ses instruments dissimulés dans le double-fond d'un coffre en bois. Il enregistrait les distances grâce aux cordelettes de son chapelet.

– De son chapelet !

Emma se mit à rire.

– Vous profitez de mon ignorance, Mr Charlton ! Comment peut-on enregistrer quoi que ce soit grâce aux cordelettes d'un chapelet ?

– Les agents utilisent des cordelettes spéciales de cent grains là où le rudraksha hindou en compte cent huit. Elles permettent des calculs plus simples et personne ne remarque la différence. On entraîne les agents à avoir un pas régulier afin de faire des mesures précises. Ainsi, le pas de Nain Singh mesurait exactement trente-trois pouces. Deux mille de ses pas équivalaient donc à un mile. Après chaque pas, on avance un grain ; après cent pas, un grain plus petit enfilé sur une autre cordelette est déplacé à son tour ; et le cycle se répète. Tous les objets fabriqués à Dehra Doon dans des ateliers spécialisés par les services de renseignements portent des marques distinctives invisibles pour le profane.

Geoffrey Charlton décrivit encore quelques-uns des bagages

extraordinaires que les agents transportaient. Bien que peu intéressée, Emma néanmoins l'écoutait poliment. Tandis qu'il parlait avec lenteur et pondération, le regard du journaliste se faisait plus inquisiteur. Ses yeux ne quittaient plus le visage de la jeune femme. Elle avait l'étrange impression qu'il la jugeait, qu'il tentait de forger sa propre appréciation. Elle se sentait gênée. Fuyant son regard, Emma fixait le lac et la ville de Srinagar qui s'étendait à leurs pieds. Quelques mots prononcés par Charlton firent naître un souvenir dans sa mémoire, mais elle ne put le situer.

— Mon Dieu, quelle tragédie ! Et qui semble pourtant bien ancrée dans la réalité, s'exclama-t-elle doucement lorsqu'il eut fini. Qui le croirait ?

— Peu de gens, Mrs Granville, très peu, sourit-il. Mais faites-moi confiance, tout cela existe. Vraiment.

Emma remarqua à regret que l'heure allouée au rendez-vous tirait à sa fin et choisit de la terminer par une exploration sommaire. Derrière le vieux temple se trouvait un petit réservoir au toit supporté par quatre piliers de calcaire. Tandis qu'ils examinaient une inscription perse partiellement effacée, Geoffrey Charlton lança soudain :

— À propos de ma dernière visite, Mrs Granville…

— Oui, Mr Charlton ?

— Si j'ai franchi certaines limites et vous ai offensée, je vous présente mes plus sincères excuses. Quand j'y songe, je ne peux m'empêcher de penser que j'aurais dû garder mes informations pour moi et faire preuve de discrétion.

— Vous n'avez rien à vous reprocher, Mr Charlton, l'assura Emma. Tôt ou tard, mon époux m'aurait parlé de Natacha Granville. En outre, je suis responsable de ces révélations, j'estime.

Elle ajouta, à moitié pour rire :

— En réalité, si vous êtes au courant d'autres secrets ténébreux, pourrais-je vous persuader de m'en faire part ?

— Ce n'est pas mon rôle, Mrs Granville, mais celui de votre mari.

— Il y en a d'autres, n'est-ce pas ? Eh bien, laissez-moi deviner. Parmi ces agitateurs qui vivent en Inde et sèment le trouble, comptez-vous mon époux ?

Sans l'ombre d'un sourire, il répondit :

— Pourquoi me le demandez-vous ?

— Parce que la mère de mon mari était une espionne russe, le taquina-t-elle. Et parce que Damien lui-même éprouve de fortes sympathies pour ses cousins slaves. J'imagine qu'il est le suspect numéro un lorsqu'on évoque ces agitateurs.

Charlton ne souriait toujours pas.

— Dites-moi, Mrs Granville, demanda-t-il abruptement tout en esquivant la question, saviez-vous en l'épousant que votre futur mari était à moitié russe ?

— Évidemment !

— Et qu'il avait des vues fortement antibritanniques ?

— Grands dieux, tous ceux qui le connaissent le savent ! Damien n'a jamais fait secret de son aversion pour l'Empire.

Emma trouvait l'expression de Charlton mystérieuse, son sourire s'évanouit.

— De nombreux britanniques ne sont pas de mère anglaise, Mr Charlton, et ne considèrent pas non plus les Russes comme leurs ennemis mortels. Après tout, nous ne sommes pas en guerre.

— Bien sûr que si, répondit-il doucement. Bien sûr que si. Il y a différentes formes de guerre, Mrs Granville. Celle pratiquée par la Russie est la plus pernicieuse, car elle est secrète. La Russie n'a pas besoin d'envoyer des agents en Inde, elle peut facilement louer leurs services *in situ*, de l'intérieur.

— Ce que vous dites là est bien étrange. Vous suggérez que mon époux est l'un de ces agents de l'intérieur ?

Il ne répondit pas immédiatement et son regard resta suspendu en l'air. Soudain son expression se radoucit.

— Non, évidemment non, sourit-il. Je parlais en termes de généralités.

— Je suis soulagée de l'entendre ! Je commençais à croire ce que disait Mrs Hathaway à votre sujet : que vous voyiez des agents russes derrière chaque chinar.

— Par pure galanterie, je vous laisserai, pour cette fois, le dernier mot, Mrs Granville. Lorsque vous aurez lu les journaux, peut-être pourrions-nous reprendre ce débat des plus stimulants ?

Sur le chemin du retour, Emma se souvint qu'un jour Suraj Singh lui avait dit qu'il avait mesuré les couloirs de *Shalimar* à l'aune de ses propres pas. Comme c'était curieux...

La moitié du temps imparti à Conolly s'était déjà écoulé et il n'en savait toujours pas plus sur l'Arménienne. Il était hors de question de mener ouvertement une enquête, et ses recherches clandestines dans les bazars de Kashgar n'avaient pas porté leurs fruits. Il était parvenu à la seule conclusion plausible : la femme ne se trouvait pas à Kashgar. Du moins pas encore. Il restait certes la possibilité qu'elle fût retenue ailleurs, loin de la capitale. Mais, en optimiste convaincu, il préférait ne pas l'envisager.

Pourtant, il n'avait pas chômé. Il s'était rendu à Shahidullah pour y envoyer une dépêche sur les exigences fantaisistes du Taotaï. Supposant que ce dernier ramènerait tôt ou tard l'Arménienne à Kashgar, il avait conçu un plan détaillé en cas de fuite. Tout était fin prêt, sauf le principal : la femme mystérieuse, sans nom et sans visage. Pourtant, sa vie en dépendait.

Conolly constatait, ironique, que celui qui lui permettrait de donner le coup de grâce, tout en l'ignorant, était le consul russe, Pyotr Shishkin.

Quels que soient ses soupçons sur Conolly, le consul russe se montrait un hôte généreux et affable. Le médecin parlant un russe des plus corrects, Shishkin badinait sur les graves sujets politiques lors de leur partie d'échecs mensuelle. S'il renchérissait joyeusement, Conolly ne commettait jamais l'erreur de baisser sa garde. Ce soir-là au consulat, dès la fin de l'excellent dîner, Shishkin demanda que l'on installât l'échiquier.

– Eh bien, docteur Conolly, commença-t-il en versant du cognac dans de petits verres à liqueur, quand devons-nous nous attendre à voir les troupes britanniques surgir de la Yasmina et envahir Tachkent ?

– À tout instant, monsieur, répliqua Conolly en adoptant le même ton. J'espère que vos cosaques sont en pleine forme pour la prochaine guerre – que nous gagnerons, évidemment.

– Certes, mais d'abord ne devrez-vous pas retrouver les cartes que vos compatriotes ont égarées si négligemment ?

Le Russe partit d'un grand rire et Conolly sourit vaillamment.

Le jeu débuta. Tout à sa joie d'avoir gagné la première partie, Shishkin formula une requête tandis que Conolly se levait pour se dégourdir les jambes. L'un des parents de son cuisinier, un parasite qui vivait sur place et, surtout, sur son dos, avait été blessé au cours d'une rixe d'ivrognes dans un chai khana. Le consul pensait que la blessure avait été infligée par un couteau.

– Auriez-vous l'obligeance d'examiner cet homme avant de partir, dorteur Conolly ?

Il s'agissait bien d'un coup de couteau. La plaie n'était pas belle à voir. Le blessé, un Kazakh, empestait toujours le vin de mûres et reposait sur son lit en grognant de douleur. Les bagarres étaient monnaie courante dans les tavernes mais les participants, ici, étaient de vrais gaillards ; Conolly ne s'inquiéta pas outre mesure. Tout en nettoyant et soignant la blessure, il morigéna gentiment le Kazakh.

– Ce n'est pas ma faute, se plaignit l'homme. Padshah m'a forcé à boire et m'a ensuite provoqué.

– Qui est Padshah ?

– Un cousin, du côté de mon père. Et un bon ami, sauf quand il boit. Alors, il devient fou et jette l'argent par les fenêtres.

– Un homme fortuné, hein ?

Conolly lui faisait la conversation afin d'atténuer la douleur provoquée par la teinture d'iode.

– Fortuné ? Ha ! (Le Kazakh renifla.) Pauvre comme le chien d'un mendiant, plutôt. Enfin, avant qu'il aille à Tachk...

Il s'arrêta soudain et se mordit les lèvres.

– Il est allé à Tachkent ?

Le blessé changea difficilement de position et hocha la tête avec réticence.

– Que faisait-il à Tachkent ?

L'homme regarda en direction de la porte. Elle était fermée.

– Il travaillait pour le Taotaï. Dans les jardins du palais.

– Ah oui ? Pas étonnant qu'il soit bien payé. Les jardins sont plutôt vastes, à ce qu'on raconte.

– Pas seulement. Mais je ne peux pas en dire plus.

Les mâchoires de l'homme se crispèrent.

– C'est... c'est un secret, vous comprenez ?

– Ah, ah ? (Le cœur de Conolly fit un bond.) Vous êtes certain que c'est ce Padshah qui vous a poignardé ?

— Aussi sûr que j'ai des poils sur la poitrine !

— Et c'est lui qui vous a provoqué ?

— Absolument ! Tout le monde vous le dira.

— Il vous a attaqué sans raison ?

— Sur la tombe de ma mère ! Il m'a bondi dessus comme un tigre…

— Puisque vous pouvez prouver que c'est lui le responsable, l'interrompit Conolly, et puisqu'il est riche, Padshah devra vous indemniser pour la blessure.

— Hein ?

L'affaire prenait une tournure imprévue. Les yeux du Kazakh s'élargirent, puis brillèrent d'un air entendu.

— On me doit une compensation, c'est ça ?

— Certainement, affirma Conolly, solennel. C'est la loi. Si vous le désirez, je tâcherai moi-même de vous obtenir un dédommagement. Où peut-on trouver cet individu ?

— Chini Baug.

La réponse n'aurait pu être plus rapide ni plus enthousiaste.

— Son Excellence l'a nommé chef des jardiniers en récompense de ses services à Tachkent.

— Je ne peux rien vous promettre mais, pour vous venir en aide, j'ai besoin de savoir tout ce qui s'est passé à Tachkent.

— Padshah a dit que personne ne devait savoir…

— Personne sauf moi, l'assura Conolly, et je promets d'être muet comme une carpe.

Habitué à soutirer des informations intimes à ses patients les plus réservés, cinq minutes plus tard, Conolly connaissait le fin mot de l'histoire.

Il revint à la partie d'échecs le visage neutre, mais il marchait sur un petit nuage. La femme avait été enlevée à Tachkent pour être conduite à Kashgar. Une sacrée chance ! Pourtant, avant de pouvoir exulter, il reçut un autre choc.

Au moment où ils s'asseyaient pour disputer une dernière partie, devant leurs verres remplis de cognac français et un plateau de savoureuses douceurs, le consul lui posa une question.

— Au fait, docteur Conolly, avez-vous entendu la dernière ?

— À quel propos, monsieur Shishkin ?

— Le Taotaï s'est trouvé une nouvelle concubine.

Conolly se figea.

— Vraiment ?

— C'est une blonde aux yeux ronds, pas moins ! Pour que ses femmes ne la voient pas, cet infatigable coureur de jupons l'a mise au secret à Chini Baug.

La gorge de Conolly, nouée, se relâcha. L'entrée impromptue dans le tableau de Pyotr Shishkin avait été soudaine et déroutante. Évidemment, inconscient de toutes les ramifications, le Russe traitait le sujet à la légère. Enfer et damnation !

Conolly ne s'était pas imaginé devoir agir si vite. Maintenant, il n'avait plus le choix, il lui fallait abandonner toute prudence, prendre des risques insensés et plonger dans l'inconnu. En ce moment d'intense agitation, il dirigea sa reine droit dans une embuscade et se trouva échec et mat.

Il pria pour que sa reine ne se transformât point en Cassandre.

Le crépuscule tombait lorsque Emma rentra à *Shalimar*. Suraj Singh n'était toujours pas revenu, Damien, retardé à Gupkar, regagnerait le domaine Dieu seul savait quand. Parfait, car une tâche laissée en suspens attendait Emma. Plus tard cette nuit-là, elle retourna dans les appartements d'Edward Granville et se dirigea directement vers le bureau.

Après une rapide inspection, Emma mit de côté la pile de dossiers poussiéreux qu'elle avait trouvés dans le tiroir du haut, la vieille comptabilité de la propriété. Le tiroir du milieu ne révéla ni photographies intéressantes ni album de famille ; elle eut plus de chance avec celui du bas. Bien au fond, soigneusement rangés, elle trouva plusieurs paquets d'enveloppes jaunies portant des timbres anglais et adressées à Edward Granville, d'une main juvénile.

C'était la correspondance de Damien à l'internat.

Son intérêt s'éveilla. Les courriers étaient intimes. Emma mit rapidement de côté ses scrupules, et sortit la première feuille. Datée du 7 octobre 1871, elle couvrait deux pages.

Le ton respectueux et solennel de la lettre, devoir hebdomadaire imposé, cachait avec peine des émotions inexprimées. Il était évident que Damien haïssait l'école. Le responsable de l'internat usait de son bras droit trop fort, trop fréquemment et, selon Damien, bien injustement ; il avait du mal à s'asseoir. Son épreuve de chimie s'était mal passée car il n'avait pas compris le sujet. Il demandait l'autorisation de changer de matière et de choisir la peinture.

Il s'était lié d'amitié avec un garçon du dortoir. Surnommé Hammie – pour Hamlet –, son nouveau copain de chambrée était un membre enthousiaste du club de théâtre de l'école. Ses parents vivaient à Rangoon. Le père, médecin, dirigeait un hôpital militaire. Damien souhaitait qu'on lui envoyât une « vraie » carte pour qu'il pût lui prouver que le Cachemire est plus vaste que l'Écosse.

Les premières lettres possédaient toutes ce même accent nostalgique mais, peu à peu, il évoluait, il se faisait moins désespéré. Kew Gardens, qu'il avait visités lors d'une sortie, l'avaient captivé, bien qu'il considérât les orchidées de *Shalimar* plus grandes et plus belles. Le véritable changement, Emma s'en aperçut, intervint après une visite en France, en compagnie de Hammie, dans la famille maternelle d'Edward Granville. Un de ses cousins français possédait une propriété à Saint-Ouen, près de Paris, et une manufacture de châles brodés dont il importait la laine du Tibet. Les longues heures passées à observer le tissage constituaient son passe-temps favori, car, ajoutait-il subtilement, il lui rappelait sa maison.

Aucune des lettres ne mentionnait sa mère.

Il était tard maintenant. Épuisée par le voyage de retour, Emma pouvait à peine garder les yeux ouverts. Elle s'étira et sourit, elle se sentait en paix avec elle-même, plus qu'elle ne l'avait jamais été depuis son arrivée à *Shalimar*.

15

*Un agent britannique sauvagement
assassiné dans le Karakoram !*

Ce fut ce gros titre du *Sentinel* qui attira l'attention d'Emma tandis qu'elle s'installait pour lire les journaux aimablement fournis par Geoffrey Charlton. L'article mentionnait que les documents confidentiels transportés par Butterfield n'avaient pas été détruits mais volés ; l'affaire semblait plus importante qu'on ne voulait le laisser croire ; le gouvernement serait impliqué dans une sordide conspiration du silence.

Sa curiosité piquée, Emma continua sa lecture.

On parlait beaucoup de la Yasmina et de sa légende mystérieuse, des pilleurs de caravane du Hunza et des rencontres entre Mikhail Borokoff et le mir fantasque. L'exécution barbare était décrite avec un luxe de détails sanglants par des témoins de deuxième, troisième, voire quatrième main. On citait souvent le colonel Algernon Durand. On s'interrogeait sur le maharaja et sa loyauté à la Couronne et on condamnait sa correspondance présumée avec le tsar.

Emma lut des analyses politiques complexes, des éditoriaux enflammés, une série de lettres indignées et les comptes rendus prudents et d'une verbosité incompréhensible de Whitehall. « Dans les milieux informés », on remettait en cause la loyauté de Butterfield et on soupçonnait les documents perdus d'être déjà à Saint-Pétersbourg. Des anonymes le louaient comme patriote et martyre. Certains articles tenaient de la propagande officielle, d'autres reposaient uniquement sur une opinion, des conjectures, bref de vagues hypothèses.

On accusait les Russes de jouer un double jeu complexe. On accusait Westminster et le gouvernement indien d'à peu près tous les maux, de l' « inactivité magistrale » jusqu'à la dissimulation, la duperie et l'incompétence. On conseillait une offensive préventive avant que les Russes ne s'emparent de la Yasmina et dévalent des contreforts de l'Himalaya. On réclamait des élections générales.

La tête d'Emma allait exploser. Tous ces événements avaient lieu à sa porte et elle, dans le refuge douillet de sa tour d'ivoire, n'en savait rien !

Précédemment, elle avait lu avec grand plaisir la série d'articles signés Geoffrey Charlton sur l'Asie centrale, mais pas ses commentaires politiques. Maintenant, elle analysait chacun de ses mots, et elle était frappée par sa prose enflammée, son esprit sarcastique, la passion véhémente qu'il mettait à pourchasser sa bête noire, la Russie, et son obstination à dénicher et traquer les informations. Un article, dans un journal concurrent, raillait la prodigieuse mémoire de Charlton et le fait qu'il pouvait retenir et reproduire un texte après ne l'avoir lu qu'une fois. On jubilait en rappelant qu'un jour on l'avait même arrêté pour avoir pris de grossières libertés avec un document confidentiel.

Emma était fascinée par le déluge d'informations qu'elle absorbait et par la rapidité avec laquelle son horizon politique s'élargissait. Pourtant, elle restait perplexe. Les révélations de Charlton étaient émaillées de références et d'insinuations qu'elle ne saisissait pas toujours pleinement. Elle avait déjà beaucoup appris mais ce n'était pas assez. Pour combler ses lacunes, elle devait voir une dernière fois Charlton. Mais comment faire sans s'attirer les foudres de Damien ?

La solution lui apparut sans qu'elle s'y attendît, d'une façon plutôt incongrue.

Le lendemain matin arriva de Srinagar une visiteuse, Mrs Mary Bricknell qui, avec son époux médecin, avait fondé et dirigeait l'hôpital et l'école des missionnaires. En dépit des remarques désobligeantes de Chloe Hathaway, tous deux étaient des personnages respectés au Cachemire.

Petite femme aux allures de moineau, sa chevelure grise indisciplinée retenue par un arsenal d'épingles, Mary Bricknell avait un aspect des plus curieux. Elle arriva affublée de bottes en caoutchouc, d'un chapeau de paille à large bord et d'une robe de mousseline froissée qui n'avait jamais connu l'amidon. À son avant-bras un sac de jute et un panier rempli d'outils de jardinage se balançaient. Dédaignant tout cérémonial, elle se présenta rapidement.

— Pardonnez-moi, chère Mrs Granville, je suis venue chercher mon perganum, avec votre permission, bien sûr. M. Lincoln, votre intendant, m'a dit à l'église dimanche dernier qu'il y en avait en quantité. Alors, je viens en hâte le cueillir avant qu'il ne perde ses pouvoirs. Je sais où il se trouve.

— Votre perganum ? l'interrogea Emma, perplexe.

— Mon Dieu, suis-je bête, bien sûr vous ne savez pas ce que c'est, n'est-ce pas, très chère ? *Perganum harmala*, appelé isband par les Cachemiris. Je prépare des remèdes à base de plantes pour notre hôpital. Mr Granville a été assez aimable pour me laisser parcourir le domaine de temps à autre. Vous y avez une véritable pharmacie qui ne demande qu'à être exploitée – votre *Aconitum heterophyllum* est le meilleur de la Vallée.

Emma comprit enfin et sourit.

— Je vois. Vous êtes botaniste, Mrs Bricknell.

— Oh oui, bien que la plupart de mes recettes soient – elle lui adressa un clin d'œil – des remèdes de bonne femme. Bref, je trouve la pharmacopée traditionnelle très efficace. Eh bien, chère amie, ai-je votre permission ?

— Bien entendu. En fait, si vous vouliez m'accorder un instant pour changer de chaussures, je serais ravie de vous accompagner. Je ne connais rien aux plantes médicinales et souhaiterais combler mes lacunes.

Emma se rendit bientôt compte que, en dépit d'une apparence fantaisiste, Mary Bricknell était une érudite qui possédait une connaissance encyclopédique des plantes. Les remèdes de bonne femme avaient en fait été essayés et approuvés ; ils permettaient de soigner gratuitement la plupart des affections courantes.

Vers midi, le sac de Mrs Bricknell était rempli.

— Vous joindrez-vous à moi pour le déjeuner ? s'enquit Emma en revenant à la maison.

D'un caractère enjoué – loin de l'image sinistre qu'en avait dressée Chloe Hathaway –, Mrs Bricknell divertit Emma par son bavardage insouciant. Son époux, lui apprit-elle, était non seulement un médecin de talent mais aussi un ancien champion de lutte. Il avait introduit la bicyclette dans la Vallée et en avait encouragé l'usage comme moyen de transport sûr et peu coûteux.

— L'hôpital est vraiment minuscule avec ses douze lits, mais nous savons qu'il comble un besoin crucial.

Mary Bricknell rougit et, avec une fausse modestie touchante, ajouta :

— Mr Charlton a été assez gentil pour bien vouloir écrire un article sur nos humbles efforts dans la Vallée. Nous en sommes très honorés. Il a accepté de venir prendre le thé mardi pour réaliser quelques photographies. Voudriez-vous vous joindre à nous ?

Emma accepta, ravie.

Trois semaines s'étaient écoulées depuis la disparition d'Ivana.

L'enquête discrète du capitaine Vassily avait révélé que le jardinier en fuite était kazakh et qu'il s'appelait Padshah Khan. Il avait démissionné de son emploi trois semaines plus tôt et était reparti dans son village afin de veiller sa mère moribonde. Nul ne connaissait son village. Les questions circonspectes sur la possibilité qu'il fût accompagné par une femme (sans que l'on mentionnât le nom d'Ivana) n'avaient soulevé que force éclats de rire grossiers et remarques obscènes. Rien d'autre.

Heureusement, l'absence d'Ivana était simple à justifier ; elle venait de partir pour des vacances au bord de la Caspienne.

Il n'y avait plus de doute dans l'esprit de Borokoff. Les Dardes avaient conspiré avec le Kazakh pour enlever Ivana, mais le motif de cet enlèvement élaboré restait obscur. Si la disparition lui paraissait étrange, le lien entre Ivana et la Yasmina le laissait encore plus perplexe. Une nouvelle fois, il maudit sa malchance et le baron.

À la fois furieux et frustré, il se dirigeait vers le palais pour se rendre à la première convocation de Smirnoff. Non seulement la disparition d'Ivana menaçait gravement la stabilité politique de la région mais, en outre, la maison de Borokoff partait à vau-l'eau. On n'avait pas fait le ménage depuis des jours, la nourriture qu'on lui servait était immangeable et des doigts habiles subtilisaient tout ce qui était à leur portée dès qu'il avait le dos tourné.

Rien n'allait plus. Rien.

— Avez-vous ouvert les caisses ? s'enquit Smirnoff.

Ils s'étaient installés dans le bureau que le baron occupait encore récemment. De nombreuses photographies commémorant les jours de gloire de Smirnoff étaient exposées dans la pièce. Il posait en grand uniforme en compagnie du grand-duc et des Romanoff ou de jeunes aristocrates influents à la cour de Saint-Pétersbourg. Il y en avait une signée de l'empereur et de l'impératrice. Profondément envieux, Borokoff la fuyait du regard.

— Oui, Votre Excellence.

— Avez-vous examiné les armes et dressé la liste ?

— Oui, Votre Excellence.

— Eh bien ? interrogea Smirnoff en levant un sourcil.

— Je suis ravi, évidemment, bien que je n'arrive pas à imaginer comment ces fusils flambant neufs pourront être livrés avec ces Anglais qui épient tous nos mouvements, ajouta-t-il dans un accès de dépit.

— Ah oui ? sourit Smirnoff. Non, j'oubliais. L'imagination n'a jamais été votre fort, Mikhail, n'est-ce pas ?

— Nul besoin d'imagination pour deviner la réaction angliski, riposta Borokoff, bouillonnant et déterminé à repérer toutes les failles du plan. Ils considéreront la livraison comme un acte de guerre.

— Toujours aussi timoré, hein ? Ne pensez-vous pas que leur réaction dépendra de la stratégie mise en œuvre ?

— Quelle miraculeuse stratégie permettra aux caisses d'entrer dans le Hunza sans que personne ne les remarque ?

— Je ne prévois pas d'entrer dans le Hunza.

— Alors quoi ? Faire la livraison à Shimsul ?

Smirnoff soupira.

— Oh, Mikhail, Mikhail... avons-nous déjà atteint le point de rupture de votre ingéniosité ? Réfléchissez un peu ! Réfléchissez !

— Les listes sont encore incomplètes, mon général, répondit Borokoff, glacial. Je n'ai pas de temps à perdre en devinettes.

— Saviez-vous, Borokoff, que, lorsque Mikhail Skobelev était gouverneur militaire du Ferghana, il avait conçu un plan d'invasion et l'avait envoyé à Kaufmann, le gouverneur général de l'époque ?

— Bien sûr. C'est de notoriété publique.

— Le plan consistait en une attaque de trois colonnes de vingt mille homme qui marcheraient vers le Pamir depuis trois bases, Petro Alexandrovsk, Samarkand et Margilan.

— Le plan de Skobelev n'a pas fonctionné, lui rappela Borokoff. La tentative a avorté.

— Ah oui, mais il a prouvé un point crucial : la haute altitude du Pamir n'entrave pas nécessairement une progression d'artillerie lourde.

— Voilà comment vous comptez effectuer le transport vers le Hunza, par le Pamir ?

— Les armes n'iront pas au Hunza. Ce sont les Hunzas qui viendront à nous.

Smirnoff se délectait au jeu du chat et de la souris.

— À Tachkent ?

— Ne soyez pas stupide, Mikhail, persifla Smirnoff, soudain irrité. Bien sûr que non, pas à Tachkent ! Maintenant réfléchissez à la réputation du Hunza.

— Massacre, esclavage et pillage, je ne vois rien d'autre.

— Exactement ! Et nous allons les assister dans leurs nobles pratiques. Nous organiserons une caravane et Safdar Ali se fera un plaisir de la piller. C'est aussi simple que ça.

Borokoff en eut le souffle coupé. Il était surpris, voire choqué, par l'impudence extrême de ce plan.

— Par quel chemin ?

— Khojend, Margilan, Och puis Gulcha, par la nouvelle route. C'est à trois journées de marche de la passe de Taldik qui, avec un peu plus de trois mille cinq cents mètres d'altitude, est aisément franchissable. Ensuite, au-delà de la rivière Kyzilsou la route se sépare à l'est vers Ikichtam et Kashgar, et au sud vers les postes avancés de Murghab et de Pamirski.

— La dernière partie nous obligera à escalader des glaciers ?

— Déjà effrayé ?

Smirnoff ne put dissimuler son dédain.

— Peut-être. Nous laisserons Safdar Ali en décider.

Borokoff garda le silence, la bouche sèche. Le plan était aussi irréfléchi et flamboyant que son auteur. Une question restait en suspens : cette machination fonctionnerait-elle ?

— Pourquoi pas ? contre-attaqua Smirnoff. Nous nous ferons passer pour une caravane.

— Et vous comptez engager de véritables marchands ?

— Quelques-uns. Les autres seront nos cosaques déguisés en commerçants européens. Nous ferons un grand battage autour de la cargaison précieuse de cette caravane, censée aller de Boukhara à Leh.

— Où se déroulera l'attaque ?

— Nous laisserons Safdar Ali en décider aussi.

— Vous faites confiance à Safdar Ali une fois qu'il sera en possession des caisses ?

Smirnoff le perça de son regard d'acier.

— Avez-vous remarqué quelque chose d'inhabituel en déchargeant les fusils ?

— Oui. Les caisses ne contiennent pas de munitions.

— Précisément. Les boîtes de cartouches et la poudre sans fumée resteront avec les cosaques. Elles seront livrées une fois que nous occuperons la Yasmina.

— Et vous avez la certitude de réussir ? Vous pensez pouvoir occuper la Yasmina malgré les glaciers ?

Quoique impressionné par le luxe de précautions dont s'entourait Smirnoff, Borokoff était déterminé à ne pas lui montrer.

— Chaque passe a deux entrées, Mikhail, répondit Smirnoff mielleusement.

Sa bouche se plissa en un sourire.

— Et deux sorties. Si l'entrée sud est située sur le glacier, l'autre devrait être au nord et aussi bien dissimulée.

— Mais la frontière chinoise…

— Nous nous servirons des soixante kilomètres entre l'Afghanistan et le Sin-kiang. Tant que les frontières ne seront pas fermement établies, c'est un no man's land.

— Vous considérez que l'opération pourra être cachée à la fois aux Anglais et aux Chinois ?

— Pourquoi devrait-elle être tenue secrète ? Les caravanes

passent tous les jours le long de la route de la Soie. Pourquoi pas celle-ci ?

— Qu'arrivera-t-il aux marchands ? Je veux dire, aux vrais marchands.

— Nous en épargnerons un ou deux pour qu'ils puissent témoigner lors de l'inévitable enquête qui suivra. Les autres passeront par pertes et profits.

— Safdar Ali voudra essayer les armes.

— Non. Pas d'essais.

— Alors, il n'acceptera pas les fusils.

— Vous ne connaissez guère la montagne, Mikhail. Si vous étiez un vrai montagnard, vous sauriez que, à haute altitude, un coup de feu peut déclencher une avalanche. Le son se propage loin et vite. Safdar Ali devra me faire confiance, un point c'est tout.

Borokoff afficha un air renfrogné. Smirnoff savait qu'il n'aimait guère la montagne et qu'il avait le vertige. De plus, il connaissait sa difficulté à respirer dans un air raréfié.

— Comment être sûr qu'ils nous emmènent vraiment à la Yasmina ?

— Mon cher Mikhail, les cartes russes du Pamir sont révisées chaque année et toutes les nouvelles passes découvertes y sont consignées. Tant que nous ne connaissons pas la passe et qu'elle est inconnue des Britanniques, quelle importance ?

— Non. Il faut que ce soit la Yasmina, pas n'importe quelle passe.

— Pour quelle raison ?

— La Yasmina fait partie de la légende de l'Himalaya, répondit-il en s'efforçant de sourire. Les Anglais l'ont cherchée pendant des années. Sa découverte apportera la gloire à son inventeur, la célébrité, les honneurs. Voire même une médaille de l'Académie royale de géographie et une place dans l'Histoire.

L'argument, il le savait, toucherait Alexei.

— Peut-être avez-vous raison, Mikhail. Mais qu'importe, nous aviserons le moment voulu.

— À savoir ?

— En septembre. Pour être précis, le 26 septembre. (Borokoff leva un sourcil et Smirnoff lui retourna un sourire gêné.) Vous ne vous en souvenez pas ? C'est le jour de mon anniversaire. Il s'est toujours montré de bon augure pour le début d'une nouvelle aventure.

Oui, il se souvenait, à présent. Les superstitions auxquelles souscrivaient les aristocrates russes, dont faisait partie Smirnoff, n'avaient jamais cessé d'étonner Borokoff.

— Qu'arrivera-t-il après l'occupation ? les Anglais resteront les bras croisés sans mot dire ?

— Grands dieux ! Ils ne resteront sûrement pas silencieux.

Smirnoff partit d'un rire méprisant.

— Leurs dirigeants, engoncés dans leurs costumes à fines rayures, agiteront leurs parapluies roulés et hurleront comme des chacals. Leurs éditorialistes s'acharneront sur leur plume. À Westminster, leurs parlementaires s'enroueront à force de crier. Nous aurons droit à des rugissements diplomatiques, mais sans plus. Une fois que nous aurons un pied dans la Yasmina, ils ne pourront plus nous déloger de l'Himalaya.

— Safdar Ali approuve-t-il vos plans ?

— Il le fera. Son émissaire arrive d'ici une semaine.

— Vous estimez vraiment que nous serons capables de conserver la Yasmina sans représailles ?

Smirnoff se dirigea nonchalamment vers la cheminée et se réchauffa les mains devant l'âtre.

— Avez-vous lu le livre de MacGregor ? demanda-t-il sans se retourner.

— Bien sûr.

— Qu'en pensez-vous ?

— Ce qu'en pense tout patriote russe, qu'il est injurieux, une véritable insulte lancée à la face de notre nation.

— Si insultant, en fait, qu'il mérite une réponse appropriée. Ayant absorbé l'Inde, la Birmanie et la plus grande partie du sous-continent, la Grande-Bretagne a le toupet de vouloir nous enseigner la morale. À nous ! MacGregor nous accuse d'être avides ? Eh bien, il est temps de lui montrer qu'il a raison.

Le silence s'abattit soudain. Borokoff patientait. Smirnoff n'avait pas mentionné son propre rôle dans le plan. Ne voulant pas se rabaisser en le questionnant directement, le colonel passa à un autre sujet.

— La route de Och n'est pas encore terminée. Elle n'atteint pas encore Gulcha.

– Je suis au courant. C'est là que vous intervenez, Mikhail. Vous partez demain pour Och. Un message a déjà été envoyé au commandant. Il vous y attend. Vous engagerez plus d'hommes, les ferez travailler plus dur, plus longtemps et vous ferez le nécessaire pour que la route soit achevée lorsque nous en aurons besoin. Naturellement, le commandant devra tout ignorer du plan. Je songerai à un moyen de l'expédier ailleurs au moment voulu. C'est tout pour l'instant, Mikhail.

Smirnoff regarda l'horloge et congédia Borokoff.

Tandis qu'il rentrait chez lui, d'un pas traînant, Borokoff imagina une possibilité effrayante : Smirnoff n'avait aucune intention de le faire participer à la campagne.

L'éventualité se transforma bientôt en certitude. La responsabilité de la route lui avait été attribuée pour l'amadouer, une miette tombée de la table du héros. Eh bien, qu'il soit maudit s'il l'acceptait. Le plan originel était le sien et Alexei osait l'en exclure.

La Yasmina lui appartenait. Avant qu'Alexei ne parvînt à la lui arracher, il le verrait pendu haut et court, écartelé et livré aux flammes éternelles.

Secrètement, il se moquait pas mal de l'Empire russe ; lui aussi pouvait bien rôtir en enfer. La seule chose qui l'intéressait, il la tenait maintenant au creux de sa paume : une pépite d'or qu'il conservait contre son cœur, en sécurité. Sans doute Safdar Ali était-il un sauvage, un rustre et un fourbe, mais la pépite était un message très clair dont Smirnoff ne connaîtrait jamais l'existence.

Un jour, il avait été pauvre. Avec l'aide de Dieu, jamais il ne le redeviendrait.

Chez lui, Borokoff trouva Ismail Khan, le messager de Theodore Anderson, qui l'attendait. Il était trop tôt pour qu'Anderson ait pu répondre au message qu'il venait de lui expédier, aussi le reçut-il sans enthousiasme. Il jeta un bref coup d'œil à la missive, s'attendant aux sempiternelles demandes de fonds pour ses interminables expéditions. Or, à sa grande surprise, la lettre n'en contenait aucune. En vérité, la nouvelle qu'elle lui apprenait était si inattendue que ses genoux se mirent à trembler et qu'il dut s'asseoir.

S'il fallait en croire Theodore Anderson, Borokoff n'avait

plus besoin d'Alexei Smirnoff, ni des Dardes, ni même d'Ivana Ivanova. Il n'avait plus besoin de personne. Dorénavant, un peu d'amour-propre et le courage de prendre sa destinée en main lui suffiraient pour faire ce que lui dictait sa volonté.

L'une des superstitions les plus profondément ancrées chez Smirnoff consistait, afin de ne pas attirer sur soi le mauvais œil, à ne jamais souhaiter bonne chance au début d'une nouvelle entreprise.

– Bonne chance, Alexei, bonne chance, lança Borokoff, goguenard. Triple bonne chance, traître. Et sois maudit !

Son rire enfla dans la nuit.

La réponse de Walter Stewart à son télégramme se voulait si rassurante qu'Hethrington s'en inquiéta. Depuis son arrivée à Srinagar, Geoffrey Charlton s'était tenu tranquille, presque reclus. Il travaillait à un nouveau livre qui devait paraître au printemps.

– Enfer et damnation ! (Hethrington, furieux, contemplait la pluie de mousson qui s'abattait dehors, sur le petit étang.) Il va agir, je le sens.

– Je dois vous dire, mon colonel, l'interrompit Nigel Worth, qu'hier, dans la boutique des Jacob, j'ai accidentellement entendu Mrs Price raconter au colonel Hartley que Charlton avait eu une entrevue un peu houleuse avec les Stibbert à Cawnpore. Les Price sont à Delhi pour la saison, comme Mrs Stibbert, la sœur de Mrs Price et l'épouse du major Stibbert. Si vous le désirez, mon colonel, je peux enquêter discrètement. Mrs Stibbert et Mrs Price prennent le thé toutes les après-midi chez Peletti.

– Enquêtez donc ! aboya Hethrington. Je me demande parfois pourquoi nous nous embarrassons d'un télégraphe alors que la langue humaine fonctionne plus vite et sans coûter le moindre penny.

À cet instant, un homme, porteur d'un message dûment décodé, expédié moins d'une heure auparavant par coursier dak, rentra. Il mit fin à toute discussion sur Charlton. Le message de Conolly était dense, explicite et – grâce au compte rendu exhaustif de sa seconde entrevue avec le Taotaï – plutôt alarmant. Il avait été expédié de Shahidullah quelques semaines auparavant.

– On avait bien besoin de ça, maugréa Hethrington. L'intendant général y trouvera certainement à redire. Faites-moi confiance.

Il bondit de son siège et franchit la porte.

Cinq minutes plus tard, Sir John s'exprima en effet très clairement tandis que sa fureur gagnait en intensité. Il finit cependant par se calmer suffisamment pour pouvoir demander :

– Capricorne croit que la femme est déjà à Kashgar ?

– Ou, le sera bientôt.

– Comment ces diables de Chinois ont-ils procédé pour la retrouver si vite ?

– Lorsque les Russes éternuent, le Taotaï s'enrhume. Son armée d'informateurs travaille vingt-quatre heures sur vingt-quatre.

– Quel est l'imbécile qui lui a communiqué cette information extravagante selon laquelle nous occuperions le no man's land en franchissant la Yasmina ? Shishkin ?

– Probablement, mon général. Shishkin lit les journaux anglais, comme l'a remarqué Capricorne, il ne lui restait plus qu'à semer une graine et à laisser l'incroyable fébrilité des Chinois la fertiliser pour en faire une belle forêt.

– Est-il conscient de l'intérêt des Chinois pour cette femme ?

– Capricorne ne le pense pas, mon général, du moins lorsque son rapport a été envoyé.

L'intendant général était furieux.

– Si Capricorne fonde ses espoirs sur l'enlèvement de la femme au nez et à la barbe du Taotaï, une seule conclusion s'impose : il a perdu la tête. La dernière chose dont nous ayons besoin, c'est bien d'un incident diplomatique.

Nigel Worth se permit de tousser.

– Oui, capitaine ?

– Si Capricorne arrive à s'emparer de la femme, mon général – et nous savons qu'il est plein de ressources –, les Chinois seront peu enclins à en faire… comment dire, tout un plat. N'oublions pas qu'elle est sujet de l'Empire russe. Pyotr Shishkin, en premier lieu, exigera certainement de connaître les raisons de son emprisonnement. Je doute que le Taotaï encourage une telle confrontation.

– Quelle route empruntera vraisemblablement Capricorne pour revenir à Leh ?

– Soit celle qui traverse le désert de Takla-Makan vers Yarkand et ensuite par le Karakoram, mon général, répondit Hethrington, soit celle des coureurs daks à travers le Pamir. S'il peut échapper aux patrouilles de l'armée chinoise et gagner un village kirghize, les habitants l'aideront. Ils détestent les Chinois et Capricorne y compte de bons amis.

– S'il survit jusque-là.

Sir John s'assit bruyamment et ferma les yeux.

– Nous ne pouvons nous permettre de perdre un autre agent, Wilfred. Nous serions cloués au pilori.

– Je sais, mon général, confirma tristement Hethrington. Capricorne aura besoin d'aide.

– Rien de plus évident. Des patrouilles devront se poster en des points stratégiques à côté de chaque passe. Et vous savez ce que cela signifie, n'est-ce pas ?

Sir John formula la pensée qui planait au-dessus d'eux comme l'épée de Damoclès.

– Le commandant en chef devra être informé du projet Janus.

– Non ! Non, pas de patrouilles militaires. Une équipe de géologues est présente dans le Kunlun. Nous demanderons leur assistance. Ignorant les implications, ils ne mettront pas notre sécurité en danger.

– Nous ne pourrons pas garder votre projet éternellement secret, Wilfred, le prévint l'intendant général. Si les cartes tombent entre les mains des Russes…

– C'est une question de semaines, mon général. Capricorne n'est pas un irresponsable. Nous devons lui permettre de tenter sa chance. Si le pire arrive, il n'aura qu'à…

Il hésita.

– Quoi ?

– Eh bien, il n'aura qu'à laisser la femme derrière lui.

– Et nous ramener au point de départ ? Si c'était le cas, Wilfred, vous savez ce qu'il adviendrait de notre service ?

Hethrington soupira et grommela dans sa barbe.

– Cantine ?

Sir John n'avait entendu qu'un mot.

– Quoi, la cantine ?

– Juste une idée, mon général, soupira Hethrington. Rien d'important.

Pendant un moment, les doigts de Sir John martelèrent le plateau du bureau. Il parvint enfin à prendre une décision.

– Très bien, Wilfred. Je vous laisse un mois, pas un jour de plus. Si les documents ne sont pas en notre possession dans trente jours, c'est fini. Nous devrons exposer le projet au commandant en chef, au ministre des Affaires étrangères et au vice-roi. Et nous en assumerons les conséquences.

Il se leva.

– Maintenant, trouvez le coureur le plus rapide et expédiez un message à l'équipe géologique. Et, par précaution, faites parvenir une copie à Crankshaw.

De retour dans son bureau, quelque peu regonflé par le répit qui lui était accordé, le colonel se remit immédiatement au travail.

– Nous allons devoir nous presser, capitaine, et nous rendre immédiatement à Ladakh. Nous partirons à l'aube.

– Bien, mon colonel ! Je m'occupe des préparatifs sur-le-champ.

– Au fait, capitaine…

Nigel Worth s'immobilisa.

– Mon colonel ?

– La prochaine fois que vous imaginerez un projet aussi délirant, faites-moi une faveur : gardez-le pour vous.

Le capitaine parti, Hethrington regarda fixement le ciel menaçant.

Un mois. Il ne lui restait plus que trente jours pour faire sortir de son chapeau de magicien ce qui lui apparaissait de plus en plus comme un véritable miracle. Calculant ses chances, il songea qu'une mutation à la cantine de Meerut n'était finalement pas une idée si farfelue.

– Je voulais vous montrer quelque chose sur le domaine, déclara Damien à la fin du petit déjeuner. C'est une surprise.

Dans la partie sud-est de la propriété vers laquelle ils se dirigeaient, de hauts murs dissimulaient une parcelle. Suraj Singh avait fait comprendre à Emma qu'il s'agissait de l'un des entrepôts abritant les variétés de riz les plus coûteuses. Elle l'avait cru. Maintenant, tandis que Damien ouvrait le portail qui menait à l'enclos, elle comprit que ce qui se dressait là n'avait rien à voir avec un grenier. Elle contempla avec stupeur les ruines d'un monument à demi caché par le sous-bois. Un petit cri de surprise et déjà elle s'avançait, mais d'un geste, Damien la mit en garde.

— Ces buissons sont infestés de serpents et de scorpions.

Elle rebroussa promptement chemin, les yeux fixés sur les branches enchevêtrées.

— Qu'était-ce ? Un temple ?

— Oui. J'avais ordonné à Suraj Singh de vous empêcher de le voir avant que je puisse vous le présenter dans les formes.

— De quand date-t-il ?

— Selon toute probabilité, il remonte au VIIIe siècle, pendant le règne de Lalitaditya.

Elle ramassa un fragment de maçonnerie.

— Du calcaire ? (Il hocha la tête.) Mon père qualifiait d'aryenne cette architecture. Le sol semble en cacher une bonne partie. N'avez-vous jamais songé à faire des fouilles ?

— Souvent. En fait, je me demandais si vous vouliez bien vous en occuper.

— Moi ?

Elle était enchantée.

— Oh, Damien !

— Vous acceptez ?

— Bien sûr ! Quand ?

— Quand vous voulez.

— L'été prochain ? J'aurai ainsi le temps de terminer mon livre. Il me faudra d'abord demander conseil aux experts des services archéologiques. Ensuite, former une équipe. Mais avant, nous devrions…

Enthousiaste, Emma prévoyait déjà l'organisation nécessaire. Damien, prévenant, l'écoutait avec attention.

C'était une journée superbe, dans tous les sens du terme. Assis sur l'herbe chauffée par le soleil, ils déjeunèrent de côtelettes d'agneau, d'épais chapatis cuits sur la pierre et de fruits. L'air vibrait doucement du bourdonnement des abeilles, des soupirs du vent et du crissement des feuilles dans les arbres. Emma, somnolente, ferma les yeux.

Damien posa la tête dans l'herbe, s'étendit de tout son long et regarda le ciel.

— Pourquoi êtes-vous allée voir Nazneen ?

Emma se réveilla en sursaut.

— C'est elle qui vous l'a dit ? demanda-t-elle.

Sa jalousie se réveilla instantanément.

— Non. Nazneen n'est plus à Srinagar.

Sans ouvrir les yeux, il changea de position.

— Très peu de choses se passent dans la Vallée sans que, à un moment ou un autre, je ne sois au courant. Alors, pourquoi ?

— Est-ce important ?

— Pour moi, oui. Je suis curieux de nature.

— Eh bien, vous m'aviez dit que j'avais beaucoup à apprendre de Nazneen, répondit-elle sèchement. Disons que j'y suis allée pour qu'elle me donne une leçon.

— Avez-vous appris quelque chose ?

— Oui en effet.

— Quoi ?

Elle secoua la tête.

— Je pense que même Chloe Hathaway me concéderait qu'une conversation entre épouse et maîtresse doit rester secrète.

Il rougit, se leva, et balaya de la main à la fois l'herbe de son pantalon et le sujet.

— Avez-vous déjà pêché la truite ?

— Une fois ou deux, lui répondit-elle, ravie d'avoir marqué un point.

Elle sourit.

— Mais j'ignorais que les truites venaient du Cachemire.

— Elles n'en sont pas originaires. Les alevins sont importés d'Angleterre. Ils ont été introduits à des fins expérimentales.

Tandis qu'ils descendaient le sentier ombragé qui menait à la rivière, Hakumat retourna à la maison chercher le matériel de pêche. Sur la rive, Damien mit un genou à terre et inspecta les eaux.

– J'en vois une ou deux de bonne taille. Venez, vous aurez peut-être de la chance.

– Moi ? (Emma secoua la tête.) Je ne suis pas vêtue pour pêcher à la mouche.

– Pourquoi ? Vous n'avez besoin que d'une paire de cuissardes.

– Je n'irai pas au milieu du courant dans cette tenue, martela Emma.

Le problème fut bientôt réglé. Elle accepta un compromis. Elle lancerait une ligne, perchée sur un rocher plat qui se dressait à fleur d'eau.

– Si j'ai une touche, dit-elle, je ne saurai absolument pas quoi faire. Ne vous éloignez pas.

Damien s'allongea de nouveau, croisa les bras derrière sa tête et ferma les yeux. Un poisson mordit cinq minutes plus tard. En essayant maladroitement de remonter la ligne, Emma laissa échapper un petit cri. Damien bondit, se glissa dans ses cuissardes et pénétra hardiment dans les flots. Il plongea les deux mains dans le courant agité et s'empara du poisson qui luttait avec acharnement pour se libérer de l'hameçon.

– C'est une truite, et une belle.

Il l'emporta sur la rive en la gaffant proprement et la débarrassa du crochet.

– Elle est morte ?

– Bien morte, oui. (Il la souleva afin de l'inspecter.) Je dirais deux livres. Pas le record du monde, mais c'est largement suffisant pour le dîner.

Ils explorèrent encore les ruines, avançant prudemment dans les buissons en les sondant à l'aide de longs bâtons. La majeure partie du temple était ensevelie et Emma se montra ravie à l'idée d'entreprendre des fouilles. Un peu plus tard, tenaillés par une faim inattendue, ils empalèrent la truite pansue et la firent griller sur un feu clair. La peau croustillante et la chair cuite à point leur permirent de manger sans couverts. Emma se lécha les doigts. Même les petits morceaux carbonisés étaient délicieux.

– Vous aimez le poisson ? s'enquit Damien.

– J'adore !

– Bien. Le poisson représente une part non négligeable du régime alimentaire dans la Vallée. Beaucoup, d'ailleurs, pensent que c'est le poisson qui rend si fertiles les femmes du Cache-mire.

Emma n'était pas certaine que la remarque lui fût directe-ment adressée, mais elle rougit néanmoins. Elle se leva, marcha vers la rivière et se lava les mains dans les flots glacés. Le cré-puscule tombait et des vents froids se mirent à souffler ; la soi-rée était paisible. Emma frissonna et croisa les bras sur sa poi-trine, regrettant de ne pas avoir emporté son châle. Debout devant la petite chute d'eau bruyante, elle n'entendit pas Damien s'approcher d'elle et sursauta lorsqu'il lui couvrit les épaules de sa veste. En le regardant, elle sourit. Ils décidèrent de regagner *Shalimar*.

Ils montaient à grands pas la petite colline où étaient atta-chés leurs chevaux lorsqu'un chacal hurla. Il ne devait pas être bien loin ; d'autres joignirent bientôt leur plainte à la sienne.

— Y a-t-il beaucoup de gros animaux dans les environs ? demanda Emma.

— Pas plus qu'ailleurs. Vous savez, les animaux ont plus peur de nous que nous d'eux.

— Les officiers de Delhi ont l'habitude de venir chasser dans la Vallée lorsqu'ils remontent vers Gulmarg. Est-ce giboyeux ?

— Il faut aller plus haut pour chasser les gros félins et encore plus haut pour le markhor et le bouquetin. Aux abords du désert de Gulmarg, on croise parfois le léopard et plus rare-ment le tigre, mais seulement l'été. À l'arrivée du froid, ils des-cendent dans les vallées.

Ils furent interrompus par Hakumat qui parut avec une enve-loppe qu'il tendit à Damien. Son humeur agréable changea brusquement à la lecture de la lettre. Figé tel un roc, il contem-plait sans la voir la masse montagneuse qui s'obscurcissait ; son visage trahissait des émotions contradictoires. Sous sa chemise, on voyait que les muscles des épaules étaient tendus.

— Que se passe-t-il, Damien ? s'enquit Emma, alarmée. De mauvaises nouvelles ?

— Quoi ?

Il avait l'air absent. Elle répéta sa question. Il secoua la tête, mais elle savait qu'il ne l'avait pas entendue. Son front se bar-rait d'un pli, marque d'impatience, comme s'il ne souhaitait pas que le cours de ses pensées fût interrompu. Perdu dans son monde intérieur, dont Emma était exclue, il ne remarquait même plus sa présence. Tristement, elle se détourna.

— Où allez-vous ? lui demanda-t-il et, avant qu'elle ait pu faire un pas, il lui enserra la taille.

Elle ne se dégagea pas.

— Il m'a semblé que vous préfériez être seul.

Pendant un bref instant, elle soutint, tremblante, son regard. Il était sur le point de prononcer un mot, une phrase cruciale, la clé qui lui permettrait de pénétrer dans son univers, mais, de nouveau il se ravisa. Il lui lâcha la main et descendit la colline. Déconcertée par son attitude indéchiffrable, elle courut derrière lui et laissa échapper la première parole qui lui vint à l'esprit. Elle ne voulait pas que s'achève cet instant de complicité avec Damien.

— Mrs Bricknell m'a invité à prendre le thé mardi prochain.

— Ah oui ?

Le vrai motif pour lequel elle avait accepté l'invitation la faisait se sentir coupable.

— Voulez-vous… vous joindre à nous ?

— Non. Je dois partir demain.

— Encore ?

Elle était consternée.

— Où ?

— À Gupkar. Je suis désolé, mais on semble tout bonnement incapable de me fournir les chiffres dont j'ai besoin avant d'investir dans ce projet.

— Alors laissez-moi vous accompagner jusqu'à Srinagar, le supplia-t-elle, ébranlée par l'intensité de sa déception. Je pourrais visiter la ville et attendrais votre retour sur le bateau.

Il secoua la tête.

— Pas cette fois, Emma. Peut-être la prochaine.

Elle savait qu'il lui cachait la vérité. La douleur familière se réveilla dans son cœur. Elle garda le silence.

Chini Baug, la résidence des invités officiels de l'État chinois, se trouvait être un vaste bâtiment fortifié de deux étages, situé loin du centre de la ville.

Par expérience, Conolly savait que Chin Wang, chef cuisinier du Taotaï et source d'informations intarissable, serait le dernier à quitter les cuisines du palais. Tapi derrière un haut mur et abrité par des buissons, il attendit qu'il sortît des cuisines. Le médecin lui plaqua fermement une main sur la bouche et l'entraîna dans les buissons.

— Qu… !

— Silence, mon ami, le prévint Conolly tout en retirant lentement sa main. J'ai besoin d'aide.

— Non !

L'homme secoua la tête.

— Je ne veux pas avoir d'ennuis et encore moins risquer de perdre mon travail.

Conolly n'en fut pas perturbé le moins du monde ; toutes leurs petites transactions commençaient ainsi. Sans un mot, il sortit une bourse de tissu et la fit tinter à l'oreille du cuisinier.

— J'ai entendu dire qu'un nouvel invité était arrivé à Chini Baug.

— J'ignore tout de Chini Baug, murmura Chin Wang, les yeux fixés sur la bourse. Les invités vont et viennent. Tout le temps.

— Mais ils mangent aussi, répondit Conolly. Et puisqu'il n'y a pas de cuisines à Chini Baug, la nourriture est expédiée deux fois par jour du palais.

— Et alors ? répondit l'homme en haussant les épaules.

— Il y a assez d'argent pour te mener où tu le désires, même chez toi à Canton, continua Conolly en secouant les pièces un peu plus fort.

— Non, non. Pas cette fois. C'est vraiment dangereux. Je refuse d'être compromis.

— Dans ce cas, soupira Conolly, tu ne me laisses pas le choix. Je vais être obligé de parler à ta femme.

— Ma femme ? s'esclaffa l'homme, hilare. Cette vieille sorcière n'a aucune idée de ce qui se passe à Chini Baug.

— C'est vrai. Elle connaît sûrement mieux tes petits arrangements avec la jeune pouliche à la poitrine opulente qui travaille au lavoir du Taotaï.

Le cuisinier pâlit à vue d'œil. Si le Taotaï l'effrayait, sa femme le terrorisait.

— Je suis sérieux, affirma Conolly. Si tu ne réponds pas à mes questions, non seulement j'informerai ton épouse de ta liaison, mais en plus je lui prêterai mon scalpel le plus aiguisé pour qu'elle en fasse bon usage.

Comme par miracle, Chini Baug n'eut soudain plus aucun secret pour Chin Wang. D'un air renfrogné, il confirma qu'une nouvelle invitée était arrivée et, que, en effet, on lui apportait à manger deux fois par jour.

Une invitée ! Conolly retint son souffle.

— Qui est-ce ?

Chin Wang l'ignorait. Il savait seulement que c'était une femme parce que la servante d'une des épouses du mandarin – tante de la fille avec qui il avait un arrangement – avait été récemment envoyée à Chini Baug pour y servir.

Le moral de Conolly remonta en flèche ; il avait raison d'être optimiste. Si la femme de Chini Baug était l'Arménienne, alors la moitié de ses problèmes se résolvaient d'eux-mêmes.

— L'homme qui apporte la nourriture à Chini Baug, comment s'appelle-t-il ?

— Genghis. C'est le valet personnel du Taotaï.

— Tu ne l'as jamais livrée ?

— Juste une fois.

— Je connais le nombre de gardes postés dehors. Combien sont-ils à l'intérieur ?

— Quatre ou cinq.

— Où ?

— Partout.

Le cuisinier fixait toujours la bourse. Il s'humidifia les lèvres.

— À l'intérieur de sa chambre, elle est gardée par une servante. Un vrai dragon !

— Le Taotaï est-il venu voir l'invitée ?

— Oui. Le premier jour.

— Sais-tu de quoi ils ont parlé ?

— Non. On dit que la femme a été droguée. On dit aussi qu'elle est sa nouvelle maîtresse, une blanche aux yeux ronds, rien que ça.

De dégoût, il cracha par terre.

— Je pense qu'elle doit partir lundi prochain puisqu'on m'a demandé de cesser les livraisons.

Lundi ? Il ne restait que quatre jours !

— Pour aller où ?

— Qui sait ? répondit le cuisinier en haussant les épaules.

— Dans quelle pièce les repas sont-ils apportés ? lui demanda Conolly en sortant de sa poche un plan approximatif de la résidence.

Le cuisinier soupira, leva sa lanterne et indiqua un lieu.

— Bien. Dimanche soir, c'est toi qui livreras la nourriture…

— Non !

Chin Wang était horrifié.

— Genghis ne me le permettra pas.

— Si Genghis est malade, il n'y verra pas d'inconvénient.

— Mais il n'est pas malade !

— Il le sera.

Conolly déposa un paquet dans la main du cuisinier.

— Dimanche, tu en glisseras le contenu dans son déjeuner. Ne t'inquiète pas, il n'en mourra pas.

— Non, je ne le ferai pas ! Genghis est un Mongol, une vraie brute.

Conolly interrompit ses gémissements en faisant tinter la bourse.

— Et le banquet que je dois préparer pour le dimanche soir ?

— Tu as sept marmitons. Laisse-les s'en occuper.

— Non, non, je ne veux pas être impliqué.

— Tu ne le seras pas. Quand on t'interrogera, tu leur diras simplement la vérité : tu as été frappé à la nuque sur le chemin de Chini Baug par deux hommes qui se sont enfuis avec le repas. Tu n'as pas vu les agresseurs, mais ils parlaient russe.

— Des agresseurs ?

Le cuisinier pâlit.

— Je serai blessé ?

— Non, bien sûr que non. Tu feras semblant.

De nouveau, il agita la bourse.

— Chut, pour l'amour du ciel, chut !

L'homme tendit la main vers la bourse.

— Pas encore, l'avertit Conolly en mettant la bourse hors de portée. Pour le reste, je te donnerai mes instructions plus tard.

— Quoi ?

– Des détails de dernière minute. Apporte la nourriture dans le verger derrière la résidence dimanche à sept heures. J'y serai déjà.

Alors que l'homme ouvrait la bouche pour protester, Conolly lui tendit la bourse. Il se tut.

– C'est un acompte. Tu auras le reste une fois le travail terminé.

Certes, ce plan était loin d'être parfait. Mais Conolly n'en avait pas d'autre. Les risques étaient insensés, les points faibles nombreux ; la réussite dépendait notamment de cette fripouille pleurnicharde. Chin Wang pouvait mentir – la femme avait peut-être été déjà déplacée – ou, pire, être pris de peur panique au dernier moment et ne pas se montrer. Cependant, le temps était compté et les complications étaient légion. Conolly n'avait d'autre choix que de risquer son va-tout.

La région manquait cruellement de médecins et même un docteur non diplômé s'attirait la reconnaissance des patients qu'il avait traités et guéris. Ainsi Conolly était-il gratifié de modestes présents. Parfois, on lui proposait de menus services en lieu et place de paiement. Ce soir-là, il visita un jeune couple baloutchi dont il avait sauvé la fille d'une pneumonie. Ils le reçurent chaleureusement. Trop pauvres pour le payer, ils lui étaient grandement redevables et le père, un coureur dak, lui avait offert ses services en gage de reconnaissance.

– Khapalung, près de la passe de Suget ? demanda-t-il après que Conolly lui eut présenté sa requête. Oui, je connais.

Conolly déposa entre ses mains une enveloppe scellée.

– Trouve un Kirghiz nommé Mirza Beg et remets-lui cette lettre au plus vite.

Le jeune homme, plein de bonne volonté, accepta la mission.

Emma se retrouvant seule une fois encore, elle tourna son attention vers les documents de son père. Malgré ses efforts, elle ne parvenait pas à travailler.

Damien l'obnubilait.

Abandonnant toute velléité de concentration, elle décida de retourner visiter les appartements d'Edward Granville. Il lui restait deux paquets de la correspondance de Damien à lire. Si cette nouvelle incursion ne lui permettait pas de découvrir les photographies introuvables, elle en conclurait qu'elles avaient été entreposées ailleurs ou détruites, et renoncerait à sa mission. En outre, l'atmosphère semblait plus détendue et Damien moins sur ses gardes. Elle pourrait même envisager de lui en parler franchement dès son retour.

Les lettres de Damien au cours de ses deux dernières années en Angleterre étaient plus variées et leur style s'était beaucoup amélioré. Il glissait rapidement sur sa vie à l'internat et les sorties organisées par l'école pour évoquer avec enthousiasme ses vacances en France avec Hammie. Il passait maintenant le plus clair de son temps dans les ateliers de tissage établis sur la propriété du cousin de son père et les lettres étaient émaillées de termes techniques récemment appris. La France avait importé des chèvres du Kirghizistan mais seule la moitié des mille têtes avait survécu au voyage. Il en avait conçu une grande tristesse. Lors d'une exposition à Paris, les châles cachemiris avaient suscité une telle admiration qu'il se déclarait terriblement fier, comme s'il évoquait une réalisation personnelle.

Ses lettres relataient aussi les jeux turbulents dans les vignes, dans les sous-bois ou sur le lac. C'est en compagnie de ses jeunes cousins qu'il semblait le plus heureux. Le domaine possédait des chevaux ; Hammie et Damien passaient leurs journées en selle. Son français, déclarait-il, était presque parfait ; il avait bûché dur et obtenu de bons résultats lors de l'examen final. L'année prochaine, lorsque Hammie et lui rentreraient enfin chez eux – Damien au Cachemire et Hammie à Rangoon –, Hammie séjournerait à *Shalimar* pendant un mois. Il attendait ce moment avec impatience.

Curieusement, Emma eut l'impression qu'en partageant l'enfance de son mari, même indirectement, elle se sentait envahie par une douceur inaccoutumée. Au plus profond d'elle-même, elle éprouvait une tendresse, une paix intérieure, une gamme complète d'émotions et d'intuitions inconnues jusqu'à ce jour.

L'amour...

Elle n'avait jamais été amoureuse, n'avait jamais connu d'homme intimement, aussi était-elle incapable d'identifier ce

332

sentiment. Malléables et tendres, comme une graine qui s'enracine, ces sensations luttaient pour prendre forme. Peut-être Damien avait-il raison après tout quand il prétendait que l'amour grandissait dans le mariage.

Mais qu'en était-il des sentiments de Damien à son égard ? Par manque d'expérience, elle ne pouvait les déchiffrer. Néanmoins, désireuse de se rassurer à tout prix, elle chercha le réconfort dans des conjectures : il avait entendu parler d'elle avant son arrivée à Delhi, l'avait louée auprès de Nazneen et poursuivie avec entêtement de ses avances. En fait, avec du recul, elle s'amusait de ses efforts pour obtenir sa main. Une fois encore, elle était contrainte de l'admettre, Damien avait eu raison. S'il l'avait demandée immédiatement en mariage, elle n'aurait pas accepté. En songeant à sa propre intransigeance, en cette période de triste mémoire, elle osait maintenant rire d'elle-même. Son comportement semblait si enfantin, si déplacé !

Elle souhaitait de tout son cœur que Damien fût rentré.

Après avoir replacé les paquets de lettres dans le tiroir, elle quitta les appartements d'Edward Granville. Les photographies disparues hantaient toujours son esprit. Hésitante, elle songea à poursuivre ses recherches dans la deuxième colonne du bureau. En soupirant, elle prit son tournevis.

Catalogues de semences, vieilles factures et brochures de diverses expositions, le contenu des tiroirs supérieurs et centraux n'avait pas grand intérêt. Le tiroir du bas, quant à lui, était rempli à ras bord de dossiers épais qu'elle découvrit sans enthousiasme. Elle enfonça pourtant les mains sous la pile afin d'en respecter l'ordre et la tira doucement vers elle. Elle remarqua, dans le fond, un morceau d'étoffe blanche noué. En le dégageant, elle reconnut le son caractéristique du papier froissé.

Curieuse, elle dénoua les liens et découvrit une feuille blanche enveloppant un amas de minuscules bandelettes de papier emmêlées comme autant de confetti. Sur la feuille était inscrit un nom. Un nom qu'elle reconnut.

Jeremy Butterfield.

Elle défroissa l'une des bandelettes qu'elle examina à la lueur de la lampe. Elle était couverte d'une écriture serrée. Pendant une seconde, elle regarda bouche bée l'étrange griffonnage et s'immobilisa soudain.

C'était l'écriture de son père !

Instinctivement, elle crut s'être trompée. Elle rapprocha la lampe et examina plus attentivement les pattes de mouche. Non, elle ne faisait pas erreur ; cette écriture qu'elle connaissait aussi bien que la sienne était celle de son père.

Emma s'affala sur la chaise, fixant d'un air hébété l'enchevêtrement des bandes de papier. Elle ne chercha pas à les lire. Elle en était bien incapable ; elle regardait sans les voir les caractères flous qui s'estompaient.

Elle fut surprise de se retrouver en haut des escaliers, dans son bureau, les papiers serrés dans sa paume moite. Elle alluma la lampe, déposa les morceaux de papier sur son bureau et choisit quelques bandes. Un mot lui sauta aux yeux : *Yasmina*.

16

Conolly se limita au strict minimum. Il empaqueta un revolver, une ceinture porte-monnaie, de quoi écrire, quelques vêtements, des jumelles, un kukri, une boussole, des gourdes d'eau et de la nourriture. Il déclara à son jeune assistant, qui ne fut pas surpris, qu'il allait rendre visite à ses patients des villages du nord, ce qu'il faisait régulièrement.

— Je pars pour trois jours, déclara Conolly après avoir donné sa longue liste d'instructions. Il se peut que je rentre plus tard, si mes patients les plus éloignés me réclament.

À l'aube du jour suivant, il prit la direction du nord en essayant d'attirer l'attention sur lui. Au poste frontière, où il était connu, il s'arrêta pour prendre le thé et deviser gaiement.

Il passa la journée dans le premier village à s'occuper d'une longue file de patients. Conolly leur fit savoir qu'il avait l'intention d'aller jusqu'à la rive nord du lac où d'autres malades l'attendaient. À mi-course, lorsque la nuit fut tombée, il rebroussa chemin vers Kashgar par une route plus longue et moins fréquentée. Il arriva à la porte de la ville. Elle était fermée jusqu'à l'aube, alors il se rendit au cimetière communal. Il y resta jusqu'au lendemain soir, dans une cache secrète qu'il avait découverte auparavant. Ses craintes concernant les intentions de Chin Wang n'étaient pas fondées. Il fut soulagé de constater que l'avidité l'avait finalement emporté ; peu après sept heures, le cuisinier arriva dans le verger derrière Chini Baug.

— L'argent ? réclama le cuisinier en tendant la main.

— Pas encore, il nous reste du travail. Retire tes vêtements.

– Quoi ?

Le cuisinier, après avoir marchandé, se déshabilla.

– Maintenant, attends-moi jusqu'à mon retour, ordonna Conolly en tendant son manteau à l'homme qui frissonnait.

– Et l'argent ?

– À mon retour.

Casquette sur la tête, vêtu à la chinoise, le visage dissimulé par un cache-nez, Conolly s'empara des plats de nourriture. En disant une prière silencieuse, il marcha hardiment vers la porte principale de la résidence.

– Ouvrez ! Ouvrez ! J'apporte le dîner de l'invitée.

– Qui êtes-vous ? s'enquit l'un des gardes en lui lançant un regard soupçonneux.

– Li, le nouveau marmiton de Chin.

– Où est ce bon vieux Genghis ?

– Il est malade. Enfin, à ce qu'il dit… Comme si je n'avais pas assez de boulot à préparer soixante-dix poulets pour cinquante convives !

– D'accord, d'accord. Entre !

Les portes s'ouvrirent et Conolly pénétra dans la résidence en continuant à grommeler.

La longue suite de pièces indiquées par Chin Wang était fermée par des haies soigneusement entretenues entourant une roseraie. Conolly passa devant deux autres gardes qui le saluèrent sans même le regarder. Sous la véranda, à l'extérieur, une Chinoise d'âge mûr, à l'air peu commode et au regard hostile, était assise, accoudée à la balustrade.

– Qui es-tu ? aboya-t-elle.

– Li, le nouveau marmiton.

– Où est Genghis ?

Conolly se lamenta encore et déchargea les plats en bougonnant. Il lui fit clairement comprendre qu'il n'avait pas de temps à perdre en discussion. Elle prit la nourriture, le sermonna d'un ton acerbe et lui ordonna d'attendre. Une quarantaine de minutes plus tard, elle revint dans un silence hautain, posa les récipients par terre et s'en retourna vers la chambre.

– Euh, attendez une minute…, demanda Conolly.

– Qu'y a-t-il encore ?

Elle s'arrêta à mi-chemin de la porte.

336

— C'est votre serviette ou celle du palais ?

Il agita un bout de tissu sous son nez. Au moment où les yeux de la Chinoise se baissaient pour l'examiner, il plaça une main derrière sa tête et de l'autre plaqua la serviette sur son visage. Elle se débattit comme une tigresse, mais sa résistance fut brève. Le chloroforme commença à faire effet, les yeux de la servante se révulsèrent, ses genoux cédèrent et enfin ses muscles se relâchèrent. Conolly laissa tomber la serviette et tira la femme dans un coin de la véranda dissimulé par la balustrade. Il lui attacha les pieds et les mains et lui enfonça un bâillon dans la bouche. Il reprit la serviette et courut dans la chambre.

Le plus difficile restait à faire.

Il ignorait comment la prisonnière réagirait à sa brusque irruption. Elle pouvait exiger des explications et lui faire perdre un temps précieux ou crier et résister physiquement, auquel cas il devrait encore utiliser le chloroforme. Si elle était déjà droguée à l'opium, il serait confronté à la perspective peu réjouissante d'avoir à tirer un poids mort à travers le jardin, par-dessus le mur et dans le verger. Sans se faire repérer, bien entendu, par une patrouille de gardes.

Au premier regard, la pièce semblait vide. C'est alors que, à la lueur d'une lampe unique, il vit se découper une silhouette devant la fenêtre grillagée faisant face à la porte.

— Pas le temps de m'expliquer, prévint-il rapidement en russe d'un ton qu'il espérait rassurant. Mais si vous voulez vous échapper, vous devez me suivre. Vite !

Elle l'observa de ses grands yeux effrayés, sans bouger.

— Écoutez, continua-t-il en se forçant à avoir l'air calme, je suis venu pour vous sauver.

Elle ne répondait toujours pas, mais ses yeux emplis de détresse l'observaient attentivement.

Conolly découvrit son visage.

— Ne vous inquiétez pas, je ne suis pas chinois. Je... je suis un ami du colonel. Il m'a envoyé pour vous escorter à Tachkent. Nous devons nous presser !

— Où sommes-nous ? finit-elle par lui répondre en russe.

— À Kashgar.

— Le jardinier m'a dit que le colonel m'y avait envoyée.

– Il a menti. Ces hommes sont les ennemis du colonel, de la Russie, du peuple arménien…

La culpabilité et la panique commençaient à poindre.

– Vous devez venir avec moi !

– Où est le colonel Borokoff ?

– À Tachkent.

– Il sait où je suis ?

– Oui. C'est lui qui a tout organisé pour votre retour.

– À Tachkent ?

– Oui. Oui, à Tachkent. Mais il n'y a pas de temps à perdre. Faites-moi confiance, je vous en supplie.

Elle réagit enfin et, sans un mot, se dirigea vers sa chambre. Elle réapparut, avec une petite valise.

– Nous devons être très silencieux, la prévint Conolly, soulagé. Faites ce que je vous dis…

– La bonne chinoise…

– Je m'en suis occupé.

Dans la véranda, il attrapa la femme inconsciente par les jambes et se mit à tirer sa formidable masse dans la pièce. Sans qu'il eut à le lui demander, sa protégée se saisit des bras et l'aida à porter la servante. Elle semblait relativement calme maintenant. Ils posèrent le corps sur le lit, la ligotèrent aux montants et mouchèrent la lampe.

Conolly se préparait à fuir lorsque, soudain, un des gardes apparut au détour d'un couloir, le pas traînant. Au dernier moment, Conolly poussa l'ancienne prisonnière derrière la balustrade et rajusta son cache-nez.

– Ça y est, elles ont mangé ?

Le garde se tenait sur la dernière marche, prêt à gravir l'escalier.

– Oui et, comme tu peux le voir, elles sont parties se coucher. J'allais reprendre les plats.

Les yeux du garde se mirent à briller.

– Genghis nous laisse toujours les restes.

Conolly hésita et jeta un coup d'œil nerveux par-dessus son épaule.

– D'accord, à condition que la vieille sorcière ne te voie pas. Allez tous manger dans la salle des gardes.

– Attends les plats.

— Les plats ?

L'espace d'une seconde, Conolly ne sut quoi répondre. Il n'avait pas prévu ce problème. Rapidement, il recouvra ses esprits.

— Euh, ne t'inquiète pas…, je viendrai les récupérer demain matin. Il y en a plein d'autres au palais.

Cinq minutes furent nécessaires à Conolly pour franchir la porte principale et rejoindre le verger, derrière la résidence, où Chin Wang l'attendait en frissonnant dans ses sous-vêtements malgré le grand manteau du médecin.

— Alors, c'est fait ?

— Oui.

— Le reste de l'argent.

Conolly lui tendit une seconde bourse, plus remplie que la première.

— Je peux y aller, maintenant ?

— Oui.

— Avez-vous demandé aux deux hommes de ne pas me frapper trop fort ?

— Oui.

— Où sont les plats vides ? Si je ne les rapporte pas, on pensera que je les ai volés, s'affola le cuisinier.

— Ne t'inquiète pas, ce sont les gardes qui les ont. Je leur ai dit qu'on viendrait les récupérer dans la matinée.

— Vous jurez que je ne serai pas mêlé à cette affaire ?

Le cuisinier était anxieux.

— Oui, tant que tu t'en tiendras à cette histoire, et souviens-toi : ne te presse pas pour rentrer au palais. Prends ton temps.

Le cuisinier jubilait. Il se tourna pour filer, son argent durement gagné dans les poches. Conolly en profita pour ramasser une branche et le frapper violemment derrière la tête. Avec un grognement, le cuisinier s'effondra dans les buissons. Conolly attendit quelques secondes en guettant le moindre bruit, mais personne ne se montra. Une nouvelle fois, il dut s'adapter aux imprévus.

Il sortit des buissons une charrette à bras, et des taillis deux balluchons de vêtements achetés sur le marché pour une famille imaginaire de patients démunis.

Il enfila un long manteau, un pantalon large et un turban. Il courut à travers le verger, escalada le portail et revint dans la chambre après s'être assuré que les gardes étaient tous réunis pour s'empiffrer. La jeune femme l'attendait, patiemment assise sous la véranda, à l'endroit exact où il l'avait laissée.

— Gentille fille, murmura-t-il, ravi.

Les gardes se gavaient toujours : revenir au verger ne présenta aucun problème. Cinq minutes plus tard, les fugitifs avaient sauté par-dessus le portail près de l'endroit où reposait le corps du cuisinier. La fille eut un mouvement de recul en découvrant la silhouette inconsciente.

— Il n'est pas mort, seulement hors d'état de nuire pour un bon moment, la rassura Conolly. C'est un peu compliqué à expliquer, mais il a été grassement payé pour ce désagrément mineur.

Conolly s'immobilisa pour observer les environs. Au nord, derrière la rivière, s'élevaient des collines couleur chamois surmontées de maisons en torchis blotties les unes contre les autres. Au-delà des champs et des vergers commençait le désert de Takla-Makan. Au loin, au sud-ouest, brillaient les neiges éternelles du Pamir, et à l'ouest, par temps clair, on distinguait les contreforts montagneux du Tian Shan.

— Vous avez assez chaud ? s'enquit-il en se retournant.

— Oui.

— Il reste d'autres lainages si vous avez froid. Maintenant, montez dans la charrette.

Elle ne discuta pas ses ordres. Elle grimpa sur la minuscule plate-forme et s'assit en remontant les genoux sous son menton. Elle resta immobile pendant que Conolly la couvrait d'une pile de vêtements. Il était tard. Une fine bruine s'était mise à tomber et une chape de brume grise les recouvrit. Conolly pensait qu'il était plus de minuit. Pourtant, lorsqu'il consulta sa montre, il constata, agréablement surpris, qu'il n'était pas encore neuf heures.

Avec un peu de chance, à l'heure où blanchit la campagne, il franchirait les limites du Takla-Makan et se dirigerait vers Yarkand.

Conolly s'obligea à ne pas se précipiter. Il tira la charrette vers la route qui sortait de Chini Baug en direction de Yarwakh Dur Waza, la porte nord de la ville. Des traînards flânaient et on salua la vision familière du lavandier et de son lourd chariot qui rentraient de la rivière tard dans la soirée.

Le cimetière où Conolly s'était caché toute la journée s'étendait des deux côtés de la route sur plus d'un mile et demi au-delà de la porte nord. Le médecin progressait prudemment entre les milliers de tombes, à la faible lueur des étoiles. Il dépassa la mosquée au dôme de tuiles vertes et s'approcha de sa cache secrète, un mausolée.

Les superstitions locales l'assuraient que personne ne viendrait s'aventurer dans le cimetière à la nuit tombée. Il retrouva son cheval qu'il avait attaché plus tôt dans la soirée. Il n'avait pas été découvert. Il enleva les vêtements de la charrette.

– Vous allez bien ? demanda-t-il, inquiet.

La femme leva les yeux vers lui et hocha la tête.

– Avez-vous une paire de bonnes bottes ?

– Dans ma valise.

– Bien. Enfilez-les. Et mettez ça. (Il lui tendit un gilet épais en laine et un pantalon fait de toile grossière.) Vous en aurez besoin une fois dans le désert.

Il ouvrit sa malle et en sortit une paire de ciseaux de chirurgien. Il la regarda d'un air hésitant. Il ne serait pas prudent de voyager… en femme.

Elle s'empara des ciseaux et, sans la moindre hésitation, tailla ses cheveux. Conolly la regardait en silence, émerveillé par son efficacité. Bien qu'il n'eût guère eu le temps de l'examiner, il avait deviné, au son de sa voix, qu'elle était jeune. Maintenant, à la lueur de la lanterne, il pouvait étudier son visage ; son extrême jeunesse le surprit. C'était une frêle jeune fille qui ne semblait pas avoir vingt ans.

Ses cheveux coupés à une longueur acceptable, elle enveloppa les mèches dans un foulard qu'elle lui tendit.

– Nous ferions mieux de les enterrer.

Il approuva et, quand il revint quelques minutes plus tard, elle s'était changée. Pantalon et manteau, une écharpe autour de la tête en guise de turban, elle s'était transformée en un adolescent parfaitement crédible.

– Très bien, sourit Conolly. Au fait, quel est votre nom ?

– Ivana Ivanova.

– C'est un nom russe ?

Il fronça les sourcils.

— C'est le nom que le colonel m'a donné.

Une foule de questions se pressaient sur les lèvres de Conolly, mais le moment ne s'y prêtait guère.

La route la plus courte entre Kashgar et Yarkand, deux cents miles, traversait la lisière occidentale du désert du Takla-Makan. Il était hors de question de s'aventurer dans l'antique cité où se trouvaient la plupart des caravansérails. Conolly s'était préalablement arrangé avec le chef d'une caravane – habitant de Yarkand et informateur occasionnel qui apportait des nouvelles de Tachkent – pour la rejoindre dans le désert avec un compagnon.

Conolly savait qu'on enquêterait dans les moindres détails sur la disparition de la femme. Et, subséquemment, sur la sienne. Le Taotaï n'était pas idiot ; mais sa crainte notoire des agents russes infiltrés et l'histoire que raconterait Chin Wang à sa décharge le pousseraient d'abord à enquêter à la frontière, puis dans les villages du nord où sa présence serait confirmée. Plusieurs jours passeraient avant que la supercherie ne soit découverte. La femme et lui seraient déjà loin de Yarkand et de la frontière chinoise.

Ils s'étaient assis pour partager un maigre repas et, assoiffés, boire un peu d'eau, lorsque Ivana lui demanda à brûle-pourpoint :

— Vous avez pris de grands risques pour me sauver ?

Ne sachant que répondre, Conolly se contenta de sourire.

— Pourquoi ?

— Parce que, euh, le colonel me l'a ordonné.

Elle prit le temps de réfléchir.

— Qui êtes-vous ?

— Disons pour l'instant que je suis un ami.

Elle hocha la tête et ne demanda plus rien, pas même son nom.

Une fois encore, il s'interrogea sur cette femme mystérieuse. Ou plutôt cette fille qui ignorait son vrai nom. Pourquoi avait-elle tant d'importance ? Comment diable une jeune fille innocente et pure pouvait-elle être mêlée au jeu sordide et brutal des intrigues diplomatiques ?

Il était impensable de dormir.

Emma chassa la torpeur qui l'avait envahie, se leva du bureau et alla se passer de l'eau sur le visage. Elle frotta ses yeux éteints, des yeux de somnambule, et se rassit. Elle ignorait comment, mais elle avait survécu au choc et recouvré ses esprits. C'était tout ce qui lui restait à présent, sa capacité à penser ; elle ne pouvait la mettre en péril. Elle se força à se plonger dans une réflexion logique et commença par démêler les bandes de papier éparpillées sur sa table de travail.

Elle reconnut une feuille quadrillée arrachée au carnet que son père utilisait fréquemment. Les bandes avaient été grossièrement découpées de la même taille en suivant les lignes. Certaines étaient couvertes de fines pattes de mouche recto verso. Elle les posa les unes à côté des autres et tenta de reconstituer le puzzle.

Bien qu'elle fût habituée aux griffonnages fantasques de son père, Emma les trouva particulièrement difficiles à déchiffrer. Les caractères étaient minuscules, la main peu assurée et les phrases s'entrechoquaient de façon incohérente, comme si elles avaient été écrites par des doigts gourds. Elle persévéra et, graduellement, un système rationnel émergea du chaos. Le document n'était pas long ; sept pages au plus. Elle plaça les bandes dans l'ordre et les numérota toutes en rouge, afin de s'y reporter ultérieurement.

Elle avait du mal à se maîtriser. Elle s'arrêtait de temps en temps pour appuyer sa tête sur le dossier de la chaise. Tôt ou tard, elle le savait, son cœur se révolterait. Pas maintenant ! Surtout pas maintenant. Sa tâche achevée, elle se leva, but à la carafe et s'aspergea de nouveau le visage. Elle souhaitait être le plus objective possible.

Elle se rassit alors et lut ce que son père avait écrit.

17 juin 1889 : Face nord du Biafo, après deux jours de marche difficile. Une escalade terrible, à glacer le sang. Un glacier de deux miles de large. Une traversée effrayante. Incroyable désolation. Un endroit sauvage, vierge et sans vie. Perçois cependant des mouvements, des bruits. Rochers qui s'écrasent, tonnerre lointain des avalanches, bouleversements primordiaux au sein même de la montagne, effroyables glissements de terrain qui scellent des crevasses en en ouvrant d'autres. La surface glacée est ridée, comme des vaguelettes sur une mer gelée.

Le blizzard se lève. Encore. Visibilité faible. Bingham et les autres doivent suivre ! Le froid me vide de l'intérieur, glace mon sang, mon souffle, toutes les cellules de mon corps. J'ai de la chance. Un trou dans la roche, une caverne sous une corniche m'offre un abri. C'est là que j'écris, accroupi. La lumière baisse rapidement. Le blizzard fait rage. Il durera toute la nuit. Assez de nourriture pour quatre jours. Pas de feu.

18 juin : La tempête faiblit. Aucun signe des autres. Visibilité toujours faible. Que ne donnerais-je pour un thé ! Surtout, ne pas se plaindre.

19 juin : Aucune trace de Bingham ! Sont-ils perdus ? Le suis-je ? Temps arctique, mais pâle soleil laiteux. J'ai un visiteur, un enfant. Il vient du Hunza, parle burishaski et regarde mes jumelles avec convoitise. Dois faire attention. Je ne veux pas les perdre. Il dit : « Ici, mauvais endroit. » Le répète souvent mais ne peut m'expliquer. Il est musulman ; fait-il référence à un monastère de ces mécréants de bouddhistes ? L'interroge, mais il ignore tout d'un monastère. Qu'est-ce que ce « mauvais endroit » ? Finalement, il me l'apprend. La Yasmina. Bien entendu, je ne le crois pas !

Je ne vois aucune passe, mais il insiste. Il veut me la montrer en échange des jumelles. Je sais qu'il essaie de me jouer un tour. Néanmoins, je regarde l'endroit qu'il m'indique. Il y a une fissure dans la roche, à peine visible à l'œil nu. Qu'est-ce que c'est ? Je l'ignore. Bizarre.

20 juin : Soleil. Pas chaud mais ciel bleu et clair. Temps plus clément. La neige est aveuglante, la montagne moins sinistre, moins désolée. Le garçon est parti. Avec mes jumelles ! Qu'y puis-je ? Aujourd'hui, je sais que Bingham me trouvera. Je ne peux réfréner ma curiosité. Je me suis péniblement hissé sur la face nord, glissante. Mille pieds, ai-je calculé. Voie étroite et contournée. De gros rochers. Un abri précaire. Quinze mille pieds au-dessus de la mer. Température, selon les instruments : – 45 °.

Au-dessus, la fissure. Étroite, pas plus de dix pieds. Ravin à l'ouest. Échos. Un peu de lumière. Une fine bande bleue se découpe au-dessus. Le temps s'assombrit, c'est l'obscurité. Je ne peux poursuivre, reviens sur mes pas. Presque midi.

21 juin : Je retourne sous la corniche, mon abri. Devrai grimper au-dessus, mais pas aujourd'hui. Plus de force. Épuisé. Demain, si je suis toujours en vie. Le ravin mène-t-il à la Yasmina ? L'ignore. Plus d'instruments, sauf un altimètre. Ma vie s'échappe, mes forces m'abandonnent. Une tentative absurde dans ce monde inhumain et je suis piégé, ma seule intelligence pour me guider. Je crains que cela ne soit pas suffisant. Je suis là où je n'aurais jamais dû être. Les dieux ne me le pardonneront pas.

22 juin : Gelé. Tête vide. Rien à manger. Plus de jambes. Dois atteindre le bout du glacier. En suis-je capable ? Dieu ait pitié de moi. Dieu bénisse ma famille. Leur dire que je n'ai...

L'écriture se dissolvait en un griffonnage illisible puis s'arrêtait brusquement. C'était la fin du journal, la fin du testament de Graham Wyncliffe.

La fin de sa vie.

Emma ressentait plus vivement encore la perte de son père. Elle s'efforça de lutter contre ses émotions. Elle ne pouvait pas encore se permettre le luxe de pleurer. Elle avait des questions à poser, des réponses à trouver, des dilemmes à trancher.

Le retour à Delhi de l'équipe de son père avait mis fin à plusieurs semaines d'une angoisse terrible. Deux mois plus tard, la tragique nouvelle était arrivée et avait anéanti leurs derniers espoirs. Des montagnards avaient retrouvé le corps de Graham Wyncliffe dans une crevasse du Biafo. Après l'avoir enterré, ils étaient allés prévenir le commissaire de Leh qui avait télégraphié à Delhi. Trop accablée pour poser des questions, Emma n'avait assimilé qu'une information : son père était mort. Les journaux s'étaient couverts d'hommages enflammés. Le lieutenant gouverneur avait lu l'éloge funèbre lors d'un service émouvant placé sous les auspices de la Société archéologique. Des flots de visiteurs compatissants avaient submergé *Khyber Kothi*.

Quelques semaines plus tard, la mystérieuse livraison était arrivée.

Deux moines bouddhistes avaient confié au gardien de *Khyber Kothi* un gros balluchon grossièrement ficelé, à l'attention de Graham Wyncliffe. Avant qu'on ait pû les questionner ou les remercier, ils avaient disparu. Tout effort pour les retrouver s'était révélé vain. Lorsque Emma avait examiné le sac de voyage enveloppé dans le balluchon, elle n'avait rien reconnu. Ni l'un ni l'autre n'appartenaient à son père. Elle avait alors entreposé le tout au plus profond d'une cantine métallique rangée dans une pièce qui jouxtait son bureau et l'avait oublié.

Jusqu'à maintenant.

Emma en vida le contenu sur la table et l'examina. Sa seconde inspection, plus attentive, ne fit que confirmer ses premières conclusions : les vêtements, les chaussures, les articles de toilette, le chapelet n'appartenaient pas à son père. Pas plus que les papiers froissés à l'intérieur d'une bourse en tissu : factures, inventaires, bons de commande, liste de noms et d'adresses à Aksu, Boukhara et Samarkand. Au dos d'une facture, une main étrangère avait griffonné le nom et l'adresse de Graham Wyncliffe. Elle étudia les autres patronymes. Seul le nom de Rasool Ahmed trouva un écho dans sa mémoire.

Elle savait, grâce aux articles de Charlton, que Rasool Ahmed était le pseudonyme utilisé par Jeremy Butterfield, l'agent britannique assassiné. Elle ne comprenait pas pourquoi et par qui son sac de voyage avait été envoyé à son père. Plus confondant encore, la Yasmina avait été découverte, le journal le prouvait, et le gouvernement continuait à le nier. De plus on attribuait la découverte à Butterfield et non à son père.

La tête d'Emma allait exploser. Tout lui paraissait si absurde ; notamment la possibilité que son père eût été en rapport avec Butterfield et ses activités de renseignement. Elle balaya cette hypothèse, qui lui parut extravagante.

Durant toute la nuit, elle se força à ne pas songer à Damien et à ne réfléchir qu'aux papiers. Elle ne pouvait ou ne voulait toujours pas affronter la réalité et luttait pour penser à des futilités.

Elle ne put, cependant, continuer à se bercer d'illusions plus longtemps. Le fardeau était trop lourd, sa résistance s'effondra.

Damien lui avait menti !

Les questions qu'elle s'efforçait de repousser derrière ses barrières mentales submergèrent alors son petit îlot de résistance. Oui, Damien lui avait menti, depuis le début. Rien ne lui avait laissé deviner la découverte de son père. En revanche Damien, lui, était au courant. Il était entré en possession de ces papiers. Comment ? Où ? Pourquoi ?

Emma cherchait des réponses à l'aveuglette. Elle se moquait de la Yasmina, de sa valeur stratégique ou politique. Mais elle tenait à Damien, et il l'avait déçue, manipulée, utilisée.

Elle s'effondra sur le bureau et se mit enfin à pleurer.

Mikhail Borokoff atteignit le sommet du col de Taldik d'où la vue sur le mont Kaufmann était saisissante. Au-dessus, dissimulé quelque part au cœur de l'infini effrayant de l'Himalaya, se trouvait son ultime destination : Srinagar.

Borokoff se retourna une dernière fois pour voir Tachkent, dissimulée par la lointaine mer de nuages, et la verte vallée du Ferghana où il avait passé de nombreuses permissions à vagabonder dans les champs de coton. Ses yeux se remplirent de larmes. Plus jamais il ne verrait Saint-Pétersbourg, plus jamais il ne foulerait le sol de la mère patrie. Il chassa larmes et souvenirs avec colère. Il était trop loin maintenant pour revenir sur ses pas. Il devait aller de l'avant. La Yasmina lui appartenait à lui, pas à Smirnoff.

Il commença la descente vers la rivière.

Borokoff acheta pour vingt roubles un mouton à des bergers kirghizes. Il attendit qu'on le dépeçât et le vidât, et se remit en route, la carcasse posée en travers de la selle. Le mouton durerait jusqu'à ce qu'il pût acheter d'autres provisions et un cheval au village qu'il avait repéré sur sa carte.

Il se dirigea vers l'endroit isolé au bord de la rivière et caché au creux des rochers où il avait prévu de faire halte. Il enleva son uniforme, l'accrocha à une branche squelettique, suspendit une musette à l'encolure de son étalon, jeta une chaude couverture sur la selle et attacha l'animal à un arbuste.

Il respira profondément avant d'enfiler une chemise épaisse, un pantalon volumineux et une veste matelassée. Il noua une écharpe autour de sa tête. Borokoff n'était pas homme vaniteux. Pourtant, s'il regrettait une chose, c'était bien son visage. Indubitablement slave, aplati, les pommettes saillantes, le nez épaté, il n'était pas facile à travestir. Borokoff admirait les agents qui pouvaient endosser une autre identité, qui parlaient couramment des dialectes indigènes et se faisaient passer pour des marchands autochtones. Des hommes comme Jeremy Butterfield. Ses propres prouesses dans le domaine de la communication se limitaient à quelques notions rudimentaires des dialectes locaux. De toute façon, pas plus que son visage, il ne pouvait dissimuler son fort accent.

On sonnerait l'alerte dans la matinée, estima Borokoff. Un ou deux jours plus tard, on retrouverait son cheval, ses vêtements et ses quelques affaires éparpillés sur la rive. Les recherches de son corps dans les flots furieux du Kyzilsou seraient bientôt abandonnées. On enverrait une missive furieuse à Tachkent. Smirnoff jouerait la consternation, le chagrin, mais se réjouirait secrètement de ne pas avoir à partager la gloire avec un subalterne. En son honneur, un service funèbre des plus émouvants serait organisé. Smirnoff prononcerait quelques platitudes et lâcherait une larme ou deux pour l'édification de l'assistance. Alors, ses maigres biens seraient réunis et expédiés à Kharkov chez sa tante, cette vieille bonne femme, sa seule famille, qui les vendrait pour une poignée de roubles. Voilà, point final.

Il ne put dire exactement quand il eut la sensation d'être suivi. Il ne voyait personne mais son ouïe aiguisée captait les signes infimes d'une présence étrangère – bruit de cailloux entrechoqués, croassement d'un corbeau qui s'envolait à tire-d'aile, effrayé, ou silence inhabituel. Il poursuivit sa route sans s'arrêter. Mais, à la nuit tombée, il était persuadé que quelqu'un marchait sur ses traces. Brigands et voleurs abondaient dans les montagnes. Fermement résolu à ne pas se faire dérober les maigres économies qu'il avait amassées rouble après rouble pendant de si longues années, il vérifia que sa ceinture porte-monnaie était bien attachée.

Il pénétra dans la caverne repérée lors de sa reconnaissance et alluma une lanterne pour s'assurer qu'aucun prédateur n'était tapi dans les obscurs boyaux. Profonde et tiède, la caverne avait une autre sortie au-dessus d'une corniche. En sifflotant gaiement, il ramassa du petit bois, alluma un feu et mit le mouton à rôtir sur une broche improvisée. Son altimètre indiquait une altitude d'environ cinq mille cinq cents mètres et sa tête commençait à l'élancer. Il s'imposa néanmoins de rester aux aguets, son revolver à portée de la main, le regard fixé sur l'entrée de la caverne. Lorsque le mouton fut partiellement rôti, il en préleva un beau morceau qu'il mastiqua plus par devoir que par véritable plaisir.

Quand ce fut fait, il étala son sac de couchage et couvrit le feu. Il moucha sa lanterne et, aussi vite que possible, se hissa par l'issue arrière de son abri.

Une heure s'écoula avant qu'il n'entendît une pierre déplacée rouler en bas du sentier. Quelqu'un montait vers lui ! Un animal ? Il serra plus fort la crosse de son revolver. Alors, dans le silence angoissant, il perçut le bruit étouffé d'un pas prudent. La lune, qui n'était pas encore pleine, projetait une lumière diffuse. Sous la corniche, en bas, il vit une ombre se détacher dans l'obscurité et entrevit un bref éclat métallique. La dague d'un montagnard ? Comment savoir si l'homme était seul ?

L'ombre se déplaçait toujours et Borokoff entendit le froissement d'une étoffe. Il scruta l'obscurité et attendit. L'intrus, maintenant visible et apparemment seul, se glissait à pas de loup vers l'entrée. Lorsqu'il fut juste en dessous de lui, Borokoff se jeta sur son dos. Sous son poids, l'étranger s'effondra en silence. Il resta immobile. S'assurant qu'il ne feignait pas l'inconscience, Borokoff le soulagea de sa dague et tira le corps flasque dans la caverne. Il lui ligota fermement les pieds et les mains. Puis il raviva le feu et fit chauffer une gamelle d'eau. Il se rassit. Au moment où l'homme se mit à remuer, Borokoff sirotait un quart de thé tiède. Il se leva et aspergea d'eau glacée le visage de l'intrus qui se réveilla et reprit aussitôt connaissance.

– Qui es-tu ? Pourquoi me suis-tu ? l'interrogea Borokoff d'un ton autoritaire.

Il avait parlé en kirghiz. Le jeune homme grommela mais ne répondit pas. Borokoff répéta la question.

– Je ne vous suivais pas, finit-il par répondre dans la même langue, l'air renfrogné. J'habite à côté. Je rentrais au village.

— Menteur !

Borokoff pointa son revolver.

— Alors pourquoi es-tu monté dans la caverne ?

— Par curiosité. Je ne pensais pas à mal.

— Es-tu kirghiz ?

— Oui. Nous faisons paître les moutons près de la rivière.

L'individu ayant été mis hors d'état de nuire, Borokoff ne savait plus qu'en faire. Désarmé et ligoté, il était inoffensif. Avec un peu de chance, Borokoff pourrait tourner l'intrusion à son avantage.

— Je vais te détacher les mains, commença-t-il sur le même ton sec afin de conserver son autorité. Mais un seul mouvement et tu es un homme mort. Compris ?

Le berger hocha la tête.

— Tu connais bien ces montagnes ?

— Comme ma poche.

— Parfait.

Borokoff ressentit une sorte de vertige en bondissant sur ses pieds. L'air raréfié le rendait nauséeux et l'effort physique lui avait coupé le souffle. Il s'adossa à la paroi de la caverne, ferma les yeux et aspira à grandes goulées pour le retrouver.

Il se dégourdit les jambes et emplit deux quarts d'un pâle liquide jaune. Il en offrit un au prisonnier. Éprouvant toujours des difficultés à respirer, il sentait ses paupières s'alourdir. Sa tête, privée d'oxygène, lui tournait. Il dut s'assoupir car, lorsqu'il rouvrit ses yeux, il avait retrouvé son souffle et éprouvait une amélioration notable. Le Kirghiz, lui, avait disparu.

En lançant une malédiction muette, Borokoff se leva et se précipita sans bruit vers l'entrée de la caverne. À l'extérieur, accroupi derrière un rocher, ce démon de Kirghiz fouillait dans son sac en cuir.

Fou de rage, Borokoff lui sauta dessus et lui assena un grand coup de poing.

— *My God !*

L'exclamation avait fusé en anglais. Borokoff recula en titubant. Il prit sa lanterne et l'approcha du visage de son adversaire.

— Mon Dieu ! Un Anglais !

L'homme, toujours sonné par le coup, ne répondit pas.

Borokoff le saisit par le col et le tira de nouveau dans la caverne. Il le projeta violemment contre la paroi. Quelle chance incroyable !

— Maintenant, dites-moi la vérité, aboya-t-il. Qui diable êtes-vous ?

Il s'exprimait toujours en kirghiz. Pourtant, nouvelle surprise, l'homme lui répondit dans un russe hésitant.

— Je suis un soldat.

Borokoff l'avait déjà compris. Peu de civils s'aventuraient dans les montagnes sans autorisation. Et aucun seul.

— Pourquoi me suivez-vous ?

— J'obéis aux ordres.

— De qui ?

— De mon officier supérieur.

— Dans quel but ?

— Vous participez à la construction de la nouvelle route, entre Och et Gulcha. Je dois vous surveiller.

Le militaire répondit si promptement qu'une idée subite et effrayante traversa l'esprit de Borokoff.

— Vous révélez vos activités clandestines à un officier russe ? demanda-t-il en affectant la sévérité.

— Non, grimaça l'Anglais. J'ai vu ce que vous faisiez près de la rivière. Vous ne désirez pas que vos compatriotes sachent que vous êtes vivant, n'est-ce pas ?

Ses pires craintes se réalisaient. Borokoff serra davantage la crosse de son revolver.

— J'ai bien envie de te tuer maintenant, toi le fils trop curieux d'une pute angliski.

— C'est une très mauvaise idée, répliqua le soldat. Vous êtes en dehors du territoire russe. Ici, notre influence prévaut. Avoir une escorte anglaise serait pour vous un sauf-conduit.

— Pour que vous puissiez me livrer au poste avancé le plus proche ?

— Savez-vous seulement où se trouve le premier poste anglais ?

Son ton était lourd de sarcasmes.

— Écoutez, poursuivit Borokoff, le cœur battant à tout rompre, aussi longtemps que vous m'obéissez, vous n'avez rien à craindre de moi. Je ne vous veux pas de mal. Après tout, nous ne sommes que rivaux, pas ennemis. Pourquoi devrions-nous nous comporter comme deux chiens qui se disputent le même os ?

— Et alors ? questionna l'Anglais, perplexe.

Il n'avait pas la moindre idée de ce qui allait se produire ensuite.

— Savez-vous comment aller à Srinagar ?

— Srinagar ?

Il eut l'air surpris.

— Pourquoi un officier russe voudrait-il se rendre à Srinagar ?

— Pour une excellente raison : moi, moi et moi ! Je n'ai plus rien à voir avec l'armée russe. Pour eux, je suis mort.

L'Anglais avait l'air méfiant. Il se mit à réfléchir. Les hautes altitudes affectent le cerveau des personnes peu habituées à la montagne et le Russkof ne semblait pas très frais. Pouvait-il avoir perdu l'esprit ?

— Vous avez à faire à Srinagar ?

— Oui. À titre personnel. J'y vais en tant que civil.

L'Anglais n'avait jamais rencontré de soldat russe et ne savait comment faire tourner la situation à son avantage. Son esprit avait été formé à ne percevoir que le noir et blanc et il ne savait que faire de la couleur intermédiaire, le gris. Il décida de l'amadouer.

— Très bien, affirma-t-il. Mais s'il s'agit d'un stratagème pour pénétrer au Cachemire et y semer le désordre…

— Ce n'est pas une ruse, je le jure.

Borokoff sourit de son sourire le plus triomphal et tendit la main.

— Mikhail Borokoff, anciennement colonel dans la garde impériale russe. Mais vous le savez sans doute déjà.

Le soldat sursauta. Non, il ne connaissait pas le nom de l'officier qu'il surveillait depuis des jours. Il avait, certes, entendu parler de Mikhail Borokoff, le portefaix du général Smirnoff qui avait suscité les troubles du Hunza. Consterné par l'identité de l'homme, il se sentait encore plus perdu. Après une brève hésitation, il lui serra la main.

— Lieutenant David Wyncliffe, des dragons de la reine.

Wyncliffe !

— Wyncliffe ? répéta Borokoff abasourdi. Le fils de Graham Wyncliffe ?

David opina.

Borokoff se sentit pousser des ailes. Sa bonne fortune ne connaîtrait donc jamais de fin.

— C'est votre père qui a découvert la Yasmina !

— Mon père ?

Ce fut au tour de David d'afficher sa stupéfaction.

— Pour l'amour du ciel, comment le savez-vous ?

— Par hasard, mon ami.

Borokoff s'esclaffa, au comble de l'allégresse.

— Un pur hasard. Je croyais ma bonne étoile évanouie, mais… Ses jumelles. Je les ai vues, de mes yeux vues, au Hunza après l'exécution.

— Quelles jumelles ?

Persuadé que l'altitude jouait un mauvais tour au cerveau du Russe, David se sentait de nouveau nerveux.

— Celles de votre père, répondit Borokoff en contenant son excitation. Ses initiales étaient gravées sur la paire de jumelles que le garçon avait volées près de la Yasmina. Le garçon qui a été exécuté. Safdar Ali me les a montrées. Jeremy Butterfield n'a pas découvert la Yasmina. C'est votre père.

David se rassit pesamment. Il était sidéré par ces révélations. Il ne savait plus que croire.

— Connaissiez-vous mon père ?

— Non.

— Comment avez-vous deviné alors que les initiales étaient les siennes ?

— Ce n'est pas moi, mais un informateur en Inde.

— Qui ?

— Même dans le jeu dangereux auquel nous jouons, répondit Borokoff en secouant la tête, il y a des règles à respecter. Je ne peux évidemment vous révéler ma source.

Il regrettait maintenant d'avoir maudit Anderson et supprimé les fonds de son expédition. Sans Anderson, jamais il n'aurait entendu parler de Graham Wyncliffe, ni de sa fille. Une autre idée lui traversa l'esprit, mais soudain, ses tripes et son estomac se nouèrent.

— Colonel Borokoff ? s'inquiéta David, brusquement tiré de son hébétude. Êtes-vous malade ?

Les yeux fermés, Borokoff s'assit prudemment, glissa sa tête entre ses genoux et inspira profondément. Le spasme passa et il se remit à respirer normalement.

— Non.

Il se redressa avec précaution.

— Au contraire, je ne me suis jamais senti mieux de ma vie. À la réflexion, je ne crois pas qu'il soit nécessaire pour vous de m'accompagner à Srinagar.

— Ah ?

— Vous m'emmènerez plutôt à la Yasmina.

David hoqueta de surprise, convaincu cette fois que le Russe était fou.

— Comment diable le pourrais-je ? cria-t-il. Je n'ai pas la moindre idée de l'endroit où elle se trouve. Et puis, pourquoi le ferais-je ?

Borokoff semblait ne pas l'entendre. Il s'était ressaisi et, froidement, se dirigea vers David. Il le dévisagea.

— Selon la rubrique nécrologique du *Times*, le corps de votre père a été retrouvé sur le Biafo. Bingham, le géologue, a témoigné qu'ils étaient à deux jours de marche d'Achkole lorsque Graham Wyncliffe s'est séparé du reste de l'équipe. En supposant qu'il ait marché encore une demi-journée, vu la difficulté du glacier, nous pouvons déterminer la position de la Yasmina dans un rayon raisonnable.

— Difficulté ? Rayon raisonnable ? (David se mit à rire.) Colonel Borokoff, je crois comprendre que vous n'êtes pas un montagnard. Vous semblez ignorer dans quelle région vous vous aventurez. Même si je savais comment y aller, ce qui n'est pas le cas, ce serait un véritable suicide !

— Néanmoins, c'est là que nous allons, répondit calmement Borokoff. Même deux fois moins habile que votre père, vous me convenez parfaitement comme guide. Notamment, parce que je vous ai sous la main. Demain matin, nous nous rendrons au campement kirghiz le plus proche pour rassembler des porteurs, des mules, de la nourriture et de l'équipement. Nous ne mentionnerons évidemment pas la Yasmina.

Il eut un petit sourire.

— Sachant que c'est votre père qui a découvert la Yasmina, l'ironie de la situation, de notre aventure, ne vous frappe-t-elle pas ? N'est-ce pas réellement… romantique ?

Diable, non ! En revanche, David était abasourdi, pour ne pas dire effrayé, par l'implacable certitude qui animait le Russe.

— Je suis peut-être le fils de Graham Wyncliffe et un bon alpiniste, lança David, en une ultime tentative pour faire entendre raison à ce déséquilibré, mais je suis aussi soldat dans les forces armées de Sa Majesté. Comploter avec un officier russe et pénétrer dans un territoire interdit est un acte de trahison.

— Au contraire, il s'agit là de patriotisme. On vous remettra une médaille.

À la stupéfaction de David, le rictus de Borokoff s'élargit.

— Nous éviterons les villages et nous limiterons aux voies peu fréquentées. Nous voyagerons déguisés comme nous le sommes actuellement, en nomades kirghiz. Bien évidemment, au moment voulu, vous vous chargerez de parler aux autochtones.

— Non !

David bondit sur ses pieds et ses mâchoires tremblantes se crispèrent.

— Désolé, mais il est simplement hors de question que je risque ma vie, la vôtre et ma carrière en participant à cette escapade… grotesque.

— Non, lieutenant Wyncliffe, répondit mielleusement Borokoff. Je vous le répète, mes motivations sont personnelles, pas politiques. J'aimerais aussi vous faire comprendre que votre participation n'est pas une faveur que vous m'accordez mais un devoir de soldat que vous accomplissez en échange de…

— De quoi ?

— Des plans d'Alexei Smirnoff pour s'emparer de la Yasmina.

Les sinistres journées qui s'étaient succédé depuis la découverte des documents de son père avaient au moins permis à Emma de mettre ses idées en ordre. Aveuglée par la vanité, elle était parvenue à expliquer l'inexplicable. Damien l'avait un jour accusée de se sous-estimer. En lui attribuant des motivations qui flattaient son amour-propre, elle comprenait à présent qu'elle s'était surestimée.

Jamais plus elle n'oserait affronter Charlton, cependant il avait eu raison. Elle manquait cruellement d'un ami.

Damien était au courant de la découverte de son père avant de l'épouser, avant d'arriver à Delhi. Damien l'avait abusée. Depuis le début, il l'utilisait.

Accablée par la cruauté de ce complot, Emma se refusait à admettre l'évidence. Prisonnières de son obstination, s'y heurtaient, pareilles à des papillons de nuit contre une moustiquaire.

Elle se mit à revivre chaque moment, chaque souvenir, que sa raison lui ordonnait d'oublier comme si la blessure infligée laissait impitoyablement s'écouler l'essence même de son être. Des fragments de sa vie envahirent son esprit comme les images renvoyées par un miroir brisé. Elle se souvint des rares instants qu'ils avaient partagés. À ces promesses d'intimité. Elle avait commencé à croire qu'ils pourraient s'entendre. Silences éloquents et brefs regards échangés. L'espoir vacillant qu'elle s'était encouragée à entretenir. Leur nuit de noces.

En vain. Sa vie continuait à se déliter.

Lorsque Damien regagna *Shalimar*, la vision qu'Emma avait de son univers s'était transformée. Elle se cloîtra. Un manteau de glace hivernal recouvrit la fontaine vive de ses sentiments.

Il revint tard dans la nuit. Derrière ses portes fermées à clé, Emma l'entendait se déplacer dans l'appartement. Une heure après, elle perçut le bruit qu'elle espérait, un craquement du plancher au rez-de-chaussée. Il descendait chez son père ! Elle lui donna une demi-heure d'avance et le suivit.

Le temps de la confrontation était arrivé.

Elle entra bravement dans le couloir ouvert et franchit la porte qui menait au domaine d'Edward Granville. Son calme intérieur la rassurait. Elle pénétra dans le bureau. Damien était penché sur la table de travail. Les deux charnières et les tiroirs étaient ouverts. Une lampe à la flamme haute l'éclairait. Des piles de dossiers étaient éparpillées par terre.

Elle s'adossa au mur, baignée par l'obscurité tandis qu'il fouillait à tâtons dans le tiroir du bas. Ses mouvements étaient précipités, anxieux. Elle l'entendit murmurer un juron quand il renversa le tiroir. Quelque chose avait disparu, cela le rendait furieux. Elle attendit la fin de sa vaine exploration pour prendre la parole.

— Voilà peut-être ce que vous cherchez ?

Il pivota et, dans le silence lourd, elle entendit un soupir de soulagement. Elle s'avança rapidement et déposa un moulin à prières bouddhiste en cuivre, magnifiquement ouvragé. Elle en retira le couvercle et en répandit le contenu, stupéfaite que ses jambes l'eussent soutenue et que ses doigts n'eussent point tremblé, médusée par le calme de sa voix.

Il regarda les bandes de papiers entremêlées, mais n'y toucha pas.

— Je les ai trouvés, Damien. Les documents sur la Yasmina.

Il resta immobile et silencieux, perplexe.

— Ces papiers appartenaient à mon père. J'ai un droit légitime sur eux. (Elle tira une chaise et s'assit.) Au début, la signification de cette boule constituée de bandes entrelacées m'a échappé. Mais j'ai fini par reconnaître l'objet qui leur avait donné cette forme.

Il s'abstint du moindre commentaire.

— Vous êtes un homme très déterminé, Damien. Vous êtes venu à Delhi dans le seul but d'obtenir les notes de mon père. Votre obstination est digne d'éloges.

Ses yeux ne quittaient pas le visage de Damien.

— Les documents étaient dissimulés dans ce moulin à prières, celui de Jeremy Butterfield. Il était dans le sac de voyage déposé par...

Elle s'arrêta et le gratifia d'un petit sourire.

— Mais, vous le savez déjà, n'est-ce pas ?

Il était toujours silencieux.

— Vous avez facilement trouvé les notes dans mon bureau, car vous saviez exactement où elles étaient. Vous aviez tout votre temps pour rechercher le sac de voyage. Une fois trouvé, vous avez extrait les papiers du moulin à prières que vous avez laissé au même endroit. C'est cela ?

— C'est à vous de me le dire. Après tout, vous semblez connaître les réponses.

— C'est faux, Damien, pas toutes. Mais presque. Pour en revenir à votre petite machination de Delhi, vous avez orchestré la comédie du cercle de jeu, car le chantage était votre seul moyen pour m'atteindre et, à travers moi, les documents. Vous aviez raison, Damien.

Elle ricana, mais son rire lui laissa un goût amer. Il voulut répondre, mais d'un geste elle le coupa.

— Vos arguments oiseux ne m'intéressent pas, Damien. S'il vous plaît, arrêtons les mensonges. N'insultez pas mon intelligence plus que vous ne l'avez déjà fait. Vous n'ignoriez pas que nous étions financièrement dans la gêne. Tout le monde était au courant. Vous saviez aussi que jamais je n'accepterais votre demande en mariage sans y être forcée. Néanmoins, vous aviez la certitude d'obtenir ce que vous vouliez. Et pourquoi pas ? Après tout, qui aurait pu résister à un tel appât ?

« Vous avez payé Highsmith pour truquer le jeu et abrutir mon frère d'alcool et de drogues dans le but de lui faire perdre *Khyber Kothi*. Vous étiez si convaincu de votre succès que vous aviez planifié l'arrivée à Delhi de Sharifa et Rehmat avant de quitter *Shalimar*. Voilà pourquoi elles ont été à mon service aussi vite. Vous aviez aussi préparé mon bureau en réunissant tous mes papiers pour faciliter vos recherches. Vous avez même parlé de moi à Nazneen avant de partir.

— Et alors ?

Un muscle de la joue de Damien se contracta nerveusement.

— Comme tout le monde, j'avais entendu parler d'Emma Wyncliffe, la si piquante Emma Wyncliffe. Contrairement aux autres, en revanche, je n'attendais qu'une chose : être piqué…

Il prit la pipe coincée dans sa ceinture, gratta une allumette et l'approcha du fourneau.

— Votre version est très plausible, je dois l'admettre. Il y a plus, naturellement ?

— Oui. J'ignore comment le journal de mon père s'est retrouvé dans le moulin à prières de Jeremy Butterfield. Mais je sais que les moulins à prières sont utilisés par les agents de renseignements pour y cacher leurs documents secrets.

— Tiens donc ? Les cours de Charlton vous auront au moins servi…

— Personne ne savait où ces papiers étaient dissimulés, reprit-elle, négligeant la diversion. Comment vous y êtes-vous pris ?

— Vous voulez dire que, en dépit de vos exceptionnels pouvoirs de déduction, vous ne l'avez pas encore découvert ?

— Sans doute parce que vous me surestimez. Pour qui avez-vous volé ces documents, Damien ? Pour les Russes ?

— Si c'est ce que vous croyez…

Il se détourna et se mit à ranger les dossiers éparpillés.

— Que voulez-vous que je pense ? Que tout est faux ?

— Pourquoi diable vous inciterais-je à croire quelque chose ? C'est à vous de juger.

— Répondez honnêtement à une question. Une seule. Pouvez-vous me regarder dans les yeux et jurer qu'il n'y a rien de vrai dans ce que j'avance ?

Il s'arrêta, se tourna de nouveau vers elle et sans ciller planta son regard dans le sien.

— Non.

Elle ressentit soudain un immense chagrin qui lui fit venir les larmes au bord des yeux. Elle sut à quel point elle était vulnérable, mais lutta pour conserver son calme et chasser cette faiblesse passagère.

— Vous avez vendu votre âme pour obtenir ces papiers, Damien, reprit-elle doucement. Et, par-dessus le marché, la mienne ! S'ils sont assez importants pour que vous ayez détruit ma vie, j'ai le droit de savoir pourquoi.

Elle attendit sa réponse dans l'espoir insensé d'une réfutation, d'un quelconque signe d'indignation. Elle espéra même qu'il fût blessé. Mais rien. L'indifférence seulement.

— Vous avez déjà découvert la raison. Franchement, même si je le voulais, je ne pourrais pas vous en dire plus.

Il lui tourna le dos, et remit les tiroirs à leur place.

— Vous avez volé et caché le testament que mon père a rédigé à l'agonie, hurla-t-elle.

Elle contemplait son dos et sa haine devenait palpable.

— Le journal de sa dernière semaine de vie. Si je ne l'avais pas trouvé par hasard, je ne l'aurais jamais vu, je n'en aurais même jamais entendu parler.

— Oui.

Il pivota sur ses talons et, pour la première fois, son visage montrait de l'émotion.

— Vous devez me croire quand je vous dis que je regrette profondément cet aspect de l'affaire. Ces documents devaient vous revenir.

— Après en avoir livré des copies aux Russes ?

— Puisque vous ne saviez pas qu'ils existaient, continua-t-il en éludant sa question, j'ai présumé, avec un peu trop de légèreté, qu'ils ne vous manqueraient pas.

— Vous avez tout fait pour que je ne connaisse jamais leur existence. Sinon pourquoi Suraj Singh m'aurait-il menti à propos de ces appartements ?

— Oui, il vous a menti sur mon ordre, mais je constate maintenant que j'ai sous-estimé à la fois votre curiosité et votre habileté à manier un tournevis.

— Je cherchais…

Elle s'interrompit. Avec quelle subtilité tentait-il de la rendre coupable et de détourner l'objet de la dispute ! Ce qu'elle avait cherché était immatériel, ce qu'elle avait trouvé ne l'était pas. Sa fureur explosa.

— J'ai un droit moral sur les derniers mots de mon père. Comment osez-vous me voler mon héritage ?

— Parce qu'il le fallait, répondit-il sur un ton égal. Je ne peux rien ajouter pour ma défense, Emma. Que vous l'acceptiez ou non. Cependant, je vous dois des excuses. J'étais…

— Des excuses ? C'est tout ce que vous me devez ?

Elle était furieuse.

— Après avoir passé un marché inhumain avec des débiteurs dans le besoin, vous avez l'impudence de vouloir régler vos dettes aussi facilement ?

— Le jeu en vaut la chandelle…

— Pour vous peut-être. Mais pour mon père ? Pourquoi cacher qu'il a découvert la Yasmina ? Pourquoi Geoffrey Charlton ne citerait-il pas le nom de Graham Wyncliffe ?…

Elle ne le vit pas se déplacer. Soudain, il lui serra le bras comme un étau, lui faisant ravaler ses mots.

— Avez-vous l'intention de donner les documents à Charlton ?

— Voilà qui vous effraie, n'est-ce pas ? Vous savez qu'une fois qu'il vous aura dénoncé, vous serez arrêté, traduit en justice et considéré comme un traître avant d'être envoyé en prison. Et vous perdrez *Shalimar*.

— Je pars à Gulmarg demain, annonça-t-il brusquement. À mon retour, vous aurez vos explications.

— À votre retour, je ne serai plus là.

Elle rangea les papiers dans le moulin à prières et sortit de la pièce. Il ne chercha pas à l'arrêter.

17

Accroupi sous l'abri précaire offert par une corniche surplombant le glacier, David dépeçait deux lapins. Rassembler une équipe avait exigé des deux militaires des mensonges éhontés, des pots-de-vin importants, bref un marchandage odieux au cours duquel le nom de la Yasmina n'avait pas été murmuré.

Ils pénétraient dans une région encore inexplorée. Il n'existait aucune carte de ces sentiers dangereux et hasardeux. Une patrouille pouvait les surprendre à tout instant. Les chemins peu fréquentés et peu connus que Borokoff voulait emprunter étaient autant de pièges mortels.

Dans les montées et les descentes, ils enduraient de brusques changements de température éprouvants, auxquels il était impossible d'adapter leurs vêtements.

Borokoff fut le premier à être victime de ces fluctuations. Fiévreux et vomissant, la tête prête à exploser, il reposait sous sa tente à demi inconscient. Les porteurs l'avaient suivi. Les réserves de pétrole étant quasiment épuisées, ils en étaient réduits à manger une viande infecte à peine cuite, tandis que le froid engourdissait leur esprit.

David entendit un cri rauque qui venait de la tente de Borokoff. Il bondit sur ses pieds et se précipita auprès du malade en se frayant un chemin dans l'épais manteau de neige fraîche. Recroquevillé dans un coin, brûlant de fièvre, le Russe frissonnait convulsivement sous une montagne de couvertures. Sa respiration se faisait plus difficile. Ses poumons atrophiés sifflaient et ses lèvres étaient bleues. Faiblement, il demanda à boire.

David, en lui tendant un quart d'eau glaciale, remarqua les gouttes de sueur qui perlaient sur son front. Les yeux rouges et enflammés du Russe n'étaient plus capables de se fixer.

— Combien de kilomètres ?

Borokoff posait cette question cent fois par jour et David lui faisait toujours la même réponse résignée.

— Beaucoup.

— Nous y arriverons. Nous le devons. Il me faut une bonne nuit de sommeil pour que nous puissions continuer demain matin.

— Je connais ces montagnes, pas vous, colonel Borokoff.

David fit une nouvelle tentative pour le persuader de mettre un terme à l'expédition.

— De nombreux porteurs nous ont abandonnés. Il ne nous reste que trois mules et pratiquement plus de pétrole ni de nourriture. Nous ne pouvons pas continuer.

Dans un sursaut de volonté, Borokoff se redressa, l'attrapa par le col et tenta de l'étrangler.

— Tu ne comprends pas, l'Anglais, aboya-t-il, nous pouvons y aller, nous le devons !

Il retomba en arrière, haletant.

« Son état ne fait qu'empirer », constata David. Avant de gravir les plus hauts et les plus traîtres glaciers du monde, il faudrait d'abord escalader le versant qui menait au col suivant. Or, Borokoff en était bien incapable. Par ailleurs, il n'avait plus toute sa tête, la démence le menaçait. La gorge serrée par la peur, David resta silencieux.

Il donna un comprimé au malade et le regarda sombrer dans un sommeil agité. De temps à autre, Borokoff, en proie à d'affreux cauchemars, murmurait des paroles incompréhensibles. David l'écoutait, au cas où il prononcerait le nom de Smirnoff. Mais il ne put déchiffrer qu'un seul mot, répété à plusieurs reprises : *zolata*, l'or en russe.

Désemparé, David s'assit et regarda Borokoff en silence. Il était impensable d'abandonner le Russe à son destin dans cet enfer glacé. Les informations qu'il disait détenir pouvaient être la lubie d'un fou. Mais, si elles étaient vraies ? Il devait amener le Russe à lui révéler ce qu'il savait. Pour le moment, cependant, il était piégé.

Il ne parviendrait jamais à atteindre la Yasmina, le rêve de Borokoff.

Pourtant, David ne pouvait s'empêcher d'éprouver de la compassion à l'égard de cet homme hanté par une vision qui brûlait d'un feu inextinguible. Malgré tout, le courage du Russe et sa force inébranlable suscitaient son admiration. Quels que fussent les démons qui l'habitaient, ils lui donnaient la volonté farouche de persévérer, de repousser les limites de son corps affaibli.

Borokoff appela de nouveau, mais cette fois, il était réveillé. Bizarrement, il semblait en meilleure forme. Ses yeux perçants parvenaient à se fixer et sa voix s'était raffermie. Il s'efforça péniblement de s'asseoir et réclama à manger. David lui versa un thé à moitié gelé dans un quart en métal. Borokoff but en grimaçant et avala quelques bouchées d'un gruau roboratif avant de repousser sa gamelle. Il s'allongea et ferma les yeux. Il respirait normalement.

— Vous avez raison, admit-il, les paupières toujours baissées. Je suis trop faible pour continuer.

David hoqueta de surprise. Un petit nuage glacé s'échappa de ses lèvres.

— Demain, nous reviendrons sur nos pas. Ce soir, je voudrais dormir afin de reprendre des forces pour le voyage de retour.

— Sage décision, mon colonel. Je m'assurerai que votre sommeil ne soit pas troublé.

Borokoff ouvrit des yeux rêveurs et distants.

— Les dieux ont parlé, affirma-t-il tristement. Je n'aurai pas l'or.

— De l'or ? Où ?

— Dans la Yasmina.

David se retint de rire. Le Russe délirait encore. Pourtant ses yeux s'emplissaient de larmes.

— Il n'y a pas d'or dans la Yasmina, répondit doucement David.

Borokoff semblait ne pas l'entendre. Il enfonça sa main sous les couches de vêtements qui le recouvraient et en sortit la pépite. Il la brandit devant David dans un silence triomphal.

— Elle vient de la Yasmina ? demanda David.

— Oui.

Dans l'obscurité, le blanc de ses yeux brillait.

— Maintenant, tout reviendra à Smirnoff.

— Smirnoff… ? demanda David, les sens en éveil. Smirnoff court après cette prétendue richesse ?

Borokoff ne répondit pas. Il se recoucha et ferma les yeux.

Quelques années auparavant à Bakou, lors de leur première rencontre, Theo Anderson lui avait parlé de Nain Singh et de l'or tibétain. La soirée était charmante et Anderson, ivre. Selon lui, des siècles auparavant, Hérodote avait évoqué l'or himalayen. D'après les mineurs, il n'existait qu'un autre filon comparable : celui de la Yasmina.

Borokoff, quoique fasciné, était resté sceptique. Ses ultimes doutes avaient été balayés le jour où Safdar Ali avait déposé dans sa paume le morceau informe de métal jaune. Il savait que les Hunzakuts trouvaient l'or dans la rivière ; il était donc probable qu'il y en eût dans la Yasmina.

Lorsqu'il sentait faiblir sa résolution, il se remémorait l'indigence dans laquelle il avait vécu à Kharkov, son enfance humiliante dans des familles d'accueil, à nettoyer porcheries et poulaillers, avec pour seule nourriture des croûtes de fromage et des abats à moitié crus. Les souvenirs de cette époque le hantaient et le remplissaient de dégoût. Ils l'avaient forcé à ramper devant Alexei, car, sans son aide, son rêve n'était que poussière et l'or de la Yasmina resterait inaccessible.

— Écoutez !

Borokoff s'assit tant bien que mal, les lèvres bleuies par le froid. Il attira David vers lui et posa sa bouche contre son oreille. Ses joues couvertes d'une pellicule de glace étaient devenues roides.

— À propos d'Alexei Smirnoff…

— Oui ?

— Vous devez l'arrêter !

— Moi ? Le pouls de David s'accéléra. Comment ?

— Écrivez, siffla Borokoff, écrivez tout ce que je vais vous dire.

Au spectacle de David, bouche bée, il agita furieusement les bras.

— Dépêchez-vous, dépêchez-vous… écrivez, diantre, écrivez !

Les doigts engourdis par le froid, David fouilla sous son épais manteau pour trouver un carnet et un crayon. Se maîtrisant afin de préserver ses forces, Borokoff se mit à parler. Il débita un flot de paroles. Doucement, sans émotion visible. Le crayon de David tomba plusieurs fois de ses doigts gelés, mais il serra les dents et continua à écrire. Puis, le Russe se recoucha, exténué.

– Nous partirons tôt demain matin, conclut David, animé d'une soudaine énergie. Plus vite nous rejoindrons Simla...

Borokoff ne répondit pas. Il dormait déjà.

Dehors, la température avait encore chuté, le froid coupait le souffle. Hébété mais euphorique, David le remarqua à peine. Le visage enveloppé dans une peau de mouton, il contemplait les braises d'un maigre feu. Il repensa à ce que Borokoff lui avait appris sur son père. En admettant qu'il ait effectivement découvert la Yasmina, Emma le lui aurait dit, même si leurs rapports étaient tendus. Ce n'était pas plus compliqué.

Après avoir mangé, il rampa à l'intérieur de sa tente ensevelie sous la glace. Une fois arrivés à Simla, il livrerait Borokoff aux autorités compétentes et se laverait les mains de cette ténébreuse affaire. Il s'endormit presque instantanément, soulagé. Lorsqu'il rouvrit les yeux, la lumière matinale filtrait déjà dans la tente. Il se précipita pour s'occuper de son compagnon d'infortune.

Le Russe et sa tente avaient disparu.

Selon les porteurs, il avait quitté le campement avant l'aube, avec une mule, son paquetage, un bâton de marche, sa boîte d'instruments et le reste du lapin à moitié cuit. Il les avait payés, remerciés pour leurs efforts. Il leur avait dit qu'il ne reviendrait pas.

Le Russe dément était parti seul à la recherche de son or.

Emma faisait ses bagages machinalement. Elle s'assit dans sa chambre encombrée de cartons et de malles de voyage. Ses mains s'agitaient sans que son esprit y prêtât attention. Elle observa l'incroyable désordre qui l'entourait et, ne sachant par où continuer, elle referma bruyamment le couvercle d'un coffre et s'assit dessus. Désemparée, elle entoura ses genoux de ses bras.

Pourquoi Damien l'avait-il tant fait souffrir ? La question était inepte. Elle le savait.

Un instant plus tard, Sharifa lui remit une carte de visite. Emma se figea. Geoffrey Charlton à cette heure de la matinée ? Malgré ses bravades devant Damien, la perspective de revoir Charlton la terrorisait. Elle avait déjà écrit à Mrs Bricknell qu'elle regrettait de ne pouvoir prendre le thé avec elle. Sa première réaction fut de renvoyer la carte, et d'en congédier l'auteur sous n'importe quel prétexte. C'est alors qu'elle remarqua, au dos, un message griffonné :

« Je dois vous voir d'urgence et en privé. »

Détenait-il des nouvelles assez pressantes pour exiger un aparté ? Qu'allait-il encore lui révéler sur la vie honteusement interlope de Damien ?

Elle s'arma de courage. Après tout, Damien ne récoltait que ce qu'il avait semé. Lorsque Charlton arriva quelques minutes plus tard, elle l'affronta avec sérénité.

— Quel plaisir de vous revoir, Mr Charlton ! l'accueillit-elle en souriant. Asseyez-vous, je vous prie. Dites-moi ce qui vous amène de si bonne heure et requiert l'intimité de mon salon ?

— Mes intrusions semblent devenir une habitude, répondit Charlton, ses excuses exprimées en un sourire penaud. Si l'affaire n'était pas urgente et d'importance, je ne vous aurais pas dérangée. Urgente et confidentielle.

— Ah ?

Emma se cramponnait à son sourire.

— En ce cas, peut-être devrais-je demander des rafraîchissements pendant que nous en discuterons.

Servir le café et les gâteaux lui permettrait de tenir ses mains occupées.

Charlton ne perdit pas son temps en précautions oratoires.

— Comme je vous l'ai déjà dit, Mrs Granville, j'étais à Saint-Pétersbourg l'automne dernier, en même temps que votre époux.

— C'est exact, Mr Charlton.

— Nous nous sommes croisés au Yacht Club où j'étais l'invité de notre attaché militaire. Votre époux dînait avec des officiers russes de haut rang, accaparé par une discussion dans la langue de Tolstoï. J'appris qu'il s'était déjà rendu en Russie. Connaissant moi-même le Cachemire, j'avais eu vent de la réputation de Damien Granville, mais j'étais véritablement intrigué. Comment cet Anglais, me demandais-je, pouvait-il être si à l'aise en compagnie de Russes ? Quel objectif poursuivait-il ?

— Mon époux appartient à ces deux grandes nations, Mr Charlton, et commerce avec la Russie.

— Je crois qu'il ne s'agit pas que de commerce, Mrs Granville. Un serveur obligeant m'a confié que, ce soir-là, la conversation tournait autour d'un certain colonel Mikhail Borokoff. Votre époux, apparemment, semblait désireux de faire sa connaissance. Peut-être vous souvenez-vous du nom de ce colonel, souvent cité dans mes articles du *Sentinel* ?

Le sourire d'Emma s'élargit.

— Mon Dieu, êtes-vous sur le point de me révéler que mon époux est un espion russe ?

— À Delhi, il y a quelques mois, poursuivit Charlton en esquivant la question, lorsque j'ai découvert que votre mari s'y trouvait aussi, j'en ai appris bien plus sur lui. C'est à cette époque, grâce à mes sources dans l'armée, que j'ai entendu parler d'Edward Granville, de son extraordinaire épouse et de la façon dont il avait acquis ce – du bras il indiqua la fenêtre – splendide domaine. Ainsi que la raison de la présence de votre époux à Delhi.

Il s'interrompit et Emma retint son souffle. Il reprit aussitôt.

— ... Mais j'ai bien peur de mettre la charrue avant les bœufs. Je dois revenir en arrière, jusqu'à Jeremy Butterfield, l'agent secret décédé que j'ai évoqué l'autre jour.

On apporta le café et Emma se réjouit de l'avoir demandé. Sa main tremblait en le servant, mais Charlton ne sembla pas le remarquer.

— Voyez-vous, Mrs Granville, je n'ai jamais été entièrement satisfait par les explications oiseuses que les services secrets ont fournies pour justifier la disparition des documents de Butterfield. Vous avez dû le voir en lisant mes articles.

— Du sucre ? Deux, si mes souvenirs sont exacts.

— Oui, merci. Puisque, comme le soutiennent les services concernés, les papiers ont été détruits lors du pillage, les revendications de Butterfield sur la Yasmina sont évidemment contestables.

Il changea soudain de sujet.

— Êtes-vous déjà allée à Simla pour la saison, Mrs Granville ?

— Non.

— Eh bien, c'est une sorte de pays des Merveilles, comme dans le récit de Lewis Carroll, peuplé de Chapeliers fous et de Chats du Cheshire.

Il la fixa.

— Dites-moi, Mrs Granville, connaissez-vous Lal Bahadur ?

Elle secoua la tête.

— Lal Bahadur est le gurkha qui a accompagné Jeremy Butterfield lors de sa dernière mission, l'homme qui a apporté son ultime message au Département. Bizarrement, Bahadur, comme le Chat du Cheshire, a depuis lors disparu. Pourquoi ? Personne ne peut répondre. Où ? Personne ne veut le dire. Grâce à des amis, j'ai fini par le retrouver à Cawnpore. Bahadur est prudent mais, comme tout homme simple et honnête, il ne ment pas très bien. J'ai réussi à lui soutirer des informations stupéfiantes. Le sujet que je vais maintenant aborder ravivera sans doute votre chagrin, Mrs Granville, mais, puisque je ne peux l'éviter, j'espère que vous me pardonnerez une nouvelle fois.

Emma ne répondit pas.

— Voyez-vous, Mrs Granville, ce n'est pas un quelconque montagnard qui a découvert et enterré le corps de votre père sur le glacier de Biafo. C'est Jeremy Butterfield. Ainsi, le nom de votre père fut-il supprimé pour la même raison que les conclusions de Butterfield furent niées : les documents restent insaisissables. Admettre la découverte de la Yasmina, c'était entériner la disparition des documents. Inimaginable. On aurait assisté à un tollé général et le gouvernement aurait été renversé.

« Lal Bahadur a confirmé que Butterfield avait non seulement découvert le corps de votre père mais aussi son carnet. Le gurkha ne savait pas ce qu'il contenait mais il m'a avoué qu'à sa lecture Butterfield avait disparu avec ses instruments dans un état d'intense excitation. À son retour, il avait immédiatement renvoyé Bahadur à Simla muni de son coffre en bois et d'un message urgent. Bahadur n'en sait pas plus. (Charlton se pencha

368

en avant.) C'est votre père qui a découvert la Yasmina, Mrs Granville, et Butterfield a confirmé ses conclusions. Malheureusement pour Butterfield, il fut repéré par les spadassins de Safdar Ali, pourchassé et finalement exécuté. (Ses yeux se firent plus pénétrants.) Ses papiers, cependant, ont survécu.

Charlton poursuivit.

— Simla maintient qu'ils étaient dissimulés dans son sac de voyage, détruit par les pillards. Je sais comment procèdent les espions. Ce sont des balivernes. Ce que j'ai découvert plus tard à Yarkand et à Leh le confirme.

Il se leva, marcha vers la cheminée et se saisit du tisonnier. Machinalement, il déplaça quelques bûches.

— Toujours effrayés à la perspective d'être mêlés à cette affaire, les marchands qui avaient voyagé avec Butterfield ont refusé de me parler. J'ai néanmoins eu plus de chance avec un muletier loquace, une fois offert ce qui délie instantanément toutes les langues — il frotta son index sur son pouce. Les marchands musulmans, m'a-t-il appris, ont refusé de toucher les deux objets sacrilèges que possédait Rasool Ahmed : un rosaire et un moulin à prières hindou. Le muletier, hindou lui-même, n'eut pas le moindre scrupule à les ranger dans le sac de voyage. Il m'avoua sans se faire prier qu'il avait offert le rosaire à sa mère. En revanche, il ignorait ce qu'il était advenu du moulin à prières.

Charlton posa la tête sur le dossier de sa chaise et s'absorba dans la contemplation du plafond.

— Oserais-je dire que tout ce qui touche aux moulins à prières ne vous est pas étranger, Mrs Granville ?

— Exact, Mr Charlton. Mon père s'était spécialisé dans leur étude.

— Alors vous vous rappelez ce que je vous ai dit au Takht-e-Suleiman ? Les chapelets, les moulins à prières ont une signification particulière dans le monde du renseignement.

— Vraiment ? Navrée, je n'en ai aucun souvenir.

— Vous m'étonnez, Mrs Granville. Aucune importance. Nous y reviendrons plus tard. Ce jour-là, je me souviens vous avoir expliqué que les objets destinés aux espions fabriqués à Dehra Doon portaient des marques spéciales. Il se trouve que la mère du muletier ayant refusé avec indignation un chapelet ne possédant que cent grains, il a été heureux de me le vendre.

Il plongea une main dans sa poche et en sortit le chapelet. Il le tendit à Emma qui refusa de le prendre.

— Comme vous pouvez le constater, les marques distinctives sont bien là, près du gland.

Emma l'écoutait.

— À Leh, la langue du mollah s'est déliée aussi promptement. Il admit que le moulin à prières appartenait à Rasool Ahmed et qu'il s'en était débarrassé ainsi que du sac de voyage en les confiant à des moines bouddhistes en route pour Gaya via Delhi. Et non pas, comme le soutient le Département, à des bonnes œuvres. Par chance, il connaissait assez d'anglais pour déchiffrer une adresse à Delhi, parmi les documents de Rasool Ahmed, probablement griffonnée de sa propre main. Le nom et l'adresse, Mrs Granville, étaient ceux de Graham Wyncliffe.

Il s'interrompit.

— Dois-je continuer ?

— Pourquoi pas, Mr Charlton ? Je brûle d'entendre la suite.

— Vous la connaissez déjà, Mrs Granville.

— Vraiment ? Comment en êtes-vous si certain, Mr Charlton ?

— Malgré vos airs naïfs de vierge effarouchée, je ne vous ai rien appris. En tant que journaliste, je sais que ce qui est important n'est pas ce qu'on dit, mais ce qu'on ne dit pas. Or, Mrs Granville, vous êtes restée silencieuse. Et, devrais-je ajouter, étonnamment stoïque.

Emma s'accorda un moment pour dévisager froidement Geoffrey Charlton. Sous le vernis de modestie et de courtoisie savamment cultivé brûlait le feu inextinguible de l'ambition. Elle se demanda pourquoi elle ne l'avait pas remarqué.

— Et maintenant, Mrs Granville, revenons, je vous prie, aux raisons qui ont amené Damien Granville à séjourner à Delhi. Mon enquête a dévoilé un incroyable faisceau de coïncidences des plus curieuses. Un, le moulin à prières dans lequel Jeremy Butterfield dissimulait ses documents est remis à la fille de Wyncliffe, à Delhi. Deux, Damien Granville, russophile avéré et fils d'une célèbre espionne russe, élit domicile à Delhi. Trois, Granville se met à fréquenter un cercle de jeu où il joue aux cartes avec un certain David Wyncliffe, qui se révèle être le fils de Graham Wyncliffe, l'inventeur ignoré de la Yasmina. Passe ardemment convoitée par les Russes. Quatre, David Wyncliffe perd sa chemise, en fait sa propriété, et plonge sa famille dans une situation financière désespérée. Cependant, tout n'est pas perdu car, cinq, voilà que la dette de jeu est miraculeusement effacée et, six, Damien Granville épouse la fille de Graham Wyncliffe.

« *Quod erat demonstrandum*, n'est-ce pas, Mrs Granville ?

— Me demandez-vous de croire, Mr Charlton, que vous avez découvert ces prétendus faits et coïncidences, alors que les services secrets, eux, ne sont pas informés ?

— Ah !

Il balaya la remarque d'Emma d'un rictus méprisant.

— Une bande de bureaucrates grégaires qui ne voient pas plus loin que le bout de leur nez…

— Même en admettant que votre conte de fées ait un rapport avec la réalité, comment diable mon époux a-t-il découvert que ces documents se trouvaient dans le moulin à prières, je vous prie ?

Elle avait posé la même question à Damien sans obtenir de réponse.

— Sans doute de la même façon que moi, rétorqua-t-il, en observant le visage d'Emma.

— Sans doute ?

Emma rit de bon cœur.

— Insinueriez-vous que cet aspect de l'affaire échappe encore à votre sagacité proverbiale ?

— C'est une simple possibilité.

— Y en a-t-il d'autres ?

— Oui. Que vous ayez remis les documents à votre mari.

Elle resta muette de stupéfaction.

Charlton jaillit de son siège et fit les cent pas dans le salon.

— Veuillez me pardonner, Mrs Granville, mais je ne sais comment présenter les faits avec plus de tact. À Delhi, il était de notoriété publique que, malgré votre rigueur scientifique et votre esprit, vous n'aviez guère d'espoir de vous marier. Sans fortune, avec une mère malade et un frère inconstant, vous avez sauté sur l'occasion offerte par Granville : la fin de votre célibat, la sécurité financière et, par-dessus le marché, l'annulation de la dette de jeu de votre frère.

Il toussota délicatement.

— En échange des documents, bien sûr.

— Je vois. C'est après avoir forgé votre propre interprétation – pour le moins fantaisiste – de ces pseudo-coïncidences que vous avez décidé de me traquer, par l'entremise de Mrs Hathaway, et de me demander de vous accepter comme ami ?

— Votre époux est un traître qui cherche à vendre des documents à un ennemi en puissance, rétorqua-t-il en rougissant. Pour révéler une trahison, persifla-t-il, la fin justifie les moyens.

— Et, bien entendu, Mr Charlton, vos motivations sont essentiellement patriotiques.

— Je vous l'ai déjà dit. Je suis journaliste et pragmatique. Je ne professe ni n'invoque un quelconque patriotisme. Votre père était britannique et attaché à la Couronne. Ses documents…

— Mon père était un érudit et un citoyen du monde qui ne perdait pas son temps à professer un chauvinisme borné.

— Néanmoins, ce qu'il a découvert appartient à la Grande-Bretagne, Mrs Granville, et le public anglais a le droit de savoir.

— Ainsi vous souhaitez obtenir ces papiers et les publier comme un service rendu à la nation ?

— Non. Je ne suis pas non plus un philanthrope. Être le premier à publier les documents secrets de la Yasmina… N'importe quel journaliste serait prêt à tuer pour une telle exclusivité.

— Puisque vous êtes convaincu de détenir la vérité, pourquoi ne pas l'avoir écrite ?

— Pour deux très bonnes raisons. Un, sans preuves, je m'expose au ridicule. Deux – et son visage afficha un sourire triomphal qu'il ne cherchait plus désormais à dissimuler –, j'ai enfin réussi la nuit dernière à confirmer que votre époux était bien impliqué dans des négociations secrètes avec les Russes.

— Oserais-je vous demander comment vous êtes parvenu à obtenir cette prétendue confirmation ?

— Par des moyens trop complexes et trop nombreux pour être énumérés, Mrs Granville, et vous comprendrez que je ne peux révéler ma source. Ah, Mrs Granville, à ce propos… je veux ces papiers.

— Tout simplement ?

Elle partit d'un petit rire en entendant l'impudente suggestion de Charlton.

— Non. Moyennant une contrepartie, bien entendu.

— Financière ? comme avec vos sordides informateurs ?

— Non. Dans votre cas, je m'engage à ne révéler ni le rôle de votre mari ni, évidemment, le vôtre dans cette affaire, pas plus que la provenance de ces papiers.

— Et si je refuse ?

— Alors, je vous dénoncerai tous les deux. Pour avoir jeté le discrédit sur le Cachemire, votre époux perdra *Shalimar* et sera banni. L'intendant général Stewart possède le pouvoir de le faire.

Emma frissonna mais resta silencieuse.

— Détenir ces papiers s'apparente à du recel, Mrs Granville. Les vendre à une puissance étrangère est un acte de haute trahison. Votre époux sera arrêté et, sans aucun doute, jugé coupable, comme le seront ses complices – Suraj Singh et les frères Ali, Hyder et Jabbar, ses intermédiaires depuis des mois en Asie centrale. Et… vous-même.

Emma le contemplait, incrédule. Bientôt, pourtant, son incrédulité fit place à la colère. Elle bondit sur ses pieds, se ressaisit et lui lança un regard ouvertement méprisant.

— J'ai eu un jour la faiblesse de vous considérer comme un ami, Mr Charlton – et je suis réellement navrée de constater mon erreur –, mais je ne possède pas ces papiers. D'ailleurs, si je les avais, vous seriez la dernière personne à qui je les confierais. Maintenant, veuillez quitter ma maison et ne vous donnez pas la peine de revenir. Si vous le faisiez, je vous ferais jeter dehors.

— Très bien, Mrs Granville. Walter Stewart signera le mandat de perquisition demain matin. La demeure dont vous vous enorgueillissez sera retournée sens dessus dessous, pièce après pièce, et les papiers retrouvés et confisqués. Jusque-là vous resterez consignée dans vos appartements. Deux gardes de la résidence seront postés à votre porte pour vous surveiller. D'autres auront pour ordre de poursuivre quiconque sortirait du domaine.

La main d'Emma partit d'un coup et du revers frappa le visage de Charlton. Surpris, il porta la sienne à sa bouche et jura. Vive comme l'éclair, elle courut à son bureau et sortit son colt du tiroir.

— Dehors, Mr Charlton, lui ordonna-t-elle calmement. Ou je

jure de vous faire sauter la rotule du genou droit. Je sais tirer. Je ne manquerai pas ma cible.

Il recula.

— Ce n'est pas la fin, Mrs Granville, mais seulement le début, cracha-t-il, fielleux. Demain, je reviendrai avec le mandat. On trouvera les papiers et *Shalimar* ne vous appartiendra plus.

Dans le bazar de Yarkand situé à l'extérieur du caravansérail, Ivana et Conolly s'arrêtèrent le temps d'acheter de la nourriture et d'autres objets indispensables pour le voyage qui les attendait. Ils mangèrent à l'étal d'un marchand chinois où même les pâtes fraîches étaient préparées à la commande. Ils se reposèrent une heure ou deux et poursuivirent leur équipée sur la route de la Soie.

Voyageurs sans bagages, ils allaient vite. Parcourant plus de trente miles par jour, ils reconstituaient leurs maigres provisions auprès des caravanes. Leur plus sérieux obstacle les attendait. La passe de Suget marquait la fin du territoire chinois. Elle était gardée par un fort doté d'une importante garnison. Une fois franchie la frontière, ils pourraient se permettre de ralentir et de se joindre à une autre caravane. Pour le moment, c'était exclu. Perché sur un plateau au-dessus de la plaine du Karakach, le fort était cerné sur trois côtés par des falaises abruptes. Impossible de s'en approcher sans être immédiatement repéré. Lors de ses visites précédentes, Conolly avait remarqué près de la forteresse, coincé entre deux grosses pierres, un avertissement de mauvais augure :

Quiconque franchira la frontière chinoise sans s'être présenté au fort sera emprisonné.

Même s'il savait que la nouvelle de leur disparition et de leur fuite n'avait pas encore atteint Suget, il serait hasardeux de s'y risquer. Il ne voyait pas d'autre solution que d'éviter le fort par un long détour extrêmement dangereux.

— Avez-vous peur de l'eau ? demanda-t-il à Ivana.

— Non.

— Vous savez nager ?

— Oui.

– Bien.

Il attendit le crépuscule, contourna Shahidullah et marcha vers l'ouest dans la direction de la rivière Yarkand. Sur les rives désertes, il sortit l'équipement indispensable et se mit au travail. À l'aide d'un soufflet, il gonfla des peaux de buffle, attacha Ivana à l'une d'elles, lui-même à une autre et leurs affaires à une troisième. Il les lia ensuite les unes aux autres.

Conolly inspira profondément.

– Dites une prière, Ivana. Nous aurons besoin d'une intervention divine pour survivre.

– Je sais que vous faites de votre mieux. Je n'ai pas peur.

Elle le regarda droit dans les yeux.

– Merci encore pour tout ce que vous avez fait pour moi.

Il grimaça, mais s'avisa que ce n'était ni l'endroit ni le moment pour les explications. Il leva une main et, à son signal, ils plongèrent dans les eaux glacées. Au bout d'une longue corde attachée autour de son cou, le cheval, étonnamment téméraire, les suivit. Ils furent emportés au loin. Conolly connaissait l'existence de rapides en aval, et balbutia une prière de son cru. S'ils ne mouraient pas de froid, ils risquaient d'être fracassés contre les rochers autour desquels les eaux tourbillonnaient.

Livrés aux courants déchaînés qui les ballottaient sans pitié, plus d'une fois ils n'échappèrent à la mort que d'un cheveu. Ils dévalaient, impuissants, le torrent furieux, à travers l'infini effrayant de l'obscurité. Leur vie s'échappait, leur volonté concentrée sur un unique but : maintenir la tête hors de l'eau.

Soudain, les flots se divisèrent et se muèrent en un courant plus calme. Se cramponnant aux canots improvisés, ils pagayèrent à l'aide de leurs mains aussi désespérément que le permettaient leurs forces déclinantes. Des heures plus tard – à moins que ce ne fussent des minutes ? –, ils touchèrent l'autre rive.

Conolly, les muscles tétanisés et le souffle coupé, agrippa d'une main la racine sinueuse d'un arbre. De l'autre, il défit les nœuds qui le retenaient à la peau de buffle gonflée et se hissa sur la berge. Il aida Ivana à faire de même et récupéra les bagages. Chaque fibre de son corps criait merci. Le cheval avait disparu, emporté par les flots. Haletant, les poumons remplis d'eau, Conolly s'écroula en crachant et perdit connaissance.

Lorsqu'il recouvra ses esprits, il aperçut les premières lueurs du jour embraser l'horizon. Il se redressa, le corps perclus de douleurs, et regarda autour de lui. Près de la rivière, Ivana gisait les yeux fermés. Il ne voyait pas sa poitrine se soulever. Seigneur, était-elle morte ? Il se leva d'un bond, se précipita vers elle et lui souleva doucement la tête.

— Ivana ?

Elle battit faiblement des paupières mais n'ouvrit pas les yeux. Il la saisit et la tira sous un arbre, loin de la rive. De nouveau, il se sentit chanceler. Il scruta les environs à la recherche d'une habitation. Mais, dans ce désert glacé et sans vie, il n'y en avait aucune. Il ignorait où ils se trouvaient, et pourtant il n'en avait cure.

Ils étaient vivants et loin de la terre chinoise.

Quelques heures plus tard, quand l'astre diurne fut déjà haut, il s'éveilla péniblement et s'appuya sur ses coudes douloureux. Ivana se séchait au soleil. Les yeux clos, sa tête reposait sur son bras appuyé contre un rocher. Il l'appela. Elle ouvrit les yeux.

— Ça va ?

Elle sourit faiblement et hocha la tête.

Une fois que leur maigre bagage fut un peu moins mouillé, ils se changèrent et dévorèrent de la viande de yak autrefois séchée, détrempée à présent. Au cours de leur fuite, Conolly avait surveillé aussi farouchement qu'Ivana quatre objets : ses jumelles, une carte, son revolver et sa boussole, le tout soigneusement enroulé dans une feuille de caoutchouc. Miraculeusement, ils avaient survécu à leur longue immersion et n'avaient souffert que de dégâts mineurs. La perte du cheval était un mauvais coup, mais il n'y avait plus rien à faire.

Il leva ses jumelles et scruta les alentours. D'après le soleil et sa boussole, il estima grossièrement leur position et la direction de leur prochaine étape. Il espérait que le message était bien arrivé à Kashgar. Leurs affaires en bandoulière, ils se mirent en route vers le sud-est pour un nouveau périple épuisant.

Un jour et demi plus tard, à son grand soulagement, Conolly découvrit que son ami balouch de Kashgar ne l'avait pas abandonné et que le message avait été délivré. À quelques miles à l'ouest de Khapalung, son cher Mirza Beg l'attendait au campement kirghiz, lui réservant, selon son habitude, un accueil chaleureux.

La présence de deux énormes dogras, portant moustache et uniforme, à la porte des appartements d'Emma fit scandale parmi le personnel.

– Que se passe-t-il, bégum sahiba ? murmura Sharifa qui jetait des coups d'œil nerveux vers la porte ouverte derrière laquelle les serviteurs, le visage tiré et anxieux, erraient d'un pas hésitant. On dit que d'autres soldats cernent la maison. Qui sont ces hommes, bégum sahiba ?

Avec un sourire aussi rassurant que possible, Emma ferma la porte.

– Les gardes viennent de la résidence sur la demande de Huzoor. Des bandits rôdent dans la région et Huzoor a souhaité nous faire protéger pendant son absence. Dis à tout le monde qu'il n'y a vraiment pas de quoi s'inquiéter. Sais-tu combien il y a de gardes ?

– Deux, dans le couloir. On ne voit pas les autres de la maison.

– Ils doivent sûrement se cacher dans le parc pour surprendre les éventuels intrus.

En dépit de son calme apparent, le cerveau d'Emma s'emballait. Suraj Singh était à Gulmarg et Lincoln, le gérant, s'occupait d'une cargaison de conserves de fruits à expédier à Amritsar, via Srinagar. Elle ne savait que faire.

Elle devait impérativement prévenir Damien.

Malgré ce qui les séparait, malgré sa détermination à dénoncer ce mariage truqué, né de la cupidité de Damien et consommé dans le mensonge, Emma ne pouvait partir sans l'avertir du danger. Dans l'après-midi, un plan germa lentement dans son esprit. Plus tard dans la soirée, elle était déterminée.

Les gardes postés dans le couloir ne semblaient pas vouloir le quitter et ne bougeraient probablement pas jusqu'au lendemain, lorsque Charlton reviendrait avec des renforts. En fin d'après-midi, elle commanda à dîner pour les deux hommes et, pour elle-même, demanda à Sharifa de lui apporter des petits pains, du fromage et des fruits secs. Un souper plutôt inhabituel à une heure qui ne l'était pas moins. Une fois servie, elle renvoya Sharifa et Rehmat.

– Je n'ai pas bien dormi, la nuit dernière, et je ne souhaite pas être dérangée. Je sonnerai demain matin lorsque j'aurai besoin de vous.

Elle ferma les portes à clé et se mit au travail.

Le salon du premier étage donnait sur un petit jardin. Elle défit les draps de son lit et en sortit d'autres de l'armoire à linge. Elle les noua solidement ensemble et accrocha un livre épais au bout de la corde improvisée qu'elle attacha à la balustrade en fer forgé, priant pour que la maçonnerie supportât son poids.

Elle enveloppa alors son dîner dans du papier et de la toile cirée, versa le pétrole de l'une des lampes dans une flasque d'argent – le seul récipient incassable à portée de sa main – et introduisit le tout dans une taie d'oreiller. Elle changea de tenue, sortit les documents du moulin à prières et le remit à sa place. À vingt heures, elle était fin prête.

Après leur dîner, Emma savait que les serviteurs se rassemblaient dans la cour auprès d'un grand feu. Ils y prenaient leurs aises et échangeaient les ragots de la journée. Elle éteignit les lampes et fit descendre doucement sa corde par le balcon. La flasque d'argent tomba à terre avec un bruit sourd. Elle patienta, enfila une paire de gants et fit jouer la corde pour éprouver sa solidité. Elle grimpa sur la balustrade, ferma les yeux en une prière silencieuse et commença la descente.

Elle n'eut pas le temps d'avoir peur et atterrit lourdement dans un massif d'arbustes. Elle s'accorda un court instant, répit nécessaire pour retrouver son souffle et pour que son cœur battît à nouveau régulièrement. Elle en profita pour scruter les environs. Personne.

La jeune femme se fraya un chemin à l'ombre protectrice des arbustes et se rapprocha lentement de la vaste grange située aux confins du verger. À l'abandon depuis une éternité, elle servait à entreposer l'outillage cassé et les chutes de tissu mises au rebut. Emma l'atteignit sans encombre, se tapit contre l'un des murs en bois et répandit le contenu de la flasque. Elle gratta une allumette et la jeta. Le temps que le bois sec s'enflammât, elle s'était réfugiée à l'abri des fourrés où elle attendit que le feu attirât l'attention.

Comme les premiers cris se faisaient entendre, la flambée se mua en un enfer de flammes et le rugissement des poutres qui s'effondraient emplit la nuit. On arriva de partout. C'était le chaos. Des silhouettes, portant seaux, baquets et bidons d'eau, couraient en tous sens. Quelqu'un cria à Sharifa de prévenir la bégum sahiba et fut gratifié d'une réprimande cassante. Bégum sahiba, déclara la servante zélée, ne devait être dérangée sous aucun prétexte.

Emma sourit. Dissimulée par la ceinture d'arbres, elle se dirigea prudemment vers les écuries, situées à l'opposé de la grange. Les palefreniers luttaient toujours contre l'incendie, l'endroit était donc désert. Elle sella Zooni en hâte. Lors de l'une de ses nombreuses chevauchées en compagnie de Suraj Singh, il lui avait montré une piste cavalière qui traversait les champs de safran, contournait l'entrée principale et rejoignait la piste à l'extérieur du domaine. Dans la confusion générale et l'obscurité, personne ne remarqua le cavalier solitaire qui naviguait à vue dans la mer de safran vers la route principale. Une demi-heure plus tard, elle était en sécurité sur le chemin de Gulmarg.

Pourquoi s'obstiner? se demanda-t-elle amèrement. Pourquoi souffrir tous les tourments de l'enfer pour un homme indigne de ces sacrifices?

Elle ne trouva aucune réponse que la raison pût approuver.

Le campement kirghiz s'élevait sur les rives d'un lac bleu pâle, peuplé de canards sauvages, de grues et de poules d'eau. Debout devant l'entrée de sa superbe akoi, la tente ronde des Kirghiz, Mirza Beg honora Conolly d'un sourire chaleureux.

Ils s'étreignirent.

— Salam alekoum, déclara Mirza. Ma maison t'appartient. Uses-en comme bon te semble.

— Alekoum salam, sourit Conolly, la gorge serrée par le soulagement. Je te serai éternellement reconnaissant.

— Non, non, protesta Mirza Beg. J'ai rassemblé tout ce que tu m'avais demandé dans ta lettre pour ton expédition. Y compris les chevaux. Mais reste un peu. J'insiste.

— Eh bien, un ou deux jours, accorda Conolly de bonne grâce. Après nous devrons nous dépêcher. Nous sommes attendus à Leh.

Ils restèrent quatre jours. Leur hôte sut les convaincre et ils ne se donnèrent pas la peine de décliner, ne fût-ce par politesse, l'invitation. Comment résister au luxe de lits chauds, de tentes spacieuses, d'une hospitalité généreuse et, surtout, à la sensation de liberté qu'ils éprouvaient. Il leur restait deux cols à franchir, dont le Karakoram. Mais Conolly espérait que, une fois revigorés et reposés et sous la protection d'une caravane, ils survivraient aussi à ces deux-là. De verts et sereins pâturages s'étendaient autour du campement car, comme ils se plaisaient à le répéter, les Kirghiz aimaient leurs chevaux. D'ailleurs, ils déclaraient que, des siècles plus tôt, leurs ancêtres avaient inventé la selle et les étriers.

Ivana s'était débarrassée de son déguisement et logeait au zenana. Des interrogations muettes se lisaient sur les visages des femmes. Mais, sur les instructions de Mirza Beg, personne ne posa de questions embarrassantes. N'ayant jamais connu pareil environnement, Ivana fut tout d'abord abasourdie. Puis sa première réaction se mua bientôt en un enchantement de tous les instants.

C'était leur dernière nuit au campement. Ils longeaient le lac, savourant encore une fois la beauté d'un coucher de soleil flamboyant sur les eaux baignées de mille feux. Dans un pâturage proche, des chevaux yaboo grignotaient des pousses tendres. Portés par le vent, les grelots des chameaux résonnaient ainsi que le cri nocturne des oiseaux regagnant leur nid. À la surface du lac, des grues élancées, des cigognes et des canards étiraient paresseusement leurs ailes. Ils se préparaient pour la nuit, nullement troublés par la présence des hommes.

— Sommes-nous loin de Osh ? demanda soudain Ivana.

— Osh ?

Conolly avait redouté le moment où cette question serait posée. Il détourna les yeux, incapable de soutenir son regard innocent.

— Plus très loin, non.

— Nous arriverons bientôt alors ?

Il hocha la tête.

— Le commandant est un ami de mon colonel. Quand il saura que vous êtes un ami, il nous fera escorter à Tachkent.

Malade de culpabilité, Conolly marmonna une excuse et arpenta la berge du lac.

Sans le vouloir, il avait beaucoup appris sur Ivana au cours des semaines précédentes. Leur dangereuse équipée les avait fait vivre dans une étrange intimité. Ivana était restée remarquablement maîtresse de soi, conciliante et résignée. Comme à son habitude, elle parlait peu et écoutait avec attention. Elle n'avait jamais remis en cause ses décisions et acceptait gaiement d'aller où il le lui disait. Bref, elle faisait ce qu'on lui demandait. Toute sa vie, se rendit compte Conolly, elle avait servi les autres, leur avait obéi et n'avait guère eu de temps à se consacrer à elle-même. Curieusement il en fut peiné.

Il l'avait questionnée en détail sur son existence et elle lui avait répondu de bon cœur et sincèrement. Borokoff l'avait convenablement traitée car elle n'en disait que des louanges. Retirée du monde et de ses complications, elle en ignorait à peu près tout. Parfois la nuit, lorsqu'elle croyait que Conolly dormait, elle laissait échapper des larmes, mais jamais il ne les soupçonna et, quelles que fussent ses craintes, elle ne les exprima jamais. Elle l'appelait « Mr Conolly ».

Dans le campement, où, par comparaison, leur vie quotidienne semblait ordinaire, il découvrit quelques-unes de ses touchantes habitudes. En dépit de ses protestations embarrassées, elle insista pour plier ses vêtements, défroisser son lit de camp, laver sa cuvette et, à sa grande stupéfaction, cirer ses lourds brodequins. Au cours des repas, elle insistait pour le servir.

Elle était allée à Saint-Pétersbourg avec le colonel, lui raconta-t-elle, et avait été stupéfiée par l'éclat de la capitale, la fascination qu'elle exerçait, ses grandes dames séduisantes, leurs coiffures et leurs robes superbes. Et les messieurs en uniforme… Elle avait cuisiné pour eux, les avait servis, observés et admirés de loin, mais ne leur avait jamais adressé la parole.

Ce n'était pas sa place, disait-elle, de converser d'égal à égal avec ces modèles de raffinement.

Parfois, le naturel d'Ivana l'exaspérait, mais il ne s'était emporté qu'une seule fois.

— Ne connaissez-vous vraiment rien au monde qui vous entoure ? avait-il exigé de savoir lorsqu'elle confessa son ignorance au sujet d'une question triviale. N'avez-vous jamais lu de livres ?

— Non.

Elle avait baissé les yeux et fixait ses mains.

— Je ne sais pas lire.

La surprise l'avait rendu muet et la pitié l'avait envahi. Jamais plus il n'avait crié contre cette fille qui était comme un enfant, innocente et vulnérable, et dont le destin reposait entièrement entre ses mains.

Il ne savait comment lui apprendre qu'il lui avait menti et qu'il n'avait jamais vu son colonel et qu'ils ne se dirigeaient pas vers Tachkent mais dans la direction opposée, vers Leh.

Il comprit soudain qu'il ne pouvait supporter plus longtemps cette supercherie. Certes, il savait qu'elle n'était qu'un pion sur un vaste échiquier mais, comme elle, il ignorait l'identité des joueurs. Étant donné sa modestie, elle eût été terrifiée à l'idée de l'enjeu qu'elle représentait pour les Anglais, les Chinois et, certainement, les Russes.

— Il y a quelque chose que vous devez savoir, fit-il soudain.

Sa déclaration devait être ferme, prompte et sans détour. C'était le seul moyen.

— Nous n'allons pas à Tachkent.

Elle le regarda, désemparée.

— Avez-vous entendu parlé de la Yasmina ?

— Non.

Il lui expliqua lentement et calmement tout ce qu'il savait.

— Où m'emmenez-vous alors ?

— D'abord à Leh, ensuite à Simla.

— Pourquoi ?

Elle n'avait jamais entendu parler de ces deux villes.

— Vous devez me croire, sourit-il tristement, quand je vous dis que je n'en ai pas la moindre idée.

Elle s'excusa, se leva et s'éloigna lentement. Pendant un

moment, elle marcha de long en large sur la berge du lac. Lorsqu'elle revint, il vit qu'elle avait pleuré. Il se sentit désarmé et s'efforça de la rassurer.

— Ne vous inquiétez pas, une fois arrivés à Leh nous percerons ce mystère. Faites-moi confiance, Ivana. Je vous en prie, faites-moi confiance.

— J'ai confiance en vous, répondit-elle.

Les yeux humides, elle s'excusa de paraître si ingrate.

— Vous êtes un ami, je le sais. Si je me comporte mal, c'est que je n'en ai jamais eu auparavant.

Il aurait voulu être à cent pieds sous terre.

Mirza Beg arriva en courant. Il était très agité.

— Dépêchez-vous ! Cachez-vous. Des cavaliers arrivent. On dirait une patrouille chinoise.

— Ici ?

Le sang de Conolly se figea.

— Mais nous ne sommes pas en territoire chinois !

— Si tu crois que ça les arrêtera !

— Combien sont-ils ?

— Difficile à dire mais, vu la poussière soulevée, au moins dix chevaux. Dépêche-toi, mon ami. Je vais vous montrer une cache où vous mettre à l'abri.

Il indiqua le lac et Conolly hocha la tête. Les incursions chinoises étant monnaie courante, Mirza Beg y était préparé.

— S'ils te soupçonnent d'abriter des fugitifs, remarqua Conolly hésitant, les tiens seront en danger !

— Ne t'inquiète pas pour nous, mon ami. Nous nous sommes occupés de tout. Il n'y a plus de trace de votre présence. Et puis — il lui fit un clin d'œil appuyé — les Chinois apprécient notre alcool, le khumis, presque autant que nous. Et il reste de quoi boire ! Allez, dépêchez-vous maintenant !

Conolly ne partageait pas son optimisme, mais il n'était plus temps de discuter.

Au bord de l'eau, Mirza lui tendit une gerbe de longs roseaux évidés. Il les délesta de leurs chaussures et de leurs manteaux en peau de mouton, ainsi que du revolver de Conolly. Il lia leurs volumineux vêtements autour de leur taille pour les empêcher de flotter. Ils pénétrèrent dans l'eau glacée et se dirigèrent vers un massif de hautes plantes aquatiques. Ils plongèrent dans l'eau, Conolly eut le souffle coupé par le froid. Il tendit néanmoins une poignée de roseaux à Ivana qui en approcha un de sa bouche. Elle le regarda et il hocha la tête. Le grondement des sabots se rapprochait dangereusement. Sans un mot, ils enfoncèrent la tête sous l'eau et se tapirent au fond du lac, dans l'enchevêtrement des herbes.

Conolly ne s'était pas attendu à un tel acharnement de la part du Taotaï.

Soudain, il sentit une brusque pression sur sa tête. Une main humaine, aux doigts écartés fouillant sous l'eau, trouva soudain le roseau et le lui arracha de la bouche. Privé d'air et s'attendant à mourir d'un instant à l'autre, Conolly jaillit hors de l'eau. Ses bras tendus moulinaient dans tous les sens en écartant les longues tiges. Ses doigts cherchaient désespérément une cible de chair. S'il devait mourir, pensa-t-il instinctivement, il en entraînerait au moins un ou deux avec lui.

Pourtant, avant que Conolly ait pu agripper quiconque, une poigne de fer immobilisa ses bras.

— Holà, holà! Calmez-vous, mon vieux! Qu'essayez-vous donc de faire?

Une voix anglaise.

Conolly, en état de choc, vida ses poumons et secoua la tête pour évacuer l'eau de ses yeux gonflés. Il contempla, incrédule, une touffe de cheveux roux surmontant un visage rubicond percé de deux yeux bleus malicieux. On relâcha ses poignets et une main épaisse, un véritable battoir, empoigna la sienne.

— Docteur Conolly, je présume?

18

Sir John Covendale sirotait un cognac, assis dans son bureau. À minuit passé, Lady Covendale, son épouse, avait depuis longtemps regagné ses appartements. La pièce était plongée dans l'obscurité, il n'avait pas fait l'effort d'allumer une lampe. Allongé sur son divan favori, les pieds étendus, il réchauffait un verre entre ses paumes et buvait l'alcool à petites gorgées, l'air absent. Il se leva, se dirigea vers la fenêtre et écouta, songeur, le rythme de la pluie. La petite bruine qui avait accompagné son retour à la maison s'était muée en une pluie torrentielle. Il se réjouissait d'y avoir échappé.

Vaguement irrité, il se rassit et s'absorba dans la contemplation du plafond. Il songea au début de soirée.

— Où dites-vous qu'Hethrington s'est rendu, John ? lui avait demandé Sir Marmaduke alors qu'il s'apprêtait à partir.

— À Leh, monsieur. À question directe, réponse directe.

— Je vois. Je sais que vos services évoluent dans des eaux troubles, John, mais ce qu'on cherche à me dissimuler et qui pourtant transpire derrière mon dos, a tendance à m'inquiéter. J'aimerais être sûr que ce luxe de confidentialité a une bonne raison d'être. Une sacrée bonne raison.

Pris par surprise, l'intendant général avait toussoté.

— Eh bien, monsieur, nous…

— Je n'ai aucune intention de vous forcer la main, John, brusquement l'avait interrompu le commandant en chef. Dites-moi simplement et de façon officieuse s'il y a un quelconque rapport avec l'affaire Butterfield.

— Oui, monsieur.

Sir John n'avait hésité qu'un bref instant. Tout bien considéré, il était heureux de pouvoir au moins soulager sa conscience de ce fardeau.

— Comme dans toute opération, il existe un risque, mais un risque acceptable.

— Pouvez-vous me donner votre parole ?

— Non, monsieur. Je peux cependant vous jurer que nous faisons notre possible pour récupérer ces papiers.

— Alors, finalement, ils n'ont pas disparu dans les gorges du Karakoram !

— Non, monsieur.

— Ah ! Je le savais, avait grommelé Sir Marmaduke avec suffisance, en dépit de vos efforts estimables pour me convaincre du contraire. Eh bien alors, quand aurai-je le plaisir de partager vos confidences ?

— À la fin de la semaine, monsieur, avait répondu Sir John, rougissant au sarcasme à peine voilé.

L'intendant général, en se remémorant la conversation, trépignait sur son divan. À la fin de la semaine ! Autrement dit, le temps qu'Hethrington remette la main sur ces fichus documents.

Il préféra ne plus y penser. La journée avait été longue et épuisante, le cognac était fameux et se buvait comme du petit-lait. Il bâilla, posa sa tête sur le divan et s'autorisa à fermer les yeux. Presque immédiatement – du moins, à ce qu'il lui sembla – il fut tiré de sa somnolence par le fracas d'une empoignade devant la porte d'entrée. L'air renfrogné, il se leva et, malgré ses pieds nus, se dirigea vers le couloir. L'ivresse publique devenait plus fréquente à chaque saison. C'était une honte ; il devrait en parler au commissaire.

— *Koi hai ?*

Dans un même rugissement, il appela son personnel et ouvrit la porte à toute volée. Il n'eut pas le temps de lancer leurs quatre vérités à ces satanés ivrognes qu'un enchevêtrement de bras et de jambes surgit de l'obscurité et vint s'écraser à quelques pouces de ses pieds.

— Diantre !

Il recula en jurant.

– Qui est-ce, John ? demanda Lady Covendale avec anxiété, une main posée sur la rampe d'escalier. Où sont les chowki-dar ?

Plusieurs serviteurs arrivaient lorsque la masse confuse se scinda en deux belligérants, séparés par des chowkidar hurlants. L'un des deux hommes avait l'aspect repoussant d'un sac à linge sale.

– *Yeh sab tamasha hai ?* mugit Sir John. *Kon hai yeh ?*

– Nous ne savons pas qui c'est, sahib, déclara le garde qui maintenait l'homme dans un véritable étau. Nous l'avons capturé alors qu'il essayait d'escalader le portail. Quand nous lui avons demandé ce qu'il faisait là, il a refusé de…

– Co… Colombine, mon général.

Il fut interrompu par le croassement du sac de linge qui venait de se libérer de la poigne de fer du chowkidar et reprenait forme humaine.

– Colombine, au rapport, mon général.

– Colombine ?

Sir John le scruta attentivement.

– Bon Dieu, Wyncliffe !

Muet, il observa les vêtements boueux, la barbe crasseuse et les cheveux emmêlés, les yeux rougis, les mains et les pieds enveloppés grossièrement dans des bandes de tissu.

– Que faites-vous ici ? Je pensais que vous étiez dans le Murghab.

Wyncliffe s'avança en chancelant dans le vestibule, et parvint enfin à se redresser sur ses jambes vacillantes.

– Smirnoff, monsieur, murmura-t-il. Le 26 sep…

Il ne put aller plus loin. Ses yeux se révulsèrent, ses genoux s'affaissèrent et il s'écroula.

– J'arrive, j'arrive ! cria Lady Covendale en se précipitant en bas des escaliers. Mon Dieu, mais qui est-ce ? Quelqu'un que nous connaissons ?

– Wyncliffe. David Wyncliffe.

Sir John avait décelé un faible pouls dans le poignet inerte. Un sourcil levé, il tâtait les membres roides.

– Il n'a apparemment rien de cassé mais souffre de graves gelures. Les pieds et les mains sont à vif. Nous ferions mieux de le mettre au lit et d'appeler le major.

— Où diable l'avez-vous envoyé, John, pour que ce pauvre enfant revienne dans un état aussi délabré ?

Même si son éthique professionnelle avait autorisé Sir John à répondre au reproche de son épouse – ce qui n'était pas le cas –, il en eût été bien incapable. Il était non seulement bouleversé par la vision de cet homme meurtri, mais la mention du nom de Smirnoff l'avait rendu nerveux. Crankshaw avait juste ordonné à Wyncliffe de surveiller la construction de la route russe ; il avait dû tomber sur une affaire d'une importance stratégique cruciale, quelque chose à voir avec Alexei Smirnoff…

De toute évidence, l'état du jeune homme ne permettait pas de l'interroger. Sir John devrait attendre ; mais l'intuition forgée au cours de ses années de service lui faisait clairement comprendre que, quelles que fussent les nouvelles apportées par Wyncliffe, elles jetteraient l'opprobre sur le Département. C'était bien là la dernière chose que désirait l'intendant général.

Les réponses aux questions encore en suspens arrivèrent bien plus vite que prévu.

— Vous aviez raison, monsieur, pas de fracture, confirma le médecin-major après avoir examiné son patient. Mais les gelures sont mauvaises et il souffre d'une sévère malnutrition. Il est affamé. Il a de la chance d'être encore en vie.

Il lui avait administré nombre de médicaments, l'avait lavé et pansé.

— Il sera hors de service pendant plusieurs semaines, mais tout s'arrangera avec un peu de repos, de nourriture et des soins attentifs. Je m'arrangerai pour qu'il soit transféré à l'hôpital demain matin.

— Est-ce absolument nécessaire, major ? demanda Sir John, l'air désapprobateur. Si vous ne le déconseillez pas pour des raisons médicales, je préférerai le garder ici.

Le médecin militaire, pensif, se gratta le menton avant de donner son accord.

— Je comprends, mon général, et je ne vois pas de contre-indications. Je laisserai mes instructions pour les soins. (Il tendit à Sir John un paquet enveloppé dans d'épaisses couches de tissu à moitié moisi.) Voilà ce que nous avons trouvé attaché autour de la poitrine du lieutenant, mon général. Nous avons dû le lui retirer afin de le laver. Bonne nuit, mon général. Je reviendrai demain matin.

Sir John ordonna qu'on allumât les lampes et s'installa dans son bureau afin d'examiner le paquet. Il retira les bandes de tissu et inspecta ce qu'elles dissimulaient : un carnet détrempé. Au mépris de l'odeur méphitique et des appels de plus en plus irrités de son épouse pour qu'il la rejoignît au lit, il s'installa confortablement sur le divan et commença sa lecture. Pendant toute la nuit, ou du moins ce qu'il en restait, il parcourut attentivement les notes de Wyncliffe. Le temps de digérer les révélations stupéfiantes de Mikhail Borokoff, le soleil se levait sur les collines. Une nouvelle journée commençait.

Malgré ses paupières lourdes, son dos raide comme un piquet et ses articulations douloureuses, Sir John n'avait jamais été plus éveillé. Il était trop atterré pour envisager de dormir.

Les étoiles brillaient de leur éclat rassurant. Pourtant, de l'obscurité et du silence sourdait une angoisse terrifiante. Une armée de nuages noirs grondait au nord et un vent froid, cinglant, sifflait dans les oreilles d'Emma et transperçait sa veste et son manchon. L'odeur de la pluie submergeait tout et il semblait difficile de croire qu'une vallée si douce et si vivante à la lumière du jour pût devenir aussi sinistre la nuit. Elle ne connaissait pas cette route droite et plate, bordée de peupliers, de champs de riz et de maïs. Les ornières et fondrières se dissimulaient à la faible lueur des étoiles et, malgré le pied sûr de Zooni, Emma avançait lentement. À l'horizon, les sommets neigeux au creux desquels se nichait la vallée de Gulmarg scintillaient.

Elle ne vit pas Tanmarg – quelques cabanes éparses – avant d'y pénétrer. L'aube allait se lever et le village s'animait déjà. Derrière les cahutes, grimpaient dans le ciel plus clair des montagnes décharnées, pareilles à des icebergs flottant sur un océan de brouillard. Une lumière cligna dans l'embrasure d'une porte. Un auvent en toile de jute grossière l'abritait. Un chai kana ! Malgré le temps compté dont elle disposait, Emma ne pouvait pas poursuivre sans se reposer un moment, boire une tasse de thé chaud et avaler un peu de nourriture. Elle frappa à la porte qui s'ouvrit instantanément.

— Je voudrais me rafraîchir. Pourrait-on bouchonner mon cheval et lui donner à boire et à manger ?

La femme aux cheveux ébouriffés l'observa. Elle était à moitié endormie. Elle hocha la tête et lui ouvrit la porte.

La flambée de la nuit précédente réchauffait encore la petite pièce. Emma s'effondra sur un banc de bois et ferma les yeux, son corps ankylosé par le froid, son esprit vidé. Elle sortit de la sacoche ses maigres provisions qu'elle dévora. La chaleur du poêle ressuscita ses membres glacés et insuffla un peu de vie dans son corps meurtri. Le thé brûlant la fit rapidement somnoler. Elle ne parvint plus à garder les yeux ouverts et posa sa tête sur la table.

Difficile de dire combien de temps elle s'était endormie – pas plus de quelques minutes, sans doute – puisque sa tasse était encore tiède entre ses paumes. Sa courte sieste l'avait revigorée et elle s'accorda encore un bref moment pour se réveiller totalement. Elle remarqua quelqu'un qui se détachait de l'ombre et venait s'installer de l'autre côté de la table.

Geoffrey Charlton ?

Elle devait rêver. Elle observa de ses yeux embués l'apparition et murmura son nom. Soudain, le fantôme s'inclina et prit la parole.

— À votre service, Mrs Granville. Quel plaisir qu'une bonne tasse de thé après une longue chevauchée nocturne…

— Comment avez-vous… ?

— Su que je vous trouverais ici ?

Il sourit, tira une chaise et s'assit.

— Eh bien, vu les circonstances, où aurais-je pu retrouver une épouse prévenante sinon en route pour avertir son mari ?

— Vous m'avez suivie ?

— Au contraire, je vous ai précédée.

Il s'amusa de sa stupéfaction.

— J'ai estimé qu'il ne s'agissait que d'une question d'heures avant que vous conceviez un plan pour vous échapper et gagner Gulmarg. Quel meilleur endroit que cette oasis chaleureuse pour vous attendre ?

Il leva sa tasse en une parodie de toast.

— Vous êtes une femme courageuse, Mrs Granville, pleine de ressources. Je vous admire.

— Vous avez menti à propos du mandat de perquisition.

— Une petite supercherie, je l'admets, mais qui a atteint son objectif.

Vexée qu'il ait pu lire dans ses pensées si facilement et si précisément, elle se tenait assise.

— J'ai attendu très longtemps et très patiemment ce que vous transportez, Mrs Granville, déclara-t-il calmement. Je désirerais maintenant, si vous m'y autorisez, vous en soulager.

Il s'empara de la sacoche. Si elle l'avait voulu, elle n'aurait pu l'en empêcher. Ses doigts toujours agrippés à la tasse étaient gourds et inutiles.

Charlton vida le contenu de la sacoche sur la table, mit de côté la nourriture et se précipita sur l'enveloppe qu'elle avait dissimulée. Cachant sa peine, Emma, muette de désespoir, le regarda placer dans l'ordre les bandes de papier, si consciencieusement numérotées. Il les lissa de la paume et se mit à lire.

— Vous n'avez aucun droit sur ces papiers.

— Votre époux non plus.

— Mais moi, oui ! Et l'Académie royale de géographie aussi.

— Ne nous berçons pas d'illusions, Mrs Granville.

Il partit d'un grand rire.

— La vérité, c'est que personne n'a de droit sur les rapports d'explorations himalayennes, sauf le gouvernement. Et quel qu'en soit l'auteur…

Il reprit sa lecture. Emma constata qu'il progressait lentement. Les pattes de mouche illisibles l'exaspéraient. La brève sieste, la nourriture et le thé l'avaient ragaillardie : derrière son calme apparent, elle avait retrouvé toute son agilité d'esprit.

— Considérant votre méconnaissance de l'écriture de mon père, comment savez-vous que ces documents sont authentiques ?

— Ne me prenez pas pour un crétin, Mrs Granville. S'ils étaient faux, ni vous ni eux ne seraient ici.

Ses yeux hypocrites se fendirent.

— Authentiques mais incomplets. Où est le reste ?

— Le reste ?

— Cartes, localisation, élévation, mesures. Les détails de la Yasmina, Mrs Granville, les détails.

— Mon père ne transportait pas d'instruments.

— Butterfield, lui, en possédait ! Il était géographe et avait reçu une excellente formation de cartographe. Il est inconcevable qu'après avoir confirmé la découverte de votre père, il n'ait pas enregistré les siennes.

Dans l'agitation, le ton avait monté, et le mari de la tenancière leva la tête derrière son fourneau, l'air interrogateur. Charlton se maîtrisa difficilement, les muscles de son visage se crispaient de colère.

— Où sont les documents de Butterfield, Mrs Granville ?

Emma ne savait que répondre. Elle ne les avait jamais vus et, en réalité, n'avait même jamais songé à les chercher.

— Voilà ce que je possède. J'ignore tout du reste.

Le souffle court, il luttait pour dompter sa fureur. Il prit les papiers brusquement et se leva.

— Ne me sous-estimez, Mrs Granville, ricana-t-il. Et n'oubliez pas que je suis en mesure de vous dépouiller de votre précieux *Shalimar* si on y trouve les documents de Butterfield.

Il remit les papiers dans la sacoche qu'il coinça sous son bras.

— Ou, ajouta-t-il, si votre mari les a en sa possession.

— Où allez-vous ? lui demanda-t-elle, inquiète.

Le regard de Charlton se fit méprisant. Elle recula instinctivement.

— Où croyez-vous que j'aille, Mrs Granville ?

Avant qu'elle ait pu reprendre son souffle, il avait disparu.

— Vous avez le carnet, monsieur ?

Sir John hocha la tête devant le visage anxieux qui dépassait des couvertures.

— Oui, je l'ai, Colombine. Le médecin-major l'a découvert en vous déshabillant. C'est un homme d'honneur, il ne l'a pas lu.

— Dieu merci ! grommela David Wyncliffe en retombant sur ses oreillers. Il est arrivé en bon état. Je dois vous présenter mes excuses, monsieur, pour vous avoir causé une telle frayeur, à vous et à Lady Covendale, la nuit dernière. J'avais entendu dire que le colonel Hethrington et le capitaine Worth n'étaient pas en poste et je ne savais à qui m'adresser.

— Vous avez fait ce qu'il fallait, Colombine.

— Les notes, monsieur, avez-vous pu les lire ?

— Oui.

L'intendant général se leva.

— Nous en reparlerons une fois que vous serez sur pied.

— C'est le cas, mon général, répondit David, impatient. Si vous n'y voyez pas d'inconvénient, mon général, je souhaiterais m'ôter ce poids de la poitrine pendant que ma mémoire est encore fraîche.

— Nous vous en avons déjà soulagé, sourit Sir John. Le carnet ne pouvait être mieux dissimulé.

— À propos du colonel Borokoff, mon général, j'en ai plus, beaucoup plus à vous dire. Je n'ai pas pu l'écrire à cause de mes doigts gelés.

Un résumé des révélations de Borokoff avait déjà été expédié au vice-roi, au ministre des Affaires étrangères et au commandant en chef. Leurs réactions avaient été prévisibles. Le premier était circonspect. Le ministre restait évasif tant qu'il ne possédait pas tous les éléments. Le commandant, quant à lui, devint aussi enragé qu'un taureau dans l'arène. Et, évidemment, Hethrington n'était pas là.

— Très bien. Puisque le temps nous est compté, nous aurions intérêt à nous y mettre.

Sir John se rassit près du lit.

— Vos notes sont claires, vu les conditions dans lesquelles elles ont été prises. Cependant je veux tout savoir, jusqu'au moindre détail encore présent dans votre mémoire.

Il ordonna qu'on lui apportât de quoi écrire, un pichet de citronnade fraîche et demanda à l'infirmier de garde de sortir. Il décréta qu'on ne devait les déranger qu'en cas d'incendie, ferma la porte à clé, s'installa à la table de chevet sur laquelle il posa un bloc de papier et des crayons taillés. Enfin, il se déclara prêt.

— Ne vous pressez pas, jeune homme. Prenez autant de temps que vous le désirez et commencez par le début, à partir du moment où vous avez vu Borokoff à la rivière.

Tout s'était passé si vite, d'une façon si inattendue, que David Wyncliffe dut effectivement prendre son temps. Son rapport fut complet, convaincant et il se souvenait de tous les détails sans avoir besoin d'être guidé. Lorsque Sir John prenait du retard dans sa transcription des faits, David buvait de la citronnade pour humidifier sa gorge sèche et attendait patiemment. Ils finirent avant l'heure du déjeuner.

— Êtes-vous convaincu que Borokoff a dit la vérité ?

— Oui, mon général. Il n'avait aucune raison de mentir.

— Le 26 septembre, n'est-ce pas ?

— Oui, mon général. L'anniversaire de Smirnoff, un jour censé lui porter chance.

Sir John se tourna pour consulter le calendrier accroché derrière son bureau. Le 26 septembre, il ne lui restait que trente-trois jours !

— Où croyez-vous que Borokoff soit allé après avoir quitté le campement ?

— Sûrement vers les glaciers, mon général.

— Sans guide ni cartes, sans aucun matériel ?

— Oui, mon général. Borokoff était comme possédé par cette passe. Il ne pensait qu'à elle, ne parlait que d'elle. Il était terrorisé à l'idée que Smirnoff puisse être le premier à la découvrir et qu'il lui vole son or. Nous l'avons pourchassé pendant quelques jours… vainement. Le mauvais temps, son état… (Il soupira.) Sans doute est-il déjà mort.

— Son intérêt pour la Yasmina ne concernait-il que l'or ?

— Oh oui, mon général. Le pauvre bougre n'avait plus la force de mentir.

— Il sera déçu. Il n'y a pas d'or dans l'Himalaya. Quelques grammes sont récoltés ici ou là, dans les gorges de la Hunza, par exemple, mais pas assez pour faire fortune. L'or tibétain, en revanche, c'est une autre histoire.

— Il le savait aussi, mon général, mais rien ne pouvait l'empêcher de croire qu'il y avait de l'or dans la Yasmina. Il portait la pépite en permanence, l'adorait comme un talisman susceptible de transformer sa vie. Il espérait devenir riche.

— Vous m'avez dit qu'il voulait d'abord être emmené à Srinagar ?

— Oui, mon général.

— Pourquoi ?

— Il est resté dans le vague. À titre personnel, a-t-il prétendu.

Sir John fronça les sourcils. Cette réponse lui déplaisait.

— Supposons que vous l'ayez guidé jusqu'au défilé et que vous ayez trouvé de l'or. Que se serait-il passé ?

— Il voulait que je l'escorte ici, à Simla, mon général. Il souhaitait livrer lui-même les informations sur Smirnoff.

— Pas par philanthropie, j'imagine ?

— Non, mon général. Contre un sauf-conduit pour Bombay, un faux passeport, un billet pour l'Argentine et la promesse que ses compatriotes n'en sauraient jamais rien.

— Je vois.

— Il rêvait de posséder un manoir et des terres. Élever des moutons et des chevaux... organiser des soirées mondaines. Par-dessus tout, il voulait être son propre maître, ne dépendre des faveurs de personne. Il pensait que l'or lui apporterait dignité et indépendance. Je dois confesser, mon général, qu'il y avait quelque chose de pathétique chez Borokoff.

Sir John, en hochant la tête l'air absent, rassembla ses papiers et se prépara à partir.

— Nos supérieurs connaissent déjà l'affaire dans les grandes lignes. Demain, nous achèverons votre rapport détaillé. En gardant à l'esprit le facteur temps, quand vous estimez-vous prêt à affronter un interrogatoire officiel ?

— Dès que le médecin-major m'autorisera à me lever, mon général.

— Vous devrez marcher avec des béquilles pendant un certain temps.

— Oui, mon général. Le médecin me l'a dit.

Sa gorge se serra.

— Si j'ai commis des erreurs, mon général, c'est parce que je manquais d'expérience pour affronter une situation aussi difficile. On ne m'a pas enseigné à traiter ce genre d'affaires.

— Vous avez donné le meilleur de vous-même, Wyncliffe. Vous ne pouviez pas mieux faire, répondit Sir John aimablement. Dans ces circonstances diaboliques, vous avez agi avec pragmatisme et vaillance. Nous sommes tous fiers de vous.

David essaya de le remercier, mais aucun son ne réussit à franchir sa gorge. Il hésita encore un instant.

— Mon général, puis-je vous poser une question... directe ?

— Permission accordée.

— Mon père a-t-il véritablement découvert la Yasmina ?

L'intendant général ne s'attendait pas à cette question.

— Qui vous en a parlé ? l'interrogea-t-il sur un ton plus sec.

— Le colonel Borokoff, mon général.

— Comment diable le savait-il ?

David lui raconta l'épisode des jumelles et le contact anonyme de Borokoff en Inde.

— Est-ce vrai, mon général ? Est-ce mon père ?

Sir John réfléchit avant d'acquiescer.

— Oui, c'est vrai. Mais, pour des raisons qui ne vous concernent pas, ce sujet ne devra pas être évoqué devant une tierce personne.

— Je comprends, mon général. Ma sœur… Est-elle au courant ?

— Non, mon garçon. Votre sœur l'ignore.

— Merci, mon général. (La barre sur le front de David disparut soudain.) Je suis persuadé que, si elle l'avait su, elle m'aurait tenu au courant.

— Le rapport entre votre père et la Yasmina reste une information secrète, Colombine. J'ose espérer que vous vous en souviendrez.

— Bien sûr, mon général. Bien sûr.

Sir John se rendit compte que David n'était pas complètement rassuré.

— Une fois le gouvernement prêt, les honneurs reviendront à votre père, je vous le promets.

— Ce n'est pas la question, mon général.

David regarda ailleurs.

— Pour des raisons personnelles, que je ne tiens pas à révéler, je suis simplement… heureux que ma sœur ne soit pas dans la confidence.

Sir John comprit alors la vérité et ses yeux se plissèrent ; Wyncliffe craignait plus que tout son beau-frère et sa réputation sulfureuse.

D'humeur maussade, Sir John revint dans son bureau et demanda une bière glacée et de quoi déjeuner sur le pouce. Il ordonna qu'on ne le dérangeât point. Qu'un Russe sût ce qu'on avait tant de mal à dissimuler aux citoyens anglais était un mauvais coup. En contrepartie, heureusement, l'information n'avait pas été transmise à Smirnoff.

Worth et Hethrington absents, le témoignage incroyable de

Wyncliffe ne pouvait être confié à quiconque au Département. Sir John expédia un message pour signifier qu'il travaillerait chez lui. En soupirant, il se remit à l'ouvrage. Il lui fallut quelques heures pour achever de recopier la transcription en plusieurs exemplaires. Son ressentiment s'était subtilement mué en satisfaction.

Un aspect de l'affaire venait de le frapper. Quelles que fussent les répercussions du rapport Wyncliffe à Whitehall, les conséquences pour les services secrets ne pouvaient être que bénéfiques. De nombreux sceptiques doutaient de leur utilité et ne les considéraient que comme un luxe superflu. Les révélations de Wyncliffe changeraient cet état d'esprit ; non seulement le Département gagnerait en crédibilité et en respectabilité mais, surtout, il obtiendrait un budget décent...

Dans l'épais brouillard, Emma distinguait à peine les arbres décharnés et les contours fantomatiques des toits de bois accrochés à flanc de colline. Où était la maison de Damien ? Elle n'avait aucun moyen de le savoir.

La côte était incroyablement escarpée et le sentier glissant. Grâce au pas merveilleusement sûr de Zooni et, sans doute aussi, à une intervention divine, elle était pourtant parvenue à rester en selle. Charlton avait sous-entendu qu'il se rendrait lui-même à Gulmarg pour une ultime confrontation avec Damien. L'avait-il suivie ? Précédée ? Totalement désorientée, elle était incapable de réfléchir.

Zooni s'arrêta brusquement. Dans un sursaut de perspicacité, Emma se rappela que la jument était née et avait été dressée à Gulmarg ; naturellement, Zooni, elle, ne l'avait pas oublié. Emma descendit de sa monture, ouvrit le portail et pénétra dans le domaine. Elle se fia aveuglément au cheval et se retrouva dans une écurie qui abritait de nombreux chevaux parmi lesquels elle reconnut Toofan. Elle se précipita à l'extérieur, dans la neige boueuse, et se dirigea vers les contours nébuleux d'une maison à peine visible dans la brume. Arrivée devant la porte d'entrée, elle frappa de toutes ses forces déclinantes. La porte s'ouvrit et une silhouette apparut : Suraj Singh. Elle ignora sa stupeur, l'écarta et s'engouffra dans un couloir. Il menait à un salon. Un feu clair brûlait dans l'âtre. Il faisait merveilleusement chaud. Damien était assis dans un fauteuil, il leva les yeux vers elle tandis qu'elle se précipitait dans la pièce.

— Emma !

Abasourdi, il se leva à moitié.

— Que diable faites-vous ici ?

— Geoffrey Charlton, il… il…

Elle tituba, parvint à atteindre une table, y posa ses mains et baissa la tête.

— Charlton, murmura-t-elle dans un souffle rauque. Il arrive… Les papiers. Mandat de perquisition… Confisquer *Shalimar*. Pas de temps à per…

Elle haletait, sa voix se brisa. Damien se trouvait près d'elle lorsque ses jambes cédèrent. L'obscurité voila ses yeux et, comme une poupée de chiffon, elle s'effondra dans ses bras.

Maurice Crankshaw était de fort mauvaise humeur.

Il venait d'apprendre que Colombine s'était présenté au rapport devant l'intendant général plutôt qu'à Leh. Le message envoyé par Sir John était énigmatique, sibyllin voire insultant. L'affront serait vengé. Il s'empara d'une plume et s'assit pour rédiger une riposte convenable.

La porte s'ouvrit. Holbrook Conolly pénétra dans le bureau.

Irrité par une interruption qu'il avait formellement interdite, Crankshaw observa Conolly de la tête aux pieds, impassible.

— Alors, les géologues ont fini par vous retrouver, hein ?

— Oui, monsieur.

Habitué à la mauvaise humeur coutumière du commissaire, mais refusant de s'y soumettre, Conolly resta imperturbable.

— Nous n'étions pas perdus.

— Où étiez-vous ?

— Dans le campement de Mirza Beg.

— Je l'avais dit à Hethrington. Par bonheur, vous êtes rentré, nous ne pouvions nous permettre de payer un nouveau service funéraire… Eh bien ?

Il regarda derrière Conolly par-dessus ses lunettes.

— J'espère que vous n'êtes pas venu sans les bagages.

L'expression de Conolly se radoucit.

— Miss Ivanova attend dans l'antichambre, monsieur, répondit-il. Ne sachant pas pourquoi on l'a amenée ici – moi-même, je l'ignore –, elle est un peu nerveuse. Vous le comprendrez aisément.

— Si vous aviez passé moins de temps à lamper du khumis sur les routes, vous n'auriez pas raté Hethrington. Il est parti à Srinagar la semaine dernière.

D'un geste, il indiqua un siège à Conolly. Le médecin allait ouvrir la bouche, conscient de son avantage, mais il était déjà trop tard. Il n'avait plus d'autre choix que d'attendre que la logorrhée de Crankshaw prît fin.

Conolly songea à la journée qui venait de s'écouler. Ils étaient arrivés au caravansérail de Leh tôt dans la matinée. Ivana était de plus en plus agitée. Inquiète et troublée par les maigres révélations de Conolly, elle avait posé des questions auxquelles lui-même était incapable de répondre. Il n'avait aucun moyen de la réconforter et hésitait sur la façon de la rassurer.

— Comment va-t-on me recevoir? avait-elle demandé tristement, tandis qu'ils s'approchaient du cœur de la ville. À Tachkent, on dit les Anglais snobs, on prétend qu'ils ne nous aiment pas.

— Vous me trouvez snob?

— Non. Mais c'est différent, vous êtes un ami.

— C'est la même chose pour ce vieux Cranks, du moins quand il en saura un peu plus sur vous. Il aboie beaucoup, je l'admets, mais il n'a jamais mordu personne. Du moins, personne que je connaisse.

— Que pensera Monsieur « Vieuxcrank » de moi? Et que dira sa dame quand elle me verra dans ces vêtements crasseux?

— Sa dame? s'était esclaffé Conolly. Vous pensez qu'une femme oserait épouser ce vieux crocodile? L'homme est un célibataire endurci et la seule vue d'une femme lui hérisse le poil. Et, comment dire... vice versa. Au fait, il s'appelle Crankshaw.

Ce n'était guère rassurant. En arrivant devant son bureau, Ivana était terrorisée.

Crankshaw acheva de rédiger son télégramme, fit sécher le papier, puis referma le dossier.

— Comment va votre compagne d'infortune ?

— Plutôt bien, quand je pense à ce qu'elle a enduré.

— Comment se comporte-t-elle ?

— Impeccablement, monsieur.

— Pas de crises simulées, d'accès de fureur ou d'hystérie ?
Rien de ce que font généralement les femmes une fois sorties
de leur boudoir ?

— Rien de tout cela, monsieur. Miss Ivanova s'est conduite
de manière exemplaire. Son courage force l'admiration, comme
son sang-froid. Nulle autre jeune femme de ma connaissance
n'aurait supporté autant d'épreuves avec plus de caractère. Elle
est anxieuse. Ce qui est normal, mais elle n'est pas le moins du
monde terrorisée.

— Je vois. En ce cas, aurai-je l'honneur de faire la connaissance de ce modèle de vertu qui semble vous avoir tant
impressionné ?

En rougissant, Conolly se précipita pour introduire Ivana
dans le bureau. Il revint un moment plus tard. La jeune fille le
suivait craintivement.

— Miss Ivana Ivanova, annonça-t-il avec emphase.

— Groumph !

Crankshaw nettoya ses lunettes, les replaça sur l'arête de
son nez et soumit Ivana à une inspection prolongée.

— Vous nous avez fait courir, jeune femme, commença-t-il
sur un ton sévère. J'espère que vous vous rendez compte du
pétrin dans lequel nous nous sommes fourrés pour vous sauver
des griffes des Russes.

Ivana ne comprit pas un traître mot. Le ton et l'aspect
revêche de Crankshaw suffirent à l'affoler. Elle se rapprocha de
Conolly.

— Je ne pense pas que « sauver » soit le verbe approprié,
remarqua sèchement Conolly. « Enlever » conviendrait mieux.

Crankshaw éluda ce problème sémantique d'un claquement
de langue.

— Asseyez-vous, asseyez-vous.

Ivana, ayant compris le geste, s'effondra sur un siège.
Crankshaw poursuivit.

— Vous me paraissez lasse ?

— Elle ne parle pas anglais, monsieur, indiqua Conolly qui

s'était rassis et croisait les bras, l'air renfrogné. Elle ne sait pas pourquoi elle a subi tous ces tourments, aussi lui devons-nous des explications...

– Plus tard, Capricorne, plus tard. Les choses importantes, d'abord ! Vous êtes habitué à vous la couler douce, Conolly, aussi je suppose que vous mourez de faim, comme d'habitude.

L'estomac du médecin concéda un gargouillis accusateur mais Conolly accueillit la suggestion avec une mauvaise foi évidente.

– Maintenant que vous en parlez, monsieur, je ne dirai pas non. Je suis certain que Miss Ivanova sera d'accord avec moi.

Crankshaw tenta de sourire.

– Voilà qui est réglé et tant pis pour les priorités... (Il se gratta le nez.) Primo, demandez à la bonne des affaires propres pour vous deux. Vous empestez. Deuzio, qu'on brûle vos loques. Et dehors ! Tertio, allez vous récurer dans un bon bain.

Son regard alla de Conolly à Ivana.

– Séparément, c'est un ordre !

Conolly laissa échapper un soupir de pure félicité.

Une fois seul, Crankshaw se pencha de nouveau sur le premier jet de son télégramme. Une pensée lui traversa l'esprit, il eut un rictus. Le projet Janus était une création des services secrets. Si Colombine s'était présenté à Simla, Capricorne quant à lui avait choisi Leh ; un point partout. Bien menée, l'opération pouvait s'avérer lucrative ; une perspective qu'on ne pouvait balayer d'un revers de la main considérant les sommes dérisoires avec lesquelles il devait faire tourner son service.

L'honneur sauf, il froissa le brouillon du télégramme qu'il jeta à la poubelle et se mit à rédiger un autre message plus conciliant.

Lavé et reposé, Conolly retrouva Ivana pour le dîner dans un meilleur état d'esprit. Maurice Crankshaw était visiblement mal à l'aise en présence de la jeune femme, qui était vraisemblablement la première à pénétrer dans son sanctuaire. Il la gratifia de quelques aboiements et autres glapissements avant de l'ignorer – au grand soulagement d'Ivana – pendant le reste du repas.

– Des flatulences, hein ? ricana Crankshaw en écoutant le récit des aventures de Conolly à Kashgar. Je me demande bien ce que va devenir ce vieux coussin péteur sans vos potions.

— Quoi qu'il fasse, je n'aimerais pas être derrière lui ! relança Conolly, et ils éclatèrent de rire.

— Quand pourrai-je avoir votre rapport ? s'enquit Crankshaw en passant du coq à l'âne.

— Euh, bafouilla Conolly, interloqué. Après-demain ?

— Et pourquoi pas demain ? Vous avez rendez-vous chez le dentiste ?

— Demain, monsieur, répondit Conolly en se mordant les lèvres, je pensais accompagner Miss Ivanova sur la colline. Elle n'a jamais vu de monastère bouddhiste.

Crankshaw agita son doigt devant le visage du médecin.

— Déjà abîmé par votre petit confort, hein ? le sermonna-t-il. Et puis, allez-y donc. Je vous donne ma bénédiction. Mais si je n'ai pas le rapport sur mon bureau après-demain matin à la première heure, croyez bien que je vous renverrai d'où vous venez !

— Oui, monsieur. Merci, monsieur.

— Au fait, Conolly, Miss Ivanova se remet-elle bien ? L'a-t-on installée confortablement ?

— Bien entendu, monsieur, il lui faudra un peu de temps pour s'adapter.

Craignant de perdre l'avantage, Conolly ajouta en hâte :

— Au sujet des explications, monsieur…

— Après votre rapport, Capricorne, rétorqua Crankshaw sèchement. Après…

— Ne bougez pas.

Dans l'obscurité, Damien l'observait. Il se dirigea vers la fenêtre et ajusta les rideaux. L'éclat du matin se mua en une obscurité reposante, à peine troublée par la lueur dansante des flammes dans l'âtre.

— Vous vous sentez mieux ?

Emma murmura, se passa la langue sur les lèvres et regarda la chambre aux murs lambrissés qui l'accueillait. Elle reposait sur un lit à baldaquin. Elle souleva la courtepointe et contempla, avec surprise, une immense chemise de nuit.

— Vous étiez trempée jusqu'aux os, il m'a fallu trouver de

quoi vous changer. Je suis navré, mais c'est ce que j'avais de mieux.

Il s'approcha du lit.

— Vous avez parcouru tout ce chemin à cheval ? Depuis *Shalimar* ?

Les souvenirs affluèrent comme un vent d'hiver glacial.

Charlton !

— Geoffrey Charlton m'attendait à Tanmarg.

Elle se leva sur un coude, les yeux grands ouverts, et poursuivit à toute allure.

— Il s'est emparé des papiers de mon père.

— Toute seule ?

— Il a fait cerner la maison, Damien. Il m'a dit que Walter Stew…

— Vous n'auriez pas dû venir seule.

Dans son état de nervosité, il ne l'écoutait guère.

— Vous auriez pu être attaquée ou même tuée. La route n'est pas sûre.

— Je devais vous prévenir. Charlton…

— D'abord, du bouillon. Pour vous réchauffer.

Il prit un bol sur la table de nuit et le lui tendit.

— Ne comprenez-vous pas ? s'exclama-t-elle en repoussant la tasse. Charlton savait que j'emporterais les papiers de mon père. Il me les a pris. Je n'ai rien pu faire pour l'arrêter.

— Dites-moi ce qui s'est passé. Charlton est venu à *Shalimar* ?

— Oui. Il était furieux parce que je n'avais pas le reste des papiers. Il a cru que vous les aviez. Il est venu les chercher ici, n'est-ce pas ?

— Oui. Vous dormiez. Je ne vois pas pourquoi je vous aurais réveillée.

— Vous avez les documents ?

— Je les avais. Je les lui ai donnés.

Pendant un instant, une seconde peut-être, elle fut frappée de stupeur. Rapidement, elle se composa un visage serein. De longs mois durant, elle avait été incapable de comprendre cet homme et leur… association ? partenariat ? Soudain sa chevauchée fantastique et solitaire lui parut risible. La barrière qui s'élevait entre eux était trop haute. Elle n'aurait pas dû essayer

403

de la franchir. Elle n'aurait pas dû oublier que ni *Shalimar* ni Damien ne lui appartenaient plus désormais.

Il l'observait, abasourdi.

— Vous avez pris tous ces risques uniquement pour me prévenir ?

— Oui. Mais peut-être aurais-je dû m'abstenir ?

— Non. Non, ce n'est pas ce que je voulais dire, se reprit-il. Je suis stupéfait que vous ayez essayé si bravement de…

Sa voix se brisa.

— Je ne sais que dire.

— Il n'y a rien à dire, le rassura Emma froidement. Je ne voulais pas vivre avec la perte de votre propriété sur la conscience. Mes motivations n'étaient que pur égoïsme.

— Néanmoins, je vous suis redevable.

— J'aurais voulu ne jamais voir ces papiers. Rester dans l'ignorance la plus totale.

Elle cacha son visage sous les couvertures. L'amertume la submergeait.

Damien ne releva pas sa dernière remarque, et continua.

— Êtes-vous capable de me suivre en bas des escaliers ?

— Non.

— Je voudrais vous présenter des amis.

— Je n'y tiens pas.

— Vous avez tant fait pour moi. Je vous serais reconnaissant de bien vouloir faire un ultime effort en ma faveur.

— Qui sont ces amis ? lui demanda-t-elle en se retournant.

— Vous verrez.

— Je n'ai pas de tenue décente. Je ne peux descendre vêtue de votre chemise de nuit !

19

Emma, engoncée dans une robe de chambre matelassée, affublée d'une paire de bas en laine démesurés, un châle sur les épaules, attendait les invités de Damien sans grand enthousiasme. Suraj Singh patientait lui aussi, tel un garde-chiourme perpétuellement aux aguets.

– Confortable, non ?

Damien posa une couverture sur ses jambes.

– Oui. Merci.

– Bien. Une dernière requête : écoutez d'abord, posez vos questions ensuite.

– Si c'est que vous désirez.

Sur l'injonction de Damien, Suraj Singh sortit et revint accompagné de deux hommes portant l'uniforme de l'armée des Indes. Ils serrèrent la main de Damien d'une manière brusque mais courtoise. Ils n'échangèrent aucune parole. Seuls, leurs yeux froids et attentifs indiquaient la tension qui régnait.

– Le colonel Wilfred Hethrington et le capitaine Nigel Worth, des services secrets de l'armée, annonça Damien. Mon épouse.

Si Emma fut étonnée, elle n'en montra rien. Tous deux s'inclinèrent devant elle, visiblement embarrassés. À la lumière des révélations de Charlton, rien de plus normal.

– Mon épouse a décidé de passer quelques jours en ma compagnie, reprit Damien. Malheureusement, elle a été surprise par un orage et se sent un peu fiévreuse.

Ils échangèrent des platitudes et s'assirent autour de la table. Damien s'approcha, ouvrit un tiroir et en sortit une enveloppe marron. Il la posa sur le bureau devant le colonel. Il n'y eut pas de préambule, pas de précautions oratoires, pas de banalités d'usage. Entre eux, l'hostilité était palpable.

Le colonel se racla la gorge.

— C'est tout, Granville ?

— Oui. Reste le journal du Dr Wyncliffe.

Le colonel Hethrington jeta un coup d'œil vers Emma avant de regarder ailleurs.

— Le reste ?

— Une fois votre part du marché remplie.

— C'est fait. Les preuves vont bientôt nous parvenir.

Damien se figea et son expression changea. L'espace d'un battement de cœur, il sembla pétrifié, comme en transe. Alors, s'excusant, il quitta le bureau, suivi à pas de loups par Suraj Singh. Le silence se fit gênant.

Votre part du marché.

Le colonel s'empara de l'enveloppe. Il l'ouvrit et en sortit les documents qu'il lissa du plat de la main. Il prit la première page et parcourut les notes d'un œil rapide. Il la tendit à son aide de camp et prit la deuxième. Le silence imprégnait la pièce, à peine troublé par le froissement du papier, le tic-tac régulier de l'horloge murale et le crépitement des bûches dans l'âtre.

Une fois leur lecture attentive achevée, le capitaine Worth replia les documents et les remit dans l'enveloppe. Il jeta à Emma un regard en coin mais son visage ne reflétait aucune expression.

Damien revint. Il avait repris son flegme, mais ses joues s'étaient légèrement colorées et ses yeux brillaient d'un éclat inhabituel.

— C'est une transcription, Granville, déclara le colonel Hethrington. Où sont les originaux ?

Debout devant la fenêtre, accoudé au rebord, Damien semblait ne pas avoir entendu la question. Pourtant, il répondit.

— Vous devriez savoir, mon colonel, que Geoffrey Charlton est venu ici.

— Pourquoi ?

Le colonel prit une profonde inspiration.

— Pour la même raison que vous.

— Et ?

— Je lui ai donné les originaux.

Les deux militaires restèrent muets de stupéfaction. Nigel Worth fut le premier à retrouver l'usage de la parole.

— Êtes-vous fou, Damien ? demanda-t-il d'une voix horrifiée.

— Pas fou, Nigel. Logique.

— Mais, bon Dieu, pourquoi ?

— Pour une excellente raison. Charlton était armé, et je ne brûle pas du désir de tuer ou d'être tué pour votre satané Empire.

Le colonel reprit la parole tout en dissimulant sous la table ses mains qui tremblaient toujours.

— Quelle que soit votre opinion de l'Empire, Granville, reprit-il d'une voix cassante, ces documents sont propriété du gouvernement. Être en leur possession est un crime.

— Je n'ai qu'une copie non authentifiée, mon colonel. C'est Charlton qui détient la propriété du gouvernement.

— Et vous la lui avez donnée !

— C'est la boîte de Pandore que vous aurez à ouvrir pour le prouver, mon colonel, et je ne crois pas que vous oserez le faire. Une boîte de Pandore, ajouta-t-il malicieusement, dont votre commandant en chef, probablement, ignore tout.

— Mon instinct ne m'a pas trompé concernant votre camarade de classe, capitaine, esquiva Hethrington soudain las. On ne peut lui faire confiance.

Piqué par l'insinuation, Nigel Worth bondit de sa chaise en affichant une expression à la fois angoissée et scandalisée.

— Vous m'aviez donné votre parole, Damien ! Vous me l'aviez promis, bon Dieu, promis !

— Il y a quelque chose d'autre, rétorqua Damien.

— Asseyez-vous, capitaine ! ordonna Hethrington en s'épongeant le front. Maintenant que votre Janus a révélé son côté obscur, nous ferions mieux de l'écouter. Parlez, Granville.

Nigel Worth s'effondra dans son fauteuil en grommelant.

— Rappelez-vous, commença Damien, que, après la guerre russo-turque et pendant le congrès de Berlin, Charlton travaillait à temps partiel au ministère des Affaires étrangères, tout en continuant à écrire pour le *Sentinel*.

— Au fait, Granville !

— Il a entendu dire que les détails du traité anglo-russe devaient être livrés au *Times*. Ayant accès aux documents, il les a publiés le lendemain dans le *Sentinel*. On l'arrêta pour avoir volé des dossiers confidentiels, mais il fut relâché, faute de preuves matérielles. Grâce à sa mémoire exceptionnelle, il avait reproduit les points importants du traité pratiquement mot pour mot bien qu'il ne l'ait lu qu'une seule fois.

— Les notes de Butterfield sont-elles codées ? s'enquit Hethrington.

— Non, le temps lui manquait.

— Les bandes sont-elles lisibles ?

— À peine. Avant de les mémoriser, Charlton devra les déchiffrer.

— À quelle heure est-il parti ? demanda Hethrington à moitié rassuré.

— Il y a trois heures. Il devrait être à Srinagar au crépuscule. Il ne s'attend pas à être recherché.

— Expédiez cette note à Stewart, ordonna Hethrington à son aide de camp.

— Sûrement pas ! l'interrompit Damien. Son Excellence s'occupera du mandat d'arrêt.

— Son Excellence ? Bon Dieu, je ne suis pas autorisé à passer au-dessus du résident, Granville !

— Moi, oui.

— Mais les procédures du Département...

— Au diable vos procédures, mon colonel ! Vous savez que Charlton et Stewart travaillent main dans la main.

— Je vous donne ma parole, Granville : votre chasse gardée ne risque rien.

— Pourquoi me fier à votre parole ? Je ne sache pas que vous ayez confiance en la mienne, rétorqua Damien, cette fois ouvertement méprisant. Pour votre information, mon colonel, Suraj Singh est déjà en route avec une lettre demandant à Son Excellence de faire le nécessaire.

— Comment osez-vous approcher Son Excellence sans notre accord ? s'irrita Hethrington.

— Vous oubliez, mon colonel, que la Yasmina est sur le territoire du Cachemire, un État souverain qui n'est pas encore sous le joug de l'impérialisme britannique. Vous faites ce que je dis, ou Charlton publie les documents avec ma bénédiction.

— Seigneur ! explosa Hethrington. Comment osez-vous dicter vos conditions au gouvernement ?

— Nous avons un accord, Hethrington. Il touche à sa fin. Je ne vous dois rien. Et réciproquement.

Accord.

Oui, c'est le mot qui lui avait échappé, songea Emma. Leur mariage n'avait été qu'un accord.

— Et qu'en est-il de notre amitié ? demanda Nigel Worth. Elle ne compte pour rien ? Nous avons passé un accord verbal, Damien, et vous les avez rompus. Hyder Ali et vous êtes allés à Tachkent de façon illégale…

— Parce que vous m'avez refusé votre autorisation !

— … Vous avez raconté une histoire à dormir debout à cet âne de baron et lui avez même offert les cartes. Vous avez laissé Hyder Ali en arrière et maintenant vous vous permettez de… de… tu nous as trahi Damien… je te faisais confiance !

— Ne sois pas stupide, Nigel, c'est bien parce que je ne vous ai pas trahis que vous aurez vos sacrés papiers demain.

Damien s'approcha du bureau et en sortit une nouvelle enveloppe.

— Une transcription des notes de Butterfield. Tout ce qu'il a pu cacher dans son moulin à prières : descriptions, élévations, latitude, longitude, croquis et mesures. En d'autres termes, les informations cartographiques sur la Yasmina.

Il ouvrit l'enveloppe et osa un « Puis-je » plein d'ironie.

Les deux officiers se turent.

— Butterfield a exploré la crevasse que le Dr Wyncliffe avait découverte. C'est ce qu'il y a trouvé qui constitue le nœud de l'affaire. Ses mots le décrivent parfaitement.

Damien se mit à lire les notes.

— *La topographie des lieux se modifie en permanence : un monde primitif piégé dans un cycle continu de création et de destruction. De gigantesques avalanches nocturnes détournent de grandioses rivières de glace, forment des lacs souterrains, ouvrent des crevasses dans les entrailles de la terre, recouvrent les vallées et précipitent des torrents à l'assaut des gorges. Un bouleversement continuel. La clameur est terrifiante, assourdissante et la terre bouge sans avertissement.*

Le ravin lui-même, la Yasmina, est un endroit sinistre, glacial, hostile et jonché de glace et de rochers. Les Hunzakuts ont raison : c'est le mal incarné. Pendant seulement quelques minutes, à midi, le soleil pénètre dans la passe. La Yasmina est facile à trouver, mais son accès est difficile sinon impossible à distinguer si on ne la cherche pas attentivement.

Les premiers explorateurs croyaient qu'il existait des souterrains sous l'Himalaya. À une époque peut-être, avant que les périodes de glaciation ne transforment la région, la Yasmina en fut un. Arrivé au bout de l'étroit passage – ce n'est guère plus –, je me suis trouvé devant ce que ni moi ni personne n'avait jamais envisagé : une formidable barrière de rochers éboulés réunis par une glace immémoriale. Impossible de la franchir, de la déloger ni même de la contourner.

« Voilà, messieurs, le secret de la Yasmina, conclut Damien. Le secret que les Hunzakuts sont parvenus à cacher aux yeux du monde pendant de si nombreuses années. Il n'y a pas de Yasmina. Si la passe a existé un jour, les bouleversements géologiques l'ont fait disparaître. Dame nature a fait son œuvre en la comblant, messieurs, et l'homme ne pourra rien y changer.

La révélation était terrifiante, si imprévue, que pendant un instant nul ne put y croire. Les deux officiers restèrent sans voix, plongés dans une intense confusion.

Le colonel Hethrington se mit à rire.

— Nom de Dieu !

— Le Hunza ne dispose pas des ressources nécessaires pour lutter militairement contre ses voisins belliqueux et mal intentionnés, reprit Damien en s'approchant de la fenêtre. Ils ont exploité leurs deux plus grands atouts, la Yasmina et l'appétit insatiable des Empires. On ne peut les en blâmer !

— Je me vois malheureusement obligé de reconnaître que vous n'avez pas entièrement tort, Granville. Et je vous assure que je ne verserai pas de larmes sur cette sacrée passe.

— Bien. (Damien les arrêta d'un geste.) Maintenant que nous sommes au moins d'accord sur ce point, mon colonel, je pense que vous devriez savoir autre chose.

— Mieux vaut entendre ça que d'être sourd, concéda Hethrington.

— Ni la Russie ni l'Angleterre, bien qu'elles agissent comme si c'était le cas, n'ont de droit sur l'Himalaya. La vérité sur la Yasmina n'est le monopole de personne. Les détails de la découverte sont en route vers Saint-Pétersbourg et seront remis anonymement au *Novoe Vremya* et à *L'Étoile du matin*. J'imagine que les Russes seront ravis de publier l'exclusivité du siècle.

Emma émergea de sa stupeur et s'agita sur sa chaise. Elle contemplait Nigel Worth, incrédule.

— Je sais qui vous êtes, affirma-t-elle enfin. Vous êtes Hammie, le camarade d'école birman de Damien.

Maurice Crankshaw était très strict au sujet des règles de rédaction des rapports : bannir les métaphores et les expressions familières, éviter le foisonnement des adjectifs et des adverbes. Les faits devaient être exposés clairement et succinctement.

Conolly eut la désagréable impression, malgré l'importance de son rapport, d'être corrigé par un professeur de latin. Ses protestations restèrent pourtant lettre morte.

— Croyez-vous écrire du Shakespeare, Capricorne ?

— Non, monsieur, mais à la façon dont vous avez corrigé mon rapport, on s'endormira dès le premier paragraphe.

— De toute façon, personne ne le lira, lui assura Crankshaw. À part vous, moi, et une poignée d'individus à Simla, les prétendus services secrets. Les rapports ne sont pas des romans de cape et d'épée pour adolescents, Capricorne. Voulez-vous que l'Histoire vous considère comme un crétin notoire ?

Conolly ne s'intéressait guère à la postérité. En outre, on ne lui avait toujours pas expliqué le cas d'Ivana. Lorsqu'il essayait de coincer Crankshaw, il était accueilli avec les mêmes faux-fuyants.

— En temps voulu, Capricorne, en temps voulu. Le rapport d'abord, le petit personnel ensuite.

Que se passait-il ? se demandait Conolly. Ils étaient à Leh depuis cinq jours et il n'avait pu rencontrer Ivana que trois fois, sous l'œil désapprobateur de la servante de Crankshaw qui les avait même chaperonnés jusqu'au monastère. Bien qu'Ivana fût installée confortablement et bien traitée, Conolly la trouvait mélancolique. Il était de tout son être avec elle, se languissait de pouvoir lui parler et la rassurer sur son avenir. Mais l'occasion ne s'était pas encore présentée.

Conolly était assis et contemplait, l'air absent, une procession de moinillons en robe safran qui passait le long du chemin. Il sentit soudain une présence. Il se retourna : Ivana était debout derrière lui. Il se leva d'un bond, plein d'une allégresse nouvelle.

— Je... je pensais justement à vous, bafouilla-t-il. Comment, euh, comment allez-vous ?

— Très bien. Et vous ? s'enquit-elle le plus sérieusement du monde.

— Aussi bien que possible, je crois.

— Vous ne vous plaisez pas ici ?

— Non. Je ne suis pas habitué à rester sans rien faire. Je ne connais pas ma prochaine mission.

— Vous allez quitter Leh ?

— Oui. Enfin, je crois.

— Où irez-vous ?

— Perse, Afghanistan, Turquie.

Il haussa les épaules.

— Qui sait ? Partout sauf à Kashgar. Le Céleste Empire sait se montrer efficace lorsqu'il doit s'occuper d'agents en fuite qui enlèvent des jeunes filles.

— Votre prochaine destination vous importe-t-elle si peu ? répondit-elle, sans sourire à son trait d'esprit.

Il réfléchit à la question. Il n'y avait jamais songé, mais maintenant la perspective des préparatifs, d'une nouvelle identité, d'un autre jeu aux règles inconnues l'abattait.

— Oui, soupira-t-il. C'est chaque fois la même routine.

— Mon enlèvement aussi ? demanda-t-elle tristement.

— Euh oui... enfin, non.

Il se força à sourire.

— Les agents sont comme des pierres qui roulent. Une fois que nous avons amassé de la mousse, on nous arrête.

Elle baissa le tête et deux larmes coulèrent sur ses joues.

— Je ne vous verrai plus jamais.

Une nouvelle fois, sa sincérité et son naturel le désarmèrent. Il en fut terriblement ému. Il se rapprocha d'elle et plaça sa main sur la sienne. Il mourait d'envie de la prendre dans ses bras et de l'embrasser, mais n'osa pas. La garde rapprochée de Crankshaw les surveillait.

— Ne vous inquiétez pas, Ivana, déclara-t-il, feignant de ne pas comprendre. Je ne partirai pas sans m'être assuré que vous êtes, euh, entre de bonnes mains.

Il se détourna. Ces dernières semaines, c'était dans les siennes qu'avait reposé le destin d'Ivana et, soudain, il devait l'abandonner. La perspective d'une telle perte lui était insupportable. Lorsqu'il voulut le lui dire, Ivana avait disparu. Jamais il ne s'était senti aussi malheureux.

Malgré son air bougon et sa langue acerbe, Maurice Crankshaw était un homme populaire à Leh. On l'invitait souvent aux cérémonies. Conolly fut grandement chagriné d'apprendre, alors qu'il se préparait à lui parler, que le vieux Cranks était convié à un mariage et qu'il comptait sur sa présence. Le médecin se rasséréna en apprenant qu'il pouvait venir accompagné d'Ivana.

Qu'il en soit ainsi, songea amèrement Conolly. Quoi qu'en pense Crankshaw, il aborderait le sujet le soir même. Au diable les conséquences !

Il s'agissait du mariage d'un jeune orphelin et d'une femme plus âgée. Ivana était fascinée par la cérémonie et les explications de Crankshaw que lui traduisait Conolly. Une fois les rituels achevés, on passa à la fête proprement dite. Le korey, la coupe d'amour, remplie d'une liqueur locale appelée chhang, passa parmi les invités. L'étiquette voulait que le gobelet fût vidé à chaque fois et, bientôt, l'hilarité fut générale. L'humeur de Crankshaw s'améliora considérablement.

À chaque tentative de Conolly pour évoquer le sujet cher à son cœur, la coupe apparaissait. À la fin du troisième tour, Conolly sentit sa tête se vider et, au quatrième, il ne parvenait plus à fixer son attention. Alors Crankshaw se mit en entonner une chanson d'amour tibétaine. C'était le moment ou jamais.

— Au sujet de la jeune Arménienne…, lança le médecin d'une voix ferme.

— À ce propos, Conolly, je voulais vous parler de votre prochain poste.

— Ah… (Son cœur battait à tout rompre.) L'Afghanistan, monsieur ?

— Non, Capricorne, non. Le Pamir. Vous assisterez Francis Younghusband dans les négociations concernant la ligne de démarcation. Vous connaissez la région, parlez couramment le russe et le chinois, votre aide sera inestimable. Maintenant, à propos de Kashgar…

— Mais, je ne peux retourner à Kashgar, monsieur.

— Je n'ai rien dit de tel, Capricorne. Laissez-moi finir. Vous toucherez un mot de la situation à Younghusband et MacCartney qui, eux, s'y rendront. Mais, avant que vous alliez dans le Pamir, j'ai une autre petite mission à vous proposer. Vous irez à Srinagar.

— Srinagar ? (Conolly fixa difficilement le visage de son supérieur.) Dans quel but, monsieur ?

— Pourquoi aller à Srinagar ? demanda Crankshaw irrité. Pour son air pur, les longues marches, pour communier avec la nature, pour son qahwa (et cette fois essayez avec un trait de gin), pour mâchonner des graines de lotus et des noisettes et, lorsque cette dure vie d'hédonisme deviendra insupportable, pour aller – comment dire ? – méditer en compagnie de jeunes filles nubiles. Franchement, Capricorne, je vous plains, mais je ne veux pas vous voir ici avant un mois. Au sujet de Srinagar, je me souviens en 79, lorsque…

— Et Ivana, monsieur ? l'interrompit Conolly, désappointé. Qu'adviendra-t-il d'elle ? Où ira-t-elle ?

— Je viens de vous le dire, Capricorne. N'écoutez-vous donc jamais ? C'est à cause de cette jeune femme que vous devez aller à Srinagar.

Les nouveaux mariés s'approchèrent pour présenter leurs respects. Crankshaw se leva maladroitement. Il complimenta l'épouse pour sa beauté, le jeune homme pour sa bonne fortune et leurs hôtes pour la qualité du chhang. Il but à leur santé et s'effondra sur son siège.

— Je n'ai pas été autorisé par Simla à vous révéler la vérité concernant Miss Ivanova. Vous devez l'escorter à Srinagar et la remettre entre les mains d'un certain Damien Granville. Son frère.

La fièvre d'Emma se prolongea une semaine entière. Un médecin militaire lui prescrivit des fortifiants, mais il n'y eut rien à faire pour remédier à son humeur maussade. Malgré les attentions de Damien – ou à cause d'elles ? –, elle restait abattue. Avoir été exclue d'un pan entier de sa vie la laissait totalement désemparée. Pourtant, elle s'obstinait à ne poser aucune question et Damien, son égal dans l'entêtement, ne lui fournissait pas de réponse.

Dans son for intérieur, cependant, elle cherchait des explications, des excuses. Elle n'en trouvait aucune.

Une fois rétablie, elle exigea de Damien qu'il préparât son retour à Delhi. Il accepta sans un mot. Lorsqu'il sortit de sa chambre, elle s'effondra en sanglots.

Le deuxième jour de sa convalescence, alors qu'elle parcourait une revue d'un air absent, on annonça le capitaine Nigel Worth.

– Je retourne à Simla demain, déclara-t-il en s'asseyant en face d'elle dans un fauteuil en osier.

Ce matin-là, il ne portait pas son uniforme mais un pantalon et une veste de flanelle.

– Je ne pouvais partir sans vous dire au revoir.

Malgré l'apparente décontraction du capitaine, Emma n'était pas dupe. Nigel Worth était passé tout en sachant que Damien avait dû se rendre à Khillanmarg pour la journée.

– J'ai cru comprendre que Damien vous avait parlé de notre enfance en Angleterre.

– Oui.

Emma préféra ne pas le contredire.

– Il a dû vous expliquer que nous étions restés très liés.

– Je vous ai reconnu sur une photographie de classe dans le bureau de Damien.

Elle se força à sourire.

– J'ai cru remarquer qu'il avait renoncé à vous appeler Hammie.

– Pour une bonne raison, grimaça plaisamment le capitaine. S'il le faisait, il sait que je lui ferais ravaler et ses mots, et ses dents par-dessus le marché !

Ils rirent de concert. Il s'enquit de sa santé et lui souhaita un prompt rétablissement. Elle le remercia et lui demanda poliment si le colonel Hethrington s'était rendu à Simla. Il lui confirma la nouvelle. Elle le questionna sur sa passion du théâtre et il confessa qu'il s'y intéressait toujours. La conversation s'épuisa rapidement et fut suivie par un silence embarrassé. Nigel Worth se racla la gorge et rentra alors dans le vif du sujet.

— Je suis resté pour vous parler, Mrs Granville.

— Vraiment ?

Elle feignit l'étonnement.

— Le colonel Hethrington m'a enjoint de vous présenter ses excuses les plus sincères pour l'inquiétude que toute cette affaire a pu causer à vous et à votre famille. S'il n'avait dû se rendre d'urgence à Simla pour y porter les documents, il se serait excusé en personne. Il vous écrira bientôt.

Il attendit sa réponse, mais elle resta silencieuse.

— Voyez-vous, Mrs Granville, nous ne pouvions attribuer cette formidable découverte à votre père sans avoir d'abord récupéré…

— Je suis au courant, l'interrompit-elle. Mr Charlton fut assez bon pour me l'expliquer.

— Le colonel Hethrington m'a autorisé à répondre en toute franchise à vos questions, Mrs Granville.

— Mon père sera-t-il enfin cité officiellement pour la découverte qui lui a coûté la vie ?

— Oui, mais seulement après qu'une mise au point aura été approuvée par le Conseil des ministres.

— La menace évoquée par Mr Charlton concernant *Shalimar*… était-elle réelle ?

— Oui, bien réelle. Les preuves amassées par Charlton contre Damien étaient… éloquentes. Si, faisant fi de Simla, il les avait publiées en accusant votre mari de trahison, Stewart serait passé au-dessus du maharaja et aurait saisi le domaine. Depuis plusieurs mois, le résident se voyait y habiter lui-même.

— Qu'en est-il maintenant ?

— Le résident n'ignore pas que le mieux est l'ennemi du bien…

— Ira-t-il en prison ?

— Charlton ? Malheureusement, non. Un procès exemplaire nous exposerait à ouvrir…

— La boîte de Pandore ?

— En effet.

Il sourit.

— L'intendant général s'y opposerait. Nous avertirons Charlton. Il devra quitter le Cachemire et ne plus jamais y remettre les pieds. Nos services doivent garder leurs secrets, Mrs Granville. Et Damien doit être protégé.

— Malgré tout ?

— Damien est un individualiste, soupira Nigel Worth. Vous devez le savoir mieux que personne. Dès le départ, j'ai compris que nous ne pouvions le tenir en laisse. J'espérais simplement qu'il ne devînt pas totalement incontrôlable.

— L'est-il devenu ?

— Eh bien — il haussa les épaules avec philosophie –, disons que ça aurait pu être bien pire.

— Avec les cartes expédiées en Russie ? Je doute que le colonel Hethrington eût donné son accord !

— Non. Même si les cartes sont inutilisables, Damien s'est comporté d'une façon scandaleuse. D'un autre côté, les Russes l'auraient découvert tôt ou tard. Comme disait Abraham Lincoln — et pardonnez-moi d'écorner la citation : « On ne peut pas tromper tout le monde tout le temps. »

— Dites-moi, capitaine Worth…

La voix d'Emma se fit plus rêveuse, les souvenirs la submergeaient…

— Nigel, s'il vous plaît.

— … Nigel, pourquoi ne vous êtes-vous pas adressé directement à moi pour obtenir les papiers ?

— Nous y avons pensé, rassurez-vous.

Les yeux de Nigel se rivèrent sur le visage d'Emma.

— Nous avions autorisé Damien à vous faire une offre. Et vous l'avez refusée.

— Alors pourquoi ne pas m'avoir mise au courant ? Si j'avais connu leur importance militaire, je vous aurais livré les documents de mon plein gré.

— Ces papiers ont beaucoup de valeur, Mrs Granville, et nous craignions que…

— Que si je m'en rendais compte les prix eussent monté ?

— Franchement… oui.

Il rosit légèrement.

— Votre famille – pardonnez ma franchise –, votre famille était dans une situation financière plutôt difficile et les ressources du Département sont très limitées.

— Je n'aurais pas vendu les documents de mon père pour tout l'or du monde, le rassura-t-elle chaleureusement. Si seulement vous m'aviez fait confiance... nous nous serions épargné bien des peines.

— Nous en débattions, lorsqu'à Delhi j'ai appris que vous vouliez remettre les papiers au Dr Theodore Anderson. Nous ne pouvions prendre ce risque car, voyez-vous – il rapprocha sa chaise de la sienne –, nous suspectons le Dr Anderson de recevoir des subventions russes pour ses expéditions en échange d'informations.

— Mon Dieu, voulez-vous dire que le docteur Anderson est un espion ?

— Seigneur, non ! Ce n'est qu'un vieux garçon inoffensif. Les informations qu'il fournit sont, a priori, sans intérêt. En revanche, nous savons qu'il est en contact avec Borokoff depuis de nombreuses années. À la lumière des accointances russes avec le Hunza et des problèmes financiers d'Anderson, la vente des documents pouvait s'avérer tentante.

— Comment a-t-il connu la découverte de mon père ?

— Je crains que nous ne soyons pas près de le savoir. Peut-être par Borokoff qui aurait découvert quelque chose au Hunza.

Voilà pourquoi le Dr Anderson avait d'abord refusé de l'aider avant de changer soudain d'avis, réalisa Emma.

— Comment aurais-je pu confier au docteur Anderson des documents dont je ne connaissais pas moi-même l'existence ?

— Nous ne le savions pas à ce moment-là, Mrs Granville, lui rappela-t-il aimablement.

— Pourquoi alors ne m'avez-vous pas arrêtée ? demanda Emma mi-exaspérée, mi-moqueuse.

— Nous y avons songé, répliqua-t-il le plus sérieusement du monde. Mais la publicité qui en aurait résulté allait à l'encontre de nos objectifs.

Emma redevint silencieuse.

— Lorsque Damien a réclamé mon aide, Mrs Granville, il était désespéré. Il nous fallait retrouver les papiers sans faire de vagues, sans histoires. Aussi ai-je présenté Damien au colonel

Hethrington. Leur rencontre fut loin d'être un succès. Le colonel était absolument contre ce projet.

— Et contre Damien, il me semble.

— L'aversion était réciproque. Damien méprise ouvertement les autorités impériales sous toutes leurs formes. Connaissant la réputation sulfureuse de Damien et de Natacha Granville, le colonel ne lui faisait pas confiance. La piste d'Ivana, suivie par Hyder Ali, l'a d'autant plus troublé. En fait…

— Ivana ?

— Oui, la sœur de Damien.

Emma se redressa lentement. Damien avait une sœur ?

— Vous ne connaissiez pas l'existence de la sœur de Damien ?

Emma tenta vainement de cacher son désespoir, et fit non de la tête. Le capitaine, surpris par sa dénégation muette, ne sut que répondre.

— Damien ne le sait que depuis cinq ans.

Nigel essayait courageusement, et dans l'intérêt de son ami, de réparer les dégâts.

— Voudriez-vous…, demanda-t-il, hésitant, que je vous parle de la sœur de Damien ?

Toujours abasourdie, Emma ne fit aucun effort pour résister.

— Avant de mourir, Zaiboon, la vieille servante de Natacha Granville, a révélé à Damien que sa mère était… enceinte… de son mari lorsque le violoniste roumain l'a séduite. Edward Granville n'a jamais su qu'il allait de nouveau être père ; sa femme ne lui en avait pas parlé. La caravane avec laquelle voyageaient Natacha et son amant fut attaquée par des brigands dans le défilé de Darkot, le Roumain tué et, elle, vendue comme esclave.

« Finalement, et grâce à sa beauté, elle se retrouva dans le zenana du khan de Khiva. Elle y accoucha et mourut le lendemain.

— Comment Damien l'a-t-il découvert ? demanda Emma, horrifiée.

— Petit à petit, Damien et les frères Ali ont reconstitué l'histoire. La famille Ali est dispersée dans toute l'Asie centrale. Au départ, ne sachant par où commencer, Damien s'est rendu à Saint-Pétersbourg.

— C'était donc pour cette raison ?

— Oui, par deux fois.

— Comment a-t-il fini par apprendre que sa sœur était toujours vivante ?

Emma oublia sa rancœur un instant. Elle était profondément bouleversée.

— Par miracle ! L'un des oncles d'Hyder Ali a retrouvé à Samarkand une vieille sage-femme qui avait vécu à Khiva. Elle s'est souvenue d'une jeune esclave arménienne morte en couches une vingtaine d'années plus tôt. Elle ne savait pas, en revanche, ce qu'il était advenu du bébé.

— Arménienne ? Natacha Granville n'était-elle pas russe ?

— Si. Mais, craignant d'être arrêtée par ses compatriotes, elle s'était fait passer pour arménienne. Damien ne l'a évidemment appris que bien plus tard. L'enfant avait survécu.

Il se pencha en avant.

— Je sais que Damien l'a fait disparaître, mais avez-vous vu le portrait de sa mère accroché jadis au mur du grand salon ?

— Oui.

— Avez-vous remarqué le pendentif ?

— Un cygne d'argent ?

— Oui. Un cuisinier rencontré à Petro-Armendarisk avait travaillé chez un officier russe. Il lui apprit que, quelques années auparavant, une enfant appelée simplement Khatoun — la fille, en russe — y résidait. Damien a alors fait circuler un dessin du pendentif dans la région. Vainement. Ce n'est qu'à Saint-Pétersbourg l'automne dernier que la piste s'est révélée intéressante.

— Lorsque Geoffrey Charlton l'a croisé…

— C'est vrai. Malgré cette guigne, Damien eut finalement un coup de chance. Un officier russe lui parla d'un certain colonel de la garde impériale, en poste à Tachkent, qui avait une excellente cuisinière arménienne. Il suggéra à Damien de prendre contact avec lui.

— Vous voulez parler de Mikhail Borokoff ?

— Euh, oui, répondit Nigel plutôt surpris. Comment diable êtes-vous au courant ?

— Grâce aux informations de Mr Charlton.

— Ah ! C'est là aussi que Charlton apprit tout du voyage de Damien à Tachkent.

— Est-ce à Tachkent que fut retrouvée Ivana ?

— Non, pas exactement.

Nigel Worth se gratta le menton et fronça les sourcils.

— C'est-à-dire qu'au même moment – comme si ce n'était pas déjà assez compliqué – Jabbar Ali découvrit une nouvelle piste menant au Sin-kiang où un marchand de soie était censé avoir secrètement acquis une concubine arménienne. C'était une fausse piste, mais personne ne le savait encore.

Il inspira profondément.

— C'est à ce moment qu'intervinrent nos services. Notre agent à Kashgar enquêta sur cette affaire.

— En échange des documents !

— Euh, oui, répondit Nigel en rougissant. Malheureusement, nous n'avions pas d'homme de confiance à Tachkent, continua-t-il précipitamment. Voilà pourquoi Damien, après avoir reçu un message d'Hyder Ali, le lendemain de votre mariage…

La voix de Nigel se brisa et il scruta le visage d'Emma.

— Vous n'êtes pas au courant non plus de cet aspect de l'affaire, Mrs Granville ?

— Non.

Le lendemain de votre mariage. Comment oublier ce jour ?

— Un des cousins d'Hyder à Tachkent, expliqua Nigel qui essayait de dissimuler son désarroi, rapporta que Borokoff avait une jeune servante russe, mais qu'il hésitait à continuer son enquête. Borokoff était un officier supérieur sous les ordres directs du baron. Et s'il était pris… Bref, Damien décida de s'en occuper lui-même. Pour être juste, il nous a demandé la permission d'approcher officiellement Borokoff. Le colonel Hethrington lui opposa une fin de non-recevoir catégorique.

Il haussa les épaules.

— Damien s'y est quand même rendu. Illégalement et déguisé.

— Vous saviez ce qu'il allait faire ?

— Non.

Nigel eut un sourire pincé.

— Mais je connais Damien et ce dont il est capable en cas de nécessité. Il était furieux, et moi, je dois vous l'avouer, complètement paniqué.

— Il aurait échangé les documents contre sa sœur ?

— Oh, que oui ! C'est une chance que Borokoff et sa servante eussent été à Saint-Pétersbourg à ce moment-là. Il a dû improviser avec ce crétin de baron… Damien méprise la politique et se fiche éperdument des troubles en Asie centrale. Il voulait retrouver sa sœur. Un point, c'est tout. Et Hyder avait réussi à confirmer son identité. Pourtant, au moment où Damien le sut, il était trop tard, Borokoff et Ivana avaient disparu. On apprit alors la mort de Borokoff.

— Mais la piste ?

Nigel secoua la tête et sourit.

— Ce n'est pas à moi de vous raconter le reste, Mrs Granville, mais à Holbrook Conolly, notre ancien agent de Kashgar. C'est à lui que revient le mérite d'avoir ramené Ivana à sa famille.

Emma était profondément émue par cette épopée tragique. Quelles que fussent ses propres tribulations, comment ne pas éprouver de la compassion pour cette jeune fille innocente si brutalement malmenée par le destin ? Nigel Worth perçut son désarroi.

— Damien a été élevé en croyant être fils unique, Mrs Granville, déclara-t-il pour défendre son ami. C'est son plus grand regret. Sa quête pour retrouver sa sœur était désespérée – une véritable obsession, si vous préférez. Il a vécu si seul.

Nigel, écartelé entre sa loyauté envers un ami et la nécessité de s'expliquer, luttait intérieurement. Il ne put cependant se décider à outrepasser les limites de la vie privée de Damien. Emma se rendit compte de son dilemme et ravala sa propre rancœur. Elle le gratifia d'un sourire qui se voulait rassurant.

— Où se trouve Ivana maintenant ?

— Elle rejoint Gulmarg avec Conolly. Vous savoir ici, Mrs Granville, la réconfortera. Qui mieux qu'une belle-sœur compréhensive et douce pourrait l'accueillir dans un foyer et une famille qu'elle n'a jamais connus ?

La tristesse submergea Emma. *Lorsqu'elle arrivera, je ne serai plus là.*

Fermement résolue à partir, Emma faisait ses bagages.

— Suraj Singh vous escortera jusque chez votre mère, déclara Damien.

— Oui.

— Il fera froid. Gardez des vêtements chauds à portée de la main.

— Oui.

— Avez-vous assez de caisses pour vos livres ?

— Oui, merci. Les mêmes qu'à mon arrivée.

— Bien. Si vous avez besoin d'autre chose…

— Je vous le ferai savoir.

— Bien.

Impossible, c'était impossible !

Le soir de la veille de son départ, Emma marcha une dernière fois sur le chemin qui ceinturait Gulmarg. À son retour, elle trouva Damien assis dans le salon. Il écrivait. Il rentrait d'un rendez-vous qu'il avait eu au club de golf avec un officier de l'armée des Indes qui voulait construire deux nouveaux terrains. Apparemment, la réunion s'était terminée tôt. Elle n'avait pas prévu qu'il rentrât à cette heure et s'arrêta hésitante sur le pas de la porte.

— Le responsable du club vous transmet ses hommages, déclara Damien sans lever la tête, et voudrait savoir si vous auriez l'amabilité de participer au jury du concours de dressage samedi prochain.

Elle prit le temps d'enlever sa cape et de retirer ses gants afin de se composer un visage.

— Vous le remercierez. Mais samedi, je serai déjà partie.

— Vous pouvez retarder votre départ d'une semaine.

— Non, c'est impossible.

— Est-ce ce que vous voulez, Emma ? Retourner à Delhi ?

Il jouait nerveusement avec ses papiers. C'était la première fois qu'il lui posait directement cette question.

— Oui.

— Bien. En ce cas, je me vois dans l'obligation de vous fournir des explications.

Encore ! Elle secoua la tête.

— J'en ai assez entendu. Je ne veux pas en savoir davantage.

— Même concernant ma sœur ?

— Nigel Worth ayant été assez aimable pour m'expliquer toute l'histoire, ne vous donnez pas cette peine.

Immédiatement, elle s'en voulut d'avoir proféré ces paroles amères et bien puériles. Elle essaya de se reprendre.

— Pourquoi ne m'en avez-vous pas parlé plus tôt ?

— M'auriez-vous écouté ?

— Naturellement !

— Vraiment ? Concernant ma modeste personne, rien ne semblait vous intéresser.

Elle était agitée. Même à la dernière minute, il tentait de trouver des justifications oiseuses pour soulager sa conscience.

— Que vous ayez conservé le secret sur une partie si cruciale de votre vie est proprement impardonnable !

— Je ne vous ai rien caché, Emma.

Il leva sa plume.

— Je voulais seulement que Geoffrey Charlton ne fût pas au courant.

— Vous croyez que j'aurai trahi votre confiance ? Comment pouvez-vous ?

— Comment ? Vous osez me poser la question alors que vous m'avez jeté son nom au visage chaque fois que vous en aviez l'occasion !

— J'étais furieuse, Damien. Je me sentais trahie et abandonnée. Si vous m'aviez confié la vérité plus tôt…

— J'avais prévu de tout vous raconter lorsque je suis rentré de Tachkent, l'interrompit-il. Cependant, à la mention du nom de Charlton et lorsque vous vous êtes enfermée dans votre chambre, j'ai compris que je serais bien idiot de prendre un tel risque.

— Mon intérêt était purement académique !

— Le sien, non ! Geoffrey Charlton est une mouche du coche professionnelle. Il sait comment déterrer les secrets, en particulier chez les femmes qui sont en adoration devant lui et se sentent trahies et abandonnées. Il excelle par ailleurs à insinuer des idées et planter des germes insidieux dans les esprits surchauffés. Il était conscient du charme qu'il exerçait sur vous, combien vous étiez impressionnée par ce sourire de petit garçon flagorneur qu'il cultive si bien.

Il ricana.

— Un peu moins charmant, néanmoins, depuis que vous l'avez privé d'une canine.

En écoutant la tirade de son époux, Emma comprit soudain une facette du caractère de Damien qu'elle n'aurait pu auparavant soupçonner.

— Vous étiez jaloux de Geoffrey Charlton ?

Elle était abasourdie, trop même pour en rire.

— Pas du tout !

Il se leva d'un bond et fit les cent pas comme un lion en cage.

— J'étais simplement étonné qu'une femme soi-disant si perspicace n'ait pu percer l'homme à jour : un opportuniste ambitieux, calculateur et sans scrupules qui vous a utilisée pour parvenir à ses fins égoïstes.

— Comme vous ?

Elle se mordit la langue.

— Vous le croyez vraiment ?

Ne sachant comment rattraper son mot malheureux, elle choisit l'offensive.

— Vous m'avez forcée à vous épouser. Par le chantage.

— Oui.

— Et vous avez soudoyé Highsmith pour que mon frère perde.

— Oui.

— Vous avez soutiré des ragots sur moi à Chloe Hathaway.

— Oui.

— À la seule fin de me voler les documents.

— Non.

Elle s'empara de sa cape et de ses gants et esquissa un pas vers l'escalier.

— Attendez. Je voudrais vous montrer quelque chose.

Il ouvrit un tiroir et en sortit une boîte recouverte d'un papier marron.

— Ouvrez-la.

— Qu'est-ce donc ?

— Un petit présent.

— Un cadeau d'adieu ? s'enquit-elle, acerbe.

— Si vous voulez.

— Vous n'auriez pas dû…

— Ouvrez-le !

Elle ouvrit le paquet pour s'épargner une nouvelle dispute. Son cœur s'arrêta. Elle découvrit une pendule en argent, au dos de laquelle était gravé un hommage rendu à son père par ses collègues de la mission archéologique indienne.

— Où l'avez-vous trouvée ? demanda-t-elle d'une voix faible en s'asseyant.

— Sur la cheminée de votre grand salon à *Khyber Kothi*.

— Quoi ?

Ne sachant où regarder, elle continuait à fixer stupidement la pendule.

— Suraj Singh devait vous priver d'un objet ayant quelque valeur afin de rendre le cambriolage crédible.

— Suraj Singh ?

— Oui. Deux fois. La première tentative échoua. Jusqu'à son accident dans la montagne, Suraj Singh était un pandit qui travaillait à Dehra Doon. Un pandit...

Il s'interrompit.

— Dois-je vous donner des explications ou Geoffrey Charlton l'a-t-il déjà fait ?

Elle rougit.

— Je vois. Suraj Singh peut reconnaître les instruments utilisés par les agents secrets les yeux fermés. Il a immédiatement identifié le moulin à prières de Butterfield, en a retiré les documents et l'a remis à sa place. Voyez-vous, Emma, lorsque nous nous sommes mariés, je possédais déjà les papiers.

Même si elle avait trouvé quelque chose à répondre, elle n'aurait pu le faire. Elle ferma les yeux.

Seigneur !

Elle se sentait honteuse, au bord des larmes.

— Si vous vouliez vraiment m'épouser, pourquoi ne pas m'avoir demandée en mariage comme un gentleman au lieu de monter cette comédie sordide ?

— Comment faire ? Vous aviez refusé de me voir.

— Vous auriez pu insister.

— Et alors, auriez-vous accepté ?

— Je... peut-être. Des choses plus curieuses sont arrivées.

— Jamais d'aussi étranges ! Vous me méprisiez, trouviez mon attitude répugnante, souvenez-vous. Ou du moins le professiez-vous. La vérité, c'est que j'ai compris que l'arrogante Emma Wyncliffe, ce parangon de vertu, ce modèle de supériorité intellectuelle, encensée pour son dédain de la société et sa langue acerbe, méritait une bonne leçon que je me ferais un plaisir de lui administrer.

— Pourquoi prendre la peine de m'épouser, alors ? hurla-t-elle, piquée au vif. Après tout, vous aviez déjà les papiers.

— Vous continuez à croire qu'un homme ne peut vous épouser sans arrière-pensée ? Vous vous sous-estimez toujours autant ?

— Non, ce n'est pas ce que je voulais dire…

Elle chassa une idée soudaine.

— Passons.

Damien croisa les mains derrière sa tête et contempla le plafond. Il s'absorba dans un silence songeur. Son visage s'adoucit et il soupira.

— Ma mère était très belle, Emma. J'ai été élevé, cerné par la beauté, sa beauté. Est-ce sa photo que vous espériez trouver dans le bureau ?

Elle répondit par un discret hochement de tête.

— Mon père s'était entiché d'elle. Elle était comme une drogue. Elle l'a remercié en le quittant et en emportant tout ce qui était important à ses yeux : son amour-propre, sa réputation, sa virilité. Et, ajouta-t-il avec un sourire crispé, ce qui était vital pour elle : ses bijoux. Mon père ne s'en est jamais remis. Il a dépéri et s'est éteint.

— Les belles femmes ne sont pas toutes immorales…

— Peut-être. En revenant d'Angleterre, j'ai brûlé les portraits de ma mère, tous sauf un. C'était la seule façon pour ne pas me détruire moi-même. Le comprenez-vous ?

Ne saisissant pas encore pleinement ce qu'il voulait lui dire, elle garda le silence.

— Lorsque mon père est mort, j'ai juré de ne jamais me marier par amour. Ou pour la beauté d'une femme. Malheureusement, mon vœu s'est révélé difficile à respecter. Si vous désirez réellement revenir à Delhi, déclara-t-il, en passant du coq à l'âne, je ne peux vous en empêcher. Et je ne le veux pas.

— N'est-ce pas ce que vous souhaitez ?

— Puisque vous me le demandez… (Il luttait désespérément pour extirper une simple syllabe du tréfonds de son être.) Non.

– Voudriez-vous que je reste ?

– Oui !

– Pourquoi ?

– Pourquoi ? Je pensais que c'était évident. Ivana a besoin de vous.

– J'en suis consciente. Est-ce la seule raison ?

– Vous connaissez les autres raisons. Je vous les ai exposées à Delhi.

– Parce que je suis la femme la plus courageuse que vous ayez connue, l'unique salut des memsahibs. Parce que je suis la seule femme qui ne vous fasse pas mourir d'ennui. Ah ! J'allais oublier la pièce de résistance : la seule femme qui possède les qualités requises pour porter des enfants génétiquement parfaits ?

Elle se mit à rire.

– Allons, allons, Damien. Il doit y avoir de meilleures raisons pour justifier ce que j'appellerai un mariage d'inconvenance !

– Vous êtes toujours persuadée qu'il n'y en a pas d'autres ?

– Je ne suis pas convaincue qu'il y en ait. Mais vous, Damien, avez-vous vraiment besoin de moi ?

– Bien sûr. On peut le dire ainsi.

– Eh bien, dites-le.

– Même si votre esprit monstrueusement pervers vous empêche d'ajouter foi au moindre de mes mots ?

– Si j'estime que vous dites la vérité, alors je vous croirai.

– Me croiriez-vous si je vous disais que, avant même de vous rencontrer, j'avais décidé de vous épouser ?

– Sans m'avoir vue ? Non, sûrement pas !

– Je vous avais vue et même… plusieurs fois.

– Où ? demanda Emma, les sourcils froncés.

– Chez le nabab, lorsque vous étiez la préceptrice si patiente, si prévenante de sa fille. C'était tellement… émouvant.

– Je vois.

Le cœur d'Emma bondit dans sa poitrine. Elle parvint à le calmer.

– Vous étiez obsédé par l'idée de m'épouser parce que ma façon d'enseigner vous charmait ?

– Entre autres motifs.

– Lesquels ?

— Vous tenez absolument à en avoir la liste ?

— Oui, j'y tiens.

Quelles que fussent ses propres erreurs et ses fautes — et Dieu sait s'il y en avait —, elle ne voyait aucune raison de lui pardonner ses excès aussi facilement.

— Me croiriez-vous, poursuivit-il les dents serrées, si je vous disais que le jour où nous nous sommes rencontrés dans ce village misérable, en dépit de votre atroce robe beige et de votre horrible coiffure, j'ai su qu'aucune autre femme ne me comblerait ? Qu'il fallait absolument que vous soyez mienne ?

Emma battit des paupières. Était-il ivre ?

— Me croiriez-vous si je vous disais que le regard diabolique de vos yeux verts, votre langue acerbe et votre ferveur d'amazone ont jeté le discrédit sur tout le reste de la gent féminine de la planète ? Seigneur ! rugit-il en abattant son poing sur la table, si fort qu'Emma sursauta. Vous… vous, odieuse créature, vous me devez une compensation ! (Il se calma soudain.) Aimeriez-vous savoir ce que je considère comme une contrepartie raisonnable à ma conversion à la monogamie ?

— Non, déclara-t-elle spontanément. Je ne pense pas qu'il…

— Oh, que si !

À grandes enjambées, il revint vers le bureau et s'assit en face d'Emma.

— Au cours de notre nuit de noces à Delhi, je me suis trouvé pris au piège : ce que je prenais pour de la raideur morale et une suffisance inébranlable n'était, à mon grand étonnement, que le désir d'une libération impudique.

— Vous me trouvez dévergondée ? insista Emma, horriblement choquée.

— C'est une qualité qui rachète nombre de vos défauts. Le feu sous la glace. Un miracle de la physique. Dieu sait que la glace, elle, n'avait pas besoin de moi pour s'amonceler… Quant au feu, je serais ravi de pouvoir de nouveau souffler sur ses braises. Vous vouliez de bonnes raisons. En voilà ! Sont-elles suffisantes pour le moment ?

Dieu du ciel, oui !

— Peut-être, répondit Emma. Pour le moment.

Elle se leva et se dirigea vers le canapé à côté de l'âtre. L'esprit entravé par des mots impuissants à exprimer ce qu'elle ressentait, elle ne savait que dire. Damien, plongé dans ses pensées, demeurait immobile. Il posa alors sa pipe et vint la rejoindre. Sa fureur avait disparu, et faisait place à une humeur plus songeuse.

Il effleura la joue d'Emma.

— Je sais que vous avez beaucoup à me pardonner, Emma, admit-il à voix basse. En un sens, vous aviez raison. C'était une parodie de mariage, et j'en suis le principal responsable. Mais au moins ne me suis-je jamais bercé d'illusions. Vous ne m'aimez pas.

Emma l'observa, incrédule. Se pouvait-il qu'un homme aussi intelligent devînt subitement aveugle ?

— Non, répondit-elle, acerbe. Évidemment non.

— Je n'aurai pas la patience d'attendre mes premières attaques de goutte, poursuivit-il avec un sourire incertain, mais pensez-vous qu'un jour vous pourrez apprendre à m'aimer ?

Le manque d'assurance de Damien, son humilité, son anxiété palpable, tout était si nouveau pour Emma. Les larmes lui montèrent aux yeux. Elle eut soudain envie de le toucher, de sentir ses mains posées sur elle.

— Seulement pour troubler nos sens ?

— Pour dévaster nos sens, oui !

— Et le cœur ?

— Vous pariez gros, Emma Granville, soupira-t-il. Mais je crois que de petites turbulences dans la région du cœur ne nous feraient pas de mal, n'est-ce pas ?

Enfin ! Enfin, il lui prit la main et plongea ses yeux dans ceux d'Emma.

— Le pourrez-vous, Emma ?

Un sourire illumina le visage de la jeune femme. Elle leva la main qui tenait les siennes et la posa sur sa joue brûlante.

— Peut-être, répondit-elle. Un jour, peut-être…

ÉPILOGUE

Le 20 septembre 1890, le *Novoe Vremya* et l'*Étoile du Matin* publièrent en première page des informations relatives à la Yasmina sans toutefois révéler leurs sources. Sa découverte fut attribuée conjointement au Dr Graham Wyncliffe et à Jeremy Butterfield.

La mort de Mikhail Borokoff priva Alexei Smirnoff d'un bouc émissaire tout désigné. Fou de rage, le général annula son grandiose projet d'invasion et expulsa *manu militari* les émissaires de Safdar Ali du territoire russe. Ceux-ci n'eurent guère le temps de savourer leurs vacances anticipées et furent exécutés en place publique par le jeune despote bafoué.

Alexei Smirnoff, en remerciement de ses bons et loyaux services, fut nommé gouverneur général de la Sibérie, poste dont il fut démis pour d'obscures raisons de santé avant d'avoir pu s'installer à Irkoutsk.

L'honneur était sauf, mais le limogeage accepté : Smirnoff, la mort dans l'âme, se retira sur son domaine moscovite et rédigea ses mémoires. Et, dans l'intimité de son salon, le retraité continua inlassablement à ourdir de machiavéliques complots pour envahir l'Inde.

En 1891, après une visite officielle du prince héritier Nicolas en Inde, la Russie renonça à ses vues sur ce pays. L'Afghanistan devint pour longtemps, et malgré lui, l'objet de toutes ses attentions.

L'affaire de la Yasmina n'aura duré que ce que durent les roses : au bout de quelques mois, le défilé convoité depuis des siècles tomba dans l'oubli. Seules demeurèrent les sinistres superstitions dardes qui couraient à son sujet.

Whitehall, une fois le calme revenu, estima qu'en définitive, l'affaire ne présentait qu'un intérêt tout relatif.

Lors du dernier bal de la saison 1890 à Viceregal Lodge, Sir John Covendale se retrouva involontairement en compagnie de Sir Marmaduke, le commandant en chef de l'armée des Indes. Devait-il lui révéler, tout en gardant secrètes la plupart des informations, les tenants et les aboutissants du projet Janus ? Sir John choisit finalement le silence : le budget et la crédibilité des services secrets de Sa Majesté, bref leur survie, en dépendaient. Jusqu'à la disparition de l'Empire britannique des Indes, ces hommes de l'ombre le servirent loyalement.

Le dilemme du colonel Hethrington fut moins difficile à trancher. Le capitaine Nigel Worth, créateur du projet Janus et artiste contrarié, vint lui présenter sa démission. L'appel de la scène se faisait par trop pressant. Le colonel se fit une joie de lui prédire les jours sans gloire, les cachets misérables et les mansardes vétustes, lot ordinaire d'une vie de bohème, mais Nigel Worth avait une réponse appropriée aux difficultés soulevées par son supérieur : la jeune et accorte veuve Belle Jethroe, consentait à l'épouser. Son époux avait eu la délicate attention de lui laisser à sa mort la jouissance d'un demi-million de livres sterling.

Emma et Damien célébrèrent Noël à *Shalimar* en compagnie de nombreux invités, famille et amis. Ivana et Holbrook arrivèrent les premiers. Avant que les cols fussent bloqués par la neige, Margaret Wyncliffe et les Purcell, suivis par Nigel Worth et Belle Jethroe, s'installèrent au domaine pour la saison d'hiver. On attendait John et Jenny Bryson. Quant à David, il les rejoindrait un peu plus tard.

Le lendemain de Noël, Damien annonça les fiançailles d'Ivana Granville et d'Holbrook Conolly. À sa requête, le mariage ne serait célébré qu'à l'automne 1891. Ivana avait encore besoin de temps pour s'habituer à sa nouvelle vie, et l'aventureux Conolly devait s'habituer à son emploi de rond-de-cuir à la perception de Srinagar. Finies pour eux les chevauchées fantastiques dans le désert du Takla-Makan !

Finis aussi les disputes et les complots, les cris et les larmes. Un nouvel épisode s'ouvrait pour ceux qu'un destin malicieux avait réunis. La pendule d'argent de Graham Wyncliffe trônait fièrement dans le salon d'apparat et, sur l'insistance d'Emma, le portrait de Natacha Granville avait retrouvé sa place auprès de celui de son époux.

Les fantômes d'une époque révolue reposaient enfin en paix.

Un mois après le mariage d'Ivana et Holbrook, Emma, assise dans le verger, lisait un journal londonien quand Damien s'approcha d'elle à grands pas. Il déposa un baiser sur son front et lui tendit deux lettres.

Il s'installa dans un fauteuil tandis que son épouse lui offrait une tasse de qahwa.

— Encore des compliments pour ton travail ? demanda-t-il en s'emparant du journal qu'elle avait abandonné.

Elle acquiesça et se mit à lire son courrier.

— Ivana écrit de mieux en mieux ; quant à David, il va remplacer Nigel Worth auprès du général Hethrington. La décoration qu'il a obtenue y est sûrement pour quelque chose.

Emma parut soudain songeuse. Elle s'empara du petit carnet et de la plume qui ne la quittaient jamais...

— Ah non ! On oublie les recherches jusqu'à l'arrivée de mon fils ! la gourmanda gentiment Damien.

— Ton fils ne nous honorera pas de sa présence avant deux bons mois, protesta Emma.

« Et puis... rien ne prouve que ton fils ne soit pas une fille !

À ma famille et mes amis
pour leur participation enthousiaste à l'élaboration de ce livre,

à mon agent Robert Ducas
pour ses conseils attentifs et la peine qu'il s'est donnée,

aux éditeurs de St. Martin's Press
pour leur courtoisie et leur compréhension,

à tous ceux, inconnus de l'auteur,
qui contribuent à donner aux manuscrits écornés
un aspect séduisant,

mes plus sincères remerciements.

Impression réalisée sur CAMERON par

BRODARD & TAUPIN

GROUPE CPI

La Flèche

pour le compte des Éditions Ramsay
en février 2001

Imprimé en France
Dépôt légal : février 2001
N° d'impression : 6337
ISBN : 2-84114-518-2